U0655809

BAINIAN GUANGXI DUOMINZU WENXUE DAXI

百年广西多民族文学大系

（1919—2019）

长篇小说卷

（1919—2019）

总　主　编 ◎　黄伟林　刘铁群

本卷主编 ◎　黄伟林　曾　攀　温存超

①

GUANGXI NORMAL UNIVERSITY PRESS

广西师范大学出版社

·桂林·

出版统筹：罗财勇
项目总监：余慧敏
责任编辑：唐　娟
助理编辑：邹　婧
责任技编：李春林
整体设计：智悦文化

图书在版编目（CIP）数据

百年广西多民族文学大系：1919—2019：全 18 册 / 黄伟林，
刘铁群总主编 . —桂林：广西师范大学出版社，2019.12
　　ISBN 978-7-5598-2282-6

　　Ⅰ . ①百… Ⅱ . ①黄…②刘… Ⅲ . ①中国文学－当代文
学－作品综合集－广西②中国文学－现代文学－作品综合集－
广西 Ⅳ . ①I218.67

中国版本图书馆 CIP 数据核字（2019）第 217639 号

广西师范大学出版社出版发行

（广西桂林市五里店路 9 号　邮政编码：541004）

网址：http://www.bbtpress.com

出版人：张艺兵

全国新华书店经销

广西广大印务有限责任公司印刷

（桂林市临桂区秧塘工业园西城大道北侧广西师范大学出版社
集团有限公司创意产业园内　邮政编码：541199）

开本：720 mm × 970 mm　1/16

印张：591.5　　　字数：9420 千字

2019 年 12 月第 1 版　　2019 年 12 月第 1 次印刷

定价：2800.00 元（全 18 册）

如发现印装质量问题，影响阅读，请与出版社发行部门联系调换。

百年广西多民族文学大系（1919—2019）
编委会

编委会主任

张艺兵

编委会成员（按姓氏笔画排序）

刘铁群 李 逊 李北京 李咏梅 余慧敏 张艺兵 张俊显 罗财勇 高 蔚
黄伟林 曾 攀 温存超 谭 彦

总策划

黄伟林 张俊显

总主编

黄伟林 刘铁群

分卷主编

长篇小说卷（1919—2019）：黄伟林 曾 攀 温存超

中篇小说卷（1919—1949）：黄伟林 谭 彦

中篇小说卷（1949—2019）：黄伟林 曾 攀

短篇小说卷（1919—1949）：黄伟林 李北京

短篇小说卷（1949—2019）：黄伟林 曾 攀

散文卷（1919—1949）：刘铁群

散文卷（1949—2019）：刘铁群 黄伟林

诗歌卷（1919—1949）：李咏梅

诗歌卷（1949—2019）：刘铁群 黄伟林

戏剧卷（1919—1949）：黄伟林 李 逊

戏剧卷（1949—2019）：李咏梅 黄伟林

史料卷（1919—1949）：黄伟林 李咏梅

史料卷（1949—2019）：黄伟林 李咏梅

课题组成员（按姓氏笔画排序）

丁 慧 王 丹 王 希 王 燕 王云杉 冯依晴 农炎灿 孙丽燕 刘铁群
杜子壮 李 逊 李 珺 李北京 李光耀 李咏梅 杨 婧 杨斯淇 杨路宏
吴晓涵 何泳锦 何维义 汪怡贝 张冬英 陈 敏 陈 霞 陈玉巧 陈珊珊
罗盈盈 周小发 周丽华 周清清 金建英 哈晓斯 莫云菁 莫楚仪 贾雅楠
郭烨泷 黄 怡 黄山花 黄伟林 梁 艳 梁译芳 寄小文 曾 攀 温存超
廖雪霞 谭 彦 谭凯匀 薛颖敏

总　序

张燕玲

　　百年广西，豪杰辈出，风起云涌；百年广西文学，作家如林，繁花似锦。曾经的"南蛮"之地，曾经的沧海桑田，曾经的岭西五家、临桂词派，曾经的广西新文学先行者梁宗岱、胡明树、周钢鸣，曾经的桂林抗战文学，曾经开放进取的岭南现代文化，曾经的韦其麟的《百鸟衣》、陆地的《美丽的南方》，曾经的李栋、王云高的《彩云归》，东西的《没有语言的生活》，鬼子的《被雨淋湿的河》……凡此种种，浩浩汤汤，一一结集于广西师范大学黄伟林教授、刘铁群教授主编的《百年广西多民族文学大系（1919—2019）》。

　　这是百年之业。记得两年前，伟林教授曾与我提过此构想并邀我同行。我惊喜道：你的学术野心够大啊，这是大事伟业，需要下功夫打磨。我一坐班族哪来时间，深知兹事体大，深怕拖累团队，便婉拒了。没料到，伟林教授带着他的团队做出来了。2018年以长篇小说、中篇小说、短篇小说、散文、诗歌、戏剧、史料七种文体分类分卷选编，每部（篇）作品附录作者简介、作品信息、创作评论、作品点评、文学史评价、作者自述多种信息，以洋洋七卷十二册《广西多民族文学经典（1958—2018）》（广西师范大学出版社2018年11月版），为广西壮族自治区成立60周年献礼。如今在此基础上他们又扩充到广西百年文学，以此致敬百年五四新文化运动，为共和国70年大庆献礼，为一个个广西文学现象、文学个体，写真、审美、铭史，可歌可泣，彪炳广西史册。

任何一个民族的文学都有文学根性与文学传统，作家从足下的土地出发，自然便有他的地域性，所谓一方人文的水土，这种地理的文学自觉，终会以其独特性与世界文学对话。广西12个世居民族的文学创作，就是广西地域文化与民族族群文化交融的鲜明个案。一方面，南方少数民族文学有着繁复魔幻的文化传统，各族群间既有共性也有个性。在人文地理上，地处偏僻，北回归线横贯广西的生机与繁茂，加之大石山区的奇峰林立，特有的喀斯特地貌弥漫着一种野性和神秘感，生机与繁茂，想象与幻觉，同生共长，体现于作家的文本中便透出独特的边地文化的异质性；另一方面，广西与广东同属岭南，而在中国近代以来的各个时间节点，岭南都以开放进取而独领风骚，从康有为、梁启超、孙中山，到五四新文学，到四十年的改革开放，"杀出一条血路来"的精神，就是现代文化。这是岭南文化对中国最大的贡献，诸如广西近代西江、珠江几大水道咽喉，进来，出去，世界被打开时便是开放，便有广西的新旧桂系，梁羽生的武侠小说、桂林抗战文化城，等等。凡此种种，便形成了广西百年文学多样性的审美表征：既植根于传统，又别于前辈多拘于传统文化的创作之路，各自创造了自己文学样貌的独特美感，或犀利劲道、野性先锋，或丰润深厚、灵动隐忍，既体现了文学作品的现实感与时代感，又实现了各自的美学建构，以及广阔的艺术多样性，成为中国文学别具一格的风景线。

纵观书系，《百年广西多民族文学大系（1919—2019）》较好地厘清了百年广西的文学脉络，可以看到文学与时代同行的历史脉络，也可以看到各文体自身的发展与自我创造、自我更新。书系至少有三个特点。一是代表性。选编的作家作品不少是经过时间淘洗的名家名篇，而有些新秀的作品还有待时间检验，但都属有审美个性的佳作，在一定程度上展示了广西有代表性作家的代表作。二是广阔的文学史视野。百年人文广西杂花生树，能够在史与识的时空坐标中发现亮点并进行选编，既立足广西，又要有中国百年社会与文学的整体性胸怀，编者以对中国文学整体性的关怀，在宏观背景上进行选编，按文体分类，尽可能以代表性的作家作品、以详实的史料还原百年广西文学，力求呈现文学历史的复杂纹理，书系作为文学史写作的一种，体现了编著者"史才、史学、史识、史德"的追求。三是文学的多样性，编者坚持既选编本土广西作家作品，又入选移居他乡乃至海外的桂籍作家，以及外乡人曾经在广西生活工作时的文学创作。编者还坚持吸纳不同创作风格的作品，文后附录发表过的不同批评个性的相关评论，以显示丰繁而多元的艺术个性。这样大格局的选本，无疑为广西百年文学的经典选本，又是研究广西百年文学的一份珍贵的史料，颇具文献价值与学术意义。

与伟林教授净友32年，他比我高明，内外兼修，永远以著名的微笑立于不败之地，这明显的精神印记，使他成为人气文学评论家。一是他谦谦君子的儒雅外表，总以诚恳与智慧的微笑示人，是位上善之君。著名评论家陈晓明评说他是个"俊逸生动的南方文人"，其做人作文完美地把"精明强干与闲散淡泊两种迥异气质结合一体"，使之批评自带文人格调。而且他的勤勉敬业，有口皆碑。二是，伟林教授的批评文字一如他所言："有人的感情、人的才华、人的体验、人的格调、人的见识"，他实践着法郎士"文学批评是灵魂在作品中的探险"，追求王国维的"有人之境"。十年前他发表《有难度的批评》，如是论说我的文学批评是"有人之境"的批评。于我，既是鼓励也是共勉；于他，就有些惺惺相惜了。因为，我们的批评写作不约而同地追求学理与灵性，哲思与诗性；追求有"人气"的批评之境，不同一地，却殊途同归。

还值得一提的是，《百年广西多民族文学大系（1919—2019）》比《广西多民族文学经典（1958—2018）》更注意火候，也多了些打磨。我们知道学院远离文学现场，难以准确描述与表达文学现象，单靠搜索网络，结果是永远与真正的文学隔了一堵墙，《广西多民族文学经典（1958—2018）》多少带有这个欠缺。伟林教授照单全收了我这番意见，召集团队尽可能做了修订弥补，显示了一个优秀学者应有的情怀与风范，真正做到学问中有"人"、有"文"、有"精神"。

伟林教授是壮族子孙，他以一颗赤子之心，穿越百年广西的文学时空，以灵魂发掘真知灼见，带领团队构筑《百年广西多民族文学大系（1919—2019）》的人文境界，力求与广西百年历史同呼吸共命运，真正做到知人论世，知文著史，实属不易。

时值共和国70周年大庆，《百年广西多民族文学大系（1919—2019）》展示了百年广西文学的风貌，带着鲜明的历史踪迹和美学风格，便具有纪念碑的意义；又是中秋，唯愿广西文学的星空更加璀璨，愿祖国永胜清辉朗月，中国文学更加灿烂恢宏。

广西文学150年还等着伟林教授概括论述，是祝福，更是期许。

是为序。

乙亥·中秋

总导言

黄伟林

中国文学发展在地域分布上表现出明显的不平衡性。春秋战国时期，黄河、长江流域已经有了光耀千秋的诗经楚辞、诸子散文。两千多年后，地处岭南的八桂大地，才出现在全国具有一定影响的岭西五家、临桂词派。然而，就在广西文人在古诗文领域有所造就的时候，中国文学已经翻开了新的一页。随着新文化运动的发生，新文学渐成文学主流，广西作家又面临一次艰难的转型。

一、1920—1930年代的"走出去"

尽管新文化运动在北京、上海等中心城市如火如荼，然而，直至1935年，当陈望道从上海带着一个教师团队到广西省立专科师范学校任教的时候，他们发现，在桂林这座山水甲天下的名城，学校里老师教的是古文，学生写的是古文，以至于他们要在桂林发动一场新文化运动。比他们早几年抵达桂林的著名记者杜重远甚至认为，桂林人过的还是中古时代的生活，"举凡新文化之享受，均付阙如"[1]。

正像古代广西文人需要到北京才可能博取文章功名一样，20世纪20—30年代的广西作家，必须走出广西才可能呼吸新文学的空气。梁宗岱到广州、韦杰三到北京、周钢鸣到上海、陆地到延安，这些广西作家或者就近，或者远行，但无一不是

---

[1] 杜重远：《良好印象》，载舒天编《桂林风烟》，百花文艺出版社，2003，第35页。

到了外省，到了当时中国的文化中心，才获得新文学的感召。更有甚者，胡明树到日本、王力到法国，发达国家的文学，对他们又是另一种营养。这些走出去的广西作家，在异质文化的熏陶下，拓展了他们的文化视野，成就了他们的文学品格。他们是广西新文学第一代作家，也是极其优秀的一代作家。他们中的精英在中国文坛的影响力，至今还值得我们致敬。

梁宗岱就是这样一位需要我们致敬的广西作家。1916年，梁宗岱离开广西到广东新会读中学，1917年孤身一人到广州考入培正中学，1919年，正是"五四运动"发生的同年，梁宗岱就因在报刊发表诗作，被誉为"南国诗人"，得到广州报馆的专访。1921年，梁宗岱应郑振铎、沈雁冰之邀请加入文学研究会，成为文学研究会第四位广州会员，收入其第一部文学作品集《晚祷》中的第一首诗《失望》，正写于1921年，全诗如下：

明媚的清晨，
我把口琴儿呜呜地吹。

金丝鸟听见了，
以为是他的伴侣；
飞来窗前菁幽的竹林上探望，
便又失望地飞去了。

黑蝴蝶听见了，
以为是蜜蜂采花的嗡嗡声；
从窗前菁幽的竹林飞过来，
便又失望地飞去了。

失望的朋友们呵！

怎的我不是你的伴侣？①

　　这一年，梁宗岱18岁，他不仅加入了文学研究会，而且根据父母之命拜堂成亲，这首诗显然有着梁宗岱作为那个时代的新青年的青春体验，他那么渴望融入那个青春的年代，又苦闷于寻觅不到伴侣知音。对照同时期的中国新诗，我们会发现梁宗岱的诗歌不仅清新，而且流畅，与那些富有盛名的新诗作品相比，毫不逊色。或许正因此，50多年后的1970年代，香港文学研究社出版的《中国现代文选丛书·梁宗岱选集》的《前言》才会如此评价："他的作品虽然不多，但却能以质取胜，抵抗得住时间尘埃的侵蚀，保持其青春的鲜艳与活力。"

　　如果说梁宗岱的诗歌创作尚未在中国现代文学史上引起足够的重视，那么，梁宗岱的诗歌理论则在中国现代文学史上产生过很大的影响。他的《诗与真》《诗与真二集》两部诗学理论著作，无论是义理还是辞章，都焕发着中西诗学融合汇通的光彩。他对于象征主义的理解、对于纯诗的论述，直至今天，仍然能够给予我们智性的启示和性情的激荡。不妨引述他有关象征的文字：

　　　　所谓象征是借有形寓无形，借有限寓无限，借刹那抓住永恒，使我们只在梦中或出神底瞬间瞥见的遥遥的宇宙变成近在咫尺的现实世界，正如一个蓓蕾蕴蓄着炫熳芳菲的春信，一张落叶预奏那弥天漫地的秋声一样。所以它所赋形的，蕴藏的，不是兴味索然的抽象观念，而是丰富，复杂，深邃，真实的灵魂。②

　　阅读这种诗学文章，不仅能启迪我们对诗学的感性理解，而且能激发我们对生命的理性体认。

　　留学日本的胡明树也是一位值得重视的作家。他写过诗、写过散文、写过小

---

① 梁宗岱：《梁宗岱文集》第一卷，中央编译出版社，2003，第7页。
② 梁宗岱：《梁宗岱文集》第二卷，中央编译出版社，2003，第66—67页。

说、写过童话，堪称文坛的多面手，但长期以来，他被人们忽略了。然而，当我们面对他的诗歌时，确实能感到某种不能被历史尘埃埋没的价值，不妨读一首他写的《透明的城》：

人口的突增

都市的肚腹的膨胀

人造的石城挤破了

可挤不破天生的山城呢

这山国

市道扩展了

顽固的农村保守不住既有的土地

不得不含泪地

向着都市让与

瓜田，菜地，果园，农场

作了这都市与农村间的缓冲地带

于是保守的农村

就在这缓冲地带上

筑起了防御工事——

以密密麻麻的

点形的 品字形 梅花形的"陷坑"

重重地包围着这都市

似是这就是可以防止它

贪得无厌的膨大

住在施家园一带的

住在福隆街建干路一带的

住在牯牛山丽君路一带的

住在这缓冲地带附近的市民们

来自上海、香港的太太，小姐，少爷们

当你们晚上赴宴看戏归来

灯笼提得低低的

小心勿跌进"陷坑"里去

你们也勿须捻鼻而过的

难道你们家里的香水

可以敌退屋外的臭气的侵入么？

忍耐些吧

你们会习惯的

像你们习惯于没有了电筒

而提着灯笼走路一样

住在这缓冲地带的市民们

是这膨胀了的都市的向着肚腹之外繁殖的细胞

建筑在这缓冲地带上的防御工事

是亚摩尼亚气酝酿所的"粪坑"

于是，就这样地

农村为了都市

在这地带上筑了一座"瓦斯城"

代替了石城的气体的城

亚摩尼亚的城

透明的城 ①

　　这首诗是战时桂林城的真实写照，其中有生动的形象，也有幽默的笔调，还有对城市与乡村文明冲突的记录。我们曾经读过许多战斗性的诗歌，我们也读过不少呻吟式的文字，然而，胡明树的诗歌，与众不同，显得奇异，有一种吸引我们去品读、去探究的力量。

　　留学法国的王力，其抱负是在学术领域从事"雕龙"的事业。然而，抗战后期，在西南联大做教授的他，为了维持生计，也"日试万言，倚马可待"，以"王了一"的笔名写起了文艺小品，经营起"雕虫"的事业。这些小品，当时即广受欢迎，为王了一赢得了与梁实秋、钱钟书并称"战时学者散文三大家"的声誉。王了一的小品，既有现实的隐讽，也有人性的辨析；既有典故的密集运用，也有幽默的轻松化解，称得上亦庄亦谐，亦雅亦俗。值得注意的是，在法国学习和生活多年，王力对西方文明有设身处地的感受，因此，他的小品在谈论中国人、中国事的时候，往往依凭的是现代文明的尺度，比如他的《请客》一文：

　　　　中国人向来主张"受人钱财，与人消灾"的，不花钱而可以白坐车，白吃饭，白看戏，也就等于受人钱财，若不与人消灾，就该为人造福。由此看来，请客乃是一种"小往大来"的政策，请客的钱不是白花的。知道了这一个道理，我们就明白为什么对于亲兄弟计较锱铢，甚至对于结发夫妻不肯"共产"的人，为请客而挥霍千金，毫无吝色；又明白为什么家无儋石，对泣牛衣的人偏有请客的闲钱。原来大多数的请客不是目的，而是手段；不是慷慨，而是权谋！ ②

　　正是因为有更为超脱的文明尺度，司空见惯的中国人请客现象，在王力笔下，才如此鞭辟入里，入木三分。

---

　① 徐力衡（按：胡明树的笔名）:《透明的城》，《诗》1942年第4期。
　② 王力:《龙虫并雕斋琐语》，北京联合出版公司，2012，第96页。

的确，走出去，走到中国的文化中心，走到世界的文化中心，才能开拓视野，阔大胸襟，陶冶性情，纯正趣味，提升品格。这些走出去的广西新文学的先行者，他们的作品，经受了时间的淘洗，直至今天，仍然葆有艺术和人文的魅力，值得我们阅读和品味。

二、1930—1940年代的"迎进来"

1930年代几乎是从战争开始的。1931年的"九一八事变"宣布了日本侵华战争的开始。1937年的"七七事变"标志着日本全面侵华的升级。东北沦陷、北平沦陷、天津沦陷、上海沦陷、南京沦陷、广州沦陷、武汉沦陷，中国被打得七零八落。如果说战前中国文化的中心是北京、上海演出的"双城记"，那么，全面抗战开始后，重庆、延安、桂林、昆明等城市，都扮演了文化中心的角色。桂林更是成为举国瞩目的"文化城"。

广西政府的"建设广西、复兴中国"也是从1930年代开端的。因为广西政府的励精图治，1930年代初，广西赢取了"模范省"的称号。经过对多年内战的反思，广西领导人意识到文化建设的重要，遂于1932年创建广西省立师范专科学校，1936年迁省会回桂林，1937年创建广西建设研究会，这些教育文化机构的创建，正是其"文化求自觉"的具体实践，也为后来桂林成为文化中心做了前期的准备。

全面抗战的爆发，改变了整个中国的地理文化版图。广西何曾想到，作为地处偏僻、位于南疆的蛮荒之地，竟然因为战争，被推到了抗敌的前沿、文化的前沿。

出于"建设广西、复兴中国"的需要，出于抗敌前沿、抗战救亡的需要，广西以迎进来的姿态接纳来自全国各地的文化人，并尽可能为他们创造文化救亡、文化创业、文化传承的文化环境。

文化救亡。抗战歌咏会、抗战戏剧演出、抗战木刻、抗战壁画。这些活动举办于广西，辐射到全国。广西省会桂林成为名副其实的全国抗战文化中心。

文化创业。广西何时曾出现过如此多的书店、出版社，以至于桂林被称为"出版城"、桂西路被称为"书店街"，巴金、王鲁彦、丰子恺、宋云彬在桂林从事出版事业，欧阳予倩在桂林创办广西省立艺术馆，田汉在桂林成为新中国剧社的灵魂。正是因为桂林有如此多的书店和出版社，才吸引了众多作家到桂林生活。就像战前作家涌向北平、上海一样，全面抗战时期，大批作家涌向桂林。

文化传承。国立广西大学、国立桂林师范学院、国立汉民中学、无锡国专、广西省立艺术师资训练班，这些教育机构吸纳了大量作家，使他们能够在战争时期安身立命；也培育了不少作家，使莘莘学子在广西境内也能获得很好的文学艺术教育。

广西为战争时期的中国作家提供了良好的创作环境。桂林时期，是艾芜、彭燕郊、骆宾基、司马文森等人一生中文学创作的黄金时期；茅盾、艾青、端木蕻良、聂绀弩等人创作了他们一生中优秀的文学作品；田汉、欧阳予倩、夏衍、熊佛西等人组织了影响全国甚至影响世界的戏剧活动。这些外省作家不仅奉献了战争时期的文学杰作，而且为广西营造了堪与战前北平、上海比肩的文学环境，使广西籍作家即使生活在广西本土，也能获得文学成长的机会，获得在文学界脱颖而出的机会。

陈迩冬，1935年考入广西省立师范专科学校。他的幸运在于，哪怕是在当时桂林这样一个偏僻的非省会城市上学，国学功底深厚的他能够得到陈望道、沈西苓、夏征农、杨潮等上海文化人的教导，走上了新文学的写作之路。他写新诗、写白话小说、写话剧。可以想象，若不是当时广西对新文化的"迎进来"姿态，陈迩冬几乎没有可能在新文学领域有所作为。虽然陈迩冬后期主要是在古典文学研究领域有更多造就，但在1930—1940年代那个特殊的历史时期，他确实主要是一个新文学作家的形象。闻一多编《现代诗钞》，专门收入了陈迩冬的《猫》和《空街》两首诗歌。不妨录《空街》中的一段：

是人的流荡与人的喧哗，
空街又没有驰驱或停留的车马，
没有招牌也没有插草标，

空街竟招徕了远近的

农人，工人，文化人，

学生，公务员，有闲者，

娼妓与流氓也穿插在

贵妇与绅士的行列。

让空街，给赤足草鞋

长钉马靴和高跟鞋

尽情的摩擦，尽情的敲打！①

从这些文字，我们可以看到当时桂林城市的商业景观，是否也可以推想桂林城市的文化景观甚至文学景观呢？

严杰人，或许是抗战时期最有影响的广西诗人。在许多人的回忆文章里，他都是一个矮小、病弱、贫穷、天真、率直，但对文学极其热爱、极其认真也极其有天赋的人。正是因为桂林非常好的出版环境，二十来岁的他，已经出版了两本诗集《今日之普罗米修士》和《伊甸园外》、一本散文集《南方》和一部中篇小说《小鹰》。这样的成绩，无论在哪个时代，都是骄人的。然而，令人佩服的不是他作品的数量，而是他作品的质量。录一首《南国的边缘》：

往年

南国的边缘

一片绿色的田园笑对着晴天

温暖的阳光在原野上镀金

静静的清水河

汹涌着愉快的温流

---

① 闻一多：《闻一多全集》第四卷，生活·读书·新知三联书店，1982，第482页。

鞍辔似的大明山脊

背负着朵朵瑰丽的明霞

而今

劫后的乡村

血迹烂斑的大地

默对着灰暗的苍穹

刺痛鼻子的血腥

随风荡漾在广漠的草原

草原上

腥风敲打着垒垒的坟头

田园荒芜

没有牛羊啮啃田塍草了

山岭上

开遍了灾难的花

朵朵抹上浓重的血污

人们不敢听清水河东流的

沉郁的呜咽的流水声

不敢看大明山上

惨白的云朵

老年人瘪了的嘴巴

像一个偌大的烟斗

日夜吐出深长的吁叹

顽皮的孩子

被钳住了嘹唱歌谣的喉头

然而年青的人

已经组成了年青的队伍

他们正在迈着健壮的脚步

披着阳光又踏着阳光

迎着南风又送着南风

游泳在劫剩的故乡水色里

像黑夜的狂飙

卷过无垠的草原……①

　　诗人是宾阳人，从小熟悉大明山和清水河，既熟悉那儿的风景，也熟悉那儿的人物。然而，战争改变了一切。诗人写出了战争的残酷血腥，同时也写出了大明山人民坚韧的抗争精神。1944年以前，严杰人从来没有出过广西，正是因为桂林作为全国文化中心城市的地位，给严杰人创造了与众多外省文化人交流、向前辈作家学习的机会，当然，也给了他发表作品、出版作品的机会。很难想象，如果不是战争造成的这种机缘，严杰人能够如此顺利地少年成名？

　　秦似的情况与严杰人相似。1937年高中毕业，秦似先后报考了中山大学和广西大学。战争的缘故，他选择了在梧州的广西大学就读。1938年，经济的原因，秦似中断了求学生涯，进入社会，走上了一条艰难曲折的道路。败也战争，成也战争。战争让秦似失去了到外省接受大学教育的机会，战争又让秦似在广西也能获得文化发展的机会。

　　梧州有广西大学，秦似在广西大学里参与了抗日救亡运动。辍学后，秦似到了贵县，这时广州、武汉已经相继沦陷，贵县成为生活、读书、新知三家出版发行机构的一个转运站，秦似经生活书店店员的建议，在贵县成立了一个"抗战书报供应社"，在为生活书店转运进步书刊时，秦似读到了从上海运来的《鲁迅全集》，对鲁

---

① 严杰人：《南国的边缘》，《现代文艺》1941年第3期。

迅杂文的喜爱，促使秦似开始了杂文写作。秦似学习鲁迅文风写成的第一篇杂文，被从广州转移到桂林的《救亡日报》副刊以头条位置刊出。这对秦似是一个很大的鼓舞。不久，秦似到了桂林，住在漓江东岸訾洲一个竹棚屋里，在夏衍、孟超、聂绀弩、宋云彬等人的支持下，创办了杂文刊物《野草》。

写杂文、办杂文刊物，这是秦似走上文坛的开端，这一切都是在广西境内实现的。试想，若不是战争把广西推到了文化救亡的前沿，秦似怎么可能足不出广西而成为新文学作家？

其实，像严杰人、秦似这样在广西本土走上新文学道路的人，还有不少。比如罗承勋，他中学毕业后进了桂林《大公报》，正是在《大公报》，罗承勋用罗孚为笔名开始了散文写作；比如柳嘉，还在桂林读高中时，就成立了"诗原野社"，并刊印了诗集《诗原野丛刊之一——碉堡》。当时的《广西日报》还发表了韩北屏以欧阳萝为笔名为这本诗集写的书评，并称"戈弩（柳嘉的笔名）的诗是其中最有希望的一个"[①]。

三、1950—1970年代"写民族"

1949年中华人民共和国成立，历史翻开了新的一页。

1949年，陆地追随叶剑英率领的入关南下工作团，告别松花江，直取五羊城。在广州，陆地加入了"广西工作团"，以文教委员会主任的身份，接管了梧州，回到了广西。

这时的陆地，早已成为一名成熟的共产党员，在延安和哈尔滨时代，都曾发表过有影响的小说，回到广西从事数年行政工作之后，产生了回归文学队伍的愿望。

1959年，陆地得到了两个月的假期。他躲进桂林雁山植物研究所，后来又转到桂林榕湖饭店，闭门谢客，不分昼夜，终于完成了为国庆十周年献礼的长篇小说

---

① 柳嘉：《彩色之恋》，花城出版社，1989，第63页。

《美丽的南方》。

这是壮族文学史上第一部长篇小说，1960年由作家出版社出版。《美丽的南方》被认为是广西文学的经典作品，然而，陆地本人对他的一个短篇小说《故人》尤其钟爱。他在回忆录《直言真情话平生》里专门回忆了这个小说主人公的原型。那是一个名为梁升俊的人物。1949年陆地从广州到梧州，下榻梧州江西大酒店时，在来往客人名单中看到了这个名字。陆地随胜利之师回到广西，梁升俊随败亡之师逃向香港。这个细节对作家陆地有很深的触动。[①] 梁升俊是民国文人，写过《蒋李斗争内幕》。多年后，我在采访陆地时，他专门谈到这个人物。可见此人在陆地心目中留有很深的印象。在回忆录中，陆地明确表示《故人》的素材正是来自梁升俊的经历。

这时候的广西已经从广西省变成了广西壮族自治区。这个改变是1958年发生的，对广西文学显然产生了影响。从此，广西作家发表作品，往往会出现族别名称。壮、侗、苗、瑶、京、毛南、仫佬等少数民族作家，往往得到特别的关注。少数民族作家书写少数民族生活，逐渐成为那个时代广西文学的主流。

1953年，壮族青年韦其麟考上了武汉大学。就在这一年，他在《新观察》发表了长诗《玫瑰花的故事》，后被译成英文收入《中国文学》(英文版) 1955年第4期。1955年，《百鸟衣》又在《长江文艺》首发，很快被《人民文学》《新华月报》转载。

韦其麟在《百鸟衣》的创作谈中专门谈到童年时山歌和故事对他的影响，但在写作时，他显然赋予了取材于民间传说的《百鸟衣》故事以新时代的意识形态内涵。这是新的时代、新的文学的共同特点。比如，在民间传说中，依娌是一个万能的神仙，古卡因为依娌而成为富人。这是普通贫苦百姓的愿望。但是，接受了新时代意识形态的韦其麟，对民间传说中的依娌形象进行了微妙的调整。为了保留民间传说的神话色彩，长诗保留了依娌是公鸡变成的这个情节，但作者不是将其写成万能的神仙，而是"一个美丽的、勤劳的、聪明的、善良纯洁而又能吃苦耐劳的姑娘"[②]。

---

① 陆地：《直言真情话平生》，广西美术出版社，2004，第65—66页。

② 周作秋：《周民震 韦其麟 莎红研究合集》，漓江出版社，1984，第247页。

韦其麟在广西壮族自治区成立之前，已经成功地实现了对广西本土民间文化的利用和重塑，他的作品确有某种先声夺人的意味，《百鸟衣》由此成为中国当代少数民族文学史、广西当代文学史最重要的作品之一。

不过，最具有影响力的壮族文学作品，仍然首推彩调剧《刘三姐》。彩调剧《刘三姐》讲述的是壮族歌仙刘三姐的故事。1959年4月，柳州专区戏剧代表团的彩调剧《刘三姐》参加在南宁举办的"广西壮族自治区为国庆十周年献礼戏剧汇报演出"，演出大获成功，好评如潮。1960年，广西壮族自治区组织了全区规模的《刘三姐》专题会演。1961年，经过进一步修改完善的《刘三姐》剧本在《剧本》第8—9期刊出。《刘三姐》的创作过程，特别具有那个时代的特点：基层提供具有潜在价值的优秀作品，高层动员各种资源丰富、提升和完善作品，最终以群众、专家和领导的合力，成就了一个时代的文学典范。经过电影《刘三姐》的强势传播，"刘三姐"成为广西最具影响力的文化符号和文学典型。

广西有"歌海"之称。壮族固然是能歌的民族，瑶族、侗族、苗族、京族、仫佬族、毛南族又何尝不是能歌的民族？仫佬族诗人包玉堂的《歌坡小景》，正是广西多民族能歌善歌的情景写真：

这里一双戴着草帽的姑娘，

银亮的草帽好像十五的月亮；

那里一对打着油伞的后生，

红艳的雨伞好像初升的太阳！

树树野果像珍珠满山，

丛丛枫叶像团团火焰，

歌声随着蜜蜂的金翼，

飞到这边又飞到那边。

呵，美丽的山坡，

布满一双双情人，

歌声像甜美的酒，

把情哥情妹们灌得醉醺醺……①

　　1949年以后，广西不仅在建制上有所变化，而且在政区划分上也有所调整。1952年，明代以前原来属于广西的钦州、廉州重新划归广西；1954年又一度划归广东；1965年，钦州、廉州地区重新回归广西。历史地理学家李孝聪认为："原合浦郡的隶属问题，一直是广西地方政区划分上的一个变数。'广西盆地'本身是封闭的，只有南面钦州地区临海，才使广西能够具备一个对外联系的出口。"②钦廉地区的回归，不仅给广西政区带来了一片海域，而且给广西文学增加了海洋文学品种。从此，海洋文学元素成为广西文学的一个有机组成部分，为原来以山歌为主流的广西文学带来新异的风采；北部湾成长起来的一批作家诗人，壮大和提升了广西文学的作家队伍。

　　1950—1970年代，广西本土有陆地（壮族）、李英敏（京族）、苗延秀（侗族）、莎红（壮族）、包玉堂（仫佬族）、武剑青（汉族）、韦其麟（壮族）、周民震（壮族）等一批有影响力的作家；广西本土之外，亦有梁羽生、白先勇、罗孚等一批有影响力的广西籍海外作家。他们共同造就了那个时代的文学图景。白先勇在彼岸开启了台湾的现代主义文学潮流，韦其麟在此岸开掘广西的民间文学土壤；小说《台北人》书写大陆人在台北的被放逐的情感，戏剧《刘三姐》演绎壮族人在旧时代的苦难与抗争。在1970年代的最后一年，王云高和李栋进行了一次高品质的合作。他们在《邕江》1979年第1期联合署名发表了短篇小说《彩云归》。该小说很快被《人民文学》1979年第3期转载，并获得全国第二届优秀短篇小说奖。《彩云归》写的是流落台湾的大陆人对故乡故土的深情，表达的是两岸统一的愿望。当我们把白先勇的

---

① 包玉堂：《仫佬族走坡组诗》，《作品》1957年第12期。

② 李孝聪：《中国区域历史地理》，北京大学出版社，2004，第261页。

《花桥荣记》和王云高、李栋的《彩云归》并列参照，可以看到两岸广西作家异中有同的乡土情怀。

四、1980—1990年代"结硕果"

1978年的思想解放开创了中国文学的新时期，改革开放成为新时期文学的主旋律。思想解放为新时期的广西作家带来了活力，改革开放为新时期的广西文学带来了生机。

以韦一凡、蓝怀昌、陈肖人、黄继树为代表的一代广西作家，他们于1960年代开始文学创作，对时代的变化有更多的感悟，他们的作品更倾向书写历史变迁与社会变革，"改革"是他们创作中的主旋律。

韦一凡的长篇小说《劫波》就是以白鹤村为背景，写出了近半个世纪以来壮族山村的社会历史风貌。

蓝怀昌的《波努河》是瑶族文学史上第一部长篇小说，通过对瑶族历史文化与社会现实的书写，力图在更长的历史时段中展现"波努人"的命运遭际，展现瑶族人赖以生存的波努河的历史流脉。

陈肖人的中篇小说《黑蕉林皇后》写长滩河黑蕉林的少妇程秀瑛，丈夫不幸早逝，她独自一人接过了丈夫的香菇场，一半时间种责任田，一半时间种香菇。小说一改传统说法"寡妇门前是非多"的俗套，写出了一个既有魅力又有魄力的新寡少妇形象，并在她与大光、谢茂生的情感纠葛中，折射出时代的变化和人性的奥妙。

黄继树的长篇小说《桂系演义》写在中国现代历史进程中产生了重大影响的政治军事集团桂系的历史，写李宗仁、黄绍竑、白崇禧、黄旭初等人如何从旧桂系的下层军官，成长为新桂系的高层领袖。从统一广西到出兵北伐，从焦土抗战到竞选总统，从败兵成匪到回归祖国，《桂系演义》试图传达的是对孙中山"世界潮流，浩浩荡荡，顺之则昌，逆之则亡"的历史观的感悟。虽然不少读者将《桂系演义》比附为当代的《三国演义》，然而，其所传达的线性历史观，与《三国演义》"天下大势，分久必合，合久必分"的循环历史观显然有着根本的区别。

以聂震宁、梅帅元、张宗栻、张仁胜、冯艺、杨克、李逊、林白为代表的一代广西作家，他们于1970年代开始文学创作。如果说他们的前辈作家对中国自身的社会历史变迁有更多体验，那么，这批作家则对外面的世界更加敏感，"开放"是他们创作的文化姿态。

聂震宁的短篇小说《长乐》以他熟悉的宜山为原型，写出了一个古老、封闭的中国县城，因偶然的开放带来的各种心理激荡。聂震宁的另一个中篇小说《暗河》，则写出了隐藏在地表下面的河流寻求突破的冲动。

受周氏兄弟花山题材绘画创作的启发，梅帅元、杨克撰写了宣言式的文论《百越境界——花山文化与我们的创作》，传达了意欲将古老的花山文化与西方的现代主义结合的审美诉求。

为了与广西特殊的人文历史对应，梅帅元、杨克所选择的西方现代主义主要是拉美魔幻现实主义。正是这种审美选择，造就了一批风格卓异的文学作品，聂震宁的《岩画与河》、杨克的《走向花山》、梅帅元的《红水河》、张宗栻的《魔日》、林白的《山之阿 水之湄》，这种开放的文化姿态，为他们后来的文化创造奠定了厚重的基础。

值得一提的还有，1980年代，一位广西籍作家还在大学期间即在全国文坛产生了影响，他就是出生于北海的陈建功。陈建功8岁离开北海随父母到北京定居，1977年考上北京大学，先后以短篇小说《丹凤眼》《飘逝的花头巾》荣获1980年度和1981年度的全国优秀短篇小说奖。

1980年代，既是广西作家呐喊的年代，也是广西文学彷徨的年代。当1980年代行将结束，广西作家突然意识到，整整十年，当其他省区作家纷纷摘取全国性文学奖项的时候，广西本土作家榜上无名。黄佩华、杨长勋、黄神彪、韦家武、常弼宇五位青年作家因此发起了广西文学的"88新反思"。当"88新反思"如火如荼的时候，已经到了1989年，1980年代即将过去，1990年代就要来临。

1990年代是20世纪的最后十年，因此笼罩了浓郁的世纪末氛围。然而，对于意欲在中国文坛攻坚的广西作家，则开始了一轮新的集结。

这个新的集结是文学桂军的集结。

桂军原来指的是民国时期李宗仁麾下的广西军队。从北伐战争到抗日战争，桂军曾经立下赫赫战功。

1990年代初的广西作家有感于历史上桂军的辉煌，自命为"新桂军"。"新桂军"最初集结于《三月三》杂志，之后四面出击，在《上海文学》《当代》等名刊都有过集群式的亮相。

1996年在宁明花山召开的"广西青年文艺工作者花山文艺座谈会"，显示出广西文艺界领导层面对广西文艺繁荣的强烈愿望。1997年，"广西百名青年作者创作会"在南宁召开，文学桂军形成了它的真正集结，启动了向中国文学高地的强势冲锋。

1996年，张燕玲主持《南方文坛》全新改版。改版后的《南方文坛》从地方性文艺评论刊物一举成为"中国文艺批评重镇""今日批评家摇篮"。

1997年，文学桂军旗开得胜，东西的中篇小说《没有语言的生活》，荣获首届"鲁迅文学奖"；张仁胜、常剑钧的彩调剧本《哪嗬咿嗬嗨》，梅帅元、陈海萍、常剑钧的壮剧剧本《歌王》荣获"曹禺戏剧文学奖·剧本奖"。

1998年，《南方文坛》第1期以本期焦点栏目发表马相武《造势当下的南国三剑客》、黄伟林《论广西三剑客》、朱小如《"挑战"广西三剑客》，第2期发表陈晓明《直接现实主义：广西三剑客的崛起》。"广西三剑客"作为文学桂军的领军品牌，被文坛广泛认同。

值得注意的还有，当广西本土作家风生水起之前，在广西登上文坛，后来移居北京的广西籍女作家林白已经在全国文坛产生影响。1994年，林白在《花城》发表长篇小说《一个人的战争》。《一个人的战争》既是个人化写作的代表，又是女性主义文学的典范，它的发表，确认了林白在中国当代文坛女性文学代表作家的地位。哈佛大学教授王德威称"林白的小说仿佛要为千百同辈女子，写下'一个人的战争'，一首变调的'青春之歌'"①。迄今为止，《一个人的战争》已经出版十多种版本，并有多种外文译本，作家林白在新世纪之后出版的各种作品，在中国当代文学史中均有一席之地。

1980—1990年代，是广西文学转型提升的年代，也是广西文学硕果累累的年代。1999年，《民族文学》发表黄伟林《边缘的崛起》，从此，"边缘的崛起"成为描述文学桂军崛起约定俗成的短语。

五、2000—2010年代"呈新局"

世纪末结束，新世纪诞生。

2001年，仫佬族小说家鬼子先声夺人，以中篇小说《被雨淋湿的河》荣获第二届鲁迅文学奖。

新世纪广西文学出现新的特质。

首先是70后作家崭露头角。朱山坡的短篇小说《陪夜的女人》《灵魂课》，映川的中篇小说《我困了，我醒了》《不能掉头》，陶丽群的中篇小说《一塘荷香》《寻暖》皆为有影响力的作品。此外，湖南籍的鲁迅文学奖获奖作家田耳加盟文学桂军，也壮大了文学桂军70后作家的阵容。

其次是广西作家"触电"现象。广西三剑客中的李冯先后为张艺谋的武侠大片《英雄》《十面埋伏》撰写文学剧本。凡一平的中篇小说《寻枪》《理发师》拍成电影后均产生了较大的影响。东西的中篇小说《没有语言的生活》被改编为电影《天上的恋人》，荣获第十五届东京国际电影节"最佳艺术贡献奖"。辛夷坞的长篇小说《致我们终将逝去的青春》拍成电影后创造了票房奇迹。

最后是广西作家致力长篇小说写作。东西先后在《收获》和《花城》发表长篇小说《后悔录》和《篡改的命》。鬼子在《小说月报》（原创版）发表《一根水做的绳

---

① 王德威：《一个人的战争》台湾版序，该序收入林白《一个人的战争》(20年纪念珍藏版)，花城出版社2015年出版。

子》。凡一平先后在《作家》和《江南》发表长篇小说《上岭村的谋杀》和《蝉声唱》。黄佩华在《作家》发表《杀牛坪》《河之上》。

还值得一提的是"2006北京·广西文化舟"。一周里，广西美术精品在中华世纪坛展出；文学桂军进北大百年讲堂，与北大师生对话；北大电影院·广西电影周之第五代导演作品展；山水实景演出《印象·刘三姐》进人大；民族音画《八桂大歌》唱响中央民大，《大地飞歌》入北航。"广西文化舟"象征着一个充满活力和希望的广西以文艺为媒不断地走向全国，并成为佳话。

在当下这种信息海量的时代，如此列举信息必然挂一漏万。我们还是根据有限的阅读，谈论一些对我们的理智和情感真正有所触动的作品。

东西的短篇小说《请勿谈论庄天海》，讲述了孟泥一系列神秘的经验。传说中，孟泥与王小尚的恋爱与幸福都与庄天海有关，但孟泥与王小尚并不认识庄天海，为此孟泥对传说表示不以为然。然而，孟泥很快遇到厄运，王小尚毫无缘由地失联。类似这样的事情不断发生，庄天海，深度地影响了孟泥的生活，甚至影响到孟泥的下一代。小说以荒诞的笔触，揭示了生活中某种本不存在却又无处不在，子虚乌有却无所不能的力量，或许能引发人们对人类生存处境的沉思。

张仁胜的电视连续剧剧本《桂林城》，以抗战桂林文化城为背景，描述了国民党、共产党、日伪军各种力量的角逐。虽然是虚构的文本，但显示了作者对桂林文化城那段历史的精准认知。而故事情节的跌宕起伏、世态人情的细腻描摹、人物性格的大开大合，确能激发读者的阅读兴趣。

凡一平长篇小说《上岭村的谋杀》，讲述发生在上岭村的一桩谋杀案件。小说情节扑朔迷离，扣人心弦。《上岭村的谋杀》是一部既好读又耐读的作品，是凡一平丰厚的乡土生活积累与自由的艺术想象遇合的产物。由此，凡一平创作了一系列以上岭村为题材的小说。上岭，成为凡一平文学版图最重要的地理标识。

陈谦，虽然1990年代已经离开广西到美国定居，但是，新世纪以来，她发表的许多作品，都有确切的广西背景。《特蕾莎的流氓犯》《繁枝》《无穷镜》，这些作品中的人物，游走在大洋彼岸，却延伸着漫长的广西记忆。

冯艺曾经以散文的形式记录有关广西的人文地理，《桂海苍茫》和《红土黑衣》是他广西书写的代表作。《沿着河走》与前面两部散文集略有不同。有些篇章，内容完全脱离了广西本土；有些篇章，内容切入到作者家世。令人钦佩的是，作者能够在这种远与近中达到平衡。他的笔触，哪怕是穿越遥远的伊斯坦布尔，也能激起我们设身处地的体验；哪怕是写近在眼前老家门前的山脉，也能引发我们对山外世界的想象。

张燕玲，人们或许熟悉她热情率真的文学评论，但是，《此岸，彼岸》《耶鲁独秀》《朝云朝云》《望尽天涯》《西津渡，锅盖面》《础石》等散文作品则显示了她的创作才华。在这些作品中，最令人动容的是作者流淌在文字之中的性情，在文学评论写作中直言的她，在散文写作中却深潜着深挚饱满的情感。当然，与散文中的深情相匹配的，是作者深刻的识见。在这个人文价值遭遇质疑的时代，张燕玲散文呈现的是她一以贯之的人文情怀和价值坚守。

沈东子，曾经以他的小说作品打动过许多读者，新世纪以来，写作了大量有关西方文学的散文随笔，并结集为《西风·瘦马》《西窗剪影》出版。沈东子的随笔在叙事上也有小说的技法，以一个个有悬念的故事吸引读者阅读。沈东子随笔的价值不仅在于叙述的生动婉转，而且在于信息的稀罕珍贵。他既是作家，又是翻译家，其随笔中大量的信息，直接来自由其翻译的英文书籍。如此，沈东子的这些随笔就不仅具有随笔的价值，也有了翻译著作的价值，有大量西方文化史引人入胜的第一手材料。

上述，不过是庞大的文学桂军有代表性的现象，仅从这样几位作家的作品中，就能够感受到文学桂军的整体素养和独特品质。

新世纪是西方的概念，新时代是中国的观念。在新时代，曾经边缘崛起的文学桂军，继续艰难地向中国文坛高地行进。2018年，定居浙江的广西籍女作家黄咏梅以短篇小说《父亲的后视镜》荣获第七届鲁迅文学奖。

时间已经到了2019年。这一年，文学桂军的中坚作家朱山坡、光盘、李约热分别出版了他们的新作。朱山坡的《蛋镇电影院》是一部以蛋镇电影院为题材的系列短篇连缀而成的长篇小说，其中多个篇章在期刊发表时已经产生良好的影响。光盘以湘江战役为背景的长篇小说《失散》在《民族文学》推出，几代作家书写过的革命历史经典题材在广西本土作家笔下翻出新意。李约热的中短篇小说集《人间消息》仍然以野马镇为背景，讲述荒谬怪诞、黑色幽默、寓意深刻的广西故事。

从1919年到2019年，中国新文学经历了整整100年的历程。广西曾经是新文学初期的化外之地，也曾经扮演抗战文化的前沿角色。从少数民族文学的书写，到现代主义文学的引进，广西文学与时俱进的步履逐渐从容。值得注意的是，1934年发生在广西的湘江战役，2019年吸引了举国上下亿万的目光，也引发了文学桂军书写长征的热潮。湘江战役是红军长征的生死之战。湘江战役之后，长征进入了胸有成竹之境。

当我们回眸百年广西文学，也不妨将广西文学的繁荣之路比喻为长征。随着新文学又一个百年的开启，文学的至境也将成为文学桂军的胸中成竹。

目 录

导 言

·1·

导　言

一

　　20世纪是中国文学得以穷而后工的时代，这个时代之文学的发生和存在，无疑与家国天下紧密相连，其中充满了对历史的悲悯、人文的观照与生死的叩问。对于现代广西而言，由地理闭塞走向地域通达，由文化荒漠衍化为精神绿洲，广西的长篇小说经历了蕴蓄、发酵、生成，逐渐成为现代文学史上可资参考的重要文本，在思想史、文化史和文学史中，提供了不可忽视的重要形态。

　　从全国范围内看，中国广阔的西南部地区，成为了20世纪三四十年代抗战的大后方。其中的中心城市，如重庆、武汉、昆明、贵州、桂林等，在战争情势下得以保存，然而所遭受的历史及所承担的功能却各有差异。当时较为重要及特殊的城市，一个是重庆，另一个则是桂林。广西的文化抗战持续时间长达六年之久，文化功绩遍及文学、批评、报刊等，产生的影响巨大而深远。从文化地理的角度看，文化的迁徙，势必带来新与旧、外来与本土的融合与碰撞，从而在两者之间催生出一个崭新的、由多重领域建构而成的文化场。正如布尔迪厄所言："从分析角度看，一个场也许可以定义为由不同的位置之间的客观关系构成的一个网络，或一个构造。"①值得注意的是，这个场是具有一定的稳定性的，聚集成一个具有内部肌理的稳固的存在，从中形成诸种合力，也于焉折射出广西文学的独特魅力。其中首先表现得最为显著的就是来自不同立场的多种文化力量之间的角逐：日本侵略者的文化侵略、共产党的文化宣传、桂系的文化政策、国民党的文化审查、本土的文化力量以及民间自在的文化惯性。不仅有日本帝国主义的侵略威胁，还有国民党当局的管控，同时也得益于桂系政治环境的宽松，以及共产党的极力推动和秘密操作。正是在这样不同的力量之间斡旋、龃龉、争夺之下，一个较为稳定的文化网络形成了。也正是因此，当时的文学才得以在炮火连天、局势动荡的大环境下在广西得到喘息的机会，并不断发展壮大。

在这个文化场域里催生的文学中，小说是最有分量，也是最有活力的主力军。不仅创作数量最多，而且影响最大。在小说中，长篇小说又是被更多地寄予厚望的那一部分，当然，它的表现也不负众望。在此期间，不仅有原就负有盛名并在小说领域已取得相当成绩的大作家如郭沫若、艾芜、巴金等人于桂发表了重要作品，如《霜叶红于二月花》《山野》《火》（第三部）等；一些刚踏入文坛不久的作者，诸如司马文森、黄谷柳、封凤子等人，凭着一腔热血和勇气，也在广西扎下了根，开出了花，发表了《雨季》《人的希望》《菲菲岛梦游记》《虾球传》《无声的歌女》等影响不凡的长篇小说。这些小说产生的文化和时代背景尤为特殊，因此只有充分考察这个文化城的文化/文学场域中的各种力量的合力和拆解，才能真正进入历史现场与文化/文学现场。这些力量不仅形构出一个个崭新的文化场域，也形塑出一种不可忽视的诗学政治。

---

① ［法］布尔迪厄：《文化资本与社会炼金术——布尔迪厄访谈录》，包亚明译，上海人民出版社，1997，第142页。

二

这一时期在广西发表的长篇小说中，并不只是单一地表现当地的现状，也有表现多地不同人物生活境况与抗战现实的作品。例如司马文森《菲菲岛梦游记》中菲菲岛沦为殖民地的悲惨命运；《雨季》中林慧贞经由上海至内地而在思想上发生对抗战态度的变化；《人的希望》中历经重重磨难最终在香港发生蜕变，不顾身体残疾，毅然投入民族解放大业中的朱可期；凤子《无声的歌女》中因上海沦陷后想要投身抗战未果而因此服毒却导致失声的歌女章缦杰；黄谷柳《虾球传》中广东珠三角地区的抗战斗争与黑暗腐败现实；艾芜《山野》中广西吉丁村各个阶层人物之间错综复杂的矛盾和对抗日的不同态度……凡此种种，这些作品共同描绘出了这一时期的家国天下，犹如一曲壮丽的交响乐，在广袤的祖国大地上空进行多声部共奏，演绎出一部激昂动荡抗战史。而在这些作品中，当时较受青年欢迎、影响较大的要数司马文森的《雨季》和艾芜的《山野》，它们的特别之处在于能够在"救亡"这一大主题之下探讨"人"的生存意识，国家、民族的现代意识等更为多元且进步的思想。

司马文森是一位著述颇丰的文学家和卓有成就的外交家。1934年加入"左联"，开始革命文学活动。抗战时期，司马文森先后在上海、广州、桂林等地从事救亡宣传工作。其间发表了大量小说和评论文章，影响深远。1941年司马文森于桂林创办文艺月刊《文艺生活》，苦心经营，使其成为桂林抗日文艺救亡的阵地。他创作生涯最旺盛的年代也是来到桂林之后。"这一时期，他方华正茂，精力充沛。加之风雷激荡的伟大抗战斗争生活，为其提供丰富多彩的创作题材。肩负着民族与时代的重任，鞭策他以笔当枪，唤醒民众，奔赴战场。强烈的创作愿望，激越的情感，似咆哮奔腾的扬子江水，一泻千里，难以自控，……从而被大家公认为这一时期的'高产作家'。"[1] 他以饱蘸情感的笔触和惊人的毅力，创造了一批熠熠生辉的作品，丰富了我国抗日文艺的宝库。其中《雨季》既是他的第一部长篇小说，也是他探索爱

---

[1]　杨益群：《司马文森在桂林的文学活动及成就》，《广西社会科学》1986年第4期。

情题材与延续鲁迅一代刻画知识分子道路选择的尝试。《雨季》通过青年女性林慧贞在民族解放战争的时代大浪潮中的觉醒以及她摆脱封建家庭囚笼的奋争过程,传达了一种强烈的人性意识和抗争精神。抗战开始后,林慧贞随民族资本家丈夫,由上海到内地,亲身体验到抗战热潮与抗战生活的艰难,她开始觉得她自己所过的悠闲安逸的生活与抗战气氛是格格不入的。她想为抗战贡献力量,但遭到了丈夫的拒绝。这时她遇到丈夫的老同学方海生,为他身上的时代气息所感染而渐渐对他产生了爱情。她期望方海生带她到抗战中去,但方海生最终不辞而别了。在丈夫的威逼折磨下,林慧贞勇敢地站立起来了。她与家庭彻底决裂,孤身一人来到儿童教育院,为抗战救亡做些抚育难童的工作。小说中的反封建意识和对人性、人情的肯定,使作品具有较深邃的思想内涵。女主人公追求新生活的不屈不挠的意志,被渲染得很有感染力。小说具有细腻、抒情的艺术风格,是作者这一时期较有成就的长篇小说。《雨季》代表的是抗战时期知识女性的道路选择。林慧贞不满于金丝雀式的生活,这是一个抗战中的"娜拉"①,作者于一个颇受争议的抗战三角恋的故事中揭示了人在动乱时代如何对生命进行克服和超越这样的重大主题。当时就有不少青年受到《雨季》的启发而冲破重重阻力,走向革命道路。在"抗战救亡"的背后,更重要的是"人的思想"的觉醒。中国人在"救亡"的同时,也意识到了拯救"人"的思想的重要性。而这种意识所具备的现代性,不知不觉使五四启蒙中的欠缺得到了补课。②这与七年后艾芜发表的《山野》——其突破战时心理描写的粗糙、思想的单纯而对同一阶级内部以及不同阶级之间复杂矛盾的细腻书写,共同丰富了抗战文学的美学指向。

抗日战争期间,艾芜曾在桂林居住了五年多。在这段时间里,他积极参加桂林抗战文化活动,著述众多,无论从数量上还是从质量上看,艾芜都是桂林文化城时期笔耕最勤奋、成绩最显著的作家之一。抗战环境中的艾芜消退了自己以往的浪漫

---

① 魏华龄、左超英主编《桂林抗战文化研究文集·六》,广西师范大学出版社,2001,第178页。
② 雷锐:《桂林文化城小说研究》,中国社会科学出版社,2006,第244页。

风格，明显地转向暴露压迫与苦难，这主要体现在他的长篇小说《山野》中。《山野》叙述的是广西一个叫作吉丁村的小山寨在一天一夜的时间里与日寇抗争时各个阶层的表现，其中最为精彩的部分是在心理描写的基础上展示了在外敌进犯面前，农村社会中村落与村落、富户与贫户、土著与外来者之间形形色色的心态和错综复杂的矛盾，具有较为坚实的现实主义品格。塑造了一系列个性鲜明的形象。如徐华锋，作为投降派徐德川的儿子，他没有遵从父亲所选择的道路，而是毅然选择了民族大义，与人民在一起，是典型的抗战先锋。还有韦美珍，作为商业主兼地主的抗日投机派韦茂和之女。她不仅没有被化归入父亲的阵营，反而在抗日的战斗中洗刷了原本的小资产阶级思想，在救护伤员的实际工作中变得沉毅坚强，在揭露其父与徐德川的关系中大义灭亲，起了至关重要的作用。韦美珍是艾芜精心刻画的先进女知识青年形象的代表。"艾芜首先在自身精神上实现了抗战新气象，将《欧洲的风》中走在山路上的'野人'的自发反抗，将《秋收》中的统一抗战思想，发展为'山野'——漫山遍野：黑虎关、野猪岭、狮子岭……将'山峡中'的个人生存意志发展为民族生存意志。这是艾芜自由主义写作立场的胜利。"[1]

三

对战斗生活的表现，对个人命运与道路选择的探讨和对民族性更深远的探求，本质上反映着民族精神的重铸和作家对"人"的生活现场的密切关注。而在抗战的大背景下，这种关注就不可避免地与苦难叙事联系在一起，从而勾勒出在抗日民族统一战线和反法西斯抗战的斗争下广西文学的文化版图。

这一时期长篇小说的叙述更多的是从底层人民的生活现场切入，去精细刻画他们生活的苦与难并且着重描写他们反抗苦难的艰辛过程。自文学诞生起，苦难叙事一直是一个永恒的母题。不同时代的人有着各自具体的历史的苦难，而不同的苦难

---

① 郑万鹏：《中国现代文学史》，华夏出版社，2007，第261页。

在文学中所起到的功能也是各自不同的。在中国现代小说的奠基人鲁迅那里，苦难在夏瑜、魏连殳、祥林嫂、阿 Q 身上承载着他拯救国民性的启蒙热望。而在抗战年代，桂林文化城文学作品中的苦难叙事，则反映着革命与苦难的逻辑关系：承受苦难与压迫的人只有奋起革命才能改变自身的处境，才能摆脱煎熬。因此，在此时期的大部分小说中，都能看到受难主人公奋起抗争的叙述。如在司马文森的《人的希望》、凤子的《无声的歌女》、黄谷柳的《虾球传》中，我们都能看到或与生存或与心灵相关的苦难叙事。

司马文森《人的希望》中的主人公朱可期，是一个饱受苦难而成长起来的有志青年。他中学时代摔断了双腿，不幸成为残疾人。而后爱情之舟也在层层重压下触礁。但他不消沉、不颓废，向上的意志和顽强的毅力使他拥有了绘画这一技之长，在机缘巧合下结识曾参加过抗战教育实践社的刘东之后，他以绘画对叛国投敌的汪精卫进行声讨。最后，当意识到自己所有对美好生活的渴求在战争局势下无法实现时，他决心用一双木腿走上战地，投身到火热的抗战斗争中。事实上，"可期"这一命名就注定了他必将投身革命的历史命运。因为在抗战的时代背景下，反抗是唯一的出路，唯有此，以他为代表的万千受苦受难的知识青年所渴求的光明未来才能有所可期。同样，凤子《无声的歌女》中的章缦杰也是这样一位历经波折的受难人，而她的反抗之路却是更为艰难曲折的。《无声的歌女》这部长篇小说的背景是抗战爆发前后尤其是上海沦陷后。女主人公章缦杰因受到贫寒却积极向上的青年黄吉明的影响，从优渥的家庭中走出，一跃成为上海的歌星。但她也因此受到花花公子陈文元诱导而出入各种交际场合，自甘堕落。抗战开始后，章缦杰积极参与抗战宣传活动，想要加入抗战活动，却因为陈文元的监视与威逼不得不出入各种日本人物宴会的场合。在章缦杰想坐船出走的计划延期并被要求前往东京之际，她选择了服毒自尽，虽然最后脱离生命危险，却失去了自己的嗓音，成为了"无声的歌女"。想要投身抗战而不得，最终选择以自戕的方式反对苦难的章缦杰，以其极端化、个人化的自我革命方式表达了对挣脱苦难的诉求，达到了无声胜有声的效果，令人震撼和警醒。

朱可期、章缦杰是这一时期苦难叙事中以革命反抗苦难的典型。而当个人的苦难与家国的苦难联系在一起时，就必须将个人放入历史的经纬中，即要把由他们所代表的这一时期的文学放入当时历史坐标的版图中，才能更立体、多元、在场化地逼近当时的历史真相，从而建立起抗战时期广西文学的文化版图结构。

首先，随着抗战进入相持阶段，现代广西的长篇小说也因而携带着相持阶段的特征：错综复杂、曲折深入、丰富多元。关于革命，作家们不再持抗战初期那种鼓吹"速胜"的盲目热情，而是沉下来，仔细分析革命形势、革命关系的复杂。正如黄谷柳的《虾球传》中参加了游击队的虾球一样，不再抱有急于求成的心态，而是沉着冷静、耐心地与反动派斗智斗勇。同时，从纵向来看，桂林文化城虽然地位突出，但也不是独立存在的，它与大后方其他的文化城联动，如重庆、昆明等地，构成一个特定历史时期的文化地理谱系，被一起纳入到抗战文化和抗战历史的版图之中。

其次，将广西的抗战历史置于世界的范围内时，我们会发现其时间节点与历史性质恰好能够使其融汇到世界反法西斯阵营中。尤其当时的桂林作为亚洲战场西南战时的重要军事、政治、经济、文化重镇，连接起正面战场与战略后方的通道，连接起中国抗战文化与世界反法西斯文化的精神纽带。国际新闻社桂林总社、英美使馆新闻处桂林分处等的设立，标志着桂林与世界主要血动脉的连接。[①] 桂林不仅拥有与世界连接的渠道，同时在桂作家也努力地将桂林的文学作品翻译出去。如司马文森的《雨季》《人的希望》被译入英国作家约瑟卡尔玛的《中国短篇小说选集》；艾芜的《山野》则以匈牙利文翻译出版；莫斯科的《国际文学》还专门介绍了桂林文化城的《野草》杂志。从这个意义上看，这一时期广西文学的发生与发展，是一个跨文化的事件。广西的抗战文化也是具有世界意义的，而不是自说自话。从这个角度来说，广西就不只是中国的广西，而是世界的，属于历史的。在世界的宏观视域下，当时的桂林、黄姚乃至广西都已不再只是一座单纯的城市，它们已经被抽象

---

① 雷锐：《桂林文化城小说研究》，中国社会科学出版社，2006，第10页。

成为一个文化地理符号，归入世界文化的版图之中，成为世界战争文化 / 文学拼图中至关重要的一块。而从外部来看，文化符号并不是独立存在孤立发展的，尤其从历史的纵向发展脉络中看，在横向的同时性，编码进入相应的文化序列之中，即抗战文化史与革命历史，20世纪的革命历史之中。因此，这一时期的广西文学带有一种较为宽阔的视域，有着较为现代的意识，出现反映生活的场面比自身之前的时期与同期其他文学更有深度、更为多元的现象，也就不奇怪了。

长篇小说的书写，往往注重表现广阔丰富的社会生活，能反映人生的重大题材，能够多面、多角度地展现风云变幻的世界，具有历史性和时代性。纵观现代广西1919—1949年间长篇小说的书写，一方面能够展现抗日战争时期文化地理的变迁、新的文学场域与特定时期诗学政治的形成；另一方面，又能够在苦难叙事中以现实主义的品格进一步还原生活现场的真相，进而在历史的坐标中形塑出广西文学位于全国乃至世界中的文化版图。总体而言，这一时期广西文学的发展，既有呼应时代的多元美学，也有与外来文化的摩擦融合；既有家国天下的豪迈恢弘，也有地域文化的传统书写；既有文化符号的探索建构，也有生活现场的人文关怀，有着较强的历史的丰富感和纵深感。这一时期广西文学的成就，不仅得益于时代的机遇，更因为在漓江之畔怀抱着一批优秀的作家。他们怀着激情与理想来到这里，拿起手中的笔，挥毫泼墨，发出了不亚于枪杆、刺刀的伟大作用。在他们的努力下，广西文学在中国文化史上发出了耀眼的光彩，启迪着后继者在他们的丰碑上不断探索广西文学的更多可能。

四

20世纪50年代中期至60年代初期，是中国当代长篇小说创作的第一个高潮时期。在此十余年间，一批由拥有革命经历的作家以亲身经历为题材创作的反映中国革命历史进程的作品应运而生，可谓盛极一时。其中，有数十部作品影响广泛而深远，如《保卫延安》《红旗谱》《红日》《红岩》《青春之歌》《林海雪原》等，这批具有典范性的作品，后来被称为"红色经典"。广西当代长篇小说创作正始于上述时期，自然是此大背景下的产物：以革命历史叙事为内容，运用现实主义创作方法，继承中国古代小说传统艺术。这一时期广西创作出版有两部著名的长篇小说：陆地的《美丽的南方》和刘玉峰的《山村复仇记》。

从1959年5月到1960年3月，《美丽的南方》在《红水河》上连载。1960年4月，由作家出版社出版。这是广西当代长篇小说的开山之作，也是壮族文学史上的第一部长篇小说。同为"土改"题材作品，产生于周立波的《暴风骤雨》和丁玲的《太阳照在桑干河上》之后的《美丽的南方》，之所以引起人们的关注，一方面是由于人们对地处南方边陲的广西"土改"情况和壮族乡村生活颇感兴趣；另一方面则是陆地找到了独特的立意与表现角度，既展现了一幅解放初期农村社会变革的历史画卷，又谱写了一曲激情燃烧的岁月里知识分子的成长之歌。朴素的思想感情、美丽的南方景色、浓郁的乡土气息和壮族风情，使这部小说具有一种"美丽的南方"的特质。"在全国第三次文代会上，作协主席老舍发言，总结文学创作成果，肯定了《美丽的南方》是一部佳作。"①此后，《美丽的南方》名列各种版本的中国当代文学史。至今，在穿越半个多世纪之后，《美丽的南方》仍然为人们所乐道，并"演化为一个地域的文化符号"②。

刘玉峰的《山村复仇记》对广西剿匪题材的发掘起到开拓和示范作用，在文学史上占有其地位，先后被《中国新文学大系·1949—1976》《新中国文学纪事和重要著作年表》《中国当代文学史》等多部文学史著作所关注。

《美丽的南方》和《山村复仇记》以亲历性写作姿态进行革命历史叙事，开创了广西长篇小说创作之先河，显示广西长篇小说创作在此时期的实绩，代表当时广西本土小说创作的最高水平，堪称广西文学史上的"红色经典"。

这一时期的广西长篇小说创作，还有一部在进行，即秦兆阳的《两辈人》。

---

① 陆地:《美丽的南方·一本书的因果来历》，广西师范大学出版社，2017，扉页。
② 《〈美丽的南方〉四人谈·编者按》，《广西文学》2015年第8期。

1962年，这部长篇的部分章节在《广西文艺》发表，题目改为《两辈人》。1979年3月，秦兆阳平反昭雪，任人民文学出版社副总编兼《当代》主编，在第三次全国作家代表大会上被选为书记处书记。1984年，秦兆阳由人民文学出版社出版长篇小说《大地》，描写自义和团起义失败到卢沟桥事变的历史变迁，展示抗日烽火燃烧的时代画卷，刻画了赵恭一家两代农民英雄反封建反侵略的不屈精神。这部获首届"人民文学奖（1977—1984）"的长篇小说，即60年代孕生于广西的原名为《两辈人》的作品。[①]

<h1 style="text-align:center">五</h1>

1966年5月，"文革"爆发，文化界惨遭摧残，广西亦无例外。广西文联和作协瘫痪，《广西文艺》停刊，文坛荒芜。直到1972年，文艺政策有所调整，广西文艺创作办公室成立，《广西文艺》复刊，广西文学创作才开始有所改变。到"文革"后期，广西出版了两部长篇小说——《穿云山》和《雨后青山》。《穿云山》和《雨后青山》采取"三结合"创作方式（领导出思想、群众出素材、专家出技巧），虽具有一定的生活气息和地方色彩，但由于当时受"左倾"文艺思想影响，片面地突出阶级斗争，有失生活与艺术的真实。

这一时期，在大陆政治体制和意识形态影响之外，身处香港和海外的广西籍作家梁羽生和白先勇却正如日中天，在华语文学界占有重要地位。

1924年生于广西蒙山县的梁羽生，从1954年1月20日至1954年8月1日在《新晚报》连载长篇武侠小说《龙虎斗京华》。由此一发而不可收，代表作品有《七剑下天山》《白发魔女传》《萍踪侠影录》等。梁羽生的小说以文史知识见称，书卷气息浓郁，继承传统技法，多用章回体式，情节设置巧妙，人物道德色彩浓烈，摒弃旧派武侠小说一味复仇与嗜杀倾向，将侠行建立在正义、尊严、爱民的基础上，体

---

① 陆地：《直言真情话平生·耿介一世人——悼念秦兆阳》，广西美术出版社，2004，第166页。

现其"以侠胜武"的创作理念。梁羽生在武侠小说界的地位，正如其自评："开风气也，梁羽生，发扬光大者，金庸。"[1]

1937年出生于桂林的白先勇唯一的一部长篇小说《孽子》发表于1977—1981年间，先在《现代文学》等报刊连载，1983年由台湾远景出版公司出版。小说真实地反映五六十年代台湾的社会状况，批判笔锋直指造成这种悲剧的时代和社会环境。《孽子》运用象征、隐喻和意识流等手法，体现出强烈的现代意识。

六

"文革"结束，文艺复苏。到20世纪80年代，文学观念改变，创作十分活跃。在此大背景下，广西长篇小说创作空前丰收。据统计，从20世纪70年代末期至80年代末期，广西作家出版的长篇小说达30余部之多。[2]综观这一时期的广西长篇小说创作，取材上呈现出以下特点：

（一）革命历史小说创作得以深化，坚持现实主义创作方法，挖掘广西革命历史题材，再现波澜壮阔的革命风云。

《云飞嶂》是"文革"后广西出版的第一部长篇小说，标志着广西文坛的复苏。拥有军旅经历的武剑青以自己的亲历为题材，叙述了一个惊心动魄的剿匪故事，突出"广西的剿匪问题就是发动群众的问题"的主题，反映了广西剿匪斗争的特殊性和复杂性。而1984年出版的《失去权力的将军》以艰巨复杂的"统战"为题材，叙述中共地下党人路哲林对被罢黜在家的国民党中将路维翰进行策反的故事。小说选取一个独特的角度（统一战线）书写革命历史，选取一个独特的人物（从绿林豪侠到北伐名将，从保持中立到信服中共的旧军人）作为主人公。这在当时"左倾"思

---

① 陈静：《梁羽生：1000万字的刀光剑影》，《南方人物周刊》2005年第2期。

② 陈学璞、黄伟林、李建平：《新时期广西文学的成功探索（1977—1989）——广西文学创作60年概述之二》，《广西教育学院学报》2011年第4期。

潮余毒尚未肃清的背景下，确属难能可贵，体现出武剑青敏锐的思想意识和艺术创新自觉。

陆地的《瀑布》分《长夜》和《黎明》两部，小说以上百万字的篇幅，书写从1915年反对袁世凯窃权卖国，到1931年中央苏维埃工农民主政权诞生的西部地区革命斗争历史，再现这时期的社会风貌，揭示中国革命从旧民主主义革命进入到新民主主义革命的历程。

此外，徐君慧的《澎湃的赤水河》反映40年代川、黔交界赤水河地区如火如荼的革命斗争；陈漫远、王云高的《冬雷》以广西蒙山籍革命家、原解放军后勤学院院长陈漫远早年的经历为题材，再现大革命时期广西风起云涌的情景，描写了辛雷、文梅等热血青年走上革命道路的历程；杨军、梁学的《南国冬雷》以百色起义为背景，描述党领导下的桂西人民创建红七军和建立右江革命根据地的光辉事迹；李玉昆、韦纬组的《岭南血花》描写1920年代中共南宁地下党的活动，塑造了李南辉、高飞鸢、雷啸天、黎明珠等革命者群像。

（二）历史小说取材范围不断拓展，由原来单纯的革命历史题材拓展到中国古代和现代历史题材，尤其是广西近现代历史题材的创作。

徐君慧的《辽东恨》写明末重臣袁崇焕的历史悲剧；《大唐巾帼英雄传》讲述隋朝末年李渊兴兵反隋，其女李三娘创立奇功的故事；孙步康的《黑旗虎影》写清末名将刘永福在越南抗击法军的经历；黄继树、赵元龄、苏理立的《第一个总统》将孙中山作为"一个根植于普通人中的伟人"和"一个屡遭失败的伟人"来塑造。[①]"《第一个总统》是广西第一部具有全国影响的长篇历史小说，对孙中山这一人物形象的塑造以及对清末民初中国政治历史的宏观描述，填补了中国当代文学相关题材的空白。"[②]

---

① 黄继树、赵元龄、苏理立：《长篇历史小说〈第一个总统〉创作谈》，《中国图书评论》1987年第2期。

② 黄伟林：《1976—1989年：艰难的转型》，《南方文坛》2009年第6期。

黄继树1988年出版的《桂系演义》描写从1920年到1949年底发生的包括粤桂战争、联沈倒陆、统一广西、兴师北伐、出兵抗日、决战大陆、桂系倒蒋、国共议和等在内的一系列重大军事和政治事件，演绎新桂系的兴衰历史，刻画了李宗仁、白崇禧、黄绍竑等历史人物形象。小说卷帙浩繁，情节跌宕，拥有广大的读者。

（三）注重对广西少数民族生活和普通人生的反映，增强民族文化意识，体现出广西少数民族长篇小说创作能力的提升。

韦一凡于1986年出版的《劫波》描写桂中山区白鹤村壮族韦姓家族两代人之间的爱恨恩仇，反映土司制度及其残余意识给少数民族带来的灾难。小说运用对比照应手法，一前一后的"相会西阁楼"事件成为小说的构架。曲折的故事情节和浓厚的生活气息，体现出浓郁的悲剧氛围和鲜明的地域民族文化色彩。

蓝怀昌于1987年出版的《波努河》填补了瑶族长篇小说创作的历史空白。小说以80年代农村改革为背景，反映瑶族分支波努人摆脱贫困和落后的艰难历程，展示波努人思想意识的变化。注重描摹瑶寨风光和风情习俗，融入波努人的信仰崇拜、祭祀仪式、远古神话、史诗和古歌等元素，写实与抒情共铸一炉，轻盈的叙述别有韵味，体现出独特的诗化倾向与抒情风格。

另外，潘荣才的《天眼》描写壮族知识分子的人生境遇，折射社会历史变迁，运用意识流手法，叙事视角多变；曾仕龙的《苗王恨》描写苗王抗日的故事，情节曲折引人；汪骏的《巴英奇婚》反映毛南族人的生活，体现出毛南族社会结构、文化传统、风俗习惯等方面的特征。

七

20世纪90年代，广西文学青年作家纷纷抢滩登陆，攻城拔寨，在全国重点刊物和文学评奖名单中亮相。林白的《一个人的战争》叙述南方小城一个女孩的成长故事，具有自传色彩。小说中关于女性性体验和身体感受的描写引发了激烈的争议。此后，林白又发表了《守望空心岁月》和《说吧，房间》等长篇小说。洪子诚的《中国当代文学史》、陈思和的《中国当代文学史教程》、於可训的《中国当代文学概论》等，都将林白作为20世纪90年代中国女性小说家代表人物进行评述。

李冯的《孔子》发表于《花城》1996年第4期，2008年由太白文艺出版社出版。以曾参梦境为楔子，引出《他们》《曾参》《子贡》三大叙述板块，讲述孔子率徒周游列国的经历，对孔子"匪兕匪虎，率彼旷野"人生状态的描写，超越了以往阐述孔子学说的传统思维模式。其叙事突破时空界限，叙述角色变化使叙事多层次演进，这是一部形式独特的高度象征化的新历史小说文本，体现出李冯丰富的艺术想象力和表现力。

东西的《耳光响亮》发表于《花城》1997年第6期，1998年由长春出版社出版。小说叙述20世纪70年代末到80年代中期一个平民家庭的坎坷遭遇。"这是东西的首部长篇，出手不凡，体现出叙事机智、诙谐、反讽的艺术风格。

此外，张宗栻的《红土》、喜宏的《欲望面具》和《绝对劫持》、海力洪的《缪氏家族》、周昱麟的《世家》等，也有一定的影响。

八

新世纪以来，文学桂军决战长篇，实现创作主攻方向的战略转移，形成一定的气候。据2007年7月《广西作家协会第七次代表大会工作报告》不完全统计，2000年至2007年7月，广西作家出版的长篇小说达130多部。[①]

（一）主力作家不断发力，努力打造精品

继《耳光响亮》之后，东西在新世纪又推出两部长篇：《后悔录》和《篡改的命》。《后悔录》叙述小人物曾广贤在禁欲年代里的坎坷遭遇。曾广贤一生都在做后悔的事情，并为此付出沉重的代价，在追问和后悔中一错再错，扭曲了生命的常态。《后

---

① 陈学璞、黄伟林、李建平：《新世纪新阶段广西文学创作的新发展（2000—2009）——广西文学创作60年概述之四》，《广西社会科学》2010年第3期。

悔录》获得"2005年《新京报》文学类好书"奖和"华语传媒盛典2005年度小说家"奖。《篡改的命》讲述一家三代人对城市梦的追逐。

鬼子的《一根水做的绳子》是一部追求唯美的小说，讲述乡村学生阿香和老师李貌的生死恋故事，描写"最接近于本质的一种爱情"。

黄佩华的《生生长流》，描写红河边一个壮族家族几代人在各个历史时期的生存状态。此后，黄佩华又相继出版了《公务员》《杀牛坪》《河之上》等长篇。《杀牛坪》写人与牛、人与自然的关系，在揭示乡村人际关系的同时，关注生态平衡。《河之上》以右江地理、历史为背景，描写20世纪末龙、梁、杨三家在数十年中形成的错综复杂关系和恩怨情仇。

新世纪以来，凡一平连续出版《顺口溜》《老枪》《上岭村的谋杀》《天等山》《蝉声唱》等多部长篇。《上岭村的谋杀》讲述一起乡村谋杀悬案，聚焦当下农村现实，关注农民生态，探讨人性与道德问题。

此外，黄德昌的《石城轶事》，龚桂华的《世情》《寒秋之洗手》《苦窑》《红船》，伍稻洋的《市委书记的两规日子》《明月共潮生》《还珠谣》等作品，都有一定的影响。

（二）新锐势力后来居上，创作势头强劲

新世纪广西长篇小说创作的另一股力量，是这一时期涌现的新锐势力，以李约热、红日和被称为"广西后三剑客"的田耳、朱山坡、光盘等人为代表。

2005年以来，以中短篇小说获多种奖项的李约热在《作家》2012年第6期发表长篇小说《欺男》。题为《欺男》是因为小说中写的全是男人，这些男人被人欺负又欺负别人。2014年4月，这部长篇由上海文艺出版社出版，定名《我是恶人》。2019年，李约热的长篇小说《侬城逸事》发行了单行本。

红日的《述职报告》通过主人公玖和平的经历，呈现出一幕幕真实的社会场景，反映了当今基层官场状况、干群关系和百姓民生等社会焦点问题。《文联主席驻村笔记》真实地呈现了当下正在进行的精准扶贫攻坚场面，近距离反映社会生活，探讨和解决现实问题，体现出作家积极的入世情怀。这是一部关于精准扶贫的"档案"，是驻村第一书记和扶贫工作队员的"回忆录"。

朱山坡在数年间推出三部长篇：《马强壮精神自传》《懦夫传》《风暴预警期》。《懦夫传》讲述民国初年至新中国成立初期粤桂边上津镇一个懦弱青年马旦的故事。《风暴预警期》描写南方某小镇的人们在三天风暴预警期中的各种心态与行为。

光盘连续发表《王痞子的欲望》《摸摸我下巴》《英雄水雷》《眼睛里的声音》等多部长篇。《王痞子的欲望》"说是有个叫王痞子的男人，他一生的终极理想就是为了生一个女孩给恩人做妾"，《英雄水雷》写了两个人的故事，一个纵火犯被误以为是救火英雄，而真正的救火英雄却被当成了纵火犯，身份的错置导致了人生的颠覆。

（三）女性作家不断涌现，成为一支不可忽略的力量

新世纪以来，林白连续出版了《万物花开》《枕黄记》《妇女闲聊录》《致一九七五》《北去来辞》等多部长篇，从私人化写作到社会书写，驰骋于21世纪的中国文坛。林白对于广西女作家的激励和引领作用不可低估，继林白之后，广西又出现了一批更年轻的女作家，在长篇小说创作领域的成绩可观。

杨映川初登文坛即引起评论家们的关注。她很快由中短篇转向长篇创作，连续出版了《女的江湖》《魔术师》《淑女学堂》《圣堂之约》等作品。《女的江湖》和《魔术师》描写男女情爱和婚姻家庭，表达对传统两性关系的反思。《淑女学堂》叙述宋紫童和龙婷婷的情感纠葛，以及"女人帮"和"淑女学堂"两个阵营之间的争斗，刻画了现代社会中的女性众生相。

陈谦1989年春赴美深造，获电机工程硕士学位，供职于加州硅谷高科技公司。她在2004年5月出版的《爱在无爱的硅谷》是第一部描写硅谷成功华人生活的长篇小说；十五年后，她再次聚焦硅谷写出《无穷镜》，表达对硅谷人的全新认识。从《爱在无爱的硅谷》到《无穷镜》，陈谦描写硅谷华人高科技创业者的日常生活和追逐梦想的苦乐，对华人精英的思想和心路进行深入剖析，实现了对"无穷镜"时代镜像的艺术表现。

谢凌洁的《双桅船》讲述在"二战"之后发生在欧洲的几位来自美国的"二战"

老兵及其相关家庭分别走上精神自赎之路的故事，揭示人物错综复杂的隐秘经历，展开对战后欧洲平民社会文化生活的描写。

另外，自2006年始，"80后"的辛夷坞先后出版了《致我们终将逝去的青春》《原来你还在这里》《山月不知心底事》《我在回忆里等你》等10余部现代青春小说，多部作品被改编为影视剧。2008年以来，"80后"的禹说连续出版《宅女遇上驴》《别动美女的化妆包》《香火》《放爱沉积一亿年》等作品，其《香火》被改编为39集都市情感剧《爱情合约》。辛夷坞和禹说由网络写作起步而取得成功，她们的作品所呈现的价值取向与审美特征，在年轻读者中产生共鸣。

这批广西青年女作家经过高校的规范教育，具有良好的文学素养，对文学有较为深入的理解和热情的追求，以女性独特的眼光与视角观察和表现社会生活与人生，已经成为广西长篇小说创作不可忽略的力量。

此外，值得一提的是，2007年12月，由壮族作家蒙飞、黄新荣创作的《CIET MOQ》(《节日》)问世，开创了壮文长篇小说创作之先河，获第九届全国少数民族文学骏马奖；2015年3月，蒙飞的壮文长篇小说《山重水复》出版，文学元素充盈，富有乡土气息。壮族作家用壮族母语描写壮族生活，传达壮族民众对社会发展和生存状态的文化思考，这也是广西当代长篇小说创作发展的一项重要成就。

九

长篇小说鸿篇巨制，对社会生活的表现富有深度和广度，能够呈现一个历史时期的社会风貌，展现广阔的时代画卷，体现作家的思想深度和艺术水准。故而，长篇小说往往是衡量某个时代文学成就的重要标志。

1999年第五届茅盾文学奖评选，参评作品为1995年至1998年间的长篇小说140部，东西的《耳光响亮》进入25部终评候选作品之列；2003年第六届茅盾文学奖评选，参评作品为1999年至2002年间的长篇小说155部，黄佩华的《生生长流》和光盘的《王痞子的欲望》进入前60名。这是广西作家与茅盾文学奖的两次近距离接触。

尽管广西作家夺取茅盾文学奖的愿望尚未实现，但是，近年来广西长篇小说创作的成绩喜人，主力作家风格形成，获得一些较高层次的奖项，部分作家的作品被译成外文在海外出版，不断提升着广西文学的整体形象，令人感到宽慰与兴奋。

纵观广西百年来的长篇小说创作，经历革命战争时代的炮火纷飞，也与现代中国火与歌的历史始终紧密相连；进入1949年以后，一直在受国内文学主流话语影响的同时，也努力保持自身的地域性和民族性，具有少数民族整体文化意识，努力探索并开拓自己的发展道路。评论家张燕玲说："近期广西的长篇小说显示了一种根扎原乡、心生情怀，通过各自的文本凸显'地方性'对于文学空间的整体建构价值"，"新一代广西作家，勇于直面时代的生存困境与精神困境，作品有更强烈的社会批判性，颇具时代担当和人文担当"。正因如此，广西长篇小说生发于足下的土地，以一种地域民族的文学自觉，显示出自我的特色，表现出一种"野气横生的南方写作"姿态，这种勃勃的生机，给人以热切的希望和期待。①

曾　攀　温存超

---

① 张燕玲：《近期广西长篇小说：野气横生的南方写作》，《文艺报》2016年3月18日。

1940 年代

菲菲岛梦游记（节选）

司马文森

有客人从南洋归来，路过大墟镇，恰是黄昏时分，赶路甚为不便。想在这市镇上停下，但又苦于找不到客栈。当这个白发苍苍的老洋客，正在左右为难的时候，脚夫忽然就提议说：他可以设法替他介绍一个地方，那是他的亲戚，为人极为诚实可靠。老洋客心中极为欢喜，他向脚夫道过谢后，就动身朝那脚夫的亲戚人家走去。

脚夫把这位南洋客带进他的亲戚家，那时正是冬天，这脚夫的亲戚家正吃完饭，一家大小围住一个火炉，听一位老年妇人讲长毛故事。当脚夫把老洋客介绍给他们时，那围在炉前的大大小小就都一致地站起来，有的让开座位，有的忙着去倒茶，以表示他们的尊敬和欢迎。

像这样的优待，实在是出了我们这位老客人的意料，因此他一边坐在人家让给他的位子上，一边道着谢。过一会他又说：

作者简介

司马文森（1916—1968），原名何应泉，曾用笔名林娜，福建泉州人，是一位著述颇丰的文学家和卓有成就的外交家。1934年加入"左联"，开始革命文学活动。抗战时期，司马文森先后在上海、广州、桂林等地从事救亡宣传工作。其间发表了大量小说和评论文章，影响深远。据不完全统计，司马文森创作了22部中、长篇小说，15部短篇小说集、报告集、散文集，7部儿童文学作品，12部剧本，6部论文集，总计逾千万字。其中著名代表作有如《雨季》《人的希望》《风雨桐江》等。1941年司马文森于桂林创办文艺月刊《文艺生活》，自任主编，苦心经营，使其成为桂林抗日文艺救亡的阵地。

作品信息

《菲菲岛梦游记》1941年10月由桂林文化供应社初版，1942年9月再版。2012年由其女儿司马小莘重新整理编辑，列入"中国儿童文学经典怀旧丛书"由海豚出版社出版。本文节选第1章"小安安梦游菲菲岛"。

"你们一家大小是多么快活啊！我希望不会因为新加了我进来，破坏大家的快乐。"

"不会的，不会的，"做主人的回答说，"我们会因为多了一个客人而更加快活的。"

主人虽然说他们还是快活的，甚至会比刚刚更快活，但是大家却自然地彼此客气起来了，于是客人又得抱歉地说了：

"我觉得我已经开始在破坏你们的快活了，当我初初进来时，你们大家还是有说有笑，蛮快活的样子，现在却个个都客气起来，不说话了。"

"不是这个意思，"主人又出来声明了，"在你还没进来的时候，老祖母正在对这些后辈讲故事，但是很不凑巧，当你刚刚来敲门的时候，她的故事恰巧说完了，现在没有什么可讲的了，所以我们都沉默着。"

说到这儿，那个一进门就躲在阴暗角落的脚夫就出来说话了。他说：

"我们的客人，是一位老南洋，在路上他告诉我：他在那儿住了近三十年，现在干不了事情，回家来养老了。我们都知道南洋是一个好地方，一定有许多新奇故事，我们为什么不利用这个机会，请这位客人对我们讲点南洋的故事呢？"

"我代表我们全家，对这意思表示欢迎！"主人一说完，就轻轻地鼓着掌，大家跟着也学他的样子。于是，在一个小小的会客厅里，马上便充满了一阵活泼的、愉快的掌声。客人很是谦虚地微笑了一下，便这样说道：

"我很高兴能给大家讲点南洋故事，不过我的口才实在太不好了，怕讲了大家不喜欢。不过，既然大家赞成我讲，我只好讲，如果讲得不好，还得请各位原谅。"说着，他就对着众人讲下一段二十几年前，他初去南洋时的故事。

客人的口才原本是很好的，声音那么的清楚有力，加上故事又极动人，因此听的人好像都受了催眠一样，有的迷醉着，忘记了自己是在哪儿，有的就睡着了。在这些听众中，有一个叫作安安的十二岁孩子，他不仅被这些故事迷醉着，闭上眼睛，甚至于还做了一个很长很长的梦。

你们想：他梦见一些什么呢？他梦见——

他正从高级小学毕了业出来。

有一天，他的父亲忽然把他叫了去，他说：

"安安啊！现在你已经快成年了，应该自己出去找生计，不能再这样老靠父母过下去。"

安安想：这句话讲得不错。但是叫他怎样回答呢？因为他从没把这事情放在脑里想过，结果他便沉默着。

"你怎样打算，为什么一句话不说？"父亲紧接着又说，一边拿眼睛来看他那因为难为情而涨红了的面孔。

"我不知道怎样打算……"过了半天，安安嗫嚅着说。的确，他是不知道怎样打算的，要是一定要有打算的话，那就是他打算升中学。但是父亲已经声明在先了，"不能再这样老靠父母过下去"。因此他也就不敢说出来。

"没有打算？"父亲皱着眉头说，"是不是要我替你打算？"

没办法，安安只好点点头。

"那也好，"父亲说，"那么，你就到菲菲岛去吧，那儿是一个宝岛呢，到处都是金子、银矿，随便俯身在地上拾着的都是一些很值钱的宝贝，所以我们常常看见许多人，小的时候都是很穷困的，一到了那儿不久，便又都个个发了财回来。我们家境不好，你是知道的，爸爸又嫌年纪大了一点，不能在外面奔跑，你现在是家中唯一长成的人了，所以我敢于放心把这件事托付给你。安安啊！好好的勤劳做事吧，我等着你发了财回来荣耀祖宗呢。"

谈话到这儿便结束了，跟着爸爸便替安安准备起行装。不久，准备也完成了，于是便有一个人，自称姓洪的洪先生，就自动地从乡下到他们家里来，他是一个老菲菲岛客。不信吗？你看他这时身上穿着的白洋服，足上套双老洋鞋，眼睛上架了副老洋眼镜，手中提着老洋皮箱，便知道他和平常人不同了。他被安安的父亲，非常客气地招待着，又把安安带到他面前去。父亲低声地对安安说：

"快向这位洪先生敬礼，他是我的一位朋友，会带你到菲菲岛去的。"又回头向洪先生，"洪先生，我们的安安虽然已经是十几岁的人了，还是一点不懂世故，因此在路上如有什么事，还希望你多多教导哩。"

洪先生接连地点头，表示没问题，有事他全部应承，又抬起戴洋镜的眼睛来看安安。把他看了好一会，然后就提高了嗓子说：

"安安小朋友，我很高兴能得到像你这样的一个同伴，但是，我且问你，你的行李呢？准备得怎样了？"

父亲忙从旁边插嘴说：

"一概都准备妥当了！"

"好得很，出门人最重要的是爽快。那么，再见吧，我们明天一早动身……"说着，说着，洪先生就把右手伸出来，紧紧地牵起安安的一只手捏着。

到了第二天清早，他们就动身了。他们坐着公路局的汽车，走了很长很长的一段路。到底有多长呢？安安有一个习惯，就是一坐上车便会睡着，这次也和其他各次一样，他一上车就睡着了，所以不知道走了多少时间，走过多少路。他只记得上车时是在清早，天色还是朦朦胧胧的，下车时却已经是黄昏时分了，车站上的灯光通通照亮了。下了车，他们就抢着去搭海港渡轮，搭上渡轮，慢慢地，安安又睡着了。

当安安醒转来时，他和洪先生已经在一个很大很大的城市里走着了。这个城市，他是从来没到过的，洋楼是那样的高，从马路底下抬头看上去，头都要发昏；至于人和车马，那简直是数不清，安安只觉得他的前后左右，到处都是人、车、马。因此，他在走着时，也就到处给人、给车、给马碰着撞着了。

他随着洪先生，走了很多很多他从没走过、不熟悉的路，看见了很多从没看见过的东西，同时身上也淋着汗，原因并不是因为气候太热，而是给人家挤得太厉害。当然，一个人老给人这样挤着挤着，汗水自然就会给挤出来。最后他们就走到一个地方，这个地方要比他们刚刚走过的那许多地方还要吵、要挤，对面看去是一片大海，海中停着许多船只，这些船只有的大得像城堡，有的却小得像一片浮叶。许多工人就咿咿啊啊地喊着、唱着，从船上运着一包一包东西下来，在一块空地上堆好，又把另一种东西，一捆捆地运上去。这样多人，这么多东西，还这样吵，这样嘈杂，安安看了都害怕。

"这个就是码头，"洪先生用手正一正他架在鼻梁上的洋镜说，"和外国来往，上船，落船，都是在这儿的。"说着他的头又抬起来，看着很远很远的海上，好像在找什么似的。忽然他又说："咳，×××（在这儿他说了一个洋名字）到这时还没有到。"

安安听不懂洪先生的那句洋话，觉得十分狐疑，于是他就壮着胆子问："洪先生，你刚刚说的那个，那个很长很长名字的是谁啊？"

"是×××（又是那个很长很长的洋名），我说的是一只船，要载我们出口的，现在还没有到。"

"没有那……"安安也想学起那洋名字来了，但是他学得十分差，因此作者不得不把"×××"写成"……"了。虽然他已经说得非常小声，怕给洪先生听了好笑，结果洪先生还是听到，而且就那样哈哈地笑了起来。安安涨红着脸，不过他要说的话，还是照样说下去。"我们怎样出去呢？"

"没有关系，"洪先生安慰他说，"过两天它总要来的，现在最重要的，是要去办出口手续，比方到对面那个地方去，"说着洪先生就用手指着对海，很远很远地方的一个小岛，"到一个叫米米国的领事馆里去种痘，每个人都要种过痘，才能出口的。"

什么叫作"种痘"呢？安安没有弄清，但他怕洪先生又要发笑，因此没敢开口问。

他们在码头上走了很长很长一会，便又回到客栈去。吃过饭，就有人来通知，叫他们随一群也是要到菲菲岛去的人，坐一只小快艇到对面岛上去种痘。

这是怎样的一个岛啊！洋楼建在山上，马路也开在山上，还有富人的花园，也设在山上，因此房子啊，马路啊，都十分的倾斜，要是自己不小心踩着香蕉皮，一滑可不是玩的，起码也要滚上这么几十分钟才能滚到底的。因为是在山上，所以树很多，所有的街路差不多都给荫着。这个地方虽然是那样的好玩，却住着很少人，车马不多，也很少人在马路上走来走去，就是有也大半是一些高鼻子、蓝眼睛的洋鬼子。最奇怪的，是在马路上站着的警察，也和别地方不同，他们穿着很漂亮的黄色制服，没有戴帽子，却都在头上缠了块红头巾，还有在面上留了许多胡子，既高又大，安安看了好像是看见天神下凡似的，有点害怕。但是洪先生却用手去碰他一下，并微笑着低声说：

"不要怕，这些都是外国人，他们叫作红头阿三。"

"红头阿三为什么到中国来当警察？"

"这个地方已经是外国人的了，所以有外国人来当警察，你没看见这些马路和洋楼都和我们的不同？这些红头阿三都是印度人，他们也很可怜，他们的国家老早就给人家亡了，所以老百姓便不得不出来做警察，当看门人，替他们的主人当奴隶……"

这就奇了，明明是中国地方，为什么说是外国人的？因此洪先生又不得不接下去解释了，他说：在满清的时候，中国曾和外国人打过一次仗，但是打败了，所以外国人便强迫中国把许多地方给他们，名义上好听一点叫租界，这些租界是什么都要归外国人管的，警察和别的事当然也一样。说着说着，在前面走着的人，忽然又停住足了，安安忙朝前一看，原来不是别的，他们已经到了一个洋房子的门外了。这间洋房子在门上高高挂着这么一块招牌："米米国驻厦领事馆"。在门的旁边，站着两个又像是天神一样高大的黑人兵。他们穿着一样的黄制服，背着枪，挂着子弹带，很威武地站着，却不时用眼睛来看这群中国人。在这群中国人前头有一个代表，他拿了许多档，和他们中的一个黑人兵用洋话这么说着说着，一会说通了，有一扇铁门随着就打开，于是他们便都走进门去。

安安经过那铁门的时候，觉得有一个黑人兵，在对他笑着，他心里十分不安，怦怦地乱跳，从前在他的脑中，以为凡是黑人都是野蛮的，全身光光的不穿衣服，专门靠吃人肉过日子的。但是在这儿他所看见的，居然是两个穿衣服、戴武装的人，这叫他有点失望。不过他又想到：说不定他们正在那儿装着文明样子，等大家都进去了，他们就突然把铁门关上，然后开枪，然后一个一个地拿来吃，然后……想到这儿，他全身又抖起来了，一只手就不自觉地紧紧地捏住洪先生的衣角。

洪先生回过头来对他看着，又低声地说道：

"你看见那两个黑人怕了？"

安安不自觉地点一点头。

"不要怕，他们是不会伤人的，不要以为他身上带着枪。他们也和那些印度阿三一样可怜。白人在他们的家乡，把他们征服了，征服了后就拿一些文明的衣服给他们穿，叫他们当兵打仗，做警察，还有替有钱人守夜，替主人当狗。"

"他们不会吃人吗？"

"不会的，他们现在正给白种人吃呢！白种人也吃人的，不过他们不是用嘴巴吃。"

跨进铁门后，就是一个花园，对着铁门有一尊大炮放着，好像准备随时随地都可以放的样子，大炮旁边还有一辆汽车，不过汽车内却没有人。这许多人这时正给一个杂役似的中国人带着，走过花园，又走进一间大房子里去。

"一个国家不幸亡国了，"洪先生继续说道，"他们的人民便要变成鱼肉，主人高兴吃你就吃你，高兴怎样你就怎样你。比方我们刚刚看见的印度阿三和外面站岗的黑人兵，都是这种准备给人家吃的人，所以我们每一个人都要爱国，不爱国，中国亡了，大家就会变成那些印度阿三和黑人兵了……"

说着说着，在大房子旁边，一个小房门就开了。有一个中国人出来接过那代表的文件就进去，进去后又出来，跟着便一个一个地叫着名字，把人叫进去，进去后还要交费，交了费才轮到一个白种人面前，拿你自己的膀子交上去，让他用一把小刀在那上面随便地割了两下，滴上两滴药水，才算完事。给这么弄过之后，算是完了手续，于是他们又由原路出去，仍旧搭着船回客栈了。

现在，他们一天除了跑马路，去码头看那个叫 ××× 的船来了没有之外，便没有别的事情做了。但是照规定，他们还要在三天后坐小快艇过海，到那小岛去给米米国的医生验痘，如果痘没有发足，便不准买票上船到菲菲岛去。因为这个缘故，在过了三天以后，他们又得坐在那小快艇上，到对面的小岛上去。

他们验过痘，就又像上次一样的，仍旧坐着小快艇回来，但是当快艇刚刚驶到半海，洪先生突然从他的座位上直站起来，用手正一正面上的洋镜，惊喜地叫道：

"×××！×××！"

安安和同船的人，给他这么不意地一喝，也都同时地吃了一惊。于是，也把眼睛朝洪先生看的地方看去。

过了很长一会，安安才看见洪先生叫的那个×××，这是一只全身又长又黑，像一座山一样大，有许多烟囱的洋船，它这时正一边呜呜地哭着，一边开快了速度直驶进港内来。

"这就是×××！"洪先生还是兴冲冲地叫着，又回头来看了安安一眼。"我们就要坐它到菲菲岛去。"

安安看见洪先生这样高兴，自己当然也高兴，还有许多人都同样地高兴起来。就是这样一只大船，他暗自想道：我们要坐着它到菲菲岛去了，忽然他觉得十二分骄傲了。

洪先生没有骗人，他们果然要坐这只×××到菲菲岛去，因为在第二天清早，客栈老板就来通知他们下船。下了船又怎么样呢？自然是开走了。

上了这只叫×××的船后，安安不知怎的，突然头昏眼花起来，这是怎样的一座大城啊！在这大城中，人像茅厕内的蛆虫一样地挤着，听说沿途还有新客人上来，这就叫人有点不敢相信了。但是洪先生却告诉他说：

"你不要以为住在我们这舱里的人，就是全船的人了，还差得很远呢。要知道，在我们这儿，不过是一个四等舱，只是全船的一小部分，除它外，还有头等舱、二等舱、三等舱，每舱都住着许多人。除了这些住客的舱子外，还有货舱，货舱是完全拿来装货的。除了货舱外，你想还附有别的地方没有？有的，它还附有一家电影院，每天都要分成几次放电影，只要你肯出钱买票，便可以自由进去看了。除了这家电影戏院外，还有大餐厅。在这个大餐厅里，每个人又可以自由地吃你所喜欢吃的东西，当东西送上面前，拿起刀叉想下手吃的时候，乐队就会替你放送音乐，帮助你的胃消化。到了晚上，这所大餐厅一下子又变成咖啡馆、跳舞厅了，要是你高兴，你又可以坐在那儿，喝你的咖啡，看当天在船里出版的英文报纸，陪你的女朋友跳舞。跳舞要不要钱？不要钱，因为这儿是没有专门靠跳舞过活的人，所以只出点咖啡钱就是了。除了大餐厅和跳舞厅外，还有什么别的地方没有？有的，那就是专门给那些喜欢运动的客人设的，因此便有许多游泳池，天气冷时用的是温水，天气热了就用冷水。去游泳也要买票的，要是你已经游得非常非常倦了，想换一换别的口味，那么就看电影吧！不，不高兴看。跳舞呢？不会！吃大餐？肚子又太饱了，那要怎么办啊？好朋友，我告诉你，只要袋里有钱，便什么都不用着急，这儿还有许多种类的球场哩……"

说到球的事情，安安可就不大敢相信了。大家试想一想，就算你的船有一座山这么大，在船上踢球总是件不很稳当的事。因此，他就问：

"要是不当心踢到海里去呢？"

"不会的，"洪先生解释道，"不会踢到海里去的，因为他们用的不是足球。"不是足球又是什么球？ "是比较不费地方的那种球类，比方桌球、丸子球、篮球、网球，还有许多连我也叫不出的那种球。"

"这样说来，这船里不是有很多好玩的事情吗？"说着，安安就想起了自己住的这个四等舱，实在太脏太暗了，要是能够上去看看才好……

但是，别急，洪先生到这时又有话说了：

"不过，这些权利只有二等舱和头等舱的客人才享得，我们是属于所谓的下等客人，跟人家运到别地去贩卖的货物一样，是享不到这个权利了。因此，在我们这个舱里，虽然又脏又臭，光线又不好，也只得忍耐着，直到到菲菲岛的时候。"

洪先生的话说到这儿，就闭上眼睛，好像他刚刚话说得太多了，这时有点疲乏的样子。安安虽然对这些东西很感兴趣，想再连续地问下去，但是，他又怕洪先生会不耐烦，因此也只得闭上嘴不响。

船舱向外的窗子，已经慢慢地黑下去了，看样子该是黄昏后了，船舱中很是沉寂，除了住在离安安隔壁不很远铺位上，一个大胖子的鼾声和海水敲打船板的声音外，一切都是静的。

安安和人家一样，不久也就睡着了。在睡梦中，他忽然做了一个很奇异的梦，梦见他正趁洪先生和船中的人在睡觉的时候，悄悄一个人溜到船上的球场内去，在那儿放着许多种球，他就随意地选了个足球来玩，想不到自己玩得太不当心了，用力一踢，把球直踢到天上去。球在天上飞着飞着就永远挂着不下来了，而大风又正在把它送着。他怕洋人知道了会要他赔，心中一急，哇的一声，就哭了出来……

| 文学史评论 |

司马文森是抗战时期创作成果最为丰硕的小说作家之一，除以上谈到的暴露小说和青年题材小说外，他还创作有颇具浪漫情调的童话故事《菲菲岛梦游记》《渔夫和鱼》，反映大革命时期斗争生活的长篇小说《夜寒》(1943年被国民党图书检查机关列为禁书，未能印行)，小说集《小城故事》《奇遇》《孤独》《一个英雄的经历》。

——蔡定国、杨益群、李建平：《桂林抗战文学史》，广西教育出版社，1994，第411页

| 创作评论 |

司马文森从小酷爱文学，靠他的勤奋和熟悉生活，很早便从事文学创作。卅年代在上海，他参加"左翼作家联盟"时期，就以林娜为笔名在文坛上崭露头角，而他创作生涯最旺盛的年代则是来到桂林之后。这一时期，他风华正茂，精力充沛。加之风雷激荡的伟大抗战斗争生活，为其提供丰富多彩的创作题材。肩负着民族与时代的重任，鞭策他以笔当枪，唤醒民众，奔赴战场。强烈的创作愿望，激越的情感，似咆哮奔腾的扬子江水，一泻千里，难以自控。因此，在他从事大量的社会工作之余，总是争分夺秒，废寝忘食地写呀写，从而被大家公认为这一时期的"高产作家"……由于他的坚韧不拔的毅力和辛勤耕耘，固而取得了创作上空前的大丰收……堪称为他的文学生涯中的极盛时期……其数量之多，不仅在其本人是空前绝后的，而且在我国现代文学史上，也是极为罕见的。

——杨益群：《司马文森在桂林的文学活动及成就》，《广西社会科学》1986年第4期

1939年5月到桂林的司马文森，抗战时期在桂林居住达5年之久，他自1935年以林娜笔名发表小说，抗战时期是一生中成果最丰硕的时刻。司马文森曾说："抗战虽使我们年青进步，却显然还进步得不够，在我们中间还存在着许多缺点，许多渣滓！"（《小城生活·序》）他在1939年春完成报告文学《粤北散记》后，在一年时间内先后写了十多个短篇小说，辑成《大时代的小人物》一书，大多为暴露小说。

——李建平：《桂林抗战文艺概观》，漓江出版社，1991，第37页

司马文森显然受过鲁迅的影响，他用《过客》命名自己的散文和散文集，列入"野草从书"出版。他在短篇小说集《小城生活·序》里说："我们的抗战已经过了这许多年，各方面都有改变，都有进步，而在这个小城，在内地的生活，却依然如旧，和战前比，除了多几条抗战标语，多几个壮丁去当兵上前线，把市面上流通的货币，从银毫变为钞票，很少有什么大变化。我又看见从前我们那个古老的国度，以及它的无数悲喜剧了。"这种对现实和历史的深沉感叹，就似乎回响着鲁迅批判国民革命的声音。

——王福湘：《司马文森论》，《学术研究》1998年第6期

Ｉ 作品点评 Ｉ

司马文森不但热情地关心东南亚华文文学的发展，而且也用自己的创作向祖国人民介绍东南亚人民和华侨的生活。三十年代以来，司马文森一直没有中断过创作反映东南亚人民和华侨生活的作品，这些作品主要有短篇小说集《菲菲岛梦游记》《我们的新朋友》以及长篇小说《南洋淘金记》。

翻看司马文森这类题材的作品，我们可以发现其中一部分是描写东南亚社会的风土人情，充满了异国情调。这部分作品大多是在三十年代和抗日战争时期写的，

收在《菲菲岛梦游记》中。在这些作品里，司马文森以充沛的感情，明朗的笔调和朴素的语言，描写了菲律宾人民的劳动生活，尤加里琴的悠扬乐声，椰林海滨的优美景色……一幅幅生动明丽的图画，吸引了国内众多的读者。

——任伟光:《现代闽籍作家散论》，厦门大学出版社，1989，第227页

司马文森的小说创作大体上有两类题材：

一是写东南亚人民和华侨的生活。这些作品主要有短篇小说集《菲菲岛梦游记》、《我们的新朋友》和长篇小说《南洋淘金记》。写于1941年的《菲菲岛梦游记》，是他为"少年文库"写的一部8万字的长篇童话。小说以一个12岁儿童梦游菲岛的见闻为线索，描写了菲律宾人民的劳动生活、华人和土著的密切关系、华人劳工的不幸命运、殖民侵略者的罪行等。

——朱水涌、周英雄主编《闽南文学》，福建人民出版社，2008，第325—326页

雨季（节选）

司马文森

当孔德明把自己在昆明应办的事务结束了时，一个月的时间已经过去了。这和他原定的逗留的时间略为延长点。他虽然为这而十分焦急，但是既然□事情拖着人，也就没有什么办法。

在他逗留昆明的那些时间中，他一共只接到林慧贞三封信，字迹潦草，寥寥几行，充分地表现出一个在郁闷中的人彷徨的心情。而他呢，则是差不多一空下来就给她写信。在她那些又简短又潦草的信中，也只向他报告一点家庭间的琐事，如家里情况安然，小孔身体健康如常，等等。而关于她自己的，则提得非常之少，好像有意要对他回避似的。她的这些信札，很使他感到失望。他对她所希冀的，是炽热的情感的安慰和鼓舞，从他离家后，他是突然地感到孤寂起来了。他不断地想到她，记挂着她，渴望着她能够在这一颗飘零的孤寂的心中，给一点慰藉。但是，事实上她却只有使他更加懊烦。"她难道就不想念我？"他不断地这样想，却又替自己下着解答。"不会的，也许她的身体最近又坏下去了！"他很能了解一个病人的心境。也正因为他对她的健康，感到深切的忧虑，对于依然逗留在昆明这件事，就觉得是一种过分的负担了。半个月前，他就等待着的一个时机，一直到这个时候才

作品信息

《雨季》1943年9月由桂林文献出版社初版，分为1、2、3册，1944年3月将3册合并再版，1946年香港智源书局三版。本文节选自第三部《结局》。

有一点头绪。于是，他准备着动身了。

可是正当他在办理登记申请买飞机票的手续时，忽然有一位多年的老朋友来拜望他，他对他说：他想到溜州去走走，在那儿，有他创办不久的一家公司。

"那么，我们可以同行了？"孔德明兴奋地说。

"自然。"那老朋友接着又问，"你是坐飞机还是沿公路走？"

"坐飞机走，手续已经在办了。"

"为什么一定要坐飞机呢？你不知道在这个时间，坐飞机是一件冒险的事吗？"

孔德明笑着说："只要能节省时间，就是冒险又何妨，况且现在不是每天都有成百个人在冒这种险吗？"

"我却不这样想，我以为沿公路走比较好。"

"为什么？"

"第一，为了避免申请登记等麻烦手续，我最怕的是跑衙门见官；第二，我们不是天天在喊建设大西南吗？到底这个大西南又建设得怎么样了，也该乘机去考察考察；第三我认为是……"

孔德明没有听他把话说完，倒也想到，人家都说西南是争取最后胜利的根据地，建筑大后方的口号也不知道喊过多少时候了。在一年前，他就曾起了这样的一种豪兴，想沿西南各省的公路走走，看一看各地情形，但因为一时找不着同伴，也只好作罢。这时听见这位老朋友这么一说，倒也心动起来，于是，他便说：

"现在不是说交通困难吗？"

"这个没问题，"那老朋友高兴地说道，"只要老哥你肯和我同行，这个全包在小弟身上。"

"你有什么办法？"他笑着问。

"我最近正弄到一辆小汽车，汽油也是现成的。"

"这样，我决定和你一起走就是。"

他也只好应承下来。

在把原定计划整个推翻，临时改变过后，他等那位老朋友告辞着走了，就坐下来给林慧贞写信。在这信中，他说他为什么临时改变计划的原因，说明了沿公路线走的必要及其意义。末了，就用抱歉的口气，请她因为他的不能按期回家而原谅他。把信发出，他觉得自己也安心些，林慧贞看见他这样迟迟不归，也许会怪他，不过，她如果接到他这一封信，一定会原谅他的。

他开始替自己准备起来了。几天前他从没想到要给林慧贞或小孩子，带点什么小礼物去，而这时却成为一件挺重要的事。他花了一整个下午，到街上各大商场去，结果给林慧贞和小孔各选了三件小东西。这份礼物虽不贵重，却都是在桂县无法买到的。

现在他已经什么都准备好了，专等那个朋友把车开来把他运走。在第三天，那位老朋友果然也就把一架八成新的流线型小汽车开到他的寓所前来。

和他同车来作这一次西南考察旅行的人，一共有四个，其间两个是女的，一位他的朋友的随员。他们沿途说说笑笑，到了一个可资考察的地方，就停下来，玩他这么天把两天，玩得腻了，就又继续赶路。日子倒也过得不平淡，只是时间却超过了原定的两倍左右，原本是四天路程可以走到的，现在却要到一个星期以上了。到了第十天的上午十时，他们那架满身尘污的车，才在溜州的街头出现。

这个比桂县略微现得小一点的城市，是他们长途旅行的终点。在这儿，那一位"新近弄了架小汽车"的老朋友，要带同他的随员去办自己的公了，而那两位青年女客，也各有各的事，暂时投奔到住在溜州的亲戚处去，只有孔德明一个人，不得不孤零零的；要回家，他还得再坐一天火车，才能到达桂县。

那位老朋友先把他送到南京饭店去，又忙着去送那两位女客，他们从此便道了声"再会"暂时告别了！

孔德明让自己在白瓷浴盆里给微温的水泡着，半个钟头后出来，略为替自己修整一下，才匆匆地赶到电话局去打长途电话。电话局里的人很是拥挤，大家都在那儿忙着给桂县的店号打商业电话，探问行情。挂过号，孔德明按捺住自己焦躁的性子，在一条凳子上坐着等，一直到已经轮到他了，才淡淡地走向电话室去。

他先叫接厂里的经理室，要和那姓陈的副经理谈话。这是一个从他父亲时代，就跟着孔家过活的四十五岁人。年纪虽不大，大家却一致地叫他作陈老头。他有一个忠实到近于奴性的习性，他以为对自己主人尽忠是一件天然的义务，可是却也从没忘记从主人那边获得自己不应该得的权利的机会。是一个老于世故的干才，孔德明的事业能够顺利发展，有赖于他的实在很多。离开桂县时，孔德明不但把厂交给他经营，家里的事也请他照顾过的，这一个多月来他们虽然也常有函电来往，但是直接通话，却还是第一次，他渴望地想着，他们可以作一次畅谈了！那陈老头一听出是他的口音，快活极了，孔德明在电话机中，就听见他那因为过于振奋而抖索起来的声音。孔德明用亲挚的声调问他的好，又问厂里的情形怎样，最后才告诉他说：他已经到了溜州，打算搭当晚夜车回桂县。

"明早我到车站来接你。"陈副经理巴结地说。

"不用，"孔德明开玩笑说，"我已经不是三岁小孩子了，还怕认不得路？"

等对方把电话机放下，他又叫接孔公馆。来接电话的是小燕，她开始用习惯了的、不很耐烦的声调，慢吞吞地问道：

"你是哪个？要找什么人？说啊，大声一点我这儿听不清楚。……"

可是等她听出了是谁的口音时，知道他已经到了，便大为兴奋，也不说"请等一等"或什么别的话，一丢开耳机就叫着奔向林慧贞的房里去，大声叫着："太太！太太！老爷的电话，老爷的……"

孔德明心情紧张地，对着电话机发笑，他正在想：当她知道他已经从远道回来了，该会怎样的高兴啊！也许，她这时正在那儿为着这个突然到来的快乐，而流着泪哩。他们结婚已经有五六年了，在这期间，大家都未曾分离过，而这一次，一分离却就是一个半月，在他是非常之渴念她的，至于她呢，也一定和他一样。不过，他又想起一件心事来了，想起她的信，想起她在信中对他所表现的冷淡情绪，到底怎么回事？她的身体是不是还和往时一样健康？这时正在做什么？在病床上，还是在？……

没有想完，就被从电话机中传出来的，一阵沉缓而有节拍的高跟鞋声打断了。之后，就有人对他说起话来。那声音是软弱且又沉闷的，一开口他就认得出是她的了。但是，她并不如他所想的那样热烈，好像早已知道他来了，只是淡淡地，强作笑意地说道：

"你来了，什么时候到的？我从你寄来的航空信中已经知道，家里很好，和你离开时一样。打算什么时候回家？不在溜州玩两天？……"

越听见那淡漠的口气，就越发使他起了阴冷的感觉，为什么她对他这样，难道他做错了事，她疑惑他在外头有什么不轨行为？不对，这其中一定有什么鬼！他的希望，他的一肚子热情，都破毁了，被冻结了。他就这样愕然的，对着电话机不知说些什么好，而对方，也是那样淡淡的一言不发，专等他来对她提问题。到末了，他觉得再这样下去，已成为一种痛苦的负担，于是，也改用冷淡的口气对她说道：

"我搭今晚的夜车走，你叫小胡在明早五点半把车开到南站来接我。"

"嗯。"她说。

"还有什么没有？"

"没有。"她说。

"那么，再会。"

"再会……"

他把电话机像是和谁斗气似的丢下了。

走出电话局时，他一肚子都充满愤怒和狐疑的情绪，他以为已经有什么不痛快的事情，在他们中产生了，不然，为什么她会对他那样冷淡？为什么对他热情的探询毫无反应？已经是一个半月了，别离只有使他们彼此间的关系，更能进一步地接近，不错，过去在他们间也许有误会存在，然而，这种误会不是绝对不可以消解的，短时间的别离就是消解这种误会最好的武器，而她却固执己见。……他走过一条大街，忽然又冷静下去了。不会吧，这都是他的想象，神经过敏的想法，无论如何，她总是他的妻子，他们曾一起共同生活了五六年，生过孩子，夫妇间为了一些不相干的事情，而斗过嘴的事哪个没有过？他们不是常常这样大大地闹了一阵，过了一晚，到了第二天，又仍旧和好如初？那么，她为什么用这样不痛不痒的神气对他呢？也许她不赞同他从公路来，耽搁了半个月时间，把她在家里一个人冷清清地丢开；

也许她的旧病复发了，一个病着的人，心情总是那样反复无常的。在这样思想过后，他就觉得自己的懊恼心情逐渐逐渐地平静下去，刚刚的那种想象中的情境，也不过是一片昙花罢了，一现就过去了。

他在这个新兴城市的街上，胡乱地走了一通，觉得它比他一年半前来时要繁华得多了。那时，它还不过是一个平凡的内地城市，既凄凉又沉寂，居民也不多，市场更是寥落。可是现在，它已经和一个战时后方的大都会差不多了，人口多了许多，新街道房屋也在兴筑着，从前见不到的三层四层洋楼，这时也已触目皆是了，至于娱乐场所，则更是数不胜数了。他在这城市走了约一个半钟头，等到自己略微地显得疲乏了，才回转旅馆，当晚上的车票，他还没有买到呢。在一年前，他是知道每一帮车都有许多空铺位没人坐，一年后不知怎样了，也许迟一步去会买不到票子的。

他一走进自己的房间，就叫茶房来，要他替自己去买一张当晚赴桂县的头等卧车票。那茶房，谦恭有礼地答应着，就退出去，可是当他到账房去转了一转回来，却就抱歉地说：

"对不住得很，先生，当晚的卧车票全在上一天给定去了。"

"我不要多，只要一张。"孔德明好像突然挨了一拳似的，焦躁地说着。

"我知道先生要的只一张，不过……"

"不过你非替我弄一张不可。"说时，他把一张十元的钞票塞到他手中去，"就是这样，没有别的。"

那茶房把手中的票子看一眼，知道数目有相当大，于是也就满口应承着走了。

他用轻蔑的眼光把茶房送走，心想："他妈的，这是什么世界，件件都是钱，钱，钱！"

晚上约九点钟的时候，他在车站上出现了。当他跳下黄包车，进了售票处，只见在那淡淡的灯光下，挤了许多人。他们仓皇的，有的站着队等买车票，有的在行李间打行李票，或交涉运货赴桂县，而有极少部分的人，则在检查处等宪兵检查行李，好准备进月台。孔德明把这些人略略地扫了一眼，觉得很陌生，简直就找不出一副熟习的面孔，于是他先把行李搬到检查处去，一个宪兵班长问了他两句什么，听说是一个工厂经理，也就不怎样检查放过了。他叫一个车站苦力，帮他把那几件零碎的行李扛着进月台去。

进了月台，在那不明的灯光下，他看见两列长长的建筑物，有一列灰色的火车，就在那建筑物正中静静地躺着，指向桂县那边，火车头已经升了火，只要时间一到，就可以开动出发了。他在那新建筑物底下走了一会，一边心里暗暗地惊奇着这个地方变动的神速。在一年前他到这儿的时候，这条铁路还刚刚在兴工，这儿也还是一片荒郊，没有人住，更谈不到什么新式建筑物了。可是现在，已经完全改观，他走着，好像是走进梦境一样。

那苦力把他带上标明头等卧车的车厢，他为了省得找房间的麻烦，便也把卧车车票交给第一个碰到的茶房。那穿了制服的茶房，把他上上下下打量了一番，遂恭敬地说：

"跟我来吧，先生。"

他进了标明第十四号的房间。安顿好行李，给过苦力的工钱，就在那皮卧榻上靠着了。他拿出烟卷来抽，看茶房给他拿进热茶和一碟水果来，接着他就开始对这号房间考察起来了。这房间虽然不宽敞，布置却是很富丽的，也许是为着便利那些带了家眷的人吧，因此，每个房间都设有两个铺位，在他对面，就正有一个铺位，可是这时却还是空的。他想把那茶房找来问一问，和他同房的到底有没有人，来了没有？可是那个人把东西拿进来后，就匆匆地走了，不一会，他已听到他带了另一对青年男女，进隔壁的房间了。

他抽了一会烟，觉得这个房间似乎很燥热，回转身去看，才知道那窗门原来还是封闭着的。于是，他便起身过去把窗门打开。他有意地把手臂靠在窗棂上，把上半身伸向窗外。窗外是一片田野，阴沉沉的，二十余丈远的地方，才能看见一盏灯。他把四周观察了一会，觉得很少有人在走动，不过在那盏灯光底下，却看见一个荷枪的路警，正不耐烦地踯躅着。他漠然地把他看着，起了一种孤寂的感觉，遂别过头看到另一边去。天上的星斗，今晚特别多。"眼看着明天又是一个大热天了。"他想。丢掉口中的烟蒂头，又转到铺位上来。他从盘子里吃了点水果，觉得时间很悠长，于是便掏出表来看，已经是九点半了。"照例也该开车了吧?"他想。便走出房门去，把房门反关着，就在车廊上信步起来。他到底要走到什么地方去呢? 却没有想到，也许是想去看看外面有没有开车出站的动静，或是找个茶房来问一问讯。这时，在头等卧车车厢里的许多房间，坐客们差不多都到齐了，到处都有人声人影，在这些人中，份子相当复杂，各种各样的人都有，不过大半却是军人居多。他这样信步着，冷眼地观察着各个房间的住客，到了第廿四号房的时候，忽然听见一个女客的娇滴滴的锐叫声，他觉得奇怪了，因此到了那房门口时就略为驻了会足，一看，原来却是一个廿三四年纪的女人，穿了一件丝织睡衣，正和一个商人模样的中年胖子在皮卧榻上扭作一团，他皱紧了眉头走开，心想:"这个女人要不是干那不正当营生的，就一定是姨太太等一类人。"可是没有等他跨过隔号房门口，那房门却像是被他这一看触怒了似的，突然砰的一声关上了。跟在这一阵关门声之后，又是一阵淫狎的狂笑。这笑声给他带来了愤怒，他觉得他已经受侮辱了，"为什么他们偏在这个时候把门用力关上呢? 为什么他们要那样地笑? 难道这一些都是为着要对付我的不成?"可是，回头一想，觉得和这种人赌气也未免太看轻自己，于是兀自冷笑着，也就若无其事地继续走上前去。他一直走出车厢门，下了车，便在月台上踱起步来。

| 文学史评论 |

在对推动人民群众走向团结和斗争，迎接新中国的建立，起了积极作用 …… 在同形形色色的反动文学争夺阵地方面做出了贡献。

——唐弢、严家炎主编《中国现代文学史》第三册，人民文学出版社，1982，第458页司马文森这一时期的小说创作也很丰厚。有的作品描写女性心理非常细腻，如长篇《雨季》……这些作品都喷发着抗战的时代气息。

——钱振纲：《清末民国小说史论》，河北人民出版社，2008，第61页

司马文森小说的另一个重要的内容，是探索青年一代的成长道路，激励青年一代的抗战热情，展示抗战时代里年青人的精神风貌。这类小说有长篇小说《雨季》《人的希望》，中篇小说《希望》《折翼鸟》，及小说集《蠢货》中的若干篇。

——蔡定国、杨益群、李建平：《桂林抗战文学史》，广西教育出版社，1994，第409页

┃ 作品点评 ┃

司马文森在桂林期间创作了4部长篇、9部中篇、5部短篇集。其中，长篇小说《雨季》和《人的希望》都与作者的桂林生活有较大的关联。《雨季》中方海生无意中闯进了孔德明与新婚太太林慧贞的生活，方海生的生活态度和生活经历使林慧贞决心走出家庭，争取"做人的权利"……这两部长篇小说的一个共同之处是受了罗曼·罗兰长篇小说《约翰·克利斯朵夫》的影响。《雨季》通过一个可能引起争议的爱情故事探讨人的生活现状和内心世界……

——黄伟林：《抗战时期旅桂作家创作综论》，载李建平、张中良主编《抗战文化研究》第9辑，广西师范大学出版社，2015，第156页

司马文森的批判也指向知识分子，当然笔调要温和得多，但也并不粗浅。1942年6月完稿的长篇《雨季》，写一位知识女性不满于金丝雀式的生活，在丈夫的朋友启发下，毅然跳出家庭的羁绊。这是一个抗战中的"娜拉"，又是一个抗战三角恋的故事，但作者从中揭示了人在动乱时代如何对生命的克服和超越这样的重大主题。

——雷锐：《"桂林"小说对中国小说现代化的贡献》，载魏华龄、左超英主编

《桂林抗战文化研究文集》六，广西师范大学出版社，2001，第178页

《雨季》，长篇小说。司马文森著。1941年至1942年6月写于桂林，1942年桂林文献出版社初版。小说写的是潜生在青年女性林慧贞身上的人性意识和抗战热情，在民族解放战争的时代大潮中的觉醒以及她摆脱封建家庭囚笼的奋争过程。林慧贞在抗战中体验到民众的苦难和抗战事业的伟大，她慢慢以自己所过的悠闲安逸的生活为耻。她要投入抗战工作中去，与民族资本家的丈夫的矛盾爆发了。她追求新的爱情生活也没能实现，孤身一人来到儿童教养院，为抗战救亡做点抚育难童的工作。小说中的反封建意识和对人性、人情的肯定，使作品具有较深邃的思想内涵；女主人公追求新生活的不屈不挠的意志，渲染得很有感染力。小说具有细腻、抒情的艺术风格，代表了作者抗战时期的小说成就。

　　——李建平：《桂林文史资料·第三十三辑·抗战时期桂林文学活动》，漓江出
　　版社，1996，第338页

人的希望（节选）

司马文森

一九二九年春天，广州举行了一个省规模的运动会，奉令参加报到的共有八十三个单位，内包括全省四个大学七十九个中学，选手约一千二百人，他们从全省各个地方，带着他们不同的作风，汇集到这个大城市中来。

运动会在公共体育场举行，比赛节目包括田径、跳高、跳远、标枪，以及各种国技表演。球类不在比赛范围，可是各单位彼此间的友谊比赛却每天举行着。

决赛那天，运动大会的办公处，有一个自称为香港培元中学的代表来报到，要求参加，关于迟到的理由是：他们事先未经得到通知。大会的委员们，以香港虽割让给英国，成为英属殖民地之一（注：受殖民统治，但非殖民地），然而，在精神上他们仍旧是中国领土，且是在广东省范围以内的，于是，也就把他们列进比赛程序，参加比赛了。

决赛开始时，这一千多男女选手，穿着崭新运动服装，背着号码，以傲岸的勇武的姿势，在十多万观众面前，显露了他们的本领。他们飞快地跑、跳，满头大汗，一身灰尘，却没有一个露出失意或倦乏的面容，为的是，他们都想在那极为有限的机会中去夺取锦标。运动场是十分宽旷的，比赛节目又特别繁多，为了争取时间，他们便不得不在同一

作品信息

《人的希望》1945年由重庆联益初版，香港智源书局1947年1月再版，1950年被改编为电影剧本。

时间内把许多节目同时举行，不过这并不因之而使它们彼此牵连着，观众随自己的兴趣，可以选择喜欢看的节目去看，场所是那么的宽旷，所以也并不使他们受着限制。

许多节目都是在紧张中进行着，可是到了撑竿赛的时候，观众喘不过气来了。在跳高架前，一字排列着四十几个选手，他们也和别的选手们一样，是傲慢而有自信的，以为应该获取锦标的只有自己，别的都要不得，不足道。决斗开始了，第一圈就有好些人落选，到了第三圈的时候，只留下二分之一，没有落选的继续在那儿挣扎苦斗，直到裁判员宣布跳高架已升至三米一三时，留下来的只有三个人了。其中一个是中大的选手，高大雄伟，一见面就知道他是训练有素一个老于争战的健儿；第二个是培正中学高中部的选手，瘦而长，斯文洒脱，不像是个运动员，却是跳高能手；第三个才是培元小学初中部选手，短小精干，年纪又轻，只有十六岁，也是一个标准运动员，棕黑色的皮肤，细而结实的身材，不过在与前面两个人对比之下，就显得特别短小了。"这样一个小孩子，也是那两个人的对手吗？"观众这样轻蔑地耳语着。可是大家却没有注意到在三十分钟内他已经击倒了三十几个人，且能毫不费力地渡过许多难关。最后的决战来了，新的难关正一个跟一个地摆到他面前，他们以为他就会惊慌失措，然而，他仍然能镇定地一个跟着一个地把它克制着渡过去。

从四十几个选手中去夺取一二三名锦标是不容易的，现在他们是拿稳了，再也没有人会来和他们竞争。如果，他们能满足这处境，甘于拜服对方之下，便用不着再作生死争战，可以休战了。在观众眼中，以为大局已定，不再有什么变动，除非奇迹出现！他们以为第一名中大选手是拿稳了，第二名培正选手拿稳了，那小孩子有第三名也该满足。然而，这三个英雄，却不这么想，他们似乎都各不相服，各人以为对方的技术不如自己，冠军是自己的。中大选手，自信第一名是非他莫属，不过，他不愿随随便便就得到，他决心在大家面前把那两个敌手击倒；培正选手以为自己有第二名也算幸运了，不过大家都要争下去，他也只好再苦斗下去；至于培元选手，他看出了对方已经逐渐地支持不下去了，而他则越来越精神，他不大看得起那两个人，特别是他们的傲慢态度使他反感，他决心周旋到最后一分钟。因此，每当跳高架加升一次，胖子便傲慢地露出了轻蔑神气，从离跳高架三四丈远地方飞跑来，把竹竿插在沙地上，飞跃着翻过木架。第二个，冷静得不露一点声色，他既没有中大选手那样宣赫不可一世的神气，却也不对他的对手表示过分畏怯，他飞跑着，把竹竿插在沙地上，轻捷地，像一只花蝴蝶一样地飘过去。而后观众便把眼睛注到那个始终被认为没有一点希望的培元选手身上。他们替他担心着，以这样短小的身材，要跳过那么高的木架，实在有点使人不敢相信。而他却是不慌不忙的，在那棕黑色的面上冷笑着，表示对他的敌手的轻视，从对方手中接过跳竿来，吐口口水在手掌中，把竹竿握牢着，只几步便以异常轻捷姿势，让自己吊上半空，身子只一斜就翻过木架。掌声起了，喝彩的声音也起了，早先已参加过别种比赛的同学，现在暂时到他这儿来充当啦啦队，他们击起掌，大声鼓噪着：

"要得，朱可期，再来一个！"

朱可期对他们望着，露出稚气然而是坚定的微笑。他是一个胆大而自尊心极强的孩子，在大庭广众中从不慌张失措过，他明知今天是碰到敌手，要翻过这样高的架子，是相当吃力的，不过他不愿在大家面前丢面。他对自己说：即使再困难，也得咬紧牙关，把这最后的一关打破。这不但是为着他个人，同时也是为了整个学校的荣誉。

木架已经升高到三米八三了，评判员警告那三个跳高英雄说，这已是破纪录的高度了，他们不能再让它再高上去，决定最后胜负就只在这一次！中大选手冷笑着说："这一点点算不了什么！"可是，他就在这一格上跳不过去，一连三次他都没有跳过去，他把竹竿生气地丢下，面红着，变得垂头丧气了。不过他还多少怀着希望以为对方也将和他一样跳不过去。果然，当培正选手第一次没有跳过架子，他便使自己安定下去，第二次没有跳过，他的信心加强了，并且替他作着那么肯定的估价，第三次他必然也要失败！然而，这一次他的估计错了，培正选手，偏在这一次以最可怕的努力把架子跳过，他不行，可是还在他上面，他失望。现在，他们要看这个"被认为无望的人"的本领了，千千万万人都在那儿焦急，议论，打赌，认为即使他身材短小，轻捷容易跳，这一次也绝不会比前面两个强，他将被迫跌下，和第一个一样遭受了惨败！

的确，在朱可期自己也有点担心，并非因为看见前面的人失败使自己丧胆，而是为了像这样高的架子，他在十几年来还没有跳过，这是最初的一次（可是他就没有想到也是最后的一次）。不过凭着他的骄傲，他的尊荣，他无论付出多少代价也必须跳过去，把前面那两个人，在十几万观众面前无情地打倒！

评判员用怀疑眼光看着他，似乎是在询问他：是否没有勇气去跳，或愿意自动放弃？可是，他却连理也不理他们一眼，他接过竹竿，又吐了口口水，在地上抹抹沙土，到离跳高架五丈远地方，不慌不忙地，飞速地奔去，用他平生的力量把竹竿插在沙地上，他以奇异姿势被吊上空中了！也许是他用力太猛，也许是他力气不支，他在空中飘着，觉得神情很是恍惚，满天尽是火星，他怕去看它，他把眼睛闭下，就在这时他翻过了跳高架，还没来得及放手，竹竿发出了哗裂巨响，断了，他无声地坠下来，在沙池中再也站不起来。

医生和救护过来检查他的伤痕，同时布告员用扩音机对全场观众报告了撑竿跳比赛的结果，他得到冠军，得到光荣，同时，他也付出相当可观的代价，他跌断了两条腿！

他被送到市立医院，外科医生马虎地把他检查过之后，认为伤痕并不太严重，就用木板把它夹起来，他说骨头还没有全断，如果临时不发生变化，很快就可以复原。而事实上，他的诊断全错了，这个不幸的孩子，两条腿这时不但已经断了，而且是断得相当彻底的！他从运动场到医院来，一直是在昏迷不醒中，高度的热度，使他认不清和他接触的一切，他不知道有痛苦，也没有其他知觉，唯一的意识就是他必须把那纪录打破，他要那荣誉，在千万观众眼中把强敌打倒！

同学们来看他，他被他们用种种方法从迷失中唤醒，然而，他对他们并不问及自己的病，只说：

"我跳过了没有？"

"跳过去了，你是这一次运动会的跳高冠军，破远东纪录！"

"那么，那两个呢？"

"他们在你之下，这是一个奇迹，谁都没有想到你会把他们打倒。"

"我却一开始就这样想。"他说，微笑着。一会又低声说道："我现在不和你们在一起吗？"

"不，"同学们说，"你在医院里。"

"为什么？"

"你受了一点微伤。……"

经过这样一提，他好似才觉察到他从高空中跌下来，失去知觉！"难道我受伤了吗？伤在哪儿？"他想转动一下，一阵刺骨的痛楚，直从他的腿部传到他的脑神经上去，他呻吟着闭下眼，又复昏失了。

当他再度苏醒过来，已经清醒了，他在一种有意识的痛楚中。"没有腿，"他想，"拿什么来走路呢？"他再也不能自由，不能跳动了！他用手掩住面孔，他放声地哭了！

他的胞哥从香港赶来看他。他今年三十二岁了，比他大一倍岁数，是一个没受过多少教育从商界出身的西药材商。他们一家原是靠贩卖西药过活的，父亲今年五十岁了，一生就只做这一门生意。大哥在店中从小学起，现在那间西药铺就由他一个人主持。他和这位最小的弟弟，从小似乎就没有过好感情，为的是他从没替他们的店铺尽过一点力，而他们却要把他栽培成一个知识分子。老父亲发愿说：起码也得使他大学毕业。他不赞成，却没有公开提出反对。他以为一个商人子弟，只要能计计数、挂挂账、做做买卖就够了，读书进大学有什么用？就拿他来说还不是一个小学毕业生，可是学历并不限制他谋生才能，他仍然被人称赞着，在商业社会中有自己一席地位。他对他很冷淡，因为他们同是胞兄弟，所受的待遇却大不相同。

他的匆促赶来，是在得到学校当局的紧急通知之后。不过，他这一次来也不是完全为着他的，他还负有附带任务，他想利用这机会做点小买卖，在广州有许多家西药铺和他们都有来往。

这两个意见一向不同的兄弟的会见，是完全在一种愁闷的空气中，没有安慰，没有同情，甚至于没有一点手足的爱。做弟弟的只看他一眼就把眼睛闭下了，做哥哥的则露着冰冷的微笑，沉默着。在一分钟中没有一个说话，而且谁都不想先开口，到了这个局面再也不能支持下去了，做哥哥的才低声地说，眼睛看着窗外：

"家里是昨天得到通知的，爸爸今天叫我来。"

"嗯……"

"现在觉得怎样？"

"还好……有时热度很高。"

"你也太不小心了，几千人只你一个跌坏腿。"

朱可期没有回答什么，把眼睛看到别的地方。

"我问过医生。"

"他怎么说的？"

"简直是饭桶，他说他无法判定，可是有一件似乎是定了，那就是——"

朱可期注意地望着他。

"那就是，要完全和以前一样是不可能的。"

"这是什么时候说的？"

"刚刚。"

他再也不想问下去了，心里却浮上一层阴云，他担心着的那件事果然就要来了吗？那该是……他把面孔别开，想摆脱这个问题，清静一下，做病人最怕的是思虑多，心焦。他很明白这个道理，可是他无法使自己做到，他太慌太乱了，因之不久，又使自己陷于高度的发烧中。

做哥哥的没有在医院住下，他给他请了一个特别护士，丢下一点钱便走开，他住在外头大旅馆里。

朱可期也并不希望这样一位哥哥留在旁边，他宁可一个人孤独，或和他的同学们在一起，也不愿意见这个冰冷的人一面。他的来，不能对他的病有何帮助，说得难听一点，对他的病只能起相反作用。在家里，他们虽天天见面却很少谈话，每次谈话总要因意见不合而起冲突，他把自己的理想看得太高，而他的哥哥却是一个道地的平庸的小市民！支持着他一生的思想，只有发财！发财！第三个还是发财！自然，这几年来由于做西药的投机，也很发了一点财。也正因为他的投机成功，使他更趾高气扬，不可一世了。在家里他还把哪个看在眼里。

做父亲的，是一个旧金山老华侨，十一岁离开家出洋去在一家西药铺当学徒，后来一直升到做头等店员。三十岁那年，自己积蓄了一点钱，便回到香港来开西药铺。这是一个强悍而固执的老人，他以为凡是他提出的意见都是对的，不容更改的，而人家提出的则有十之五六不对！除了那些附和他的意见。他正因为有这样一个怪脾气，所以不容易和人家合得来，意见也难得有和人一致的地方。当他的大儿子十八九岁生男育女以后，他还是严格地执行皮鞭教育，遇有错误不容分说就是一阵鞭子打。可是，等大儿子的羽毛丰盛且已掌握了全家的经济权以后，他便不得不略为改变，并感叹着自己的无能了！他少时是从贫苦家庭出身的，一生中只读了一年私塾，到外洋后为了自己智识的缺乏，不知碰了多少壁，因此，他下了决心，如果他以后得以升发，一定要使后代有充分教育的机会。可是，到了大儿子受教育年龄时，他还只能供给他到小学毕业为止。到最小的那个儿子，他才想把他的希望完全达到，他要栽培他进大学，如果有必要还想把他送到美国去留学。这绝不是妄想，他相信，他有把握做到。他决心这样做，并非完全为儿子着想，而是因为这个是他一生的宿愿，没有达到，他是死也不瞑目的。

母亲是一个温和的老太婆，多话，没主见，没受教育，她的存在，好像并非为自己，而是为了附和丈夫的意见。三十多年来，她就一直生活在以她丈夫的意志为意志中。她一共生过六个儿女，可是留下来的只有那最大和最小的！做丈夫的以为大儿子在商业活动方面已经有点成就，小儿子不该再循着这条路走，他应该去从事另一项事业，比如教育文化方面。他们姓朱的一家，过去出身是很寒微的，不能老没有出什么人才，更不能老被人看不起！她马上就把它据为己有，多少年来并且一直努力不懈！大儿子曾经在许多时候，利用了许多借口想来停止对弟弟的供给。可是大半在朱可期还没发觉到，就给这两个老人的联合阵线击退了！

其实，像朱可期这样一个青年，也确有可造就的地方！他，从小就秉有他父亲的遗传，刚强自豪，不屈服不妥协，永远以为对的都是在自己这方面。因为他受过教育，所以不是盲目的。如果，有机会使他明白到对的不完全是在他这一面，他也会改变，即使在外表方面还是不承认。出世时，母亲已经是三十六七岁了，奶水不够，这影响到他身体的发育，从小就多病，大了也是枯瘦的。短小的个子，配上一身黑色皮肤，显得特别精干的样子。尽管他的个子是短小精干，却并不因之而影响到他有一颗偷天换日的雄心！他热情，有勇气，因之也常常要幻想，他曾幻想过要做一个艺术家，因为他对艺术有特别兴趣；他也幻想做一个出席世界运动会的体育家，他有这种兴趣，而且还有相当成绩表现，他还幻想着第一！功课他要在人家之上，第一！跳高也要跳得比别人高，又是第一！其他一切活动和作业，他都要比人家高！而事实上，当他进了中学两年来，他没有一天不在和这个顽敌（第一）作战！这性格使他有着高度成就，也正因为有了这性格，在他一生中产生了不可救药的悲剧！

同来出席运动会的同学，在广州逗留了近一星期，任务经已完毕，走来向他告辞，要回学校去了！他的病房于是便为他们带来的鲜花、牛乳罐头、水果和各种食物堆着。

他挺直地靠在病床上，面容憔悴，疲惫无力地向他们伸出手去。同学们在一种严肃的气氛之下，围绕着顺着次序，逐个地和他握着！只有几天光景，他变得那么多，要是不知道他的履历的，看见在那棕黑色的皮肤底下，包着几根纤细骨头，无力而疲惫，连说话都觉得十分吃力的孩子，就是那个破远东纪录的跳高锦标的英雄，是谁都不会相信的。

同学们由他们的代表领导着开口说道：

"朱同学，我们今天是来向你告别，我们应该回去了。"

"就要回去吗？"朱可期说，似乎对这句话感到有点意外。

"我们还得赶回去上课。"同学们声明着说。

"我们是不是已经来了很久很久了？光我进院来，就已经很久很久了。"

"我们是十号动身来的，今天是二十一，已经有十一天。"

"什么时候动身？"

"就在今天下午一点半，搭广九车走。"

"来时，我们在一起快快活活，去时我却要留在这儿，真是想不到。"他自言自语地说着，忽又对着他们说："那么，我们只好回头见了。"

"我们希望你能快快地恢复健康，再回学校。"

"我也这样希望，可是有这可能吗？"

"为什么你说这样悲观的话，朱同学？我们今天可以对你保证，不但可能，而且是绝对可能的！你安心养病就是，这日子不会等得太久的。"

朱可期微笑着。"谢谢，"他说，"代我向在校的同学致意，抱歉得很，我不能跟你们一起回去。"

"我们一定把你的意思转达。"

"那么——"他说，又把手伸出去。于是同学们再像来时一样，严肃地静默地一个跟一个到他面前去和他握手。他微笑着，一边却被幻想带着离开飘远了。他幻想着，他也和大家一样地踏着凯旋步伐回去，同学们早知道他们动身的日期在九龙车站等他们，他们的车刚一停，他站在所有选手同学们的前头踏出车门，掌声起了，几百个男女同学欢呼着齐向他奔来，拉着他，摸着他，把他抬起来，抛向天空，啦啦队叫着，掌声和呼声交织在一起。他很得意，很激动，想说几句感谢的话，然而说不出，于是，他快活地流下泪来……

房门轻轻地掩上，他睁开眼，幻像消失了，同学们也走了，花篮放在他床头，对房间四周吐射着香味，水果、饼干、牛奶罐头都凌乱地堆积着，他想整理一下思想，把刚刚的幻想过的事追忆一下，然而，它已经飘失无踪，他只好叹着气。

白色的墙壁，静默地对他站立着，气氛是枯燥而沉寂的。他看着粉白的天花板，想起了一年前曾读过的爱罗先珂的一篇童话，叫作《狭的笼》，这时，他不也正和那被囚的老虎一样，被禁闭着在"狭的笼"中？

司马文森这一时期的小说创作也很丰厚……有的作品抒发残疾人的坚强意志相当充分，如中篇《人的希望》，这些作品都喷发着抗战的时代气息。

——钱振纲:《清末民国小说史论》，河北人民出版社，2008，第61页

在完成《雨季》之后，司马文森于1943年又写成了另一部长篇小说《人的希望》。这是作者针对"青年人在持久抗战中如何坚定意志"的社会议论而作的。在《人的希望·后记》中，作者谈到了他的创作意图:"近来关于青年人的意志问题，似乎也很有些议论。青年'导师'以及论客者流，一致慨叹着青年人意志的薄弱，看来也是事实。不过，要纠正这错误，慨叹或呼号似乎无济于事，最主要是在于正面发扬人类向上的意志和战斗热力。据说作者的笔是有正风导俗作用的，我虽不敢自命，不过这种主题，倒也顶合自己的口胃，于是，我写着朱可期和他不平凡的一段生活。"《人的希望》中的青年朱可期，腿伤残后，以顽强的意志成长起来，最后成为一个美术工作者，并决心到战地去工作。小说写道:"他既可以用这双木腿走过他从未走过的路，为什么就不能到战地!"朱可期在人生道路上是坚韧顽强的，不愧为抗战青年的楷模。小说调子明朗、笔力矫健，颇具感染力。

——蔡定国、杨益群、李建平:《桂林抗战文学史》，广西教育出版社，1994，
第410页

Ⅰ 作品点评 Ⅰ

《人的希望》写残废青年如何战胜消沉，投身伟大的抗战斗争，赞颂了"人类向上的意志和战斗力"，也是表现人对生命的克服和超越的，司马文森在桂林时期创作的作品，数量甚丰，但影响较大的，还是上述数篇。究其原因，还是与它们在抗战的大背景下，别致地表现人及其对自身的超越这一带有现代化意义的主题分不开。

——魏华龄、左超英:《桂林抗战文化研究文集》六，广西师范大学出版社，

2001，第179页

    桂林抗战文化始终与世界反法西斯文化融为一体，是世界反法西斯文化的重要组成部分。桂林文化抗战运动的繁荣与发展，除有一批外国作家和文艺工作者直接参与外，还表现在桂林的文艺作家们积极与外界沟通，尽可能把桂林的文化抗战信息传播出去，既把外国优秀文学作品大量译介"入国"，同时又极力将桂林抗战文艺作品翻译"出国"。如司马文森的《雨季》《人的希望》《危城记》被翻译成英文，编入英国作家约瑟夫·卡尔玛的《中国短片小说集》。俄文版《中国短片小说集》也收入了司马文森的小说。

    ——陈远璋、吴伟峰：《广西博物馆文集·第三辑》，广西人民出版社，2006，

    第219页

无声的歌女（节选）

凤子

从晌午到黄昏，淡淡的阳光轻轻地偏向到坟园的西面，乌鸦忽然嘎的一声划过天空，声音分外凄凉。

这是沪西郊外新辟不久的一所坟园，本来是约莫一亩大小的荒地，上海工部局觉得市民有这么一个需要，便不大管事地圈定了这所公墓；因为是新辟的公墓，管理尚无专人，弄得蔓草没胫，满目荒凉，虽然这时候正是百花争妍的季节，可是春天似乎还不曾眷顾到这一块人迹稀少的地方来。

夕阳留恋在西边的天上，黄昏像是无限的长。

在一堆新土的面前，一个穿着翻领衬衫的青年，正蹲在一块石头上，他呆呆地像一无所知，一无所觉，手上拿看一根树枝子，一遍又一遍地在松土上画着字，仔细辨认，才看出是：

"秦小芹"。

再写也还是：

"秦小芹"。

作品信息

封凤子（1912—1996），笔名凤子，广西容县人，中国作家协会会员。1936年毕业于复旦大学。1949年以前，她在武汉、上海、重庆、桂林、香港等地参加话剧和电影演出，扮演过许多重要的角色。后来历任《中央日报》副刊编辑、桂林《人世间》月刊编辑、重庆《新民晚报》特约撰稿、上海《人世间》月刊主编，同时也是北京市文联《说说唱唱》和《北京文艺》编委，以及北京人民艺术剧院艺术处副处长兼文学组组长、中国戏剧家协会《剧本》月刊主编、中国剧协常务理事、中国剧协书记处书记。1936年开始发表作品。1952年加入中国作家协会。著有《无声的歌女》《旅途宿站》《台上台下》《画像》等作品。

作品信息

正言出版社1946年5月出版。本文节选自第1章节。

反复无数次地写着，忘掉了自己是在什么地方，忘掉了心底里最大的悲痛，忘掉了一切可以回想的记忆。

他两眼发着愣，空洞地望着前面。他没有流泪，眼睛是干枯地深陷下去。右手还是机械地拨着土，拨着那松软的土块，就在这一堆松土的下面，他亲眼看见人们抬起一个黑盒子，慢慢地往下沉，沉到无底的深渊里去……仿佛整个的世界也一块沉下去了。盒子里躺着的一个好性子的姑娘，生来就带着病，生来就懂得体贴人，才不过十八岁的年纪，就被病魔咽掉了最后的一口气。

"她不该死的！她不该这么年轻就死去……"

送殡的亲友们叹息着，流着泪。"入土为安"，这一堆松松的土也就是这位姑娘最后的一个归宿了。

"小芹！"青年人听自己的一声呼喊惊醒过来。"小芹是死了！"这是真的事实！他感到不平，一个年轻的生命就这样完了，草草地完了，活着的意义到底是什么呢？

"假如她生长在一个比较好的环境里，假如她有一个嫡亲骨肉在身边，她会被好好地照顾着，也许她会健康起来。她聪明，她懂得应该学些什么，应该做些什么……可是，竟这么年轻轻地死了！"

这青年人又在心里想着他怎样和她认识，怎样厮熟起来，怎样受到这女孩好心的照顾，怎样得到这女孩的信任，把身世偷偷地告诉了他。

想到她在病中。

想到在病中发出绝望的叹息。

在叶家花园里，他挽着她散步，她哭着说："我真怕啊，我不愿意死，我还没有好好地过一天日子呢！"

真的她太年轻了！一个富有进取心的人怎么甘心年轻轻地就埋进了土里？

乌鸦叫来了伴侣，在墓园上奏起挽歌来。

青年人用左手狠狠地捶了一下前额，他想忘掉，忘掉潮涌一般挤到脑子里来的往事。很吃力地站了起来，才意识到两只腿已经完全麻木了，他踉跄了一步，跌到坟的左面，勉强支撑着站住，忽然一束白色的"康乃苏"花夺去了他的注意，顺手把花拾起来，花把上系看两条白色软缎带子，带子上用黑色的墨水写着：

"献给我的小姐姐——芹：祝你安息！你的缦杰。"

一个长方脸，大眼睛，两条又粗又黑的辫子拖到耳边，整天跳跃如小鸟一般的一个女孩的影子，立即印到这青年人的眼前来。

他苦笑地念着"祝你安息"四个字，便轻轻地把花束放到坟上，不知觉地顺手摘下了一朵小白花来。

茫然走出了坟园。

天色渐渐阴暗下来。东边的天上正展开一幅奇异的幻景，电灯带来了白日一样的光明，可是在光色耀眼的世界里，正是人肉市场的交易所，多少人在挤着，攒着，跳着，女人们扭着腰肢，男人们拍着酒肉填饱了的肚子，……可是在电灯的光芒照不亮的地方，多少人在喘息，多少人在叹气，多少人倒吞着眼泪在贱卖着自己……这就是上海，这也就是奇异的幻景的制造所。他厌恶这地方，可是他自己却是这块土地上生长起来的一棵树苗，一任风吹雨打，却茁壮地活到了二十岁的年纪。他想走，他也下过决心，而最远他到了南京，火车仍然把他送回母亲的怀里。一切都为了母亲，一个为了他而忍受一切痛苦的中年女人，他离不开她，不忍让母亲重过孤苦无依的日子，曾经用十个手指换来的针线钱，抚养他长大成人。十多年的日子不算短，到今天，母亲还没有过着一天好日子，他怎么忍心撇掉她一个人走掉哩。

这青年姓黄，名吉明，浦东人，父亲死得很早，然而没有留下一点遗产下来的这个家，却全靠他的母亲辛苦支撑下来。一直读到小学毕业，他没有受到一点经济上的苦痛，进了中学，住在学校里，精神上、生活上，与同学们比起来也没有两样。偶然放假回家，望到母亲一次比一次瘦了，有一次母亲竟病倒在床上，舅舅来看他们，谈话的语气中有点责备他母亲不该过于自苦，而且也不赞成再让他在学校里读下去。

"小学毕业，也可以送出去学学生意了。读中学大学，是有钱人家的打算，我们……"

母亲没有言语，病好了仍然撑着起来，凡是吉明在学校里有什么需要，一定设法给他弄妥贴。吉明已经是十四岁的人了，听到这一次舅舅的谈话，心里自然也罩上一层阴影，慢慢地感到自己同别的同学比起来是有点两样，渐渐地明白了母亲的苦心，从此也被抑压得阴郁起来。勉强在学校混过了两年，初中毕业后，他便跑去找舅舅。

"我想学生意。"

做舅舅的起初有点奇怪，以为孩子贪玩，读不进书。问他为什么想学生意，理由又说不出。他只坚持地：

"我说不读书就不读书了哩！"

舅舅知道拗不过他，便想去问他母亲，吉明聪明，便说：

"找到了工作再去告诉妈。"

舅舅心里明自，不禁叹口气：

"唉！只要家境还对付得过去，还是继续升高中吧！"

吉明急了，同舅舅吵：

"你不是老早就说我该学生意的吗？"

"是的，我说过。"舅舅慢条斯礼地同他谈起来，"可是，你母亲的打算也对啊！不读书，学生意，一辈子是个学徒，就是将来要学生意，也要有学问做基础。"

"我不是读完了中学了吗？"

"读完了中学？初中毕业有什么用？你母亲不会答应你的。"

"那，那我去跟妈说去。"

同母亲商量的结果，还是要他读书，不过，同意他去考工业学校，那么毕业出来马上可以找工作。

最后他进了工商职专的预科，勉强混了两年，他硬逼着舅舅设法，介绍他到一家启新照相馆黑房里工作，工作期间他学会了冲洗胶片，修改，填色，甚至拆卸机器。他本来聪明，不久他竟拍得一手好照片；不过十八九岁的人，竟得到照相馆老板的信任，慢慢地重用起来。

有了工作，一直就住在照相馆，抽空就回家看看母亲。有时陪母亲上邻居家坐坐，玩玩不论输赢的小牌。

在邻店往来之中，认识了一位郑太太，一位温婉的家庭妇女，约莫三十岁的年纪，同吉明的母亲很谈得来。郑太太有个妹妹，是后母生的，叫小芹，有时上郑家与郑太太做伴，吉明伴母亲上郑家玩，也渐渐跟小芹厮熟了。

小芹没有进学校，可是在私塾里读过点古书，人也很温柔，不过不及姐姐大方，说说话忽然会红起脸来。而且也很少说话，似乎生来就没有一点脾气，从来不跟人争执。有时同姐姐的孩子们缝缝衣服，一个人坐在屋角里，看来日子过得非常委屈。不知怎么一个缘由，吉明非常同情她，爱接近她，有时莽撞地拖她上兆丰公园，硬给她拍了两张照片。小芹有点怕她的姐姐，虽然姐姐并没有责备过她，相反地，吉明同小芹的接近，郑太太反而很高兴，有时吉明约小芹去玩，郑太太知道了事先给小芹预备一件比较鲜艳的衣服，小芹是个早熟的女孩子，懂得姐姐的打算，因之见到吉明反而忸怩起来。吉明却从没有注意到这些细微的地方。同时，吉明的母亲故意沉默着，吉明从小没有尝过友情的温暖，没有姊妹，一个人孤寂地长到十几岁了，偶然接近了一个与自己年纪相仿佛的女孩子，自己也就像小了五六岁，一种纯洁的友谊自然地生长起来。

吉明欢喜运动，喜欢参观球赛，喜欢背着个照相匣子东跑西跑去拍新闻照，喜欢走路，而小芹呢？身体太弱，跑两步路就喘不过气来，因此往往拒绝了吉明的好意，设法不同吉明一起出去，常常吉明生气了，小芹只流着泪不言语，一切都无法说明白，一个健康、朝气勃勃的青年怎么体贴得到受着病的折磨的女孩子心里的痛苦呢？

不料郑先生从北方回来，也许是在外边发了点财，不久，郑家全家搬到法租界里去了，小芹虽然并不常在姐姐家里，可是郑家迁走，吉明的母亲感到寂寞，而吉明自己更是忽忽若有所失。郑太太仍然温婉地请他们上新居去玩，吉明的母亲觉得郑家阔了，不愿常去，这理由儿子却不了解。放假的日子便来拖着母亲，嘴里的理由是出去散散心，心里自然是想着小芹。结果，十次里只有两次见得到面，看来小芹更瘦而且咳嗽得厉害。有一天郑太太差人送了封信给吉明，信里潦草地写了两句：

"芹妹病重，盼速来。"

吉明看了信，马上赶到郑家。可是郑太太不在家，小芹更是连影子也没有。吉明耐心地候到傍晚，郑太太才回来，吉明忙问：

"小芹呢？她没有回来？"

"我才把她送出去，怎么就回来呢？"

郑太太坐下来才慢慢地告诉他：小芹患了严重的肺病，乡下养不好，才送进城里找医院。可是城里也没有疗养所，郑太太同丈夫商量，多出点钱送她上叶家花园静养半年，因为郑家有两个小孩子怕传染，病人不得不隔离起来。同时郑太太又告诉他，小芹病里很寂寞，希望看点小说什么，所以才写信找他来。

得到这个消息，吉明自然马上去转书铺，自己平常不大看文艺书，新的文艺作家和作品，他都瞠然，不知该买哪一种才好，选了许久，才选了一部大字标点的《红楼梦》和两本翻译的法国小说，第二天起个绝早便搭上江湾的汽车，径向叶家花园走去。

叶家花园在跑马厅的后面，树木很茂盛，里面设备很好。小芹似乎知道吉明这天会来，一早就梳洗好了，坐在石栏上望着水里的鱼出神。吉明远远看见，便嚷起来：

"你为什么不躺着？病了，还不多睡睡？"

"我整天都睡呢！"小芹吃力地笑着说。

"医生呢？看护呢？怎么让病人出来吹风。"

小芹听着他的声音太大，怕吵着别人，便拉着他，走到假山后面，低低地解释道：

"这病，没有什么，要休息，要好的空气，要……"

不等小芹说完，他忍不住地反问道：

"既然这样，那么为什么要住到这里来？医院不像医院，家庭不像家庭，我不懂你姐姐是个什么打算。"

吉明只顾自己说得痛快，没有注意小芹已经忍不住眼圈都红了。小芹有一心的委屈也不愿意同吉明讲，便哄他说，住不了多久仍回姐姐家去，才把那愣头小子的脾气压了下来。两人翻着新买来的书，很愉快地过了半天。

以后每星期日，吉明来看一次小芹，每次都买点吃食和新书。吉明在自己收入项下本来有一笔添购练习照相材料的费用，这钱也省下来，变为星期天的特殊用途了。

有一个星期六，连着下了几天雨，吉明望着天色心里也便像天色一样地沉郁，偏巧，冒雨来到叶家花园，却马上看不到小芹，看护说，病人出去玩去了。"出去玩去了？"下雨天哪里去？而且一定不是一个人。心里一别扭，就想回头走。正在生气，忽然一片笑声从假山后传过来。笑声很熟，但又不像是小芹的声音。吉明绕到假山后面看见柳树下有两个女孩子，一个穿蓝布长衫，从背影一看就是小芹，另一个个子比小芹宽阔，穿一件黑绸夹衫，红绒线上衣，两条又粗又黑的辫子，把脑袋摇晃得像小孩玩的"博朗鼓"似的。小芹先看到他，远远便招手，吉明很不高兴地跑过去问道：

"淋雨也是医生教给你养病的一种方法吗？"

小芹还在笑着，没来得及答话，双辫女孩回过头做了一个鬼脸。她手上捧着一大把白色的梨花，她们两人正为着偷花高兴得头发淋湿了都不觉得。

小芹看着她做鬼脸，便骂道：

"你还调皮，看你怎么拿得回去？"

那女孩子噘着嘴唇，不服道：

"哼，怕什么？看我捧在手里拿出去，谁也管不了我。"

"这是一个顽皮而且任性的女孩子。"吉明心里这样品看着，一壁却在想着，"她是谁呢？好像很面熟。"可一时却想不出在什么地方见过。那神情，那模样，还有那清脆的嗓音，似乎在什么时候曾经在自己的记忆里而留下过深刻的印象，但猛然之间什么也想不起来了。因之又觉得有点陌生，便不好再说什么；虽然心里为了顾惜小芹的身体，有点责怪她们不该冒着雨出来玩，而且也看出小芹并不是一个好活动的人，准是这个顽皮的女孩子出的生意。这么一想，脸上自然装作不出一丝笑容来。

望着吉明愣着不言语，小芹才恍然悟到自己并没有尽主人的义务，给两位客人介绍介绍，于是便笑着向吉明道：

"这是我的小朋友，缦缦……"

吉明还没有来得及招呼，那女孩却瞪着一对微微显得过大的眼睛，俨然像个大人似的，自己介绍起来：

"我是章缦杰，我早闻黄先生的大名了！"

"对不起，这是章缦杰小姐！"

小芹笑着补充地介绍了一句，便又向她道："我老叫惯了你的小名，可怎么办呢？"

"哼，你老瞧不起我哩！"

嘴唇又是那么一撅。

"你老是充大人，有什么好？我恨不得再小三四岁，女孩子家，做了大人就没有意思了！"

小芹感叹地发了两句牢骚，缦杰仍然在反对她：

"那是你。"

"我怎么？"

"你……"缦杰本想说什么，顿了一下便又道：

"你才大我三岁，就叫我作小朋友……"

吉明在旁边听着她们斗嘴，一径插不进话。看着小芹额上的雨点像汗珠子，怕她受了雨的寒气，于病体不好，便将自己的雨衣脱下来，披在小芹的肩上。

"你呢？"

小芹还想同吉明客气，缦杰却插嘴道：

"都是我不好，黄先生要生我的气了。好吧，我先走一步，下次我再来。"

不等小芹说什么，便一步一跳地绕过假山，一忽儿就不见了。远远还能听见她的声音，在哼着一支流行的歌。

"这孩子!"

小芹想说什么，可是吉明却有点忍不住了：

"你该进屋子去了!"

两人这时才感到雨真的下大了，便匆匆地向病室走去。

在叶家花园，休养了约莫半年，病也不见有起色，而且入秋以后，咳嗽得更厉害了。原来小芹的母亲是秦家的侍婢，收房之后扶正的。丫头出身自然没有受过好的教育，而且幼年时被鞭笞得太多，身体就弱，不知什么时候染上了肺病，生了小芹不久就死了。父亲是个花花公子出身，爱玩，一点家产，差不过全给嫖赌送光。小芹的嫡母早死，也就是郑太太的生母，郑太太因为看见小芹还忠厚，相当照顾小芹，秦家家境式微之后，便常接她出来住住。虽然有这么一个好姐姐，究竟不是亲姐姐，所得的安慰，也抵消不了多年抑郁而淤积在心里的痛苦，早年可能被传染了肺病，于是，到了身体发育的时候，病候也就显著起来，父亲素不爱护她，本家亲戚又多半瞧不起她，也幸而有郑太太这么一个姐姐，才有这福气被送进医院疗养，可是以后呢？病人老爱穷究本身一些无法解决的事，而这问题又老盘旋在小芹的脑子里。

小芹虽然把问题搁在心里，却经不住吉明的盘诘，终于把自己的身世偷偷告诉了他。对于吉明，小芹由衷地把他当作一个亲人，不仅因为郑太太有某种打算，也可能背地里向她建议过，而仅凭了他们自己的友谊，小芹是生平第一次受到异性的抚慰，即使吉明不是一个懂得体贴的人，在小芹短短十七年阴郁的生活里，吉明无异是偶然投进来的一道光，照亮了她的心灵，同时也带给她某种幻想的希望。不问未来会演变到什么程度，这光，这希望安慰了眼前，也骗得自己暂时忘了痛苦，而因此对于缠绵的病状，也就有无限的焦灼。

这年冬天，吉明被派到南京去了一次，启新照相馆在南京成立了分馆，要吉明负责一个时候，吉明确不愿去，却说不出一个恰当的理由。明知一个月的时间不会回来，心里又不禁焦虑起来，谁能像自己这样关心她，经常跑叶家花园看她去呢？即使是小芹的亲骨肉，小芹的亲姐姐。可是究竟郑太太还很体恤她，所以便决定跑去和郑太太商量。

到了郑家，郑太太恰好从牌桌上下来，吉明等客人散了才好同郑太太谈，便上亭子间里同小孩子们玩玩。这间小屋子本来小芹也曾住过的，吉明是常常来的一位客人，孩子们也都欢喜他。

不一会郑太太也上亭子间来，吉明性子急，不待坐定便将要说的话说出来，而且还说出自己的意见："把她接回来吧，反正是躺在床上时间多，这间小屋子空着，回来有人照应，病人心里得到安慰多，病也容易好些。"郑太太沉吟不答。忽然一阵急促的脚步声从楼梯上传了来，亭子间门猛地被推开，一个穿枣红色丝质棉袍的女孩子跑了进来。两条又粗又黑的小辫子依然垂在耳际，匆忙地喊了一声：

"郑太太，好！"

便向着吉明道：

"小芹姐姐好了点吗？"

吉明从声音、神态，才想起这个女孩子就是章缦杰，小芹的小朋友，便答道：

"你为什么不常常去看她呢？"

缦杰笑了笑，并不答复他，却说：

"我借到了新出的那本《啼笑因缘》了，小芹姐姐要看的，我想请你带了去。"

吉明看她手上并没有拿着书，便说：

"当然可以，现在可以给我吗？"

缦杰道：

"我家后门就在斜对门，你走的时候喊我一声，我就给你。"

不等吉明说什么，便一扭身跑着下楼去了。

章缦杰一走，亭子间就失去了那份欢跃的空气。郑太太虽然还考虑什么，吉明已经不耐地站起身来，同时也意识到自己的说话没有多少力量，便闷闷地向郑太太告辞。

"我一两天同我的先生商量一下，我也打算下半天看看她去。"

吉明唯唯应了两声，心里想，也好，只要有人去看小芹，别的暂时也做不了决定，于是告辞出来，正低着头走出郑家后门，便听见有人喊"黄先生"，马上想起章缦杰叫他去拿《啼笑因缘》，可是哪一家是章家的后门呢？抬头四顾但听见缦杰说：

"我就下来，请你等一等。"

不一会缦杰便跑到面前来，还微微有点喘气，脸色润红，额上正冒着小小的汗珠子，虽然是十一月的天气，这一个充满了活力的小姑娘，似乎穿那么一件棉袍子都嫌过于臃肿，可是郑太太已经穿上了羊皮袍子，而且屋子里还生着火炉。

接过书，吉明感到无话可说。这次才算清清楚楚看清了缦杰的貌像，从身材看，已经是一个很成熟的姑娘了，而从相貌上看来，却一脸稚气，吉明不禁脱口说出一句话：

"你多大了？"

"十四岁，比小芹姐姐小三岁。"

"你念书吗？"

"念过的。"

"哪个学校？"

"明达女校。"

"几年级了？"

"现在……我在家里。"

吉明不禁诧异起来。而章缦杰的态度那么坦然，使吉明无法再深谈下去。因想既然整天在家里的女孩子，自然比较可以抽出时间去看小芹了。便道：

"你能不能常常去看看小芹姐姐呢？"

"我愿意去的，不过爸爸老说我太小了……不大许我跑那么远的路，要不，哪天同爸爸说好，我同黄先生一块去。"

吉明忙答道：

"我有事要到南京去，一个月里怕回不来，希望你常去看看小芹。既然你爸爸不许，那么，以后再说吧。"

"不，我要去的。我这个礼拜天就去。"缦杰瞪着一对大眼睛说，仿佛同谁抗辩似的。

"可是，你爸爸……"

"他管不了我。"

吉明马上感到这孩子性格真强，他有点喜欢这种性格，心里想："她真像是我的妹妹。"吉明度量自己，也是生就了这么一种近于顽强的脾气。

第二天吉明带了几本画报，以及缦杰的《啼笑因缘》到叶家花园探看小芹，吉明哄她说要去南京，一个星期就回来，又说：

"你的小朋友会来看你的，你姐姐也说要来，这一星期你不会寂寞。"

小芹很少说话，看来也并不怎么欢喜，也不怎么难过。吉明因为有事，坐了两小时就回去了。

谁知南京分馆的工作相当繁忙，而且馆里又非常倚重吉明，一个月过去了，他抽不出一点空回上海。

新年里放三天假，吉明趁假期赶回上海，他已经知道郑家已将小芹接回家来过年，吉明心里想她总是好得多了，谁知一见面，小芹已瘦弱得连咳嗽都感到吃力。过完年，吉明怀着一腔的忧虑又回到南京。回南京后一天比一年还难过，他称病非调回上海休息不可，结果经理拗不过他，只好把他又调回上海。

春天来了，在上海，春天里海洋上吹过来和煦的风，公园里的树木都长满了新绿。太阳是人们最爱的伴侣，僻静的人行道上，公园里，不少的少男少女挽着手散步，孩子们又都跟着母亲快乐地嬉游着。

这是春天。吉明回到上海，才觉得自己真有点离不开这生长了二十年的地方，才觉得自己真的爱上海。春天带给每一个年轻的人以新的力量和自信，可是这一个春天，吉明却被罩在深沉的悲愁的网里。

去郑家，见不到小芹，心里一惊。后来才知道小芹已送进一家法国人开的医院；

同时病人忽然咯血，病势也就严重起来。

小芹被送进隔离病院后，自己心里有点明白，觉得活着只是增加别人的累，到不如一死干净。这么一想反而无所依恋。对任何人都有点冷漠。她的姐姐以为她本性不好说话，病中精神差，心里倒不感觉什么。但吉明见到小芹后，仿佛受到一重刺激，一方面为小芹日渐加重的病着急，一方面又怀疑自己有了什么差错使得小芹由误解而隔膜，心里不安，不敢向病人表白，因之也更不安起来。

小芹在隔离病房住了三个礼拜，在四月底的一个清晨，全市二百万人都尚在梦中，她却悄悄地离开了人间。

上海西郊新圈定作为公墓的坟地，埋葬了她的身体。活到这世界里来，是秋天，掠过长空的孤雁，无意地点缀了有心人心底的一线寂寞之感，却毫无留恋地永远飞逝了。

春天还正灿烂，百花尚在争艳。而这新辟的坟地却是蔓草没胫，触自荒凉。而在杂草之中三三两两地开出一朵两朵蓝色的、白色的野花。自然雨露的培植，虽然没有人工的修剪，它们却都长得壮茁，迎风摇曳，永伴着这些长眠的人，自成一幅宁静肃穆的境界。

小芹死了。没有留恋地走进了另一个世界。她万没有想到她的死对于活着的人有些什么影响，小芹如果有知，她的纯洁的灵魂或许会为了活着的人祈祷，可是活着的人却还在人生的路途上摸索，为了达到自认为理想的目的，每一个人走着不同的然而却都是很艰难的路程。

而一段几乎都是幻奇的路，已经向吉明和缦杰两人的面前铺展开来。

| 创作评论 |

凤子是《人世间》复刊的重要当事人，她的描述在研究者心目中自然具有权威性。因此，凤子回忆《人世间》复刊过程的文章经常被研究者引用。唐沅、韩之友、封世辉等编著的《中国现代文学期刊目录汇编》对《人世间》的简介中提到

"一九四二年十月十五日创刊于桂林"，"定名《人世间》，以示与三十年代林语堂所办《人间世》相区别"。龙谦、胡庆嘉编著《抗战时期桂林出版史料》特别强调《人世间》在桂林复刊时的更名："1942年夏，凤子从香港撤到桂林，当时也在桂林的原上海《人间世》杂志出版人丁君匋为使《人间世》复刊，特邀凤子出任编辑。凤子与周钢鸣等研究后同意接编，但要求刊名改为《人世间》并革新内容，反应抗战并为抗战服务，取代《人间世》提倡的幽默闲适。丁君匋接受了这个意见。"

——刘铁群：《凤子的回忆录与桂林版〈人世间〉的前身后世》，《南方文坛》

2018年第6期

从祥林嫂没有立足社会的空间到银妞勉强获得了生存的权利，从爱姑被丈夫最终遗弃到小芳最终离开丈夫，从子君走后又回去到紫薇走后变得明朗坚定。同时，我们也看到农村与城市、传统与现代女性在同一时代的不同生存状态与追求，以及女性生存的社会环境的变化。因此，凤子小说对大后方女性的书写是中国现代文学对女性生存境遇以小说形式表现的必不可少的一环。

——陈彩林：《大后方女性的乱世剪影——论凤子小说对新文学史链的衔接》，《名作欣赏（评论版）》2016年第1期

| 作品点评 |

在这一长篇作品中，可以看到作者的视野开阔了，笔下的人物也丰满了，艺术表现手段和技巧也多样化并日趋成熟了。作品较好地反映了抗战前后时代的风云变幻，尤其是写了"八一三"淞沪抗战中全民奋起万众一心全民抗战的场景，写了日寇在上海的罪行和上海人民不屈的斗争，也写了太平洋战争带给上海的影响，也写出了抗战的大后方和上海的关联，这就给抗战大时代留下了珍贵的剪影，也使作品建立在广阔的历史背景之上，显得更为真实、可信。

——史承钧：《凤子的小说》，《上海师范大学学报（哲学社会科学版）》2009年第1期

小黑子失牛记（节选）

胡明树

小黑子，回家去，
阿母杀鸡谢天地，
调人八公来贺喜！
赵老爷，不讲理：
得回失牛不还地！
害人家散母子离！………

木火煮好了鱼，弄好了饭，又等了许久，八公才回来。木火追问八公为什么回得这么晚，八公说：

——我去报告了村长之后，又告诉了你阿父，他们立刻分头去追和截，我却在等消息。

——那么，结果呢？——木火又追问道。

——结果，把牛截回了！

——偷牛的是什么人？

——何日安的的的……

——的的的什么？

——的隔壁何老五偷的！

——我曾到何日安家住一夜的，但为什么一些

作者简介

　　胡明树（1914—1977），原名徐善元、徐力衡、陈姻生，广西桂平大罗村人。曾先后任《诗月刊》编辑、总编，广西文联筹委会副秘书长，《广西文艺》编辑，广西文联副主席，兼任中国民主促进会广西委员会副主任委员、广西政协委员、民进中央候补委员。著有短篇小说集《失意的洋服》《甘薯皮》，中篇小说《江文青的口袋》、《初恨》(原名《娜娜珂》)，诗集《朝鲜妇》《难民船》《五月的龙舟》，儿童诗集《微薄的礼物》《一条大龙虾的手毂》，长篇童话《小黑子失牛记》《小黑子流浪记》《小黑子寻母记》《小黑子从军记》，童话集《大钳蟹》等。

作品信息

　　南侨编辑社1947年2月出版。本文节选自第6章"得牛失地"。

也不知道？

——何日安的老头也不知道，据说是这样的：前几天，或者大前天吧，何日安也没有好好地管理他的母牛，大概你的牯牛和他的母牛逛了很多地方吧，天黑不见牛，何老五就帮着何日安的老头去寻牛。后来，是何老五寻见了，把母牛送回了何日安的老头家，而暗自把你的——赵老爷的牯牛藏起来了……现在，何老五和另外一个人都被抓住送乡公所了……

木火如释重负地笑了，他安心地说：

——那么，我可以回家了啦，我阿母知道我在这里么？

——她不知道，但你阿父知道的，可是赵老爷那坏蛋，——木火的喜欢的面色立刻跟着八公的话起了变化，他追问道：

——赵老爷那坏蛋又怎么啦？

——我看他有点古怪……

——怎么啦？

——也许没有什么的，我只不过这么想罢了……你大概还不知道呢，你失了赵家的牛，你阿父被叫了去，被骂了一大顿，又被迫把屋前的两块水田和一块种菜地写作抵押，——在"契纸"上打了"指模"，声明寻回了牛就追回"押地"的，今天已经寻回了牛了，理应将田地退还的啦，但他还没有退……

——是他不肯退呢，还是阿父没有问他？

——问是问过的，赵老爷也没有说退不退，他只说，"当契"我已藏起来了，一时还拿不出来，待我明天慢慢找找看吧，他约你阿父明天再去，所以我说有点古怪……

——赵老爷难道敢说不退还么？写明写白的，他敢么？

——也许没有什么的，我只不过这么想罢了……不过，赵老爷这些人就从来不讲信义的，他的那么多身家财产也就全凭这样明欺暗骗得来的……你阿父明天未必能见他面。

——照这么说，我明天仍然不能回家的了？赵老爷，害人不浅！

——可是木火，你明天非回家不可！

——阿父如果得不回"押地"，他怎能饶我？

——可是，你知道你阿母天天找你么？

——她到过这里么？

——何止这里！什么地方都找过啦！你如果不回去，说不定她会发疯的啦！为了你，她同你阿父吵了几天啦！

——那么，八公你说，我能回去么？

——能的。不管得回或不得回押地，我明天一早带你回去求情去！

——不，还是你先替我讲好了，我才放心回去，第一，我不准他打我；第二，也不准打阿母……

——我曾经同他讲过了很多话啦，我要他"既往不咎"，只要你回去向他磕个头，认过不是，就什么事也没有了。至于你以后或犯了什么过失，我可不能担保他不打你。

——我为什么要向他磕头呢？要是他死了，我磕一万个头也可以！

——木火，这就是你的不对了！哪有儿子咒老子快死的呢？

——明天回去，八公，你担保他不打我么？

——担保不打你。

木火听了"担保"两个字，也就安心地吃了晚饭。天上已经现出了很多天星。他指着天中的一颗亮星问八公：

——这一颗星有名字么？

——他叫木火，又名小黑子！——八公笑了笑，这么答他。

——为什么取笑我？

——这是实在话，并未取笑你。……大家都叫它牵牛星，既叫牵牛星，就跟你一样了，既跟你一样就可以叫它木火了。

——有来历么？

——有来历的，从前……

八公就以"从前"这两个字开始了"牵牛星"的故事：

从前，有一个可怜的孤儿，跟着兄嫂过日子。……一天，他遇见一个屠伯正牵着一头老牛要到屠场去。……老牛泪眼汪汪不肯向前，他奇怪，于是问道：

——老伯，拉它去干吗？

——拉去宰了换钱！

——可怜见的！老伯，免了它吧！

——这不行，我去了钱买它，我哪肯轻易放过了它！——说着，屠伯策了一鞭，牛就走了两步，它似乎很懂得孩子的话，举起泪眼看着他，似乎向他求救……

——老伯，如果有人肯买它，你愿不愿卖呢？

——愿的，我五百钱买来，我得六百钱沽出！

他立刻跑回家去，想劝他的哥哥买它。但他忽又想，哥哥哪肯要一条无用的老牛？！不如不动声色，偷了哥哥的钱去买它回来为上策，他就照着他所想的做了。把牛牵回家来了。这事使他嫂嫂发了很大的气，很凶恶地打他，骂他，还是哥哥想得开，宽恕了他。从此就教他天天到河边草场放牛了。

有一天，忽然自天上掉落一个彩球，他就拾了起来仔细地看，他不知道是什么。忽然，一阵音乐自远而近，出现了一群仙姑，向他施礼道：

——天帝爱怜他的外孙女一天到晚地织布，年纪虽然长大了，还没有择得个好夫婿，天帝就叫她在诸神子中择一个，但她扁着嘴表示不满，她说要向人间选一个，于是就采取了抛球择婿的方法……现在，恭喜你了，牛郎！

从此，他就到了天上，与织女过着快乐的日子……

后来天帝又怕他们荒废工作，就把他们分开了，在天河的两边，每年只有七月七日可以会面……

八公讲完了故事，就睡觉。木火还发了些古里古怪的梦。但他已经安心得多了。

第二天一早，他就跟着八公回到自己的家了。他还是胆怯怯的。但阿父已经不在家，他一早就去赵老爷家要索回"押地"。

阿母特别高兴，立刻杀了一只"鸡种"——母鸡拜神，"谢天谢地，孩子回来了！"并留八公吃中饭。

阿父去找赵老爷，不出八公所料：赵老爷不给他见面。他又去找村长。村长说："我不知道这些事。"村长还警告他说："你还是死了心吧！赵老爷对我说的，你太不知趣，昨天人多他不好意思发气，他说，去截回了牛的是他家的长工同村公所的人，与你一些关系也没有，你凭什么去问他要回押地呢？你小心吧，不要又被打肿了嘴巴！"他懊丧地然而又愤愤地走回家了。

阿父回到家的时候，正值阿母在"谢天谢地"的时候。而八公呢，正坐在大门外的木凳上吸旱烟。木火呢，却已躲到茅厕里看动静了。他看见阿父一直回到大门外，并不用手去脱笠帽，只用力将头一歪，笠帽就跌在地上。他看见阿父的难看的脸色，好像一件什么大事就要爆发似的。

看见了这情形，木火决定走，这个地方是不能留恋的了。他立刻溜出了茅厕，飞也似的跑出了村林，走向了通到他乡去的大路。

八公也不再等鸡肉吃了，他慢慢地走回了河边。只有阿母还是满心欢喜地在村边的社亭，"谢天谢地"地拜着神。

| 文学史评论 |

胡明树……从1940年至1943年创作有短篇小说《甘薯皮》《瑶山里》《生死日》等10篇，1943年辑为短篇小说集《甘薯皮》；另外，还创作有中篇小说《娜娜珂》(后更名《初恨》)，均于桂林发表。

以上小说的基本内容都是反映与抗日战争有关的生活。

——雷锐：《桂林文化城大全·文学卷·小说分卷》第3册，广西师范大学出版社，1992，第473页

┃ 创作评论 ┃

他是一位"多面手作家"，举凡小说、诗歌、散文、译文均有不俗表现，尤其擅长儿童文学，是中国较早创作大量儿童文学作品的作家之一。

　　——林焕平:《林焕平文集》第六卷，广西师范大学出版社，2000，第469页

胡明树……是广西文学史上一部分走出家乡，接受了新文学传统影响，获得全新文化理念的作家之一。……他的中短篇小说善于从文化批判的视角，反省传统伦理道德及思想观念的合理性，直视社会的阴暗面；以理解而又焦虑的心情，去体验战争背景下，古老国土上那些痛苦灵魂的挣扎。他的儿童文学作品侧重用离奇的传奇故事和哲理性的寓言，表达自己审视人性时的某些思考。

　　……

胡明树在儿童文学创作方面颇有天赋。蜜蜂、猫仔、兔仔、蜗牛、海龟……这些生活中常见的动物，一经他的彩笔勾勒、点染，就神奇地活在了纸上，演绎出一系列生动并富有深刻哲理的故事。他善于从儿童生活中捕捉童趣，善于针对生活中儿童的性格、行为，去编织引人入胜的童话情节，营造充满童趣的欢乐氛围，让作品在诙谐幽默中散发浓厚的儿童生活气息。

　　——高蔚、史树楠:《在新文学传统中成熟的广西作家——胡明树叙事文学作品
　　论》，《广西民族师范学院学报》2011年第2期

在整个抗日战争时期，胡明树始终积极参与抗日救亡的文化运动。可以说，他这个时期所创作的各类作品，几乎都贯穿着一个总的主题，那就是揭露日本军国主义侵略罪行，唤起民众，实行抗日救亡，夺取抗日战争的胜利。这是时代的强音，民族的呐喊，祖国解放的颂歌。

　　……

胡明树的绝大部分作品，都创作和发表在抗日时期的桂林。他对于抗日文化运

动做出的积极贡献，是不应被遗忘的。

——魏华龄、李建平主编《抗战时期文化名人在桂林》，漓江出版社，2000，第538—543页

| 作品点评 |

这种类似说书的通俗文学手法，既可以使故事的衔接天然去雕饰，又贴近儿童的阅读心理。同时，作者在叙述过程中巧妙穿插各种离奇神话，使故事有声有色。此外，作品在文字处理上也很有特色。作家并不追求华丽的字句和轰动的效果，而是以浑身的"土气"勾勒出一幅幅乡村风情画。故事中，几乎不同的人物都有一套为其量身定做的语言，即便使用文言，也通俗易懂，音韵和谐，贴近儿童的接受能力。

——高蔚、史树楠:《在新文学传统中成熟的广西作家——胡明树叙事文学作品论》,《广西民族师范学院学报》2011年第2期

《小黑子故事》有如下艺术特色：

1.第一部《小黑子失牛记》每章开头都有儿歌，概括全章的内容，比较完整。以下各部，有的章节开头有儿歌，多数则没有。

第二部《小黑子流浪记》，第三部《小黑子寻母记》，开头都有儿歌，是概括前一部的内容，引发下一部的故事。这种写法，符合儿童的天性，又多少受我国章回小说的影响。

2.在文中引用儿歌，既使文章生色，又使儿童感兴趣。……

3.有好些地方，穿插带有故事性的生动有趣的描写，很能吸引小读者。……

4.文字洒丽、通俗，如《小黑子失牛记》就写得清新、洒脱；而又根据特定人物，语用特定语言，显出特色。……

5.善用回叙的手法。……

6.从塑造小黑子的性格成长中，体现强烈的思想性。……

......

《小黑子故事》共分四部，也许是因为写作时间相隔过长，产生了一些缺点。

首先，是体例不统一。例如《小黑子失牛记》，分第一章，第二章……以下三部，则分一、二、三……前三部开头有诗，后一部则无诗。二、三部结尾有诗，一、四部则结尾无诗。既然是一个故事分四部来写，用一个人物贯穿起来，应该是一个有机的整体，才较为完美。四部比较，第一部较为圆熟，第一、二部描写比较生动，儿童文学气味较浓。

其次，第四部《小黑子从军记》，略似一篇半独立的小说。"一、人死话在"，全部复述前面三部的内容，没有必要。二、三、四、六等节都嫌粗糙了些。后半的描写，则较为细致、紧张而吸引人。

再次，第一部《小黑子失牛记》里写到一个读书的儿童阿荣，以后即全无下文。如果认为这是可有可无的人物，则前面写阿荣这一笔，可以略掉。

——林焕平：《林焕平文集》第六卷，广西师范大学出版社，2000，第497—499页

胡明树还是一位颇有知名度的儿童文学作家，他始终保持着一颗赤子之心，为儿童写过不少童话、寓言和民间故事。

一个长篇《小黑子的故事》，前后写了十年。故事分为四个部分：《小黑子失牛》《小黑子流浪记》《小黑子寻母记》《小黑子从军记》，从小黑子苦难的童年，为人牧牛，到社会流浪，受尽生活的辛酸，最后找到革命队伍，扛起了枪杆，走上战场，成为一名战士。

故事曲折，生活场景多样而广阔。

沿着小黑子的生活历程，展示了旧中国广西城乡的自然风光以及人情风俗的画面，还有游击队战斗的场景，乡土气息浓郁，时代色彩鲜明，使人物置身于较为真实的环境之中。

——魏华龄、李建平主编《抗战时期文化名人在桂林》，漓江出版社，2000，
　　第540页

爱情友情和酒吞

虾球传（节选）

黄谷柳

鳄鱼头在水中，观看舰上的动静。他听见排枪声和看见众人扑通扑通地跳水逃命，他在水面露出胜利的狡笑。他知道他的差舰安全无恙，他的性命也安全无恙。他等差舰掉头驶靠码头，他就朝北岸游过去。他一身湿淋淋像落汤鸡似的爬上岸来，第一件事就回去检查他的差舰的损失。天字码头的兵士已经撤退了，码头经过一阵骚乱后，已恢复宁静。他找到大副，大副第一句话就向他说道："舰长，你真是机警，你要是不跳水，你一定会吃你自己手枪的子弹呢！"鳄鱼头道："大丈夫当机立断，生死之间，不容一发，还有什么可以踌躇的？"大

作者简介

黄谷柳（1908—1977），别名黄显襄。祖籍广东防城（今属广西），生于越南海防市，三代华侨，毕业于云南省立第一师范学校。1927年黄谷柳加入中国共产主义青年团，到广州参军，曾参加军阀混战。在蒋介石实行"剿共"政策后，黄谷柳与组织失去了联系，进入循环日报社当校对，自此走上文学创作道路。后来在重庆参加文协，从事小说、戏剧创作，任《南方日报》记者。1949年参加解放军，加入中国共产党。新中国成立后是广东省文艺创作室专业作家，也是《南路人民报》编辑、《南方日报》记者、中国作协第二届理事、作协广东分会常务理事以及广东省政协委员。1952年加入中国作家协会，1953年后在中国作协广东分会专门从事创作。主要作品有长篇小说《虾球传》，中篇小说《杨梅山下》《和平哨兵》，话剧剧本《墙》，电影文学剧本《七十二家房客》，散文集《战友的爱》等。

作品信息

《华商报》上连载的《虾球传》第一部《春风秋雨》自1947年11月14日至同年12月28日刊完，第二部《白云珠海》从1948年2月8日至同年5月20日刊完，第三部《山长水远》从1948年8月25日至同年12月30日刊完。

新民主出版社1948年版；通俗文艺出版社1957年版；宝文堂书店1982年12月以连环画加文本的形式出版；广东人民出版社1985年版；花城出版社1985年1月版；海峡文艺出版社2003年版；浙江文艺出版社2006年3月版；二十一世纪出版社2009年9月版。本文节选自第二部《白云珠海》。

副道："留得青山在，不怕没柴烧，我要是居舰长的地位，我也会跳水的。"鳄鱼头道："我知道你游水很有本领。——你检查过没有？我们损失了些什么东西？"大副道："还没有看过呢。现在去看看吧。"于是两人就上上下下地到处检查。结果发觉仅剩下一张舢板，一个救生圈，其余的救生设备统统给失业军官们带去了。人员则少了无线电生、蟹王七、虾球三个人。鳄鱼头换过了衣服，就上岸去向值日官作了口头存案，然后回到他的临时办公处新亚酒店五楼找黑牡丹去了。

失业军官们变成溃兵，各寻生路，他们"守护生命线"的这一役，一开始就给人击溃得一败涂地了。

无线电生好容易给艇家救上岸，一回到家里，就叫老婆代写报告告假一星期，在家休养压惊。

蟹王七、虾球两人很写意地游到了对岸，在岸边叫了一只艇划去黄沙找亚娣。蟹王七道："我喝了一口水。珠江水比海水容易下肚。"虾球道："我也喝了一口。七哥，到底刚才出了什么事呢？我不明白。"蟹王七道："狗咬狗骨，理它干什么！你冷么？"虾球道："我不冷。你说谁是狗？"蟹王七道："大家都是狗，连我们都是。"虾球道："你不要一竹篙打死一船人吧！那些军官不是什么狗，他们已经不替人卖命打仗了。"蟹王七道："今天他们不能算坏人。可不知道为什么他们不能好好地过活。"虾球道："是呀，我就是这样想。有许多事情我实在想不通。洪先生干什么要跟他们作对呢？"蟹王七道："谁晓得？"谈着谈着，他们就来到黄沙码头了。蟹王七道："虾球，我们要吓亚娣一跳！"两人赤膊踏上码头的浮桥，虾球偷偷望一眼蟹王七的面孔，蟹王七也正在望他。大家都笑了。

是酸葡萄的味道么？不是的；是黄连的味道么？也不是的。虾球觉得亚娣跟蟹王七很匹配，他自己经历了一些患难，懂得的事情多了些，他觉得亚娣以前不喜欢他是应该的，是他自己天真幼稚，不是亚娣忘恩负义。他现在也不恨亚娣了，对于这个比他年纪大的女人，逐渐生长起一种"姐姐"般的感情。而蟹王七呢，他替虾球设想，不赞成他跟亚娣再续前缘，但动机完全不是为了自己，所以他愿意站得离亚娣远一点。此刻两人站在亚娣艇头的浮轿上，相视而笑，并不是苦笑酸笑，而是愉快的笑，兴奋的笑。蟹王七道："这就是亚娣的艇了。你喊她起来吧，她睡了。"
虾球道："你喊她！"蟹王七道："谁喊不是一样呢？你喊她！"虾球道："你喊！"两人
正像一对傻瓜，赤着膊在亚娣的艇头"你喊、你喊"地推让了一番，亚娣原来还没
睡着，她听出他们的口音，他们两个傻瓜你一句我一句推让，她心里又欢喜又好笑。
她赶忙穿好衣裳摸出艇头来，向外边看个明白，果然是她常常想念的人，她欢呼道：
"虾球！哦！你们都在这里！怎么都赤了膊？快过来！快过来！外边冷呀！"亚娣跳
上去拉着虾球的手，又望一眼蟹王七。蟹王七笑了，他心想：她还是疼虾球比疼我
多一点！即使是这样，他也很愉快。三人跳下了艇，九婶、九叔也给吵醒了。大家
寒暄一阵，叙叙阔别。蟹王七道："九叔，快拿衣服出来借我们换一换！"亚娣摸摸
虾球湿透了的裤子，叫道："哎呀！你们两个人又打架掉落水里去吗？"蟹王七笑道：
"是呀，我跟虾球在水里打了一架，虾球差点给我打死了！"虾球道："你别听他胡说
八道！"亚娣骂蟹王七道："你这蛮牛，动不动就抛人下海里去！"蟹王七道："你记
性多好哟！我只不过抛虾球下海一次，连他都忘记了，你还记得！"亚娣道："死鬼，
快到艇尾去换衣服！不要胡说八道了！"蟹王七道："虾球骂我胡说八道，你又骂我
胡说八道，我争你们不过。好，我就到艇尾换衣服去！"说罢就穿过艇尾去。亚娣
接过了九叔的衣服，交给虾球，叮嘱他："你到艇头去换！"虾球接了衣服摸出去。
一会，亚娣也跟着出来。亚娣接过虾球的湿裤子，拉虾球蹲下来，小声在他耳边道：
"虾球，我有好多话跟你说！你再不要走了！"虾球不知道怎么说才好，他默默不作
声。亚娣又说道："怎么不开口？你还记恨我吗？你病的那天，我去看你，杨司理
赶我出来，后来我又到鳄鱼头公馆去看你，娘姨又赶我出来，后来我常常到城隍庙
替你烧香求神，祝你平安！你还恨我？"虾球道："忘掉这些事吧，不要再提起来了，
我年轻不懂事，不要怪我！"亚娣听了虾球这句话，伸手在他脸颊上亲昵地捏一下，
说道："虾球，不见几个月，你的嘴学滑了！"这时，蟹王七在艇尾大声嚷道："亚
娣！我裤头上的钞票变成湿柴了！我们到不夜天去吃消夜吧！虾球，你请不请客？"
虾球应道："我的钞票也湿了，上岸用掉它吧！"跟着对亚娣道："今晚我请你喝一
杯酒，请你吃挂炉鸭！"亚娣快乐极了，她拉拉虾球的手道："哦，虾球，我也请得

起你！我知道你是喜欢挂炉鸭的，我请你吃吧！"虾球道："你怎么知道我喜欢挂炉鸭？"亚娣道："怎么不知道！说来话长呢！"她记得那个雇船人丁大哥曾经看见他站在玻璃橱柜外面望过挂炉鸭，但她怕虾球难为情，不说出来。虾球问："谁说我喜欢挂炉鸭？"亚娣微笑不答。蟹王七已经走过来，把亚娣、虾球两人拉住，大声嚷道："有话到不夜天去谈，谈到天亮也由你，现在我肚子饿了，走吧！"他又回头对九婶、九叔道："九叔，你们看艇，我们回来带烧鸭给你们消夜！"亚娣道："死鬼，拉拉拖拖干什么，让我穿好鞋呀！"亚娣进艇去找鞋子，蟹王七小声问虾球道："怎样？小兄弟，她讲什么？你的主意打定了没有？"虾球明白了这句话的意思，他答道："我叫她忘记从前的事！"蟹王七道："这很好。不要拖泥带水，耽误人家的前程。"虾球问道："七哥，你也打定了主意了？"蟹王七道："早打定了。我打定主意跟她做个患难朋友。她是很够朋友的，可不是么？"虾球道："做夫妻不更好？"蟹王七道："现在什么都谈不上。兵荒马乱，朝不保夕，拖个家干什么？至于将来，将来谁又晓得漂流到哪里？我想过了，还是光棍一条好。"亚娣走出来，问道："你们吱吱喳喳讲什么？"蟹王七道："我跟我的小兄弟谈论婚姻大事，我们帮鳄鱼头洪老板打江山，打稳江山，再讨老婆。"亚娣道："呸！等你打稳江山，老婆嫁别人养孩子了！"大家笑作一团，走上浮桥。

不夜天真是名副其实，灯光照耀，食客满座。三个患难朋友，彼此怀着微妙的心事，踏进饭店的大门口。直到三更半夜，才喝得醉醺醺地一歪一斜地走回黄沙来。

太阳清早露出脸来，俯览着珠江的船艇，她把温暖带到人间。蟹王七、虾球仰卧在亚娣的艇头，睡得很暖很甜。昨夜的酒，混合着他们的友情和爱情，一起吞进肚子里去，升华了，发散了。一夜沉醉的亚娣，也很迟才起来。九叔上街买菜，九婶烧开水冲浓茶预备给他们解酒。

江面的喧闹声终把虾球吵醒了。他一骨碌爬起来，叫醒蟹王七，两人脸也不洗，就上街去洗浴剪发，买衣服鞋袜。回来时大家一身光鲜，喜得亚娣笑眯了眼睛。蟹王七对亚娣道："你留虾球吃饭，我要回去报到，不然老洪以为我淹死了。"亚娣道：

"你马上回来，我们等你吃饭。"蟹王七道："不要等我了，我恐怕会有工作来不得。"亚娣偷望了一眼虾球，就不再说什么了。蟹王七走了几步，虾球想想，留下来不好。他立刻叫住蟹王七道："七哥！等一等我，我也去见洪先生。"说罢他就向亚娣招招手，跳上浮桥去，奔就蟹王七。亚娣在艇头笑着目送他们离开。他们走远了，她的心头才感到有点难受。

蟹王七、虾球走去敲新亚五〇八号房门，黑牡丹开门看见蟹王七，惊喜道："中队长，你还没给淹死！"蟹王七道："死得这么容易！——洪先生呢？我同虾球来向副司令报到。"黑牡丹惊讶道："他就是虾球么？"她望了虾球一眼，然后对虾球道："人人都提起你，希望你早日回来。洪先生常常说要提拔你，他说他小时候也跟你一样挨过苦坐过牢呢。——你们抽香烟么？吃苹果么？刚才魏总经理从香港送来的礼物。洪先生才送魏总经理出去，要晚上才回来。"说罢就开香烟切苹果招待他们。她一面切苹果，一张嘴就吱吱喳喳，说个不停，好像她几个月没跟人说过话要尽情说个痛快似的。虾球坐在软软的沙发上，听这女人絮絮不休，他觉得这女人粗鲁得很有趣。黑牡丹道："洪先生不久要到香港和海南岛去走一趟，魏经理上广州来找他，是想组织一个公司，做出入口生意。虾球，你在香港住过，香港很好玩吧？"虾球笑道："有钱就好玩。"黑牡丹道："我住在这里太闷了！洪先生不回来，我只好跟这个人公仔——"她指指壁上的石膏像，"——讲话。我要跟洪先生到香港去玩玩，他不肯，我跟他吵了一夜。我一定要去香港玩玩！"蟹王七听了觉得好笑。坐了一会，蟹王七道："吃下苹果，我肚子饿了，我们去饮茶，你去不去？"黑牡丹道："我要等洪先生回来，你们去吧。"蟹王七就拉虾球出来，上六楼去敲六〇八号的房门。

洪少奶才起床不久，慵慵懒懒，躺在沙发上抽香烟。亚喜在浴室听见敲门声，预备去开门。少奶向亚喜道："要是今天洪先生回来，你就回黄埔去。"亚喜道："亚笑在黄埔，还要我去干什么？"少奶道："你不想回黄埔也好，那你就出外边找朋友去吧。"亚喜道："我没有什么朋友。"少奶笑了起来，她骂道："亚喜你怎么这样糊涂！不去找一个男人？没有男人，你就到公园去坐坐，会有人来找你，等洪先生走开你才回来。"亚喜给骂得脸颊泛红了。

亚喜开了门，她惊呼起来："虾球！是你呀！"虾球应道："喜姐，你好！"他一眼看见洪少奶，又问候她："少奶你好！"少奶道："虾球，你几时回来的？"虾球不知道从哪里说起。蟹王七代他简单说明了近来的经历，少奶听了，说道："你来得好，洪先生正等人用，你就跟洪先生做事吧。"说罢就站起来问亚喜道："浴室的东西弄齐了么？我要冲凉了。"亚喜道："弄齐了。"少奶就进浴室去。虾球见少奶冷冷的傲慢神态，觉得这个少奶跟在香港时那个高兴跟工人谈话、打小麻将的少奶不同了。亚喜对虾球说道："你长得高了，也黑了。"虾球笑道："风吹雨淋日晒，当然黑啦！"亚喜笑笑不答。这时有人叩门，亚喜听惯了这叩门声，对他们说道："洪先生回来了！"

果然是鳄鱼头回来。他看见蟹王七、虾球两人无恙，很高兴。他还没坐下来就吩咐蟹王七道："我几天不曾回过黄埔，你今天回去看看。驻地前后，要小心警戒。禺东又闹械斗，我们最好隔岸观火，不要卷进旋涡去，保全实力，最为要紧。把这话告诉大队长，说我叫他注意。我后天回去对大家讲话。"又回过头来对虾球道："你下星期跟我出发海南岛，经过香港，停一天，你可以回去看看你母亲。"他望望亚喜，亚喜道："少奶冲凉。"鳄鱼头坐下来，抽一口香烟，半晌，他摸出一卷钞票，抛在桌面上给虾球，说道："把你那小兄弟带出来，我补他做勤务兵。你跟随我走动。——你们出去走走，我要午睡了。"

蟹王七、虾球、亚喜三人给鳄鱼头请了出来，他们站在走廊上，不晓得到哪里去好。亚喜想起少奶叫她到公园去坐着等男人，她越想越羞忿。这时大家面面相觑，亚喜鼓起勇气提议道："我们到外边饮茶看戏去吧！我做东！"蟹王七道："哪里话，你说我请不起客？"虾球道："我做东吧！洪先生刚才给了我钱，正好开销。"亚喜道："你的钱有用处，你留着。"蟹王七道："没有喜姐请客的道理，我们尽情去玩，田鸡东，一人一份，好不好？"亚喜道："这也好，虾球管账。"

在升降机里，虾球突然想起牛仔来，他觉得这样一个快乐的聚会，怎么少得了牛仔？走出门口，他征求蟹王七道："我去芳村孤儿院叫牛仔出来，大家一道玩好不好?"蟹王七道:"好得很!我们一道去芳村玩,找到牛仔,再过河北来玩,喜姐你说好不好?"虾球说明道:"牛仔是我的患难兄弟,我们去看他,四个人一齐玩,好不好?"亚喜点点头。他们就叫艇划到芳村去。一路商商量量,计划痛快地玩一天。各人有什么提议,都问一声对方"好不好?"显得又融洽又和气。

孤儿院的臭虫特别欺负新人,把牛仔咬得个不亦乐乎。早晨吹号起床,来一套军事管理的"整理内务",牛仔是新丁,做得既不迅速又不确实,他受了罚:扫刷厕所内外,担水冲洗沟渠。有些顽童讪笑他,他老实不客气孝敬顽童几拳头,把人打得眼泪鼻血一齐流。这又触犯了院规,导师说他第一天就犯规,记大过一次,罚停吃中饭一顿。警告他:再犯规就驱逐出院。牛仔硬着头皮勉强忍受。他不相信他会在这里住得上三天。

虾球几个人走到孤儿院的门口,虾球对蟹王七、亚喜道:"你们在这里等着,我进去叫牛仔出来。"虾球走进院内去,广庭没一个人,原来他们在上课。虾球跑到课堂各个窗口外张望,牛仔一看见虾球,竟在课堂内大声欢呼起来:"虾球哥!"他的欢呼惊动全堂院生,把先生气得瞪眼结舌。他不管三七二十一,不经请求许可就冲出课堂,虾球迎着他叫道:"牛仔,我来接你,你想不想出院?"牛仔道:"快跑!现在就走吧!这是一座监牢,没有一点错!"走出大门口,虾球对蟹王七道:"七哥,我们在码头等你!"说罢就牵牛仔的手飞奔而去。

女先生气喘喘追到门口,蟹王七向她开玩笑道:"不要追他了,你们少一个人吃饭不正好吗!"

四个人周游广州名胜。虾球、牛仔手拉着手,蟹王七、喜姐肩并着肩,一路指手画脚,话长话短。他们漫步过热闹的长堤西濠口,上过爱群大酒店,登过六榕寺花塔,参观过观音山五层楼,游过西关上下九甫,进过金声电影院,坐过陶陶居茶楼……大家兴奋地抢着花钱,虾球也欢喜得忘记登账。喝完茶看戏,看完戏又吃晚饭,好像是大乡里出城尽量吃喝享受一天,好回去讲它十年八年似的。最后他们在西堤不夜天的门口分手,虾球、牛仔回亚娣的艇过夜,蟹王七送亚喜回新亚酒店。在路上,亚喜对蟹王七道:"虾球、牛仔两个真要好,比亲兄弟还好。"蟹王七道:"他们是同过生死患难的呀！我小时候也跟牛仔差不多一样性情。"亚喜问道："你从前也做过许多坏事，是不是？"蟹王七坦白地应道："哦，我做过的坏事多极啦！我只差没有出卖过朋友，没有推瞎子落河，什么坏事我都做过了！"亚喜道："也杀过人？"蟹王七冷冷应道："杀过。"亚喜抬头望着他，好久才说道："好害怕！我简直不敢相信！"蟹王七道："我真的杀过人，我不骗你。你要明白，我杀的是坏人。我在乡下给恶霸逼得没路走才逃出来挣饭吃的呢！有机会我慢慢跟你说我的身世吧！"亚喜道："好害怕！不要提了。"

已经过了午夜了，蟹王七陪亚喜到新亚六楼，亚喜想去敲洪少奶的房门，伙计跑过来拦住她，小声说道："马专员在里面！"亚喜呆站着，不知如何是好。蟹王七也想不出办法来。亚喜自言自语道："既是这样，我们再到外面走走吧。"他们又乘升降机下楼，在西濠口乱走一阵。蟹王七这时才想出一个办法来，他跟亚喜道："喜姐，我带你去亚娣的艇过夜，虾球、牛仔他们都在那里。你说好不好？"不晓得为什么，亚喜对亚娣始终有一点莫名其妙的成见，她垂头答道："我不下亚娣的艇！为什么要下她的艇呢？"蟹王七抓抓头发道："那么怎么办呢？"亚喜道："我赞成下艇，但我不下亚娣的艇！"蟹王七敲一下他的脑袋道："我真懵懂！西堤几百只客艇，为什么一定要下亚娣的艇！"

西堤的客艇是很清洁的，蟹王七的心也很清洁。他躺下来，不敢靠近亚喜。亚喜要他讲他的身世，他就一五一十从能够记忆起来的讲起，一直讲到了昨天怎样跟虾球决定了要立了业有一口安定的饭吃才成家娶亲为止。蟹王七讲完，就问亚喜道："现在轮到你讲了！"亚喜长长吁了一口气，说道："我是顺德大良人。从前我们养蚕种桑，现在桑树都给砍倒做柴烧了，我们没有工做，没有饭吃，只好到香港给人做娘姨。我有过丈夫，但我不曾落家；等到我想落家时，我的丈夫又不幸短命死了！命苦啊！……"才说到这里，她就呜咽地哭起来了。

乘风破浪

鳄鱼头在马专员楼上的客厅里听马专员的指示。马专员咬着一根雪茄烟，吐一口烟，弹弹烟灰，脑筋转的念头比说出来的话多。他慢慢说道："你知道，海南岛我们的队伍，有一大部分还用日敌留下来的六五步枪。这种步枪的子弹，同七九步枪的口径不同，补充非常困难。上头预备逐步更换美式的自动步枪。这次要你押运的械弹是第一批，以后还要陆续运第二第三批去。我限他们今天天黑以前装卸完毕，你要亲自到舰点收。"鳄鱼头道："我马上就回去。"马专员道："这次你出发，本来是限你直航海口，但我体念大家生活很苦，我不作硬性的规定，给你在途中有多一天松余的时间，让大家顺便到香港带点货补充补充生活费。但要小心检点，不要做得太放肆了。"马专员的官话说完，就站起来说道："你回去吧！我女人还有点小事拜托你，你在楼下客厅会看到她。"鳄鱼头就起身告辞。

马太太独自一个人在客厅坐着，看见鳄鱼头走进来，她就叫他在她身旁坐下，问他："公司组织好了吗?"鳄鱼头应道："万事停当，马太太放心！"马太太笑道："我的股款几时来收?"鳄鱼头道："马太太一言值万金，不必麻烦开支票了。公司早给马太太开了红股。魏总经理是香港的殷富，他有眼光有人面，他这次决定在香港押货下舰，随舰到海南岛视察，往后的机会很多，还望马太太随时照顾照顾！"马太太道："这个自然。"鳄鱼头告辞，马太太送到门口道："记得带些海南土产回来啊！"鳄鱼头连声道："当然！当然！"

在汽车里，鳄鱼头对坐在后座等他的魏总经理道："好了！现在万事都妥当了。你今天坐飞机回香港，即刻准备妥当，我的差舰只能在香港停留八小时。"魏经理应道："你放心！我不会误事。"鳄鱼头一直送他到飞机场，看他上飞机后才折回来。

在同一时间，甲板部的军需、大副、二副、波臣、司舵都集中在无线电生老吴的家里开会集股，情绪紧张热烈，他们把亲戚朋友的钱都尽可能地拉来了。机器部的机轮长、机轮副、机轮员和斟油等，也在机器间密议筹款。

虾球猛然记起：一个星期又过完了，今天是星期天，明早差舰启航，为什么不去城隍庙逛一逛呢？他独自上岸去了。虾球走后，黑牡丹独自来参观这艘差舰，向牛仔问长问短。牛仔领她到处走，有见过她的就同她点头。她还走下机器间去看他们怎样擦拭机器，做航行前的准备。

虾球走到城隍庙侧，果然见有一个香烟小摊，看管的正是那个在孤儿院招呼他吃饭的红裤姑娘。他上前问道："小玲姑娘，你的妈妈呢？"小玲一眼就认得虾球，她笑道："我放假出来帮妈妈看摊子，她去出货了。你怎么知道我的名字？"虾球道："你不记得吗？我上星期在沙河车站听你妈唤过你的名字。"小玲道："你记性真好！你叫……"虾球应道："我的名字叫虾球。"小玲道："虾球是你的名，还是姓夏名球？"虾球道："我本来姓夏，单名球，从小我哥哥就叫我作虾球。"小玲道："我的名字也是给先生改过的，我本来是叫范笑铃，先生说笑铃不好听，替我改成小玲。你哥哥呢？他叫什么名字？叫虾公是不是？"虾球笑道："我六岁他就出门当兵了。我叫他作柏哥。"小玲道："你找我妈有什么事呢？"虾球道："没有什么要紧事。我现在在一只军舰上面当差，明天军舰开身去香港，我想起你妈卖香烟，我或者能给你们带些香烟回来。我们坐军舰，出入是不打税的。"小玲道："你真好心！但我妈还没回来，她又没留下钱，怎么办呢？"虾球道："你妈没回来不要紧，你告诉我什么香烟最好销就得了。"小玲道："广州市最好销的是幸运牌和骆驼牌两种香烟。"虾球道："我记得！我记得！"说罢回头就走，走了几步，又跑回来。小玲看他的样子很好笑，问道："你火烧脚似的走来走去干什么？"虾球道："我忘记问你一句话，你自己想买些什么？我连香烟一齐同你带回来。"小玲道："多谢你，我没有钱。"虾球道："那天你端饭给我吃，你也没问我要钱。你说呀！你说你喜欢什么？"小玲道："我怎样好意思呢？"虾球道："不要紧，你说你说！"小玲想一想道："那么就多烦你替我先垫钱买几尺花布吧。你回来时连香烟钱一起问妈妈还你。"虾球道："我知道，我知道，香港花布街我很熟！"说罢他也不告辞一声转身就跑了。小玲坐在香烟摊旁想想这个小傻瓜，捧着肚子笑了一次又一次。

回到差舰，牛仔问道："球哥，你到哪里去来？"虾球道："没有什么事，随便走走。"牛仔道："你骗我！"虾球到底不能瞒着牛仔，终于向他泄露了自己的秘密道：

"牛仔，你不要跟别人说！我告诉你，我去看过那个穿红裤子的小姑娘，她放假出来帮妈妈看香烟摊，我同她谈过话。她问我的姓名，也说了她自己的姓名。她又答允我替她买花布送她，我又答允买香烟送她妈妈。她对我非常好呢！但你千万不要跟人说！记得啊！"鳄鱼头走下来监督军火的下卸，把他们的话柄打断了。

军火下完，鳄鱼头就率领大副和机轮长两人，巡察全舰，做一次最后的检查。他们从司舵室走下来，先到船头，检视船头灯、帆布上盖，再下舱内去看军火堆放得是否妥当。然后去看船员的寝室，指责员工凌乱肮脏的内务。上到舰面，又走向舰中，折下机器部去察看各部机器是否揩拭得发光。再然后又上来走到舰尾去检查舱底、舱面的水柜、厨房、帆布上盖、舢板吊绳和船尾灯。又叫司舵开动推进器，看看有没有窒碍。一切都检查妥当后，鳄鱼头就吩咐大副、机轮长两人道："今晚全部人员留舰，非请准假不得外宿。明天上午九时正开航，到香港停八小时，再直航海口，一星期后回来。你们各部的事情都准备好了吗？"他们答道："都准备好了。"鳄鱼头听了很高兴，他自慰他这个外行人居然能把这艘差舰指挥得头头是道。他独自回舰长室去休息，大副、机轮长分头回到他们的岗位，指挥各员准备一切。

虾球、牛仔两个联同去向亚娣、黑牡丹、洪少奶、亚喜辞行，知道亚喜已回黄埔去了。他们又到城隍庙边去再看一次小玲，可惜烟摊已经收了。两人便回舰休息。这两个难兄难弟，在广州这一个星期，除了不能多看小玲一面留下这点小小的遗憾外，他们算是度过他们有生以来的最幸福最美满的一周了。

一夜无话。广州市民，又面临到新的一天。一切营生送死的劳动又继续开始。路尸掩埋队的运尸车工作开始得最早，天没亮就向郊外流化桥开动了。长堤的行人和珠江的小艇，同晨光一齐露脸，渐渐活跃起来。天字码头边的这艘载重限量六百吨的鳄鱼头的差舰，在八时四十五分就把它舰顶上的黑球除下来，预告就要终止它的停泊了。

八时四十分，鳄鱼头登上司舵室，跟大副搭话，虾球在舰首向岸上眺望；无线电生老吴在室内检点他的工具；水手们忙碌着他们的勤务；牛仔则在舱底伴着得到鳄鱼头默许秘密登舰的黑牡丹，谈着笑着。八时四十五分，马专员陪洪少奶驶车赶到码头，登舰来送行。八时五十五分，第一声汽笛响起来了。马专员跟鳄鱼头握手道别，洪少奶也跟着伸出她的手给她的丈夫，笑着用眼色跟他话话别。鳄鱼头也笑着应酬他们，把他们送上岸。

九时正，汽笛又响了。大副摇动他面前的"时丹拜"，应手铃铃作响。"时丹拜"的箭头指在"Slow Astern"上面，舰身便开始震动慢慢离岸。大副不断摇动"时丹拜"指挥机器部工作，又关照旁边的司舵员把好舵盘，差舰便缓缓向白鹅潭方向驶去。鳄鱼头、虾球向岸上的人微笑招手告别。

长堤的景物慢慢向后退，江面上停着的船舶，一只只落在差舰的后边。南北两岸的横水客艇，给差舰驶过的浪潮打击得左右摇颠。这天风高日丽，差舰满载着军火，也满载着全船人员的希望，破浪前进。

黑牡丹从舱底钻出来，三脚两脚跑上司舵室去，跟鳄鱼头一起眺望两岸的风景。虾球独个儿在舰旁极目向黄沙张望，他想搜索亚娣泊艇的所在。沙面一带浓绿的行树，终于落在差舰的后面了。差舰驶出白鹅潭，向左转，沿着广州内港新堤，进入省港航道。

鳄鱼头的虾兵蟹将烟屎陈、死蛇、鸡眼、麦财、赵胜和蟹王七等，在鱼珠港外的艇上等着恭送他们的上司。亚喜也跟着蟹王七坐艇出来，想看虾球一面。自从她在长堤客艇上跟蟹王七互诉身世度过了有哭有笑的一夜以后，她更加喜爱虾球了。因为蟹王七把虾球当作亲弟弟一样看待，她也同样分有了这一份感情。

鳄鱼头站在司舵室中，眺望着珠江河面上自由飞翔的海鸥，心中默想：曾几何时，我鳄鱼头又左右逢源，在珠江树立了稳固的基础了。他记起他来时曾对九叔亚娣他们夸言道：风水佬骗你们十年八年，我鳄鱼头不出几个月，就捞一番大世界给你们看！现在果然说对了。今天续上了马专员的这一条缆，直通天庭，还有什么事情不能干？装载一千几百吨货物，是一件顺理成章的事情，何况马太太还分有一份红股，大家水涨船高，同捞同煲，谁做舰长都会照样煮一碗，有什么稀奇？最可叹还是那群失业军人，他们无权无柄，也学人走私，活该他们倒霉。想到这里，鳄鱼头非常得意。这时琶洲塔已经在望，黄埔军校旧址也慢慢出现在眼前，鳄鱼头一看见这些景物，触景生情，跟他来时一样，不觉随口歌唱起来：

"怒潮澎湃，党旗飞舞，这是革命的黄埔。主义须贯彻，纪律莫放松，预备做奋斗的先锋。……"

黑牡丹听见鳄鱼头唱得这样高兴，她也开口唱那首经过人修改的《客途秋恨》：

"凉风有信，晚景无边。亏我怀人憔悴，度日如年。……"

鳄鱼头的军歌给她打断了。

大副在旁边听见一个唱《黄埔校歌》，一个唱《客途秋恨》，他忍不住要笑出声来。他深深地想：这是革命的黄埔吗？谁贯彻了主义？纪律哪一天不放松？至于那些奋斗的先锋，他们的骨头已经化灰了。那个黑牡丹唱得更滑稽，她此刻何曾"怀人憔悴，度日如年"？她从眼眉到脚趾都是快乐的。这时鳄鱼头更加兴奋起来，他用更高的音调把黑牡丹的歌声盖过：

"打条血路，引导被压迫民族；携着手，向前行，路不远，莫要惊！亲爱精诚，继续永守。发扬吾校精神！发扬吾校精神！"

他的一群干部，在他的差舰边向他招手送别。

香港在望了。虾球指着前面向牛仔道："扯旗山！扯旗山！"牛仔应道："看呀！西环货仓！石塘嘴！你看，太阳还没出来呢，我们这么早就到香港了！"故地重临，他们两个人说不出的兴奋。虾球道："昨晚洪先生吩咐，大家分两班上岸，一班放假三小时，可惜你不跟我在一班，不能同我一道上岸去看我的妈妈。"牛仔道："我上不上岸不在乎，我在香港无亲无故。你自己去吧，记得带点东西回来吃。"虾球道："你自己不上去玩玩么？"牛仔不答。虾球相当难过。他拍拍牛仔的肩膊道："上去玩玩吧！坐一回电车，到为食街去吃一碗牛腩面，租两本小人书看看，一转眼就够三个钟头了。"牛仔点头答应。虾球这才高兴起来，脸上马上露出笑容。

差舰泊在昂船洲。鳄鱼头、黑牡丹最先上岸，他们用电话通知魏经理，魏说道："好极了！我各事都准备好了，货物昨晚已下齐六张大货艇，两个钟头内就可以运到昂船洲来。我们在哪里吃早饭？金陵还是建国？"鳄鱼头道："我们现在在广州酒家饮早茶，你马上坐汽车下来吧！你行李整理好了么？今天下午三时启航离港，你最好把行李带下来，省得多花时间。"魏经理道："好的，好的！我什么都打点好了。"

船上的人员分两班上岸，各人办理各人的事情。大副、无线电生两人是甲板部同人运通公司的买手，携了巨款上岸去采办货物。机轮长和机轮副两人是机器部四达公司的买手，也上岸去选购货品。甚至派来随轮保护的一班武装士兵，也把整个月的饷薪伙食扫数拨出来组成了一个合同公司，购办香烟，兼营起生意来。全舰除了虾球、牛仔二人之外，没有一个人不卷入这个营私图利的旋涡。

虾球上岸去，他买了幸运牌香烟两条，花布衣料一件，这两样东西，预备带回去送给小玲和她的妈妈的。他买好了东西还剩下几块钱港币，就带回家预备给母亲加菜，却料不到他母亲送了他父亲回台山乡下去养病，至今还没回来。

虾球失望回到舰上，看见差舰两边泊满了大小货艇，装货上舰的人忙作一团。牛仔看见虾球回来，本来轮到他第二批上岸去的，他也不上去了。无家可归的牛仔，这只差舰就是他的家了。

魏经理、鳄鱼头和马专员的三合公司的货物，因为数量太多，上得最迟。甲板部、机器部和护舰士兵们的货在下午二时已经上好了。二时三刻，大副跑到鳄鱼头的舰长室去向他作一个惊人的报告道："报告舰长！还有两船货退回去吧！不能再装了！再装的话，恐怕会出毛病，你出来看看我们舰边的吃水线吧！"

鳄鱼头听了大副这个吓人的报告，他半信半疑。大副又说道："你清楚我们差舰的载重量吗？初建的时候它的载重量是六百吨，现在它老了，不能装得太重。虽然历来它都是载过了一千吨以上，侥幸没有出过事。我们中国人可以这样冒险，外国人是绝对不干的。"鳄鱼头道："你说历来都载过一千吨，为什么我们这回就不能载一千吨？"大副无话好说。这时魏经理跳进舰长室来，鳄鱼头对他说道："魏经理，我们大副说不能再装货了，要把最后两船货运回岸上去。"魏经理道："不要开玩笑。货好容易才交涉提出来，你又要我送进货仓去？不说现在不够时间，也没有人手去办退货的手续，几十万元的货进进退退，仓租运费的损失谁来赔偿？开玩笑也要早点开，现在还差十五分钟就要开航，只稍延长二十分钟，所有的货都可以上完了。"大副道："我不是一定坚持要退货，不过是请舰长出来看看舰边的吃水线罢了。"魏经理道:"我道是为了什么事,原来是过载问题。不要紧,不要紧,凉秋九月,风平浪静,不必大惊小怪。其实我们中国人管理的船,只要有客有货,哪一只船不过载?如果什么事都要十足学外国人,就什么事情都不能干了。我这次亲自出马,我们的身家财产性命都在这里,我们还更着急,舰长你说是不是?"鳄鱼头道:"由香港到海口只二百六十海里,航程很短,不要紧的,还是上了它吧!"大副也不再啰唆,就退了出来。

魏经理坐下来,打开他买来的一大卷报纸,其中有一张是华商报。他抽出来交给鳄鱼头道:"你看看这张替共产党宣传的报纸!记者先生真有闲情,他替我们马专员的后台大老板算账,数目清楚得很!"鳄鱼头笑道:"行行出状元,有一些专家,他们是专替我们大老板算账算出名的。"魏经理道:"你说得不错。我昨天在南北行的朋友家中,看到一本揭露'四大家族'的小册子,我以为他还比四联总处的机要秘书知道得更多更清楚呢。"鳄鱼头笑问道:"你清楚我们的货一共有多少件吗?"魏经理道:"当然清楚。我是照货单一箱箱点收的。"鳄鱼头道:"重量呢?"魏经理道:"我们的货又不是论斤算钱,要知道重量干什么?"鳄鱼头道:"我很想算一算我们的舰究竟过载好多吨。"魏经理道:"我们的差舰是一只自由的军舰,用不着买保险。海关和船政署也没权来检查我们的载纸,过载多少,是不必过虑的。你说是吗?"鳄鱼头道:"是的,你说得不错。我们这自由的差舰泊在自由的港口,横行在自由的中国,用不着这些手续。若要样样照正手续,那么,运货根本就是犯法的。"说罢鳄鱼头笑了。他很骄傲他竟是一只横行无阻的军舰的舰长,大权在握,为所欲为。他想:不说是风平浪静,就是有一点小风险,又算得什么?这时黑牡丹跑进来道:"货就快上完了。"鳄鱼头即刻站起来道:"好!准备开航!"

下午三时一刻,差舰拔锚了。甲板上的人,都站在舰边观看香港海岸的景物。牛仔和虾球两人倚在船首的栏杆边,也在看周围的海景。牛仔问道:"球哥,你在岸上见到什么人?"虾球道:"倒霉得很,没有见到一个要见的人。我妈妈送我爸爸回乡下,还没出来;去湾仔找六姑,里面不肯开门,说这个人不在了。牛仔,你说'不在'是什么意思呢?"牛仔道:"这还不明白?不在就是出街还没回来呀!"虾球摇摇头，不赞同牛仔的解释。他说道："你不肯用脑筋，'不在'就是'死了'的意思呀！"牛仔道："死得这样快！"虾球很感慨，说道："人死了像扔掉一只死老鼠似的，没人再提起了。除非是他的儿子。你说六姑这种人会有儿子吗？"牛仔道："有丈夫就有儿子。"虾球道："她也许有儿子在乡下的。她一死，她的儿子就变成孤儿了。"牛仔道："我也是不知道我妈是怎样死的。我连她的样子都记不起来，那时我实在太小了。"虾球望一眼牛仔，有点闷闷不乐，大家就不再说话了。

差舰驶出西环海面，经大交椅，向西南丫海峡前进。香港掉在差舰的背后了。虾球对牛仔道："你知道吗？他们都发财了！"牛仔道："你说谁发财？"虾球道："全舰那么多人，除了我们两个人外，其他个个人都发财！"牛仔道："真的？"虾球道："为什么不真，他们组织了四个大公司，买了一船的洋货运到海南岛去卖。光是香烟一种，就足足二百八十多大箱！一面运军火到海南岛去打仗，一面用军舰做生意。你想这算盘打得多好！"牛仔笑道："你买了两条幸运牌香烟，到海口卖掉也能赚钱。"虾球道："我这两条香烟是不卖的。"牛仔笑道："看你会巴结外母！照我看，还是拆开来一路抽着玩吧。我们虽然没钱做生意，但我们一天到晚抽香烟，阔一阔给他们看！"虾球道："抽香烟也不见得很阔。"牛仔道："还不阔？你忘记了我们在香港时，同人家抢过烟头，还跟人打架哩！"虾球道："当然，我们今天比从前没饭吃睡马路时好一点。"牛仔道："自然，洪先生比我们更阔。"虾球道："马专员又比洪先生阔，马专员的老板又比马专员阔。"牛仔道："他们哪来那么多钱呢？"虾球道："你想他们会点石成金吗？还不是从我们老百姓身上抽剥的？"牛仔道："我们有个屁给他抽！"这句话虾球也没法解答。

｜ 文学史评论 ｜

小说分《春风秋雨》、《白云珠海》和《山长水远》三部，以流浪儿虾球的生活经历为线索，对香港下层社会进行了全景式的描绘，不仅具有鲜明的时代气息，更有浓郁的岭南乡土气息。需要强调的是，《虾球传》有着比《穷巷》更为明显的二元化的阶级对立结构。虾球先做王狗仔的马仔，然后成为鳄鱼头的随从，而所见所闻促使他觉醒，在他长途跋涉寻找到游击队以后，故事就变成了以虾球为代表的游击队与以鳄鱼头为代表的反动势力之间的斗争。至于小说所展现的香港地方色彩，其实有作者想象的成分。

《虾球传》的成功，得益于香港这一传统与现代杂糅的都市中特有的雅俗共赏的社会审美习惯。香港民间社会与传统之间的联系较多，普通市民不仅与之感情相通，一部分人就是生活在真实的传统习俗之中（虽然也有许多变化），这使得他们对通俗文学所展现的民间世界怀有一种自然的亲和感。小说故事情节曲折，场面激烈惊险，恰恰也采用古典章回体小说形式，在民族化、大众化潮流中提供了这些内容，自然赢得读者的欢迎。比如小说描绘香港黑社会"捞世界"的种种行径，就让人觉得陌生从而感到刺激，十分对底层市民的胃口。

总体来讲，《虾球传》的主人公历尽磨难走向光明的主题属于左翼文学的经典套路，但它所展示的民间生活场景也可以赢得一般市民的青睐。更有意思的是，大众化的形式更得到双方的一致肯定：左翼文学强调的是以此普及革命思想，市民社会则是沿袭对通俗文学的传统观点，取其娱乐消遣的一面。如此多的因素凑泊在一起，造成了这起轰动一时的文学事件，而《虾球传》的大获成功也预示了香港文学此后沿着雅俗共赏路径发展的巨大空间。

——丁帆主编《中国新文学史（上册）》，高等教育出版社，2013，第400—

401页

∣ 创作评论 ∣

在近代中国文学史上，黄谷柳同志是一位很有个性，很有特色的作家。他的一生是始终和劳动人民紧密联系的一生，他为人正直，不阿谀从俗，不隐讳自己的观点，在生活上他不避艰险，敢于走别人不敢走的最困难的道路。在创作上敢于创新，又善于吸取传统和外国的经验。茅盾同志曾评价过他的作品，说他的作品能"从城市市民生活的表现中激发了读者的不满、反抗与追求新的前途的情绪"，而在风格上"打破了'五四'传统形式的限制而力求向民族形式与大众化的方向发展"。我认为这是很恰当的。

——夏衍：《忆谷柳——重印〈虾球传〉代序》，《新文学史料》1979年第3期

❙ **作品点评** ❙

《虾球传》的写作则直接受到了夏衍的指导，夏衍曾回忆："这部小说连载后立刻引起了广大读者的欢迎，他（指黄谷柳）每隔三五天送来一次经过细心修改的稿件，并常问我报社和读者有什么反映。这之后，见面的机会多了，我向他介绍了一些在香港的文艺界朋友，还常和他一起到海边散步，……一年多以后，他向我提出了入党的要求。"（夏衍《忆谷柳——重印〈虾球传〉代序》，《虾球传》，花城出版社1979年第1版）《虾球传》愈到后来革命意识愈强，应该说与夏衍的指导不无关系。《虾球传》不但是深受左翼文学影响的作品，事实上它已经是左翼文学本身了。在《在反动派压迫下斗争和发展的革命文艺》一文中，茅盾即是将《虾球传》当作国统区左翼文学的实绩而加以称赞的。

——赵稀方：《香港文学本土性的实现——从〈虾球传〉、〈穷巷〉到〈太阳落山
了〉》，《小说评论》1997年第6期

1947年10月至1948年12月，黄谷柳以三部中篇小说（《春风秋雨》《白云珠海》《山长水远》）的形式于中共在港创办的统一战线报纸《华商报》上连载的《虾球传》，普遍被认为是解放战争时期旅港左翼文坛最重要的创作收获之一。虽然是一部未完成的小说（原计划的第4卷《日月争光》并未完成），但后世的众多评论者大多将其视为香港文学具有里程碑意义的作品，谓之"标志着香港文学在文艺大众化方面，迈出可喜的一步，取得可喜的收获"；"它是早期香港文学又一份可喜的收获。……它与侣伦的《穷巷》共同把早期的香港文学推上了一个创作的高峰"；"黄谷柳的《虾球传》最具香港特色，它与侣伦的《穷巷》一起，成为这一时期香港文学的重大收获"；它的问世，"对香港文学的大众化是一个有力的推动"；它是战后香港文学的

重要收获，"作为香港文学名著的地位无可置疑"；《虾球传》"以新文学构成香港浮世绘的内容与形式，令人观感一新"，"为香港文学开创了广阔的空间"；它代表了"香港长篇小说民族化和大众化的最初尝试"。

——谢力哲:《"表现香港""夺回读者大众"与夺取"黄色堡垒"——论〈虾球传〉之于旅港左翼文坛的意义》,《世界华文文学论坛》2018年第4期

山野

（节选）

艾芜

三

韦美玉一路都望见她的二妹，但却不愿赶上她同她一道走，她觉得她现在去叫丈夫离开火线，定会得不到她妹子的同情，即使不被她说几句讥笑的话，单是拿给她冷冷望了一下，也足以使人生气的，她认为还是各人走各人的路倒好些。同时心里不快地想："你将来结了婚，看还是不是这样无牵无挂的？不要太骄傲早了！我倒要睁起眼睛看哩！"

可是走了不久，她又想起她二妹的不快的婚约了，姓赵的那个年轻人竟那样使她怄气，使她难过，将来结婚一定是没有幸福可言的。而做爸爸的还硬要逼她嫁去，无怪使她性情越加乖僻，脾气越发变坏起来。于是又渐渐原谅她了，觉得她现在的处境是最可怜的。她又想赶上前去同她二妹走在一道，但因她二妹走得太快，她自己又太疲乏了，不

作者简介

艾芜（1904—1992），原名汤道耕，四川新繁县（今新都区）人。1925年离家，西行至缅甸。1930年因支持缅甸农民暴动，被英国殖民当局驱逐出境。回到上海后，从事文学创作。1932年加入中国左翼作家联盟。1935年以漂泊生活为题材的短篇小说集《南行记》引起文坛瞩目。1944年6月日寇逼近桂北，艾芜全家离桂。在居住于桂林五年多的时间里，艾芜积极参加桂林抗战文化活动，参与、发起、组织文协桂林分会成立和该会所有重大活动，并被选为该会常务理事，负责出版部工作。出版有短篇小说集《逃荒》《萌芽》《荒地》《秋收》《黄昏》《冬夜》等，著有长篇小说《山野》《故乡》《落花时节》3部，散文约30篇，后结成《杂草集》，文学论文专著《文学手册》。中华人民共和国成立后，创作了反映新的社会现实的作品，长篇小说《百炼成钢》是新中国最早反映现代大工业的作品之一。1961年到云南旧地重游，完成了《南行记续篇》。

作品信息

文化生活出版社1948年出版。本文节选自第三部分。

能跑去追赶。她对她二妹的婚姻，她虽劝她和姓赵的和好，但认为要是实在不能和好的话，她就主张她二妹远远走开，避免同父亲冲突，以免在家庭间酿成风波，然后再由旁人调停，慢慢解除婚约，使大事化小。她很想把这个意见告诉她二妹，但现在却在彼此惊惶烦乱不安定的时候，无心来讲这件事情了。她唯一盼望的，就是徐华峰和她父亲，忽然出现在前边的山坡上，正离开火线走了回来。再就是她走到黑虎关的时候，敌人已完全打退了，徐华峰和她父亲都很平安地坐在石头上在指点敌人抛弃下的枪支子弹，没有人带伤，个个人都是欢天喜地的。可是越走向前去，枪声越是大起来。她边走边听，心里着实惊惧，忍不住歇下脚来叹气。

韦美珍一路走着，很是气愤，她觉得阿福嫂她们过分胆小，实在太不中用了，无怪一般男子看不起女人。这又不是扛枪打仗，只是去抬抬受伤的人，怕什么嘛！但她偶然回头来看见她的姐姐走在后面，却又不免有些鄙视。她晓得她姐姐之所以比那些农妇胆大，全然是为了一个男子，并不是为大家服务救助受伤者而来的。一个受过教育的新妇女，为什么竟这样心甘情愿地做男子的奴隶，她感到奇怪，而且深为不满起来。她不愿意同她姐姐走在一道，好像她要标识出她去的目的，和她姐姐的大有分别，绝不能同流合污似的。因此，业已感到疲乏的她，仍然加快脚步地走着。可是走到前后不见人的山路上，她又不免有些害怕，她竟然担心，会有几个可怖的日本鬼子，忽从阴森翁郁的山沟里面钻出来，拿起枪刀，拦在路上。她觉得这是很可能的，刚才他们回来抬子弹的人，不是说日本鬼子快要绕上岭来吗？而且从一向报上的消息看来，日本鬼子很狡猾，神不知鬼不觉地就绕到人家背后。她记起今天上午阿寿对她说的话来，真的，到了前线为什么不带一支手枪呢？要是自己竟然拿给日本鬼子抓去，岂不是活天冤枉？一枪打死了，倒是好些。她不怕死，她只怕受到侮辱。她越想，便越是害怕起来。她甚至想转身回去，而且就是阿福嫂她们见了，也不会笑她胆小，只会表示赞同的。然而使她感到为难的，倒是她的姐姐。她晓得姐姐一味痴心痴意地悬念丈夫，别的危险定然没有顾忌，也没心情想到，只会直朝前边闯去的，那她自己怎好示弱？一个好强的人岂可连她轻视的人也不如哩。不过她虽是鄙视她的姐姐，但若姐姐真正临到很危险的境地，做妹子的总不能冷眼旁观下去。姊妹到底是姊妹，势必要把危险向她指点出来。就本着这一点感情，她作为歇气似的，终于停留下来了。等韦美玉一走到时，她便把日本鬼子惯会迂回的狡猾行为说出来，还指出可能拿给日本鬼子抓着的危险。

韦美玉走得一脸通红，靠着路边一棵树子喘气，一面摸出张白绸手巾拭汗，她听韦美珍这番话，一时没有立即回答。喘定一点气，她才悲哀地说道："难道叫我辛辛苦苦走这么远的路，又白白地走回去么？……我就是一个人也要走去的！"她说了之后，紧紧地咬着她的嘴唇。

韦美珍本不想多说的，但看见姐姐竟这么执迷不悟，便忍不住说道："我看这半天，都没遇见姐夫转来，他多半是和爸爸他们在一道打，你听，打得这么激烈，他不会丢开爸爸他们，单独跟你走开的。"

在韦美玉想来，她认为她的丈夫见了她，就会丢下武器离开危险地方的，因为她知道他很爱她。既然人家已经冒着生命赶来，你还一点一丝都无动于衷吗？不然那还算什么爱情！因此听见韦美珍这些话，便很是不快起来。她有些激动地说："我倒不是要他跟我走，随便他跟哪个走都没关系的，我只是要问问他，到底他还要不要我们娘儿母子。……我问清楚，我好走我的路！"

韦美玉说完之后，便又直朝前边走去。韦美珍坐了一会望见她姐姐的身体，全给山坡遮住了，她觉得还是朝前走去的好，不然连她姐姐的勇气都没有，就未免太丢人了。但越朝前去，枪声便格外大了起来，甚至怀疑到不远地方，就会有子弹在飞过似的。她又有点不想前进了，她希望有人把受伤的抬了下来，最好就在这个稍离火线的地方医治。她觉得在挨近火线的地方，自然该胆大，但尤应心细，处处留意，相机行事，不可莽撞才对。像她姐姐这样只是冲去，如同一个疯狂的人一样，对于人家作战的战士，到底有什么好处嘛。结果是很明白的，无非引起别人的担心，增加麻烦罢了。

韦美珍爬上一个高坡，枪声更加大了，机关枪连续射击的声音，简直像在不住地拍打她的脑门一样，有些使头脑一阵阵地发昏。黑虎关一带的岭上，从苍翠的枞树林中，升起一团团青色和白色的烟子。她把手指卷成一个圆筒，放在右眼上边，作为打望远镜一样，直朝鬼爬坡那面凝望过去。那面的山岭上头，烟子上升得更多。有些枞树中间，且有一朵朵的白烟进出。不久看见树林稀疏处斜阳照得很显明的地方，有人在向岭下奔跑，随又躲在岩石后面，接着岩石边上进出一朵乳白的烟雾，显然是在一壁作战，一壁退却了。

"呀，我们的人，在打败了！"韦美珍忍不住惊叫起来。随即又看出有几个着黄军服的人在向下追赶，她明白那就是凶恶的日本鬼子，她怕叫了出来，连忙用手捏住了颈项。接着向岭下追赶的日本鬼子，大约是在放枪了，一片烟涌了起来，顿时连他们自己，以及近边的枞树，都一下子全遮去了。

韦美珍急忙向她姐姐大声喊道："姐姐，去不得了，去不得了！日本鬼子都已打进关来了呀！"

韦美玉走来挨近火线，听见枪声响得厉害，心里自然很是惊慌，但也非常生气，她恨恨地想："他简直狠心，硬丢下我们不管！说好今天走的，他却来犯险！这真是拿人不当人呵！"她也想起徐华峰见了她竟然丢了小克，独自跑到战场上来，许会很生气的，但怪得谁呢？这不是一切都由他招惹出来的吗？她决定见了他的时候，向他愤愤地说道："我只问一声，你到底管不管我们？管，就跟我回去，马上动身，不管，我就和小克单独走我们的！"

韦美珍叫她的时候，她已下了山坡，正走在狭窄的谷中，她耳朵里充满了枪炮的声音，同时心里又在悬念着她的丈夫，正感到恼怒、愤恨、痛苦。对于韦美珍的叫声，竟一点也没有听见。

韦美珍见她姐姐没有听见，只顾朝前走去，心里甚是着急，竭力大声向她呼喊，还一壁朝山下跑着。一个不小心，自己跌了一跤，药提箱也掼在一边。韦美珍忍着痛苦，连乱披到脸边的头发，也没来得及掠一下，便抓起药箱子，赶下坡去。她这时不再叫了，尽把所有的力量集中在两只脚上。她瞧见她的药箱子有点漏出药水，在一点一点地滴落。她明白刚才跌跤的时候，掼坏了药水瓶子，在平时这会使她非常难过的，因为在这偏僻地方，极不容易买到西药，但在这时也顾不到这些了，就连站下来打开箱子查看，到底什么药瓶碰烂，又弄脏了哪些东西，也没这点闲心。

她只用劲向她姐姐那里跑去，仿佛觉得稍迟一步，就会拿给日本兵包围起来似的。她一口气跑到她姐姐不远的后边，她仅喊了一声姐姐，便再也说不下去，她已给喘气堵住了嘴巴。

韦美玉给她妹妹这声突然的喊叫，惊骇地掉过头来，也禁不住喊道："什么事呀？"

她见韦美珍头发纷乱，脸色皑白，神情衰弱，一只手倚着路旁的树木，一只手抚着跳动的胸口，只是喘气。韦美玉连忙转身迅速走去，一面急问她妹妹到底遇着什么了。

韦美珍一句也回答不出，只在累极了的脸色上露出恐怖的神情，还朝前边的山坡瞥视一下。韦美玉走到她妹妹面前，一眼望见韦美珍旗袍的下幅，尤其是白色的袜子上头，有红色的痕迹赫然现了出来，立即惊慌地喊道"呵呀，你受了伤么？"接着韦美玉跪了下去，赶忙拉起旗袍来瞧，一面着急地问："打在哪里的？打在哪里的？"

"没……没，没有！"韦美珍喘着气急忙回答，一面指一下放在旁边的药箱，补足她一时说不出的话语。

韦美玉看一下药箱子，又见箱口边是湿的，便连忙揭开盖子来瞧：原来是一瓶红药水打破了，里面好些东西，都染得红红的。赶紧抬头看一下韦美珍衣上那块粘泥的地方，心里较为平静一点，但仍然急促地问道："你跌着了么？怎么跌着的？"

韦美玉同时敏感地望一下她妹妹走来的路上，眼里自然而然现出了疑惑和恐怖。

韦美珍自有生以来，从没有这么气急败坏地跑过，一直气喘了好一下，她才把日本鬼子已经打进关来的话，说了出来。

韦美玉立即脸色变了，一边站立起来，一边颤声问道："你说日本鬼子打进关来了？你怎么晓得的？"

韦美珍用手反指着后面的岭子，急促地告诉她姐姐，说刚才走在坡上望见的。

"天哪，那我们是打败了吗？"韦美玉禁不住痛苦地叫了起来，"那他们怎样了呢？"

这时头上的天空，已有嘘嘘的声音，在迅速地掠过。韦美珍惊慌地侧耳一听，大惊失色地叫起来："姐姐，你听，这怕是子弹呀！"

韦美玉赶忙拭了眼泪，惊惶地直朝天空山岭望去，身上禁不住颤抖起来。

韦美珍便一手提起箱子，一手拉着姐姐，赶忙转身向后就走，一面嚷道："快跑！快跑！"韦美玉全不能自主了，只好由她妹妹拖着跑路。

韦美珍一面加快脚步地跑，一面仍不时回过头来，警觉地望望背后，她怕有敌人突然袭来。而这周遭长着枞树的坡岭，都一下增加她的疑惧了，一望苍黑而带忧郁的树林，都可能有穿黄制服的蓦地出现。她想，要是同他们村上的人一道都好，糟就糟在她们孤单两个人，既没武器，又是弱女子。

韦美玉则像拿给惊慌、悲痛、愤怒压碎了似的，她周身无力，软弱异常，脚下虚飘飘的，头上冒着冷汗，仿佛没有她妹妹拉着她，她就会立刻倒了下去。

她们两人爬上刚才下来不久的山坡，即听见左边的坡上骤然响起一片震耳的枪声，再加以坡岭挡住的回声，更易使人感到危险业已临到头上。她们两人都吓得来赶紧伏在地上，手脚都在不住地颤抖着，脸和嘴唇都变成了灰白，毫没一点血色。在地上伏了一会，韦美珍又急忙拖她姐姐一下："我们赶快躲个地方吧！这里不行，这里会拿给敌人看见的。"

她们立即朝坡上枞树林子跑去。这里的枞树长得并不高大，而且也不十分茂密。树下也没有什么矮丛，多是些苔藓、刺藤和一些羊齿植物。她们两人不敢伸起身子，只是弯着腰杆，几乎像在爬也似的迅速走着。她们感到离开左边打着枪的坡岭稍远一点了，同时又看见身边的树林比较茂密，可以遮掩一下，便暂时歇下来喘气。到这时韦美珍才看见自己的阴丹士林旗袍，业已给刺挂破了，而且粘上不少泥灰，幸好药箱子还没丢掉。至于韦美玉不单衣衫挂烂，脚下的鞋子还跑掉了一只，只是光穿着袜子，踏在地上。她们都不关心这种狼狈惨相了，单是惊慌地直朝打着枪的岭子望去，害怕会有敌人赶了过来。她们歇一下气，还想再朝安全地方跑的时候，又猛然听见她们刚才打转身的那个狭窄山谷里，响起一阵枪声，她们顺手扶着树子，望了下去。呀，她们村里的几个人，正被一群着黄制服的日本鬼子追赶着。那些日本鬼子枪上亮晃晃的刺刀，简直耀人眼睛，好像使眼睛都有些发疼。她们两个人的心子都剧烈地跳动起来，要不是手扶着树子，都会跌倒在地上。她们看见她们村里的人，有一个胡子长长的，落在后头一跤摔倒了，还没来得及爬起，就给两三个日本鬼子赶上，一齐用刺刀乱戳。她们两个人都痛苦地叫了起来，一面赶忙掉开头去，恐怖得不敢再看。

韦美珍连药箱子也不要了，拉着她的姐姐就跑，从枞树林里向岭头跑去，想从岭上越下那面林子。韦美玉已吓得脚软手软的，再加以是在走上坡路，简直拉不动脚步。韦美珍拉着她跑，一面发急地说："姐姐，你跑快点哪！"

韦美玉蹙着眉，现着上气不接下气的痛苦样子说："唉，叫你不要拖了，你让我就在这里吧！"

韦美珍毫不放松她的手，带着又在埋怨又在哀求的口气说："这里你怎么能够待的？日本鬼子一下就赶到了。"

韦美玉闭着眼睛，泪水还是从眼角流了出来，她现出一切无望的脸色，颤抖抖地说："就让我……死了算了！"

韦美珍焦躁起来，跺着脚恫吓地说："他可不能让你一下死哪！他们要侮辱你，那些狗！"

韦美玉没有说话了，只是睁开一双含泪的眼睛，勉强拉动她的脚步。

韦美珍一面拉着她走，一面又气促声骤地责备道："你不想想，你的小克靠哪个嘛？那样小，那样可怜！"

这么一来，倒使韦美玉添了不少的勇气，她紧紧咬着嘴唇皮奋力跟着她的妹妹跑着。跑上岭后，就是下坡了，比较不吃力点，但因树林中并没有路，时时拿给荆棘刺藤挂着，有时又因坡面倾斜跑得慌了，便一下子碰在树上，使她们两姊妹，一路都在跌了又跑，跑了又跌。手腕脚杆脸子，都带上小小的创伤，冒了血了。她们不管疼痛，也来不及用帕子拭去血或者想法止着。她们惊慌地焦急地，只顾逃命。跑下山坡，钻进长满杂木林子的山谷。这里林木阴森，枝叶茂密，有些地方连人都挤不进去，地下则很潮湿，走的时候，有些滑溜。觉得枪声远了一点了，她们才暂时在林莽茂密的地方歇了下来，两人的衣衫，全挂破了，烂一片吊一片的。鞋子则都跑掉了，袜子粘满烂泥，且有血水沁出。韦美珍摸出手巾来拭去脸上额上的汗珠和血迹，一面则皱紧眉头脱下她的袜子，嘴里忍不住呻吟两声。

韦美玉手臂挂破了，有点血冒了出来，她没有管这些，也没有摸出手巾来拭去脸上的汗，她只是衰弱无力地喘气。她突然发神经似的眼睛一下大大张开，仿佛有可怕的异象现在她的眼前。接着她用双手蒙着了眼睛猛地哭了出来。嘴里喃喃不清地喊着："华……华峰！"

韦美珍望着她的姐姐，说不出一句劝慰的话，只是眼泪也忍不住从眼角边上冒了出来，她觉得日本鬼子实在太残酷了，说不定父亲、姐夫他们已遭毒手。

不久，韦美珍听见一片脚声像有好几个人在跑了过来，愈跑愈近。她稍稍平静了的心，又一下子猛跳起来。她赶忙拉她姐姐一把，要她姐姐不要哭了，赶快做逃命的准备。

这一片跑来的脚声，就在她们不远的地方停了下来，仿佛知道这里躲藏有人，要开始从事搜查围捕。这使她们两姊妹，立刻脸色惨变，眼睛恐怖地睁着，鼻和嘴都不敢出气。她们知道临到最后的关头了。原先韦美珍还想过，最好的死是勇敢地先杀死他几个敌人，其次才是懦弱地赶快把自己的颈子吊在树上，然而现在连这种卑微的做法，也办不到了，她手脚不敢移动一下，她怕弄出声音会使日本鬼子马上来抓。

来的日本鬼子是什么样子，有多少人，她们一点也看不出来，因为周围野草灌木，长得太茂盛了，眼前只望得见一片浓绿幽深的枝叶。她们屏着气好一会，既不见敌人碰动树枝草丛来围捕，也听不见嘈杂的脚步声走开，她们感到非常的痛苦，觉得跳动的心子，好像正在一滴一滴地流血一样。

四山里静得可怕极了，刚才那面响过枪声的坡岭，也全然归于静寂。只在远的地方，有极密的枪声和夹杂其中的手榴弹爆炸声音，正随着山风一阵大一阵小地从黑虎关那面传了过来。显然村中的战士并没有完全逃走，倒是还有许多人在坚强地支持着战线哩。然而这并没有使韦美珍感到一点安慰，因为日本鬼子越过关来，且偷袭到这些地方，是她亲自一一看见了的。而且还来在她们近边，正在布置围捕和搜查。她认为日本鬼子狡猾得很，必是正在悄悄地袭来，要摸到面前的时候，才突然像老虎扑羊一般地跳出。她用牙齿咬着下边嘴唇皮，竭力忍着这要命的恐怖。

韦美玉脸色寡白，身子不住地颤抖，她自己显然也在用力抑制，但却没止住，反而更加抖了起来。韦美珍怕她抖动的手脚把近边草丛弄出声响，很是着急，便用力捏着她姐姐的手腕要她不要抖动。

忽然，停在不远处的人在讲话了。韦美珍怔了一下，一听见是中国人的声音，而且还像是自己村子上的人的，心上立刻感到一些松快，但她还不敢相信便偏起头凝神地听。她听见有一个人说话，很像阿栋的声音。他是在说："怪了，再下细听听看，这很像在黑虎关外面打吧！"

"怕是阿岩、阿龙他们打回来了吧！"一个人忍不住喜悦地回答，声音显然也是村上的人的，但韦美珍却分辨不出到底是谁。

"让我们爬上坡去听听看。"这仍然是阿栋在说话，接着又听见他在责备，"还怕个鬼呀，那些日本狗一定跑了！"

韦美珍禁不住小声对她姐姐说道："这是阿栋哥嘛！"

韦美珍听见阿栋在一面说话，一面朝黑虎关那面走去，便赶忙喊他一声。

阿栋停下脚步，带着吃惊的声音："你是哪一个？""我，我是美珍！"韦美珍高兴地从丛莽中钻了出去。

阿栋跟另外五个人，都非常惊奇地望着她，阿栋大睁起眼睛，一面上上下下地打量："你怎么跑来这里了？一身搞得这样的？"

韦美珍用手掠一下披到脸上的头发，拨一下头说："哎呀，险得很，差一点就拿给日本鬼子抓着了！"

阿栋看见她一身破烂，粘有泥灰，又有血迹，也不禁为她难过，便埋怨地说："你就是太胆大了！这里哪是你来的地方嘛！呵呀，怎么……"

阿栋一眼望见韦美玉从丛莽中钻了出来，立刻惊得话都说不出了，接着眉头猛然一竖，张开眼睛大声问道："是不是我们村子上，有金兰仔打起来了？"

另外五个人也都变了脸色，赶着问同样的话。韦美珍立刻回答："哪里的话！村子上还安安静静的。"立刻又现着害怕的神情，警惕地说道："噫，到底日本鬼子走开没有？我们不要只顾讲话哪！"

大家一听这么说，便都神情紧张地四下望望，只是阿栋装作不怕的样子，动一动手上的枪说："没有走开也不怕的，他们找不到这条小路！"

韦美玉带着生了大病似的样子，忍着眼泪问道："阿栋哥，告诉我，我爸爸和华峰他们怎样了？"

阿栋望了一下韦美玉，有些踌躇地答道："他们……还好好的！"

韦美珍感到不安地急切问道："我爸爸他跑到哪里去了？他那样老，他跑不动吧！"

韦美玉哀求地说："求你们老实告诉我了，哄我没有用处的。"

阿栋的脸色有些难看起来接着摇一下头，说："真的，连我也不晓得，我们各守各的口子。"

韦美珍连忙问道："我爸爸是不是同我姐夫在一道？"

"在一道的。"阿栋这么回答之后，不安地看韦美玉一眼，就掉转身子，一面招呼大家说："让我们先爬上坡去听听，是不是阿龙他们打回来了。"

韦美珍倾耳一听，严肃地说道："当然是他们打回来了！我们现在正应该帮他们，不可坐失时机。"

但逃到这里的几个人，却仍带着害怕的神情，低声地说："还是阿栋哥你先打听打听的好，要是还有日本鬼子在山那边，怎么办？我们才这几个人！"

阿栋毛焦火辣地嚷道："你们怎么这样怕死呀？连这个山坡都不敢上去！"

韦美珍鼓起勇气说："让我跟你一道去吧。"

阿栋鼓起眼睛把双手往外一摆，大声嚷道："你又来了！不要带害了别个！"

别的人也连忙阻止道："你们两姊妹，还是快些回去的好，跟着这条小路靠直走，就可以弯上大路。"

韦美珍板起脸子说道："我不会带累你们的！我只爬到坡上去看看。""去看什么嘛！"阿栋不快地说，"我们去看了回来告诉你好了。"

韦美珍这才说道："我要去找我的药箱子，刚才跑掉了的，现在，我要拿出药来擦擦。"

"等日本人真正走了，你再去找吧！日本鬼子狡猾得很，说不定他们还埋伏在那边山底下。"阿栋说完就当先走了。韦美珍只好同她姐姐两人留着，一面非常注意听着黑虎关那面激烈的枪声。韦美玉疑惑阿栋不告诉她真实情形，怕是华峰和她的爸爸有点凶多吉少，但又希望阿栋说的是真话，彼此分开作战，各不相知。可是阿栋说的时候，为什么竟现出那样一副脸色呢？这使她心里难过异常，正如一般乡下人形容的，好像有猫脚爪在抓一样。她忍受不住的时候，便用力大大呻唤了两声。

韦美珍见她姐姐一身破烂，脸手都带着血迹，样子着实可怜，便忧愁地说道："不要难过，姐姐，叫不得的，这里一点也不安全，晓不晓得日本鬼子就来了！"

四

韦美珍和韦美玉两人等在林莽中，总不见阿栋他们转来，心里颇为着急，映在高山顶上的斜阳，渐渐收去了最后的余光。四围青绿的树林，都慢慢笼上了阴影转成了苍黑。谷里有雾在升了起来，抹在树林的顶上。天空湛蓝，有着金黄色彩的云片也在褪淡了，逐渐染成黑色。黑虎关外面的枪声，像响到远一点的地方去了，而且也没先前那么密，只是稀稀疏疏的。显然日本鬼子是在败退，且遭受着驱逐。这一点倒使焦躁的韦美珍感到安慰，觉得他们挖煤的实在勇敢，能够作战，村子同他们有了联络，至少安全是有保障的。等到天空云彩转成苍蓝色，四周的群山露出浓黑的轮廓时，黑虎关那面，业已完全沉寂，一点枪声也听不见了。

韦美珍这才对她姐姐说道："姐姐，这下我不拦你了，我们到黑虎关去吧！"

韦美玉一直没有宁静过，她急于要知道徐华峰到底怎样了，恨不得立刻就跑到黑虎关去，但她终于不敢离开这个林莽地带，这不只是由于她妹妹的阻拦，倒多半是刚才日本兵的残杀，使她一想起来，就胆战心寒。她起初还觉得要是华峰遭了不幸，她也不想再活下去了，等到逃脱日本鬼子的残杀，安静地坐在林莽中时，她又渐渐记挂起她的儿子小克。想着那样小，就没有了父亲、母亲，够多么可怜。这使她做母亲的，不能不为了可怜的儿子，把决心要抛弃了的生命保存、爱惜起来。她非常挂念小克，不晓得她们带他回去没有？还是一路哭着呼唤妈妈？还是睡在什么地方，正拿给蚊子叮着？她打算弄明白丈夫的生死后，就立刻赶回去。

韦美珍沿着阿栋他们刚才走过的小路，当先走着，她一面走一面诅咒阿栋，怪他竟自走了，一个人也不派来通知。韦美玉跟在后面，一声也不响，但心里却是给挂念、担心、忧虑盘踞着了，脸上则现出悲哀和苦痛。

绕在丛林中的小路，若隐若现。夜影可怖地从四方八面袭来。黄昏星显现在右边浓黑的山边上头，天空越发苍蓝起来。她们沿着小路，穿过枞树满布的山坡，时时有横在头上的枝叶掠着她们的头发。细碎干枯的针叶，则在脚下发出窸窣的响声。有时地上的枞树干果，碰着脚趾，便骨骨落落滚下斜坡。

不久在前面坡那边，似有火光在树梢晃映，慢慢地移动着。韦美珍和韦美玉都停了下来，攀着树枝，惊疑地望着。一会儿几支火把从坡边路上出现了。路旁的树身和一些人影，都可看得分明。韦美珍首先愉快地叫道："是我们的人，是我们的人！"

韦美玉疑惑地问："是不是阿栋他们转来了？"

"怕不是的，我们快下去看吧！"

韦美珍顺小路迅速走下坡去。韦美玉却心子厉害地跳动起来，她害怕会听到了坏消息。她们走下坡边的大路，才晓得打火把的，是引着十几个背着受伤者的人，走回村子去安顿。这些村人虽然背着自己流血的叔伯哥弟，一路且为呻吟叫痛的声音弄得心情黯然惨淡，但是由于看到韦美玉她们两姊妹时，除略表一点惊异而外，且禁不住十分高兴地抢着说：

"不要紧了，我们打赢了！"

"去看看，我们连大炮都给他抢到了！"

韦美珍忍不住高兴地问："日本鬼子是不是完全打退了？"

"打退了！打退了！杀死他好多的！"

韦美玉则急得说不出话来，只是呼吸逼促地赶忙趁着火把闪耀的光辉，直看那些背在背上的受伤者，有没有她的丈夫和她的父亲在内。

韦美珍知道日本鬼子完全打退了，便禁不住挥动双手地叫："好得很！好得很！你们辛苦了，辛苦了！"她平静一点，才又赶紧地问道："我爸爸呢？他在哪里？他没受伤吧？"

"他好好的，这阵正在黑虎关那里！"韦美珍接着又问："我姐夫呢？"

人们沉默了，只听见有人在喊痛，在呻唤。韦美玉已看出这些血迹模糊的受伤者中没有她的丈夫在内，正好她妹妹又在这么地问，便立刻张大眼睛望着，脸上现着焦急和痛苦。她见没有人回答，便气喘地问："你们没……看见他么？告诉我……他是不是……"她不能说话了，只是哽咽起来。

"不要着急，我们没有看见他。茂和叔叔正派人去找。"

人们怕多说话似的，简单回答几句，立即背着受伤者走了。随又半掉过身子，大声劝慰地说："还是跟我们回去吧，一道走有个火。他们找着了，总归要回来的。现在回去就要等你们擦药。"

韦美珍焦急地说："倒霉得很，我的药箱子，掉在这个山上还没有找到，我空手回去拿什么来医嘛！"

他们听清了原因便赶快叫一个打火把的跟着韦美珍到山坡枞树林里去找寻药箱子。因为他们知道药是现在极需要的东西。同时先背着受伤的人，弄回去躺着，免得背起吃苦。

韦美玉不愿回去，她却要立刻到黑虎关去看个究竟。人们告诉她，火把和人再也分不出来了，一个人摸黑走到关上又极困难，劝她还是跟着回去的好。她愤激地说："你们不要管我，我就是跌断脚杆，都要去的。"

韦美玉心里很是生气，她觉得她妹妹去找寻药箱，都有人有火把，而给她引路却分不出人来，难道小克的爸爸不是为了大家，连性命都肯舍弃么？他们连一个人一支火把都舍不得，这算对得起人吗？她越想越是生气，便颈项一硬朝黑暗笼着的大路走去。

人们见她在生气了，只好再分出一个人来，打起火把跟她照路。一路上她趁着火把的光辉，望见几个尸首，有的躺在坡边，有的横在路里。她不敢探近去看，但怕里面有一个是她的丈夫，便叫打火把的再去用火光仔细照照。她知道没有一个是她的丈夫以后，就心里宽松了许多，但因死者们原是村上一些堂叔伯、堂兄弟，便也难过地掉几点眼泪。

苍黑的天空，满缀起密密麻麻的星子。一弯眉月出现在黑虎关那边山上。领头的松林已看不见了，只是跟山合而为一，形成一起一伏的浓黑轮廓。转过一个坡，看见凉亭前面燃着火堆，有人影在四周幢幢地来往。

韦美玉走到的时候，看见她父亲正坐在凉亭外面，同阿龙、韦长松在讲着什么，脸色显然很是高兴。但他一望见女儿的时候，立即脸色变了，态度非常不安地说："华峰，我已派人去找去了！……嗯，你怎样了——这样一身？"

韦美玉从他父亲脸上，预先感到一种不幸，即刻颤声地问道："派哪个去找了？"

"不要着急，我派阿栋去的！"

韦美玉很不满意阿栋，便气促地问道："到什么地方去找？让我去看看！"

"快坐着歇一歇！"韦茂和站起来，让他的女儿去坐，"你在什么地方跌着了？你看你跌成这个样子！"他见女儿没有回答，便把疑问的眼光，望着刚才那个打火把领路的人。那人便把韦美珍告诉的经过，简单地讲了一点。韦茂和望着女儿惨然地说："想不到你们会吃这么大的苦！"他拉女儿去坐，一面竭力安慰地说："不要急，阿栋他们就要回来了！"一面又对韦长松激动地说："你们今天要是迟回来一步，不晓得要惹起好大的灾祸去了！"

阿龙怔怔地望了一下韦美玉，才插嘴问道："当真这半天还没望见徐姐夫，他到什么地方去了？"

韦茂和望女儿一下，怕她听了难过，便含含糊糊地应道："他就在鬼爬坡那边。"

"这不远嘛，为什么还没回来？"阿龙叫了起来，"莫非受伤了？"

韦美玉忍着悲哀，生气地说："爸爸，请你老实告诉我好哪，华峰到底怎样了？"

韦茂和感到为难地说："连我都不知道，等阿栋回来才能明白！"

阿龙觉到自己有些失言，在着急的韦美玉面前，不应该提到不祥的话，便用缓和的口风，推测地说道："该不是走小路回村子去了吧？"

"这也许会的！"韦茂和说了一句之后，就又同韦长松继续讲起刚才讲着的话，"牛当然我答允退的，只是他们失了信喃。今天又给敌人带路，不然敌人不会从鬼爬坡打上来的。我倒不是同他们故意为难。只是他们屡次给我们不少的灾害，这一次尤其大！"说到这里，脸上掠过一股痛苦的阴影。他认为他的女婿徐华峰业已牺牲定了，而这牺牲正是由于金兰村人替日本鬼子带路招惹来的。

"可是他们刚才也有人帮我们打仗喃！"韦长松着力地说。"对的，他们也来了好几十个人！"阿龙赶忙做着证明。

韦长松解释道："我看多半是这样的，带路全是由于强迫，拿给日本人抓着了，没有法子！"

阿龙又疑惑地说道："我不懂他们怎么想起的，你既不愿帮他们带路，又为什么把这条小路告诉出来！"

"这次给我们的灾害，真是太大了！"韦茂和瞟一下他的女儿，禁不住恨恨地说。

| 文学史评论 |

艾芜前期小说，"个人""社会""民族"三位一体。描写人生存意识，批判社会环境，反抗帝国主义侵略。这与"新文化运动"的批判"国民性"主题大相庭径，而又没有阶级革命主题，从而由个人生存意识自然地通向反帝。在此三位一体中，民间的个人处于基础地位，而集团政治话语淡然，从而在一定意义上确立了自由主义的写作立场。

——郑万鹏：《中国现代文学史》，华夏出版社，2007，第258—259页艾芜20世纪40年代小说创作中的地方想象并不只是投诸文学本身的美学想象，在其现实主义创作手法不断得到深化的这一时期，其小说中所表现出的地方想象在情感的维度以外还存在着政治的维度。对"故乡"的文学表述在很多情况下被"离乡"的冲动所替代，这并不表明在艾芜的地方想象中存在互为排斥的张力，而是在"承认的政治"对农民摆脱压迫、成为政治与革命主体内在要求下必然会体现出的表达方式。

20世纪40年代，艾芜在创作中将美学想象和政治想象一并整合进他的地方想象，使得这一时期他的现实主义作品成为左翼话语的集中体现，在创作方式上深化现实主义的同时，也在政治上担纲着召唤农民主体性的使命。作为群众基础的"德性政治"以及革命中国的现代性要求对地方资源的征用，都使得艾芜在20世纪40年代小说创作中的地方叙事，成为一种被规训的地方想象。

——熊庆元：《"地方意识"的强化与统合——从艾芜20世纪40年代小说创作的"回归逻辑"谈起》，《名作欣赏（评论版）》2018年第32期

| 作品点评 |

《山野》在心理描写基础上，展示了在外敌进犯面前农村社会村落与村落、富户与贫户、土著与客籍之间形形色色的心态和错综复杂的矛盾，较为坚实的现实主义品格，表现了抗战主题，塑造了诸如抗战思想家徐华峰、新女性韦美珍、山村抗日英雄韦阿龙、抗日游击战士韦长松等个性鲜明的形象。外来户徐华峰身上折射着作家强烈的民族意识。徐华峰以客籍身份对抗日力量的内部纷争发出忧虑："我只觉得你们族人太不和了，大家拗七拗八的，这样自伙子不和气，什么事情都搞不好。"在长篇的结尾，这种统一抗战的思想，在韦美珍、阿龙身上也产生了共鸣，从而实现了统一抗战的新局面。艾芜首先在自身精神上实现了抗战新气象，将《欧洲的风》中走在山路上的"野人"的自发反抗，将《秋收》中的统一抗战思想，发展为"山

野"——漫山遍野：黑虎关、野猪岭、狮子岭……将"山峡中"的个人生存意志发展为民族生存意志。这是艾芜自由主义写作立场的胜利。

——郑万鹏：《中国现代文学史》，华夏出版社，2007，第260—261页

1950年代

· 梁羽生《萍踪侠影录》

· 陆地《美丽的南方》

萍踪侠影录（节选）

梁羽生

那书生把手一指，大声叫道："保镖的你还不快快下来救驾吗？"云蕾冷不防给他一口喝破行藏，心中虽是气恼，却也不得不飘然落地。那披发头陀面色一变，一扬手就是三枝利镖，联翩飞至，云蕾身子悬空，尚未拔剑，抵挡不得，躲闪亦难，忽听得叮叮叮三声响，那头陀所发的三枝利镖全都落在地上。头陀大吃一惊，伸手又取暗器，沙涛沉声说道："且慢，谅这小子插翼难飞！"把手一挥，七八个人四边站定，将云蕾围在垓心。

沙无忌一见云蕾，又妒又恨，眼都红了，磔磔怪笑，扬声喝道："好小子，你不在黑石庄作娇客，到这里做什么？轰天雷的手臂再长，也不能伸到这儿庇护你了！"扬刀欲上，沙涛一把拉住，问云蕾道："是石英叫你来的吗？"沙涛忌惮石英，未问清楚，一时之间尚未敢造次。那书生箕踞岩石之上，哈哈大笑，接声道："我说的话，你们听不见吗？

作者简介

梁羽生（1922—2009），本名陈文统，祖籍广西蒙山，1936年考入蒙山县初级中学，1940年考入平乐中学，1941年转学至桂林高中，1944年回蒙山避难，拜简又文为师，听饶宗颐上课，1945年考入岭南大学，1949年进香港《大公报》，1954年开始以梁羽生为笔名（因崇拜白羽而自名），在《新晚报》连载第一部武侠小说《龙虎斗京华》，开港台新派武侠小说先河，1966年以佟硕之为笔名在香港《海光文艺》发表《金庸梁羽生合论》，1984年宣布封笔，著有武侠小说35部，1987年移居澳大利亚悉尼，开始陆续修订武侠小说旧作，2009年于澳洲悉尼逝世。

作品信息

《萍踪侠影录》，原载1959年1月1日至1960年2月16日《大公报·小说林》，香港天地图书有限公司1984年10月出版，广东人民出版社1981年出版，延边人民出版社1985年出版，花城出版社1985年出版。本文节选自第五回"名士戏人间亦狂亦侠　奇行迈流俗能哭能歌"。

是我叫他来的！他是我的保镖，你们要谋我的财，害我的命，他怎能不来？保镖的，你吃我的，喝我的，我而今遇难，你怎么还不动手呀？"

沙涛喝道："果真与轰天雷无关吗？"云蕾甚是气恼，可是在此情形之下，势又不能不为书生动手，青冥宝剑，拔在手中，怒声喝道："什么轰天雷，轰地雷？俺就是凭这口手中利剑，独来独往，从不藏奸弄鬼，缩在一边，叫别人出头！"这话明是骂贼，暗中实是骂那书生。那书生又是哈哈大笑，道："好呀，好呀！这个保镖请得不错，果然是个有种的！"沙涛一声怪笑，道："好小子，既然与轰天雷无关，那就是你的死期到了！"双掌一错，连环拍出，那披发头陀和青衣道士也猛身疾上，群起围攻。

云蕾一个盘龙绕步，青冥剑扬空一闪，便照沙涛肩后的"凤府穴"疾刺，忽听得"当"的一声，那头陀戒刀一立，将云蕾震得虎口发麻，猛地里青光一闪，那青衣道士的长剑又堪堪刺到，云蕾急展"穿花绕树"的身法，斜里一闪，未及回眸，只听得"刷"的一声，衣袖已给剑尖撕去一块！那头陀与云蕾刀剑相交，虽把云蕾震退，戒刀却也缺了一口，大声叫道："这小子使的乃是宝剑！"青衣道士笑道："好极，好极！名马宝剑都已有了！"回剑一削，云蕾反剑相迎，不料那道士倏然一缩，剑到中途，突然变势下刺，喝声："着！"道士变招已快，云蕾变招更快，一招"颠倒阴阳"，上下易位，疾刺道士小腹，随着剑势，剑诀一指，也喝声："着！"云蕾的师祖玄机逸士当年创了两套剑法，一套名为"百变阴阳玄机剑"，一套名为"万流朝海元元剑"。"百变阴阳"剑法，顾名思义，乃是以奇诡见长，这一招"颠倒阴阳"，尤是其中妙着，本以为道士非中剑不可，不料一剑刺出，只听得"刷"的一声，搠了个空，头陀的戒刀已斜刺劈到！

饶是那道士躲闪得快，束道袍的丝带，已给云蕾利剑割断，吓出一身冷汗。云蕾这一招绝妙剑法，刺不着那道士，也是吃了一惊，腾挪闪展之下，架开了头陀的戒刀，躲开了沙涛的一抓，青衣道士又提剑冲上。沙无忌叫道："捉不了活的，死的也行！并肩子上呵，乱刀斫这小子！"率领盗党，将云蕾围得个风雨不透。

沙家父子已非庸手，那披发头陀和青衣道士，武艺更是高强，两口戒刀，一口长剑，互为呼应，叫云蕾无法施展宝剑之长。云蕾被困在垓心，圈子越缩越小，沙无忌恨他抢去石家小姐，在戒刀与长剑掩护之下，当头急攻。激战之中，头陀、道士、沙涛的刀、剑、掌同时袭到，云蕾一招"力劈鸿沟"，奋力招架，沙无忌觑着破绽，鬼头刀搂头直劈，另一名盗党的钩镰枪也斜刺勾到，云蕾不是三头六臂，敌那头陀、道士、沙涛的一刀双掌一剑已是吃力万分，沙无忌的鬼头刀和盗党的钩镰枪又同时袭来，那是万万躲闪不了。

沙无忌咬牙切齿，这一刀出手极重，陡然间，手腕关节之处，忽似给人用利针刺了一下，不由得大叫一声，鬼头刀脱手飞去，寒光一闪，冷气沁肌，竟从云蕾的颈侧飞过。云蕾吃了一惊，只见那使钩镰枪的也大叫一声，钩镰枪倒勾回来，伤了自己，竟然一跤跌倒地上，爬不起来。原来他也似给人用利针刺了一下，握着枪把的手因痛一缩一弯，那钩镰枪一弯即拐，因而非但伤不了云蕾，反把自己胸胁撕开了一大片皮肉。

云蕾何等机灵，趁着敌人惊慌之际，倏地从沙无忌原来占着的空档跳出，只听得那书生笑道："妙极，妙极！保镖的，你这手暗器打得真不坏呀！"云蕾给书生一语点醒，心念一动，想道："敌众我寡，是非用暗器不行！"趁着这个空隙，腾出左手，掏了一把梅花蝴蝶镖扬空一洒，遍袭敌众，云蕾出道未久，即得了"散花女侠"的美名，这蝴蝶镖的功夫自是十分了得。只听得叮叮连响，一片叫声，除了头陀、道士和沙涛能格开暗器之外，其余的盗党全都给打倒了。

那披发头陀和青衣道士乃是沙涛邀请来的黑道高手，见状惊疑不定，不知先前那暗器是不是云蕾放的？若是云蕾放的，则"他"在围攻之下，还能神不知鬼不觉地偷放暗器，这种本领实是骇人；若然不是云蕾放的，则那暗中相助的高手更是劲敌。如此一想，三个围攻云蕾的强敌都不觉胆寒。披发头陀叫道："松石道兄，你把他钉牢，沙寨主，你抢他的宝剑，我去看看！"猛然间"咝"的一声细响，头陀的手腕又似给利针刺了一下。三人之中，青衣道士武功最高，留心之下，已瞥见那个箕踞在岩石上的书生身形微动，急忙叫道："师兄，是那羊牯捣的鬼！"长剑一展，疾如鹰隼穿林，从云蕾身边飞蹿而出，一剑向那书生搠去！

书生尖声叫道："救命呀，救命呀!"身躯颤抖，犹如雨打花枝。这青衣道士名叫松石道人，乃是当今武当门下的第二代弟子，武当派的七十二手连环夺命剑法天下闻名，这一剑去势何等快捷，"刷"的一声，却从他胁下穿过，连衣带也没沾着。松石道人的剑法是一招接着一招、绵绵不断的连环剑法，眨眼之间，连进四招，任他剑光霍霍，剑影纵横，却是毫发无伤，状同戏耍!

云蕾自松石道人跳出圈子后，虽压力减轻，但那头陀力大刀沉，沙涛的毒砂掌亦须防备，奋力战来，不过打成平手。听得书生连叫救命，入耳惊心，心想："难道我看错了人，这书生真的不会武艺?"激战中，分了心神，斜眼一瞥，险险被头陀一刀劈中。气得云蕾心中火起："这书生真可恶，我为他与强敌性命厮拼，他却戏弄于我! 这事过后，再也不理睬他了!"

云蕾给书生戏弄得心中火起，却不知松石道人更是给他戏弄得七窍生烟! 松石道人一剑紧似一剑，总是刺那书生不着，那书生连叫了几声"救命!"忽然纵声笑道："哈，原来你是同我玩的，好玩呀! 一、二、三、四……八、九……十二、十三……十九、二十……"道人刺一剑，他就数一下，片刻之间，已数到二十。沙无忌中了一针，受伤不重，这时已从地上爬了起来，捡起了鬼头刀，偷偷走近。那书生一面数一面闪，目不旁观，沙无忌从石头后面冷不防地跳了出来，一刀斫去，书生忽而反手一掌，不歪不斜，恰恰打中了沙无忌的鼻梁，顿时冒出鲜血。书生纵声骂道："你这蠢材，我救了你的性命，你却想要我的性命，不打你一掌你也不醒，你有家教没有? 沙老贼是教你恩将仇报的吗?"

此言一出，沙涛、沙无忌和云蕾三人都恍然大悟。那一晚沙无忌与副寨主到古寺偷袭，本来要丧命在云蕾的青冥剑下，暗中有人相助，用暗器将云蕾刺了一下，叫云蕾的剑势失了准头，沙无忌才能逃走。事后沙无忌曾对父亲言及，二人胡乱猜测，却怎么也猜不到竟然是这个书生!

沙涛不觉一呆，云蕾正自以攻为守，剑势迅疾异常，"刷"的一剑，将沙涛的护头盔劈裂两边，沙涛大怒，心中想道："我儿要劫他的珠玉宝马，他却会暗中相助? 世间上无此道理!"十指屈伸，向云蕾面门又抓。那头陀也给云蕾剑锋捎带一下，险险受伤，这两人都是黑道上的高手，骄横已惯，几曾受过如此折辱？两人急怒之下，竟然不理书生说话，欺云蕾年轻力弱，狠狠急攻，意图打倒云蕾之后，再联手对那书生。云蕾给他们一轮急攻，前遮后挡，几乎透不过气来。激战之中，再也无暇瞧那书生。

耳中只听得那书生连声数道："三十五、三十六……三十九、四十……四十三、四十四……四十八、四十九、五十！好呀，武当派的好剑法，领教了，领教了！我没工夫陪你玩啦！"声音一断，忽听得松石道人怒叫一声，原来就在一眨眼之间，松石道人的长剑给那书生劈手夺去！

云蕾正在吃紧，刚避过了沙涛的当胸一掌，那头陀的戒刀又劈面斫来，云蕾一招"倒卷珠帘"反削上去，那头陀刀锋斜闪，手腕一翻，刀背反磕，这一招用得甚为怪异，云蕾尚未及变招抵御，忽见青光一闪，"咔嚓"一声，火花飞溅，只听得书生叫道："你这秃驴最为可恶，给你留下一点记号！"头陀惨叫一声，和沙涛飞身便跑。原来就在那一瞬间，书生以迅雷不及掩耳的手法，突然飞掠而来，将夺自松石道人的长剑，向戒刀一削。松石道人的长剑剑身较戒刀为薄，按说刀剑目交，长剑还要吃亏，而书生轻轻一削，竟把头陀的戒刀削断，若然这把长剑是像青冥剑那般的宝剑，那是不足为奇，但松石道人的剑却不过是普通的长剑！这书生内家劲力之神奇奥妙，实是足以骇人，即算书生不随手再削去头陀的一只耳朵，那头陀也要和沙涛舍命奔逃了！

书生哈哈一笑，将长剑向松石道人一掷，道："谋财害命，乃是不仁，不自量力，乃是不智，不仁不智，岂宜惹是生非？还你的剑，回去再练十年。"武当派的剑法乃是剑学正宗，门下弟子中颇多骄狂自大的，而尤以松石道人爱管闲事。所以他虽然不是黑道上的好汉，沙涛邀他同来劫宝，却是一邀便到，不料连刺五六十剑，连书生的衫角都未沾着，这时被书生奚落，哪里还敢逞强，接过长剑，神沮气丧，沉声问道："请你留下万儿。"书生笑道："你想找我报仇吗？"松石道人道："不敢。"书生道："既然不敢，何必多问，你不敢与我为敌，我不欲与你为友，非友非敌，通姓名作甚？"书生这一番歪理，把松石道人驳得无话可说，长叹一声，愤然将长剑拗为两段，反身出林，发誓从此终生不再使剑。

书生哈哈大笑道："好，都给我滚！"绕场一匝，脚尖乱踢，被云蕾用暗器打倒地上的那些盗党，本来都被封了穴道，书生每人踢了一脚，立刻便把穴道解开，云蕾的蝴蝶镖打穴本是独门手法，被书生一举手一投足，便破了去，甚是骇异。只见那书生一面解穴，一面笑道："昨晚你破了我的独门点穴，而今我也破了你的，彼此彼此，谁也不要怪谁！"云蕾看他解穴的身手，与自己所传的却又不同，又不似是同一渊源，心中更是莫名其妙。

片刻之间，盗党的穴道全都给书生解开了，沙无忌先前吃书生打了一掌，呆在场中，尚未逃跑，见书生救起同伴，忽然行近前来，向书生当头一揖，道："你救我一次性命，打我一掌。他日我亦要饶你一次不死，还你一掌。"

书生笑道："我救你一命，乃是看在沙老贼面上，不必你这小贼承情，饶我一次不死，那可不必，还我一掌，我倒等你。只是你比松石道人更不如，你要回去再练二十年，快滚！"沙无忌心胸最为狭窄，向书生与云蕾狠狠盯了一眼，带领盗众，走出树林。

书生摇了摇头，忽而仰天叹道："一掷乾坤作等闲，神州谁是真豪杰？沙家父子在黑道上也有点虚名，谁知却是如此不成气候！"意兴萧索，一派失望的神情。林外马嘶，盗党已经远去。

云蕾本来要走，听他如此叹息，瞥了书生一眼，忍不住地大声问道："雁门关外的金刀寨主如何？难道也不算真豪杰吗？"书生面色略变，却微微一笑，掩饰神情，又摇了摇头，道："金刀寨主与沙家父子自然是不可同日而语，只是要说他就是真豪杰嘛，也还未见得！"云蕾气道："好，普天之下，只有你才是豪杰！"一怒冲出树林，忽见眼前人影一晃，只听得书生笑道："小兄弟，慢走，我说你才是豪杰。"云蕾左右腾挪，连使了几种身法，都被书生拦住去路。云蕾怒道："你拦我做什么？"不理书生拦阻，腾身冲去，书生伸出一掌，向她胸前一按，意欲消解她的去势，将她拦住，云蕾瞪眼喝道："你、你、你敢欺负……""姑娘"二字冲到口边，忽又咽住，青冥剑猛地向前一挥，书生料不到她如此动怒，指未沾裳，愕然急退，忽听得云蕾叫了一声，向前倾倒，原来是她用力过猛，小臂脱臼。书生道："我替你接臼。"云蕾怒道："不要你理。"左右两手互握，用力一按，背过身去，卷起衣袖，擦了金创药，站了起来，又想奔跑，忽觉身体虚软，原来是激战半日，气力已将用尽了。书生走近前来，一揖到地，道："我这厢替你赔罪了！小兄弟，你心地纯良，能急人之难，确是侠骨柔肠，我一路行来，所见的人物，只有你还够得上做个朋友。我生性狂放，有开罪之处，请你不要放在心上。"一对明如秋月的眼睛，注在云蕾身上，云蕾面上一红，只觉这书生别有一种丰仪，令人心折，低头问道："那么你为什么要骂金刀寨主？"书生笑道："你佩服的人，未必就是我佩服的，何必要强人同你一样。而且我也没骂他，他为人也自有令人敬重之处。只是……说来话长，不说也罢了。"云蕾心中一动，道："你是从雁门关外来的吗？"书生仰天一笑，吟道："浮萍漂泊本无根，落拓江湖君莫问！"笑得甚是凄凉。云蕾心道："这人想必也有一段伤心身世，与我一样。我的伤心身世也不欲人知，那又何必去盘问他？"如此一想，同情之心油然而生，道："好，那我不再恼你了，咱们就此分手吧！"书生忽又笑道："小兄弟，你今日做我的保镖，我该请你喝酒。这回你是有功受禄，我不说你白食了。"云蕾已听惯了他开玩笑的声调，不生气了，想了一想，眼珠一转，问道："荒林中，哪里有酒？"

书生撮唇一啸，只听得林外马声长嘶，遥相呼应，片刻之后，两匹马奔入林中，前面的那匹是书生的白马，后面的那匹是云蕾的红马。书生笑道："它们倒先交上朋友了。"在马背上取下一个皮袋，从皮袋里取出一个红漆葫芦，递给云蕾道："你打得累了，先喝一口。"云蕾喝了一口，眉头一皱，脱口说道："啊，原来你果然是从蒙古来的！"那酒是一种蒙古独有的马奶酒，略带酸味，酒性甚烈。云蕾小时，常陪父亲喝酒，云蕾爱吃甜酒，不喜烈酒，更怕那种又酸又骚的味道，所以入口难忘。

书生双眸炯炯，道："你也是从蒙古来的？看你温文俊秀，倒像是来自山温水软的江南。"云蕾给他一赞，也报以微微一笑。书生双指相擦，"嗒"的一声，笑道："萍踪寄迹，何必追问来源，流水行云，本应各适其适。你不必问我，我也不必问你，这回是我问错了。"云蕾好奇心起，按捺不住，脱口又问："那天晚上，那两个胡人是追你回去的吗？"书生大口喝酒，微笑不答，云蕾自言自语道："瓦剌与中国即将交兵，你是汉人中的豪杰，所以要逃出胡边了？"书生苦笑一声，神情甚是奇异，仍是大口喝酒，任由云蕾猜度。云蕾抬头望他，眼光中充满疑问，又道："那两个胡人既都是追捕你的，为何你助我杀了一人，却又救了另一人？"书生又喝了口酒，忽然笑道："小兄弟，你真好问！你可知道我救的是什么人？"云蕾脱口说道："是澹台灭明的徒弟。"书生看了云蕾一眼，见她冲口答出，甚是奇异，淡淡一笑，缓缓说道："那死的是脱欢帐下的武士。"只说了此句，便闭口不言。云蕾更觉疑惑，想道："澹台灭明是张宗周手下最得力的武士，那死的是脱欢的武士，张宗周和脱欢是瓦剌国的左右丞相，那又有什么不同？为何要杀脱欢的武士，却放走张宗周的人？"还待再问，见书生只顾喝酒，知道问也无用。那书生喝了几口，摇了一摇葫芦，失声说道："只剩下一小半了。"惋惜之情，现于辞色。云蕾笑道："这酒有什么好？中国处处都有佳酿，还不够你喝的吗？"书生怅然说道："人离乡贱，物离乡贵。我就是宝贝这一种酒。"捧起葫芦，放在鼻端，闻那酒味。云蕾见他神色，忽然想起幼年事情。七岁之时，她和爷爷初回中国，在雁门关外，爷爷拾起一块泥土，恋恋不舍地闻嗅，俨然就是这副神情，不觉又脱口问道："你不是汉人吗？"

书生诧然说道："你看我不像汉人吗？"书生剑眉朗目，俊美异常，莫说在蒙古找不到这样的人物，即在江南士子之中也不可多见。云蕾瞧他一眼，面上又是一红，道："你就是死了变灰，也还是汉人。"话说之后，忽感失言，那书生眼睛一亮，放声说道："对极，对极！我死了变灰，也还是中国之人！咱们喝酒！"拔开塞子，又把那蒙古酒倾入口中。

云蕾笑道："你鲸吞牛饮，几口喝完，岂不更为可惜？"书生醉眼流盼，酒意飞上眉梢，大笑说道："今日是我最得意之日，理当开怀痛饮。"云蕾道："何事得意？"书生道："一者是交了你这个朋友，二者是我得了稀世之珍。来，来！小兄弟，我请你饮酒赏画！"在皮袋里取出那卷画来，迎风一晃，挂在枝杈之上，大声说道："你看呀。这岂不是稀世之珍？"

云蕾书香门第，祖父是当朝一品，钦命使臣，父亲先文后武，也是个饱读诗书的秀才，云蕾幼受熏陶，也略解辞章字画。这幅画正是石英藏宝楼中所挂的那幅巨画，昨晚瞧不清楚，而今临近一看，只见画中城郭山水树木人物，无一笔不是工笔细描，那自然是上上的画师所绘，但却似是只求传真，不见神韵，与古来的山水名家相比，那是远远不如，心中笑道："这书生潇洒脱俗，赏画的眼力却是不见高明。"书生把那一葫芦烈酒全都喝完，大笑说道："你瞧不出其中妙处吗？"

只见那书生走近摩挲，看了又看，忽而高声歌道："谁把苏杭曲子讴？荷花十里桂三秋。哪知卉木无情物，牵动长江万古愁！呀，牵——动——长——江——万——古——愁！"唱到最后一句，反复吟咏，摇曳生姿，真如不胜那万古之愁。云蕾心道："古人云狂歌当哭，听他这歌声，真比哭还难受！"想不到那书生一歌既终，当真哭了起来，哭声震林，哭得树叶摇落，林鸟惊飞。云蕾手足无措，不知其悲从何来，何故痛哭如斯？

书生哭个不停，云蕾给他哭得心烦意乱，对方是个陌生男子，想上去劝解，又觉不好意思；若离开他，又似不近人情。书生越哭越哀，云蕾也觉心酸，忍不住陪他哭了。书生瞥她一眼，忽而以袖拭泪，哭声顿止。猛地又抬起头来，仰天狂笑。云蕾"咦"了一声，道："你喝醉了吗？哭哭笑笑，闹些什么？"书生向她一指，道："你也醉了，彼此彼此。"云蕾低头一看，原来自己的衣襟也给泪珠滴湿了。无端端陪他哭了一场，真是好没来由，不觉也笑了起来。

书生纵声大笑，吟道："亦狂亦侠真名士，能哭能歌迈流俗。当哭便哭，当笑便笑，何必矫情饰俗。你我俱是性情中人，哭哭笑笑，有何足怪？"双手把画缓缓卷起，又吟道："长江万古向东流，立马胡山志未酬，六十年来一回顾，江南漠北几人愁？"云蕾心中一动，想道："昨晚这书生到黑石庄取画，石英说等了他六十年，而今这书生又说出'六十年来一回顾'的话，数目不谋而合，这里面藏的是什么哑谜？莫说这书生仅是二十余岁的少年，那石英也不过刚过六十岁生日，这六十年之话，如何解释？"百思不得其解，只听得书生又缓缓说道："今日笑得痛快，哭也痛快，可惜酒已没有了。""卜"的一声，把葫芦掷到地上，碎为四片。

书生行径虽怪异，云蕾却觉得他别有一种强烈的感人之处。抬头一看，红日已过中天，云蕾道："咱们该分手啦。"说出后，自己听着也觉有点惋惜的味道。书生道："你去哪儿？你还要回黑石庄吗？"云蕾道："不要你管。"书生笑道："你昨晚的行事，我都瞧见啦！"云蕾想起洞房情事，面红过耳。书生道："那石家小姐，美貌非常，又通武艺，小兄弟，你为何推三阻四，不愿与她成亲？"云蕾嘟嘴说道："我愿与不愿，与你何干？"书生笑道："若不是我昨晚那么一闹，你也逃不出黑石庄，还不多谢我呀！"云蕾给他逗得抿嘴一笑。书生道："我辈豪杰，原不宜坠入温柔陷阱之中，你的定力，我很佩服。"云蕾面上又是一红，诚恐与书生再谈下去，露出本来面目，不再打话，便倏地飞身上马。哪知刚出林子，但听得背后马铃叮当，书生的白马已是赶上，扬声道："小兄弟，我有话说。"

云蕾勒马回头道："请说。"书生催马上前，与云蕾并辔而行，一笑说道："山西境内，都是石英与沙涛的势力，你孤身独行，不是被石英追回黑石庄去做女婿，就是被沙家父子捉去折磨，不如与我同行，由我做你的保镖。"云蕾一想，也是道理。尚未回答，书生又紧问道："你上哪儿？"云蕾道："我上北京。"书生道："那巧极了，我也是上北京。咱们兄弟称呼了吧。"云蕾笑道："我还未知道你的姓名，怎样称呼？难道整天就叫你作哥哥吗？"书生道："我姓张，双名丹枫。丹心的丹，枫树的枫。"云蕾笑道："好雅致的名字，只是蒙古地方，可没有枫树啊，你这名字是怎么取的？"书生道："贤弟，你的姓名呢？"云蕾道："我姓云，单名一个'蕾'字，蓓蕾的'蕾'。"书生也笑道："好一个漂亮的名字，只是带一点女儿气味，冰雪胡边，也难看到花朵蓓蕾啊，你这名字是怎么取的？"云蕾面色一变，道："你怎么知道我是在冰雪胡边长大的？"书生笑道："我的酒你一入口便知来历，这岂不是也明明告诉了我你的来历吗？"云蕾一想，不觉哑然失笑。但细味书生话意，似乎他所知尚不止此，不觉又是惴惴不安。

张丹枫谈笑风生，天文地理辞章武事，竟似无一不知，云蕾听得津津有味，渐渐忘了戒惧之心。一路行来，不觉又是天暮，张丹枫扬鞭一指，道："前面有一小镇，咱们该投宿了。"两人马驰迅疾，片刻之后，便到镇上找了一间客店，张丹枫道："给我们一间靠南的大房。"云蕾急接口道："我们要两间靠南的房子。"掌柜的搔头说道：

"究竟是要一间还是两间？"云蕾急道："两间，两间！"掌柜的望望书生，张丹枫微微一笑，道："好，就要两间。"掌柜的道："就是你们两个人吗？"张丹枫道："是呀，就是我们两个人。"

掌柜的甚为诧异，但多租出一间房子，对他自是有利，便不再问，欣然引张、云二人看了房子，自去备办酒菜。张丹枫入房之后，微笑说道："贤弟，不是我吝啬几个银子，你我二人，抵足清谈，岂不甚好？何必要两间房子？"云蕾道："贤兄有所不知，我平生最怕与人同宿。"张丹枫一笑说道："怪不得你在黑石庄不肯与石小姐洞房。"云蕾面上一红，急忙乱以他语，书生也不再问，二人吃过晚饭，各自入房安歇。

云蕾心甚不安，闩了门后，紧紧关上窗子，和衣而卧。细想书生的一言一笑，不敢阖眼，听得外面打了三更，客店中静悄悄地无一点声息，紧张的心情渐渐松弛，暗自笑道："这书生虽然狂放，看来不是轻薄之徒。"云蕾两晚没有好睡，一放了心，不觉呼呼睡去。也不知睡了多久，朦胧中忽似见那书生走近自己床边，俯身微笑，云蕾一剑搠去，那书生突然大叫一声，霎时之间，满身都是鲜血。云蕾惊极而呼，只听得窗外"砰"的一声，张丹枫叫道："贤弟，快来！"云蕾揉揉眼睛，听张丹枫的叫声，充满惊意，几疑非梦，紧接着张丹枫的叫声，又听得马匹嘶鸣之声，叫得甚是凄厉！

云蕾一跃而起，好在是和衣而卧，无须耽搁，便打开房门走出，张丹枫在屋顶招手道："咱们的宝马已被人偷去，快追，快追！"须知张丹枫的照夜狮子马与云蕾的红鬃战马，都是久经战阵的名驹，寻常的人，哪里近得它们？尤其是张丹枫那匹马，性烈力大，除了主人，谁也使不得，所以张丹枫敢把奇珍异宝，都放在马上，一无顾虑。却想不到这样的两匹宝马，居然也会给人偷去，那偷马之人，若非刁钻到极的神偷妙手，就是武艺超凡入圣之人。饶是张丹枫艺高胆大，也不觉显出了慌张的神情。

云蕾一跃上屋，道："追得上吗？"张丹枫道："咱们的马必不肯任贼人驱使，追得上！"随手摸了一锭银子，向屋下一丢，店主人这时才跳起哗叫，张丹枫叫道："房饭钱在地上。"一句话尚未说完,身形已在十数丈外!

云蕾紧紧跟在他的后面,前面一路马嘶,两人循声追赶,不知不觉追到郊外,在淡月星光之下,但见红马在前,白马在后,跳跃嘶叫,似是不肯行走,用力挣扎。两个马贼,都是一色青色衣裳,蒙过头面,手拿着一把香火,点点火星,在黑夜中十分刺目。香火不住地捺在马的身上,马儿负痛,欲想挣扎,又被马贼双腿夹住,发不出凶性,无可奈何,被香火烧一下,就跑一阵,所以虽然远远不及平时的神速,张丹枫和云蕾施展了绝顶轻功,也还是追它不上。听得两匹宝马声声惨嘶,书生和云蕾都是心痛欲裂!

那照夜狮子马听得主人的声音,挣扎更烈,马贼用香火又烧,张丹枫大吼一声,一掠数丈,右手一扬,只见数十缕银光飞射而去,那两个马贼好像脑后长有眼睛,一个筋斗勾着马鞍躲到马腹下面。张丹枫痛惜名驹,只是射人,不敢射马,数十口飞针,无一打中。两匹骏马负痛狂嘶,奔上山岗,张丹枫与云蕾紧追不舍,忽听得两个马贼哈哈一笑,声甚娇媚,竟似是两个女人。云蕾一怔。只见山岗上碧绿色的磷火在乱草丛中流动明灭,山岗上荒冢垒垒,阴冷之气袭人,云蕾至此,不觉毛骨悚然,张丹枫忽而纵声笑道:"岂有佳人甘做贼,深宵却与鬼为邻?把我的马还来,我不与女流之辈动手。"与云蕾跃上山岗,忽听得有人娇声说道:"这偷宝贼胆子倒大!"云蕾定一看,陡见到那两匹马前面两蹄高高举起,有如人立,一先一后,立在山坡之上,既不嘶叫,亦不移动。在月光之下显得怪异非常。云蕾不禁惊叫一声,只听得张丹枫冷笑道:"原来是你们捣鬼!"云蕾定了心神,再细看时,在山岗之上,还挨次立着四条汉子,各举一足,作步下楼梯之状,神情木然,有如雕塑。这四条汉子正是与石英交易的那四个珠宝商人,他们所做的形状,也正是那晚被张丹枫点穴之后的形状。

云蕾松了口气。江湖之上有种马贼,能在野马狂奔之际,突然将它某一要害之处的血流封住,就如被点了穴道一般,同样不能动弹。这四个珠宝商人大约是因昨晚吃了苦头,所以今晚将这两匹马拿来报复。这形状虽然恐怖,但云蕾已知他们不是鬼魅,反不似以前的惊恐,冲着那四个汉子叫道:"昨晚我替你们解了穴道,为何你们却难为我的坐骑？"那四个珠宝商人仍是木然不语，忽听得山岗之上，有声说道："客人来了吗？带他进墓！"声音竟似是从地底中发出，阴沉沉的，好像很远，却又似很近。云蕾吃了一惊，这种"传音入密"的功夫，非内功精纯，实难办到。看来今晚的敌人虽不是鬼魅，但却要比鬼魅还更可怕！

那个声音传出之后，乱石堆中突然现出两人，一色青衣，两双碧色的眼珠露在面罩外面，顾盼之间，发出荧荧蓝光，显然不似汉族妇女。这两个妇女屈了半膝，施礼说道："请啊！"张丹枫道："先把我们的马救了再说。"那两个妇女道："我们的主人自有吩咐，你们不要见怪，若非如此，也不能引你们到来。"云蕾见她们说话尚颇和气，问道："你们的主人是什么人？"行先的妇人扭头一笑，道："是啊，我倒忘记你们中国绿林道上的规矩了，二嫂，递拜帖给他们！"后面那个妇人一转身递上两片骷髅头骨，张丹枫一见，面色立时大变！

云蕾故作镇定，道："这拜帖倒很特别。"两个妇人微微一笑，在前引路。张丹枫急忙在云蕾耳边说道："你快逃走，她们的主人是黑白摩诃！"云蕾心中念道："黑白摩诃！"猛然省起，这乃是周山民说过的，当今江湖上最可怕的两个怪人。他们的父亲乃是印度商人，进入西藏经商，落籍西藏，取藏女为妻，生下一对孪生兄弟，竟是一黑一白，十分奇怪。梵文称恶魔为"摩诃"，所以他们同族之人便称哥哥为"黑摩诃"，弟弟为"白摩诃"。黑白摩诃的父亲本是印度的武学名家，他们二人既学了印度的武功，又学了西藏、蒙古各种武技，所以武功甚为怪异。两人长到十多岁后，离开西藏，遍游中土，闻说后来都娶了定居广州的波斯富贾之女为妻，因而他们一家便通晓几种语言：印度语，汉语，波斯语，蒙藏语，都讲得甚为流利。这一家人出没无常，在许多地方都有住宅，身上常带有奇珍异宝，若有不知他们底细的绿林大盗或官府中人想夺取他们的珠宝，必然被他们折磨个够，然后处死。因此黑道、白道都把他们一家看作煞星。至于他们为什么常常带有珠宝在身，则人言人殊，有人说是偷来的，有人说他们是正当的珠宝商人，到底如何，没有人敢去探问。

其实他们一家既非大贼，亦非正当商人，原来他们是专做见不得光的珠宝买卖的。亦即是专门收买独脚大盗（没同伴的单身劫贼，称为独脚盗）的赃物，然后卖到波斯或印度。凡是独脚大盗，武功一定超卓异常，作案十九不会失手，偷东西不难，为难的却是将珠宝出手，有黑白摩诃这样的人收买，他们自是求之不得，而且黑白摩诃将珠宝卖出海外，更不会有破案的危险，所以江湖上几个最厉害的独脚大盗，都与黑白摩诃暗中往来，轰天雷石英便是其中之一，也只有黑白摩诃才敢和他们做这种买卖。云蕾那晚所见的那四个珠宝商人，便是黑白摩诃的"买手"，此中内幕，非但云蕾不知，连张丹枫也不知。

张丹枫一见骷髅骨头，知是黑白摩诃的标志，悄悄叫云蕾逃走，不料云蕾反而微微一笑，道："你日间不是叫我做保镖的吗？现在我是非跟定你不可了！"张丹枫以为她不知黑白摩诃的武功和来历，想向她解说，却非三言两语说得清楚，那两个波斯妇人又不时回头探望。张丹枫心中叫苦：呀，你还不知道这两个魔头的厉害！

其实云蕾不是不知，而是不愿在危难之中舍他而去。两个波斯妇人在前引路，从乱石荒冢之中穿过，没多久，到了一座巨大无朋的古墓面前，墓中有声说道："来的客人是两个小娃娃吗？"波斯妇人笑道："正是，这两个小娃娃可胆大哩！"墓中的声音道："好，请他们进来！"

波斯妇人的手在墓门一按，墓门轧轧作响，张丹枫忽然运掌一拍，"轰"的一声，墓门塌倒，哈哈笑道："不必你请，我自己已来了。"

古墓里有厅堂房间，陈设华丽，有如地下宫殿，厅上插着十二枝人臂的牛油烛，燃烧得十分明亮，大约这地下宫殿还有和外面通气的建筑，人在其中并不难受。

云蕾放眼一看，只见大厅上摆着一张大理石桌，当中坐着两个鬈发钩鼻的怪人，一黑一白，相映成趣。两旁各坐两个汉人，正就是那四个珠宝商。云蕾心道："原来这古墓还另有入口通道。"

黑白摩诃问道："偷宝的是这两个人吗？"珠宝商人道："是年长的这个，年幼的是石英的女婿，他没有动手，还替我们解了穴道。"黑摩诃点了点头，指着云蕾道："你站过一边！"云蕾抗声道："我和他是一道来的，为何要站过一边？"白摩诃皱了皱眉，道："小娃娃不知好坏。"眉毛一动，便不再说。

黑摩诃又指着张丹枫道："你这大娃娃好大胆，居然敢到黑石庄去盗宝伤人，还打烂了我的大门，你可以为我们是好惹的吗？"张丹枫大笑道："你们到中国多久了？"黑白摩诃怒道："你这话是什么意思？"张丹枫道："你们可听过'冤有头，债有主'这两句中国俗话吗？莫说我不是盗宝，即算我到黑石庄盗宝，又与你们何干？石英不管要你们来管？"黑白摩诃变了面色，只听得张丹枫又道："你们偷我的马，又怎怪得我打烂你的大门？再说这地方也不是你的，这地方是死人住的！"黑摩诃道："好呀，你嘴好刁，倒管起我们来了。"张丹枫笑道："就只许你管人家吗？我看，你们关上墓门，干脆不要到外面去了最好！"白摩诃道："什么？"张丹枫道："这个墓想必是哪个王公的？"白摩诃道："是以前晋王的，怎么？"张丹枫道："俗语说，关上大门做皇帝，你们关上了这扇大门，不是也可以称孤道寡了吗？就是做不成皇帝，最少也可以冒充晋王啦。不过，做皇帝其实也没有什么意思。"

黑白摩诃接连受他挖苦，不禁大怒，也不见他们怎样作势，陡然从座中飞身直起，两人四手，齐向张丹枫脑门抓下。云蕾叫了一声，忽见一道白光，俨如匹练，倏然横在厅间。原来张丹枫的佩剑也是宝剑，略一挥动，有如白虹。

黑白摩诃叫道："好宝贝！"只见剑光人影之中，声如裂帛，张丹枫大笑道："哈，哈！妙极，妙极！黑白摩诃合力来对付一个大娃娃！"此言一出，只见黑白摩诃陡然一个筋斗又翻回到原来的座位之上，甚是尴尬。原来他们并未将张丹枫当成对手，刚才一怒之下，各各飞起动手，并未想到武林中平辈对敌的规矩，他们都认为一下子便可将这"大娃娃"了结，哪知事情大出意外。

张丹枫拔剑快极，他们飞身下扑，陡见剑光，避已不及，结果张丹枫的长衫虽被他们撕成数片，他们头顶的丝冠也被削去，连头发也被削去一片，还落了个以大欺小，以众欺寡的罪名。

黑摩诃看了张丹枫一眼，道："好剑法，咱们倒要好好比画比画。"口吻一改，已不将他当作"娃娃"看待，而是将他当成平等的对手了。张丹枫微微一笑，道："是你们两个一齐上呢，还是一对一的单打独斗？胜了如何？败了如何？先得划出个道儿来！"黑摩诃怒道："你们二人，我们也是二人，谁也不占便宜。"以黑白摩诃这样大的威名，愿与二人一对一的交手，可见他们对张、云二人已是忌惮。张丹枫抢着说道："此事与我这位兄弟无关，只是我一人与你们比画。黑摩诃道："那么我便一人与你过招。"黑摩诃一开口，云蕾也抢着道："我们二人同来，自然是要一同与你们比画。"白摩诃道："好极，好极，你们若一齐动手，那么我也陪你们过招。"张丹枫急极，道："不，不，是我一人与你们比画！"黑摩诃叫道："怎么啰哩啰唆说个不清？我和你比画，你的兄弟若不出手，我的兄弟也不出手，这不简单之极吗？"云蕾尚待说话，张丹枫急道："好兄弟，让我先试试，若要不行，你再出手也还不迟。"黑摩诃一伸手，从墙角的玉棺里取出一根玉杖，碧荧荧放出绿光，反身跃出场中，叫道："来呀，来呀！我若胜了，你的马匹珠宝，一切东西全归我有。"张丹枫道："你若败了呢？"黑摩诃气道："我若败了，这个地方就让你做主人。"须知这个古墓，乃是黑白摩诃的藏宝洞窟之一，其中珍宝，价值连城，黑摩诃以此赌赛，实是公平之极。张丹枫却大笑道："谁要做这个鬼窟的主人？"黑摩诃道："那你意欲如何？"张丹枫道："把我的马匹医好。"黑摩诃也大笑道："这个容易之极。但我做惯买卖，言出必行。咱们公平赌博，我也不想占你便宜。你的宝物与我的宝物价值难分高下，要与不要，随你的便。进招吧！"

张丹枫的长衣适才被黑摩诃裂成片片，挂在身上，碍手碍脚，且甚难看。张丹枫整了整衣，自顾自地笑道："我倒成了个叫花子了。""刷"的一声，将长衣整件撕下，露出紧身衣裆，上身是件金丝苏绣的背心，绣有两条金龙在海上腾波争斗，在烛光映照之下，更显得华丽无伦。云蕾看出了神，心中奇道："咦，蒙古地方也有这样好的苏绣！"

张丹枫整好衣衫，抚剑一揖，道："你先请！"黑摩诃微微一笑，对他的礼貌似是甚为满意。身形微动，笑容未敛，便"呼"的一杖向他迎面扫来，张丹枫反手一剑，但见白光绿光互相纠结，发出一片极其清亮的金玉之声。正是：

杖影剑光撩眼乱，深宵古墓斗神魔。

| 文学史评论 |

梁羽生的武侠小说有着浓郁的中国作风、民族气派。他的小说创作有意识地

继承中国传统小说的结构章法和叙述技巧，又能不为所限，"尝试用一些新的东西——诸如近代文艺的写作手法等渗进去"；他又努力地追求作品的审美效果，巧妙地将中国传统的文化思想、文学艺术以及民族感情、民风民情、祖国风光、历史环境融汇一体，绘制出一幅极具中华民族风格的艺术画图。梁羽生的武侠小说里有着浓烈的中国式的名士气息，神话、民俗、轶闻、典故，均被作者用优美纯净的语言娓娓道出，情节中又时时糅合进诗词曲赋，有时更以禅机诗意表达情怀，通俗质朴中散发着书卷芳馨，典雅文静中又杂入民歌俗语，激烈的打斗中更杂以高雅优柔的缠绵爱情，张弛互补，意趣横生，文采飞扬。

梁羽生的作品极具时空跨度。以时间而论，从前唐至晚清，长达一千多年的历史，而且特别侧重历史上的动荡时期，艺术地再现了动乱时代给中华民族造成的分裂、战争、苦难、仇恨，将各族人民的生活、心态，尤其是武林中人的风华灵秀、爱情与恩怨、理想与幻灭、正义与邪恶、文略与武功、悲剧与喜剧，逼真地描绘出来，使作品富于时代色彩和民族精神。就空间来说，梁羽生的作品几乎涵盖整个中国版图，从东到西、从南到北，至于江南、中原一带，更是作品中人物活动的重要场所。在如此广阔的空间里，作者以他的广闻博识，绘声状色地摹写出山光水色、地域风情。巨大的时空跨度，使梁羽生的系列作品具有史诗性的规模。

梁羽生的系列小说刻意地塑造侠士的形象。在价值取向上，作者有着强烈的道德色彩，务求人物的完美，重视小说中人物道德品质的描述，正邪人物严格区分，抨击反面人物，歌颂英雄侠士为国家、为民族、为正义勇于牺牲、前赴后继的精神。如此一来，英雄侠士成了正义、智慧、力量的化身，健全、理想的人格里激扬着民族之魂。正面英雄形象是突出了，但也难免造成人物形象的概念化，人物性格的单一化、虚假化，缺乏对人性的深入探究，其人物形象虽高大、光辉，却不够真实、感人。

——罗立群:《中国武侠小说史》，花山文艺出版，2008，第246页—247页

研究港台新派武侠小说，首先让我们想到的是梁羽生。尽管台湾郎红浣早于梁

氏下海写武侠，但梁羽生的武侠小说不仅数量可观，而且自成一家，以其优雅的名士派风格影响了新派武侠小说的崛起，应该说梁氏武侠在中国侠文化史上占有一个重要的席位。

……

归纳起来说，梁羽生的武侠小说在继承旧派武侠小说的基础上有所发展，在作品主题上，他提高了侠的主观意识以及侠义对社会的影响，与人民的联系。在人物形象上，他笔下的大侠，较之民国的侠客站得高，看得远。在文字上，梁羽生走的是典雅名士派风格，但反映的却是社会现实的画面。并通过情景描绘，加强了文学作品的审美意识，并有机地把传统文化思想与民俗民情融合为一体。自梁羽生开始，中国武侠小说开始步入文学殿堂，梁羽生的功绩是不可轻视的。

——曹正文:《中国侠文化史》，上海书店出版社，2014，第87、92页

1954年，陈文统以梁羽生为笔名，创作他的第一部武侠小说《龙虎斗京华》并在香港《新晚报》连载，梁羽生因此成为港台新派武侠小说的鼻祖。

武侠小说，中国古已有之。民国年间，平江不肖生、宫白羽、还珠楼主等武侠小说家更是名闻遐迩。中华人民共和国成立之初，曾经禁止出版武侠小说。由于此禁令未在港台实行，为武侠小说在港台的生存留下了空间。以梁羽生、金庸、古龙为代表的港台武侠小说作家深受新文学的影响，把许多新文学的思想观念和形式技巧纳入到武侠小说，如柳苏所说:"新派，新在用新文艺手法，塑造人物，刻画心理，描绘环境，渲染气氛……而不仅仅依靠情节的陈述。文字讲究，去掉陈腐的语言。有时西学为用，从西洋小说中汲取表现的技巧以至情节。使原来已经走到山穷水尽的武侠小说进入了一个被提高了的新境界，而呈现出新气象，变得雅俗共赏。连'大雅君子'的学者也会对它手不释卷。"因此，他们的武侠小说被称为港台新派武侠小说。

梁羽生一生创作武侠小说35部，35部武侠小说最初都在香港《新晚报》《大公报》《香港商报》，新加坡《民报》《星洲日报》《南洋商报》等地报纸副刊连载，后

陆续由香港伟青书局、天地图书等出版机构出版发行。1980年，梁羽生的《萍踪侠影录》终于能够在内地出版，一发而不可止，产生极大影响。

——刘硕良主编《广西现代文化史》（第三卷），广西师范大学出版社，2016，

第83—84页

❘ 创作评论 ❘

梁羽生的名士气味甚浓（中国式的），而金庸则是现代的"洋才子"。梁羽生受中国传统文化（包括诗词、小说、历史等）的影响较深，而金庸接受西方文艺（包括电影）的影响较重。虽然二人都是"兼通中外"（当然通的程度也有深浅不同），梁羽生也有受到西方文化影响之处，如《七剑下天山》之模拟《牛虻》（英国女作家伏尼契之作），以及近代心理学的运用等等，但大体说来，"洋味"是远远不及金庸之浓的。梁羽生的小说，从形式到内容，处处都可以看出他受中国传统小说的影响，如用字句对仗的回目，每部小说开头例有题诗题词，内容大都涉及真实的历史人物，对历史背景亦甚为重视，等等。写作手法也比较平淡朴实，大体上是中国旧传统小说的写法，一个故事告一个段落再接另一故事，虽有伏笔，论到变化的曲折离奇，则是显然较弱了。因此梁羽生的创新，是在"旧传统"上的创新，不脱其"泥土气息"。这种写法，有其优点也有其缺点。有一定中国文化水平的读者，读梁羽生小说，可能觉得格调较高，更为欣赏。

——佟硕之：《金庸梁羽生合论》，（香港）《海光文艺》1966年创刊号

梁羽生初期小说的价值也还是不可一笔抹杀的，对新派武侠小说，他确是具有开山辟石之功。即以他第一部小说《龙虎斗京华》而论，也有许多新的创造。例如关于人物描写，前辈武侠作家也有重视性格刻画的（如白羽），但梁羽生则更进一步，写到人物的内心思想，写到这些人物感受的时代苦闷，这么一来，他小说中的人物，就具有时空观念（这是我杜撰的名词，即人物与所处的时代，所处的社会并不脱节），

令读者更感到真实，感到亲切。

——佟硕之:《金庸梁羽生合论》,(香港)《海光文艺》1966年创刊号

把梁羽生的小说作为一个整体来说，他是受中国传统文化的影响较深的。但若拆开来看，其中包含的某些思想，还是受了西方十九世纪文艺思潮的影响。那是以要求个性自由、反抗社会不合理的束缚为基础的。在梁羽生的小说中，我们可以看到在厉胜男的身上有卡门的影子(《卡门》这部小说曾改编电影在香港上演，港译似是《胭脂虎》)。卡门不顾个人恩怨，要求爱情自由，甚至死去也在所不惜。在金世遗身上有约翰·克利斯朵夫的影子。金世遗在未受谷之华的影响转变之前，那种愤世嫉俗、任性纵情的表现，与克利斯朵夫宁可与社会闹翻也要维持自己的精神自由，不也是如出一辙？玉罗刹的大闹武当山，敢与武当山五老冲突，这与托尔斯泰所创造的安娜·卡列尼娜，不能忍受上流社会的虚伪，敢于和它公开冲突，两者在精神上也接近得很。因此依我看来，梁羽生笔下的某些人物，若作深一层的分析，实在是中国名士气与欧洲十九世纪文艺思潮的结合。欧洲十九世纪的文艺思潮有好的一面，也有坏的一面。对当时的历史条件而言，它是封建社会的叛逆，有其进步性，但过分强调个人的作用，那就是坏的一面了。武侠小说为了要突出具有"超人力量"的英雄，很难避免不强调个人。所以我一贯认为，由于武侠小说的形式束缚了它本身的发展，因而自有武侠小说以来，直到今天，它还是不能达到别的文艺作品能达到的高度。但由于梁羽生是比较重视作品的艺术性的，因此我对他的要求也就不妨严格一些。我的意见很简单，他是已经树立了自己风格的，今后应该更坚持走民族形式的道路。他受中国文化的熏陶较深，那就尽量发展自己的长处吧，西方的影响，抛掉也不足惜！

——佟硕之:《金庸梁羽生合论》,(香港)《海光文艺》1966年创刊号

梁羽生是新武侠小说的开拓者。他从1952年开始武侠小说创作，至1984年封笔，在32年间创作作品35部共一百六十余册。作为新旧武侠小说承前启后的关键人物，他的创作较多地继承了还珠楼主、王度庐、宫白羽等人的创作理念，打上了鲜明的传统文化的印记（甚至因钦佩宫白羽的小说而将自己名为"羽生"）。他的作品"将江湖传说与史实风貌有机地结合，在恢宏博大的历史锦屏上展示波澜壮阔的民族斗争画面，明显地寄寓着汉族文化正统观念，传达出对于香港人来说尤有切肤之痛的兴亡之感"。在观念上，梁羽生始终坚守"宁可无武，不可无侠"，或曰"先侠后武"的创作主张，是典型的侠派"正宗"。他笔下的侠实际上是民族英雄、时代精神的代表和人民意志与理想的化身，具有浓厚的左翼文学色彩。而且这种侠的本质与历史的大趋势、侠义精神与历史责任感是统一的，虚构的侠义人物及江湖故事与历史精神及艺术真实也是统一的。

　　——吴秀明、陈洁：《论"后金庸"时代的武侠小说》，《文学评论》2003年第
　　　6期

▎ 作品点评 ▎

小说以明代历史事件土木堡之变为背景，通过朱明王朝与张士诚后代的矛盾、朝廷奸宦与忠臣义士的斗争以及中原侠士与武林败类和蒙古侵略者的冲突，表现出爱国、为民、任侠的主题。作者在群英报国的故事里又穿插进张士诚后裔张丹枫与仇家后代女侠云蕾的爱情波折，其间又有玄机逸士、上官天野两派师徒的恩恩怨怨，并将其与国家命运有机地交织于一体，写得深沉蕴藉，哀婉动人，表达出作者"盈盈一笑，尽把恩仇了"的创作思想。

　　——罗立群：《中国武侠小说史》，花山文艺出版社，2008，第249页

他的武侠小说兼有历史小说之长，尽管他对历史的解释，未必人人同意，如对义和团的评价，对李自成的称颂，就很可能有好些人不能接受了，但这总是他开辟的一条路。就兼有历史小说之长这点而论，梁羽生写得最好的一部是《萍踪侠影

录》，以明代土木堡之变为背景，写于谦的如何精忠报国，抵抗外族侵略，而以忠臣受害的悲剧收场。相当符合历史真实而有感人的气氛。

——佟硕之:《金庸梁羽生合论》,（香港)《海光文艺》1966 年创刊号

美丽的南方（节选）

陆地

季节催人，转眼就要到清明了，白色的桐花铺满了一地，瓜田里开着星星点点的金花，草莓不声不响地在绿色的刺藤上呈现着它红宝石似的娇态，玉米一天比一天长高了，花生和甘蔗也长出了新叶，田野里披上嫩绿的春装。布谷鸟日夜催人，是农事正忙的时候了。

村里的人，白天忙着农田的活路，夜晚紧张地开会、划阶级、没收地主财产；有的人还要抓紧清除残余土匪和进一步挖掘武器的工作。

后天就是寒食节了，这地方的风俗，扫墓是在三月三举行的。扫墓那天，家家户户多少也蒸点糯米饭，带些元宝、蜡烛和白纱纸剪成的纸钱去上坟，有钱的人家带着煮好的鸡鸭和整个猪头等三牲去祭奠；没有钱的就只买一斤半斤肉，或者拿切成方块的冬瓜象征着猪肉作祭品，也算过了一个

作者简介

陆地（1918—2010），原名陈克惠，曾用名陈寒梅，广西绥渌县（今扶绥县）人。1937年在广州《民国日报》发表处女作散文《期考的前夜》；1939年考入鲁迅艺术文学院文学系，他在延安写的第一个小说《乡间》在桂林版《大公报》发表，始用笔名"陆地"；1943年到《部队生活报》任编辑、特派记者；1946年担任《东北日报》副刊编辑组长；1948年第一个短篇小说集《好样的人》在哈尔滨问世；1949年随军南下参加广西工作团，任梧州市委宣传部部长；1950年任广西省委宣传部宣传处长；1951年参加农村清匪反霸和"土改"运动；1955年完成长篇小说《美丽的南方》，该书1960年由作家出版社出版，是壮族文学史上第一部描写壮族生活题材的长篇小说。1980年中国青年出版社出版长篇小说《瀑布》第一部《长夜》，获全国少数民族文学创作长篇小说一等奖。著有小说集《故人》《浪漫的诱惑》，长篇散文《青春独白》等。

作品信息

《美丽的南方》，1959年5月起在《红水河》杂志连载，作家出版社1960年4月出版。本文节选自第25章。

节日了。糯米饭用枫叶染成紫蓝色和黄姜染成黄的掺杂在一起，捏成彩色的宝塔式的饭团。

马仔和小冯抽个空上山去摘枫叶来准备后天早晨蒸糯米饭。将近十天来没有下雨，地面发干，玉米的叶子都卷了。今天天气特别闷热，一早起来，树梢、水面都是定定的，没见丝纹波动。在太阳光下，不干活，汗珠子也会悄悄地在鼻尖、额前渗出来。

"你们这地方真怪，春天还没过去，夏天就来了。"小冯一边揩汗，一边在喘气。

"我们有句俗话：'翻风不怕冷，单怕日头猛。'这两天热得好闷人，准会要下大雨了。"马仔看了看天说。

天阴沉沉地铺着云层，太阳时隐时现。山鹰在翱翔、鸣叫。

"老鹰叫雨了，可能今天就要下。我们砍它两捆枫叶就回吧。要真的下起雨来，我们可要扯着耳朵当雨帽了。"

马仔说完，就像小松鼠般敏捷地爬上一株高大的枫树去了。他在树上一边笃笃地砍着树，一边吹口哨叫风，唱山歌。树林里很静，斑鸠不时叫唤几声。

"喂，老冯，你看金秀怎样？"马仔唱完了山歌，突然问。

"没见得怎样。"小冯不知对方是什么意思，含糊地答道。

"我看她对你倒是一团火似的。"

"你别胡扯！"小冯脸红了。

"我才不胡扯呢，前天她不是给你补衬衣领子吗？我的衣服也破了，她为什么不给补？"

"你不求人家嘛！"

"你也没有求她呀？"

"算了，说你自己的吧。银英不是挺好吗？"

"好也没法呀。剃头的担子，一头冷，一头热。"

"我告诉柳眉，帮你通通气好不好？"

"不，不要。这玩意旁人是帮不了的。我们土话说：'低头就见茅草，霎眼就成情人。'什么话嘴巴不好说的，眼睛都能说得出来。"

"嚯，你倒是像个老行家，可不简单了。"

一会马仔从树上蹦下来，揩了揩汗水，马上同小冯一起收拾着嫩叶的树枝。

太阳忽然被云彩遮住了。远远的天边轰隆隆地响着雷声，云头从东边涌上来。"快，雨要来了。"马仔说着，加快了动作。果然，南面的山峰已经被雨雾笼罩住了。就像从天空挂下一匹灰白的帐幕似的，鸟雀都往树林飞来了。

马仔和小冯连走带跑地向磨坊奔去。大雨的前锋已经到了，地面上劈劈啪啪地落下粗粗的雨点，像一面筛眼似的。一霎眼工夫，雨猛然在头上倾泻，两人拿着枫叶遮着头直奔磨坊来。

磨坊的丁老桂迎着他们进屋说，昨晚他看就是要下雨。蚂蚁纷纷搬家，好几条蚯蚓爬出地面来，门口的石头潮潮的，盐罐也出水了。"你们后生人就贪轻巧，出门不愿带个草帽。"老头一边嘟哝着，一边吸着竹筒烟袋说。

外面的大风大雨正在摇撼着大地。树木、芦苇、庄稼，都在风雨里摇摆、战栗，麻雀躲到屋檐下唧喳地叫唤，天空一道闪电过后，一声霹雳立时在附近打下来，仿佛更把天地劈开来似的。随即前面不远的一棵高大的橄榄树被雷殛了，巨大的树枝倒下来，半边的树身露出一大块裂口。

"下大雨的时候，雷公就爱在大树上试它的斧头，森林最易起火，我在树林里解了一辈子的木板，这种事情看得多了。"丁老桂走到门口看了看说。

一声霹雳过后，不久，风停了，接着就是紧下了一阵瓢泼的密雨，随后雷声走远了，雨慢慢地收敛，变小变稀了。但小河却顿时喧嚷起来：山洪从上游奔流而下，混浊的黄浪卷着草根、树枝、沙石，犹如一群突奔、咆哮着的猛兽。原来窄小的河滩猛然成了一片宽阔的汪洋。声势越来越猛烈。人们和牲口都暂时被阻在对岸了，燕子们掠过水面，欢乐地在细雨中飞翔。

约莫两个钟头过去了。雨已停止，河水退了不少，水势慢慢平静了下来。天空露出太阳，在东边出现一道鲜明而美丽的长虹，大地是一片清新的欣欣向荣的气象。田里都注满了水，庄稼有的倒伏了，瓜棚有的倾斜了，树叶涂着一层泥沙，有的草根挂在树枝上。鸭群在注满了水的鱼塘里嬉戏，鼓着翅膀呷呷地叫。被阻的人们又在田里和道上出现了。

小冯和马仔两人离开磨坊，把长裤脱了，只穿条裤衩，准备涉水过河去。丁老桂嘱咐说："加小心呵，刚才那么大水，把石头都冲走了，河床有变动。走一步探一步才行，可不敢同水逗啊！"

"老爷爷，你请放心！"小冯说，跟着马仔走了。

他们过了河这边，沿着河岸往岭尾走。走不远就到另一处渡河的口子。对岸有几个十一二岁的小孩从山上采草莓回来。他们个个脱得精光，把衣服放到小篮子里，然后把篮子顶在头上，蹚过河来。

"这帮小鬼好勇敢呵，这地方水深不深？"小冯看了看他们说。

"你替他们担心，真是'雨过送蓑衣'，用不上。他们成天在水里玩，野鸭还赛不过他们哪。"马仔说。

但是马仔这话才一落音，只听得"哎呀"一声的叫嚷，小冯回头一看，一个小孩的小篮子歪倒了！其他几个小孩都在齐声惊呼：

"救命呵！"

"救命呵！"

"快！快！糟了！"有的小孩马上退回那边岸上，拼命呼喊。

小冯立时把裤子和树叶一掷，跳进水里，用尽平生气力往河的中流游去！

马仔跟着跃身跳下水去了！

"老冯沉着，看那小篮子！"马仔见小冯被急流堵住，不能冲到小篮那地方，大声喊叫。

小篮子已经离开人头，自己飘走了。人头在水涡里冒上来又沉下，马仔排开了激浪，迅速抢过去……

小冯被一个旋涡冲到木棉树下的地方，头发一沉一浮的……

"小冯怎么啦？"马仔惊慌地呼喊。

岸上的几个小孩直跺脚，齐声号叫：

"救命呵！"

"快救命呵！"

这边岸上，金秀挑着水桶出来，听见叫声，又只见到河里的人头和波浪搏斗。一看河边上的衣服，脸色霎时变青了，立即丢下水桶拼命往村里边跑，边呼号：

"救命呵，淹死人了！"

这时，丁老桂迎面赶来，金秀没有顾得跟他讲，直往村里跑。老头直奔到河边，立即纵身跳下水去，马仔已举起孩子的头往河那边岸上移动，回头见到小冯的挣扎，焦急地喊：

"小冯不行了，在木棉树下边，往那边游去！快！"

丁老桂在河中转了个弯，游到木棉深潭那里去……

杜为人和村里的人都赶到了，一个个地往河里跳。马仔把小孩一个一个往这边带过来。

"糟了！"丁老桂从水里冒出来失望地喊，随即又潜进水去。别人也跟着潜下水去一阵，又上来，下去一阵又上来，都带着失望的眼光望望水面的旋涡。

金秀眼泪不由自主地直掉，在岸上哭泣起来。

"再找！快！才一会工夫嘛，还有希望。"杜为人浮上水面招呼大家，自己又潜下水去。

马仔把孩子交给了金秀，自己也下水去了。

"来人呀！在这里了！"丁老桂在离大家十多二十公尺地方冒起头来喊。

大家一阵喜悦，往他那边游去。金秀抹了抹眼睛，直望着水面的浊浪。

"完了！"马仔作了一声绝叫。

随即两三个人迅速地把小冯弄到河岸上。

"还有希望，快做人工呼吸！"杜为人沉着而敏捷地把小冯上衣解开，跑到他前面，按压他的腹部。

小冯的脸色纸一样的白，鼻孔已经没有气了。

大家照着杜为人的做法，轮流给小冯做人工呼吸。

金秀也俯下身来听了听。禁不住地抹着眼泪。大家也都深深叹着气。

"是哪一个小孩呀？"有人向小孩们发问。

"是亚升！"

"是你叫我们过的嘛！"亚升怯惧地扭绞着衣角。

"哎！你就是野种，你爸爸害我们操心，分不了田，你又来捣乱……"

"是呀！都是——"

"小孩子知道什么，别说他了。"杜为人劝解说。

小孩眼睛呆呆地瞅着，好像打破了碗，正等待挨骂的一样，不敢说话。

"木棉树下是个旋涡，人到了那里——"丁老桂这才说话，将上衣脱下把水拧干，抹了抹湿漉漉的头发。

"怎么的呀！老冯吗？糟糕！"梁正慢吞吞地来了，却装得好像是挺焦急挺伤心的样子，一边说一边蹲下来，"杜队长，让我来，你去换件衣服吧！"

"不用。"杜为人不睬他，仍旧继续做着他的动作。

到太阳落山的时候，小冯仍然是一点气也不透，皮肤越来越白了，看看没希望了，丁老桂提议把他抬到磨坊去，好给他商量后事。杜为人尽了最后的努力，看看实在救不过来了，只好同意丁老头的意见，叫大家把尸体抬到磨坊去。金秀和马仔进村去拿他的干净衣服来给换上，有的人去把清匪反霸时没收的何其仁的一副名贵的楠木棺材扛了来，给他收殓。叫石匠给准备着石碑。……各人都忙了一夜。

第二天一早，廷忠带着极大的悲哀赶来了。一进磨坊，什么人也没看，什么话也没说，忽然跪到棺材旁边，放声大哭起来。

"小冯，冯同志，你怎么丢开我走了呀！……天呀……你你没有眼呀！"

在旁边的丁老桂和苏伯娘抹着眼泪擤着鼻涕，一下子屋子都静了。河边传来杜鹃的悲啼，显得格外凄切。

"他两人从我这里出去，我还嘱咐他加小心。谁料不到一袋烟工夫，人就没了。他在这儿躲雨，有说有笑的，还说将来回北京给我买副花眼镜，和买几张北京的画片来这屋里挂，让大家来了好看看我们毛主席住的地方。想不到这样快就再也见不到了！哎！"丁老桂一边说，一边重新装上烟，但他没有吸，把烟斗撂在桌上，忧郁地凝视着小窗口的天空，又看看笼里的画眉鸟。

"你说，雷公打橄榄树那一下，是不是神明来召他回去？"

苏伯娘在屋角剪着纸钱，疑惑地问。

"反正很巧，都凑在一块了。"丁老桂漫应着。

廷忠揩了揩眼泪，站了起来，沉痛地走到丁老桂的床边。"可惜呀！那样好的一个后生！"丁老桂深深叹口气，盯着廷忠发红的眼睛说。

一会，杜为人、全昭、金秀、柳眉、丁牧、徐图……都回到磨坊来了，各人手上都拿着一样东西给死者作祭奠。有人编了花圈，有人写了挽联，有人用高粱秆扎成了相架，装上死者的照片。俞任远和冯文代表着"土改"团来追悼了。冯文扛着用金英、杜鹃和其他不知名的花架编起来的大花环。手上还拿着一些别个同学给死者写的挽联什么的。

杜为人对廷忠、俞任远和冯文说，他们几个人商量了一下，打算就在磨坊设置灵堂。把他的照片挂到墙上，布置好以后，老乡们要瞻仰祭奠的，就让他俩来这里。到下午四五点钟把他送上山去。廷忠听了很赞成，还说过后就将他的遗像挂在磨坊这里，好让全乡的人来回都能见到他，纪念着他。最后，他像想讲什么，可又不好意思讲似的，犹豫了一下，又把话刹住了。

"你还有什么要说的就说嘛！"杜为人和善地望着他。

"刚才我们三个说，是不是请道公来给他超度？我叫福生扛幡都行呀！"他望了望苏伯娘，又望了望丁老桂然后说。

杜为人默默地同俞任远、冯文互相看了一眼，意思是说："这个农民可是个老实人呀！"

"老韦，你还信这个呀？"杜为人淡淡一笑说。

"信不信就是为的尽我们一份诚心吧。"廷忠说。

"老杜，你不要说不信，人死了不念个经叫他得到超度，不是让他魂灵受苦吗？"苏伯娘说，停止她手上的动作，直望着对方。

"妈，现在不兴这个啦，鬼神这个东西，你不嫌它，它也就不来找你啦。"全昭说。

"有没有鬼可不知道，"丁老桂说，"水这个东西倒是不能玩。那年我在龙州给人拉大锯解棺木。城里正开什么运动会，比赛游过龙州那条河面。有个学生，也有小冯那样年纪吧，他原来是游过来了，得了个头名，大家都为他拍巴掌。他自己也高兴得不知道自己是老几了。当中有人就用话激他，说是有本事的再游过去一趟给大家看，他果然又跳进水去了。游到河中间时候，头慢慢抬不起来了，当时救护的船已经没有了，等到大家去把他捞起来，已经没法救了。他就是力气用得太过了，腿抽了筋，你说这是命不是？"

听了丁老桂这样一说，有人正要说什么，则丰、苏嫂、银英和马仔一帮人进来，把他的话堵住了，杜为人把刚才决定的做法告诉进来的人。

"则丰，我们找几个人带着家具，给他找个下葬地方去吧！"廷忠说。

则丰的意见，这件事由他同别人去就行了，叫廷忠在这里料理。

"不，我要亲自给他找个地方。"廷忠说，"走吧，这里有苏嫂她们就行了。"

"把他送到苏民旁边去吧！"苏伯娘望着走出门去的廷忠和则丰喊，擤了一把鼻涕，眼睛淌着泪水。

苏嫂说是要做点饭给大家吃，招呼银英、马仔一块走。一会伯娘剪好纸钱也走了，剩下工作队几个人，给屋子收拾了一番，然后把挽联都贴上。

大家把要做的事情都布置停妥以后，才对这些挽联一张一张地看起来。

"喏，这是全昭写的。"柳眉指着用白色有光纸写的那一张。

大家都凑来看：

江水滔滔，一去不回怜君游！
花草匆匆，三春先谢增人愁！

"唔，不错的。真是多情人说的话。"俞任远说。

"想不到你还挺会做诗呢！只是太感伤了。"

杜为人惊异地打量全昭，好像是重新认识似的。

"这恐怕是思想没有改造过来，才保留那种情感吧。"全昭抱歉而又诚实地对杜为人低声说。

原来全昭的祖父是清末最后一次乡试的头名秀才，后来参加过同盟会，晚年好藏书、画，爱喝酒赋诗；她父亲是中学校的文史教员。从小她就受着书香的熏陶，对文学发生了爱好。但当她考虑选择终生职业的时候，却决定读医科，认为做个大夫能更直接地做点于人切身有益的事。对文学，她还是有着热烈的爱好。

"看看杜队长的吧，写得不错。"徐图高声说。

柳眉凑过去，朗诵起来：

死了而活在人们的记忆里，

并不可悲；

可悲的是：

活着，

而在人们的印象中

已经死亡。

"杜队长，这个说得好。"俞任远说，"留皮才识豹，啼血却怜鹃，人生一世，应该留下点痕迹才不负国家社会啊！"

"杜队长这副挽联，看来好像是轻轻两句话，其实，分量很重。"徐图沉吟地说。

"昨晚请你给拟一个墓铭，写出来了吧？"杜为人并未注意他们的议论，这样向丁牧问。

丁牧从口袋拿出一本活页簿来打开，取下一张说："写了两句，没有写好，看看行不行。"

全昭一下接了过来说："我念一下，大家听听吧。"

在这里埋葬着的，

是一个为着救护别人，

而牺牲了自己的青年，

他的名字——冯辛伯，

和他的崇高的品德，

将给人们留下难忘的记忆。

1952 年 4 月 5 日

"写得挺好。"杜为人说。

"我这是只能写实的话。"丁牧说。

丁老桂含着烟斗在旁边听来听去，似懂不懂的，最后说：

"你们都说他这个那个的。我看他确实是我们农民的好弟兄，是不是？"

老头正说的时候，门口突然涌进十来个小学生，他们拿着鲜花，拿着刚采下的红宝石似的草莓、青青的李子、两只金色的柚子，和蜡烛什么的一起，一样一样地摆到灵台上。后面跟来两三个教员，把磨房挤得满满的。

全昭和柳眉要走了，杜为人叫她们拿丁牧写的墓铭去给石匠照刻；另外，要她们去把小冯的东西收拾起来，将来给他带回家去。丁牧要亲自去交代石匠，也跟着他们走了。

在老师的指导下，学生们在灵前进行了俯首默哀等的追悼仪式后就回去了。老师留了下来，同俞任远他们说话，表示没有把学生管教好，让他们乱跑，才害得冯同志牺牲，感到非常抱歉。老师里头有个梁上燕，他开头发现冯文也在这里时显得很尴尬，后来见杜为人和冯文对他们都很和蔼，才自然了一些，终于怀着内疚的心情和冯文拉了拉手说："过去太对不起了，一时糊涂……"

"知过不为过，以后好好为人民服务吧。"冯文说。

杜为人听他们正说着话，也凑上来认真地看着梁上燕的眼睛问：

"你们两人谈什么，讲和啦？"

"杜队长，都是我错了，老冯，唔，冯队长是——"

"你现在打算——"杜为人严肃地问。

"我们学校教师现在都配合搞宣传。"

"你个人怎样？你同梁正是一家的吧？"

"不，他是他的。我家同他不在服内了。他这个人，就是旱天雷。唔，不了解他。"梁上燕说话吞吞吐吐。

别的几个老师跟俞任远说完话，转过来同梁上燕一起，又跟杜为人说了说，就走了。

随后，苏绍昌领着几个老乡也拿了一对蜡烛、纸钱来烧，在灵前作了揖，然后同俞任远、杜为人说了说话。表示很对不起，平时没有把这河道危险的地方给工作队同志介绍清楚，本来大家翻身是好事情，结果发生了这样事故，真是太遗憾了。

"危险的河道容易知道，倒是危险的敌人不好搞，大伙想办法快点把地主阶级推倒，叫大家快翻身吧！"杜为人说。

"那是的，现在，我们正在搞划阶级呢，把阶级定了，谁该是什么就什么，大家都放心了！"

"你现在放心了吧？"冯文问。

"我反正是个中间，怎么也够不上地主！"

"中间总是要往一边倒呀！你到底拿什么主意嘛？"

"还是往人多方面凑啰。"苏绍昌说，疑惑地望着杜为人，担心说错了话似的。

"你是苏伯娘一个祠堂的吧？"杜为人问。

"是。"

"那，你苏家早就出个革命同志哩！"

"哎，他人死得太早了。同小冯似的，可惜呀！"

晌午，苏嫂和银英把饭送来磨坊，廷忠他们也回来了，一起把饭吃完。又去组织些年轻力壮的来，把杠子、绳索一切准备停当，到下午四点半钟，就把灵柩送上山了。

杜为人和俞任远他们本来是不主张扛幡的，到要起灵时，苏嫂把福生抱来了，亚升的母亲也给儿子包块白布头巾，腰上扎条白布带跑来送着灵柩上山。灵柩被抬走时，大家都被一股沉痛的心情压着，有人不断地揩着眼泪，金秀扶着银英泣不成声。木棉树一只乌鸦叫了两声飞了，杜鹃在什么灌木丛里啼哭。

| 文学史评论 |

中国第一部由壮族作家创作的反映壮族新生活的长篇小说:《美丽的南方》。……作品在叙述故事的同时描摹了壮族地区所特有的自然风貌和民族风情，让读者从中体会到浓郁的民族气息和地方色彩。

——谢冕、李矗主编《中国文学之最》，中国广播电视出版社，2009，第
    754 页

如今重读《美丽的南方》，人们可以发现它的独特之处：

第一，它没有描写土地改革运动的全貌，而是以"土改"运动为大背景，通过描写贫苦农民韦廷忠的苦难家史，侧重表现贫苦农民从忍受苦难到逐步觉醒，进而走向革命的思想历程，说明土地改革运动不仅是一场伟大的政治变革和经济变革，同时也是一场伟大的思想变革。就是说，作品对土地改革运动的描写，有新的方位和新的视角。

第二，它也描写了新的人物。作品不仅塑造了众多农民形象，而且塑造了不少知识分子形象，特别是不同出身、不同年龄、不同性格、不同思想起点和不同前进状态的女性知识分子形象。作品对女知识分子傅全昭、柳眉、钱江冷等人的刻画相当成功，对北京大学四年级女生傅全昭在土地改革运动中思想境界的提升，尤其是她的人道主义思想的转换，刻画生动而细腻，给人留下深刻印象。这在当年描写土地改革运动的小说中是少见的。

第三，它注重政治性和艺术性的统一。把文学看作政治的工具，是当时最基本

最普遍的文学观念。在这种文学理念的主宰下，不少文学作品成了某种具体方针政策的文字演绎。描写土地改革运动的作品，因为题材本身有很强的政治性，所以更难避免这种倾向。但是《美丽的南方》似乎有意走出"工具论"的轨道，它没有把描写对象泛政治化，在涉及政治问题时，也没有把艺术和政治割裂开来。对于复杂多变的政治问题，作品力求审美化，讲究艺术传达，这是它比某些描写土地改革运动的小说更有感染力和生命力的原因之一。

第四，它描写的是中国南方少数民族地区的土地改革运动，其真切生动的现实主义笔触，使作品显露出一种特殊的文学风貌。作品以一个叫长岭乡的地方为聚焦点，展现了广西壮族地区土地改革运动时期特有的政治风云、民族风情和自然风光，时代特色、民族特色和地方特色鲜明，美学价值和历史价值是独一无二的。

——李鸿然：《中国当代少数民族文学史论》（下册），云南教育出版社，2004，
第 757—758 页

1958年，陆地出版了《美丽的南方》。这是他的第一部，也是壮族的第一部长篇小说。《美丽的南方》以壮族农村土地改革为背景，真实展现了生产资料所有制变革在农村生活中引起的深刻而微妙的变化。小说虽是写"土改"题材，但它与从正面描写"土改"全过程的《太阳照在桑干河上》和《暴风骤雨》不同，它着重揭示"土改"这政治经济的大变革对人们思想意识、伦理道德的深刻影响。

——梁庭望、农学冠编著《壮族文学概要》，广西民族出版社，1991，第
427 页

1951年他与来自北京的知名人士胡绳、田汉、艾青和清华、燕京两所大学师生到南宁市郊区壮乡参加"土改"并体验生活。返回机关后，一边工作，一边开始构思并起草长篇小说《美丽的南方》。经过几年的努力，这部长篇小说于1959年5月起开始在《红水河》杂志连载，1960年由作家出版社出版。这部小说是壮族文学史上第一部反映壮族生活的长篇小说。它一面世，就引起了全国文学界的注意。它开

创了广西有了长篇小说的历史。

——李建平等:《广西文学50年》,漓江出版社,2005,第40页

| 作品点评 |

这幅美丽的南方春耕图,要不是紧接着读到后文,很难相信它发表于60年前,这便是陆地1959年5月起连载于《红水河》(《广西文学》前身)的《美丽的南方》中的描述。随意翻开书页,万物春生的瑰丽想象,足够从容质朴,也足够鲜活动人,字里行间的细腻沉静,在今天遍地都是匆匆追赶情节故事的浮躁小说创作中立显品质,实属珍贵,体现了陆地既为时代书写,更现人心的文学自觉。这份文学的自觉也体现在他的《故人》《瀑布》等小说中。

长篇小说《美丽的南方》是壮族文学史上第一部长篇小说,是陆地有感于1951年冬,作为"土改"中队副队长,与艾青、田汉、安娥、胡绳、阳太阳等人,会同清华、燕京大学的师生一起参与的南宁郊区土地改革运动,并历时5年一改再改创作而成。小说与《太阳照在桑干河上》《暴风骤雨》一并列为中国的"土改"小说,虽然陆地不如丁玲、周立波影响大,同为延安鲁艺出身,也同样难免"主题先行"的问题,但《美丽的南方》少了《太阳照在桑干河上》《暴风骤雨》中农民与地主之间的对立,不直接写斗争地主的场面,农民忆苦思甜的会议也最大限度减少,尤其不正面触及"土改"暴力,在广西剿匪的战争中也将"土改"运动中的暴力因素最大限度地弱化。陆地以最大的热情倾注笔端,抒写了韦廷忠等壮族农民干部的成长、参加"土改"的知识分子的思想改造、"土改"运动的发动过程等,而穿越故事之间的是人物的情感纠结与世道人心,还有广西独特的"翻天覆地的历史风云、淳厚善良的民族风情和美丽神奇的自然风光"。当代广西文学的发轫之作,正源自陆地的《美丽的南方》。2010年,我曾约请民族文学研究名家李鸿然重新评论陆地与《美丽的南方》,文章认为:"在区域文学坐标上,陆地作为广西现当代文学奠基人……在国家文学坐标上,陆地的地位和影响也是毋庸置疑的。他抗日战争时期奔赴延安,解放战争时期转战东北,新中国成立后重返广西,在不同地域不同时期都

留下了光辉的文学业绩。以今天的眼光看，某些作品虽然存在缺失和局限，但陆地在每一历史时期都给中国文坛提供了上乘之作，对于文学中国来说，这些作品属于昨天，也属于今天和明天。"（李鸿然：《坚守信仰　守望文学——重读陆地》，《南方文坛》2010年第2期）杂志出来后，已在医院长住的陆地先生不断与我及友人肯定此文，不久，陆老先生便辞世了。陆地也在首版后记里写道："故事是过去了，其精神也许不失为一面镜子，从中窥见这一时代的步伐，帮助读者辨认思想的道路。"

　　——张燕玲：《南方的文学想象——以广西及西南部分作品为坐标》，《文艺报》

　　2019年10月11日

┃ 作者自述 ┃

　　开始写的时候，正是南方溽暑的季节，每天就在小小的纸窗下，对着发黄而多烟的煤油灯，顶住炎热和蚊蝇的烦扰，专心致志地和自己幻想中的人物打交道：分配他们的工作，安排他们的命运，分给他们以悲喜。九月中旬，全国第二次文代会召开，必须去出席，写作遂告中断。会后，工作岗位有了变动，创作假期就此告终，已经写了百分之九十左右的草稿只好搁置下来。

　　但，这些人物的影子在脑子里始终是活跃的，不把他们描绘出来，好像总是欠少一笔债，精神上不免背着一个包袱。

　　今年正是建国十周年，自己给自己许了愿：要把这未完成的东西继续写出来，作为一份礼物献给国庆十周年。幸好这一愿望得到党组织的关心和支持，得到两个月假期，来到秀丽而宁静的桂林，先后在雁山和榕湖两个地方，日以继夜地把几年来经常活动在脑子里的人物，涂抹在每张稿纸上。

　　当然，这段故事所以缠着我那么多年，使我那样执拗地要把它写出来，用心无非是通过韦廷忠这个农民形象，以他从奴隶变成主人这一翻身故事，使大家不但看到农民跟地主如何展开着尖锐而复杂的斗争，而且看到正确、光荣而伟大的中国共产党的领导思想在各级党的干部当中逐步成熟，为人民服务的崇高的共产主义道德，逐渐成为人们精神生活所向往的目标；同时，通过这个故事，也想让大家看到在这资本主义日趋衰亡，社会主义正在兴起的新旧交替的时代，一部分知识分子，由于肯与工农群众共尝甘苦，肯投身于这场阶级斗争和生产劳动而得到真理的启示，终于修正了从资产阶级带来的偏见，精神上获得了新生。

当然，这个故事还使大家看到另一个角落，那就是仍然有少数反动而腐朽的人物，终成时代的垃圾，被革命的新生力量所扫除和唾弃。

正如大家从书上已经看到的，故事发生的年代，是在开国初年，那些事情都曾经为大家所熟知，其中所描写的一部分人物，几年来，由于共产主义思想教育的深入，由于党的社会主义建设总路线的光辉照耀，由于党对社会主义建设人才的培养，今天已经有了很大的进步、发展和提高。当年在屋边种下的树苗，今天已经高出屋顶一两倍了；当年生下的婴儿，今天已成了小学生；当年的小学生，现在已经是青年，成为社会主义建设的新生力量了。而我现在还给大家讲述这样的故事，无非是感到：故事是过去了，其精神也许不失为一面镜子，从中窥见这一时代的步伐，帮助读者辨认思想的道路。

——陆地:《美丽的南方》，作家出版社，1960，第334—336页

1960年代

云海玉弓缘（节选）

梁羽生

金世遗的功力在他们二人之下，按理说纵然是用了全力，也无法分开他们，好在金世遗极为聪明，他用的是武功秘籍中巧妙的卸力功夫，把双方的力道都卸去了三成，本来仍然不能分开，但恰在这时，火药爆炸，这爆炸之力，任何武林高手都不能与之相抗，只见三条人影，倏地分开，唐晓澜给抛出十丈之外，孟神通功力稍逊，向后跌进火堆，金世遗早有准备，凌空跳起，脚踝被烧焦了一片，伤得最轻。

幸亏金世遗已弄湿了上层的火药，又有一个湿淋淋的司空化躺在上面，虽然仍弄成爆炸，威力已然比原来的预计差得太远，但这仅及原来预计的百分之一的威力，已是大得惊人，方圆数十丈内的石块都给抛了起来，而且火药继续燃烧，闷雷般的爆炸声不绝于耳，火光迅速蔓延开去，不消片刻，整个山谷都被包在融融的烈焰之中。至于那倒霉的司空化，则早已被炸得尸骨无存。

这一次真是险到了极点，若非金世遗卸去了唐、孟二人的三成力道，他们的双掌胶着，谁也不能撒手，被那猛然的一震抛将起来，火药爆炸的震力加上对方的掌力，势必同归于尽！又倘若火药未

作品信息

《云海玉弓缘》，原载 1961 年 10 月 12 日—1963 年 8 月 9 日香港《新晚报·天方夜谭》，福建人民出版社 1984 年 12 月出版，广东旅游出版社 1996 年 3 月出版，太白文艺出版社 1998 年 11 月出版。本文节选自第 49 回"千重剑气消魔焰　一片柔情断侠肠"。

曾弄湿，则更是不堪设想，他们纵有天大的神通，恐怕也要步司空化的后尘，被炸得粉身碎骨了！

这时，山上山下，都乱成了一片。在千嶂坪观战的人，纷纷向高处夺路逃生，在山坡上的人，则纷纷向寇方皋那班人所盘踞的山头攻去。

金世遗好在曾在水潭中浸湿了身子，首先从火光之中冲出。唐晓澜脱下长袍，使出绝顶内功，将长袍舞得呼呼风响，赛如一面盾牌，将两边的火头拨开，但待他冲出了火场，那件长袍亦已烧成了灰烬！冯瑛与痛禅上人连忙过来接应，给他服下了少林寺秘制的能解火毒的百花玉露丸。

火光中但听得孟神通一声怒吼，凶神恶煞般地冲出来，他发出第九重的修罗阴煞功掌力，一股阴寒之气护着心头，火毒难侵，胜于服百十颗百花玉露丸，硬从浓烟烈焰之中冲出，与唐晓澜差不多同一时候。孟神通所受的内伤比唐晓澜重得多，但因他有修罗阴煞功护体，从火场冲出，表面看来，却不似唐晓澜的狼狈。

他与唐晓澜同时逃出，但却不同方向。痛禅上人大吃一惊，生怕他趁此混乱时机，胡杀一通，唐晓澜瞧了一瞧孟神通奔逃的方向，说道："他已被我震伤了三阳经脉，那边有金光大师和青城派的辛掌门，纵然他敢胡来，也绝不能讨了好去。"

猛听得孟神通一声喝道："寇方皋你这小子好狠，居然想把我老孟一齐烧死！我活了六十多年，今天还是第一次受人暗算，哼，哼，我若不把你这小子杀掉，岂不教天下英雄耻笑！"但见他这几句话说完，身形已在数十丈的峭壁之上，他是选择了最险峻的捷径，向寇方皋那班人所盘踞的山头扑去！

唐晓澜叹道："这大魔头也真是骄傲得紧，不肯吃半点亏，他伤得不轻。再这么动了怒气，即算他现在即刻闭关疗伤，也至多只能再活半年了，他居然还要去和人动手！"

这时，唐经天等人也差不多攻到了那个山头，有好几个大内高手已给他的天山神芒射伤，阵脚大乱。寇方皋本来就要撤退，猛见孟神通冲来，而且声言要取他性命，更吓得魂魄不全，哪还敢多留半刻。

孟神通从峭壁直上，先到山头，手起掌落，打翻了几个御林军统领，那班人发一声喊，四散奔逃，唐经天觑准了寇方皋，一枝天山神芒射去，寇方皋早已和衣滚下山坡，神芒射到，却恰到好碰上了孟神通，孟神通冷笑道："你射伤我的徒弟，好，我也叫你吃我一箭！"双指一弹，那枝天山神芒竟然掉转方向向唐经天射来，冯琳在他身边，连忙将他推开，"嚓"的一声，神芒从他们中间射过，孟神通哈哈大笑，径追寇方皋去了！

山坡里忽然跳出两个人，怒声喝道："孟老贼，你还想逃命吗？"一个是丐帮的帮主翼仲牟，一个是青城派的代掌门辛隐农。

这两人和孟神通都有深仇大恨，翼仲牟恨他杀死了师兄——前任丐帮帮主周骥（孟神通即是因这宗血案，而成为邙山派与丐帮的公敌的）；辛隐农恨他打伤了本派的掌门师兄韩隐樵，至今尚未复原。翼、辛二人明知不是孟神通的对手，也要和他拼命，他们但求能绊得孟神通片刻，山上高手如云，只要几位武学大师一赶到，便可以将孟神通擒获。

翼仲牟的伏魔杖法刚猛非常，辛隐农更是海内有数的剑术名家，若在平时，孟神通还未曾将他们放在眼内，如今身受内伤，却不由得心中一凛。

说时迟，那时快，辛隐农的青钢剑扬空一闪，已然朝着孟神通的胸口刺来，孟神通一个盘龙绕步，避开剑锋，双指疾弹，一缕寒风，径射辛隐农的双目，辛隐农剑招如电，倏地一矮身子，截腰斩肋，但听得"唰"的一声，辛隐农左手的脉门已给孟神通弹中，痛彻心肺，但孟神通的小腹也中了他的一剑，血流如注！就在这同一时刻，翼仲牟的铁杖也以泰山压顶之势，猛砸下来，孟神通大吼一声，反手一掌，发出了第九重的修罗阴煞功掌力，翼仲牟的铁拐杖脱手飞出，这一招是伏魔杖法中的最后一招杀手，名为"潜龙飞天"，那是准备与强敌同归于尽的。

这一杖正中孟神通的背脊，饶是孟神通已差不多练成了金刚不坏的护体神功，也禁不住双睛发黑，"哇"的一声，一口鲜血喷了出来。这时翼仲牟已给他的掌力震倒地上。孟神通大怒，立即回身掌劈。就在此时，痛禅上人已经赶到，一扬手将一百零八颗念珠一齐发出，孟神通大叫一声，向后一跃，倒翻了一个筋斗，落下山腰，那一百零八颗念珠触及他的身体，全部给他震成粉碎，但其中有七颗打中他的大穴，也令他伤上加伤，真气几乎不能凝聚！

痛禅上人念了一声"阿弥陀佛"，将翼仲牟扶了起来，好在翼仲牟练过"少阳玄功"，受了孟神通这一掌尚不至于毙命，但也像患了疟疾一般，抖个不停。辛隐农未练过少阳玄功，被掌风波及，伤得比翼仲牟还重，幸他功力深湛，虽然伤得较重，亦尚无大碍。

翼仲牟道："孟老贼似是受了内伤，修罗阴煞功的威力已是远不如前，老禅师为何不趁此机会将他除了？"

痛禅上人低眉合十，念了一声"阿弥陀佛"，缓缓说道："孟神通罪恶满盈，死期将至，居士的仇亦已无须自报了。"要知道孟神通伤了三阳经脉，本来就至多不过能活半年，如今经过了这场恶斗，受了翼仲牟一杖，又中了痛禅的七颗念珠，那是决不能再活十天了。痛禅上人是个以慈悲为怀的有道高僧，本来不欲乘人之危，如今为了救翼、辛二人的性命，迫得施展佛门的"定珠降魔"的无上神功，加促了孟神通的死期，虽然问心无愧，却也有些不忍。

寇方皋趁此时机，急急忙忙如丧家之犬，一口气逃出十多里路，方自松一口气，猛听得耳边厢有极为尖厉的声音喝道："好小子，你逃到天边也逃不脱我的掌心！"寇方皋这一惊非同小可，这声音明明是孟神通的声音，但却不见他的影子。

寇方皋被孟神通以"天遁传音"之术，扰乱心神，心慌意乱，虽然使尽了气力逃跑，两条腿却竟似不听使唤，不消多久，便给孟神通追到跟前。

寇方皋叫道："大敌当前，孟先生何必同室操戈？"孟神通骂道："放屁，刚才又不见你说这样的话！你连老夫也要害死，还想我饶恕你吗？"

寇方皋见孟神通执意不饶，横了心肠，便不再哀求，反而冷笑道："孟先生，你只知责人，不知责己，不错，我是想令你与唐晓澜同归于尽，但到底未曾杀了你呀！你说我暗中害你，请问你这一生所害的人还算少吗？我姓寇的也不过是学你姓孟的榜样罢了！"

孟神通怔了一怔，急切间竟是无言以对。寇方皋伺机又逃，孟神通忽地大喝道："宁我负人，毋人负我，好呀，我姓孟的做了一世恶事，今天杀了你，也算是做了一件好事！"话声来了，修罗阴煞功已使出来！

寇方皋拼了全力接他一掌，但觉血气翻涌，全身寒战，但他并未即时倒下，连自己也觉得有点意外。

寇方皋身为大内总管，武功造诣确是不凡，踉踉跄跄地接连退出了六七步，消解了身上所受的劲力，定了定神，心中忽然燃起了一线希望，望着孟神通哈哈大笑道："孟先生，原来你也受了重伤，你杀了我，你也不能活命，何苦来呢？我这里有大内灵丹，不如咱们讲和吧！"

孟神通何尝不知道自己死期将至，不但如此，而且他还知道所受的伤任何灵丹也不能救活的，这一点寇方皋却不知道。

孟神通淡淡说道："多谢你的好心，但你可知道我现在正想些什么？"寇方皋瞧他神色不对，怔了一怔。孟神通冷笑道："我横行一世，只有人家吃我的哑亏，今日我意想不到几乎丧在你的手上，当真是阴沟里翻船。哼，哼，我若不在临死之前杀了你，教我怎能瞑目？"

寇方皋颤声叫道："孟先生，你、你不听良言，连自己的性命也不要了吗？"孟神通笑道："不错，我正是要你这位总管大人给我垫底！"笑声未了，寒飙陡起，左掌发出刚猛无匹的金刚掌力，右掌发出第九重的修罗阴煞功！

这双掌齐发的至阴至阳、刚柔并重的奇功，乃是孟神通毕生功力之所聚，寇方皋如何抵挡得了，但听得一声裂人心肺的惨叫，寇方皋似一团烂泥般地瘫在地上，血肉模糊，显见不能活了。

孟神通仰天大笑，忽觉真气涣散，腹痛如绞，就在此时，突然有一个声音在他耳边说道："孟老贼，现在轮到我和你算账了！四十三条命债，二十余年的血海深仇，这笔账该如何算法？你自己说吧！"声音充满怨毒，饶他是个杀人不眨眼的大魔头，听了这个讨命的怨毒之声，也自不禁心头战栗，说这话的不是别人，正是厉胜男。

孟神通回过头来，说道："厉姑娘，你苦心孤诣，蓄意报仇，老夫好生佩服！我杀了你的一家，只有一条性命抵偿，你要拿就拿去吧！"忽地身形一晃，自行迎上前去！

厉胜男早有准备，把手中所持的喷筒对准孟神通一按，一团烟雾，疾喷出来，孟神通大叫一声，跃起三丈来高，说时迟，那时快，厉胜男又飞出一条五色斑斓的彩带，缠他的双足。

孟神通头下脚上，倒冲下来，执着彩带一撕，哪料这条带上满插毒针，登时在孟神通的掌心上刺穿了无数小孔，彩带本身，又是十几种毒蛇皮所制成的，在毒蛇液中浸过，毒性可以见血封喉。孟神通有如受伤了的野兽一般，狂噪怒吼，全身三十六道大穴，尽都麻痒非常！

原来厉胜男从西门牧野那儿，取回了《百毒真经》之后，已配制了《真经》中两种最厉害的毒药，一样是喷筒所喷发的"五毒散"，另一样就是这样"蛇牙索"，这两件秘密武器使将出来，即使孟神通未曾受伤，也自难当，何况他现在真气涣散，事先又未曾留意防备？

孟神通双眼圆睁，叫道："好呀，你这小妞儿的报仇手段，比老夫还狠！"猛地嚼碎舌头，一口鲜血喷了出去！

随着这口鲜血喷出，孟神通突然一声大喝，在烟雾之中冲出，倏地向厉胜男扑去，人还未到，掌力已似排山倒海般地压下来！

这是最厉害的一种邪派功夫，名为"天魔解体大法"，一用此法，本身亦必随之死亡，但却可以将全身精力凝聚起来，作临死前的一击，威力可以平增三倍以上，孟神通与唐晓澜比拼内功的时候，就曾经想过在到最后关头的时候，要用此法与唐晓澜同归于尽的。

厉胜男大吃一惊，急忙拔出裁云宝剑，说时迟，那时快，孟神通已扑了到来，而厉胜男的宝剑亦已然刺出。

就在这电光火石的刹那之间，厉胜男正自给孟神通的掌力压得透不过气来，忽觉身子一轻，给人拖着，转眼间已离开了孟神通十余丈远。

厉胜男站稳了脚步，睁大眼睛时，只见孟神通已倒在血泊之中，胸口插着那柄裁云宝剑，剑柄兀自颤动不休！

孟神通在血泊之中挣扎，忽地坐了起来，拔出宝剑，一声狞笑，叫道："这条性命偿还给你，但却不能由你动手！"宝剑一横，一颗头颅登时飞了出去！

厉胜男自有知觉以来，即无日不以复仇为念，但如今看了这般景象，也自不禁目瞪口呆，为之心悸！

金世遗走了出来，摇了摇头，叹口气道："多行不义必自毙，这句话真是一点不错。胜男你今日报了大仇，我还望你以孟神通为戒，不可再蹈他的覆辙。"

救厉胜男脱险的正是金世遗，也幸而孟神通经过连番恶战，伤上加伤，虽用"天魔解体大法"，功力平增三倍以上，也只不过比未受伤之前略高少许，所以金世遗才能禁受得起。倘若他少受一点伤的话，只怕金、厉二人都要毙在他的掌下了。

厉胜男呆了半晌，方始定下心神，冷冷说道："金世遗，你不到少林寺看你的谷姐姐去，来这里做什么？"

金世遗未来得及说话，厉胜男已离开了他，只见她把孟神通的首级拾起，放入革囊之中，然后一步一步地向孟神通的尸首走去。

厉胜男所用的毒药猛烈无比，不过一炷香的时刻，尸首已经化成一摊浓血，只剩下毛发和一堆白骨和少许零星物件。饶是金世遗胆大包天，看了也不禁毛骨悚然。

厉胜男心里其实也有点害怕，但她却硬起头皮，取回宝剑，拨开骨头，细心检视孟神通的遗物。

金世遗道："不必找了，在我这儿！"厉胜男愕然回顾，沉声问道："你说什么！"

金世遗取出孟神通留给他的女儿谷之华再由谷之华送给他的那半部武功秘籍，说道："你不是要找寻这本书吗？"

厉胜男怔了一怔，问道："你怎样得来的？"金世遗道："你不用管。这本书应该归你所有，你拿回去便是。"厉胜男道："你怎么不要？"金世遗淡淡说道："我本来无意要乔北溟的任何东西，以前因为我对你有所允诺，要助你报仇，故此才学了那上半部武功秘籍，现在你的大仇已报，我的心事亦了，我还要它做什么？"

金世遗所得的那上半部武功秘籍早已交给了厉胜男，现在又将孟神通所得这下半部也交了给她，从今之后，就只有厉胜男一人可以学全乔北溟的绝世武功了，可是她听出了金世遗的话中有话，心中的恐惧远远超过了得书的喜悦，禁不住心头一震，颤声问道："你、你、你这话是什么意思？"

金世遗缓缓说道："我答应你的事情，都已做了，从今之后，咱们可以各走各的路了！你要是愿意的话，咱们还可以兄妹相称，你要是不愿意的话，那也就算了！"

厉胜男面色大变，厉声叫道："好，好！你走吧！总有一天，我要你跑回来，跪在我的面前，向我哀求！"

金世遗这一番话虽然说得极为平静，但心中却是痛苦万分，这一番话是他经过了无数个不眠之夜，数十百次思量，才下了决心要向厉胜男说的，现在终于是说出来了！但想不到经过深思熟虑，说出来之后，仍然是感到这么痛苦！

他不敢再看厉胜男的面色，他不敢再听厉胜男的声音，怕的是自己支持不住，决心又会动摇，他抛下了那半部武功秘籍，转身便走，再也不敢回头！

天空中突然响起霹雳，雷鸣电闪，大雨倾盆，金世遗给大雨一冲，稍稍清醒，心道："这场雨正下得合时，他们不必费气力去救火了。这个时候，他们该回转少林寺了吧？""每一个人都有他要去的地方，我呢，我现在应该去哪里呀？"

在闪电的亮光中，远远望见少林寺最高的建筑物——金刚塔，原来不知不觉间他已走近了少林寺了。金世遗猛然省起，他原来是要到少林寺去看谷之华的！

他向前走了几步，忽地又向后倒退几步，心底下自己对自己说道："不可，不可！沁梅今天没有在千嶂坪，一定是在寺中陪伴之华，这个时候，我还不宜于见她！"

金世遗回头走了几步，再想道："我决心和胜男决裂，为的什么？不是要使之华明白我的心迹吗？她现在一定难过得很，可以安慰她的，只有我一个，我却为何要畏首畏尾，不敢早去看她？"想到此处，又回过头来，向少林寺行去，但只不过行了几步，心中却又想道："她正陪着重病垂危的曹锦儿，那曹锦儿恨我切骨，我这一去，她见了我必定生气，说不定就此呜呼哀哉，岂不令之华更为难过？而且少林寺人多嘴杂，也不是谈心之所。罢、罢、罢，我还是再忍一些时候，待她经过了这场风波，创伤稍愈之后，再去看她！"

雨下得越发大了，金世遗心中也似有漫天风雨，乱成一片。本来他所想的也很有理由，但在他心底深处，这时不去少林寺似乎还另有一个原因，那是他连想也不敢想的。连他自己也不明白，在和厉胜男决绝之后，不敢即刻去见谷之华，这究竟是为了谷之华呢？还是为了厉胜男？或者只是由于自己心底隐隐感到的惶恐心情？

金世遗终于还是向少林寺相反的方向走了，他在漫天风雨之中孑然独行，但感一片茫然，自从他和厉胜男相识以来，他便一直为了不能摆脱她而烦恼，如今是摆脱了，他似乎感到了一阵轻松，但随即又似乎感到另一样深沉的烦恼。好像一个人突然不见了自己的影子，禁不住惘然如有所失。

忽地有一条黑影从他旁边数丈处掠过，风雨中天色阴暗，那条黑影又快得异乎寻常，若非金世遗自幼练过梅花针的功夫，目力特佳，几乎就要给他毫无声息地溜过。

金世遗吃了一惊，猛然醒觉，喝道："姬晓风，是你！"姬晓风不得不停下步来，回头说道："金大侠，是你！上次多蒙释放，姬某这厢有礼了！"金世遗道："你鬼鬼祟祟的干什么？"姬晓风道："我找师父，我知道你们都憎恨他，可是他到底是我的师父，他受了伤，我不能不找他。"金世遗道："想不到孟神通竟有你这个忠心徒弟，他也应该瞑目了。"姬晓风惊道："你说什么？"金世遗道："你不必再找了，你师父已经死了！他一生不知杀了多少人，如今被仇家所杀，这正是天道好还，报应不爽，你也不必为他哀痛了。你赶快走吧，少林寺的人就要回来了，我可以放过你，他们未必肯放过你！"说到这里，果然已听到远处有纷乱的脚步声。

姬晓风急忙溜走，金世遗不愿与冯琳这些人碰头，遥望少林寺叹了口气，心道："待之华回转郎山，我再去见她吧。"加快脚步，也冒着暴风雨走了。

谷之华在病榻旁边，陪伴着曹锦儿，心情本已阴沉，更兼风雨如晦，更增伤感，曹锦儿似是回光返照，忽地挣扎坐了起来，靠着床壁，问道："有消息吗？"谷之华道："没有。"曹锦儿叹口气道："我只怕等不到好消息来啦，不过，这次有唐大侠主持，我是放心得很。我不放心的只是你！……"

谷之华吃了一惊，道："师姐不放心什么？"曹锦儿气吁吁地咳了两声，沉声说道："之华，我要你答应两件事，否则我死难瞑目。"谷之华道："请掌门师姐吩咐。"

曹锦儿握着她的手道："第一件，你一定要接任掌门，本派能否中兴，全仗望你了！"谷之华道："这个，这——"曹锦儿双眼一翻："你，你，你当真要教我失望吗？"谷之华道："这个，我，我尽力而为，受命便是。"曹锦儿方始露出一丝笑意，道："好，这才是我的好师妹。"谷之华扶着她喝了一口参汤，她喘了一会，又再说道："第二件，这、这，我或者是要强你所难了，你、你、愿不愿意答应在你，但，我、我却是不得不说！"谷之华道："师姐但请吩咐，不管什么为难之事，赴汤蹈火，在所不辞！"曹锦儿道："本派是六个正大门派之一，你既答应接任掌门，我望你重视这邛山派的掌门人身份，不要再与那魔头来往！"曹锦儿挣扎着一口气说了出来，睁大了眼睛看她，咳个不停。

谷之华一听，当然知道她所指的魔头乃是金世遗，不禁又羞又恼，横起了心肠说道："师姐放心，我这一生决不嫁人！"话是说了，泪却倒流，心中如割！

曹锦儿咳了几声，含笑说道："这，我就放心了，不过不嫁人嘛，这也不必……"正要再说下去，忽听得风雨之中，似有喧闹之声。曹锦儿惊道："出了什么事情？难道，难道是孟、孟神通杀进来了？不、不会有这样的事吧？你、你叫沁梅去问问看。"曹锦儿虽说是信赖唐晓澜，但今日之战，关系太大，她又病在垂危，一有风吹草动，便禁不住疑鬼疑神。

谷之华尚未走出房门，只听得白英杰已在高叫"师姐"，匆匆忙忙地撞进门来！

曹锦儿忙问道："英杰，什么事情？"白英杰上气不接下气地说道："曹师姐，大喜大喜！"曹锦儿道："喜从何来？"白英杰道："那孟、孟神通已是不能活命了，咱们的翼师兄亲自打了他一铁拐！"曹锦儿呆了一呆，道："此话可真？"白英杰道："千真万确，千嶂坪已经有人报信了，唐大侠他们随后就到！"这白英杰乃是留守少林寺的邛山派弟子之一，他从监寺那儿听到了这一个消息，赶忙来报，一时来不及讲述详情，便把翼仲牟打了孟神通一拐之事提出来先说，听起来，却似是孟神通给翼仲牟打死了。

这么一说，曹锦儿反而不敢相信，睁大了眼睛，喃喃自语道："真的？真的？"话犹未了，只见冯琳也已匆匆跑来，一进门便哈哈笑道："曹大姐，贵派的大仇已报，那、那孟神通是再也不能活命的了！"原来冯琳惦念女儿，所以一见大局已定，便先跑了回来，她碍着谷之华的面子，也像白英杰一样，出口之时，将"孟老贼"三字改成了孟神通。

谷之华这时心如浪涌，她父亲作恶多端，死于非命，早已在她意料之中，但如今亲耳听到了这个消息，仍是禁不住心头震动。

曹锦儿道："那老魔头死在谁人手上？"冯琳道："他被晓澜震伤了三阳经脉，其后又给翼帮主打了一拐，再又给痛禅上人打了他一串念珠，现在虽然尚未毙命，但决不能再活十天了。晓澜和痛禅上人都是这样说的，所以才让他逃去。"曹锦儿道："为什么让他逃去？"冯琳道："痛禅上人说，念在他也是一位武学大师，反正不能活了，就让他自行毙命吧。"冯琳他们都还未曾知道，孟神通已给厉胜男杀死，连尸首也已化成血水了。

曹锦儿道："那么，这老魔头是死定了？"冯琳道："死定了！"曹锦儿双眼一翻，突然哈哈大笑，冯琳听得笑声有异，吃了一惊，忙道："曹大姐，你怎么啦？"笑声突然中断，冯琳上前一摸，已是气息毫无，曹锦儿竟是笑死了！

谷之华号啕大哭，冯琳道："你师姐死得欢欢喜喜，人谁无死，难得她死得如此快乐，你还哭什么？"谷之华半是哭她师姐，半是为她自己的身世而流泪，冯琳越劝，她哭得越是伤心。

没多久，唐晓澜、翼仲牟、痛禅上人等人都已回来。听得曹锦儿的死讯，都挤进房来吊唁。

痛禅上人、唐晓澜夫妇和几位与邙山派交谊甚厚的掌门人，依礼节瞻仰了曹锦儿的遗容之后，房中留下谷之华和邙山派的几位女弟子，给曹锦儿装殓，李沁梅虽然不是邙山派的人，但她见谷之华哀痛异常，也留在房中陪她。

各派首脑人物更换了衣裳，到结缘精舍与痛禅上人叙话。这时，少林寺派出去搜查的弟子，已发现了寇方皋的尸首，回来报信，众人听了，都是喜上加喜。虽然死了个曹锦儿，但武林的大害已除，御林军统领和大内总管又相继毙命，各正派中人，都可以放下心头大石了。

可是少林寺几位护寺禅师，却都是眉心深锁，非但看不出半丝高兴的样子，却反而面有愧色。冯琳心中一动，问道："适才我在途中，见一个人在风雨中疾奔，模样似是姬晓风，可是这厮乘虚偷入了少林寺吗？"

监寺本空上人道："正是。贫僧疏于防守，已给他在藏经楼偷去了三卷经书，正要向方丈师兄告罪。"痛禅上人道："是哪三卷经书？"本空上人道："是三卷关于内功心法的。一是练气的太虚真经，一是练神的太玄真经。"少林最重要的武功秘籍是易筋、洗髓二经，但是这三卷内功心法也是很重要的内家典籍，众人听了都大惊失色。

本空又道："那姬晓风就是和今早到本寺瞻仰的那两个西域僧人来的，那两个僧人已给达摩院长老擒获，请问师兄如何处罚？"痛禅上人道："念在同是佛门弟子，且又曾是本寺客人，放了他们吧。孟神通已死，姬晓风难成气候，你替我挑选十六名得力弟子，分向八方缉拿便是。只是经此一役，以后更要多加小心。"各派掌门人见少林寺发生此事，过意不去，也都许下允诺，协助少林寺留意姬晓风的踪迹。

原来那两个西域僧人，早已有到少林寺盗书之意，乘着千嶂坪大混乱，痛禅上人未曾回寺之际，说动了姬晓风帮他们盗书。姬晓风正要找寻师父，心想师父或者也可能趁此时机，往少林寺闹事，便答应了他们，顺道到少林寺一探消息。姬晓风是做惯了贼的，每到一处，必定要顺手拿些东西，所以他虽然本意不想盗书，结果也把少林寺的三卷内家典籍偷去了。也幸亏有那场暴风雨，要不然他纵有绝顶轻功，只怕也不能在达摩院的长老眼底下溜走。这正是应了那两句俗话："有意栽花花不发，无心插柳柳成荫"了。

议过了姬晓风这件事情，翼仲牟道："这次全仗唐大侠和各位拔刀相助，歼了武林公敌，敝派亦得以报了大仇。敝派的掌门曹师姐虽然不幸逝世，死也可以瞑目了。曹师姐在生之时，已指定了吕师叔的弟子谷之华作为邙山派的继任掌门人，待安葬了曹师姐之后，敝派当再择定吉日良时，举行典礼，现在先行禀告，到时还望各位长辈光临。"

依照武林的传统规矩，继任的掌门人要为前任掌门服孝三月，孝服满后，方始可以正式接位，到时要举行继位大典，邀请各派观礼。

各派首脑人物听了这个消息，都深庆邙山派继位有人。尤其是唐晓澜和冯瑛更为欢喜，唐晓澜掀须笑道："当年我们和吕四娘入宫刺杀雍正，往事如在眼前，如今又看到她的弟子接任掌门了，日子真是过得快啊！我们也都老了！"想起当年和吕四娘的交情，想起少年时候的英雄事迹，不禁又是欢喜，又是黯然。

时间还有三月，各派首脑人物见少林寺已平静无事，便自行散去，约定了到时再往邙山道贺。只有天山派因为路途遥远，唐晓澜便留下了儿子和媳妇，作为天山派的使者，届时前往邙山观礼。

李沁梅本来也想请母亲和她留下来，可是冯琳却不肯答应，冯琳借口天山派每三年要校考武功一次，今年是考校之年，要女儿回山加紧练剑。冯琳笑道："天下无不散之聚会，你和你的谷姐姐已聚了多时，终须一别，不如留些未了的情意，以后再来吧。何况你这三年来，久疏练习，连你钟师兄的剑术也已超过你了，你不怕将来给他欺负吗？"李沁梅羞得满面通红，道："妈，你好不正经，又来取笑女儿了。"冯琳道："妈可不是说笑的，纵然钟展忠厚老实，不会欺负你，但你也该为妈争一口气，武功上总得要强过他呀！"这些年来钟展对李沁梅百依百顺，尤其是这次共同患难之后，两人的感情日益增进，李沁梅也已暗中愿意许身他了。所以听了母亲的话，只觉害羞，却并不生气了。她是个好胜的人，给母亲一激，想想也有道理，而且钟展也希望她一道回山，李沁梅拗他们不过，只好允从。却不知母亲是怕她知道金世遗还在世上的消息，所以才要催她回山的。

过了几天，邙山派的弟子运曹锦儿的灵柩回邙山安葬，唐晓澜等人回转天山，李沁梅只得和谷之华告别，临别依依，自是不须细说。

临行分手，李沁梅忽地低声说道："谷姐姐，你还记得那位厉姑娘吗？"

谷之华怔了一怔，道："你说的是厉胜男吗？"李沁梅道："不错。这位厉姑娘呀，实是教人难以猜测，有个时候，她好像对我很好，但有一次却又骗我。我瞧她对你也似乎不怀好意，我知道她以前是跟金世遗出海去了的，她要是重现江湖，你可要当心一些。"李沁梅尚未知道，谷之华早已见过厉胜男。谷之华给她挑起旧事，又是一阵伤心，强行忍着，说道："谢谢你，我会当心的。不过，依我想来，那位厉姑娘大约也不会再找我了。"因为在她想来，她已经拒绝了金世遗，厉胜男当可以称心如意地和金世遗结合了。

李沁梅有点奇怪，问道："为什么你会这样想？"谷之华不愿向她透露金世遗尚在人间的消息，支吾说道："不为什么，我和她已无纠葛，她还来找我做什么？"谷之华这么一说，李沁梅想到了另一方面，心道："不错，厉胜男和孟神通有仇，以前她恨谷姐姐，大约是因为谷姐姐乃是孟神通女儿的缘故，如今孟神通已死，想来她不会再找谷姐姐的麻烦了。"她怕再提此事，会令谷之华难堪，便改转话题说道："谷姐姐，恭喜你就要接任掌门，可惜我不能前来观礼了。有件小小的礼物给你，聊表寸心，望你哂纳。"说罢拿出一个匣子，再说道："这里面是一朵天山雪莲，你留下以备不时之需吧。"谷之华见她情意殷殷，只好受了，当下两人洒泪而别。

谷之华回山守孝，精神渐渐恢复正常，要知道以前常觉愧对同门，乃是为了父亲的缘故，如今她父亲已死，虽然一时难免深受刺激，但事情已经过去，有如阴霾散尽，现出晴空，她反而因此下了决心，要重振本门声威，好为父亲赎罪。另一方面，她亦已矢志终身不嫁，爱情上的伤痕虽然仍在，却不似以前的混乱了。翼仲牟等一众同门见她一天好过一天，渐渐振作起来，也都暗暗欢喜，深庆掌门得人，邙山派已有了中兴之象。

转眼过了三月，翼仲牟择了八月十五这个中秋佳节，作为新掌门正式就任的好日子，事先遍发请帖，各派掌门，有的亲来，不能亲来的，也派了专人前来道贺。

这一日邙山上喜气洋洋，新掌门的接任大典按时举行，昭告了上三代的掌门祖师之后，典礼完成，刚好是中午时分。随即便是接受各派观礼使者的道贺。

正在贺声盈耳之中，担任知客的邙山派大弟子林笙忽地进来报道："外面有个黑衣女子要来进见掌门，是否接见，请掌门赐示。"谷之华道："是哪一派的朋友，你可曾问明来历？"林笙道："她说与掌门乃是旧日知交，掌门见了，自然知道。"

谷之华心头一动，说道："好吧，你请她进来。"她已经知道来者何人，但今日是她举行接任大典的日子，于理于情，不能拒绝贺客，即算明知她意欲前来闹事，亦不可示弱。

片刻之后，林笙带了一个女子进来，谷之华一看，果然是厉胜男。

邙山派中翼仲牟、路英豪、白英杰等人是见过厉胜男的，他们只知厉胜男与孟神通有仇，虽然觉她来得突兀，却也并不加意提防。

贺客中的唐经天夫妇可不禁暗暗吃惊，心中恼怒。但因今天他们也是贺客的身份，虽然面对仇人，也只好暗中戒备，隐忍不发。

谷之华道："厉姐姐，今日什么风把你吹来的？恕我有失远迎了。"厉胜男笑道："今日谷姐姐你荣任掌门，江湖上哪个不知？哪个不晓？我是特来叨扰你一杯喜酒的。"谷之华见她颜色和悦，言笑自如，心中想道："此间高手如云，即便她诡计多端，也未必闹得出什么事来。"当下便和她客套几句道："小妹何德何能，有劳姐姐莲驾，这厢还礼了，请上座。"

厉胜男不坐到宾客席上去，却向她走近了两步，缓缓说道："今日我一来是向姐姐道贺，二来嘛，也备办了一件贵重的礼物，给姐姐锦上添花！"

从来没有客人自夸自己的礼物贵重的，因此，厉胜男此言一出，邙山派的弟子和一众宾客都是大大惊奇。谷之华怔了一怔，道："姐姐莲驾亲来，我已是感激不尽。何必还携来贵重的礼物？心领了吧！"厉胜男笑道："不必客气，别的礼物你可以不收，这件礼物，你却是非收不可的！"正是：

口中如蜜腹藏剑，诡计阴谋害掌门。

| 文学史评论 |

《云海玉弓缘》是一部重"虚"不重"实"的小说，那茫茫的大海奇异的火山，海外的蛇岛，怪诞的野人，神秘的武功秘籍，等等，与梁羽生整体作品的"追求历史的真实性，讲现实主义"的写实风格大异其趣。

《云海玉弓缘》是一部"邪"书：邪派人物作书中的主人公，邪派武功战胜正派武功，邪派人物比正派人物形象、生动、可爱。

《云海玉弓缘》又是一部爱情大悲剧。为了爱情，机关算尽，三角恋爱，三颗痴心。生前得到人，却又得不到心；死后心心相印，对方已香消玉殒，只剩得一份真情，怅恨终生！

——罗立群:《中国武侠小说史》，花山文艺出版社，2008，第267页

《云海玉弓缘》塑造了一个正直孤独的侠客形象，金世遗的性格不像张丹枫那么狂放，在李沁梅、谷之华、厉胜男三个不同性格女子面前的感情起伏，使金世遗个性立体化。厉胜男的好胜与热情，也使她光彩四溢，这个妖女式的人物形象丰满，个性突出，使全书的情节一次次跌落起伏，这可以显示出新派武侠小说的艺术特点。

——曹正文:《中国侠文化史》，上海书店出版社，2014，第91页

整部小说80多万字，以武林复仇故事的框架，讲述的却是金世遗与李沁梅、谷之华、厉胜男之间的爱情纠葛。李沁梅单恋金世遗，厉胜男单恋金世遗，金世遗与谷之华虽然心有灵犀，但又常遇阻碍。

……

在小说里，金世遗一直都在逃避厉胜男，却又时时受到厉胜男的吸引，他认为谷之华善良、正义、宽和，有一种向上的希望，厉胜男偏窄、邪恶、野心，要拖他到无底的黑暗深渊。小说最后，金世遗为了从厉胜男那里获得救治谷之华的解药，被迫与厉胜男成婚，在婚礼上，他仍然一心念着谷之华。然而，当他情不自禁亲吻厉胜男的时候，发现厉胜男已经渐渐僵冷，笑容收敛，如同一朵盛开的玫瑰顷刻之间便即枯萎。此刻的金世遗，终于意识到他真正所爱，竟是他一直想摆脱的厉胜男……

——刘硕良主编《广西现代文化史》(第三卷)，广西师范大学出版社，2016，
第85页

ǀ 作品点评 ǀ

《云海玉弓缘》中写两个性格不同的女子——谷之华与厉胜男，都爱上了主角金世遗。谷之华是名门正派的弟子，厉胜男则与金世遗一样，都是邪派出身。在写到最后一回之前，读者们都以为金世遗爱的是谷之华，甚至连金世遗本人也是这样以为的。直到"洞房诀别"的一幕，金世遗才蓦然发觉，他只是在"理智"上希望与谷结合，而在感情上则真正是爱厉的。这么奇峰突起的结局，虽在人意想之外，却又在人情理之中。细心的读者可以发现，在许多小地方，梁羽生是早已有了伏笔，刻画了金世遗与厉胜男的气味相投。

——佟硕之：《金庸梁羽生合论》，（香港）《海光文艺》1966年创刊号

"后世"的侠客更有直接与朝廷作对的。侠客不把朝廷命官放在眼里，不再需要一名大吏来"总领一切豪俊"，也不再"供使令奔走以为宠荣"，这一点十分重要。把立足点从朝廷移到江湖，不只是撤开了一个清官，更重要的是恢复了侠客做人的尊严、济世的责任以及行侠的胆识。令狐冲（《笑傲江湖》）、杨过（《神雕侠侣》）、金世遗（《云海玉弓缘》）、李寻欢（《多情剑客无情剑》）们之所以比黄天霸（《施公案》）、欧阳春（《三侠五义》）更为现代读者激赏，其中一个重要原因，就是前者那种不受朝廷王法束缚因而显得自由潇洒无所畏惧的"江湖气"。

——陈平原：《书剑恩仇儿女情——二十世纪武侠小说论（续）》，《文艺评论》
1991年第2期

山村复仇记（节选）

刘玉峰

原来，在战斗结束进村后，水生忽然想起，既然司令在此，这里大概是土匪的大本营了，半年前黄坚牺牲的地方，也会离此不远。于是，就同玉英商量，两人决定，到附近去看看，是不是能找到点什么线索，以便弄清黄坚牺牲的地方，设法把尸首打捞上来，加以埋葬。两人把想法简单地告诉了黎保，得到黎保的同意后，便顺着荒草蔓生的山间小路，向西南方走去。

穿过一片古老的树林，爬上一座小山顶，俯首向下一望，南边有一座小小的村落，村前有一片白色的晒谷坪，再向东就是伸向另一座山的岭坡。水生一见，叫道："玉英，你看，这就是那天夜里，土匪杀害黄坚的村子。走！我们下去看看。"他们到了山下，进村子找到那天夜里拷打黄坚的那座房子。再顺着隐约可辨的小路，绕了半个圈子，转过一个山角，猛一抬头，只见就在路边不远的地方，有一座数丈高的悬崖，崖上怪石、古树参天，岩顶的悬崖上，刻着三个巨大的凹字："无底岩"。一见

作者简介

刘玉峰(1929—)，河南上蔡人，1946年在汝南高中读书时，于河南《群力报》发表了第一篇小说《谁叫你名言》；1949年随解放军南下广西；1951年根据自己的剿匪经历写下《山村复仇记》；1988年出版中篇小说《少年复仇记》；1990年出版《苦儿苦读记》。

作品信息

《山村复仇记》(上册)，广西人民出版社1963年11月出版；《山村复仇记》(下册)，广西人民出版社1965年7月出版；广西人民出版社1980年修订再版(合订本)；广西师范大学出版社2016年5月出版。本文节选自第18章"斗智"。

这三个字，水生不由得触景生情，一阵阵心酸、悲痛和愤恨。他告诉玉英，这就是黄坚被杀的地方。玉英的神情也立即变呆了。

两人在岩前站了一阵，往前走近岩边，只见前面一个大洞，黑咕隆咚，一眼望不到底。水生呆立洞边，默默无声。玉英看了一阵。却把枪向地下一放说："我下去看看。"说着，就把身子趴到了岩洞口上，心想找个可以下脚的地方。水生一见，忙伸手拉住她说："莫冒险。这上面写的是'无底岩'，想必是无底的，你怎能下得去？""那怎么办？不下去，怎么知道有没有黄坚的遗体？"玉英说。水生想了一下说："我亲眼看着黄坚让土匪打死在这个岩洞里的，不把他的尸首找出来，我很过意不去。走！我们赶快回去报告区长，说不定在捉到的土匪中，能找出那个凶手来。"玉英一听，说了声："好！"两人转身就又往回跑。

两人刚刚转过身来，突然发现在不远的前面，站着一个十八九岁的小伙子，穿的一身破烂，头发散乱，满脸泥垢，正在怯生生地望着他们。水生一见，立刻用枪对着那人，低声对玉英说："土匪！"玉英也把枪举起，大声喝道："举起手！走过来！要不，我开枪了！"

那小伙子举起手来，两只眼直愣愣地望着水生与玉英，迟迟疑疑地迈着步说："水生，你不认得我了？"

水生这时才看出是谁，就轻轻地忙对玉英说："是大风！"玉英眼尖，也看出来了。他们的心里很高兴。但，仅仅是一忽儿，他们又警觉起来。心想：谁晓得他安的什么心？于是，水生又大叫一声"快！走过来！"

大风到了面前，水生对玉英说："搜搜他。"玉英上去摸摸大风身上有没有什么武器，才放心地说："把手放下吧，坐在那里！"她指着离开他们一丈多远的一块石头。然后，水生说："你说说从哪里来的？解放军的政策你也晓得，放下武器，就可得到宽大处理。"他说时枪口仍对着大风。

大风直到这时，才镇静下来说："我是投降来的。"

"投降！怎么不带枪？"玉英不满地质问着。

大风这才慢慢地说了起来。原来昨天下午，他送走了大桥和桂花之后，回到了司令部，把大桥逃走的经过，向司令——李雄说了一遍。李雄气得嗷嗷直叫，忙差人去捉别的土匪家属，家属们早已溜光了，一个也没捉到。这时大风又找到了秦暗，在天黑后两人就离开了龙头山，来到"无底岩"前。不一会，林崇美也来了，几十个排长以上的土匪头目，也都陆续赶来，他们在这里开秘密会议，直到半夜以后，秦暗才开完会回来告诉大家："出山的路口，全被解放军和民兵封锁了，林崇美准备转移到恭城那边深山里去，我们这一帮人留在这里，听听李雄的情况后，再去找他。"

就这样，他们留下的这些土匪，龟缩在山洞里，整天提心吊胆，草木皆兵。大风此时，一心想着脱身之计。恰好今天，李虎在洞口张望，看见远处一男一女，很像莫家山的民兵，忙去报告秦暗。秦暗疑神疑鬼，坐卧不安。大风就乘机自告奋勇出去探听消息。秦暗同意了，但怕他暴露了目标，不准他带枪。大风就这样脱离了魔窟。

说到这里，大风停了一下，又接着说："我出洞走不远，就看见了你们两个。真太巧了。走吧！我们赶快去找解放军来，把洞里的土匪捉住。"

两人听完了大风的叙述，觉得可以相信，正想回去报告解放军。但水生想了一下：不行！我们要是都离开这里，土匪跑了怎么办？三人商量了一回，决定由水生、玉英把着洞口，大风回去找解放军。

大风把玉英和水生带至洞口后，自个儿去了。他们两人紧贴着洞口，严密监视着里面的动静。

过了一会，忽然有一个土匪，鬼头鬼脑地伸出了头，水生伸手一抓，没有抓住，那家伙就大叫一声："解放军！"赶快缩回去了。眨眼间，洞里面已乱成一团。

水生和玉英正为这一情况的发生考虑应付之策，洞里却突然传出话来："解放军听着，我们愿投降！"

水生一听，十分高兴，然而这么多土匪，两个人怎么对付？两人正在低声商量，不知道是给他们听见了还是怎么的，土匪忽然又喊话了："我们知道，你们只有两个人，是好汉的就进来，我们和平谈判，不然我们就打出去，把你们打个稀巴烂！"

水生一听，感到问题严重，要是土匪真的打出来，他们两人死活，倒是小事，跑了三十多名土匪，可不是耍的，再说还要连累大风，白费人家一片好心。一想到此，他就壮一壮胆子说："里面的土匪听着，我们莫家山的民兵，全在这里，村上还有解放军，你们有胆的就出来吧！不过，为了执行宽大政策，我们愿意进去谈判，欢迎你们投降。"

话一落音，洞中就传出一阵嘲讽的声音："请吧！"

在这个紧要关头，水生不能多想，就从腰中掏出两个鸭嘴手榴弹来，把上面的钉子取脱，一手抓住一个。这种手榴弹的导火线是有弹性的，只要把上面的钉子取脱，一松手，它自己就会爆炸。此时，他大叫一声："玉英！跟我来！"就大踏步地向洞中走去。

眨眼之间，水生跳到土匪群中，双手扬了扬手榴弹，高声喊道："不准动！"几十个匪徒立刻惊慌失措，纷纷向后倒退着。水生又接着说："你们看。只要我一松手，你们就会完蛋！"匪徒们一时吓得目瞪口呆。

站在秦暗身边的李虎，一见是水生，记起了伏击王群时受的气，不怀好意地向前走了两步，把枪对着水生说："啊！原来是你，看牛的娃仔，你莫拿这个吓唬我，今天该你尝尝我的……"

玉英一见李虎出言不善，就先发制人，"砰"的一枪打去，李虎早已仰面朝天倒了下去。与此同时，玉英早已跳到水生面前，对着土匪大叫一声："谁敢动，就打死谁！"

匪徒们被弄得狼狈不堪，面面相觑，玉英用枪对住秦暗命令说："把枪放下，老老实实走出去！"

秦暗吓得双手一抖，手枪早已被玉英顺手夺去。匪徒们一见连长被缴了械，一个个急忙举起手来请求饶命。水生跳上高处，眼睛紧盯着面前的匪徒说："你们听着，谁再不老实。我们就不客气！摆在你们面前的路只有一条。这就是缴枪投降，悔过自新，争取政府的宽大处理……"

玉英有点不耐烦，低声说道："莫讲了！要他们快出去！"等水生一住口，她就对着土匪大声喊道："低着头，不准看我，快放下枪走出去！"接着匪徒们随着秦暗，一个个把枪放在玉英的脚边，低着头快步走出洞口，水生收好手榴弹，从身上取下背着的步枪，命令匪徒们好好站在一边。

等土匪完全出来了，玉英就把缴来的那批枪的枪栓摘下，然后，命令几个土匪，进洞把枪杆扛出。三十多个土匪，在水生的指挥下，排成一路单行，向村中走去。这件事儿的发生，早已使水生忘掉了打捞黄坚的尸首。

再说黎保，顺着水生和玉英走过的山间小道，穿过大森林，爬上山顶，正向南边的村落望去，忽然，隐隐约约地听到西边响了一枪，他没加多想就快步跑下山去。刚刚到村边，迎头碰上大风，大风就把事情的经过告诉了他。

他一听，急得跳了起来，忙问清道路，一溜烟地向前跑去。转过山角，猛一抬头，想不到水生和玉英已带着秦暗等三十多名土匪朝他走来了。黎保心里一阵高兴，佩服水生和玉英的机智和勇敢。当他看见秦暗也在土匪群中时，又禁不住一阵愤恨，心里想："你这个叛徒终于没有逃出我们之手，人民惩办你们的日子到来了。"于是，他叫水生和玉英带着其他俘虏前面走，自己却嬉皮笑脸地对秦暗说："想不到我们俩在这又见了面。来，我们叙叙旧吧！"

秦暗不知黎保想做什么，战战兢兢地从土匪队伍中站出，眨巴着两只眼，望着黎保。这时，水生和玉英才知道原来他就是马背山叛变的农会主任秦暗。

黎保不慌不忙地从腰中掏出一支烟来，伸手递给秦暗，说："不用怕，老交情了！解放军是优待俘虏的，我不会把你干掉就是了。"秦暗怯生生地接过烟来，一时猜不透黎保的打算，只是口不随心地说了声："是。"

这时，水生他们，已带着土匪走出十数丈外了。黎保划起火柴，点着了烟。秦暗默不作声地同黎保一起向前走去，他虽然点着了烟，却慌乱地忘记了吸，因此不久烟就熄灭了。黎保逗着秦暗说："老朋友，你当过农会主任，共产党的事多少也懂得点，现在到了这个时候，准备怎么办？是坦白呢，或是抗拒？"

秦暗只好弯着腰连声地回答着："自然坦白，坦白。"

"坦白就好。那我就问问你，在马背山农会里，你是怎么样把黄四保请来的？"

黎保突然提出了旧事。

这一来，秦暗不由地打了一个哆嗦，把嘴张了几下，没有说出话来。

黎保紧接着笑嘻嘻地又说下去："老兄，你这也太不够朋友了，幸好我那天警惕性高，要不，你真要送我们进天堂了。"

尽管黎保说得轻松愉快。可秦暗却越听越怕，越想越慌，脸色变得红一阵、白一阵，不知如何答话才好。正当秦暗吞吞吐吐、张口结舌地难以答话时，却不防黎保突然大叫一声："站住！"秦暗蓦然一惊，停住了脚步，心想黎保也许要对他报复，把他枪决了，就不由地两腿打抖，就要下跪。却不料黎保又扑哧笑了一声，仍和先前一样奚落着他："你真是个大脓包！黄四保和林崇美怎么瞎了跟，还让你当个连长，你要是在我的部下。老兄，连个小兵的资格也不够呢。"说到这里，黎保抬头一看，只见水生和玉英已押着那伙土匪，转过山脚了，他就忙收住话头说："过去的事，我看你是不敢讲，怕讲了我们杀你。那好吧！不敢讲的，就留着以后再讲。现在讲讲最近土匪的情况好不好？"

这话，果然中了秦暗的心意，他稍微感到轻松，连连点头说："好，好。"接着，就从头到尾，一五一十地把林崇美怎么与李雄意见不统一，又怎么在"无底岩"前开会，布置分散活动，依靠和发展地下军等事告诉黎保，还谈到留他下来是为了弄清李雄的情况等等。

黎保听了这些，十分高兴，忙追问说："那你下一步准备到什么地方去找林崇美呢？"

秦暗说："这个，林崇美没说清楚。他只是说，以后派人来接我们。"

黎保对此非常感兴趣，又问下去："什么时候来？"

秦暗说："没有定下来。他只是说，要我们在这里等三天，要是三天不来人联系，就是出了什么意外情况，要我们单独行动。"

黎保听到这里，心中暗自盘算："我何不在这里等着林崇美派来的人。以便弄清林崇美的去向，好抓住他呢？"于是，他就不再追问秦暗，一个人想起今后的打算来。

正当黎保想得入神，秦暗却已看出黎保在想什么心事，误以为："是不是因为我说了真话，觉得留我没用，准备打死我了？"这时，他们已到了山角的转弯处，这里是一个山坡，路边还有一个草木苍茂的山沟。秦暗看看水生和玉英等人已快进村了，就慢慢地蹲了下来叫肚子痛，还大声哼哼着说："休息一下吧？我要大便。"

黎保正在想他自己的心事，一见秦暗不走了，就顺口开了一句玩笑说："管天管地，管不住屙屎放屁。好，你到下面去屙吧！"说着，用手一指，让秦暗到路旁的山坡上去大便。他又回头望着西边的大山，心想如何找到林崇美的事。

过了不久，一声响动，黎保猛回头一看，只见秦暗正顺着山坡往下跑。黎保大叫一声"站住！"对方没有回头。他就照着草动的地方开了一枪。随着枪声，秦暗倒了下去，一下子滚进了山沟底。黎保以为秦暗被打死了，就狠狠地吐了一口唾沫，说："活该！"可回头一想："不妙！秦暗这家伙很狡猾。他会不会装死呢？我得下去看看。"于是，他迈步走进乱草杂木丛中，顺着秦暗滚下去的陡坡，向前寻找。哪知他刚刚走了不远，就遇见一处陡崖，下不去了。他这时才惊悟到：他上了当。刚刚秦暗就是从这里滚下去的，恐怕真的没被打中。一想到此，他有点后悔。看着面前这陡崖，他准备跳下去，再把秦暗抓回来。

"黎保！"后面一声喊叫。他回过头一看，只见大风引领着王群、徐翠、黄干、黄容，还有一大群民兵、解放军，跑步来了。他们分明是听到了枪声，前来接应黎保的。

"黎保，出了什么事？"王群问。

黎保两手一张，仍是那么无所谓地说了一声："秦暗跑了！"

"是你开的枪？"

"是的。不知打中没有，他就一头栽下山沟里去了。"

张排长说："我们下去搜索一下。"他带领解放军分头绕道下山去了。

这时，水生和玉英把俘虏交给解放军后，也飞快地跑回这里来。虽然刚才他们匆匆忙忙地碰了面，但没有详谈。因此，现在大家一见他俩，就围上来问长问短，对他们的勇敢行为，大大赞扬了一番。

黎保却趁着大家在忙乱中，悄悄地把徐翠拉在一边，低声贴耳地说："我有个好主意，请你和区长讲讲……"

徐翠听完了黎保的话，笑着问："你自己怎么不说？"

黎保说："我说，万一王区长不同意我去，那就糟了。"

徐翠半开玩笑半认真地说："首先我就不同意你的意见，革命又不是一个人的事，为什么要你一个人干？万一发生了意外怎么办？"

黎保着急地说："徐同志，你忘记了我们捉苏凤姣的事？那不也是偷偷干的吗？再说，现在的土匪，不比过去，龙头山这一仗，已把他们吓坏了，要是我们大队人马去，敌人根本就不敢再露面。"

"好吧！我去说说试试看。"徐翠说着，就朝王群走去。

黎保高兴得把身子一挺，喊一声："谢谢！"行了一个持枪礼。接着又嬉皮笑脸地低声说道："请你好话多说。"然后，又带着几分神秘的口气说："这回要看看你的面子如何了！"

王群早已注意到黎保和徐翠在窃窃私语，一见黎保那副脸相，就忙走过来问："什么事？背着我……"

黎保把眼睛神秘地望了下徐翠，回头跑了。

王群同意了黎保的秘密计划。当天下午，黎保就一个人，神不知鬼不晓地出发了。他怀里放着两个木柄手榴弹，假装农民，潜进了"无底岩"前的乱草杂木丛中。说来也凑巧，他刚刚找到一个合适的地方坐下来，用手分开草丛，仔细朝外望，只见"无底岩"前，正有一个瑶族打扮的人，从南边的山坡上走下来，边走边望。黎保忙从山上悄悄溜下来，迎上前去。这时，天已黄昏，黎保走近那人仔细一看，才大惊地说："你是张牛？"

那人也怔了一下，顺手把头上的伪装一拉，很高兴地说："你是黎保？"

黎保亲热地拉着张牛说："你现在在哪里？来这做什么？"

张牛瞅瞅附近无人，才问道："你是不是还当民兵，带解放军来的？"

黎保不置可否地反问道："你还当土匪？"

张牛肯定自己的估计不错，就老实地说："我还是干那行。不过，不跟林崇美了，现在在莫老八那里。"

黎保又迫不及待地问："你来做什么？"

张牛忙说："你听我讲……"

张牛谈道：昨天夜里，莫老八知道解放军势大，李雄一定会垮，就记起了前仇，没有执行李雄的命令。一声不响地带着他的两百多号人，躲到离此八里的仙人洞里。刚才林崇美去找他，要他派人通知秦暗赶快转移，然后，就又匆匆忙忙地同黄四保、黄白心等一伙人走了。林崇美一走，莫老八就派他来这里找秦暗，想不到会碰上了黎保。

黎保听完张牛所谈的情况，心中大喜，忙将这次剿匪的声势和情况，加油添醋地向张牛渲染一番。回头又问张牛："你现在准备怎么办？"

张牛笑着说："你说呢？我还能怎么办？我是专门向莫老八讨了这份差使，来找解放军捉拿秦暗和强迫莫老八投降的。现在你说怎么办吧！"

黎保反过来问道："你准备怎样强迫莫老八投降？"

张牛不假思索地说："那还不容易！你带我去找到解放军，让解放军把他们一包围，我就进去劝他投降，要是不投降，就消灭他们。"

"好办法！"黎保几乎跳了起来，上去拍了一下张牛的肩膀，"走！去找解放军！"

刚刚走了几步，黎保又站下来，不放心地问："莫老八会不会逃走？"

张牛想了一下说："那就看我们能不能抓紧时间了。我出来时，他再三告诉我，找到秦暗立刻就转回去。要是两个小时不回去，就可能是出了意外，他就不等了，让我回家中去，等他以后派人找我。"

这一说，黎保就着起急来。本来，同张牛一起，带解放军去把莫老八包围了，再行劝降，是比较保险的。但，如果去找解放军，两个小时内怎么也赶不到。不去找吧，自己连枪也没带一支，怎么办呢？再说，莫老八是有名的惯匪，一两个人，怎么对付得了他？想来想去，一时拿不定主意。而张牛这时不知黎保在想什么，也就着急地催着他说："快走吧！莫叫他们跑了。"

黎保一听，更加着急地说："不行呀，解放军还在龙头山上，时间来不及。张牛，你还有什么好办法吗？"

张牛一算，时间的确赶不及，就问黎保："我们两人去，你敢不敢？"

一句话把黎保激得跳了起来："怎么不敢？马背山那一仗，还不是我自己保着徐翠，打垮了林崇美和黄四保亲自率领的两百多名土匪！不过，问题是：劝莫老八投降，你有没有把握？"

张牛说："我看问题不大，莫老八这个人，虽然很凶猛，但他为人讲义气。因此，我想，我们好言相劝，即使他不投降，你也不会有什么危险。"

一提危险，黎保更加不高兴。"危险？你是说我怕死？马背山那一仗那么危险我都不怕。还怕什么！我是怕完不成任务，让莫老八跑了。"张牛不作声了。黎保仔细又想了一番，觉得也没有更好的办法，就下决心说："好吧！我们两人就去一趟。不过，你要好好与我合作才好呀！"

张牛忙说；"这还用说，要去就赶快走吧！"

"走！"黎保说着就迈开了大步。一路之上，他向张牛详细地询问了莫老八的出身、性格特点，以及与李雄的矛盾，不由地增加了战胜对方的信心。他正想着如何根据莫老八的特点，利用敌人内部矛盾，来个舌战匪首，忽听张牛悄悄地说："到了！你站下来等一等，我先进去与你通报一声。"说着，他和一边的岗哨打过招呼，忽地不见了。

此时，黎保却忽然灵机一动：不对！万一张牛不是真心。或虽是真心，那莫老八不听他的话，他们暗自设好圈套，把我干掉，这不是太冤枉了！不，我要采取主动，来个措手不及……一想到此，他紧走几步，向着张牛消失的方向扑去。

莫老八送走了林崇美，差出了张牛后，就一分一秒地计算着时间，等待着张牛的回来，以便迅速转移。当他眼看两个钟头快到时，就吩咐下面，准备出发。为了御寒解闷。就摆出酒菜在石桌上，准备喝上几盅。然而，他刚刚斟上了一杯酒，用手端起，还没送到嘴边，只见张牛匆匆忙忙地走进来，附耳低声说道："秦暗垮了，我碰上一个民兵。"

"在哪里？"莫老八手还端着酒杯，紧张地问。

"就在外面。他想来与你谈谈外面的情况。"张牛小心谨慎地诱导着莫老八。

莫老八一听张牛把一个民兵带来了，正想发火，只见黎保忽地从张牛背后闪出，开口叫一声："莫团长，你好！"

莫老八一见黎保已到面前，随即把酒杯向上一丢，酒杯碰着洞顶的岩石，"当啷"一声，落在地上。他已顺手从石桌上抓起两支驳壳枪，二话没说，双手一举，照着黎保"当！当！"就是两枪。一下子惊动了满洞的土匪，他们一个个提着枪，跑了上来。

子弹从黎保两个耳边"嗖！嗖！"穿过后，黎保却目不斜视、面不改色地望着那威风凛凛的莫老八，镇定自如地说："常听人讲，你莫老八是讲朋友，重义气的，想不到就这样欢迎朋友！"说着，就伸手把怀里的手榴弹掏出，走向前去，往石桌上一放，然后，招呼莫老八："怎么样？放下武器。坐下来慢慢谈谈好不好？"

莫老八开枪，一方面是见黎保来得太突然了，想给对方一个下马威，另一方面，也是为了在黎保和他的部下面前，卖弄一下他的枪法。枪声过后，他见对方全没一点惊骇求饶的神情，开始觉得很惊奇，慢慢地又感到这位来客很可敬佩。当黎保放下手榴弹时，他也不由地走到石桌的另一头，离开黎保远一点站着。当他意识到什么事也没有时，也就不自觉地把两支手枪放在石桌上，目不转睛地盯着黎保，问一声："你是谁？"

黎保感到难关已经渡过，又现出他平时那种嬉皮笑脸的神色说："莫家山的民兵。小姓黎，人称黎保的就是。"

莫老八一听，似乎有点耳熟。就不由地冒出一句："你的名字好熟！"

"你忘记了吗？我还没忘！我们打过交道呢。"

"在哪里？"

"半年前的那天夜里，在区里的粮仓后面的山上。"

"啊！原是这样，好、好、好，请坐，兄弟的名字不用介绍，你已知道了。"莫老八这时才冷静下来，想起张牛的话，决心盘问黎保一番。

黎保一面坐下，一面用眼瞟了瞟两旁的匪徒们。

莫老八注意到了黎保的表情，就又一次望了望黎保，确认他身上再没武器了。于是，向左右匪徒一摆手，说声：“都回里面去！”匪徒们立刻懒懒散散地退到洞的深处。昏暗的灯光下只剩下莫老八、黎保和张牛了。

莫老八给黎保、张牛各斟一杯酒，自己也另斟一杯，端起酒杯对黎保说：“你的胆量不错。来！干一杯。”

黎保说声：“谢谢！”就真的端起酒杯一饮而尽。

黎保这时候表面上虽然很镇静，可心里却不平静。因为，这时的处境，既不比在马背山农会时可以猛冲直撞，也不比擒苏凤姣时那样可攻可守。现在，他只身进入虎穴，只要稍一不慎，使莫老八引起误会，他的一切计划，就会立刻化为泡影。一想到此，他觉得自己的责任更重大了。为了采取主动，首先安定莫老八的情绪，他站起来，说：“早听人讲，莫团长是个好样的，今天一见，真是名不虚传。来！为我们的认识干一杯。”

干完了两杯酒，莫老八怕中了黎保的圈套，担心后面有解放军追来，就开门见山问道：“黎兄，今天到此，有何高见？”

为了稳打稳拿，黎保先不谈剿匪的事，却笑着对莫老八说：“今天我能到你这里来，不为别的，主要是想与莫团长认识一下，也想知道一下，你为什么昨天夜里没有支援李雄？听说你还是在他家长大的呢。这样做够朋友吗？”

这一挑逗，果然见效，莫老八不由咕噜噜地把酒一饮而下，怒气冲冲地开口说道：“他算我的什么朋友？不错，我是在他家长大的。不过，你不知道，从小，是他父亲为了霸占我妈妈才收留我们孤儿寡妇的。后来，他父亲逼得我妈妈改了嫁，又为了要我帮他看家才继续收留我的。唉！这段仇还是不谈它吧！谈起来话长。我请你还是谈谈外面的情况！”

原来，莫老八年轻时，是被李雄家中利用来保护家宅的。那时。李雄在外面当官，莫老八在他家带着几名长工，白天为他拿着锄头干活，夜晚就拿枪来站岗放哨。有一天，李雄的父亲要莫老八去杀一个无辜的人，莫老八不去，就挨了一顿臭骂，李雄的父亲还威胁着要把他的腿打断。莫老八与老地主闹翻了，回头和几个无家可归的长工一商量，就扛着地主的枪上了山。直到抗日战争结束以后，李雄罢官回来，为了利用他，才又托人与莫老八和解。但这时，莫老八已有上百的人马，自然不愿再去给李雄看家，一直没有下山。直到解放后，李雄也上山当了土匪司令，双方才把人马合在一起。但，旧日的裂痕，一直没有完全弥合。在李雄来说，他一方面对莫老八不大放心，另一方面又为了利用他而不敢得罪他；在莫老八来说，他一方面慑于李雄势大，怕他记起旧仇，另一方面又不愿忘掉他对李雄的旧仇。因此，表面上莫老八是李雄的嫡系，实际上他却又是独立的，而且还与林崇美保持一定的私人联系，这是他昨天夜里，不愿去为李雄卖命的主要原因。当然，他也想到，解放军的实力是强大的，即使他去支援李雄，也无法挽回李雄的灭亡命运，倒不如保持自己实力，待机行事的好。也就是因为这些，林崇美才又匆匆忙忙地来拉拢他一番。但，他并不完全相信林崇美的游说，所以，才迫切需要听听这位不速之客的意见。

黎保看到自己的初步目的已经达到，也就顺着对方说："对！我现在就告诉你，这次剿匪，政府决心很大，调来了大批的解放军，口号是'无洞不入，无山不上！'不消灭土匪决不收兵！你们在外面的那些靠山——通匪的地主、恶霸都抓起来了。过去受骗当了土匪，或是通了匪的，现在都纷纷与土匪划清界限，悔过自新了。昨夜一仗，已把李雄捉住，李猫抓和杨仁的两个团都被打垮了。杨仁也被打死。今天又抓到秦暗一大帮人。现在，你已是四面被围，走投无路。我们共产党的政策是'首恶必办、胁从不问、立功受奖'，只有及早投降，才是生路。不知你做何打算？"

这时，坐在一边没有出声的张牛插嘴说："我看还是投降算了，反正解放军是讲宽大的。"

莫老八一听投降二字，立即睁圆了眼，把放到嘴边的酒杯，又搁回桌上，大声地对张牛说："投降，谁说的？你也来劝降？安的什么心！快给我滚出去。"

莫老八说这话，一方面是警告张牛，另一方面也是说给黎保听的。他现在的命运虽然岌岌可危，可是手下还有一批亡命之徒，因此，还不想立即束手就擒。而且，听黎保说，"首恶必办"，那他如果投降，还不是自找死路！看着张牛无可奈何地走出去了，他才放软了话对黎保说："'首恶必办'是什么意思？'立功受奖'又是什么意思？请你说一说。"

黎保听了莫老八的发问，严肃地说："'首恶必办'嘛，就是对那些作恶多端，坚决与人民为敌的土匪头子说的。李雄和林崇美之流就是这样的匪首。对于这样的匪首，我们捉到了必然重重惩办，绝不轻饶；而对于那些虽然过去有些罪恶，但能及早醒悟，悔过自新，回到人民队伍中的人，我们还是宽大为怀的，不仅可以'立功赎罪'，而且可以'立功受奖'……"说到这里，黎保用眼瞟了瞟莫老八，继续说："我们知道你过去上山是出于不得已，你和我们一样对林崇美、李雄有仇恨，现在希望你想想，给他们卖命有什么好处？癞蛤蟆躲端午，躲得了初一，躲不了十五，有什么好下场？整天胆战心惊的！我劝你还是向人民投降，然后和人民一起把仇报了。你说不好吗？"

"这，我得很好地想一想。"莫老八一时没了主张。他用手扶着脑壳，陷入了沉思。

黎保一见莫老八仍在犹豫，心想：夜长梦多，必须采取速战速决的办法才行。他又说道："你究竟还有什么摸不清楚的？"

莫老八猛然抬起头来说："你们能担保我不死吗？"

"能！"黎保斩钉截铁地说。

"你用什么来担保？"莫老八紧追着问。

"用共产党的政策！"黎保十分干脆有力地回答着。

"你的话全可靠？"

"大丈夫一言既出，驷马难追！"

到了这时，莫老八紧皱的双眉才略略舒开一些，下定决心说："好、好、好！"但随即又想起他的那些部下兄弟，向洞里努努嘴，觉得为难。

黎保明白了，便热情地鼓励说："这就是你立功的机会呀。"

莫老八说："好吧！我叫他们出来，你和他们说说。"说罢。就向洞里大喊了一声。

那些土匪头目，本来早在偷听他们的谈话，各自怀着鬼胎，一见莫老八喊他们，就忽地一下跑了出来，一个个手提驳壳枪，仍是杀气腾腾的样子。

莫老八一见他们已跑上前来，就指着黎保对他们说："这位是解放军派来的代表，来劝我们投诚，我已答应了，你们看，行不行？"

那些人一听，就交头接耳，喊喊喳喳地议论开了。有的同意，也有的不同意。莫老八两目关注地望着他们。

黎保看到这一情景，心想：既然莫老八已同意了，大势已定。但，也不能不防万一，还是尽快解决问题为妙。于是，他便不让他们再去议论，忽地走向前说："大家莫吵！现在，我老实告诉你们，按照共产党的政策，我们是'先礼后兵'。今天我能到这里，并不是随随便便的，解放军早已在外面布下天罗地网，只是要我来与你们讲清楚道理，给大家一条生路。现在，你们的司令已被我们捉了，团长也愿投降，你们往哪里去呢？是聪明的，快莫拖延时间了，再拖下去，等解放军打进来，那就只有死路一条。愿死愿活，你们自己选择吧！"

莫老八一见黎保这么说，也有点着了急，便下命令："快把枪放下来，我们一起投诚。我莫老八不怕，你们还怕什么！"莫老八随即伸手拿起面前的两支驳壳，递与黎保说："请收下这个。"

黎保伸手去接枪，不防一个小头目，上去一把夺过，鼓起眼睛瞪着黎保问了一声："你的官有多大？"

黎保一时摸不清对方意图，就故意回答道："小小的民兵组长。"

那家伙就进一步煽动着大家说："你们看，一个小小民兵组长，能保住我们这么多人不死？你这不是吹牛，骗我们上当，缴了枪好一个一个地杀掉吗？莫团长要再三想想。"

黎保一看，莫老八张口不语，似乎在动摇了，就抖起精神，仰脸大笑道："哈哈哈！我说你老兄真是井底的蚂，没见过多大世面！共产党、解放军可和你们的规矩不同，你们是谁官大谁说了算，共产党、解放军的规矩是不分干部大小，谁都得按政策办事。我向你们作的保证，不是我个人的保证，是用政策来向你们保证的，这点你就不懂。还称什么雄！快收起你那一套吧！"

一席话说得那些家伙，包括莫老八在内面面相觑，哑口无言。黎保这才转退为进地伸手拿过自己的手榴弹，说一声："好！你们等着，我去请部队首长来。"说着，转身就走。他的打算是，如果敌人真的不投降，他就回手甩手榴弹过去，炸他个焦头烂额！

这一突然变化，弄得莫老八一时茫然不知所措。他正想走上前去，拉住黎保，再行商量，却见张牛慌慌张张从洞口跑了进来。对莫老八断断续续地说："我……们被……解放军包……围了！"

黎保也忽地转过身来，趁机说："你们说吧，是降是战？"

事到如今，莫老八再没有犹豫的余地了。他从那个小头目手里拿回两支心爱的驳壳枪，重新交给黎保并对那个家伙大喝一声："你傻个！还不给我把枪放下！"

那个小匪首勉勉强强地解下自己的枪放在石桌上。其他的土匪头目也一个个慢慢地把枪放下，垂手伫立一边，心情不安地等待着黎保的安排。

面对着一堆手枪，黎保故意装着满不在乎的样子，叫一声张牛："你带大家出去。"

莫老八和众匪首一出洞口，果真看见许多解放军出现在眼前，原来是冷指导员带着两个排的解放军来了。黎保觉得很奇怪，一问，才知是王群把黎保的行动告诉了李营长。李营长不放心，就结合分析了别的匪首坦白的材料，估计可能有土匪在仙人洞，于是就派冷指导员率领解放军，经过"无底岩"，一路来这里接应黎保。刚才张牛出洞观察时，正遇上解放军在收拾洞外山坡上的土匪岗哨，所以就慌慌张张地回洞报信。这时，黎保忙将刚才的一切，向冷指导员报告了。冷指导员一面鼓励黎保，一面自言自语地说："又没抓到林崇美？"

黎保一听，就回头问莫老八："你知道林崇美到哪里去了吗？"

莫老八忙回答道："知道，知道，他去'朝天洞'了！"

"'朝天洞'你去过吗？"黎保追问道。

莫老八不由地怔了一下，说："这个没有。他告诉我以后到'朝天洞'去找他，并说到时候有人来接我。虽然没去过，我看总会找得到的。"

黎保一听，就十分兴奋地对冷指导员说："我们赶快回去，向王区长、李营长报告。捉林崇美要紧！"

❙ 文学史评论 ❙

《山村复仇记》写了一个精彩的剿匪故事。作者真实地反映广西解放初期一场艰难而激烈的剿匪斗争。小说的主人公王群、徐翠、黄干和一批智勇双全、敢打敢拼的青年干部，在新政权建立初期，在面临着许多困难的情况下开展工作。他们在土匪十分猖獗的环境中积极组织和发动群众，一起克服困难开展斗争，粉碎了敌人的暴动计划，挖出了暗藏的敌人，唤醒了被蒙蔽的群众，逐步在斗争中由被动转为主动，最后在我解放大军全面围剿下，彻底消灭了土匪，巩固了新生政权，取得了广西彻底解放的胜利。

这部小说虽为虚构，但绝大部分内容出自真人真事，甚至人物实有其人，故事真有其事。书中的人物真实亲切、鲜活生动，故事情节曲折精彩，叙述上生动紧凑、引人入胜，语言上通俗易懂、声情并茂。《山村复仇记》在革命斗争题材的创作和小说的通俗化方面取得了较高的成就。所以有人说，这部小说既是革命斗争故事的讲述，又是广西解放初年剿匪斗争的历史记载。

——李建平等：《广西文学50年》，漓江出版社，2005，第89页

❙ 作品点评 ❙

《山村复仇记》是作者的第一部长篇小说，看来在艺术表现方面，作者也是用了一番功夫的。其中，特别是小说的情节安排，是比较有特色的。不少篇章，写得有起有伏，紧张曲折，常常出乎人的意料之外，而引人入胜。"虎斗""夜战""虎穴斗智""狭路相逢""日暮途穷"等章就很显著。其中追捕匪首林崇美部分写得尤为精彩。当然，这并非是故作离奇，而是人物性格发展的必然结果。我们想，在为了

塑造好人物形象，特别是先进人物和英雄人物形象的前提下，在真实地反映现实斗争生活的基础上，从现实生活和人物性格出发，把作品的故事写得生动引人些，是十分需要的。据了解，《山村复仇记》之所以受到读者欢迎，和这方面是有很大关系的。

——马汉彦：《评长篇小说〈山村复仇记〉》，《广西文艺》1966年第3期

在此之前，广西出版社没有出版过"长篇"，此书的问世，开创了广西出版的先河，填补了历史的空白。

——叶宗翰：《忆广西出版的第一部长篇小说》，《南国早报》2009年12月22日

《山村复仇记》受到读者如此的关注和欢迎，最主要的原因，就是因为它是地道的广西"土特产"。解放初期，广西的匪患特别严重，桂系的残兵败将和一些土匪勾结在一起，隐藏在桂北山区及十万大山，伺机蠢动，故当时的剿匪斗争，是巩固政权、建设政权的重中之重。小说反映了这一时代的重大题材，同时把曲折、传奇的故事穿梭于奇山秀水的特定环境中展现，把人的心灵美，融合在山水的自然美之中，营造了浓郁的广西特色。有人说，北有《林海雪原》，南有《山村复仇记》，这种赞美并非虚言。

——叶宗翰：《忆广西出版的第一部长篇小说》，《南国早报》2009年12月22日

1980年代

失去权力的将军（节选）

武剑青

一

一年多后的冬天，曲水县解放了。

这天，从省城往曲水县的公路上，有一辆中吉普在飞驰着。

车里坐着路维翰中将和他的女儿竹芸，以及他的随行和警卫人员，中将是应邀从海外归来参加开国大典的，然后就到老解放区参观。听说曲水已经解放，他就喜不自胜地急急忙忙回到故乡来。

竹芸头上戴着一顶英式的米黄色绒帽，披着件翻毛的紫色大氅，内穿一件驼绒旗袍，脖子围着一条棕色的水獭皮子围巾，兴致勃勃地观看沿途风光，时不时拿出临别那天晚上，路哲林塞给她的那只小铝盒，偷偷地看着笑着，耳根都红了。

路维翰明白女儿的心事，心里也不禁涌上了阵阵喜悦。他想到了去年春天，靳宝田兵困路府，哲林把他父女俩救出来后，东山特委连夜把他俩转移到广州湾，出了香港。在海外一年多的时间，路维

作者简介

武剑青（1931—），原名武志云，广西武宣县人。1949年6月至1958年在部队工作，1949年加入中国共产党，历任连指导员、营教员、玉林军区作战参谋、广西军区司令部参谋等职。1958年3月任《红水河》小说组长。1961年10月在柳江县拉堡公社任党委宣传委员，1962年任柳江县文教局长，次年又任《广西文艺》小说组长，1972年任《广西文艺》编辑。1952年开始写作，主要作品有长篇小说《云飞嶂》《失去权力的将军》《九曲杜鹃魂》等。

作品信息

《失去权力的将军》，花城出版社1981年11月出版，广西人民出版社1984年4月出版。本文节选自第29章"浩气长存"。

翰和李济深将军一道，为祖国的解放事业，做了不少工作。

可是一年多来，由于战争的原因，他始终得不到故乡准确的消息。传说，将军府的人不分男女老幼，全被靳宝田杀光了；又说，哲林把他父女俩救出后，回头进府，把所有的人都救出来了。说法不一，忧虑重重。有一点倒是准确的，据香港报纸披露，区虎和山县长、申主任这些西龙旧部，都揭竿起义，投向了唐彬，把曲水地区闹得个地覆天翻……

"爸，你在想什么？"竹芸把大衣紧了紧，靠近父亲问道。

路维翰被打断思路，顿了一下，深沉地说："我在想，曲水县委接到我们的电报后，一定会通知哲林和我们的老相识的，说不定哲林现在就在城外接我们呢。"

竹芸扑哧一声笑了："爸，你老讲哲林哥，就不讲妈和姑妈！你不想她们？"

路维翰笑了："傻丫头，哪能不想！可我更想哲林，他不仅是我的乘龙佳婿，更是我走向新生活的领路人啊！"他爱昵地看了女儿一眼，"其实呀，你比我还要想他！"

竹芸脸上一阵绯红，嗔道："爸，不许你讲！你……"她突然掩面吃吃笑了起来。

路维翰忽然歉意地说："爸过去老糊涂，耽误了你的青春，幸亏你姑妈纠正了我的错误，把你许给了哲林。这次回来，一定给你们热热闹闹地办喜事。"

竹芸忧郁地答："一年多了，音讯杳然，还不知怎样呢？"

路维翰不在意地摆摆手："没事。哲林这孩子机灵得很，你尽管放心好了！"

竹芸的心又开朗起来了。

又过了一阵，路维翰见女儿闭目沉思，不禁问道：

"竹芸，你在想什么？"

竹芸的长睫毛闪了闪，像饱经沧桑似的慨叹道：

"我在想，知识分子要走向革命多不容易啊！我，哲林哥，表哥，还有卜仁，都是知识分子。哲林哥在革命熔炉中锤炼，越炼越纯净，越炼越坚强。而表哥，也倾向过进步，可是犹豫不决，老在革命的大门外徘徊不前。卜仁呢，好歹算个大学生吧，还参加过共产党；可他把革命当作买卖，最后沦为叛徒，当了特务。而我呢，糊里糊涂，逢场作戏，动摇不定，如没有哲林哥的帮助，还不知沉沦何处啊！历史就是那么无情，每个人都要用他的足迹，去写自己的历史。"

路维翰叹息了一声："是呀，大江东去浪淘沙。革命就像滚滚东流水，是金子还是石子，或是沙子，都逃不脱它的冲刷，终究要现出原形。"

中吉普开得呼呼地响，路旁的树木、田野、电线杆一晃而过。可是竹芸还嫌车开得太慢了，她央求地对司机说：

"司机同志，能不能开得再快些？"

司机抱歉地答："对不起，已经是三档了。"

路维翰会意地笑笑："别急，马上就到。看，过了这座山，前面不远就是鹧鸪岭了。"

提起鹧鸪岭，竹芸不禁想起去年春天，就是在鹧鸪岭前，游击队把哲林哥从死神那里抢回来的。而后在甘王庙的地下室里，那甜如蜜、醇如酒的会面，使她任何时候想起来，都忍不住心头扑扑地跳，脸儿绯绯地红！她不禁咬了咬洒有香水的小手绢，竭力不让自己笑出声来。心里像有万朵牡丹在怒放！

是的，鹧鸪岭到了。远看像只大馒头，近看是座放牧场。去年硝烟弥漫、弹雨纷飞的地方，如今是牛群安然吃草的恬静境地了！

过了鹧鸪岭，竹芸的心跳得更厉害了，脸上红云片片，莲花朵朵。欢乐的心啊，快要蹦出来了。她忍不住探头往前瞭望。

城门看见了，拱门式的大圆洞，朱红色的砖墙，城楼上的飞檐画栋，雕龙刻凤，古色古香。城门下站着几个人，竹芸情不自禁地微微抬起了上身，她有点后悔，怎么没带望远镜来呢？要不，现在就可看见哲林了。

"司机同志，快，再快点！"她不断地催道。

汽车风驰电掣般地飞到了城门。

二

路维翰的中吉普，在城门前吱的一声停下了。唐彬领着一行人走了上去，紧紧地握着走出车来的路维翰双手，欢笑地说：

"欢迎呀，将军，一路辛苦了。"他对竹芸说："竹芸同志，你好呀！"竹芸也含笑向他们问好。

路维翰感慨地说："唐司令，想不到我们又见面了，你好呀！"

曲水县委书记段光走上前来介绍道："老唐如今是我们的地委书记了。"他拉过一位军人说：

"这就是我们东山主力团屈团长，如今是军分区的参谋长。"

屈参谋长对中将行了个军礼说："欢迎，欢迎！"

区虎扑上来，一把抓住路维翰的胳膊，大叫了声："老爷子，你可回来了！"激动得不知说什么才好！

路维翰的嗓子也噎住了，一个劲地拍着他的肩膀，半晌才说："好呀，好呀，干得不坏，香港的报纸都登了。"

区虎说："这还不是你开导的结果！"

路维翰摆摆手："不，是共产党政策感召的结果。"

唐彬称赞地说："区虎同志起义后，率领官兵和屈团长并肩作战，消灭了敌人一个保安团，攻克了曲水县城，把赫明和靳宝田撵到了南江，威震全省呀！他如今是我们军分区的副司令员。"

区虎说："老爷子，你知道吗，蔡师长后来也起义了。我们西龙的老同事，大部分都过来了。"

路维翰不断地点头："好呀，是好样的。"

唐彬说："将军，你为人民的解放事业立下的功勋，人民是不会忘记的！"

路维翰说："惭愧，惭愧，我做得还很不够啊！"他接着又问："赫明和靳宝田的下场如何？"

段光答道："赫明逃到香港去了。靳宝田上山当了土匪，想和我们再较量一下呢！"

区虎难过地说："老爷子，我们起义后来得晚了，没能把你救出来，没能保住将军府！"

段光忙把话岔开说："老申是我们专署的民政局长，老山很快要回东山去主持县府的工作，还当他的县太爷，驾轻就熟嘛！"

老山、老申也不胜唏嘘地握住路维翰的双手，真是千言万语，不知从哪说起。

他们都一一和竹芸握手问好。

竹芸含笑地向他们问了好，心中纳闷起来，怎没见哲林哥？他上哪去了？

段光说："吕队长下乡剿匪去了。暂时回不来。县长发动群众支前去了，离这不远，想必很快就到。"

竹芸着急地问："县长是谁？"

段光风趣地说："一个你们很熟悉的、所谓救命恩人吧！"

竹芸心里一喜，原来哲林哥当了县长，下了乡，难怪他不在场。她心上的石头落了地，满天的乌云都消散了。

路维翰也暗暗一喜，他故意将了唐彬一军，说："唐书记，我这次回来，要给哲林和竹芸办喜事啊，你不反对吧？"

唐彬突然一怔，紧接着又勉强一笑："好事嘛，干吗要反对。这个，以后再说，以后再说。"

路维翰笑道："我女儿已等了十年，不能再拖了，这两天就办，如何？"

竹芸羞得满脸通红地扯了扯父亲衣角，娇嗔地说："爸，看你……"

路维翰更是呵呵大笑道："这有什么不好意思的，姑妈不是做主把你许给哲林了吗？"

竹芸羞得但愿地下有个洞，好钻下去避开。她灵机一动，向段光问道："段书记，我姑妈和妈都好吧，跛五伯和晓霞、马佚他们呢？"

段光说："跛五伯在县人民政府当传达。晓霞如今是我们县青年团的头头，她也下乡征粮支前去了。呵，还有牛沛，他在敌人围困路府那天逃到山区，据说在乡下教书，我们正派人去接回来。"可是其他人呢，他避而不答。

山县长赶忙岔开了话头说："我们还是先进城！"

唐彬说："对对，请！"

他们边走边谈，唐彬问中将回来有何打算？路维翰说："去年寒舍遭劫，传说纷纭，我这次回来，一是寻找家人下落，给死者立块碑，给幸存者安排好，使死者安心，生者有归，尽一番情义。二来是想给竹芸完婚。然后还回香港去。因为海外的故旧朋友较多，在那里仍可为党做些统战工作。"他笑笑又说，"我只是共产党的同路人，还成不了一路人呵！"

说话间，已到了县府。

他们刚坐下喝茶，厅外风尘仆仆地走进了个人，一见面，他就乐滋滋地走到路维翰跟前，朗朗地笑道：

"柏公，别来无恙呀，欢迎，欢迎！"

路维翰一看，不禁愕然："你？狄议长！怎么在这里？"

唐彬笑道："他不仅把你，也把我们瞒得好苦呀！他现在是曲水县人民的县太爷！"

狄磊哈哈大笑了一阵，说：

"柏公，山重水复疑无路，柳暗花明又一村。那张字条还记得吧？"

路维翰心里热浪滚滚："是你写的？"

狄磊点头道："对，我奉董老之命，约你到新生园一晤。"

"那么，去年大年初四，你来给我拜年，也是有意给我暗通哲林被抓的消息啰？"

狄磊笑道："我当时只能采取这种隐晦的方式。"

门外走进了一男一女，穿的都是灰色的干部服，戴着解放帽。狄磊招手道：

"来得正好，让我给你俩引见一下。"他指着那位女的说："这是我的爱人，竹芸，还记得吧？"

狄磊爱人拉着竹芸笑道："当时你讽刺我：'天下的官太太，都是会享清福的。'

忘啦？"

竹芸的脸唰地红了，难为情地说："那时我很幼稚。"

狄磊呵呵笑道："不知者不罪。"他指着那位男的说道："这是我的得力助手，靳宝田官邸的聋哑佣人，如今是公安局的局长。哲林被骗进县府，押送省军统站，以及后来南京和省里决定逮捕柏公等等情报，都是他提供的。"

路维翰惊讶不已，他对这位战斗在敌人心脏里的英雄深深鞠了一躬：

"谢谢你，永世难忘你的救命之恩！"

公安局长忙扶住路维翰说："将军，这是党交给我的任务，我完成得很不好。"

狄磊感慨地说："是呀，我们完成得很不好。董老派我回来暗中团结、争取和保护一批进步力量，其中重点之一就是柏公你。可最后还差点送了你的命，真是惭愧呀！"

路维翰心里涌进了一股暖流，他感慨万千地说："你对我真是仁至义尽，无微不至地关怀啊！我过去不明白你对方阿土的案件为什么能主持公道，对靳宝田搞'反共宣誓'，你为什么请了病假！这一桩桩，一件件，如今才找到了谜底。你把我瞒得好苦啊！"

唐彬笑道："何止你，连我们都被他瞒住了。难怪上级党委说，路哲林不是孤军作战的。原来还有他这个后台！他是直属董老那条线的。我们要是把他当成反动议长干掉了，可就铸成大错了啊！"人们听着，哈哈笑了起来。

竹芸几次想插嘴都没机会，现在再也忍不住了，等笑声过后，她大声地问道：

"我妈和姑妈呢？我哲林哥呢？石岩同志呢？他们在哪？你们怎么谁也没有提起他们？"

在座的人一时沉默了下来。

竹芸慌了，心里一阵紧缩："怎么啦？区虎哥，你是个炮筒子，说话呀！"

区虎憋不住了，他跺了一下脚，把闷在胸腔里的话吐了出来，大声嚷道：

"石岩同志牺牲了，姑妈和夫人，都、都被靳宝田打死了，马伕、春梅和没有逃得出来的佣人，也都死了！哲林……"

路维翰脸色骤变，呼吸急促地一把抓住区虎："你说什么？都死啦？哲林呢？"

"哲林，他，他失踪了，至今生死不明！"

竹芸惨叫了一声，两眼翻白，当场昏了过去！

三

让我们抓住竹芸还没有醒过来这个空隙，把去年春天那个惊心动魄的夜晚，做个补充交代吧。

那天晚上，路哲林朝相反的方向，把敌人引开后，石岩拽住路维翰和竹芸、蔑匠，绕开了敌人，钻进了小树林，迅速逃出了敌人的包围圈。

石岩喘了口气，对蔑匠说："你带几个人，把将军和竹芸送到甘王庙去，交通员在那里等着，他们会保护将军出走的。我去接夫人他们出来。"

路维翰惊魂未定地拽着他说："请将我大姐和内人送到碧云寺去，那里的出家人会照顾她们的，不要拖累你们了。还有，我府里的佣人，都是忠肝义胆之士，请你们一定替我安排好，我就感激不尽了。"

石岩安慰地说："将军，你和竹芸放心去吧，一切后事交给我们了。到香港后，我们党组织会照顾你们的。祝你们一路顺风，为祖国的解放事业做出更大的贡献来！"

竹芸牵肠挂肚地嘱咐道：

"哲林哥的伤还没好，他一个人把敌人引开，我眼眉老在跳，你一定得找到他。我真不该离开他啊，可他一定要我走，我不好逆他的意。我到香港后等他的消息！"

石岩拍着胸脯说："你放心走吧，你到了香港，他给你的信，可能也到李济深将军手里了。"

竹芸稍微宽了宽心："但愿如此。"

石岩打发他们走后，领着几个战士回头来接姑妈和夫人她们。

姑妈手里数着佛珠，嘴里念着阿弥陀佛，说什么也不肯离开家。石岩焦急地说：

"敌人已经发现我们打通了花园的路，很快就会调重兵来封锁的，到那时想走也走不脱了！"

他叫春梅和另一个佣人，强行挟持姑妈动身。姑妈边挣扎，边指着一尊佛像喊道：

"我的观世音菩萨，我不能没有她！"

石岩对春梅说："你帮姑奶奶捧着，快走！"

将军夫人恋恋不舍地想带走这样，又想带走那样，双手拿的拿，肩上背的背，什么也舍不得甩掉。石岩烦透了，跺脚嚷道：

"夫人，只要人在，将来什么都会有的！你拿那么多东西，怎么跑得动？全甩掉吧！"

夫人摇摇头："这些东西那么容易置起来的吗？我有力气，不怕！"

石岩摇摇头："真拿你们妇女没办法！走吧，走吧！"他对马伕和班长说："我熟悉情况，往前杀开一条路，马伕保护姑奶奶和夫人，领着佣人立即跟上来，班长压后阵！走！"

石岩对跟随他杀进来的几位战士一挥手，就如下山的猛虎似的，从花园冲了出去。

战士冲出了花园，不见敌人有什么动静，石岩往后面一招手，"快，迅速跟上！"

不料姑妈等一行人刚出现在花园，埋伏在花园两边的伪兵就哒哒哒地开了火，吓得妇女们尖声喊叫起来，纷纷往后退。

马伕跺脚大嚷道："冲呀，往前冲呀！"

瞬息的战机，被妇女们的吵吵嚷嚷耽误了。敌人把石岩和突围的人们截为两段。班长一看，突围已不可能，便喊道：

"快退，要不连后路也没有啦！"他率领战士还击，保护着花园通向府里的退路。

妇女们像惊散了的鸭帮似的，没命地往府里跑，班长和马伕掩护她们退回府后，就加固了后门，向敌人还击起来。

石岩见突围没有成功，急得眼冒火星，他杀红了眼，对身边的几名战士吼道：

"跟我来，老子跟他们拼了！"

他带头往花园里的敌人杀去。敌人的一串子弹扫过来，他应声倒了下去。

战士们一愣，喊道："石副政委！"

一个战士怒火直冒地大吼一声："杀！"

"回来！"路哲林气喘吁吁地及时赶到了，他一面严厉制止了战士们的鲁莽行动，一面命令道："把副政委背走，撤，我掩护你们！"

原来路哲林把敌人引开后，他利用朦胧的夜色作掩护，左拐右转，就把敌人甩掉了。他听见花园的枪声后，知道石岩他们回来接姑妈她们了，便赶来助战。不料来到一看，姑妈和佣人们的踪影全无，只有几名战士往回冲，突然又听到"副政委！"这一声撕心裂魄的喊叫，他的心一沉，石岩完了。便飞也似的跑来，把要拼命的战士喝住了。

战士们见了他，悲痛地说："政委，突围的人又给堵回去了，副政委他……"

路哲林这时已不知悲痛，只有满腔的怒火！他看了一眼昏迷过去了的石岩，挥挥手说：

"撤！我掩护你们！"

石岩被枪声惊醒了，他欣喜地叫了声：

"林矢，中将和竹芸……"

路哲林一边还击敌人，一边说："他们安全脱险了，你放心吧！"

石岩又昏了过去，战士把他背走了。

路哲林边战边退，看见战士们钻进了牛路，他的心才放下了。

围困将军府后门的敌人见他们已逃远，也不再追赶。因为他们的任务是堵死包围圈，而圈外的战斗，是由另一伙敌兵对付的。

路哲林也钻进了牛路，在荆棘、蒿草的掩护下，他查看了石岩的伤势，子弹是从前胸打进去的，流血过多，脸色惨白，眼看救不活了。路哲林心胆俱裂地大喊一声：

"老石！我来迟了！"

石岩听见了喊声，吃力地微微张开了眼睛，他笑了笑，说：

"哲林，记得你说过，统战工作有时也要流血的。大象的血流尽了，我的血也快要流尽了！可是，我们……完成了党交给的任务，中将脱险了，统战的成果保、保住了！"

路哲林泪水顺着腮边簌簌地流，他难过地说："老石，你静一下，我们马上送你去抢救！"

石岩又微微一笑："来不及了。段部长会回来的，区虎会起义的，他们会把这些王八蛋消灭的，曲水和东山会建立起全省唯一的红色政权的！我看到了统战的丰硕果实，预见了中将到香港后发挥更大的作用，我的血……是不会白……白流的！"

路哲林悲痛欲绝地喊道："老石，你别说了，你会活下去的，会看到曲水解放的！"

也许是人临死前回光返照的作用吧，石岩讲完上面那一番话后，眼里的光芒消失了，脸色比白纸还白，手脚冰凉，毫无血色，他吃力地抓住哲林的手，声音低微地说：

"我们初次见面时，你用折断撑伞那根小铁线开……开导我，给我讲统战的道理。还说我……我们总有一天，会走……走到一起来的。现在，我们走……走到一起来……了，可是我已走……走到了生命的尽……尽头！但愿我……和大家的血，能唤醒那些至……至今，还……还没认识到这……这个道……道理的同志，像屈……屈团长他们。替我向竹……竹芸问好，祝你……你们幸……幸福，祝人……人民幸福！"

他的手一松，微笑地闭上了眼睛！这个工人的儿子，空手而来，空手而去，他一心只有人民，只有革命。赤子之心，像水晶石那样纯洁；方寸之间，比海洋还要宽广！高风亮节，能叫崇山低头，大江停流！

路哲林抓到他的身上，撕肝裂肺地喊道："老石，你不能走，不能走啊！"

路哲林蓦地跳起来，铁青着脸嚷道：

"血债是要用成百、成千倍的血来偿还的！把副政委的遗体抬回去，不能留给敌人侮辱!"他说完,亲自把石岩的遗体抱了起来。

他们刚钻出牛路,转到了大路,路哲林猛然想起刚才护送中将父女时,这大路上有敌人在卡路,便刹住步子,悄声说:

"绕开敌人,钻进那边小树林,走!"

"什么人,站住!"敌人听见了响动,吆喝着往这边扑过来。

路哲林将石岩遗体换给另一个战士抱后,便悄声地说:

"趁敌人还没发现,快跑,我掩护你们!"

"政委,一起跑吧!"战士们拉着他走。

路哲林厉声地命令道:"别讲价钱。这里地形我熟悉,刚才我就是这样把敌人引开的!"他朝刚才护送中将父女的路线跑开了,一面向敌人开枪射击,把敌人引开。

敌人嗷嗷叫地朝路哲林扑去,边破口骂道:"狗的,捣什么鬼,有种出来较量嘛,干吗东躲西藏的? 刚才没抓住,现在又来捣乱啦!"

……

天亮后,敌人保安团的先头部队赶到了。赫胖子听说昨晚有人突围后,一面命令保安团跑步前去将军府,一面自慰地说:

"柏仲几十岁人了,手脚不灵,敢突围吗? 准是派人出去报讯的。别管它,只要抓住柏仲,大功就告成了。"他亲自督战来了。

敌人的攻势很猛,防守的力量也很顽强。将军府里的弹药,成片成片地往敌阵撒去,敌人在将军府前丢下了一堆又一堆的尸体。

赫胖子激怒了,喝令轻重武器一起开火,"格格格","咣咣咣",机枪声、小炮声,震耳欲聋,可是将军府里始终没见竖白旗。

下午,保安团全部赶到了,把将军府围得水泄不通。赫胖子叫暂停,他要路维翰出来答话。可是,出来的却是马伏。他痛斥赫胖子一顿后,说中将不屑与这种小人见面。要打官司的话,把兵撤了,中将到南京去见老头子,有理到南京去说。

赫胖子冷笑连声,回头对靳宝田说:

"柏仲还睡在梦中,以为南京还相信他呢!"

靳宝田也得意地说："死到临头还逞英雄。我看不必多费唇舌，开始吧！"

赫胖子对马伏假惺惺地说："我是做到仁至义尽了。请柏仲三思！"说完，对靳宝田说："你相机行动吧，我走啦！"说罢，狡黠地离开了战场。

靳宝田恶狠狠地命令："总攻开始！"

霎时，像天崩地裂似的，保安团向将军府开火了，一时硝烟弥漫，一片片火网，一条条弹道，直向将军府喷射而去！

试想，小小一座将军府，怎经得起一团兵力的围攻？还没到太阳下山，敌人就攻了进去。马伏和班长都已壮烈牺牲了。

跑得脱的人，已趁混乱中逃掉了。跑不脱的人，躲在主楼的地下室里。

靳宝田率领着敢死队冲进了将军府，使下令到处搜查，可就找不到路维翰父女的影子。他把地下室的人全赶了出来，凶神恶煞地问：

"路维翰呢？谁说出来有重赏！说不出来，一个个赏粒花生米，到阎罗殿报到去。"

可是谁也不作声。靳宝田暴跳如雷，抓住了花匠吼道：

"你这个老不死的，你以为我不知道，你们都给路哲林赤化了！快说，说出来免你一死。"

花匠蔑视地说："冤有头，债有主。有什么事，可找老爷去。对我一个下等老头耍威风，算什么英雄？！"

靳宝田被刺疼了，拔出枪朝花匠砰砰两枪，花匠倒在血泊之中！他铁青着脸号叫道：

"谁不说，这就是样子。"

"不要枉杀无辜！"姑妈在将军夫人谷秀芳的搀扶下，颤巍巍地走了出来，她指着靳宝田诅咒道：

"姓靳的，你和柏仲也共过事，难道就没有半点良心？他犯了你哪一条王法？你要把他逼上绝路？要知道，善恶到头终有报，只争来早与来迟。不要做得太绝，你纵不为自己着想，也要留点后福给子孙后代啊！"

靳宝田又气又急，找不到路维翰，他拿什么去立功请赏？他的前程不是成了泡影！他用枪指着姑妈说：

"少说废话，路维翰呢？"

姑妈又惊又气，她拜佛吃斋一辈子，从没有见过这种惨无人道的人，她颤颤抖抖地扶着将军夫人谷秀芳，口里不断念着："作孽，作孽，罪过，罪过！"

靳宝田杀红了眼，见她诅咒，一时兽性大发，手指头一扣扳机，砰砰两枪，姑妈倒了下去！

谷秀芳猛扑过去，抱住姑妈大喊一声：

"大姐！"放声哭了起来！

靳宝田一把揪住她的头发，狂叫道：

"说，你的丈夫和女儿上哪去了？"

谷秀芳悲愤交加，呜呜咽咽地一时讲不出话来。

靳宝田用枪指着她大声喝道："你还想不想活？"

谷秀芳满腔愤怒地说："你开枪打死我吧，有事我一人承担，不要难为佣人！"

靳宝田那双死鱼似的眼睛一眨，改变了主意："你想死？偏不叫你死！给我押下去。"

谷秀芳一怔，要侮辱我？柏仲一世英名，可不能让我把他玷污了！罢罢罢，宁愿一死，也要留下清白在人间！姑妈已死了我活着还有什么用？她一眼瞅见主楼外面院子里的一口井，立刻有了主意：

"要人吗，跟我来！"

靳宝田一喜，收起了枪："明白了就好！"

谷秀芳往院子的水井走去，到了井边站住了，对靳宝田说："你过来，我给你指点！"

靳宝田半信半疑地走了过去："说吧！"

谷秀芳猛一使劲，企图把靳宝田推下井去，殊不知靳宝田早有防备，他一使劲，跳开了。谷秀芳见事不谐，迅速一头跳下了水井！

靳宝田定了一下神，拔枪往井里就打，边骂道："想拉我垫底，没那么容易！你滚到水龙王那里去吧！"

靳宝田像头受伤的野兽似的，把将军府的佣人一个个地审问拷打，谁也不说！他又亲手杀了两个佣人，还是不说！他丧气了，空手怎么交差？他喝令伪兵继续挨房逐室地搜！

将军府被抄得乌烟瘴气，还是见不到路维翰父女的踪影。靳宝田只好空着双手跑回城去。留下伪保安团驻了下来。

过了两天，区虎率领的起义队伍配合我主力团赶来了。两团兵力如泰山压顶，龟缩在将军府内的伪保安团，不战自溃。靳宝田见势不妙，弃城而逃。赫胖子魂飞魄散，躲回了南江。我军乘胜解放曲水城。几天后，又主动撤出县城，进山打游击去了。……

这就是血战将军府的经过。死难的烈士，表现得英勇顽强，一个个如塑像似的留在人间，浩气长存！

┃ 文学史评论 ┃

武剑青的长篇小说成就是较高的。首先，他的作品在整体上推进了广西长篇小说的发展。他的长篇小说不仅数量多，而且质量较高，从而使他成为继陆地之后在70年代末80年代初将广西长篇小说推向繁荣境地的主将之一。第二，他的长篇小说题材多样，丰富了广西长篇小说的样式。他不仅写革命斗争题材，也写当代生活题材；既写历史斗争的大场面，也写个人内心的小世界。他是80年代广西文坛上以长篇小说这一艺术样式把握反映生活最为成功的作家之一。第三，在艺术表现上，他娴熟地运用传奇色彩和曲折的故事情节等艺术手段，强化了长篇小说的可读性，使广西的长篇小说在读者中日益受到欢迎，扩大了影响。

——李建平等：《广西文学50年》，漓江出版社，2005，第173页

│ 创作评论 │

他是广西目前出版长篇小说最多的作家。苦孩子——战士——作家，这种典型的中国一代作家的履历，正是他生活道路的写照。如果说勤奋刻苦对于一个作家来说是一种必备的职业条件，因此算不上是什么美德的话，那么，它至少是他成功的主要秘诀。

他似乎对中国传奇话本和古典小说的艺术传统有着特别的挚爱，这和他的生活经历一经碰撞，便孕育了他的长篇小说的独特风貌。无论是展现刀光剑影的革命历史生活还是挖掘当代人的道德伦理风貌，他都较为成功地把演义和言情揉为一体，以其富于悬念、曲折生动的带着浓重的悲剧色彩的传奇故事赢得了读者。

他所塑造的一系列艺术典型以及这些人物在信念、道德、伦理方面的冲突，体现了作家深刻的革命人道主义胸怀及其不可避免的困惑。

——彭洋:《武剑青》,《南方文坛》1988年第4期

│ 作品点评 │

《失去权力的将军》以构思巧妙而善避，从而构筑了错综复杂的人物关系网，使作品人物在种种现实关系以及历史恩怨牵缠的交互影响制约下展开活动，以他们的行为指向和命运遭际作为指导读者兴趣的线索，使他们得以一页页地看下去，逐渐进入作品匡定的历史场景和艺术氛围。

——魏威:《构思巧妙 情节跌宕——评长篇小说〈失去权力的将军〉》,载《新花漫赏——广西文艺评论特辑》,广西民族出版社,1985,第70页

劫波（节选）
韦一凡

这里，除了一支负有特殊使命的部队，方圆几百里没有居民。

正是午休时间，处于地层深处的部队宿舍里，甜蜜的鼾声此起彼伏。解放军大尉韦良才拿了一个挂包，从营部走出，蹑手蹑足走过长长的坑道走廊，守卫在坑道口的战士向他立正敬礼，他回了礼，走出坑道口，站在一个沙丘上，举目四顾，目光所及，没有看到绿色，全是黄澄澄的沙漠，简直可以和大平原秋天的稻浪媲美！不，在韦良才的想象中，这景象要比大平原的稻浪更美一些，在这似乎毫无人烟的沙浪下面，隐藏着一个师的兵力，几年之后，中国第一朵巨型"蘑菇云"将在这里腾起，新华社奉命发布的新闻将震惊全世界。在朝鲜战争刚刚结束的时候，他本来打算转业回乡，实现学生时代就萌发的夙愿——献身于本民族的教育事业。从朝鲜回到祖国的头一个月，正当他写好信要叫满姑到驻地看他时，部队接到紧急命令，开往大西北建设一〇一工程。他毫不犹豫把信烧掉，深入连队

作者简介

韦一凡（1942—），广西上林人，壮族，毕业于广西师范大学中文系；1979年调任《广西文学》编辑；1982年12月之后在广西作家协会从事专业创作；1986年加入中国作家协会，历任广西作家协会副秘书长、常务副主席；1995年6月当选为广西作家协会主席、广西文联副主席。著有长篇小说《风起云涌的时候》、《劫波》、《侬智高》（壮文），中短篇小说集《隔壁官司》《被出卖的活观音》等，短篇小说《姆姥韦黄氏》获第二届全国少数民族文学创作奖，中篇小说集《被出卖的活观音》获第四届全国少数民族文学创作奖，长篇小说《劫波》获首届广西文艺创作铜鼓奖。

作品信息

《劫波》，漓江出版社1986年3月出版，获首届广西文艺创作铜鼓奖。本文节选自第11章"情书"。

做思想动员工作。"冲锋在前，退却在后，艰险任务，踊跃当先！"他这样鼓动战士们，自己也这样做了。从部队开进大沙漠的时候起，直至目前，整整三年过去了，他的营始终是完成任务最好的单位。已经有小道消息悄悄传播，他不久将被提升为团政治部主任。五十年代的军事干部，并不把职位的提升看成权力的增加和身价的上涨，在韦良才看来，团政治部主任只是比他目前所负的营教导员的责任更重一些，需要付出更多的精力。这则悄悄传播的小道消息看来并不是凭空产生的。前天，师政治部李副主任亲自找他谈过话，对他有所鼓励和暗示，并且十分关心他的个人问题。李副主任为人豪爽，说话非常干脆利落。

"搞到对象没有？"

"搞……有了。"韦良才口齿结巴，讲不惯"搞"字。

"她叫什么？"

"满姑。"

"哦，农村妞儿！好嘛，搞对象还是农村的好。我那一个念过两年高中，连吃饭都先用干毛巾擦筷子，还说出一大套理儿，咱是大老粗，真跟她不配套。"

"李主任！满姑的文化比我还高。"

"哦？你文化都不低啰，她比你还高？什么文化？"

"解放后才念的师范大学。"

"大学生嘴可刁哟！什么出身？"

"她十八岁念完中等师范，当了两年小学教师，就被反动派抓去坐了五年牢，解放时才出狱，后来参加工作，搞征粮、参加'土改'，接着念大学，现在当中学教师。"

"干脆一点嘛，她算什么出身？"

"个人出身应该是小学教师。"

"家里什么成分？"

"她——可以说没有家，她有个哥哥要害死她，把她赶出了家门。"

"哥哥是什么成分？"

"'土改'时划了地主。"

"哥哥是地主，妹妹的出身还不是红薯地瓜一个样嘛！她哥哥政治面貌怎样？"

"解放前当头人，现在判了无期徒刑，在农场劳动改造。"

"咳！我的教导员同志，这个对象搞不得哟！咱手里握枪杆子，可不能跟这样的女人睡觉！"

"首长！她是党员。"

"党员？"李副主任沉思一下，还是摇了摇头，"关系太复杂。断了吧，我给你另找一个好的！"

李副主任说话算话，两个钟头以前，他挂电话叫韦良才明天跟他一起上兰州去，和部队医院的一个护士长见面。去？还是不去？韦良才如今面临严重的抉择。

这就是他在午休时间不能好好睡一觉的原因。

他的目光，沿着那条笔直穿过黄沙丘的公路，一直望到路天相接的地方，这条路像是通到天上去的。如果他愿意，明天就可以和李副主任同乘一辆盖着帆布顶篷的吉普，经过将近两天的颠簸，行程一千多里，到达兰州，跟护士长见面，甚至还可以在部队家属区马上搞到一进两套间的房子，闪电结婚。这种闪电式的结婚在部队早就不乏先例，李副主任就是采取这种形式结的婚。事实证明，如此速成的婚姻也不一定不美满，最多像李副主任那样，对爱人吃饭时要用干毛巾擦筷子看不惯，其他方面就看不出有什么缺陷。可是，如果韦良才真的跟那位还不知姓名的护士长一辈子同住在一个套间里，他将如何向满姑解释呢？实在话，他也想在部队家属区有一套房子，但那是为了满姑，而不是为护士长。这个念头，使他几经提笔要向上级打报告，但终于没有写。作为营教导员，他对部队在婚姻方面的严格规定了如指掌。他部下的一个连长因为跟一个有出身问题的女人来往，马上被转业到了地方。韦良才很担心，为了满姑，他可能会得到跟这位连长相同的境遇。无论是离开部队，还是离开满姑，对他都是一种痛苦。他总希望两者能够统一起来。他不止一次地想过，他和满姑的关系一旦取得法律上的确认，他的革命意志决不会衰退，满姑也决不会往钢铁长城滴上什么腐蚀剂，弄出一个锈斑来。他了解她的过去，相信她的现在，对她的将来也敢打包票。虽然他和她自从在火车站上见了那一面以后，多年来再也没有机会见面，但鸿雁自给双方互通讯息。不管他写不写信，满姑照例每个月给他写一封信。在朝鲜战场的时候，有时他会一起收到几封她的来信，这些信，是倾出满腔的热情来写的，比世界上任何书籍都更能打动韦良才的心。至今，一些被揉破了信封的信还放在他的挂包里。此时此刻，一种急迫的情感促使他要重读这些感情的活页，读过之后，他必须做出决定：是付之一炬呢，还是永远珍藏？

他踩着松软的黄沙下了沙丘，循着丘谷，走进一个葫芦形的沙坑中，盘腿坐在被四月的阳光晒暖了的黄沙上，打开绿色的军用挂包，拿出一叠信来，指头一接触到这些信，一股热流随即在他身上回旋奔腾起来了……

第一封信

良才：

你在火车上写的信方老师交给我了，读你的信，我的泪水湿了一块新毛巾，不是悲伤，而是激动。你在信中给我写了你几年的战斗生活，这比世界上任何名著都更叫我爱读，你的信我已经能背出来了。我本来应该跟你一起过这段充满激情的生活，品尝革命的甘苦，然而敌人却把我送进了监牢，铁窗生活虽然对我的意志有所磨炼，但只算是受难，不算革命。

你向来主张我们之间什么都应该是平等的，你在第一封信中写了你的革命生活，在给你的这第一封信里，我也写一写自己的革命生活。

在车站上跟你见面后的第二天，马林县委派人来叫方老师火速回县。县里土匪暴乱了，情况紧急，方老师带我搭上运粮的军车，连夜回到了县城。方老师当了全县征粮总指挥，我报名参加了征粮工作队。良才，从这时候起，我变成了革命队伍中的一员。

真想不到，方老师交给我的第一个任务是回秀才大院去，跟土匪争夺几万斤粮食！

我们的家乡是土匪暴乱的边缘地区，土匪也在拼命搜刮粮食，运到山里埋起来，来不及运的就烧掉，疯狂破坏我们的征粮工作。老实说，接到这个任务的时候，我心里有些害怕。我问方老师："就我一个去吗？"方老师说："你打前锋，回去跟你哥哥交涉，叫他交出粮食，我派县大队一个中队配合你的行动，运粮大队随后就到。"方老师写了一封信交给我，信很短，抄如下，给你欣赏：

韦万田先生：

现派令妹回家接洽征粮一事，限日内从速开仓交粮，人民政府对开明士绅一律给予出路；若多生枝蔓，必将自悔。切切以告。

马林县人民政府征粮总指挥方杰
即日

我拿了方老师的信，和县大队第一中队的一个班骑马出发了。回到三脚滩，我下了马，独自朝村里走去。我身上穿的是解放军给我的灰布军装，腰间还扎一条皮带，可惜没有军帽和绑腿，要不，真像个解放军女战士了。走过仙水桥，村里的乡亲早就站在石板路边，小把爷喊喊喳喳喊着："来了个女土共！来了个女土共！没带枪！"年老一些的认出我来了，都很惊讶，大概是因为他们都还记得几年前我和你一起被装进猪笼的情景，而现在又不知道我从哪里回来。我向他们打招呼，他们都应得很含糊。任务紧急，我没有停住脚，直朝秀才大院走去，去见我最不愿见的人。

秀才大院的门楼两边新建了两个小炮楼，门前站着两个端枪的家丁，其中一个是山东马。他看见我，自然大吃一惊。没等他开口，我就命令他。"通报你的主人，人民政府征粮队要见他！"

山东马走进了门楼，没等他出来，我冲过守门家丁的阻拦，闯了进去。走过院子的时候，全屋子的人都跑出来看我，但谁也不敢近前，像是看一个天上落下的异人。只有志槐朝我跑来："姑姑！姑姑！"他拉着我的手，"你回来啦！他们都说你死了。"我拍拍他的头顶说："姑是死过一回了，现在又活了回来。"这个家，我只和这个孩子还有感情上的联系。我走上北屋厅堂，见三个人站在那里：韦万田，伪乡长和山东马。他们如临大敌，对我虎视眈眈，韦万田先开口："你回来干什么？"我说："有公事，叫闲人回避！"伪乡长阴冷笑了笑："满小姐衣锦荣归，正当同堂共庆，何必回避呢？"韦万田暴躁地问我："有什么公事，拿出来！"我把信交给他。他飞快看了看，把信揉成一团，掷在地上，暴跳如雷："岂有此理！我还没有死，黑蚂蚁红蚂蚁都要来啃我的骨头！粮食是我的，我一颗都不给你们！你们要来抢，我就先把粮仓烧掉，给你们吃火灰！"伪乡长说："三爷！请你三思，我先走了。"他急急忙忙走出门去。我一看不对头，细想韦万田刚才骂的话，伪乡长是不是来叫韦万田把粮食交给土匪呢？见我来了，他急忙溜走，是不是去向土匪报信？我问韦万田："他来干什么？"韦万田没有答话。我又问："是不是土匪派他来叫你给他们开仓？"他跳脚大叫："别问我！你给我出去，我的粮食，谁都不给！"他不叫我走，我也得快走。伪乡长准是去给土匪报信了。我没有带枪，要不然，我一定去追他。我得先去报告县大队的同志，及早准备，以防土匪袭击。

我匆匆走出秀才大院，走过石板路，跑上仙水桥。背后有人喊我："阿姑！"我回头看：是志槐。我站住了。志槐跑到我面前，拉住我："姑！你就走了吗？"我望着他，心里油然产生一个主意，这主意顿时使我兴奋不已，我有制服韦万田的法子了。我拉着志槐："姑没有走。姑到三脚滩一下，再回来。跟姑走吧！"

我拉志槐跑到三脚滩，县大队第一中队的同志来齐了，我向中队长报告了紧急情况。中队长派一个战士骑马回县向方老师报告情况，我简单写了一个字条交给那个战士，随后问志槐："想不想骑马？"志槐乐得什么似的："想！想！给我骑！"我抱志槐上了马，他紧紧抱住那个战士的腰，战士一挥马鞭，马匹扬起四蹄，朝县城飞奔而去。

中队长派一个小队占领了龟公山，一个小队在曲流河边占据有利地形，一个小队跟着我，包围了白鹤村。我独自走进村子。家家户户都关了门。秀才大院的门楼也关得严严实实的。我站在门楼前，山东马在炮楼上扳动枪栓叫道："你又回来干什么？还想要粮食？三爷已经派人在谷仓门前堆了柴草，你们一来，就点火！"

我说："你去告诉他，我已经叫人带志槐上了县城，他还想要不要儿子！"

山东马下了炮楼，大院里顿时乱哄哄闹了一阵子。到处喊着志槐。不一会，大门拉开了，我走进门楼。韦万田站在院子里，气得全身发抖："你你……扫帚星！白虎星！早知今天，我当年说什么都要活埋你！"

"你要提旧账吗？"我不由得怒火万丈，"算总账的时间快到了，全村的种田人要跟你算总账，我和良才，也要算你的账！告诉你，韦良才还活着，他带兵上朝鲜打美国鬼子去了，他要回来见你的！你满身都是罪恶！你要是把粮食给了土匪，或者烧了，罪上加罪，看你有几个脑袋！县大队已经包围了村子，快叫家丁把枪放下。回答我：你是要粮食，还是要脑袋，要儿子？"

他全身筛糠，牙齿颤得"答答"响，身子一软，瘫倒在地上。家丁七手八脚把他扛上了东楼阁。院子里乱成一团。

我站在院子里，等了一会，志槐的妈妈下了东阁楼，对我哭哭啼啼："他姑！求你保住你侄儿！老爷他……给粮食……"

以后事情就进行得很顺利。县大队的战士进了秀才大院，下了家丁的枪，一共七条步枪，两支左轮。五个谷仓打开了。方老师亲自带领运粮大队来搬粮食，志槐也跟着回来了。我们村的乡亲自动来帮忙运粮。我见了阿祥哥，良山哥，彩莲嫂。良山哥是县城解放时出狱的。不晓得为什么，我向良山哥打招呼，他装着听不见。

粮食刚运了一半，土匪打来了，枪声很密。战斗怎么打法，我不得而知，因此这里不能细写。

粮食运完了，我和方老师最后离开秀才大院。方老师给韦万田写了一张收条，共征收粮食五万八千斤。临走时，方老师对他说："共产党对做过一点好事的人，都不会忘记。"

回到县里，方老师严肃地批评我不该用人质的办法威迫被征户。他很为我惋惜，本来应该给我记一等功，因为方法不对，只能记三等功。可是今天，在征粮工作队员大会上，他却宣布给我记二等功。

这封信太长了。夜深了，明天，我们征粮工作大队第三小队要到岜拉村去征粮，方老师叫我当小队副，我真不晓得怎么当好呢！

盼望你的来信，天天盼望，时时盼望！

你远在天边，可我觉得你就在眼前，像我们在宾州贴手盟誓那样，面对面相视。愿我们永远贴手！永远！

满姑　一九五一、十、二十

韦良才记得，这封信是在朝鲜青山里收到的，那时部队刚打过一场硬仗，休整待命。他一有空，就拿出信来看，每看一次，都是愉快的精神享受。几年来，这封信他不知看过几多回，像一篇百读不厌的好小说，每看一次，都有新鲜感。

第二封信

良才：

接到你的信，我几个晚上睡不着。你的伤重不重？你在信中写得太简单，只四个字：负了轻伤。你该写细一些，别担心我难过，你不写清楚，叫我胡乱猜度，心里反而不好过呢！这一点要求，你下次来信必须满足我，记住！

告诉你一个好消息，前个月，方老师带工作队到我们白鹤村搞"土改"试点，我报名参加工作队，方老师叫我"避嫌"，没有批准。组织上把我调到县人民政府当秘书。昨天，方老师回到县里，在全县干部会上做了"土改"试点工作总结报告，说得真好，过去你和良山哥算不了秀才大院的账，这一回全算清楚了。大会以后，我去找方老师，详细问了村里的情况。阿祥哥当了农会主席，良山哥当治保主任。全村划了十四户地主，一户富农。韦万田，韦连富、韦得财，还有东头的老蚂蟥等都划了地主，他们的田地、房屋没收分给贫雇农。良山哥和三家贫农分到了秀才大院的房子，阿祥哥本来也应该住进秀才大院，但他自愿要了老蚂蟥的三间长工屋，那是剩下来的末一份。方老师很赞赏阿祥哥，说他为人忠厚，办事稳重，大公无私，团结群众，是一个难得的农村干部。良山哥也很不错，工作有魄力，立场坚定，斗争性强，只是有时方法简单，到分胜利果实时有拿头份的偏向。

韦万田本来死有余辜，但人民政府看他还有悔罪之意，且在征粮时他毕竟没有

193

把粮食接济土匪，人民政府判了他无期徒刑，给他一个重新做人的机会。你家的茅房，工作队指定给秀才大院的寄生虫住在那里。天翻地覆，理所当然！

全县的土改运动就要全面普开了，我又报名参加了工作队，县委批准了，并且分在跟方老师一个点。我真高兴，能参加民主革命的最后一仗，做地主阶级的掘墓人，这对我特别有意义。

我已经整好行装，明天出发。

贴手！

满姑　6月3日

第三封信

良才：

今天是我一生中最美好的一天，我在这封信里写给你的，都是好消息，但这封信我不马上寄给你。为什么？且看下去便知分晓。

第一个好消息，是全县的"土改"运动胜利结束了。工作队员集中在县城评模，我被评为模范队员。在今天的庆祝大会上，我和一批模范队员登上主席台，戴上了大红花。

第二个好消息，是在庆祝大会以后，工作队党支部讨论了我的入党申请，一致通过，我在党旗前宣了誓！光荣地成为中国共产党的预备党员。我感谢党组织，感谢方老师，他代表组织无微不至地关心我的进步；我也感谢伟大的土地改革运动，它使我的思想产生了质的飞跃。

晚饭后，我和方老师到街上散步，看见十字路口贴出了一张各大学的招生简章。看过简章以后，方老师问我："有打算吗？"我很想考，可信心不足，离考试的时间太近了多才半个月，来不及复习功课。我说："方老师！你决定吧！"方老师从上衣口袋拉出他心爱的派克水笔，往我眼前一送："给！新中国需要大批的知识分子为她服务，你应该考。从现在起，你全力以赴，关门攻书，连给良才的信也别写，等拿到大学录取通知书，再写信告诉他！"

良才，这封信先写到这里，按照方老师的话，不马上寄给你，等高考揭晓，我再寄。

七月十五日

良才：

为我痛快干杯吧！我拿到了岭南师范大学的录取通知书！过去，我们曾经想一起到桂林谋生，一个工作，一个上大学，那不过是梦想。旧社会给你的是活埋，给我的是牢房。而新社会给了我新的生命——肉体的和政治的生命，如今又给我上大学的机会。新中国万岁！

我现在就去告诉方老师，他一定很高兴。

贴手！

满姑　8月21日

第四封信

良才：

您好！你们——最可爱的人胜利了，中朝人民胜利了！看到报上登载美帝国主义被迫在板门店签订停战协定的特大新闻，我们这里召开了全校师生大会，庆祝中朝人民取得历史性的胜利。"咳啦啦"的歌声充满整个校园，萦绕在独秀峰上空。在庆祝大会上，我上台发了言。你知道主持大会的校长是怎样向大家介绍我的吗？他站在麦克风前，响亮地宣布："大会进行个人发言。第一个发言的是：志愿军营教导员韦良才的未婚妻、学生会女生部部长韦满姑同学！"我在雷鸣般的掌声中登上主席台，心怦怦直跳，满脸发烧，我心里感到很骄傲，因为你是志愿军，我是你的未婚妻。我不说什么话，只念你在夏季战役前给我写的那封信。你想得到吗？只有三百二十一个字的短信，竟被掌声打断了十二次！现在，我给你写这封信，耳边还萦绕大会上激动人心的掌声。

你那里也一定开了庆功大会吧？很想看到胜利后你是什么模样，照一张相寄回来吧，表情要柔和一些，最好笑一笑，开心的笑。

195

附上我的一张近照，是在独秀峰下照的，景很美，这就是我的母校。在这里读书，走出教室和宿舍，就如逛花园。

盼你来信。

贴手！

您的未婚妻　满姑　7月30日

第五封信

良才：

战争结束了，你什么时候返回祖国呢？真想见你一面！我在等待见面时刻的到来，到那时候，我一定会流泪——不是伤心泪，是喜悦的泪！

三天前，系党支部讨论了我的入党转正问题，差一点通不过，原因并不是我这一年多来表现不好，我各方面的表现都是无可挑剔的。只是因为我有一个被判无期徒刑的哥哥，其次就是我在解放前已满十八岁，被认为是剥削家庭的主要成员，应该定为阶级异己分子，终生不能入党。这意见开始时竟占了上风，多亏组织委员具体地介绍了我在家庭中的地位和个人的经历，这才扭转了局面，改变了部分同志的看法，支部大会一致同意我转为正式党员。

对于家庭，我在解放前就跟它划清了界限——我早已不是那个家的成员，从事实和感情上都是如此！可是，我隐约预感到，社会上有一种力量，要把这个包袱强加到我身上。这种力量是怎么来的，我不甚明了。它好像是我们这块土地上的特产。我今后的生活道路，在某种条件下，很可能被它所左右，你也许会受到株连。但是，不管遭到怎样的境遇，我都将像一个共产党员那样生活！

盼来信，回国时速告！贴手！

满姑　10月14日

第六封信

良才：

您好！

方老师叫我代他向你问候，他现在是我们县的县委书记。听说，有人曾经往上打过小报告，说他当年卖了田产投奔革命是政治投机，知识分子当第一把手不可靠。这种小报告的目的是显而易见的。我问过方老师是否有此事，他一笑了之，看来确实有人打了小报告。

土妹这个学期初中毕业，她成绩平平，估计难考上高中。她对我说，初中毕业以后，她爸爸不让她升学了，说是念书多了会念坏思想，丢掉贫下中农本色，真不知道良山哥怎么会这样想。土妹在校成绩不优，看来与此有关。

志槐读上了高中。自从他妈妈死后，家中无人，就跟我一起过日子。他成绩很好，特别爱好外语和生物，梦想当米丘林。他和土妹很要好，常在我房间里一起复习功课，发展下去，很可能会向你和我"学习"。你说，这是应该高兴呢，还是值得担心？

我几次打算趁假期去看看你，你说你那里是保密单位，不能去。我想得通。我在等待，不断等待，等待三年、五年、十年，甚至一辈子。我居南国，你处北疆，可我并不觉得你我远隔千里，天空是我们共撑的伞，大地是我们同坐的凳，我们每时每刻都是在一起的，永远是！

贴手！

满姑六月十日于马林中学

看完这封信，下面还有几封，韦良才无须再看下去了，这些信，他必须永远珍藏。这些信中，有一颗赤诚的心在纸上跳动！用不着再多作考虑。他决定了：明天不上兰州跟护士长见面！

然而即将发生的事情也不难预料，他可能因为不愿去见护士长而失去帽上的红星，离开这个虽然艰苦，但对他具有强烈吸引力的地方。从部队开进荒漠的那天起，他就希望有那么一天，他和全营战士能从潜望镜里亲眼看到祖国第一朵蘑菇云从沙漠上升起。如果说该换班的话，到那时他才愿意离开沙漠。为了这个心愿，他愿意暂时中断跟满姑的联系，他相信满姑会理解他，支持他。满姑既然可以等待一辈子，当然也可以等到祖国第一朵蘑菇云升起以后再跟韦良才团聚。

可是，李副主任会不会理解韦良才的要求呢？

韦良才收起满姑的信，放进挂包，他决定马上去向李副主任汇报，和盘托出心里所有的想法。

他向坑道口走回去，一股嬉戏的旋风追着他的脚跟，卷起一股黄色的尘柱，似一朵小小的蘑菇云……

┃ 文学史评论 ┃

由于作家把现实生活现象与历史文化背景联系起来，进行了生动而又深入的描述和探索，从而赋予了作品强烈的现实感和深沉的历史感。加之人物形象的生动鲜明和故事情节的跌宕起伏、引人入胜，以及出色的壮族风土人情的描写，使小说在思想性和艺术性的结合上，达到了相当的高度。

——特·赛音巴雅尔主编《中国少数民族当代文学史》，漓江出版社，1993，第690页

综观韦一凡的小说创作，可以看出他坚定走着一条现实主义的创作道路。他的目光，始终投注在壮族文化土壤上，执着地对壮族文化从感性到理性的观照，纵深地而不是表层化地展示壮族的优根和劣根，真实地表现出壮民族的喜怒哀乐和命运的走向。这是韦一凡小说创作的第一个艺术特征。故事情节的叙述与壮乡民俗的描绘有机地结合在一起，矛盾冲突的展示以民俗活动作为背景，民俗活动又推动矛盾冲突的发展，因而增强了小说的民族色彩和生活气息，这是韦一凡小说创作的第二个艺术特点。语言自然流畅，富有生活气息，富有抒情性和哲理性，这是韦一凡小

说创作的第三个艺术特征。

——梁庭望、农学冠编著《壮族文学概要》,广西民族出版社,1991,第440页

无论如何,韦一凡都算是很认真很有才华的作家。他的作品洋溢着生活的气息。他还像赵树理那样有意识地深入生活自觉地"壮化"自己的作品。他的这种创作态度,保证了他的小说在一段长时间里处于广西和壮族文学的领先地位。

——李建平等:《广西文学50年》,漓江出版社,2005,第168页

┃ **创作评论** ┃

韦一凡的小说创作,始终把艺术的镜头对准当代社会思潮的浪花,以积极的态度来反映现实生活的矛盾和斗争,赞扬先进思想,鞭挞落后事物,笔底奔流着现实生活的潮水,有鲜明的倾向性。他的作品,几乎都是他所处的"自己时代的产儿"。

——黄绍清:《壮族文坛崛起的新秀——青年作家韦一凡及其小说创作》,《民族文学》1985年第2期

俗话说:"百里不同风,千里不同俗。"每一个地区、每一个民族,由于地理环境、社会条件以及历史传统等的不同,因而形成各自不同的民情风俗。这些民情风俗总是与人们的生活、情感与意识相联系着。韦一凡作为一个土生土长的壮族作家,对于自己民族的民情风俗了如指掌,在作品中往往顺手拈来,皆成妙趣,使作品有着浓郁的地方风味与民族色彩。尤其值得称道的是,他不仅写出了风情美,而且把它与人性美融合在一起,给人以强烈的审美感受。

——丘振声:《壮人觉醒的新歌——论韦一凡的小说创作》,《民族文学研究》1988年第5期

鲜明的时代性和浓郁的民族性是韦一凡小说创作的最大特色。他以壮族山乡的

农民生活为主要创作素材。他讴歌壮族人民的优秀传统美德，记录民族地区的时代变迁，政治风云与民族生态常常能有机地融合于一体，小说中总是呈现出一种"壮化"的色调。他的创作成就，就在于为中国文坛提供了极具壮民族成色的文学样品。

　　——赵志忠主编《20世纪中国少数民族文学百家评传》，辽宁民族出版社，
　　2007，第1065页

▎作品点评▎

　　《劫波》是韦一凡的第一个长篇。作品通过壮乡白鹤村两对青年爱恋婚姻的遭遇，深刻揭示四十年来封建文化意识对人们精神的禁锢与摧残，反映了壮族社会在党领导下逐步走上康庄大道的可喜变化。它，让人警醒，发人深省。

　　——梁庭望、农学冠编著《壮族文学概要》，广西民族出版社，1991，第439页

　　比较集中地反映韦一凡创作的思想艺术成就的是他的长篇小说《劫波》。《劫波》以我国南方一个壮族农村——白鹤村为背景，通过描写一个韦姓家族的两对青年男女恋爱婚姻的遭遇，侧面地反映了近半个世纪以来，农村在经受了种种风暴之后，人们在封建观念和极左思潮摧残下的痛苦经历，塑造了韦良山、羊胡三爷（韦万田）、韦良才、满姑、土妹、韦志槐等性格鲜明的人物形象。

　　……

　　这部小说在整体构思上运用了明显的对比手法，产生了成功的效果。跌宕起伏的情节，浓郁的乡土气息，抒情性、哲理性的语言，优美的山歌和朴实的山村民俗，使作品达到了较高的艺术成就。《劫波》思想和艺术上的成功，使韦一凡成为80年代广西和壮族有代表性的小说家。

　　——李建平等：《广西文学50年》，漓江出版社，2005，第168页

《劫波》着重表现的是十年浩劫给人们造成的肉体上和心灵上的损害，可是作品却从遥远的过去娓娓道来。聚居在白鹤村的韦氏家族的祖先韦特罗早先流浪到这里，死时被子女草草埋葬在据说是风水宝地的白鹤山，而后子孙繁衍，形成了一个庞大的血缘宗族。这个五百多人的血缘宗族有着不成文的族规，有森严的等级，并以此维护着不平等不合理的经济生活与精神生活。这是个很典型的封建宗法小社会。

　　——丘振声：《壮人觉醒的新歌——论韦一凡的小说创作》，《民族文学研究》1988年第5期

波努河
（节选）

蓝怀昌

……这是两个小小的月亮，她们看见了刺猬，只会笑……

——波努人的话

一

郑万明在奔波着。因为《波努人》电视连续剧的拍摄合同眼看就要到期了，叫他怎么不焦急呢。夏天就因为无法拍摄婚礼一场，才拖到了现在。因为波努人，夏天是不举行婚礼的。他们怕打雷，怕下雨。

雷神是什么样子，波努人说：他像一座山那么大，他有九只眼睛。前面两只，后面两只，左边两只，右边两只，头顶还有一只。一切虚伪，一切丑恶，一切嫉妒，一切阴森的灵魂，都躲不过他的眼睛。都逃不脱他的板斧。西瓦海伦（注：西瓦海伦，努王瑶族传说中的罪恶之神。）就是这样受惩罚的，在别人举行婚礼的时候，被他的板斧劈成两半的。

谁叫西瓦海伦去摸依娜美神的大腿呢？

作者简介

蓝怀昌（1945—），广西都安县人，瑶族，专业作家，文学创作一级，曾任广西文联主席，全国文联第六届委员，广西作家协会第五届副主席。1971年开始发表作品。著有长篇小说《魂断孤岛》《一个死者的婚礼》《北海狂潮》《残月》，中短篇小说集《相思红》，散文集《珍藏的符号》《巴楼花的女儿》，诗集《蓝怀昌诗选》，长篇纪实文学《一代战将李天佑》，长篇小说《波努河》获广西自治区首届文艺创作铜鼓奖；史诗《密洛陀》获全国第二届民间文学作品一等奖。

作品信息

《波努河》，漓江出版社1987年12月出版，1988年获首届广西文艺创作铜鼓奖。本文节选自第10章。

现在，波努河的水清清的了，河两岸的竹林还是墨绿的。只是那棵硕大无朋的老枫树，红叶渐渐变成了紫色。聪明的波努人，收完晚稻之后，立即翻田晒土，然后开始试种刺梨果了。那刺梨果原先满山满岭都是，波努人始是捡来喂猪，而后是捡来浸酒喝。人们传说，这刺梨果是岜桑弥洛特的长寿果，是宝果，波努人过去可是不知道。后来是那位郑老先生从国外写信来讲到的，大家才明白了这果原来就是宝。波努山下，那一片甘蔗林叶子变成铜黄色的了。流江市的人，每天都开汽车来，把甘蔗运走。波努人也开始用竹排把甘蔗堆在上面，然后运进流江市。波努山的冬季，从来没有这么忙碌过。波努人有点钱了，就想到整木楼，就想到给儿子娶媳妇。

郑万明和刘敏跑了好几个寨子，才决定到波努下寨和波努人一起参加婚礼。于是，黄昏时刻，他们赶到木楼前。盘五叔是这一方专门义务行事的人，哪里有婚娶嫁丧，他总是最先到场，他总是替主家来操办一切。里里外外，办得扎扎实实。他的确是个民间外交大臣和处事大臣。郑万明一行来了，只见他催促"新郎"："还不快给客人递茶！"话是严厉些，但听得出那严厉里蕴含着爱护。

新郎是个石匠，长得虎彪彪的，一双乌亮乌亮的大眼睛，每时每刻都闪动着憨厚、诚实、沉思的光芒。那头上崭新的帕子，把头发紧紧地裹着，头帕下，露出又宽阔又闪亮的额门来。这时，他给客人送茶来了，诚恳地说："看得起波努人，请喝一碗。"

郑万明和刘敏都端起碗来了，仰头就喝："啊，是酒，香喷喷的糯米甜酒。"郑万明喝下去了，刘敏也喝下去了。这有什么讲的呢，波努人的一片心哪。

波努人举行婚礼，男女老幼都涌来。先来先吃饭。因为夕阳西下了，新娘就要到来了。当新娘到来之后，那可忙得不可开交。郑万明和刘敏先吃饭了。有一道菜使郑万明很惊讶：这就是一盘鲜嫩的白切旱蜗牛肉。这蜗牛肉，他在美国留学时吃过，他在法国旅游时吃过。在法国，吃蜗牛肉，每人一碟，然后还有蜗牛汤。蜗牛汤那才算天下之美味呢。啊，波努人也会做蜗牛汤。这拳头大的蜗牛壳，洗净了，放在锅里煮，把肉捞出来了，汤里放点胡椒粉，放点八角、沙姜，放点葱花，放点酒，不需味精也是甜鲜鲜的，香喷喷的，一点也不比法国人做的蜗牛汤差。

月亮像一只银盘，仿佛是让大山举在头上。那银盘里流着光。光流到山寨里，流到森林里，流到波努河里，到处都是银晃晃的，到处都是明朗朗的。送亲的队伍来了，他们浩浩荡荡地举着火把，抬着嫁妆，抬着礼品，抬着刚漆过红漆的椿木箱、酸枣木柜。他们送亲的头领骑着矮马，马头系着红绸花，来到木楼前了。头领下马后，站在篱笆边的草坪上，挺威严，挺神圣。

这时候，等候在木楼前的鸟枪队，把乌亮的枪口朝天，"嘭嘭嘭"地鸣礼枪了，那四面的大山，也"嘭嘭嘭嘭嘭嘭嘭"地响着，响得很远很远。新郎家迎接新娘的队伍走下楼来，领头的长者也挺威严，挺神圣。在他的身后，人们捧着酒坛，抬着竹筐，竹筐里是盛酒的竹筒。迎亲的头领来到送亲队伍前，他目光炯炯，望着远处的高山似的。然后接过身边人递给他的两竹筒酒，他把竹筒酒举到送亲头领的面前，高声地说："今天不逢春日，屋头的花开得这么香，今天不遇晴天，山上的云被染得那么红，是你们送来的香花，是你们送来的祥云。啊啊啊，啊啊啊，请接我一筒清水润润喉咙吧。"

送亲的头领没有马上接过那两个竹筒酒。火把的光辉照得他那铜鼓红的脸膛，闪着油亮的光。他把双手从胸前徐徐平举起来："月亮明了，星星出来陪，天喊话了，地才来应，是你家的花园好，我们才把花种带来，是你家的楼门高，我们才踏上梯子来，红花是你们的，吉祥也是你们的……"

人群欢笑了，木楼前沸腾了，啾啾啾，啾啾啾啾……

送亲的头领接过两筒酒，然后交叉着手臂，把一筒酒递给迎亲的头领，啾啾啾——啾啾啾啾啾——两个头领把竹筒高高举起，仰脖一喝，竹筒底朝天了。

于是，送亲的队伍，每个人都得喝一筒酒才可以登上主人的楼梯，新娘才能进楼。

孩子们在人群里窜去窜来，横冲直撞，像抢春水的蓝刀鱼。姑娘们簇拥着，欢笑着，大人们有的议论着，有的只是自个咧嘴笑。新娘踏过"花桥"，登上木楼，进门了。一排排的"喇咧"吹响了，像蜂群的嗡嗡声，像流水下滩的潺潺声。一排排的牛角吹响了，呜嘀呜嘀呜嘀——震撼每一个人的心灵。

"哦，多好的民族。"郑万明感慨万端。

刘敏无法抑制自己的冲动了。她高兴得眼眶潮湿了。"我今天真正地走到了人的中间。我看到了人的实在，生命的实在。美好战胜邪念，欢乐取代忧愁，真诚淹没勾心，纯朴冲去欺诈……"

新郎和新娘给郑万明敬酒了，他以少有的勇敢喝尽了两竹筒。脸上灼热灼热的，太阳穴像有两只小兔子在蹦跳，眼前旋转着无数的山，无数的雾，无数的光……

啊，那无数的山峰，变成无数的牛群。岜桑弥洛特呼唤她的儿子挥鞭赶着牛群。黑压压的牛，白茫茫的牛，奔涌着，追逐着。那鞭子长长的，挥动起来，地动了，水流了。

黑压压的牛群在奔跑，白茫茫的牛群在奔跑，灰蒙蒙的牛群在奔跑……

这是岜桑弥洛特的牛群，她要她的儿子驱赶着，向茫茫的海边奔去。

海水汹涌翻腾，海浪拍岸触天。一切的性命都在危急之中。海水淹没了大地，海水摧毁了木楼。那山羊，那野猪，那白兔，那穿山甲，那果子狸，那山瑞，那乌龟，那猴子，都在哭泣，都在呼喊，都在等待，都在盼望。盼望那群黑压压的牛群来堵住海水，那白茫茫的牛群来挡住波涛。

于是，那漫天黄水上，漂着木头，漂着尸首，漂着一只巨大的葫芦。葫芦里躲藏着哥哥和妹妹———一个英俊的小伙，一个如花的姑娘。

啊，黑压压的牛群没有赶到海边，它们被一个绿眼睛的女人拦住了。黑牛变成山了，变成波努山。郑万明在山里奔走，在山里呼喊：啊啊啊啊啊，这可恶的绿眼睛女人！这该诅咒的黄牙齿女人！

所有的人死了，所有的生命都死了，郑万明踩着这些尸体急匆匆地走着。这些尸体浮起来，堆起来，是波努山。他奔走，他呼喊：该死的黑灵魂的人！该诅咒的活着而死去的心！

一切都没有了，一切都等待创造，生命也在等待创造。郑万明无能为力了，他只好眼巴巴地望着那随着海水消退而降落的巨大葫芦。

一切都等待创造，一切都没有了。只有那英俊的小伙子，只有那如花的姑娘。于是，两块巨大的磨盘从波努山上滚下来了，两块巨大的磨盘重叠在一起了。那赤裸裸的磨盘，那赤裸裸的小伙，那赤裸裸的姑娘，那赤裸裸的一切。于是在她身上，闪着伟大的光芒，奔流着美的流泉，镶嵌着生命的深潭。

于是，那美的，那纯洁的，那爱着的，那青春的，一切都活了起来，在野山的雾中活起来了……

"啾啾啾啾啾"郑万明呼喊着。他确实喝醉了，他躺在火塘边的干草堆上，火光照亮着他始是红而渐渐变得苍白的脸颊。他依旧在那海水浸泡之后的荒野中奔跑。在那波努山上呼喊。呼应他的，是一阵阵歌声：

天地造出来了，

天和地离得太近太近，

去找师傅来，

师傅来了把天往上撑；

山是造出来了，

山上光秃秃的像个和尚头顶，

快去找花种来，

花种离我们很远又很近……

远处，鸡子啼了，歌声止息了。那东倒西歪的酒醉人也醒来了。新郎和新娘结伴到堂前，等待着什么。

母亲给他们捆好被子，打起行装；姐妹们给他们拿来月刮、镰刀、锄头；叔伯们给他们送来火麻种、玉米种、蓝靛种和高粱种。

父亲那闪着红光的脸膛，挂着威严与慈祥。那双炯炯有神的眼睛，时刻给人一种自信、自豪的感觉。他把自己的猎枪交给儿子："啊嘀，岜桑弥洛特说过，是鹰就要飞过山，是龙就要游下海，过山有凤送，下海有鱼陪。记住母亲的话吧，有水的地方就有花香，有树的地方就有楼房。安好家，种好粮，待到树结果，待到花满山，待到羊满圈，待到酒满缸，就带着你的儿女来望你爹、望你娘。"

新郎和新娘接过亲人们交给他们创业的东西，然后对父母拜了三拜，举起火把，向大山走去了。

郑万明急了。他急忙到新郎父母亲面前求情道："大爹，这么好端端的一对儿女，怎么把他（她）们赶出门了呢？"

老人朗朗地笑了。"小伙子，俗话讲，父母再富裕，他们的财产是河水，儿女再贫穷，他们的智慧是山泉，河水干了，山泉还在流……"

一切都使他明白了。这个波努人的后代。他在那大海的那边生，在大海的那边长，现在回到故乡来了，想把自己一片心意献给故乡亲人。他感到了他有一种无比自豪和骄傲的财富。这是他和他父亲奋斗了多少年而没有得到的财富。在这云雾缭绕的波努山上，树为什么发芽？花为什么飘香？人凭什么生存？那么多的风霜，那么多的野兽毒蛇，那么多的病魔邪气，为什么都在这些波努人的面前退让，颤抖？这是巨大的岜桑弥洛特的创造精神，是追求的精神，是搏斗的精神。他奔跑到新郎面前，握住他们的手，那泪珠子像喷泉一样往眼眶外涌。一句话都说不出来。

刘敏却沉思着。凝望着满天星斗，她觉得，在这群星灿烂之中，波努人也像一颗星，他有光，也有热。他的光与热，都源于古老的文化深潭。

深夜的风是寒冷的。但是，她的心头却是暖乎乎的。她同样也寻找到了一个布金人生命的源头。

新郎和新娘举着火把走了。当他（她）们回眸一望时，那火光照亮了他（她）们充满青春活力的脸膛，照亮他（她）们自信的心灵。他（她）们在向木楼挥手，向乡亲挥手，然后向大山深处走去，走去……

"OK！太OK了！"大胡子普罗德先生激动得差不多跳了起来。"郑总经理。我看整个《波努人》是这场戏拍得最成功。"他举起了大拇指。

新娘卸妆了，她就是玉竹。那新郎是由杨成和扮演。他演得也很逼真。因为他过去在市歌舞团待过。演过胡传魁，也演过洪常青。现在扮演新郎，大家倒也满意。只是导演普罗德先生提出了一些意见："在新郎和新娘走进洞房那一细节，新郎所表现出来的内心世界，按常规说是欢喜的，微笑的。然而，在剧中人身上，他是石匠，他的主张，他的自我的追寻，却不宜太过欢喜，也不宜太过微笑。一切的欢乐都不是微笑，正如一切的悲痛都不是眼泪，一切的愤怒都不是狂吼，一切的幸福都不是欢喜一样。"普罗德先生认为："波努人是最早体现自己的内在美的。比如说，葬礼吧，他们是一方面把结束了的生命加以颂扬，加以十倍的尊敬。因此，他们往往用一头牛来砍杀，以示欢送。而另一方面，又在孕育新的生命的诞生。那就是在葬礼之夜，青年男女那种狂热的恋爱，都是与女性的美，女性的爱分不开的。"

郑万明觉得普罗德先生的见解很独到。至今的波努人，为什么老人归阴了，又那么喜欢砍杀大牛来相送呢？那是波努人认为：在这古老混沌的年代，无论是波努人，还是布金人、布衣人、麻娜人和恼妙人，都是处在一种野蛮的境地里生存。那时谁家的父亲、母亲去世了，是要把肉分来吃的。后来是波努人的阿罗波索首先发现了一丝文明之光。他是从母牛难产而追问到母亲生儿育女时的艰辛，从而他感觉到：一个女性所生的儿女，也许比起牛的繁衍来艰难得多。于是，他产生了一个强烈的美的意念。在别人家的母亲死后，叫他去吃肉他不去，抑或推辞不了，去了也不吃，把肉放在芭蕉叶里包起来，腊干等到他母亲死了，他便把母亲装入棺材，抬上山去埋起来。别人知道了，要来吃他母亲的肉。于是，他把以前腊干的肉还给他们，不够数了，才杀一头牛来让大家吃。这种伟大的人性之爱就产生在波努人身上。而且一切都是内在的、默默地蕴含着的人性爱和人性之美。所以，郑万明也同意普罗德先生的意见，进洞房这一镜头重拍。但是，刘敏却是苦恼的。她看得出来，自从杨成和和玉竹从深圳回来以后，两人的关系已经有了微妙的变化。因此，杨成和在表演进洞房那一段戏，他完全没有把一个石匠小伙子那憨厚、诚实、思索表现出来。相反的却从他的表情上流露出一种轻佻的、浪荡的和带有一种难以言传的淫味。于是，她担心的不仅是电视连续剧《波努人》的问题了。而更重要的是玉竹。她担心玉竹幼稚而处于一种失恋的心态之下，为了寻找一种精神安慰的支柱，会把戏中的情节搬到现实的舞台上来。那么，很可能又将酿成一出新的悲剧，一出无法计算场次的连续悲剧。于是，她想及早地提醒她。

二

波努山下寨和上寨一样古老。这里也住着一百多户波努人。华夏公司和波努寨的普通人家第一次合作拍的电视连续剧《波努人》中的婚礼一场，郑万明总经理是很满意的。现在除了个别镜头需要补拍外，其他人可以就地休息了。

刘敏约玉竹到寨外去走一走，玉竹也很高兴。她们踏着下弦月灰蒙蒙的月色，踏着每家门前用鹅卵石铺就的那些秦朝铜钱图案走出寨子。这些图案都经历好多岁月了。不晓得什么原因，这些波努人住的山寨，往往都喜欢用石墙围起来。玉竹告诉刘敏说：那是上了年纪的人告诉她，这些围墙都是唐宋以前垒起来的，目的是防盗、防风、防邪气吹进来。所以，要走出山寨，只有两扇门，即北大门和南大门。北大门外有一座海申大神庙。据说，每晚都有人在那里烧香，这庙里也是结婚的人、打官司的人常来之地。结婚的人为了海誓山盟，男男女女表示自己的决心、信心而来叩拜。有时是一只小鸡两人拿，男的拿头，女的抓脚，一起走来，那是男的先发起盟誓，才这么拿。如果是女的先发起盟誓，则女的拿头，男的抓脚。两人并排着走进庙里，烧了香，对着海申大神雕像拜。别看海申大神像雕刻得很粗糙，然而，海申大神像却令人肃然起敬。打官司的人来到这神像前，为了表示自己天理在手，便慷慨陈词：海申大神在上，某某确实是清白无瑕，如犯有天条，当火烧雷劈……

玉竹和刘敏走出北门以后，沿着一条小溪，向山上漫步。

山腰间，到处是雾，到处是缥缈不定的雾。这波努山确实给人以古老的感觉。那黑幽幽的巨石，耸立在古松古柏间，仿佛时刻都在准备搏斗似的威武。而每块石头，都有一个人的名字。如某石是某某，他曾经拿弓箭射死了十一个太阳；某石是某某，他到遥远的地方去取回树种，这里才有山林；那红红的巨石，像个猴子脸，那是某大神自己打自己的脸。因为蝗虫趴在他脸上，他一巴掌打来，蝗虫飞走

· 209 ·

了，自己脸上却留下一个红红的印痕。这些都是古老传说中的波努人。而波努寨的姑娘，之所以长得美，皮肤细嫩，肉色红润，据说是山上的泉水洗出来的；那身材匀秀，神态仙姿，则是山上的花托出来的。两人走着，说着，刘敏坦率地告诉玉竹："杨成和心术有些不正，同他接触可要小心。"

玉竹看不出来："我觉得他蛮会体贴人的。"

"他许愿给你调工作，是收买你的心。"

"哦……"

"我上他的当是从'我'开始的，如果我心中没有一个'自我'，那就不是这个样。"刘敏觉得，当初她太过追寻"自我"了，因此，觉得我就是我，我干的就是我，我想的就是"我"，于是，她想让"自我"的开放，"自我"的追求，"自我"的报复，"自我"的牺牲，"自我"的超脱，"自我"的陶醉成为现实。但是，她始终逃不过现实。然而，至今她也还弄不清楚，"自我"是不是人性的独立，人性的归宿，人性的寻根？她在理论上却弄不清，但是，她的"自我"的追寻是失败的。于是，她提醒玉竹，不要步她的后尘。

玉竹这时刻，心里突然浮起一丝淡淡的哀愁。她的脸像被火烧得灼热滚烫。她感到爱情对自己的折磨是无情的、狠毒的。在这静静的夜晚，在这朦胧的世界，只有她自己才能理解自己，只有她自己才能晓得自己内心的秘密，只有她自己才能抚摸到自己内心的疤痕。她已经陷入什么样的迷雾里去了呢？在她周围，什么是冷酷的抛弃，什么是真挚的相扶，什么是好心的相劝，她弄糊涂了。于是，她只好沉默着。

"我也知道，一个少女最宝贵的东西是什么，一旦失去了这些东西，自是后悔莫及。但是，我的路，和你不一样，我想做出牺牲的目的也不一样，所以，我不希望你走我这条路。"刘敏说着，有些激动起来。现在，她内心正蕴藏着一个可怕的炸药包。这个炸药包是针对杨成和的行为而准备的。

"刘敏姐，也许我我我我我是是真的上当，也许是真的……"玉竹不晓得怎么开口。一些事做起来也许容易，但要讲出来可是困难，她毕竟是太年轻了。

远处传来猎犬的急促的狂叫声，也许它发现了什么猎物。波努人的夜猎生活是有名的。只要猎狗或是人，发现了野猪的足迹，发现山羊的足迹，便猛追不放，直到猎物落网为止。玉竹想着，她怕碰上野猪。要是被追赶的野猪碰上人，它会以十倍的凶猛来把人撞倒，然后狠狠地咬你一口。

"杨成和给你写过信了？"刘敏听那玉竹吞吞吐吐的口气，仿佛意识到了一种可怕的泥坑在等待着这乡下姑娘。

"嗯。他给我写过信。"

"那信上是不是有一个不大不小的圆圈？"

"嗯。我问了他是什么意思？他说没有意思，他没有画得圆。"

沉默。一种夜的沉默。刘敏只顾走着。茫茫的野山，只有那涓涓的泉水，仿佛是催人入梦似的。从那云层中露出脸来的两颗星子，那是两个小小的月亮，她们看见了刺猬，只会笑。

波努河岸上，传来呜呜的牛角号，玉竹一听见，惊喜地说："啊，猎人追到猎物了，准是一只野山羊，一只野猪。"

"可能的吧。"刘敏应和着，两人走下了山，沿着小溪，向山寨里走去。

两人的心都是非常沉重的。像铜鼓那么沉重。仿佛那野山灰蒙蒙的雾也变得那么沉重，压在她们的胸脯上喘不过气来。

回到了山寨，"婚礼"已经告了尾声。那些东倒西歪的醉汉，他们在甜丝丝的梦中，去寻找太阳的脚印。

摄制组的人补拍了几个镜头之后，连夜赶回流江市。

黎明的雾是寒冷的。

| 文学史评论 |

蓝怀昌笔下的瑶族姑娘玉梅（《波努河》），则是从农村走出去到城里创办公司的创业者。在时代潮流的推动下，她从贫困、闭塞的西部山寨，走进了光怪陆离的

现代化城市。在朋友的帮助下，她凭着勤劳刻苦和不屈不挠的精神，创立了华夏公司。然而她毕竟太年轻，太单纯，缺乏精明与心计，看不到商潮裹挟下的阴鸷，鲜花掩饰下的陷阱，因一场"刺梨酒中毒"事件被送上法庭，从而昭示出改革的复杂性和创业的艰巨性。

——王庆生主编《中国当代文学史》，高等教育出版社，2003，第458页

《波努河》表现了波努人的历史、神话与现实的碰撞，其迸发出来的火花照亮了人物的性格和内心世界。……

总之，作为波努人的第一部长篇小说，把瑶族文学的进程推向前一步。

——特·赛音巴雅尔主编《中国少数民族当代文学史》，漓江出版社，1993，第701—703页

Ⅰ 创作评论 Ⅰ

蓝怀昌在瑶族作家群中创作成就十分突出，他几近涉足文学创作的所有领域。这也是许多民族作家书面文学刚刚起步的共同的特点之一，他们具有一种对于本民族文学开拓者的责任感与使命感，因此，几乎所有的文学体裁都要尝试着去写。

——艾克拜尔·米吉提：《艾克拜尔·米吉提作品集 评论卷》，民族出版社，2009，第271—272页

蓝怀昌的可贵，在于他不停息的思想探索和艺术追求，他的笔没有停留在签发的文件和勾画了符号的稿纸上。他感到诗歌和短篇已经无法容纳他太多的艺术思索，他力图在更广阔的时空里，在更深远的历史背景和更广阔的现实生活中，表现个民族的觉醒、进步与发展。从1986年至1999年间，继长篇小说《波努河》之后，他又陆续出版了长篇小说《魂断孤岛》《一个死者的婚礼》《残月》《北海狂潮》，大约每两年就有一部长篇小说问世。无论从他创作的数量、质量，还是从社会影响来

说，蓝怀昌的主要成就应该在长篇小说上，这是他创作生涯中的华彩篇章。

　　——赵志忠主编《20世纪中国少数民族文学百家评传》，辽宁民族出版社，
　　　2007，第1108页

┃ 作品点评 ┃

　　《波努河》留下来的文学话题是大量的。怀昌君，依我对你性格的了解，估计这本《波努河》很可能只是你一发而不可止的长篇创作中的第一次收获。今天，包括瑶族在内的中华各兄弟民族，正经历着一场亘古罕见的从政治经济结构到文化心理结构的双重变革，有志于表现民族地区改革题材的作家恰逢用武之时。只要能够站在民族发展与人类文明的制高点上俯瞰本民族的历史性变迁，是完全可以推出许多力作、巨作甚至于不朽之作的。

　　　　——关纪新:《〈波努河〉读后致作者》,《民族文学研究》1990年第4期

　　长篇小说《波努河》是蓝怀昌80年代小说的代表作。它反映了瑶族人民在改革开放的年代里摆脱贫困、解放思想的艰难历程。波努人（又称"布努人"）是瑶族的一个分支，祖祖辈辈居住在中国南方的西部山区。小说围绕开发波努山这一中心事件，描写了华夏、金龙、昌隆三个家庭的矛盾和青年男女之间的爱情生活，将改革时代的艰难、婚姻恋爱的悲喜、山寨生活的变迁，等等，汇成绚丽的民族风情画卷，反映了波努人在改革开放大潮的推动下，从神秘而蛮荒的古老山寨走出来，进入了繁华富裕的现代社会。小说对民族生活的展示和民族精神的追求有了更丰富的表现。

　　——李建平:《对民族精神和时代精神的不懈追求：蓝怀昌创作论》,《南方文
　　　坛》1990年第4期

　　这是一部充满民族苦难感的悲剧，又是一部充满理想主义的民族启蒙书。《波

努河》既对民族传统文化中劣性的一面给了严酷的剖析和冷峻的笔墨，又直接深入地描写了我们正在经历的热烈而又复杂的商品经济生活。中国文坛期待这种冷静反省的悲剧，期待这种浪漫而深刻的启蒙。

　　——杨长勋：《苦难与启蒙：对〈波努河〉的一种理解》，《南方文坛》1998年

　　第6期

桂系演义（节选）

黄继树

巍峨的中山陵，坐落在紫金山第二峰小茅山南麓。陵后峰峦起伏，蜿蜒如龙；陵前林海浩瀚，山河苍茫，气象万千。冬日的阳光，从云层的缝隙里辐射出来，东一片西一片的，铺在林梢和草地上。红得发紫的枫叶，被阳光一映，宛如被火点燃了一般，松柏林的一半被阳光照着，显得青葱苍翠，未被照着的那一半，呈现墨绿沉郁，银杏、梧桐一片光秃，在寒风中微微战栗。宽阔的陵园道上，铺着厚厚的积雪，两行轮辙印迹，鲜明地留在白雪上，像两行长长的别致的印花。那半月形广场上，停着一辆黑色防弹轿车，几名侍卫官散布在附近。

缓缓抬高的墓道，一共有三百七十五米长，两旁的绿化带，像两列长长的仪仗队，挺拔的松柏，宛如身披甲胄威武肃立的卫士。墓道上，一个孤零

作者简介

黄继树（1943—），广西百寿县（今属永福县）人，中共党员，1962年应征入伍，历任广西军区某部战士、文艺创作员，桂林市文联主席，桂林文学院院长，广西作家协会副主席，桂林市作家协会主席。1962年在《广西文艺》发表第一篇短篇小说《巧遇》。与赵元龄、苏理立合作完成长篇小说《第一个总统》，1984年至1986年由天津百花文艺出版社出版，长篇小说《桂系演义》1988年由漓江出版社出版。1988年加入中国作家协会，有长篇传记文学《末代总统李宗仁》《大清名臣陈宏谋》出版，与人合作著有报告文学《在龙脊上起飞——桂林两江国际机场大写意》《西南大动脉——南昆铁路三重奏》《碧水苍山第一路——桂柳高速公路畅想曲》。《第一个总统》《桂系演义》分别获得首届和第二届广西文艺创作铜鼓奖，《第一个总统》还获得孙中山基金会颁发的优秀文艺作品奖。

作品信息

《桂系演义》，漓江出版社1988年出版，共92个章回，获第二届广西文艺创作铜鼓奖。1991年5月重印时，出了精装和平装两个版本。2006年经作者修订，增加到93个章回，并新增部分作战地图插页，2007年5月由漓江出版社出版。2009年1月，漓江出版社仍分为三册出版，作者对全书进行了文字修订并增加了281幅图片。2015年8月，广西师大出版社出版的《桂系演义》，共96个章回。本文节选自第79回"被迫下野蒋介石独谒中山陵　风雨飘摇李宗仁出任代总统"。

零的人正往陵门走来。他头戴宽边礼帽，着黑色披风，拄着手杖，踽踽独行，步履蹒跚。自中华民国十八年六月一日的奉安大典，孙中山先生的遗体安葬在陵墓后，蒋介石不知道来过陵园多少次，在他烦恼，为军国大计难决的时候，来陵园的次数居多。秀丽幽静的陵园风光，对于他思考决策应付时局确实是个理想的处所，宋美龄知道蒋介石爱到中山陵漫步，而她也喜欢这里的明媚风光，便把中山陵的守庐扩建成一幢二层楼的建筑，盖成大屋顶的宫殿式结构，命名"美龄宫"。蒋介石以孙中山先生的忠实信徒自居，无论在生前，或者百年之后，他都要与中山先生在一起，"美龄宫"的建筑，自然使他喜欢。但他还有一个秘密埋在心中，尚未对人说起。孙中山先生现在安葬的地点，是孙先生本人自己选择的。那是民国元年四月一日的早上，孙中山刚解除临时大总统职务，让位于袁世凯，这天显得特别轻松，他对卫士长说："从今天起，我是自由的人民了，你备几匹马，我与展堂（注：胡汉民字展堂。）出去打一趟猎。"孙中山与胡汉民骑着马出了朝阳门，来到明孝陵，一路转到半山寺。只见一只羽毛美丽的雉鸡扑棱着翅膀从树丛中飞起，中山先生"砰"地一枪，将雉鸡击落。卫士去将猎物拾回，中山先生便与胡汉民下马在旁边的一个土地庙休息。然后，他们步行上山。孙先生登上一个高坡，环顾四野，只见群山逶迤，秦淮如带，他对胡汉民说道："你看，这里地势比明孝陵还好，有山有水，气象雄伟，我真不懂当初明太祖为什么不葬在这里！"胡汉民懂得阴阳地理之道，他看了也说道："这里确比明孝陵好。就风水而言，前有照，后有靠，左右有沙环抱，再加上秦淮河像玉带一般环绕，真是一方大好墓地啊！"孙中山激动地对胡汉民说道："候他日逝世，当向国民乞此一块土来安置我这身躯壳！"十四年后，孙中山先生在北京铁狮子胡同逝世，临终前，又以归葬南京紫金山麓为嘱。中国国民党人遵照孙中山先生的遗愿，于民国十八年六月一日，在建筑雄伟的中山陵举行隆重的奉安大典，将孙中山先生的遗体安葬于中山陵的墓室之内。至今，正好是二十个年头。除了抗战期间住在重庆外，蒋介石在南京的日子，常常到中山陵来。他本是个封建迷信很深，又笃信风水的人，他为自己的母亲寻找墓地，费尽了心机。葬母之后，他果然飞黄腾达，显贵发迹，这更加促使他为自己寻找一方理想墓地，以便使子孙后代继承大业，长久不衰。他经常在中山陵盘桓，又懂得些堪舆之术、阴阳之道，更使他想入非非。戴笠死后，灵柩停在与中山陵相邻的灵谷寺内。一天，蒋介石和宋美龄到灵谷寺看望戴笠灵柩，并亲自在山下为戴笠选定了墓地。他对毛人凤说："我看这块地方很好，前后左右都不错，将来安葬时要取子午向。"戴笠便葬在蒋介石亲自选定的这块墓地上。蒋介石也为自己选择了一块墓地，地势与建筑规模都要与中山陵相映成辉，方显出他继承孙中山革命大业，功勋彪炳千古的气概。他的墓地选在什么地方？自然是在距中山陵不远的那一处山坡上，但他尚未公开和人说过。朝霞绚丽的清晨，晚霞如织的黄昏，多少次，他徜徉在为自己选好的墓地上，浮想联翩。他当过总司令，委员长，国民政府主席，党的总裁，特别是当了总统之后，他觉得自己的政治地位已经与孙中山相称了，为自己造一座雄伟的"中正陵"当然是不成问题的了。更何况，他已年过花甲，渐近耄耋之年，身后之事已有一种紧迫感了。但是，自还都以来，国事不宁，日本打倒了，又冒出来一个咄咄逼人的强硬敌人——共产党，命中注定，他一生多艰！东征、北伐、剿共、抗日，他没有过上一天安稳的日子，国民也和他一样，没有过上一天安稳的日子。抗战胜利曾使他兴奋不已，他想实现事实上的统一，想过一个安稳的晚年。但是共产党是他的心腹之患，不剿灭共产党，他便无一日安宁可言。开始，他对剿共是很有把握的，认为三个月，或者一年半载，便可将共产党连根拔出。谁知剿了三年共，他把老本都输光了。东北陷落，徐蚌战败，继黄百韬兵团、黄维兵团、孙元良兵团覆灭后，被共军重重围困在双堆集和青龙集的杜聿明集团的邱清泉、李弥两兵团，也于十天前悉数被歼灭，杜聿明被俘，邱清泉战死，李弥只身逃脱。跟着，平津战幕拉开，在杜聿明集团覆灭后的五天，天津城破，守将陈长捷、林伟俦被俘，傅作义困守北平孤城，已成瓮中之鳖。蒋介石在盘点"存货"，长江以南的广大地区内，再也找不出一个完整而又较有战斗力的军了，仅仅只有几个新兵编练司令部新成立的一些部队和残破得很严重正在整补的几个师，这是完全不能参与战斗的。所剩下的就只有武汉的白崇禧集团和西安的胡宗南集团了。白崇禧正在千方百计地迫他下台，那逼人的气势简直不亚于共产党！徐蚌一战，几十万国军覆没，首都南京已无兵可守，过不了多少日子，共军便要渡江。他无法获得一个安稳的晚年，也许，就是到他闭上眼睛的那一刻，他还是为巨大的忧患压抑着，苦恼着，挣扎着。他的墓志铭并不难写，只以"一生饱经忧患"六个字便可概述全貌，但是，他在紫金山麓选定的那块墓地——未来营造"中正陵"的地方又怎么办呢？现在，真可谓要死无葬身之地了！

蒋介石一步一顿，走完那长长的墓道后，来到了陵门前。陵门前是一开阔的水泥平台，蒋介石站在平台上，微微喘息了一下，便走进了由券石砌成的拱门。进入陵门后，迎面便是一座巨大的碑亭。亭顶重檐九脊，盖蓝色琉璃瓦，高约十七米。亭正中立着一块高达八米的石碑，上镌刻"中华民国十八年六月一日中国国民党葬总理孙先生于此"。蒋介石站在石碑下，缓缓脱掉右手上的皮手套，伸手抚摸着"葬总理孙先生于此"八个大字。他的耳畔，仿佛又鸣响着狮子山上那震撼人心的一百零一响礼炮声。那天早晨四点钟，他扶着孙中山的灵榇，步出设在中央党部的祭堂，越大门，降台阶，登上遍扎白彩球的灵车。灵车之前，是孙科及其亲属，孙科之后便是蒋介石，仪仗队一式白色祭服，戴白色手套，鼓声沉沉，哀乐阵阵，灵车缓缓移动着。自丁家桥国民党中央党部至中山陵二十里路上，数十万南京市民沿街拥立，在灵车经过时，皆肃然脱帽致礼。十时一刻，灵榇停于中山陵祭堂中央，举行奉安典礼，由蒋介石主祭，谭延闿、胡汉民等陪祭，献花圈，读诔文，行礼。中午十二时，灵榇移入墓穴，狮子山炮台再鸣礼炮一百零一响致敬，全国停止工作三分钟静默致哀。那是个多么难忘的隆重的日子啊！虽已过了二十个春秋，但今日想来，犹是昨日之事。自从主持孙中山先生公祭仪式后，蒋介石无时不在心里想着那使他景仰羡慕的奉安大典。他暗暗下决心，要在自己百年之后，也享受到这种至高无上的哀荣。要实现这个愿望，首先，他要确立自己无可争议的领袖地位。胡汉民、汪精卫比蒋介石的资格老，不排除这两个人，他在国民党内便坐不稳领袖的位置；冯玉祥、阎锡山、李宗仁这三个人都和他一样分任第一、二、三、四集团军总司令，蒋、冯、阎、李四人平起平坐，不除掉冯、阎、李三人，他便无法控制全国军队，不能成为事实上的全国领袖。经过多少次的明争暗斗，金钱收买，分化瓦解，武装吞并，胡汉民、汪精卫失败后都已先后死去，冯玉祥、李济深变成了光杆司令，离开了中国大陆；阎锡山几经沉浮，变成了胸无大志的守财奴，躲在山西那个背旮旯里，再无问鼎中原的雄心；蒋介石的对手，只剩下了桂系集团的李宗仁、白崇禧。经过反复较量，多次交锋，双方各有胜负，但无论如何，蒋介石无法降服李、白，文的武的，硬的软的，明的暗的，蒋介石全用过了，他的军队就是进不了广西。为了实现他承继孙中山先生大业，在国民党内成为无可争议的领袖，以便在百年之后，实现建一座与中山陵媲美的中正陵的雄心壮志，几十年来，他高举着孙中山先生三民主义的金字招牌，东征西杀，南讨北伐。演出了蒋、桂战争，蒋、冯、阎中原大战一幕幕流血惨剧，使国家、民族、人民为之付出了惨重的代价。"九一八"一声炮响，日本帝国主义利用中国军阀混战之机，入据东北；"七七"卢沟桥事变，日寇铁蹄踏进华北。中华民族到了最危险的时候，蒋介石才真正成为举国公认的无可争议的领袖。他把自己的政敌白崇禧请到身边委以参谋总长的重任，一切由白谋划；他把李宗仁安排在历代兵家必争的战略要地徐州担任战区司令官；他接受共产党抗日救国的主张，实现了第二次国共合作。直到这个时候，他才表现出一位领袖所具有的胸怀和气魄，在他一生的政治生涯中，这是他能博得国人（当然也包括他以前的众多政敌）所爱戴的八年。抗战胜利，他的领袖欲急剧膨胀起来，到了前所未有的独裁程度，他视共产党若草芥，玩弄李、白于掌上，他决心依赖美国的飞机、大炮、坦克实现真正的统一。可是，曾几何时，在共产党和李、白的内外夹攻之下，他垮台了，上百万大军覆灭了，不仅全国领袖当不成，连首都南京也难保。他已决定今日下野，由副总统李宗仁代行其职权……

蒋介石摸着石碑，抚今追昔，不禁老泪横流。中国国民党人二十年前葬总理孙先生于此，他年中国国民党人又将葬他们的总裁蒋中正先生于何地呢？

寒风拂过林梢，林涛阵阵，发出巨大的叹息！

蒋介石拄着手杖，从碑亭后拾级而上，向祭堂走去。从碑亭至祭堂的正道，用一色苏州金山石砌成八座大石阶，共二百九十级。大石阶两侧的斜坡上，白雪皑皑，坡上一株株松柏、枫树、石楠、海桐和大围墙旁的白皮松，枝叶上披着一层薄雪，像在默默地挂孝举哀。祭堂前两旁立着一对高耸的饰以古代花纹和云彩的石华表，平台前的两个石座上，各放着十尊古色古香的铜鼎。

蒋介石在石华表和古铜鼎前伫立了一刻，不知是为了休息还是什么东西引起了他的沉思。然后，他由平台步入祭堂。早已恭候在此的两名侍卫官，接过蒋介石的帽子、手杖和披风。他来到祭堂正中孙中山先生身穿长袍马褂的石雕全身坐像前，鞠了三个躬，默默地肃立了一会儿。祭堂是一座仿古木结构宫殿式的建筑，墙身全部用香港花岗石砌成，地面铺木理石，左、右、前、后排列着青岛花岗石柱十二根，四隐八显，下承大理石柱础。内顶为斗式，上面镶以花瓷砖。蒋介石来到了祭堂后壁前，看着他写在壁上的"总理校训"，甜酸苦辣一齐涌上心头。"怒潮澎湃，党旗飞舞，这是革命的黄埔……"蓦然间，他耳畔响起雄壮的黄埔军校校歌，他陪孙总理在台上检阅军校学生的情景历历在目。是孙中山的革命主义和黄埔学生的战斗精神，把他推上了革命军总司令的位置，没有黄埔军校，便没有蒋介石的一切。东征、北伐，他的学生一个个都是好样的。可是，一到"剿共"的战场上，一个个都不济了。他的得意门生陈诚、杜聿明在东北战败，杜聿明、黄维徐蚌被俘，现在的黄埔学生没有一个能为他打胜仗的。

"介石，你怎么把黄埔精神丢光了呢？"一个严厉的声音仿佛在祭堂里回荡。

蒋介石打了个寒噤，忙回头看了看孙中山的坐像，孙中山脸带怒容，似乎在训斥他：

"当初，我创办黄埔军校，独一无二的希望，就是创造革命军，将来挽救中国的危亡。你却把它拿来打内战，断送了黄埔精神，也断送了我寄予厚望的黄埔学生，而你也落到了今日这般地步！"

蒋介石摇了摇头，觉得自己有点多心了，一尊石雕坐像又如何能说话呢？不过，孙先生若在九泉之下，看到一个个黄埔学生被俘，以黄埔学生为基干组成的嫡系部队的覆灭，又将作何感想呢？蒋介石突然感到害怕起来了。他今天独个儿来谒陵，本想到此排遣下野后的烦恼，寻求某种精神上的慰藉。不想，却触景生情，生发出一个个不吉祥不愉快的念头来。他不敢再在这肃穆过分而使精神上承受巨大压抑的陵墓中久待。他迅速进入墓室，绕墓穴一圈，对着方形墓穴上的孙中山先生穿中山装的大理石卧像，默哀了几秒钟，赶忙返回祭堂出来，站在外面的平台上。他像一个孤独的幽灵，在平台上缓缓踱步，在打发着他停留在南京，也是停留在中山陵的最后时刻。他下野后，党政军的各项安排，早已做出并实施。他为了紧紧地控制京沪杭地区，乃将原来的京沪警备司令部扩大为京沪杭警备总司令部，任命汤恩伯为总司令。又分别任命张群飞、朱绍良、余汉谋为重庆、福州和广州绥靖公署主任，陈诚为台湾省主席兼台湾警备总司令，薛岳为广东省主席。这些安排，以汤恩伯和陈诚的位置最为重要，从而形成了一个进可守东南半壁，退可保台湾孤岛的战略态势。这和他第二次下野时任命他的亲信军人顾祝同、鲁涤平、熊式辉分任苏、浙、赣三省省主席如出一辙，既为后继者设下重重陷阱，又为他日卷土重来做好安排。在发表汤恩伯等重要人事任命后，他命蒋经国持他的亲笔函去上海访中央银行总裁俞鸿钧，着俞即时将中央银行在去年八月依靠发行金圆券强向人民兑换得来的黄金、白银和外汇全部运往台湾。为了在溪口幕后操纵指挥，他已命亲信俞济时、石祖德、石觉民、任世桂等人，先后到溪口布置警卫和设置通讯联络，为他建立指挥中心，他虽然避归老家溪口，但和在南京一样可以发号施令，调兵遣将。总之，无论是回到溪口幕后操纵，还是退到台湾武装割据，他都周密地安排好了。南京这个烂摊子，就留给李宗仁收拾，让李为他去当替死鬼。时局有转机，他便随时可以从溪口回到南京复职，时局不利，他则退守台湾。下野文告，他已拟好装在衣服口袋里了，在那篇堂皇的文告里，他设置了一个巧妙的圈套让李宗仁钻……这一切，似乎都安排就绪，他可以放心地走了。但是，他现在却停留在中山陵碑亭的平台上，像掉了魂似的踱着步，一会儿低头沉思，一会儿又翘首眺望，还有什么使他放心不下的呢？就是他早已暗中看好的那一方墓地！老家溪口虽好，但不是他归宿之处，台湾虽可避居一时，却非埋骨之所。他的灵魂，只能安居在紫金山麓！这一走，还能不能重回南京主政，他心里实在没有底，共产党问题，桂系问题，都是几十年的对手，在多次较量中，他们非但不被打垮、剿灭，而且滋生蔓长，到今天将他逼下了台。依他的经验，他一走，无论是共产党或桂系，都失去了攻击的目标，他们内部或他们之间便开始冲突。就像民国十六年那样，唐生智东下讨蒋的主力部队张发奎部迅速瓦解，唐生智与桂系厮杀，给他创造了复出的有利时机。但眼下和民国十六年的形势已大不相同了，强盛的共产党野战军不但要吞掉他蒋介石，连桂系恐怕也难幸免，除非李、白投降缴械，而李、白的性格又绝非能接受投降的结局，则最后只有像东北、平津、徐蚌一样覆灭！他失掉了几百万美械装备部队，失掉了中国大陆的地盘，失掉了总统的位置，这一切对于他来说，都不算是最痛心的。他已进入老年，对他来说，这些都行将成为身外之物。而最令他丧魂失魄、惶惶不可终日的，乃是失掉那一方大好墓地，使他死无葬身之所，成为可怕的野鬼游魂，这才是使他感到痛心疾首的啊！蒋介石是国民党的领袖，但他同时也是一个受中国传统文化影响最深的人，对于一个失掉自己墓地的中国老人来说，失掉什么能使他更痛心更懊丧呢？他真想去那块未来的墓地上再走一走，察看那如龙的地势，那些龙脊般的山丘、土坡、繁盛的树木，他眷恋那每一寸土地。此时此刻，他真想躺到那墓地上再也不起来。但是，他不能！他此时躺下去，谁来给他建造雄伟的中正陵呢？更使他害怕的是共军进了南京后，会不会将他拉出来鞭尸！

"我一定要再回到南京来！"

蒋介石举起他的手杖，歇斯底里地叫喊着，匆匆走出了中山陵，直奔他的那块墓地而去。侍卫官们不知他要去干什么，忙前后左右地护卫着。

蒋介石为自己选择的那块墓地，在中山陵和明孝陵之间的正中地带，正当紫金山主峰北高峰下面——中山陵则在紫金山的第二峰小茅山南麓。这里形势雄壮，局面开阔，位置适中，左有中山陵，右有明孝陵，面对朱雀（方山西北侧的一座山名），背靠玄武，形胜天生，比明孝陵的"左青龙，右白虎，前朱雀，后玄武"还要好。更妙的是紫金山又名蒋山，那是东吴孙权为避祖讳而将钟山改名为蒋山的，想不到一千七百多年之后，此事应验在中华民国总统蒋中正身上，山姓蒋，地姓蒋，国姓蒋，党姓蒋，真是天巧地合，鬼神难测啊！

蒋介石踏着厚厚的白雪，顶着凛冽的北风，来到了他未来的这块墓地上，他在墓穴位置上转着转着，在雪地上踏出一圈又一圈的足迹。蓦地，他不顾一切地蹲下身去，迅速脱掉皮手套，发疯似的用双手使劲挖抠着，扒开积雪，战战兢兢地挖出一抔新鲜的黄土来……

"呜呜……"山野里传来一阵苍老的哭声!

蒋介石从他未来的墓地踏察归来，已近中午时分。在他官邸的会议室中，党政军高级官员正坐着等他前来发表下野讲话。会议室里，黯然无声，空气极为沉重，一个个都瞪着一双失神的眼睛，仿佛要开追悼会一般。只有李宗仁在前排正襟危坐，等待着他期待已久的蒋政权更迭，国家权力重新分配的这一时刻。他穿一身藏青色呢子中山装，胸前挂一枚青天白日徽，显得雍容大度，颇有大总统的风采，再也不像去年就职典礼仪式上那窝囊的大副官样了。他内心激动，有一种难以掩饰的如愿以偿的情绪。但他必须克制自己的感情，努力在那国字脸上挂着与大多数人相似的沉痛表情。

"让诸位久等了。"蒋介石走进门来，向与会者点了点头，脸上露出沉重的歉疚之色。他换上了一袭深色的皮袍子，戴一顶翻毛卷边皮帽，像个有涵养的绅士。

室内死一般的寂静、肃穆的气氛有如他刚凭吊过的中山陵。他觉得有些晦气，甚至怀疑选择今天作为下野的日子是否吉利，但不管怎么样，他今天都得演出台前这最后的一幕，从此隐退到幕后去。他开始发表讲话：

"诸位，自中正发表元旦文告以来，已二十日，国内之局势，呈急转直下之势……"

蒋介石用微带沙哑的嗓音，将目前的局势做了详细的分析，也许，这是他执政以来，态度最坦率的一次讲话，使听者更感到惊心动魄。

"……军事、政治、财政、外交皆濒于绝境之中，人民所受之痛苦亦已达于顶点。在元旦文告中，我已表明只要和平能早日实现，则个人进退出处，绝不萦怀，而唯国民公意是从。目下，为实现和平，我个人非引退不可，让德邻兄依法执行总统职权，与中共进行和谈，我于五年之内绝不干预政治，但愿从旁协助。希望各同志以后同心合力支持德邻兄，以挽救党国之危机……"

蒋介石像在读一篇沉痛悼词似的，声音低沉，充满无限悲伤。他的这种"无可奈何花落去"的情绪，迅速引起了在座的党政军高级官员们的共鸣。座中不断发出唏嘘之声，有人用手绢抹眼睛扪鼻子，随之是哽咽之声，接着宣传部部长张道藩失声痛哭，如丧考妣，社会部长谷正纲边哭边起立大声疾呼：

"总裁不应退休，应继续领导，和共产党作战到底！"

李宗仁用眼瞟了一下会场，大部分人都木然地坐着，他感到既悲哀又好笑，心里仍像二十二年前在西花园的石舫上对何应钦说"让我们来试试"的那番劲头。但那时才三十多岁，血气方刚，现在经历了二十多年的磨炼，早已变成了一块老辣姜了。他虽然没有哽咽抹眼泪，但一副悲伤的样子也颇为动人。

"诸位的心情，我理解，很理解！"蒋介石沉痛地点着头，"这个，这个，事实已不可能，我已做出下野决定了！"

蒋介石说完，便从衣服口袋里掏出一纸前天由陶希圣拟好的文件，放到李宗仁面前，用手指点着，说道：

"德邻兄，我今天下午就离开南京，请你立刻就职视事。这里是我替你拟好的文告，你就来签个字罢！"

李宗仁一愣，心里实在没有这个签字画押的思想准备。他环顾会场之上，在一片沉痛的呜咽声中，仿佛有愤怒的声讨和刻骨的咒骂，他担心谷正纲、张道藩他们会突然举起手杖过来讨伐他，责骂他"篡位夺权"。因为，蒋介石在一次讨论他是否下野的会上，曾愤然指责："我并不要离开，只是你们党员要我退职；我之愿下野，不是因为共产党，而是因为本党中的某一派系！"对此，CC 系骨干分子谷正纲、张道藩等人恨死了李、白。

"委员长，我……"李宗仁一向习惯称蒋介石为委员长，现在一急，他又叫蒋介石为委员长了，"这文告，是否先放一放？"

"不必了，我今天就离京，你签了字，我就走啦！一切由你负责了。"蒋介石坦率地说道，他对这个烂摊子，似乎已没有一点信心和感情了。

在蒋介石的一再催促之下，李宗仁也没时间仔细推敲那文告的措辞，当然，从内心说，他也希望蒋介石快点离开，因此，便在众目睽睽之下，不假思索地提笔在蒋介石替他拟好的文告上签了字。蒋介石仍把那张文告从李宗仁手里收回，放在自己衣袋之中。接着便宣布散会。

"总统！总统！请留步！"

一个苍老的声音在急促地呼喊着，刚走到门边的蒋介石，回头一看，乃是拖着一大把胡须的监察院院长于右任正向他奔来，不得已，他只好站住，问道：

"于院长有何事？"

于右任喘着气，生怕蒋介石马上走开，便急忙说道："为和谈方便起见，可否请总统在离京之前，下个手令把张学良、杨虎城放出来？！"

于右任的话，像磁铁般一下吸引了大家的注意力，因为今天来开会的这些高级官员中，不乏张、杨遭遇的同情者。他们都知道，蒋介石每次下野，都要杀人。第一次下野时，他杀了前敌总指挥王天培；第二次下野时，他杀了第三党领袖邓演达；第三次下野他能不杀一两个人吗？而最有可能被他杀的便是发动"西安事变"，现在仍被囚禁着的张学良和杨虎城。于右任挺身而出，求蒋介石刀下放人，自然引起了大家的关注。蒋介石见大家都把目光集中到他身上来了，气恼地双手向后一撒说：

"于院长，我已下野了，此事你找德邻办去吧！"

"啊——"

于右任愣了一下，还没反应过来，蒋介石便已经匆匆走出门去了。于右任无可奈何地来到李宗仁面前，急喘喘地说道：

"德邻，德邻，你一定要想办法啊！"

李宗仁知道，蒋介石是在当众为难他，便也不示弱地把胸一挺，大声说道：

"张学良、杨虎城两将军一定要放！"

蒋介石下野离开南京，照理李宗仁以下党政军要员需到机场送行。总统府第三局局长俞济时亦向大家打了招呼，告知蒋先生下午在明故宫机场登机。李宗仁回到傅厚岗官邸，用过午餐，便率在京的文武大员，直奔明故宫机场，准备为蒋介石送行。可是，他们在寒风之中鹄立了一个多钟头，才临时接到通知，蒋介石改在光华门外的军用机场登机。于是，李宗仁等又驱车直奔光华门外的军用机场。到达机场，方知蒋的座机已起飞多时了，文武大员们被蒋介石捉弄了一场，扑了两次空，心中懊恼不已。李宗仁倒无所谓，反正蒋介石走了，他既感到轻松，又感到肩上担子的沉重，面对这残破的局面，似觉肩头有万钧之压力。他回到傅厚岗官邸，郭德洁早已在门口等着了。

"蒋先生已经走了吗？"她喜滋滋地问道。

"走了！"李宗仁点了一下头。

"这就好了！"郭德洁舒了一口气，因为打从李宗仁竞选副总统起，她就盼着有一天能当上中国的第一夫人。现在，这个愿望总算实现了，她怎能不特别高兴呢！她忙上去一把挎住李宗仁的胳膊——颇有点宋美龄的风度，边走边说道："我给你准备了几样酒菜，让我们来好好地庆贺一番！"

郭德洁把李宗仁拉到他们专用的那间小餐室，侍者便应召而至，把酒菜一一端了上来。李宗仁有个特点，平素不大喝酒，要喝也喝威士忌之类，但若有高兴的事，便要喝上一两杯桂林三花酒助兴。今天，郭德洁照例为他准备了一瓶桂林三花酒。他们刚把酒杯举起，案几上的电话铃却急促地响了起来，郭德洁只得放下酒杯，不高兴地嘀咕着：

"真不知趣，早不打晚不打，偏在这时打！"她抓起听筒，没好气地问道，"什么事？"

谁知话筒里的声音比她还冲："你叫德公来接电话！"

郭德洁听出这是白崇禧的声音，不觉吓了一跳，因为白崇禧无论在李宗仁还是她面前说话，都一向是彬彬有礼的，今天何以吃了火药？说话又爆又冲？但她知道这电话是白崇禧从武汉打来的长话，知必有大事，忙用手捂住送话器，对李宗仁说道：

"白健生找你讲话。"

"噢。"李宗仁接过电话筒，轻松地说道，"健生吗？老蒋今天下午已经走了。"

白崇禧却非常冲动地说道："蒋介石下野的文告，我们从广播听到了。全文没有

'引退'或'辞职'这样的词。老蒋既不引退，又不辞职，你李德公凭什么上台呢？这是值得注意的问题，应当设法补救！"

李宗仁刚放下电话筒，侍从来报："司徒雷登大使的私人秘书傅泾波先生来见。"

李宗仁一想，司徒大使此时派傅泾波来，八成又是老蒋的下野文告问题，便匆匆来到会客室，傅泾波见了李宗仁，也不客气地说道：

"司徒雷登大使要我来向李先生传达下面的话：据悉，蒋的下野文告中原有'引退'字句，是被CC系反对而删去的。为此，李先生将不可能充分地行使总统职权。大使特以私人资格提醒李先生注意，并设法补救。"

没想到司徒雷登大使的看法，竟与白崇禧完全一致，李宗仁这才感到问题的严重性。他太恨蒋介石了，临下台还耍这一连串的权诈之术，不但愚弄他李宗仁，也愚弄国家名器，愚弄国民。他气得一拍桌子：

"老子不干了！"

"德邻，你怎么啦？"郭德洁见李宗仁一送走傅泾波便大发脾气，忙过来问道。

"他太不像话了！"李宗仁又拍了一下桌子。

郭德洁忙过来拉着李宗仁，劝慰道："你已经是大总统了，犯不着再和别人生这么大的气。走吧，走吧，喝我们的酒去！"

"老蒋在下野的文告里搞了鬼，我哪还有心思喝酒！"李宗仁用眼瞪着郭德洁，怒气冲冲地把白崇禧和司徒雷登大使的话跟夫人说了。

"啊！"郭德洁仿佛听到晴天里响起一声霹雳，急得差点像在李宗仁宣布退出副总统竞选那一刻似的，几乎要失声恸哭起来，原来她高兴了半天，李宗仁这总统职位仍是不明不白地被蒋介石在半空悬着，可看而不可即，她发疯一般叫喊起来：

"找吴礼卿！找张岳军（注：张群字岳军）！要他们改过来，一定要改过来！"

郭德洁这一叫喊，倒提醒了李宗仁：蒋介石走了，蒋的下野文告只有找吴忠信和张群才能处理。李宗仁马上打电话把总统府秘书长吴忠信找来。

"礼卿兄，蒋先生的文告中并无'引退'或'辞职'等字样。如此则一月二十一日以后的蒋先生究系何种身份？我李某人又系何种身份？所以蒋先生的文告必须修改，要在'于本月二十一日起'一句之前，加'决身先引退'五字，由中央社重新播发，《中央日报》明日见报。"

吴忠信把两手一摊，无可奈何地苦笑道："德公，蒋先生的文告，谁敢更改呢？"

"不管谁的文告，都要以宪法为准绳。"李宗仁说道，"根据宪法第四十九条上半段，'总统缺位时，由副总统继任'，所谓'缺位'，当系指死亡和自动引退而言……"

"德公，"吴忠信摇着手，打断李宗仁的话，"我们是老朋友了，我愿以老朋友的资格提醒你，你要知道蒋先生的脾气，现在，毛人凤他们的人在南京到处活动，说不定连你身边的侍卫人员也难免有他们的人。我看你还是不要再争了，宪法是约束不了蒋先生的，争得不好，连你的生命安全都难保！"

没想到吴忠信这话不但没吓倒李宗仁，反而使李宗仁心中的愤懑之情像干柴遇火一般，嗖地一下燃烧起来，他军人的血性顿起，把两只衣袖往上一捋，然后用握着拳头的手在腰上一叉，瞪着一双冒火的眼睛，大叫道：

"我李某人一生统兵作战，出生入死，早把生死置之度外。值此党国存亡之秋，我绝不是斤斤计较名位，倒是他蒋先生处处不忘为自己打算。他在文告中预留伏笔，好把我当作他的一块挡箭牌，他则在幕后事事操纵，必要时又东山再起。我顶起这局面，如名不正，言不顺，则无法执行总统职权，不论为和为战，皆无法贯彻主张。与其不明不白地顶一块空招牌，倒不如让他蒋先生自己干的好！"

李宗仁这一席话，把蒋介石下野的预谋揭露得淋漓尽致，也把他坚持要修改文告的理由说得凿凿有据，他那义愤填膺、绝不屈服的态度，把个吴忠信一下给镇住了。

"德公……"吴忠信见李宗仁吓不倒，也不敢再来硬的了，因为他是奉蒋介石之命，代替吴鼎昌出任总统府秘书长，是专门为抬李宗仁"上轿"而来的，如果逼得太紧，李宗仁不肯上"轿"，岂不适得其反，到时如何向蒋总裁交代呢？因此吴忠信忙把话锋一转，说道："蒋先生的文告是交给张岳军处理的，不知他有转圜的办法没有？"

李宗仁也正要找张群，见吴忠信一说，便也顾不得自己的身份了，他拉上吴忠信就走：

"我和你一起找张岳军去！"

到了张群府上，张正在指挥家人收拾东西。原来三天前，蒋介石已任命他为重庆绥靖公署主任，他准备回四川老家为蒋介石巩固大西南去了。吴忠信和李宗仁说明了来意，张群略一沉思，便说道：

"看来，此事只有打电话去向蒋先生请示了。"

李宗仁一听，不由火又上来了，这不是蒋介石躲在幕后，拿他当木偶玩弄吗？他本想发作，但转念一想，待张群和蒋介石通了电话看他怎么说再讲。于是李宗仁说道：

"那就请岳军兄给蒋先生打电话吧！"

蒋介石由南京直飞杭州，此时住在杭州笕桥航空学校内，张群的电话一下便打到笕桥航校，电话接通之后，张群便将李宗仁要求修改文告之事向蒋介石报告。因李宗仁也坐在电话机旁边，蒋介石的话，他也能清楚地听到。

"嗯，这个，这个，"蒋介石哼了好一阵子，才说道，"就照李德邻的意思改吧。"

张群是蒋介石的心腹，又是一个极为圆滑之人，他见蒋介石似有让步之意，忙提醒道：

"请问总裁，是按照宪法第四十九条上半段修改，还是按下半段修改？"

"嗯，这个，这个，这个，"蒋介石又哼了好一阵子，才答道，"就按下半段的意思来改吧。"

张群放下电话后，对李宗仁道："德公，蒋总裁口谕，他的下野文告按照宪法第四十九条下半段'总统因故不能视事时，由副总统代行其职权'来修改。即改为：爰特依据中华民国宪法第四十九条'总统因故不能视事时，由副总统代行其职权'之规定，于本月二十一日起，由李副总统代行职权。"

"不行！"李宗仁一口否定这个修改意见，"蒋先生在离职前一再要我'继任'，绝未提到代行二字。现在蒋先生所引宪法第四十九条下半段，'总统因故不能视事时，由副总统代行其职权'，所谓'因故不能视事'，当系指被暴力劫持而言。今蒋总统不是'因故不能视事'，他是'辞职不再视事'，则副总统便不是'代行'，而是'继任'。因此应将'于本月二十一日起由李副总统代行总统职权'一句，改为'于本月二十一日起由李副总统继任执行总统职权。'"

张群为难地说道："蒋总裁可没有这样说呀！"

李宗仁知道，张群一向唯蒋之命是从，有蒋介石走狗之称，对蒋刚才在电话里讲的，他如何敢动一个字？看来此事不找蒋介石是解决不了的。李宗仁便对张群道："请岳军兄再给蒋先生打电话！"

谁知，张群把电话打到笕桥航校后，侍从副官答曰："总裁出去了。"再问："何往？"答曰："不知何往。"

"德公，蒋总裁下野后，已闻有欲息影林泉向往闲云野鹤之趣，不唯今晚找不到他，恐今后亦难找矣！"张群摇着头，放下电话后，看着李宗仁说道。

"德公，我看蒋先生这样说也有其法律作依据的。因为他虽辞职，但未经国民大会批准；而德公以副总统继任总统，也尚未得国民大会之追认，故此以代总统称之亦合法统。"吴忠信灵机一动，忙为蒋介石的话找法律依据。

李宗仁冷笑一声："嘿嘿，礼卿兄，你不是说过，宪法也约束不了蒋先生的吗？现在为何倒替他去寻找法律掩护呢？宪法上并未规定总统辞职要国民大会批准，副总统继任要国民大会追认呀！"

"这，这……"吴忠信一时语塞。对李宗仁既吓不倒，也说不服，蒋介石也不会再让步了，对此，他如何才能把李宗仁拉上"轿"去呢？

"不按我的要求改过来，我绝不就职！蒋先生走，我也走！他回溪口，我往桂林，这个烂摊子，谁要谁就来顶！"李宗仁越来越强硬，事情到此，已成僵局。

"德公，目下局面危急，国家兴亡都寄托在你身上啦，我看你就先就职吧！"吴忠信只有苦苦哀求这最后一手了。

"德公，蒋总裁已说过了，他五年之内不过问政治，你无论是'代行'，还是'继任'总统职权，不都是一回事吗？"张群也来劝道。

李宗仁本是个厚道之人，在吴忠信和张群劝驾之下，心里那股火气渐渐熄灭了。他冷静下来，倒不是为吴、张二人所说服，而是产生了一种凄凉之感，国家都快没有了，还闹什么'代'不'代'呢？此时此刻闹得太凶了，人民是不会谅解的呀！不如先上台干起来再说，为和为战尽自己的一份力量，也算对得起国家和人民了。想到这里他喟然长叹一声，说道：

"既如此我就勉为其难权当这个代总统罢！"

吴忠信见李宗仁最后终于同意"上轿"了，顿时喜形于色，忙说道：

"德公有德有仁，真乃党国之福也！"

这便是李宗仁出任"代总统"的由来。由张群府上归来，已是晚上八点多钟了，郭德洁一直等在门口，见李宗仁拖着沉重的步子归来，忙问道：

"文告修改了吗？"

"改了！"李宗仁并无欣喜之色。

"改了就好！改了就好！"郭德洁一听文告改过来了，欢喜得什么似的，因为这样一来她可以成为真正的第一夫人了。她是很看重名位问题的，跟李宗仁结婚时，李宗仁已有原配夫人李秀文了，为了争到正式夫人的地位，她没少费心思，后来果然如愿以偿，李宗仁让她在事实上取代了李秀文的地位。现在，蒋介石下野，李宗仁当了总统，她也就取代宋美龄成为中国的第一夫人了，她怎能不高兴呢？

李宗仁回到家中刚坐下，点上支香烟吸了几口，白崇禧从汉口又打长途电话来询问文告的补救情况了，看来他简直比李宗仁还着急。

"改过来了，是按宪法第四十九条的下半段来改的……"李宗仁把他和吴忠信、张群的谈话及蒋介石在电话里讲的，统统对白崇禧说了。

"嗨，德公！你呀——"白崇禧听着便大声地埋怨起李宗仁来了，"大丈夫，定诸侯，即为真王耳，何以假为？"

李宗仁知道，白崇禧平素敬慕韩信，他在电话中讲的这句话，便是《史记·淮阴侯列传》中刘邦对韩信讲的，看来"小诸葛"对这"代总统"也深为不满，但他能有什么办法呢？不论代与不代，维持的时间都会是一样的。孙中山以临时大总统开中华民国之先河，轮到他李宗仁以代总统来收场，也许是历史的一种巧合罢，想到这里，他倒反心安理得了。

❘ 文学史评论 ❘

黄继树是中国传统文化方面积累深厚的小说家。他承接中国文学的历史演义传统，融历史与文学于一炉。他与赵元龄、苏理立合作的《第一个总统》是广西第一部具有全国影响的长篇历史小说，对孙中山这一人物形象的塑造以及对清末民初中国政治历史的宏观描述，填补了中国当代文学相关题材的空白。1988年，黄继树长篇历史小说《桂系演义》由漓江出版社出版。小说以民国重要政治军事集团新旧桂系为叙述对象，从1920年的粤桂战争写到1949年底白崇禧飞往台湾，时间跨度30年，叙述了粤桂战争、联沈倒陆、统一广西、兴师北伐、出兵抗日直到决战大陆的中国现代历史，中间穿插了桂系倒蒋、国大选举、国共议和等中国现代重大政治事件，北伐中的贺胜桥攻坚、德安克敌，抗战中的血战台儿庄、勇夺昆仑关以及桂林保卫战，第三次内战中的青树坪之战、衡宝战役无不写得精彩纷呈，全景性地展示了民国年间中国最重要的地方政治军事集团新桂系的兴亡历史，改写了中国长达20多年的"革命历史小说"思维模式，为人们思考中国现代历史提供了一个新的文学视角。小说写战争、写政治云谲波诡，写人物入木三分，故事引人入胜，情节跌宕起伏，具有极强的可读性，既写出了桂系集团的兴亡，也显示了时代走向，20世纪前半期的中国政治军事历史得到了形象生动的再现。特别是蒋与桂的分分合合，明争暗斗，或战场角逐，或政坛用智，既反复无常又充满情理，险象环生又柳暗花明，显示了作者对中国现代复杂政治情势的深刻体察。可以说，《桂系演义》写桂系的崛起、发展和衰亡，同时也是写中华民国波澜壮阔、变幻莫测的政治军事，揭示民国钩心斗角、波诡云谲的高层内幕，绘制民国惊心动魄、曲折紧张的命运画卷。作者对历史文献、历史真相的深入探究，冷静客观的历史态度和娴熟多姿的叙述艺术，使这部作品获得了某种超越时代局限的气质，既是一部小说体的桂系兴亡史，也是一部以桂系为视角的小说体的民国史。

——刘硕良主编《广西现代文化史》(第三卷),广西师范大学出版社,2016,第40—41页

▏作品点评 ▏

《桂系演义》写的是现代史,从桂系发迹登上中国政治舞台,一直写到国民党蒋介石政权在大陆的覆没,桂系随之红极而衰,白崇禧逃出大陆前往海南,又赴台湾为止。数十年间,经历军阀混战、兴师北伐、蒋桂交战与联手、十年内战、八年抗战(按:原文如此,应为十四年抗战)、三年解放战争,中国大地上政界的波谲云诡、纵横捭阖,战场上的铁马金戈、胜败沉浮,以及现代政要军阀种种头面人物的性格与命运,莫不囊括举端。全书情节之复杂曲折,结构之庞大恢宏,人物性格刻画之神似酷肖,都实在见出作者的功力。而语言描绘也多姿多彩,简洁中有细腻铺展的笔触,显示出写物状人的浓墨重彩,实在是历史演义创作方面的难能可贵的新收获。

——张炯:《可贵的超越——读〈桂系演义〉》,载李元君主编《黄继树作品研究评论集》,接力出版社,2003

我认为,这部书在思想价值和艺术价值方面,远远超过了蔡东藩的《民国通俗演义》和唐人的《金陵春梦》等。就艺术上来说,这部《桂系演义》,在布局谋篇、描写大事件的前因后果等方面,比《三国演义》稍逊一些,但在人物的创造上,我个人认为,它在有些方面超过了《三国演义》。《三国演义》虽然名声很大,但在人物的创造上,正如鲁迅在《中国小说史略》中所批评的:"至于写人,亦颇有失,以致欲显刘备之长厚而似伪,状诸葛之多智而近妖。"而《桂系演义》中,塑李宗仁、白崇禧、黄绍竑这三个人物形象,我认为是达到了典型化的,人物的命运发人深思。

——曾镇南、黄继树:《关于〈桂系演义〉的对话》,载林建华、甘棠惠主编《〈桂系演义〉纵横谈》,接力出版社,1995

《桂系演义》选取我国军阀混战时期，作为南方军阀集团的桂系的生发、成长到最后灭亡的过程，为故事的中心内容，在相当程度上展示了我国现代历史上一个独特的历史形态，也是一部"中华民国"时期的战乱史。

——缪俊杰：《演绎故事与塑造人物并重的力作——〈桂系演义〉的艺术特色》，载李元君主编《黄继树作品研究评论集》，接力出版社，2003

作为一个史学工作者，我认为《桂系演义》是一部很严谨的作品。《桂系演义》发展了《第一个总统》的风格，在忠实于历史的前提下进行创作。而且我觉得，《桂系演义》在坚持历史的"真"与艺术的"美"方面，在历史眼光方面以至一些细节描写方面，较《第一个总统》又有了发展。因为《第一个总统》写的是人们十分熟悉又极为尊崇的孙中山，作者是怀着近乎虔诚的心情去写的，读者不难在字里行间感受到作者的激情，但这样一来，冷静的历史分析就可能会欠缺一些。但《桂系演义》描写的对象不同，作者对这些人物以及有关历史背景做了很细致深入的研究。所以，笔下的历史事件和历史人物就更为生动，从历史的角度看，也更为准确可信。特别值得一提的是小说对有关社会风俗、衣冠服饰、交际称谓、山川形势等方面的描写。一些历史文艺作品往往会在这些地方引起史学工作者的议论，但是，《桂系演义》在这方面是很"过硬"的，这部作品，无论是整个框架还是具体的情节，都是经得起推敲的。

——邱捷：《读黄继树的历史长篇小说〈桂系演义〉》，《南方文坛》1990年第4期

《桂系演义》这个名字很容易让人产生误解：看到"桂系"两个字，以为它讲述的只是广西故事，其实，读罢全书，我们就会明白，它其实是中国故事，它不是地方史，而是中国史，它不是小历史，而是大历史；而看到"演义"两个字，又会以为它是野史，是戏说，然而，如果了解中国现代史，会发现，小说虽然以演义命

名，但却非野史文学，而是正史文学，作者写作的态度，绝非戏说，而是正说，是对中国现代历史既高屋建瓴又洞幽烛微的正说。

    ——黄伟林、黄继树：《历史潮流，笔底波澜——〈桂系演义〉作者黄继树访谈
        录》，《南方文坛》2016年第5期

每部文学作品都有一个潜在的价值系统。《桂系演义》的价值系统明显偏重道德，这一偏重体现了传统对黄继树影响的深刻。一部《桂系演义》，几乎可以说是三分之一部中国现代史。

    ——黄伟林：《三分之一部中国现代史》，载李元君主编《黄继树作品研究评论
        集》，接力出版社，2003

在《桂系演义》中，李宗仁恪守仁义道德，俨然儒家正统，孔孟传人；白崇禧擅长运筹帷幄，且又能言善辩，风度翩翩，一副纵横家的形象；黄绍竑随机应变，勇于冒险，推陈出新，极其善于迎合时代潮流，颇有法家姿态；黄旭初工于心计，深藏不露，如临深渊，如履薄冰，在充满暗箭和陷阱的官场里厮混得善始善终，几乎有点无为而治的效果，这则是道家的风度了；陆荣廷匪气十足而不乏侠义，马君武为学从政几经冲突，诚可谓写照传神，栩栩如生且又得中国文化之底蕴。

    ——黄伟林：《重塑桂系人物群像》，载李元君主编《黄继树作品研究评论集》，
        接力出版社，2003

❘ 作者自述 ❘

以民国史为题材的小说创作，把握准历史的分寸是一个至关重要的问题，这不仅是一个敏感的历史问题，同时也是一个敏感的现实问题。《桂系演义》写了新桂系集团从兴起到灭亡，其时间跨度超过了国民党在大陆二十二年的统治时间，事件错综复杂，从两广合作，大革命北伐开始，几乎网罗了民国史上所有重大的历史事件和不同派系色彩的历史人物。创作这样一部全景式的历史作品，在把握准历史分

寸的问题上，难度极大。因为一着不慎，便会满盘皆输，甚至产生意料不到的后果。在创作上，我主要从两个方面把握历史分寸：一是总体把握，一是具体把握，把两者有机地结合起来，基本上达到了预期的目的。

  ——黄继树：《把握准历史的分寸——〈桂系演义〉创作谈》，《南方文坛》1990

  年第 4 期

1990年代

- 林白《一个人的战争》
- 李冯《孔子》
- 东西《耳光响亮》
- 张宗杙《绿岸》

一个人的战争（节选）

林白

节选一

N 城电影厂使我想起电影《蝴蝶梦》，那是我最热爱的黑白片之一，女叙述人的声音怀旧地在荒草丛生的小路上响起，一直通向已被大火烧毁的城堡，七零八落的残墙自远而近，寂静而荒凉。

我听她们说：明年将要发不出工资了，厂里将要卖地，连摄影棚都要卖了，她们说这是真的，连厂长都这样说了，我问卖什么地呢？她们说，就是录音车间旁边，你原来的宿舍后面的那块空地。

她们怕我不记得这块空地，从窗口远远地指给我看。我从杂乱的房屋的空隙看到那地上的青草已经有半人高了，可以想见那空地全都长满了这样的青草，它们藤蔓修长，互相缠绕，在整个电影厂颓败破落的景象中散发着荒凉的气息。

N 曾经在这块空地上补拍过几个镜头，那是一

作者简介

林白（1958— ），原名林白薇，广西北流人，中国"女性主义文学"重要作家之一。1970年代开始写作，1997年出版《林白文集》4卷。著有诗集《过程》，长篇小说《一个人的战争》《说吧，房间》《万物花开》《妇女闲聊录》《致一九七五》等，出版中短篇小说集《子弹穿过苹果》《致命的飞翔》《同心爱者不能分手》《回廊之椅》等，散文随笔集《丝绸与岁月》《德尔沃的月光》《像鬼一样迷人》等。其中，《妇女闲聊录》获华语文学传媒大奖年度小说家奖；《北去来辞》获十月文学奖、《当代》年度长篇小说"五佳"、新浪中国好书榜年度十大好书之一、第三届人民文学长篇小说双年奖、第五届老舍文学奖，曾获首届及第三届中国女性文学奖和第九届茅盾文学奖提名奖。作品被译为日、韩、意、法、英等文字在海外出版。

作品信息

《一个人的战争》，原载《花城》1994年2期，内蒙古人民出版社1996年10月出版，花城出版社2015年3月出版。本文节选自第4章"傻瓜爱情"和尾声章。

场夜景，我曾经坐在我的窗前，彻夜看他怎样指挥摄影、灯光、演员。他们在十二点开始工作，N喜欢在夜晚工作，午夜正是他脑子最活跃的时刻，在我跟他所厮守的那些铭心刻骨的夜晚，我对他的习惯了然于心，他总是要在清晨才能入睡，到中午才能起床。

我的房间正对着那块空地，在半夜十二点的时候，我所在的楼一片黑暗，我担心他们那个组的人会看见我，我特意把随意垂着的窗帘拉好，窗帘本来没有实际的意义（我在四楼，窗外是一片荒地），是招待所原有的财产。我一直住在招待所里，我对公家的床、桌子、椅子毫无感情，但我总要一再提到那窗帘，墨绿色的，厚而坠的平绒，一经进入了与N有关的场景，就成了我记忆中必需的道具。

他们把灯打亮，在沉睡的黑暗中他们就像电影，我的房间离他们有一百多米，但他们发出的声音我听得一清二楚，我十分奇怪，后来我发现这跟他们身后的一堵密不透风的高墙有关，这墙有四五层楼高，宽如两个球场，这是电影厂的景观之一，我想在别的地方可能没有这样奇怪的墙。我在电影厂四年，一直没能弄清楚那墙是什么，我觉得那个方向是摄影棚所在的地方，由此推想这样奇怪的高而宽的墙也许正是摄影棚的墙。厂里的摄影棚很长时间以来都闲着不用，像球场那样大的房子多年来空空荡荡，积满灰尘与蛛网，像是藏匿着无数饥饿的鬼魂。

谁都不到那里去。

除了他们。

他站在天棚上，天棚的边沿，这使他看起来像是站在那堵奇大无比的墙头上，墙头上有浅灰的铁扶杆，这种奇怪的场景只有两个地方能够看到：一是梦中，一是电影厂。

我听见他们的声音在空地上弥漫，他们说要抽烟，没有烟就支持不住了，他们的呵欠声在安静的夜晚特别响亮，特别睡意浓重，他们的动作随之也像梦游一样。

他们是他的合作伙伴，摄影、美工、灯光。他们是他的四肢，他是他们的头脑，没有他，他们就是一些零散的沙子，在一些特殊的时期，他跟他们紧紧粘合在一起，于是由沙子而变为了混凝土。我们总是听说某某片子是某人导演的，却很少听说是由谁来摄影的，于是电影厂的人们都认为，整个剧组的人都是为导演工作的，但谁能心甘情愿地为了别人出名而好好工作呢？谁能控制住为别人工作时偷懒的念头呢？只有靠义气，只有结成铁哥们。

在特殊的时期，他对他们言听计从，在这种时候，他们一跃而成了他的大脑。他们说：要抽烟。

他的声音便像回声一样从天棚上传下来。

他说：我这里有。

他又说：我用绳子吊下去给你们。

我站在我房间的窗前，心怀嫉妒地看着那根细如游丝的绳子从天棚上缓缓落下来，它的一头在他的手中，另一头绑着一盒烟。

他细心问道：有火柴吗？

他们说：有。

他和他们的声音在空地上异常清楚，从我的阳台冰凉地传来，蛇一样从我心里爬过，我绝望地想到，对他来说，他们比我重要得多。

那时候我已经做了一次手术，把跟 N 的一个孩子做掉了，身心俱挫，黯然神伤。跟 N 见面的机会非常少，他整整三个月跟他的组在外景地，我常常整夜整夜地想念他，设想各种疯狂的方案，想象自己怎样在某种不可思议的行动中突然来到他的面前，想象自己如果真的一日到了他的跟前，又是如何装得若无其事，只是一个剧本责编的身份，不让他的搭档们看出一点痕迹。

但我总是未能实现我的那些疯狂的计划，我永远只能在幽闭的房间里才能有从容的思维和行动，一旦打开门，我就会慌乱，手足无措，我费了多少年的时间来克服我的这个弱点，至今仍未奏效，我想，我也许天生就是为幽暗而封闭的房间而生的。

我只有写信，在幽闭的房间里摆弄文字是我的所长，我给他写了无数信，把我那些疯狂的念头通通都变成了文字，像火焰一样明亮、跳跃、扭动。出于自尊，同时也出于某种不自信，我只给他寄了两封。我先寄出了一封，三页纸，含蓄、生动、略有调侃，让人看了就想回信。我等了半个月，又等了半个月，整数一个月过去还是没有回信。

我不知道该怎样度过见不着他的剩下的两个月，我又给他写了一封信，说我想念他，我甚至提到了那个被打掉的孩子，因为我们之间什么都没有，照片、信件、誓言以及他人的流言，如果我不提到孩子，对我来说，一切就像是虚构的，是我幻想的结果。我希望有流言蜚语，来证实我们之间的关系。

我给他寄走了这封信，这封信简短而有力，有点不顾一切。我想他会给我写一封短信的，一封不是情信的客气的短信。我手头没有任何一点他的字迹，我需要一样写在纸上的东西，以便作为圣物，放在枕边或其他秘密而亲切的地方。现在我才知道，那是多么可笑的想法。

他曾经借过我的一本书，马尔克斯的《族长的没落》，当时我正在责编一个将要由他执导的剧本，他说要从书中找点感觉。他把书还给我的时候我发现书中夹着两张纸条，上面有几个用铅笔很随意写的草字，这是他找到的感觉，他忘记把它们取下来了。

这使我如获至宝，两张字条上的字加起来不到十个字，而且，如果我理智正常，我会发现那字写得多么难看，多么词不达意，代表了 N 城电影界低下的文字水平。但我什么也没有发现，我想这是他的亲笔字啊！他的字条夹着的那两页，字字生辉，充满灵性，我反复抚摸那两个页码，试图从中找出有关爱情的暗示，但我没有找到。

我把这纸条作为我的一级宝物，我不知道如何处置它们才妥当，放在枕边、抽屉或者跟小时候的照片放在箱子里，我总是感到不合适。我一刻不停地想着要看、要抚摸、要用鼻子嗅、用嘴唇触碰它们。

我对它们一往情深。

因此我总是等他的信。我知道他在离 N 城三十公里的一个湖泊风景区拍外景，他们全部人马都在那里，在那里吃、住、干活、胡闹。我想他跟我谈论过那么多高雅的话题，先锋的电影、戏剧和文学、颓废的人生、时髦的名字（海德格尔、维特根斯坦、罗兰、巴尔特），以及大麻。大麻也是时髦的东西，据说真正献身艺术的人都要抽大麻（我不止一次告诉过他我藏有这种东西）。我一厢情愿地想，在他的组里，那些流氓无产者出身的搭档怎么能跟他谈论这些高级、深奥、时髦的话题呢，他一定深感寂寞，寂寞而无聊。

于是我更加一厢情愿地想，我的信含情脉脉地掠过绸缎般的湖面，像燕子一样轻盈地到达他的手里，他在晚上夜深人静的时候读我的信，温情在他的心里涨起，等等，我不想再继续如此庸俗地描述我的幻想了。其实我毫不自信，我隐隐预感到，我的第二封信的结果会像第一封信一样，不会有任何回音的，他一定是担心有只言片语落到我的手上成为日后的把柄，他既不爱我，也不信任我，这些我全都悲凉地感觉到了。但我又总是想，不会这么一败涂地，凭着多次的彻夜长谈和牺牲掉的一个孩子。

我把第二封信发出后，一时感到精疲力竭，我再也没有力气像等第一封回信那样来等待了。等待的日子一日长于百年。在第一个月里，我的盼望，力气和柔情全部消耗尽了，等待就像一个万丈深渊，黑暗无比，我只要望一眼就足以放弃一切愿望。为了逃避等待，我一定要离开 N 城，这是等待之地，是他的信应该寄达的地方，我只有逃离此地才能越过这个深渊。

我没有别的地方可去，只有请探亲假回 B 镇。我把信发走的当天就回 B 镇了。在 B 镇，我可以幻想着他的信已经寄达 N 城，只要我回厂就能拿到，这避免了我一天跑两趟收发室。

我以为我到了一个真正可以安憩的地方。

现在我发现，本章叙述至此，我一直还没有提到一个重要的角色，我故意不提她，但她的阴影总是在我的四周浮动，她的形象面容像鬼魂一样使我害怕，她的力量直抵我的笔尖，她使我的爱情故事具备了必要的因素，使我的恋爱生涯增加了色彩。

一定是要有夹在中间的女人的，或者是她夹在我和 N 中间，或者是我夹在她跟 N 中间。

这夹在中间的女人不是他老婆，这跟第三者无关，我认识 N 的时候他是一名坚定的独身主义者，三十四岁的单身男人，这使我眼前总是出现无数的女人，她们亮丽风流，随风而至，我跟N之间，就隔着一条她们飘浮于其中的河流，在彻夜不眠的夜里，我闭上眼睛就看见她们在透明柔软的水流中央轻盈地歌唱，河水从她们的脚下流过，她们明亮幽黑的眼睛布满我夜晚的房间，她们艳丽的裙裾拂过我的脸颊。这些女人我一无所知，我总是在虚无中看见她们，她们在我的眼前鱼贯而过，面容模糊，腰身婀娜，三围性感。她们使我炉火中烧。

我怎么能提到他的剧组而不提及他的女演员呢？那个他踏破铁鞋、走遍全国的文艺团体千里挑一挑出来的美丽的女主角。我的小说中经常出现N，他有时贯穿始终，有时擦身而过，但我从未提到她。

董翮。

这个名如其人的名字美丽耀眼地发出钻石般的光芒，它白昼般地照亮了我隔壁的房间以及那个雾气蒸腾的卫生间。

她被剧务领来，她说她刚下飞机，她叫董翮，听到她的名字我愣了一下，这是多么出奇制胜的名字。她住进我的隔壁，一股幽香立即弥漫了她的房间，我在隔壁闻到这股香气，感觉中它们是穿墙而过的精灵。招待所打扫房间的女人对我说：真奇怪，怎么同一个房间，女人住就香，男人住就臭。我说大概女人用香水，男人抽烟。她说不对，那香并不是香水的香，那臭也不是烟臭，说不清是什么臭，总之是一股浊气。

此话甚得我心。

不知道董翮为什么没有被安排住高级宾馆，凡是到N城拍片的演员，主角，或稍有名气者一律住宾馆。剧组总是有钱，制作成本也逐年提高，常常是全剧组不分高低上下一律住宾馆。董翮十分年轻，她落落大方地告诉我，她二十岁（美丽而又落落大方的女孩真是太少，凤毛麟角！），我想N将要拍的是一部艺术探索片，也许经费紧张。我对董翮不住宾馆却住在了我的隔壁这件事想了又想，虽然有各种解释；但我还是感到了这事充满玄机。

隐隐的幽香漫过我的床头，我把它看作是利剑的光芒，上好的剑，刀刃雪亮锋利，寒光闪闪，横空出世，闪耀在我和 N 之间的幽暗地带。

有哪一个男人能抵挡得住一个既年轻又美丽的女人呢？在这个时候，所有的男人都会是物的。每当我的男文友夸我气质如何好，甚至是他们所见的女人中最好的，每当碰到这种暗藏着另一句潜台词的夸奖时，我总是对他们报以宽容的一笑。我知道，有董翩在，一切精神和气质，一切时髦的话题、高雅的书籍，甚至大麻，一切，统统都是狗屎。

董翩是被找来扮演仙女的，N 要拍的是一个神话片，大家都以为他的这部片子拍成后会拿到一个什么奖，当时他是厂里呼声最高的青年导演，有风声传出，有一位若隐若现的女人要为他在法国搞一次个人影展。这个女人神通广大，业已成为法籍华人，大家认为，影展的事无疑会给 N 带来巨大的成功。于是所有的人都隐隐觉得，仙女董翩在此片中，将要一举成名，她被仙女以及将要到来的奖杯所围成的光环瑰丽地笼罩着，更加美如天仙。我的优点和弱点之一就是总把对手完美化，我从来看不到对方的缺点，我常常克制不住地要对人夸奖我的对手，我从不说对手的坏话，我衷心地认为她们比我好。我常常为此痛苦万分，但我从不会找出自己的一个长处来击败对手的短处。我不知道这是不是一种自虐心理。

后来 N 的影片拍出来没有获得成功，人们纷纷发现，是女主角找得不好，大家说，这女孩的脸太大了，一点仙气都没有，毫不飘逸，分明就是一个现实生活中的俗人，大家说，你们看看这部片，从头到尾，女主角没有一个镜头是正面的，除了远景，连中景都是侧面的，这说明 N 也知道，这女孩的正面要不得。

我的心里无比畅快，有落花流水之感。

N 的这部片便因此被迫改了一个既俗气又肉麻的片名，以便投放市场，结果只卖出了三个拷贝，奖也没有评上，整一个大赔本买卖，既不得钱又不得利，全厂分不到奖金，怨声载道。N 大败。

我的心里无比畅快，我喜欢 N 失败，失败得越惨重越好，最好是坐牢，这样他就能为我所得了。或者不必坐牢，只需挫折就够了，挫折中的 N 要找人谈谈发泄他的苦闷，他只能找到我。一个成功的 N 只能离我越来越远。

这些都是后话。让我回到董翩的话题。

没有任何迹象表明 N 跟董翩有特殊的关系，据说在电影圈中，导演跟女主演的暧昧关系是很普遍的，甚至有人对我说，导演跟女演员，肯定就是那样的，那是一种必要的关系，一个导演应该爱上他的女演员，这样戏才会有光彩。

我无法猜测他们，一点根据都没有，他从来没有到招待所来找过她，一次都没有。她说到他的时候每次都落落大方，我从她的脸上找不到半点忸怩、掩饰、羞涩，如此落落大方的女孩真是十分罕见。

相反我疑心她是一眼看穿了我的心思，她住进招待所的第一个晚上十点多才回来，我想象她跟 N 幽会去了，我在我们的套间里四处走动，焦灼无比，我走遍了前后的阳台，远眺近望，均看不到她的身影，卫生间里她沐浴后的水汽的清香还未消散，我呼吸着它们，心里充满绝望。晚上董翩回来的时候，告诉我她去南园宾馆吃饭去了，剧组给她和另外两位演员接风，厂领导也去了。我放心地睡了一夜。

第二天下午她告诉我她去试妆。第三天下午她告诉我全剧组开会。她总是让我放心。我并不是这个神话片的责编，跟她一点点关系都没有，我想，这真是一个冰雪聪明的女孩。

她的打扮毫不俗气，她穿什么都好看。我印象最深的是有一次她穿了一条深花色的紧身短裙，外面罩了一件又大又长的男式衬衫，头上戴了一顶非常大的草帽，她使我的眼睛一亮，有哪个女孩能将一件最没有韵味的男式衬衣穿得如此随意、洒脱、大气、别具心裁呢？这绝不是一般市井女孩所具有的，我想这董翩定然出自一个颇有教养的家庭。

总之这是一个多么完美的女孩。我的朋友老黑是省报文艺部记者，曾奉命采访过 N 的剧组，在现场看了几个镜头的拍摄，她说那女孩化了最好的妆，又打了最恰到好处的灯光，真是美得不得了，拍手的特写的时候，灯光打得这女孩的手指像一种半透明的玉，我看了都动心，更别说男人了。老黑说。

在 N 城，老黑家是我周末的避难所，周末是 N 肯定不会来的日子，他说他要在家陪母亲，他家里只有母亲和他。我跟 N 是一种地下关系，平时他总是在中午一两点之间到我房间来，这个钟点空气中总是布满了浓睡的气息，四周没有一个人，单车棚、走廊、楼梯全都处在一种既心惊胆战又充满安全的状态，他脚步轻捷动作快速一步跨两级楼梯像贼一样潜至我的门前。很久以后我才想到这个问题，他为什么要偷偷摸摸避人耳目呢？他为什么不愿意别人知道他经常到我这里来呢？

在那些中午，我总是睡在床上，披头散发，中午是我精神最不好、状态最差的时间，我是那种不睡午觉就像生病一样难受的人。而午睡时间恰恰是 N 的清晨，他总是十一点半左右起床，他这个时间来，肯定总是看到一个面色蜡黄、蓬头乱脑、睡意未醒的憔悴女人，我现在想，那是多么不堪入目，多么让男人爱意顿消的形象。当时我不太想到这些，我从来都没有想到可以让他在门外稍候，我则可以洗脸梳头化些淡妆，把房间整理一下，如果我要隆重地迎接他，我还可以换上一件好看些的衣服。

但我全然不顾，我一点也不知道女性应该在外表做些修饰来取悦男性，我以为仅有一个平等的精神和爱就够了。我一心想的是不能让他在门口久等，我虽然不怕甚至有些希望别人看见他来找我，但我知道 N 怕人，我也就替他怕起来，而且我满心想看到他，一听那特别的敲门声我就立即从睡梦中跳下床，我总是在梦中就能辨别他的敲门声。我连鞋都来不及穿好，常常是光着脚就扑到门口，让他一眼就看到我的迫切之情，天底下再也没有比这更傻的女人了。

N 从来没有在中午看到我的时候眼睛一亮，我把这归结为我的白天状态不好。我是那种只有在夜晚半明半暗的灯光下才能显出魅力的女人，光线对我有着十分强大的塑造作用，我对光线异常敏感，害怕强光，在任何场合，我总要逃避明亮的光线，我的一个女友注意到，甚至在等候公共汽车的时候，我也要躲进电线杆细长的阴影里，我自己并没有意识到，连路灯的光线我都无法忍受。这是她告诉我的。所以我喜欢夜晚见人，如果是白天，最好是在地下室里。

肯定不是因为需要光线暗淡来遮盖我在五官或皮肤上的不足，我的五官很有特点，深目丰唇，有异域情调，我的皮肤细腻而富有光泽，这点已经被许多的女人夸奖过许多次了。我指的是另一种东西，类似于神采那样的东西，在过于明亮的光线下它们深藏内里，使我看起来木然平淡，只有在暗淡的光线下，我的神采才会像流水一样流淌出来，女人的光芒与魅力也就随之溢满全身，有人说，我在夜晚的灯光和在白天的阳光下是完全不同的两个人。

我只有少数的几次才在夜晚与 N 相对而坐，我的优势在他那里丧失殆尽。

总是等他来找我，我却不能去找他。我总要费心猜想他周末的晚上去干什么，跟谁在一起。有一个简单的办法，就是打电话到他家去，但我十分不能坦然，打电话就像面对死亡，不知道说什么才能得体，说什么才能自然。事实上我不管说什么都紧张，说什么都声音变调，不管将要说什么，我总是两腿发软，手心出汗。事隔多年，当我心如止水，我才明智地看到，爱情真是无比残酷的一件事，爱得越深越悲惨，我想起德国著名导演法斯宾德的影片《爱比死残酷》，我一直没有看到这部影片，但这个像太阳一样刺眼的片名就像一把尖刀插进我的生命中，经历过残酷爱情的人，有谁能经过刀刃与火焰、遍体鳞伤之后而不向往平静的死亡呢？能穿越爱情的人是真正有福的人。

我不敢在厂里给他打电话，我担心总机会偷听，担心会串线，我将要向他说出的话都是珍珠，我要让它们在我所设想的空气中抵达他。我总是到一个我认为安全的地方给他打电话，不过在那些最绝望的时刻，我会想不起这些，人家听见有什么要紧呢，既然活着都没有意思了，我还会看到什么除 N 以外的别的什么人呢？我什么都看不见，只看见电话就像一个深渊，我无可挽回地对着它失声痛哭，说不出整句的话。我哭泣的声音在厂里空地的荒草上飘荡。

但是在正常的时候，我总是在老黑报社后门的传达室给 N 打电话，那里灯光暗淡，人迹罕至，是我心仪的好地方。

周末他总是在家，电话一打就通，总是他接。这使我放心和感激，我就此认定他没有别的女人。在电话里我不能说别的，永远只能说买书的话题，买了一本什么书，作者是谁，等等。很多的时候他就照样去买一本。我很不满足这种局面，这是他形成而且控制得很好的局面，这种局面的效果是使我们之间没有恋人的感觉，尽管我们都已经有了一个打掉的孩子了。

　　我只有在空虚的周末上老黑家，老黑家跟 N 的母亲的单位只隔一条马路，越过这条马路走上一个斜坡就是 N 的家，到老黑家过周末是否有离 N 近一些，心中充满温情的意思？

　　老黑是我愿意倾诉的对象：这是 N 城文化界既有名又有家庭幸福的唯一女性，在 N 城，几乎所有小有成就的名女人不是已经离婚就是即将离婚，老黑说不上漂亮，但她充满智慧和自信，她跟领导吵翻后立即举家调到广州，在这个南方最大城市的一家大报干得有声有色，一举获得了高级职称，把原单位的领导气得半死。这真是一个出色的女人。在老黑和董翩之间我总是左右摇摆，一会认为女人的智慧是最要紧的，一会又觉得女人只需美貌就够了。

　　我告诉老黑关于孩子的事情，我说我是多么后悔多么伤心，我像一切留不住男人就想留住男人的孩子的女人，眼泪汪汪地对老黑说我想生一个私生子，老黑马上很积极，呼应说：生！我来给你坐月子。她随口又把食谱报出，说要刚打鸣的公鸡用姜酒炒了炖给我吃，又说用黄豆炖猪蹄喝汤发奶，还盘算了尿布童衣各需多少，像是私孩子已经生下来了一样。

　　这使我感到轻松。

　　这是残酷而沉重的爱情中难得的境界，在整个过程中绝无仅有。有一次我跟老黑谈 N，她正色说道，这么好的感情给他，真是可惜了！我说这辈子我不会再爱上别人了，不管 N 发生什么事情，他结不结婚，反正我一辈子爱他。这些话出自一个三十岁女人的口中多少有些滑稽，老黑用恨铁不成钢的语调对我说：哎呀不会的，怎么会呢？你现在是鬼迷了心窍看不见别人，优秀的男人多得是，你以后慢慢就会看到了，看到之后你就会发现 N 身上有许多毛病，慢慢你就会淡了，然后你就会爱上别的男人，会结婚，会有一个孩子，用不着生私生子。

　　我觉得老黑一点都不懂得我的爱情的深度和纯度，我绝对不会爱上别人了，我不是一个见异思迁的女人，我的爱情举世无双。

　　老黑到她的卧室去睡觉，我独坐她的书房，备感孤独，我体会到爱情就像一股你无法控制的气流，它把人浮举到空中，上不着天下不到地。我毫无睡意，胡思乱想，最后我决定到门口值班室给 N 打一个电话，问他在干什么。到了值班室我忽然又没了勇气，徘徊了一阵，竟走到了街上。我过了马路就往 N 母亲单位走，心里乱乱的不知该跟门卫说什么，门卫倒没把我叫住，于是我走过那个长长的大斜坡，来到 N 家所在的宿舍楼跟前，我站在树叶阴影下仰望他家窗口的灯光，直到夜深才走。

这是一个十分滑稽可笑的场面，只有在古典浪漫主义戏剧里才能看到，跟现实相去甚远，但是这个女人长期生活在书本里，远离正常的人类生活，她中书本的毒太深，她生活在不合时宜的艺术中，她的行为就像过时的书本一样可笑。只有遭此一劫才能略略地改变她。

站在平台望灯是我的爱情生活中的重要一幕，我更多的不是到老黑家时去 N 的母亲家守望，更多的是在电影厂里，N 在厂里有一套宿舍，在宿舍区深处的新楼第八层，在我住地的过道、阳台、楼顶平台以及卫生间里都能看到他的窗口。

在那个时期，我生活的主要内容就是到阳台过道楼顶平台卫生间看他窗口的灯光。只要亮着灯，我就知道他一定在，我就会不顾一切地要去找他，我在深夜里化浓妆，戴耳环，穿戴整齐去找他。我穿过楼前的空地，我总是怕人看到，我走上八层的楼梯，在他的门口总是双腿发软，我总要把耳朵贴近他的门听声音，我担心碰到别人。他的屋里总是有人，一般他住在厂里的时候就是他要工作的时候，他的工作方式就是跟他的合作伙伴谈他将要上的片子。在这样的夜晚，我总是听到他的门里传出别人的声音，我只有走开。

我下八楼回到自己的房间，把耳环摘掉，把妆洗掉，我的妆白化了，衣服也白换了。

在他出去拍片的那两个月中，我猜想他也许会回来一两次的，既然外景地离 N 城不远。我便常常在夜晚到楼顶看他的窗口，当时是夏天，我可以装作乘凉。一夜又一夜地过去，他的窗口总是黑的，但我还是一夜又一夜地到平台去。有一个晚上，当我洗完澡走到楼顶时，突然发现他的灯亮了，我欣喜若狂地冲他的窗口叫了一声，已经十分晚了，我的声音像一声怪叫，他走到窗口向我招手，我来不及化妆打扮就一路小跑跑上他的八楼。那个夜晚我们在一起。那些落空的夜晚便全都有了意义。

对我来说他无所不在。

我甚至不用到平台去就能感觉到他是否在房间里，这种感觉准极了。我为了证实这种感觉，就反复到平台上去，搞得自己什么事情也干不成。

最令我精疲力竭的是那些无端臆想的眺望。

有一次，我看到他的自行车跟一辆红色的女车并排放在一起，一辆女车就是一个女人，就是说，有一个女人跟他在一起，我充满嫉妒，痛苦万分，我几乎每隔一分钟就要到过道的窗口看一次，我决心看看这个女人是什么样子，看她是不是漂亮，是不是时髦。但我突然发现 N 的车不在了，那辆红车还在。我刚刚松了一口气，但我立即又想，也许他去给她买吃的东西了，痛苦重新回到我身上。我继续每隔一分钟就到窗口看，他的车果然又回来了，还是放在她的车的旁边，我想这一定是真的了，他一定跟她有关系了。中午的时候我再次看到他的车走了，红车还留在那里，这次我想，也许是他让她单独留在他的房间里。

只有亲眼看到是谁在骑这辆红车。

我死守这个窗口，终于在傍晚的时候看到一个矮个的胖男人骑着这辆红车出来了，他上车的时候很艰难地跨着腿。

这一切无聊极了。

我没有力量克服自己，我总要到那里去，看他的自行车在不在。

我不能告诉他，不能让他知道，我也不能告诉老黑，我要故作潇洒。

现在 N 城电影厂荒草丛生，昔日著名导演和明星进进出出来拍片的繁荣景象一去不返了，厂大门冷冷清清，以往坐满摄制人员的石凳石桌也已遍布尘土，石桌旁丢弃了一些破旧的木板和砖头，以及变形的旧道具，一片颓败之气。

她们说厂里要卖地了。她们说厂里明年就要发不出工资了。她们说幸亏你走掉了。厂里面整整一年没上片了，导演和摄影都没活干，美工还可以给人搞广告，文学部的人也可以给人写点小文章赚钱，只剩下导演最惨，导演高高在上的日子过去了，不知 N 怎样。如果他不去拍广告，恐怕以后吃饭都成问题了，但我碰到谁都没问，我不关心他的吃饭，我已经不再爱他了。她们说我比几年前显得年轻，状态好多了。我想这都是因为我从爱情的恐怖中逃了出来，爱情使人衰老，爱比死残酷，我现在远离爱情，平静度日，每天有充足的睡眠，能吃下饭，不焦虑，不嫉妒，我是比从前显得年轻多了。

到北京不到半年我就把 N 淡忘了，我本来坚信我会爱他一辈子的，我想我离开他他就会爱上我了，至少他会对我好一些，至少他有时会想到我，距离总会造成一些东西，我想我将给他打长途电话，在他生日的时候打到他家里，我当然还要给他写信。隔着这么远，他一定会给我回信的，我担心写到厂里会被别人发现，我走之前特意问清楚了他家的邮政编码，他把他姐姐的地址告诉了我，让我把信写到那里去，这个地址后来我没有使用。

这么快就把 N 忘了使我感到吃惊，我真正体会到了爱情的脆弱多变，我曾经坚信，我是可以为 N 去死的，我设想 N 哪一天忽然遭劫，便一次次地想象 N 被流弹击中的情形，他被子弹击中，修长的身体像慢镜头一样缓缓地倒下来，鲜红的血从他的胸口喷涌而出，天无限的蓝，太阳是黑的，我感到心如刀割，万念俱灰，我想在他的追悼会上我以什么身份出现呢，我穿什么衣服呢，我将穿一身白色连衣裙，还是穿一身黑色连衣裙，同时我又想，如果他这次不死，如果他在冬天里出车祸死，我将穿黑色的毛衣和黑色的长筒靴子，我将在众人面前痛哭，我不可能止住我的哭声和眼泪，然后我将照顾他的母亲，听她讲他小时候的故事，这就是他死后我最大的精神食粮，我会告诉他母亲我曾经怀过他的一个孩子，为了他的事业我做出了巨大的牺牲。

我一次又一次地想象他的死，同时我又想他千万不能死，宁愿我死也不能让他死，于是我的眼前再次出现了乌黑的枪口，我紧紧盯着这黑洞，我想只要有一颗子弹飞向他，我一定惊叫一声扑向前，用自己的身体挡住这颗子弹，我感到自己的胸口热乎乎的，鲜血从心上呼啦啦地流出来，然后我倒在马路上，他将眼含热泪把我抱起来，我则在他怀里幸福地咽下最后一口气。

我心急如焚，连夜赶到市中心的邮局往 N 出差的所在地挂长途电话，那一夜，挂长途的人很多，我不伦不类地挤在他们中间排长队。电话终于接通的时候，他一点机会都不给我，他说他们没有粮了，让我跟厂长说说情况，他们要下馆子，我心急如焚，满腔的热情表达不出来，刚刚带着哭腔说完：你千万不能出什么事啊！他就说：如果没有什么别的事，就先这样吧！

我在深夜里独自骑车回厂里，一路上胸口满是被子弹击中的感觉，以及他抱着我的尸体从大街上走过的幻影。

我想我真是太可怕了，不到半年就淡忘了 N，我到北京后只给 N 寄过一张明信片，我把明信片寄到厂里，我想厂里的人肯定都已经知道我跟他的事，明信片明明白白地写着一些平常话，以保证我的自尊，我知道在这场恋爱中我为了爱情的确顾不上自尊了，这是爱情对我的害处之一，我想我还是要往他的家里给他寄信的。

但我一直没有写，开始时我还给他寄过两次报纸，那上面有我的文章，很快我就懒得寄了。

这使我想到一个严重的问题，当初我是不是真正爱过？我爱的是不是他？我想我根本没有爱他，我爱的其实是自己的爱情，在长期平淡单调的生活中，我的爱情是一些来自自身的虚拟的火焰，我爱的正是这些火焰。

认识 N 的时候我三十岁，这是一个充满焦灼的年龄，自二十五岁之后，我的焦虑逐年增加，生日使我绝望，使我黯然神伤，我想我都三十岁了，我还没有疯狂地爱过一个男人，我真是白白地过了这三十年啊！我在睡梦里看到自己的暮年骤然而至，我的头发脱落，牙齿松动，脸上布满皱纹，我的身上从未接受过爱情的抚摸，我皮肤中的水分一点点全都白白地流失了，我的周围空空荡荡，我像一个幽灵在生活着，我离人群越来越远，我对真实的人越来越不喜欢，我日益生活在文学和幻觉中，我吃得越来越少，我的体重越来越轻，我担心哪天一觉睡醒，我真的变成了一个幽灵，再也无法返回人间。

我离正常人类的康庄大道越来越远了，往前走我就永远无法返回了。这个意识使我悚然心惊，我还没有生活过，我不愿意成为幽灵，我必得拯救我自己，因此我发誓我一定要疯狂地爱一次，我明白，如果再不爱一次我就来不及了。

在我二十九岁的时候，我想我一定要在三十岁到来之前爱上一个人。但我远离人群，对真实的男人我一无所知，我像一切不谙世事的女中学生一样虚构了一个偶像，我虚构的偶像跟她们的毫无二致，当时正时兴高仓健，我就毫无创造性地爱上了高仓健，我爱他的身材高大，面容冷峻，我根本不知道，一个冷峻的男人对女人意味着怎样的灾难。

在我三十岁生日到来之前的一段日子里，有一天，部主任打电话让我到厂里来一下，当时我还没搬到厂里住，一般只在周一到厂里开例会，平时没事不用上班，就待在家里写东西。那天不是星期一，主任说：有个本子，你来吧！我那天心情不错，自我感觉良好，略化了化妆，就披了一件式样古怪的短呢大衣出门了。短大衣做得像一件飞毡，颜色鲜艳，只有一个口袋和一个扣子，这件古怪的衣服为我增色不少，我又穿了一双高跟长筒皮靴，弥补了我个子方面的弱点，看起来大概也是小小的有些挺拔。正是冬天晴朗的下午，我一路顺风骑车到了厂里。上了楼，一眼就看到办公室里主任的对面坐着一位身材高大的青年男子，后来 N 告诉我，他的身高是一米八三。事情总是这么奇怪，我自己身材矮小，却偏要喜欢高大的男人，光一个身高就能征服我，我想我是多么的浅薄，多么的追逐时尚，多么的注重形式，难道形式比内容重要吗？

我第一眼看到了 N 的身高，第二眼看到了他的面容，第三眼看到了他的气质，他的五官长得跟高仓健一模一样，高鼻梁，脸上的皮肤较粗糙，显示出岁月沧桑的痕迹，他的气质深沉冷峻，简直比高仓健还高仓健。

第一眼就看中了他。看一眼我就知道我将发疯地爱上他。我看到他也看了我一眼，我明白无误地感觉到他看我一眼时眼睛一亮。我暗暗庆幸自己穿了这件毡式的短大衣，我想 N 虽然见过不少时髦的女演员，但他以为今天将要见到的肯定是一个又丑又土的女文人，他意外地发现这个女人的衣着是如此大胆和富有个性，这超出了 N 城的水平。在后来的日子里，N 总是对我说：N 城人全是农民。

我的衣服给了我极大的自信，我微笑起来，我想，那一刻一定是我最有光彩的时刻。我听见主任说：我来介绍一下，这是 N 城的才女多米，这是我们最有潜力的青年导演 N。

我们对望了一眼，几乎同时说：怎么同在一个厂子里，以前竟没有见过。近乎都有相见恨晚的意思。

我在心里说：让上帝保佑他没结婚，让上帝保佑他没有女朋友。很快我就知道了他正是既没有结婚也没有女朋友，而且不多不少正好大我四岁。我想这正是上帝送来给我的，我等了整整三十年就是为了等他啊！我如同一个性能良好的自燃体，一点点阳光就使我奋不顾身地燃烧起来。我毫不矜持，不顾自尊，一无策略地爱了起来，刚刚交谈了两次就迫不及待地想把自己交给他。跟他交谈的内容使我喜出望外，他读的书竟正是我读的书，这使我对他大大地产生了好感，那时我刚刚从北京组稿回来，买了一批新书，我以为 N 城不会有人有的，他却说他有，我马上就觉得他跟我是同一类人，是 N 城的精英分子，我想我终于找到一个知音了，我想他是在 N 城唯一能跟我交谈的人，而这个人像高仓健。这是多么难能可贵。我像一切幼稚的女中学生一样通过交换书名人名来谈恋爱，他又说现在的国产片是如何糟糕，国内演员的素质是如何低，观众的趣味又是如何俗，他把我认为不错的国产片批判了一通，认为这是媚俗的问题，他说他独立拍的第一个片子拷贝为零，说他是为二十一世纪拍片的，现在的观众看不懂他。

我便对他五体投地。我那时坚信，拷贝为零的导演是世界上最伟大的导演。

他开始讲他的计划，他说他以后将辞职，带上 16mm 的摄影机去流浪，随意拍摄自己真正想拍的东西。我说有了流浪诗人和流浪画家，还没听说有流浪导演的。我说我要写一个长篇，写你的流浪与电影界的精神窒息，他却又说要放弃电影，改写小说，一开头就写他辞职，然后给所有跟他有过交往的女人拍电报，说永别了，我已消失。

我忽然难过起来，想哭，我的脑子里汹涌而出的是臆想的大批女人，我想她们到底是些什么样的女人呢？

他问：你怎么了？

我勉强笑了一下，却马上就哭了。

他说：你又笑又哭，疯了。

后来我在黑暗中叹了一口气。他说你为什么叹气？

我不说话。他说：我是注定一个人流浪的。

第二天他又来了，他带来了音带，斯特拉文斯基的火鸟，还有查拉斯图拉如是说。我告诉他我也要当导演，我要去考电影学院，我说一个女人到了三十岁才打算当导演，这是长篇的第二副线。他说：你想当导演？是想把男人抓在手里吗？

他第一次来的时候带了葡萄，第二次来就给我带书：他送给我刘晓波的《选择的批判》，这是那年最畅销的书，青年知识界人手一册，N城一时脱销，他说他多买了一本，随后他还送过我《菊花与刀》、索尔·贝娄的《洪堡的礼物》、伍尔芙的《到灯塔去》、萨特的《理智之年》、索尔仁尼琴的《悲怆的灵魂》，我之所以把这些书名罗列在这里，是因为它们全都消失在N城了，我说过的那场大火把它们烧毁了，冥冥中保佑我的神灵让我不再看见它们，让我从此平安度日。

他还应我的请求带来了他小时候的照片。我常常凝望他的那张百日婴儿照，幻想着能生一个跟那一模一样的孩子。

我无穷无尽地爱他，盼望他每天都来，来了就盼望他不要走，希望他要我。其实我跟他做爱从未达到过高潮，从未有过快感，有时甚至还会有一种生理上的难受。但我想他是男的，男的是一定要的，我应该做出贡献。只要他有几天不来我就觉得活不下去，就想到自杀。我想哪怕他是个骗子，毫无真才实学，哪怕他曾经杀人放火强奸，我都会爱他。我想，如果他真的去流浪，我就养着他。

我总是等他，我不知道他什么时候来。就是在这个时候我抽烟抽上了瘾，我的大部分钱都用来买烟了。我总是买摩尔烟，他不喜欢女人抽劣等烟。

偶尔有一两次，我跟他谈到结婚的事情，我太想跟他结婚了，他说结婚只是一个形式，我说我非常想要这个形式。他说：他不是一个适合结婚的人，他是独身主义者，他将永远不结婚。这使我失望极了，我的眼泪夺眶而出，他说握握手吧，我知道他这是安慰我，我把手伸给他，他握了一下，说你的手心全是汗。

我希望能发生奇迹，能够改变他的想法。我想通过婚姻把他捆在我的身边，只有婚姻才能做到这一点。当然两人相爱很深也可以不结婚，但他并不太爱我，何况爱情是很靠不住的，就连波伏娃与萨特，到了晚年两人也分开了。

没有永恒，甚至也没有一个时段，只有瞬间。一切都在流动，从一个瞬间到另一个瞬间。

所以在他看来，结婚是愚蠢的。

但我无法离开他。我觉得他的一切都无比神奇，他可以连续二十四小时不吃饭，只喝咖啡，我便认定他是一个超人，他那么高，我也觉得是一个奇迹，他身上的皮肤非常光滑，像女人一样，白而细腻、他的腰出奇地细，在侧卧的时候可爱地凹陷下去，他的肌肤有一种隐隐的体香，像少女一样发出香气，又具有男人独特的气味，他的体香是一种奇怪的混合，非常好闻，让人心醉。

我还要再提到他手臂上的疤痕，那圆形的疤痕就像一只眼睛，从过去望到现在。他说曾经有一个女孩一定要跟他好，他不打算跟她好，她说他不跟她好她就要去死，他说你说我怎么办？又不能打她，他对她说：我不能为了你放弃我的自由，为了我去死不值得，世上的好男人多得很，你一转身就能碰到。女孩说她只爱一个人，如果他不爱她，她一定去死。N说他被逼到这个地步，他只好把烟头按在自己的手臂上，烫得皮肤滋滋冒着烟，他对那女孩说：我烫伤了自己，虽然这伤不大，但这会留下一个疤，一辈子都去不掉，我今生今世记住你的情分，这总可以了吧。后来那女孩大哭一场，绝望而走。

我总是抚摸这个疤痕，只要我看见他，我就会想起他的疤痕。我在黑暗中能准确地找到它的位置，我用指尖抚摸它的边缘和中心以及它表面细小的网络，心里怀着隐隐的痛楚。这个疤痕就像一个深藏内容的永不眨眼的眼睛，在夜晚睁大着。我看到许多女人的面容像花一样从那里奔涌而出。我对他过去的女人一无所知，他曾经与之做爱的女人，他曾经拥吻过的女人，他曾经为之单相思的女人，我对她们一无所知，但她们像空气，无所不在。她们在空气中飘扬她们长长的睫毛，她们黑色的长发在风中飘荡，她们凝视她，她们在说，既然她们中间没有人得到他，那么你也不会得到他。

我从认识他开始，就等待着失去他，我知道，这一天迟早会到来，就像死亡。

在那些绝望的日子里，我仍然写我的小说，就像看不见他我就活不下去一样，没有小说我也同样活不下去。或者是他，或者是小说，二者必居其一。所以在他不来的日子里，我就拼命写作。那一段我一口气写了两个中篇，这是后来在提到我的小说时人家总要说到的两个作品。一位朋友曾经对我说，我与 N 的恋爱就像"文革"之于我们的国家，穿过苦难与炼狱，然后出现文学的繁荣。当时我常常一边抄稿一边哭。我对着镜子抄稿，我看见我的眼睛大而飘忽，像一瓣花瓣在夜晚的风中抽搐，眼泪滚落，像透明的羽毛一样轻盈，连颜色的重量都没有，这种轻盈给人一种快感，全身都轻，像一股气流把人托向高空，徐徐上升，全身的重量变成水滴，从两个幽黑的穴口飘洒而下，这就是哭泣，凡是在夜里因为孤独而哭泣的女人都知道就是这样。

这种哭泣给人快感，比笑的快感更深刻。

就是在这个时期，我怀孕了。我去做了检查，确定之后我把结果告诉他。他第一句话就问：做手术很痛是吗？这话问得我全身冰凉。那几天他恰好外出了，他婴儿时期的照片被我扣住，我说我还要多看几天。我天天看他小时候的照片，我想我已经怀上跟他小时候一样的婴儿了，我对那个刚刚出现的肉虫子有了无限的感情，我想我要把这孩子生下来的，这是他的孩子啊！但是我听见他说：做手术很痛是吗？他又问：要不要打麻药？要多长的时间？要住院吗？最后他总结性地说：很烦人的，不好。我说应该烦的是我，是我在承受一切。他有所悟地问道：你想要啊？我说：我想要，我知道你是不想要的，让我承担一切好了，一概不要你管，我来生一个私生子，我自己把他养大。他毫无思想准备，一时说不出话来。他愁眉不展，只一味抽烟。我们僵持着谁都不说话。后来他说过几天他就要外出了，去半个月，要在这几天做出最后的决定。

这之后有两三天两人对坐着，反反复复说着一些同样的话，我要他表个态度，我说：你说怎么办？他说：我听天由命，你说怎么办就怎么办。我说：你逃避现实。他说：我承认。他说他是个厌世者，反正怎么样都没劲，没劲透了。他说过几天就要走，没时间耗下去了，让我赶快做出决定。于是我说：我决定要这孩子，一

257

切都由我来承担，不用你付一分钱的抚养费。但有一点，我希望这孩子有一个正式的父亲，我不愿意他受到歧视。

听完我的话他摔门就走了。

第二天一早他来，一进门就面无表情地说：星期一就去打结婚报告。他说打完报告他就去浪迹天涯（很像电影里的话），去做苦力，他将放弃电影，他已经解散他的摄制组了。

我第一个反映就是我将永远见不到他了。我对他的话信以为真，一时觉得天崩地裂，痛不欲生，我想假如此生我再也见不着他，一切还会有什么意义。我说你去流浪你会告诉我你去哪里吗？他说：不告诉。我说：那你留下几张你的照片，你从来没有给过我照片。他说，看这堆烂肉干什么，看那个孽种还不够啊！

世界末日了。我想。

星期一上午几点？说吧，照你的意思办。他说。

我说，让你放弃电影，我成了罪人了。

他说：你还患得患失，我现在考虑的是我母亲，我得瞒着她，直到她死。今年是她的本命年。

我的思路被他引导过来：一时竟觉得有些惭愧。他又说：女人都是从自己的利益考虑，包括撒切尔。你说你三十岁了是你的最后一次机会了，你说精神和肉体都受到巨大损伤，那我放弃电影，这在精神上抵消了吧；我去做苦力，肉体也受苦，这下抵消了吧，你觉得平衡了吧。

我听得五内俱焚，大哭起来。我隐隐觉得，我可能要放弃我的想法了，但一想到要把跟自己血肉相连的孩子做掉，我就肝胆俱裂。看我哭得昏天黑地，他发急说：还要我怎么样？说吧，我去死行不行！我从楼上跳下去行不行！我不是人，我是猪，我是狗，行了吧！他边说边用头使劲撞墙，又到厨房大喝自来水。然后两人冷静下来，他又说：说吧，星期一上午几点？完了好各奔前程，你生你的孩子，我做我的苦力。但有一点需要事先说明，孩子我是不养的。

我的脑子一片混乱，我反复想：如果我要这个孩子，我将永远见不到他，见不到他我活着还有什么意义呢？这样的选择使我全身都在疼痛，根本无法权衡利弊做出冷静的决定，我只是想：我将见不到他了。

忽然我说出了一句令自己难以置信的话，我说那我不要孩子了，也不要结婚。他一提气，立即说：有这个可能吗？我说如果这样，你就要照顾我十五天（我马上在心里想着这十五天是如何幸福的十五天，他每天跟我在一起，这样一闪念心里竟神奇地变好了）。他却不吱声。我说：我不要孩子，也不要你照顾，你是不是希望这样？

他说：你怎样自己照顾自己呢？

我说：这是另一个问题，你是不是希望这样？

随你怎么想。他说。

他大概认为这是一个圈套，我并不诚心诚意改变自己的主意。于是他重新把脸板起来，说：星期一几点？

我说既然你这么不情愿，就不去算了。

他说我不是跟你不情愿，跟谁都不情愿。所有的婚姻都不好，所有的孩子都不好。

我终于知道我应该做出怎样的选择了。我知道我只是为了爱情才做出这样的选择。

为了让他放心去拍电影，我一刻都没耽误，星期一就去做了手术，手术前我自己硬撑着去买了大米和挂面，准备做手术后的粮食，这些本该由他去做的，但我没去麻烦他。我让他陪我到医院去，坐在手术室门外的椅子上等我，我想这是他起码要做到的。但他在医院门口就溜走了。

手术后他也没有陪我，只是给我买了一盒人参蜂皇精，我说这东西吃了会上火的。他说中国人动不动就上火，饿惯了，没劲。

孩子没有了，他可以放心出去采景了，我说：这下你轻松了吧？他说：变态了。我说：这孩子只活了四十九天，是你杀了他。49，这是一个不吉利的数字，孩子阴魂未散，你要当心。他说：我会暴死的。我作恶多端。然后他就外出采景去了。

月子里我常常哭泣。我知道我做了一次很本质的选择，一个孩子确确实实是没有了。世界上的概念只有两个，存在与非存在。我想我永远都不会有孩子了，我失去了孩子同时也失去了他，我没有他的照片，没有信，一切就像一场幻觉，连做爱都是，因为这是无法证明的，陈非留下孩子。哪怕是被人议论一下，流言蜚语，这也是一个痕迹，让别人知道我跟他的关系，就确定了这种关系的存在，多个人的记忆总是比一个人的记忆更为可靠。只是记忆中停留着无可挽回的失去的爱情。

在月子里我神情恍惚，有时我觉得他不是真实的，我想这是因为我得不到他。我又想，他如果能为我所得到他就不是他了，他敢于不为任何女人所得到是他最优秀的素质，正是因为这一点他才有了特殊的魅力，这需要极大的勇气。我爱他就想要得到他，正因为我得不到，所以才一定要得到，但他如果为人所得就将不是他了，我不需要一个不是他的男人，我宁愿他不是真实的，宁愿他只是一个幻影，他来自我的内心而不是我的身外，只有这样他才能为我所独有。女人就是女人，女人的事业就是死死抓住一个看中的男人，男人却想挣脱一个获得更多，越多越好。

男人和女人没有共同的目标。

我对他充满了怨恨。但十几天过去，我的身体一天天好起来便又十分想念他了。他在一个下雨天的夜晚突然来敲门，他穿着一件军用雨衣，头发湿漉漉的。我问他什么时候回来的？他说上午刚到。我想他是一直惦记着我的啊，他是爱我的。放弃了孩子，却获得了爱情，我想这是值得的。

在后来的日子里，为了给他将上的片子做案头准备，他让我陪他到图书馆查资料。这是他第一次请我公开跟他干一件事，我一时充满了幸福之感。我一天换一套衣服，每天精心化好了妆就等他来，然后一起去图书馆八楼查地方史志，又一起上街吃米粉，一起去复印，一起到厂里，甚至有一次，他趁母亲不在家，还把我领到了他家，并且动手给我做了一顿饭吃。我想，这些都是爱情有了保证的根据。

夏天到来的时候，有一个中午他跑来要我给他的片子写歌词，他将要上的是一个神话歌舞片，一共有十首歌词，原剧本的歌词很不理想，但这关系到这个片子的成败，他让我帮他重写歌词，而且连夜就要赶出来。我说你怎么知道我就一定能写好呢？他说：在N城，除了你还有谁？这话使我很感满足。我随即换上了新纸，先听他说一遍规定情景，听完就写起来。那天天气十分闷热，起码有三十七八度，他躺在我的床上大口喘气，我趴在桌上写，他的歌词既要新鲜，又要明白如话，又要有味道，又要有民间色彩，自然还要押韵，而且一首要跟一首不同，有蚂蚁出世歌、枕头歌、舐碗歌等等，奇奇怪怪的，总之难度很大。那天我为爱情而写作，思维特别活跃，偶尔有神来之笔，到吃晚饭的时候竟写成了四首。他一看，挺满意，当即就去替我买晚饭，让我继续写，争取晚上赶出来。晚饭后他仍陪在旁边，一会问我要不要抽烟，一会问要不要喝咖啡，要不要喝点葡萄酒，我从未被如此服务过，这使我兴奋异常，到了半夜就把十首歌词全部写成了，看了一遍，甚为得意。

他将这十首歌词抄了一遍要带走，我一眼看见漏了一个字，顺手抄起笔就要添上，他赶紧抢过来自己往纸上写。我满腹狐疑，他却走了。

第二天看见他我就说：这歌词是我写的，做字幕时要署上我的名字。

他说：你不要署，问题会搞复杂的。

我说，这是我的正当权益。

他想了一下，说：我从拍摄经费中给你弄四百块钱稿费吧，名你就不要署了。

我说我不要钱；我要在你的片子里署上自己的名字。

他却生了气，说：不就是几个臭名吗！干脆你拿回去，我另外找人写。

我被吓住了，一时没说话。我想他是要让人认为是他写的，不然我在稿纸上添一个字他都那么紧张。

他又说：等以后出盒带再署你的名吧。我心里想你又不是拍通俗商业片，还出什么盒带。但我还是说：算了，不署就不署。我想N其实是一个很虚荣的人，他要让人家看到他把原剧本改好了，而且歌词也写得很漂亮。我想我可以原谅他的这点虚荣。

我在电影厂几年，一直没有机会下摄制组，当时厂里提倡责任编辑下组当副导演或者当场记，以便熟悉电影的拍摄过程。我想我跟他说这些事是不会有太大问题的。没想到他一口回绝说：没戏。我问他：副导演有人了吗？他说：不设。又问：场记呢？他说：不行。我说我又不花你们的钱，我只是跟一下组，随便什么名目都可以，只看看拍戏。他说机器操作有什么可看的。我说别的组都是这样的，他说那是别的组。我问到底为什么？他说不为什么。他拒绝向我做出解释。

发生了孩子的事情之后我没有悬崖勒马及早回头，反而更加深陷其中，我想我连孩子都牺牲掉了，我还有什么不能牺牲的，打掉孩子就像挖我的心。但我还是一次次迁就他，我看不到他对我的不好，我只想我的爱情崇高而纯洁。我深陷其中。

很快他就出外景去了，在长达两个月的漫长等待中，我给他写信，他没有回，我们之间没有任何联系。就在这个时候，有一个晚上，我的知心女友从N城东郊的艺术学院赶到西郊的电影厂，她说要告诉我一个重要的事情。

她满怀怜悯地看着我，她说：多米，你千万不要难过。我马上感觉到了，我的身体开始发飘，我的两腿都软了。女友抱了我一下，她说：多米，你不要当回事。

我全身发软，虚弱地说：不要紧，你说吧。女友说艺术学院有一个跟她不错的女孩亲口对她说，前一段N常去找她，还跪着向她求婚，赶都赶不走，女友说，这绝对是真的，因为她在那女孩那里看到N的照片了。这话如同万箭穿心，五雷轰顶，我一下两手冰凉，眼睛发直。恍惚中又听见女友说：我特意问了她时间，正是你做手术的那段。

我只是软软地坐着，一滴眼泪都没有，却不知怎么突然笑了起来，我大笑不止，笑过之后仍木木坐着，想想笑笑，笑笑想想，就像疯了一样，其实我心里明白，我只是控制不住，一味地想笑。

我立即就像了一个弃妇，一夜之间苍老了。我整整一个星期不想跟任何人说话，我不想吃饭也睡不着觉，我整夜吸烟，我的脸上新长了许多细小的皱纹，我的嗓子全嘶哑了，整个人没有了样子。那时候厂里要重新办工作证，我勉强去照了一张照片，是在厂里照的。这张照片惨不忍睹。

我每天对窗枯坐，窗子的外面是那片他曾经在那上面补拍镜头的荒地，它黑暗深远，寂静无声。我听见一个苍老的声音从那里缓缓升起：爱比死残酷。

我想我此生再也不要爱情了。我将不再爱男人，直到我死。

她们说你还是走了好，厂里都要卖地了，你看见那块空地了吗？她们到窗口指给我看，空地上的荒草已经长得很高了，我问：这地卖了干什么用呢？她们说：听说买主将要在这上面盖一幢高楼。我想，用不了多久，这块空地将会被挖开，红色的泥土从深处被挖出来，土腥气将弥漫在空气中，钢筋水泥将要与这土地凝结在一起，然后长出一幢高耸的大楼，像巨大的铁钉钉在地上。我曾经在这块空地上整夜凝视过的 N，他的身影，他的伙伴，以及他们在夜晚打亮的灯，它们因脱离了这块空地，而变得支离破碎，它们像一些幻影，在我的视野中逐渐远去。

（它们消失得是如此彻底，当我在写作时我已无法抓住当时的心情，以至于只好借助旧作与日记，拼合了这个篇章。这是我要说明的。）

节选二

多米是一个逃跑主义者。

一失败就要逃跑，她不如那些强悍的女人能跟她的对手一决雌雄，或者干出什么惊天动地杀人放火之类的事情来。有一个日子，就是多米做人流的日子，她把这个日子牢记在心，在这个日子一周年的时候，多米在包里藏了一台照相机去找 N，她跟 N 一起抽烟，喝了咖啡，然后她突然说：N 你听着，今天是我们的孩子死去一周年的忌日，我要给他一点纪念。说着多米就迅速地往包里掏东西，N 一时脸色煞白，他不由自主地往墙角退了一步，他不知道眼前这个疯狂的女人将要拿出一枚炸弹还是一把匕首，他想今天必死无疑了，但是多米只是掏出了一部相机，她抓住时机拍了一张 N 的狼狈照片，她说我无论如何要留下一个纪念，我不能什么都没有。她说着就哭了起来。N 这才松一口气。

写到这里我大笑不已，这实在是一个滑稽的场面，不像现实生活，倒像是一出拙劣而不真实的戏。多米当时却真是那样做了。

多米既不强悍同时也不精明，她也不知道使出何种手段形成何种气氛才能对自己有利，她只无可收拾地看着自己一败涂地。

她既笨又软弱，唯一的出路便只是逃跑。

逃跑的路途曲折遥远。

逃跑的路上孤独无助。

多米在她的童年时代就立下了壮志，她长大以后要到北京去，她将要住在那里，并且长久地住下去。然后她就把她的雄心壮志忘记了。这个念头沉落在最深的地方，现在一场大伤心，倒像撕裂了一个大口子，又像一道横空的闪电，把层层时空拨开，这个念头就像轻盈神奇的珍珠，一路浮着上来了，它闪着光，远远地照亮着多米要去的地方。在那些无限伤心的夜晚，多米想，原来我还要到北京去，所以命运让我打掉孩子，让我失恋，让我不结婚，这些原来竟都是铺垫，让我丢开一切，实现了小时候的理想，原来我命中注定不在 N 城待一辈子的啊！多米给自己找到了一个辉煌的逃离之地，这给了她极大的安慰。她竟死里逃生，复苏了过来。

多米想那京城可不是一个容易去的地方，她须得拼了命，拼了一切，如果拼了一切她还去不了，她就在那里流浪，她是决不回 N 城了的，宁死不回！她给自己想了三个办法：第一去上学，然后赖在那里；第二找一份借调的活；第三干脆眼一闭嫁过去。多米在一个月里给所有的熟人发了信，她在心里发了一个愿，谁收留她她就嫁给谁。

后来有一个老人收留了她。

这个老人就成了她的丈夫。

多米在她的新家接待了一个来自 N 城的女友，女友说她看了台湾电影《滚滚红尘》的录像，她说我看了三遍，一看我就想到你，多米，你真像了那个女主角啊！我们旧时的朋友全都说你很可惜，不值得。多米便去看那《滚滚红尘》，原来那女主角爱上了一个汉奸。多米想她现在众叛亲离，可不恰恰像了那女主角。老人就像一堵墙，挡住了她所有的新朋旧友，使她孤立得只剩下自己的一个影子了。别人说多米为了达到自己的目的，嫁给了一个坏人，而且这个坏人是个老头，多米出卖自己的爱情，这是多么可耻啊！多米却想，我一不偷二不抢，三不陷害人，没做过一点亏心事，要出卖也是卖了自己，并没有卖了别人，别人凭着什么要横加指责，简直就是封建时代。多米就对这个社会纯洁的人们抱了失望的态度。我曾经在一篇小说里写了这个想法，结果有一个女孩来对号入座，说那里面写的就是她，我在此郑重声明，我写的不是她，我写的其实是我自己。

多米她从此就脱胎换骨了。

旧的多米已经死去，她的激情和爱像远去的霄声永远沉落在地平线之下了，她被抽空的躯体骨瘦如柴地在北京的街头轻盈地游逛，她常常到地铁去，在多米的小说中，河流总是地狱的入口处，她想若要在一个庞大的城市寻找地狱的入口处，那一定就是地铁深处某个幽黑的洞口。我常常在地铁站看见她，她穿着一件宽大的黑色风衣，像幽灵一样徘徊在地铁入口处，她轻盈地悬浮在人群中，无论她是逆着人群还是擦肩而过，他人的行动总是妨碍不了她。她的身上散发着寂静的气息，她的长发飘扬，翻卷着另一个世界的图案，就像她是一个已经逝去的灵魂。

这个念头使我悚然心惊。

有一天多米在地铁遇到梅琚，那个脾气古怪的独身女人，她邀请多米到她的家中去。

梅琚家中的镜子依然如故，仍是那样地布满了各个房间，面对任何方向都会看到自己。多米在这样的房间里心里觉得格外的安宁，一种多米熟悉的青黄色光从镜子的深处透迤而来，她忽然想起了十年前漫游大西南时曾经进去的朱凉的房间。这使她心有所动，她想这种布满了青黄色光线的镜子房间也许正是一种特别的时光隧道，只要心念咒语，就能到达别的时光中。

但多米把朱凉曾经教给她的咒语忘掉了。

她枯坐室内，唯一想做的事就是请梅琚替她剃头，她要求梅琚把她剃成谢妮德·奥康娜那样的秃头。奥康娜十一岁的时候从家里出逃，十三岁时因为偷钱被送到管教所并在那里待了两年，她曾经是一个被社会所遗弃的人。

多米想：我跟她一样。

多米十九岁时因为剽窃，三十岁时因为嫁人，她也曾两次遭到社会的拒绝。

┃ 文学史评论 ┃

90年代最先成为一种重要现象的，是所谓"女性写作"。林白、陈染、徐坤、徐小斌、海男、须兰等，在90年代前期风光无限，文学界耳熟能详的"个人写作""私人写作"，就是由她们所引领。

——洪子诚:《中国当代文学史》(修订版)，北京大学出版社，2007，第357页

女性写作在小说方面的主要作家有陈染、林白、海男和徐小斌等，她们都在90年代写出自己的代表作，如陈染的中篇小说《无处告别》《与往事干杯》和长篇小说《私人生活》，林白的长篇小说《一个人的战争》《说吧，房间》和中篇小说《回廊之椅》等。这两位女作家都着力于探询女性生存的私人空间。

——陈思和主编《中国当代文学史教程》，复旦大学出版社，1999，第352页

以陈染、林白为代表的具有典型性女性主义特征的私语化倾向。这也是90年代中国女性文学最引人注目、遭非议最多的一脉。在这些作家的作品中，女性意识不仅得到了明确的体认，而且开始从性别的自觉过渡到了话语的自觉，这也使中国文学中反传统叙事、反男权经验写作的真正的"女性叙事"初见端倪。

——朱栋霖、丁帆、朱晓进主编《中国现代文学史》(第二版)，下册，高等教育出版社，2012，第168页

┃ 创作评论 ┃

在90年代文坛上众多的女作家中"林白"的名字虽然不能算做显赫，但它的确以其强烈的个性色彩在读者记忆中留下深深的印痕。林白总是默默地经营一篇又一篇的小说，这种不露声色的创作态度给她本人和她的创作都蒙上了一层神秘的色

彩——这神秘成为一种诱惑，使得我们试图拨开林白文本之上的朦胧面纱而进入那个女性的神话世界。

> ——丁帆、齐红：《月亮的神话——林白小说中女性形象的"原型"解读》，《当代作家评论》1994年第3期

跨入90年代后，一道新的风景线浮现出地表，那就是林白的写作。林白以一种纯粹的女性主义写作的姿态出现，用女性化的写作为中国当代女性文学写下了新的一页。在林白之前，中国当代女作家们大多在追求"超越性别"的写作目标，尽管她们不愿认同女作家的身份和女性文学的归类。在女性文学的批评话语刚刚兴起的时候，甚至引起她们的反感和拒绝。在人与女人、作家与女作家、文学和女性文学之间，她们宁取前者而不取后者。……这种创作态度当然是可取的，是力求摆脱女性角色的限制，开阔创作视野，容纳社会生活的表现；但是，另一方面我们也要看到，这是当代女性文学处于不自觉状况的表现，是女性意识没有完全觉醒的表现。在女性文学的发展链中，缺少女性化写作的一环。而现在，林白正手握着这一环走向女性文学，成为90年代女性文学的新景观。

> ——金燕玉：《林白与女性化写作——兼论90年代女性文学的新景观》，《文艺争鸣》1998年第2期

林白后来的成长和写作，不是在广西完成的，但是她作为一个广西作家，至今保持着写作的品质和文学性格，她看待世界的方式在很内在的层面上与我们广西作家其实仍然保持着非常深刻的关联，比如说不妥协，比如说对观众趣味的冒犯，还比如说他们试图创造出一种不同于当下中国情景的审美风尚。

> ——陈福民，载《"广西后三剑客"——田耳、朱山坡、光盘作品研讨会纪要》，《南方文坛》2016年第1期

▎ 作品点评 ▎

　　林白的小说更多地写出了女性感性世界的丰富与美丽，她的《一个人的战争》是写女人的个体成长经历，主人公多米在性意识的成熟过程中不断遭到男性世界的打击与伤害，最终转向了自我恋，如小说题记中所说："一个人的战争意味着一个巴掌自己拍自己，一面墙自己挡住自己，一朵花自己毁灭自己。一个人的战争意味着一个女人自己嫁给自己。"作品里直接地写出了女性感官的爱，刻画出女性对肉体的感受与迷恋，营造出了至为热烈而坦荡的个人经验世界。与此相应的叙事方式也呈现为非中心化的零散、片段式形态，并由于情绪与感受的层叠聚合，虽然无序但却令人处处感到深情灵动的轻盈美感，或者也可以说是创造出了女性写作独特的审美精神。

　　——陈思和主编《中国当代文学史教程》，复旦大学出版社，1999，第352页

　　《一个人的战争》是部具有相当自传色彩的长篇小说。借着这本小说，林白有意总结她早期的生活及创作经验，并思索一个女性为写作所必须付出的代价。全书始自五六岁（叙述者）林白抚摸自己，初识身体的欲望，一路描写她的少年学习经历，初燃的创作野心，流浪四方的奇遇，一再挫折的恋爱，被迫堕胎的悲伤等情节。她最后辗转由家乡来到北京，"死里逃生，复活了过来"。林白洋洋洒洒写来，颇有不能自已的时候；但全书的形式虽不够精致，仍有一股直率动人的力量。

　　——王德威：《再见〈青春之歌〉，再见——林白的〈一个人的战争〉》（此文

　　　　为《一个人的战争》台湾版序），载林白《一个人的战争》，花城出版社，

　　　　2015

　　洪子诚教授认为这是一部展示女性意识的"个人化写作"的作品，不过读起来与晚清《二十年目睹之怪现状》的乱世叙述倒有几分相像。它故事之离奇，情节之跌宕，简直叫人眼花缭乱。

　　——程光炜：《八九十年代"出走记"——林白〈一个人的战争〉和〈北去来辞〉

双论》,《当代作家评论》2014年第5期

林白重新讲述多米、海红的人生遭遇,与杜甫再遇老友李龟年而抒发感慨之间,虽然相差一千多年,实则是同一种东西。安史之乱与八九十年代社会转型,都是历史大架构中的"世事之变",多米海红李龟年等小人物在其中只能随波逐流勉强应对。实际上,他们个人无意义的挣扎,更易引发有识读者心灵上的同情。作为追忆自己往事的叙述者,林白和杜甫也许并没有想如何使这些传达自己"内在的东西"变得不朽。古今中外优秀的作家,总是沉浸在自己笔下人物的悲痛之中而无力救出他们,这使他们对历史情不自禁的追忆由此达到了惊人的深度。"在所有伟大诗歌的背后,在每一位曾经为伟大诗歌所感动的读者的背后,站着伊翁之神,是他使我们浑身颤动,淌下眼泪"。

多米和海红竟未想到,她们莽莽撞撞的闯荡就在八九十年代这个伟大混乱的历史当中。她们天真地把"出走"看作那代人摆脱旧历史和重塑自己的理所当然的行为,是对现代化启动的"社会文化变迁"的最勇敢的响应。她们无意识在模仿古典文学作品"从自身复制出自身",同时帮助读者复现已消失在历史尘埃之中犹如安阳殷墟断简残篇的"八九十年代"。这才是促人突然"淌下眼泪"的真正原因。

——程光炜:《八九十年代"出走记"——林白〈一个人的战争〉和〈北去来辞〉双论》,《当代作家评论》2014年第5期

多米的心性很高,她深知周围人群中没有能使她投身于其中的对象,即使在大学,她也害怕人际的接触和坦露。"只要离开人群,离开他人,我就有一种放假的感觉,这种感觉使我感到安静和轻松"(第37页)。然而,这种孤傲是无根的,或者说,它的根恰好是相反的东西:她的坚强来自她的软弱,她的隐蔽来自她的敞开欲、裸露欲。正因为意识到一旦敞开、裸露就会陷入灭顶之灾(因为这种敞开将会是那么彻底和不顾死活),她才那么小心的隐蔽自己。同样,她对同性的拒斥(如对同性恋者南丹的"天敌"式的拒斥)正是源于对同性的美丽的赞叹,实际上是对自

己的顾影自怜的赞叹。这种赞叹只能是一种远距离的欣赏，而不能是一种近距离的占有和融合，否则就会变成同性相斥。为什么会是这样呢？这不恰好说明，多米对女人的美的欣赏以及她的自我欣赏并不真正具有女性自身的独立意识，而恰好背后隐藏着一种异性的（男性的）眼光。的确，她正是用男人的眼光在欣赏自己。

——邓晓芒：《当代女性文学的误置——〈一个人的战争〉和〈私人生活〉评析》，

《开放时代》1999年第3期

在很大程度上，《一个人的战争》是一部心理小说。自从弗洛伊德建立他的精神分析学说以来，心理成为文学作品特别关注的对象。但由于种种原因，个人的心理最后总是被强大的社会心理规范。……然而，到了林白的《一个人的战争》，这种局面被打破了。这并不是说这个小说没有涉及社会。其实，这个小说是充满了时代感的，近几十年中国的社会文化变迁在小说中有相当充分的展现。但是，作者始终将小说定位在"一个人的战争"的层面上，她的焦点始终瞄准着多米的内心世界，进行一种所谓"个人化"的写作。社会尽管是一个客观的存在，但在多米的个人世界中却是相对而言的一个被遗忘了的天地。多米与女人，多米与事业，多米与男人，多米与爱情，这四大主题关注的是人的自然存在和文化存在而非社会存在。

——黄伟林：《中国当代小说家群论》，中央编译出版社，2004，第336—337页

在《一个人的战争》等早期作品中，林白通过幽暗而又迷狂的身体叙事，完成了对自己的存在和对自我把握的确认。一直以来，林白就以深刻表现女性的内心生活而著称。其大胆、私人的创作，使她成为女性主义代表作家之一，被公认为个人化写作的代表性作家，无论是《一个人的战争》，还是《说吧，房间》《瓶中之水》，对女人的心灵、身体、感觉、欲望、渴求和自恋，都写得准确、到位。她从女性自己的角度回眸自身，欣赏、赞叹女性的婀娜、隐秘、丰饶、觉悟，将自我的情感世界和敏感的女性躯体等经验表述推到了近于极致的地步。

——李伟长：《时流之外的自觉》，《南方文坛》2018年第3期

孔子
（节选）

李冯

……是的，我把自己和这些弟子都托付给了这次旅行，可他们，包括了我自己在内，都已经毁坏得如此厉害。我在五十多岁才开始了这次旅行，就算我想，我的身体也不允许我再将它重复一次了。我还可能将它重复一遍吗？但这样一想，免不了又回到了当初的疑问。当初，我们伫立在曲阜城外，遥望着那辆虚幻的马车在黄昏中朝我们驶来。我们完全可以在它开始之前，便主动中止它。有的人称我为圣人。我不知道这从何说起，如果指的是我们的苦行，可我们要求的并非是自虐般的虚幻的荣耀，假使可能我随时都希望它停止。有人又称我为哲学家，我不清楚他们指的是我思想中的哪一部分？我不是一个哲学家，难道我试图解决过生和死这些抽象的问题吗？也许，我更多的是一个人们所说的老师？不错，我是收过了一些弟子，但旅行拖垮了他们，他们令我感到失望。颜回公然宣称比起从政来，跟随我倒更让他感兴趣。我培育过了一名出色的弟子吗？我只不过是教他们识了字，教会了他们一些诗歌和音乐而已。他们都没能很好地在这

作者简介

李冯（1968—），本名李劲松，广西南宁人，新生代作家代表人物，与东西、鬼子合称为"广西三剑客"。1984年考入南京大学化学系，第二年转到中文系就读，加入"他们"文学社团；1992年获南京大学文学硕士学位。曾在广西大学任教，讲授明清文学课程。著有长篇小说《孔子》《碎爸爸》，出版小说集《庐隐之死》等，电影《英雄》《十面埋伏》的编剧。

作品信息

《孔子》，原载《花城》1996年4期，河南文艺出版社2000年5月出版，太白文艺出版社2008年1月出版。本文节选自第1部《他们》。

次旅行中坚持下来。穿过了流逝的时光，我漫不经心地注视着那辆企图冲破了越来越厚重的暮色朝我们追来的马车，这些年来，唯有我有勇气一遍遍地回顾这个开头，也唯有我越来越不为当时的那种幻觉所迷惑。后来，我们进入了楚国境内。我与弟子们立在山坡上，那支庞大、白色的军队无声地从我们脚下滑过。士卒们勾着扎着白麻布的头，扛在肩上的戈戟也裹着白布。他们拖着脚步，表情茫然、沮丧。接着是那些同样蒙白了的战车，两辆两辆地并行着，在踢踏凌乱的脚步与车轮的微隆声中，马的响鼻清晰可闻。间或有一名驭手或弓手从车上抬起头朝我们这一小队人瞄上一眼，但那眼神就同瞟一块石头一棵树差不多。沉闷的空气中，我感到随行的弟子们都陷入了绝望。"他妈的，走下去，老师，你想让我们破产吗？"子贡忽然打破了静默，扯住了我的袖子痛苦地叫道。噢，这几乎是我这些弟子最后一次不甘心的感情冲动了。在这以后，就连子贡也不再开口说话。不过，在当时，经历了多年的磨难后，我这位弟子居然还对旅行保持着如此强烈的热望，真让我小小吃了一惊。只是他的渴望已是某种不纯正的旅途衍生物，已不复与我们最初的理想相吻合。他也已经忘了我老了，不再适合做这种长途跋涉了。我站在山坡上，朝下观望着，我忽然意识到了，我此生的位置其实便是眼下所处的位置。是的，我只能够观望。我曾经以为，我们这一小队人马，人数虽少但却是一支不可忽视的力量，只要给我们机会，我们便能使整个世界和谐地运转，但看来，我们只能超然于战争、车队、国王、世俗和历史而存在了，虽说在过去，我们还是有过不少机会的。"各地的君子想与我们国王建立交情的，都会来见见我，其实我也很愿意见见夫子您。"在卫国，卫灵公的夫人，那个有名的荡妇隔着细葛布帷对我行礼道。她的嗓音同她身上发出的佩玉首饰碰击声一样悦耳。这是我旅行唯一一次与女人的交往。有人据此认定我当时受到了诱惑，他们总是试图使我的旅行听上去没那么乏味，可我连见都没见着她。她藏身于布帷后，试图用声音与隐约婀娜的身影打动我，希望能给我良好的第一印象。她是一个聪明的女人，她引诱我的技巧完全符合我们东方式的审美。只可惜当时我的心思根本不在这上头，我可不是一个畅销书里的人物，我必须完成我这次乏味的、丝毫不带传奇色彩的旅行。我恍恍惚惚地对着布帷中的动人的影子还礼，它发出的清脆的叮咚声使我想到了马脖子上的鸾铃。她感兴趣的仅仅是我的仪表风度。"走，我们去渡黄河，到晋国去！"我从子路的手中夺过了缰绳，对着弟子们喊道。几辆车子同时飞奔了起来，密密的银铃、连成了一片的马蹄，这才是我最喜爱的声音。那才是我最意气风发的时刻。我的心情比道路还坦荡。谁说我们的旅行仅仅是苦役，谁说我仅仅是一个一脸严肃的老头？我比身边的这些年轻人精神还饱满、体能更充沛。就算到了七十岁，我还照样能旅行。就算以后回到了鲁国，我还要招收了新的弟子，还会再带他们出门。寂静、湿热的空气中传来了沉闷哀切的鼓乐，我们的目光越过了山下缓慢行进着的队伍，往它的后头望去。其实我们目光的找寻中并没有什么悬念，头一天那位急驶而来的楚国信使，便已经将噩耗告诉了我。这些匆匆驶来的车子总是带来坏消息。最初离开鲁国时的，还有后来载来了曾点尸首的那辆。南方的日头又毒又辣，汗水不停地从我的额头上往下淌。草丛中的蚊虫和瘴气侵袭着我的肌肤。我感到我的身体在脱水，眼前一阵阵地发黑。怎么，难道我真的老了？我的身体真不能带我在这世界上周游下去了？弟子们沉默着，关切地看着我，但随即注意力又转到山下白色长蛇中的一个突出部位那儿。那是一辆由徒步的卫兵与大臣们簇拥着的无盖辕车，上面堆满了香草，与一具垫着牛皮与熟绢的漆黑硕大的楠木棺材。里头是病死的楚国国王。这些年来，我总是试图将自己的命运与国王们联系在一起，可他们却顾及不到我，一个个在各地、在我的周围漫不经心地死去。谁也没能替我改变命运，或者说谁也改变不了我们的自我放逐。这个世界的运行仿佛是与我无关似的。"好啦，我们往回走吧。"长龙般蜿蜒的队伍终于消失在山拐角了，我叹了口气，对弟子们说。"老师，你疯了？你想让我破产吗？我们应该继续前进！"子贡扯住了我的胳膊，语无伦次地叫道。"求求你，求求你了，楚王死了，可我们还有黄金。等到了楚国国都，我们会发大财的。你想要一支军队吗？我有了钱，可以替你招募。你不是想要封地吗？我可以替你贿赂他们。求求你，向前，去楚国的国都吧！"南方的湿热使得我这位脑子最聪明的弟子也失去了理智。他狂热的眼神不由使我回到了过去的某段旅途。我们的生命难道注定了要以这种方式耗尽？于是，那股我熟悉的冲动也从我酸疼的腰腹涌了起来，沿着我的脊柱往上冲。"老师，别犹豫了。这可是大好的机会啊。"我迟疑着，等待着那股热流慢慢地往我的头脑中升。它的力度在慢慢地减弱。我浏览着身边其他的弟子，他们的神色衰弱而茫然，他们在这旅行中早已失去了主张，正习惯性地被动地等着我决断。"老师，老师……"现在，连子贡的声音也渐渐地微弱下去了。它如一缕游丝，似乎这声音并不属于蹲在那头黑暗中的那团人影。它已完全融入了夜色与这旅行。有谁在唤我，是开晚饭了吗？不，我努力地摇了摇头，试图驱散由于衰老年迈而带来的幻觉。于是我再一次努力睁开眼睛，想看透那迷散的纠缠着我的一切。子贡继续热切地盯着我。哦，他还是如当初的那样热情天真，可从中我却发现了从一开始隐藏在里头的那股掩饰不住的茫然，"哦，好啦，我们走吧。"送走了那名特地赶出城与我们告别的乐师，我登上车，对那些略为失望的年轻人说。他们顺从地敏捷地跳上了各自的马车，在黑暗中他们的影子模糊在了一起。他们的动作将变得越来越迟缓，面容将变得越来越相似。谁也不清楚等待着他们的将是一次怎样的旅行。春天的夜晚不知名看不见的野花在原野上盛开，一片弥散的清香伴着夜雾始终跟随着我们。细碎的马蹄与清脆的銮铃将一直不知疲倦地回响。我们本来是用不着急着赶路可以就地宿营的，可似乎人人都希望在清凉的夜色中先走上一段适应适应，这原野真大，它的四周与星空相接。它完全可以容纳下我们。我们几辆马车参差地并行着。马儿像渡河时一样，若有所思地踏着碎步。那些年轻人尚未驳落涣散的影子在几辆车中蠕动，似乎有轻微的话语声。给我驾车的是子路，他的性子很急。他打破了美妙的令人陶醉的夜景，问我这是上哪儿：好像是他向我建议说，我们可以先去卫国。他说他妻子的兄弟在那儿做官。我同他漫不经心地讨论了一会儿这个话题。没过多久他的声音便带上了睡意，变得有些朦胧了起来。

▌ 创作评论 ▌

从某种意义上来说，李冯的小说在趣味和风格方面有点类似汪曾祺，尽管他们写作的生活性质完全不同，但那种格调，那种韵致，那种情致，有某些异曲同工之意。当然，汪曾祺的那种老道和意境是李冯所不具有的，但李冯有另一种东西。不同时代的人有不同的经验，有对待生活不同的态度。在本质方面是不可比的，但作为汉语写作，他们又有某种共通的地方——他们都可以在平淡之处，显示出生活的隽永和不可磨灭的痕迹。

——陈晓明：《又见广西三剑客》，《南方文坛》2000年第2期

在欲望化话语超量表达的时期，李冯也热衷于写作欲望，但欲望并不扮演主要角色，也不充当高潮的效果。李冯的写作则是细致表现了现代人如何丧失爱情的全部过程。李冯这类小说有时以第一人称为叙述视点。虽然未必可以与作者本人等同，但却使李冯的叙事具有仿真的效果。但即使是以第三人称为视点的小说，也可以感觉到李冯叙述的那种直接经验特征。李冯的主角显得有些与众不同，这并不是说这些人有什么特别之处，而是当代小说很少以这类人为主角。

——陈晓明：《直接现实主义：广西三剑客的崛起》，《南方文坛》1998年第2期

∣ 作品点评 ∣

《孔子》的叙事视点显得灵活多变，视点在孔子和门下弟子之间不断地交替、穿插和切换。语调则主要采用"内心独白"，其文本依托自然离不开经典《论语》，好多地方差不多称得上是"无一字无来历"。不过，能从《论语》中那些简缩得不能再简缩、并且说教意味又是那么浓厚的话语中，衍化出如此丰富的场景、细节和心理活动，这种体现在重写文本上的巨大的创造性才情，照我看来，在当代中国小说家中间，至少目前还找不出第二个能与之旗鼓相当的人选。

——李振声：《"文本寄生者"李冯和他的长篇〈孔子〉》，《当代作家评论》
1996年第6期

与杨书案、井上靖的《孔子》完全不同（20世纪80年代，中国作家杨书案和日本作家井上靖都创作了以孔子生平及其学说为题材的长篇小说《孔子》），李冯

的《孔子》完全放弃了阐发孔子学说的意图，他把思考的镜头定格在旅行这一事件上。于是，李冯的《孔子》容易使读者联想到《旧约·出埃及记》。这意味着李冯的《孔子》是一部高度象征化的文本，它超越了旧日阐释孔子学说的传统思维模式，把孔子的人生上升到哲学的层面。不仅孔子的学说是一种哲学，而且孔子的人生就标志了一种哲学。《孔子》正是通过对孔子这次长达14年的旅行，对孔子"匪兕匪虎，率彼旷野"人生状态的反复的、多重视角的追问，从而使孔子这一巨大的精神存在创生出一种言语之外的意义。孔子的精神价值不仅存在于孔子那些睿智隽永的言语之中，而且存在于孔子那次完美、纯粹的旅行中。旅行作为人生的象征，内蕴着一种带着凡人体温的哲学。唯其如此，才能阐释出关于孔子的全新意义："作为一个人，他对人生的领悟是完美的。他虽然从没有治好过哑巴瘫子或给穷人变出过黄金，没有给过人们宗教，但他一直温暖着我们肉体之中的灵魂。"

  ——黄伟林：《挑开人性与社会裂缝的剑客李冯》，《海南师范大学学报（社会科学版）》，2008年第3期

  李冯自述创作《孔子》的初衷是"调侃中国第一人，试图对孔子这个头号文化英雄的精神价值进行游戏性的消解"，因而当他以当代意识来重审孔子。小说的叙事主要采用内心独白，这些内心独白剥落了人物身上的神圣色彩，呈现了他们的内心世界里最隐秘的迷惘和痛苦。孔子及其弟子们的所思所想所行，毫无遮掩地展现在当代读者面前。小说的立意就在于通过孔子及其弟子的多重叙述来还原一个不同于历史典籍中的孔子形象，李冯消解了孔子作为文化圣人的光辉形象，而把他塑造为一个博学多才但报国无门的知识分子。他渴望从政，但不为统治者所容纳，教书育人是他迫不得已的选择。他的理想，他的焦虑以及患得患失，都随着他和他弟子们的叙述而跃然纸上，生动可感。

  ——常世举：《新生代小说家的历史叙事》，南开大学博士学位论文，2013年5月1日

棋手尚可以背棋谱，学者的知识却过于抽象，所以孔子不得不发明授徒传业这一平衡内心的方式。他比我们伟大、也比我们幸运的是，他从黑暗、无尽、清贫、艰辛这些概念中弹射向了人生的一些正面概念，如爱、达观、坚韧、有原则的平衡即中庸乃至幽默，他在二十岁之后，靠做相礼为生，即帮人主持葬礼，收弟子，至少收子路等早期弟子时，所谓的脩礼对他经济上不会有什么改善，因为他有教无类。孔子对人生的感悟包罗万象，具体而微而精彩。如果在今天让我来发挥，我愿意来谈他的爱，孔子经常说爱人，一个懂得爱人的人，才懂得爱世界，但这爱中又有原则，与耶稣之爱又不同，是中国式的表述。

——姜广平:《好的作品一定得让人们尊重——与李冯对话》,《文学教育》2011年第12期

耳光响亮（节选）

东西

从现在开始，我倒退着行走，我用后脑勺充当我的眼睛。那些象征时间的树木，和树木下纷乱的杂草，一一扑入我的后脑勺，它们擦过我的双肩，最后消失在我的眼皮底下。我看见时间的枝头，最先挂满冰雪，然后是秋天的红色叶片，然后是夏天的几堆绿色和春天的几簇鲜花。我马不停蹄地倒走着，累了就看看电视或倒在席梦思上睡觉，渴了就从冰箱里拿出易拉罐止渴。我沉醉在倒走的姿态里，走过20年漫长的路程。一顶发黄的蚊帐拦住我的退路，它像一帧褪色的照片，虽然陈旧但亲切无比。我钻进蚊帐，躺到一张温热的床里，我想我应该好好地放松一下。

我睡在20年前某个秋天的早晨，一阵哀乐声把我吵醒。我伸手摸了摸旁边的枕头，枕头上空空荡荡。我叫了一声妈妈，没有人回答，只有低沉沙哑的哀乐，像一只冒昧闯入的蝙蝠，在蚊帐顶盘旋。窗外不太明朗的光线，像是一个人的手掌，轻

作者简介

东西（1966— ），原名田代琳，广西天峨县人，与鬼子、李冯合称为"广西三剑客"。毕业于河池师专中文系，现为广西民族大学驻校作家、中国作家协会会员、广西作家协会主席。出版有"东西作品集"（4卷本）（深圳报业集团2005年10月出版）、"东西作品系列"（6卷本）（江苏文艺出版社2011年12月出版）、"东西作品系列"（8卷本）（上海文艺出版社2016年7月出版）。中篇小说《没有语言的生活》获中国首届鲁迅文学奖中篇小说奖，根据该小说改编的电影《天上的恋人》获第十五届东京国际电影节"最佳艺术贡献奖"。多部作品被翻译成法文、韩文，在国外传播。

作品信息

《耳光响亮》，获第四届广西文艺创作铜鼓奖，原载《花城》1997年第6期，《江南·长篇小说月刊》2015年第6期转载，改编成20集电视连续剧《响亮》于2004年播出，该剧由蒋钦民执导，蒋勤勤、郑昊、赵奎娥等主演，同期套拍电影《姐姐词典》于2005年上映。本文节选自第1章。

轻抚摸着对面的床铺。我伸了一个懒腰，打了两声哈欠，朝对面的床走去。父亲已不在床上，只有哥哥牛青松还睡在迷蒙的光线里，鼾声从他的鼻孔飞出来。

我对着门口喊牛正国、何碧雪，你们都哑巴了吗？牛正国是我父亲的名字，何碧雪是我的母亲，这是我第一次直呼他们的大名。屋外静悄悄的，他们好像从这个世界消失了。我抓起床头的衬衣，匆忙地穿到身上，我把第五颗纽扣，扣到第四颗扣眼上，把第三颗纽扣，扣到第一颗扣眼上，我胸前的衬衣乱得像一团麻，它正如我乱七八糟的心情。

我呜呜地哭着走出卧室，看见母亲坐在一张矮凳上。她的两只耳朵夸张地晃动着，认真地聆听收音机里的声音。她端正地坐着，手掌伏在膝盖上。收音机像一只鸟悬在她的头顶，声音如雨点浸湿她的头发和眼睫毛。一层薄薄的烟灰涂在她的脸上，她的脸愈来愈难看愈来愈严肃。她轻轻地对我说：毛主席逝世了。

说这话时，母亲并不看我。她试图从凳子上站起来，但她的身子晃了几晃，几乎又跌到凳子上。等她终于站稳之后，我发觉她的双腿，像风中颤抖的铁丝一样不停地颤抖。我突然感到全身发冷，我对母亲说爸爸不见了。母亲的目光扑闪一下。母亲说他可能去学校了，但他从来没有走这么早。我朝窗外望了一眼，夜色在我凝望的瞬间匆匆逃走，白天的光线铺满街道，窗口下那团光线照不到的地方，依然黑沉沉的，像是夜晚脱下的一堆衣裳。

中午，朝阳广场上聚满了悼念毛主席的人群，我跟随母亲坐在兴宁国营棉纺织厂的队列里。太阳像一个快要爆炸的火球，烤干了木器厂的粉末，烧烂了路旁废弃的单车轮胎。许多人把书本和报纸盖在头上，他们的脸膛一半明亮一半阴暗，撕报纸的声音和放屁的声音混淆在一起。

大会还没有正式开始，站在母亲的肩膀上，我看见整个广场被黑压压的人头淹没。妇女们结着辫子，男人们留着小平头，偶尔有几个光脑袋夹杂在人群中，像是浮出水面的匏瓜。会场的右角，静静地裂开一道口子，我看见杨美一丝不挂地朝会场中央走来。他用一张破烂的报纸蒙住双眼，他身上的污垢像鱼的鳞片闪亮。在朝阳路、长青巷几乎所有的人，都认得这个从不说话、从不穿衣服、脑子里有毛病的杨美。没有人阻挡他，他所到之处人群纷纷闪开。眼看着他要走进棉纺厂女工的队列了，几个未婚的女工发出尖叫。

人群里闪出一位肥胖的公安，他像一座山堵在杨美的面前。杨美撞到公安的身上，就像撞到一只吹胀的气球上，被弹了回去。杨美撞了几次，没有把面前的气球撞倒，便扭过身子准备改变路线。公安用他宽大的手掌扯下杨美脸上的报纸，问他为什么蒙住眼睛？杨美的两颗眼珠望着天空，他眼睛的下半部填满了白眼仁。一群小孩围住杨美喊：聋子、哑巴、坏蛋、神经病。公安说你也懂得害羞，懂得害羞就赶快回家去穿裤子。

公安推了一下杨美。杨美突然蹲下身子，大声地哭起来。杨美的哭声中，飘出一串清晰的语言。杨美说主席不只是你们的主席，他也是我的主席。你们可以悼念他，我为什么不可以悼念他？你们可以叫我是聋子、哑巴、坏蛋、神经病和流氓，但你们不可以不给我开追悼会。公安伸手去拉杨美，杨美的胳膊拐了几拐。公安说我不是不给你开追悼会，只是你这样太不雅观。如果你真要悼念毛主席，那么请你先穿上裤子。杨美抬起头，望了公安一眼，说真的？公安说真的。杨美抬手抹泪，从地上站起来，他说我这就去穿，我这就去穿裤子。

公安护送杨美走出会场。杨美用手掌盖住他的鸟仔。他的双脚已经跨出去几大步，但他的眼睛还留在女工的队列里。他的嘴角飞出几声傻笑，双手举起来做了一个猥亵的动作。我偷偷发笑，被母亲扇了一巴掌。我用双手捂住左脸，疼痛在我的掌心跳来跳去。我看见兴宁小学校长刘大选，朝着我们走来。

刘大选站在我母亲面前，双手背在身后。他说牛大嫂，牛老师呢？母亲说他不是到学校去了吗？刘大选说没有，学校里根本没有牛老师的踪影。全校的老师都到齐了，只差他一个。这么大的事情，他怎么不参加呢？母亲低下头，说也许，他病了，他到医院看病去了。刘大选说是真病还是假病？母亲说真病，一大早他就上医院去了。说不定这一刻，他正站在病人的队列里，和大家一起开追悼会哩。刘大选说这样就好。刘大选说完转身走开，可是我的左脸还火辣辣地痛。

追悼会的最后一个仪式，是每个人都要走过毛主席像前，向他老人家三鞠躬。白色的头、花白的头、黑色的头、没有头发的头低下去又昂起来，他们脸上挂着泪水，慢慢地离开毛主席，爬上单位的货车。货车弹了几下，伤心地离开广场。母亲的眼泪像断线的珠子，她用手帕怎么也抹不干。我对母亲说，你的眼泪把你的脸都洗干净了。母亲说你是小孩，你懂什么，你的外婆她死得好惨。

回家的路上，江爱菊伯妈不停地用衣襟抹泪。她说我怎么哭也哭不过何碧雪，因为我只有一双眼睛，而她和她的儿子共有四只眼睛，你想想两只眼睛怎么哭得过四只眼睛呢？母亲突然破涕为笑。母亲说老江呀，我们家老牛不见了，我真害怕出什么事。江爱菊说不会的，好好的太平世界，怎么会出事呢？母亲说好人都在这一年死了，1月8日死了周总理，7月6日死了朱德，现在毛泽东也死了。他们都死了，我们可怎么办？江爱菊说怎么办？我们可不能跟着他们死，何碧雪，你可别想不开啊。母亲说怎么会呢。

我们并没有把父亲牛正国的失踪当一回事，我们包括我的姐姐牛红梅，我的哥哥牛青松。我们想品行端正言行一致胆小如鼠的牛正国，绝对失踪不了。他那么热爱这个世界，何况他的妻子何碧雪那么风韵犹存，那么美丽动人。更何况他的三个孩子，也就是我们，那么出类拔萃。这样想过之后，我们决定杀一盘军棋。我们在餐桌上摊开塑料棋盘，然后为谁执红子谁执白子发生了争吵。那时候我们十分崇拜红军，连做梦都想当一次红军。我从牛青松手里抢过红色的军旗、司令和军长，牛青松说拿去吧，你把红的都拿去吧，红军也有吃败仗的时候。牛青松很快就把那些棋子树起来，每一颗棋子都荷枪实弹充满杀气。

我们摆架势正准备厮杀的时候，才发觉我们没有公证。我们对着牛红梅的卧室喊牛大姐，快来给我们做一盘公证。牛大姐并不答应我们，她原先开着的卧室的门，在我们的叫喊声中嘭的一声关闭了。那一扇咖啡色的门板，在我们的眼皮底下晃了几晃，冷冰冰的，像9月里的一根冰棒。我们不约而同地站起来，挤到门板前，从裂开的门缝朝里张望。为了争抢门缝，我们彼此动用了胳膊肘子和嘴巴。牛青松骂了一声我操你妈。我骂他野仔。骂过之后，我们又相视一笑。我们说她在换裙子。

她在打扮。她又要去会她的男朋友了。

我们同时从门板边退回来，然后同时用肩膀撞过去。我们嘴里喊着一二三，肩膀便撞到门板上，沉闷的撞击声擦过我们的耳朵，门板一动不动。我们说再来。我们于是又喊一二三，又把肩膀撞向门板。门板还是一丝不动。我们便站在门前，齐声对着门里喊：牛红梅，请你给我们做一盘公证，仅仅一盘，我们求你了。我们已经摆好了棋子，现在我们斗志昂扬，开弓没有回头箭，拉开了架势就得杀。希望你认清当前的形势，为我们做一盘公证。我们现在是请你，等会儿我们会强迫你。不管你愿意不愿意，你都得给我们做一盘公证。牛红梅，你听到了吗？

门哗的一声拉开，牛红梅像一只母狗从卧室里冲出来，我们吓了一个倒退。牛红梅说听到了听到了我听到了，你们要拿我怎样？我们看见她手里拿着一把木质的梳子。她把梳子当作武器，在我们眼前劈来劈去，然后劈到她的头发上。她开始认真地梳头，把我们给彻底地忘记了。她突然变得温驯起来。她一边梳头一边说，我没有时间给你们当什么公证，我还得出门办事。我们说办什么事？你一定又是去会那个男人。牛红梅笑了笑，脸上的两个酒窝，像两个句号深深地烙在我的脑海里。她说会男人又怎么样？你们长大了还不是要会女人？

这时，我们才发现牛红梅已经换上了一套裙子。淡蓝色的裙子上，布满了大大小小的白点。我们说你打扮得像一只花母鸡。牛红梅把头一甩，长长的头发飘起来又落下去。牛红梅丢下梳子走出家门。我们对着她的背影喊牛红梅牛红梅，她根本不理我们。在我们的呼喊中，她显得很得意。她的屁股一扭一扭地，就像我们现在看到的舞台上的那些时装模特儿那样，她一扭一扭地走向大街。

母亲突然从我们的身后钻出来，她对着走向大街的牛红梅喊道，你给我回来，都什么时候了，还有心思去约会。牛红梅转过身，眯着眼睛望了一眼西斜的太阳。我们发觉那一刻的阳光全部落在她的脸上，我们已经看不到她的脸蛋了。几秒钟之后，她的脸蛋又才从阳光里露出来。她说不就是下午4点吗？为什么不能约会。母亲说不能约会就不能约会，你给我回来。

牛红梅穿着那身漂亮的裙子走回家中。我们对她做了一个鬼脸。我们说给我们做一盘公证吧。她说去你妈的。说完，她把我们餐桌上的棋子全部掀翻。我们只好跨出家门，跑到巷子里打架。牛青松鼓足气，先让我在他的肚皮上打一拳，然后我再鼓足气，让他在我的肚皮上打一拳。我们像两位气功大师，你一拳我一拳地打着。母亲的声音从家里飘出来，她在叫我们的名字。我们肚皮下的气一下子就漏光了。我们像泄气的单车轮胎，懒洋洋地滚回家里。母亲说都什么时候了，你们还在打架。我们说不就是4点半吗，为什么不能打架？我们想下军棋，但又没有人给我们当公证。我们不打架我们干什么？母亲说你们就知道打打打，你们知不知道你们的爸爸失踪了？

　　我们看见母亲的脸上布满了乌黑的阴云，她刚刚哭过毛主席的眼睛，现在红肿得像熟透的桃子。牛红梅突然大笑起来。牛红梅说原来如此，我以为出了什么大事。牛红梅说完，用手拍了拍她的裙子，准备继续去会她的男朋友。母亲说你给我好好地待着，这不是大事什么才算大事？母亲只说了半截话，眼泪便一颗接一颗地掉下来。我说爸爸没有失踪，他的单车还放在单车棚里。我的发现像一丁点儿火星，照亮了母亲的脸膛。母亲双目圆睁，问我真的吗？我说真的。母亲说真的就好。母亲一边说着真的就好，一边跑出家门扑向单车棚，我们紧紧地跟在她的身后。我们看见父亲的那辆旧单车，乖乖地站在单车棚里，单车的坐包已经掉了一半，车头的铃铛锈迹斑斑。很难想象就在昨天，我们的父亲还骑着它穿街过巷，到兴宁小学去上班。我用手接了一下铃铛，铃铛被铁锈紧紧地卡住，没有发出声音。我用脚踢了一下单车的前轮，前轮一动不动，像是焊牢在铁架上似的。牛青松返回家里，从父亲的书桌上找来一把钥匙。他把钥匙插进车锁里，扭了好久都没把车锁打开。我们每个人都试着扭了一次，车锁像一口咬紧的铁牙纹丝不动。我们的手上全都沾满了铁锈。牛青松说再扭不开，我就把锁头砸了。他的话音未落，锁头咔的一声自动弹开，我们都大吃一惊。牛青松想把单车推出车棚，但单车的轮子根本不能转动，车刹、泥巴、铁锈已经把车轮紧紧地粘住。看上去，它就像一辆几年没有人动过的单车，它仿佛在一夜之间衰老了，它显得白发苍苍老态龙钟。可是就在昨天下午，我分明看见父亲踩着它回家，它清脆的铃声至今犹在耳畔。

母亲像一个受骗上当的人突然醒悟，她说这说明不了什么问题，单车不能证明你们的爸爸没有失踪。牛青松把单车丢回车棚。然后，我们跟在母亲的身后，她走我们也走，她停我们也跟着停。但是我们没有跟着她哭。

母亲搬过一张板凳拦在门口，她像一位英雄坐在板凳的中央。她说从现在起，没有我的命令，谁也不准离开家门半步。她要我们待在各自的位置上，耐心地等候父亲归来。

我认真看着每一个从我家门前走过的行人，他们的面孔有的陌生有的并不陌生。我感到夕阳已经从高楼的另一面落下去了，世界寂静得可以。我的胸口像一只老鼠在蹦蹦跳跳，我生怕天突然塌下来，地突然陷落下去。我害怕高楼被风刮倒，汽车撞死行人。我害怕冬天打雷，夏天落雪。那一刻我像被雨淋湿的病孩，胆战心惊浑身发抖地守望我家的大门。母亲一声不吭，牛红梅和牛青松也一言不发。他们不时地朝大门之外望一眼，什么也不说心中有团火。渐渐地我有些困倦了，我像一只猫伏在母亲的膝盖上睡去。我把那些重要的事情，全部丢到了后脑勺子的后面。

睁开眼，天已经全黑了。我想怎么一眨眼工夫，天就黑了呢？天黑了，我的父亲就不会回来了。我是被母亲推醒的。母亲推醒我，摇摇晃晃地站起来，对着我们喊，你们快来看，你们的爸爸他回来了。我们全都挤到门口，朝漆黑如墨的巷道张望。我们看见父亲正从巷道的那一头，朝我们走来。昏暗的路灯轻轻地落在他的头发上，衣服上。他时而明亮时而阴暗地走向我们，我们已经听到他那亲切而又熟悉的脚步声。我甚至提前享受了一下，父亲迈进家门时的喜悦心情。

母亲急不可待地扑出家门，把头偏向左边又偏向右边，她好像要仔细地看一看，来人是不是父亲。看了一会儿，她便迈开大步咚咚地迎上去。我们一个接一个地冲出家门，紧跟在她的身后。远远地，我朝着那个人叫爸爸。那个人没有回答我，那个人越走越近，他的眉毛、眼睛、鼻子和嘴巴清楚地摆在我们面前。他说谁叫我爸爸？他说着话，友善地低下头，伸出他的右手扣在我的头顶。母亲说你不是他们的爸爸。他们的爸爸今早出门，到现在还没有回来，我们等了他一天，他还没有回来。

我是他的妻子，他们是他的儿女。我们没有跟他吵架，也没有跟他过不去。他工作积极，身体健康，尽管家庭收入一般，但日子还过得下去。不知道什么原因，他突然失踪了。我想了一天都想不明白。母亲一边哭着一边跟那个陌生的男人倾诉。我们都觉得她说得太多了，但没有人阻拦她的倾诉。那个人说问题也许没有你说的那么严重，也许他到亲戚家办事去了，也许他喝醉了酒，正躲在朋友家睡大觉。母亲说不会的，他从来不喝酒。那人说可惜我不是他们的爸爸，我得先走了。

那个人从我们的身边离开，愈走愈远，快要走到小巷尽头的时候，他转过身来朝我们挥了挥手。这时的小巷空无一人，路灯依旧昏黄着，风扫动着地上的废纸和几块白色的塑料布。母亲不停地揉着她的眼睛，说我怎么就看花了眼呢？我分明看清楚了，他是你们的爸爸，可是走近一看，他不是。我们也学着母亲的样子，不停地揉我们的眼睛。我们一边揉着眼睛一边有气无力地往回走。所有的激情，从我们的脚板底溜走了。牛青松说睡觉吧，也许睡一觉起来，爸爸就回来了。

牛青松和衣倒到床上，只一分钟便鼾声四起。母亲在他的床板上拍了几巴掌，说起来起来，你怎么能够这样。你们想一想，你们的爸爸有没有不回家的时候？我们说没有，爸爸从来没有不回家的。母亲说现在他不回家了，这说明什么？说明你们的爸爸死了。

牛青松从床上弹起来，打了一个长长的哈欠，他说不会的，人又不是蚂蚁，说死就死。母亲说怎么不会？你起来。你们都给我坐好来。

我们严肃认真地坐在母亲的面前。她严肃认真地扫了我们一眼。她说现在你们3个人，加我一起共4个，我们一起来举手表决，看你们的爸爸死了没有。你们认为你们的爸爸死了，就把手举起来。你们认为他还没有死，你们就不用举手。大家都沉默着，眼珠子转来转去。牛红梅东瞧瞧西望望，双手突然掩住嘴巴想笑。母亲说笑什么，这有什么好笑的，如果你爸爸真的死了，你还笑得起来。母亲说着，把她的右手缓慢而又庄严地举过头顶。母亲像举一把沉重的铁锤，脸上的五官全部扭曲了，仿佛铁锤的重量全部压在她的脸上。没有人跟着她举手，母亲很失望。她把目光落在我的脸上，她说牛翠柏，我算是白白地疼你了。你爸爸对你好不好？我点点头说好。我对你好不好？我继续点头说好。那你为什么不举手？我说爸爸也许还没有死。母亲说现在不是他死不死的问题，而是你的立场问题。你是站在牛红梅一边呢？还是站在我这一边。我说我站在你这一边。我把我的右手呼地举起来。母亲的脸上掠过一丝微笑。

但是牛红梅和牛青松仍然没有举手的意思。母亲举着手臂对他们说，这是你们应该享有的权力，举或不举你们自己考虑。我和母亲举着手臂等待他们的手臂，他们的手臂一动不动。母亲说两票对两票，打平。母亲准备收回她的手臂，我忙举起我的左手。我说三比二。牛青松说不算，一个人只能算一票，你把两只手举起来，好像是向我们投降。我说我双手赞成妈妈，我百分之两百地相信爸爸已经死了。牛青松说我弃权。母亲说既然你弃权，那就是两票对一票。现在我们再来表决一次，看去不去找你们的爸爸？同意现在去找你们爸爸的，把手举起来。我和母亲几乎是同时举起了手臂。牛青松从凳子上站起来，准备溜走。母亲说你要干什么？牛青松说我弃权。母亲说弃权并不意味着放弃责任，你得跟我们一同出去找你爸爸。牛青松朝门外望了一眼，说黑不溜秋的，我们去哪里找他？母亲说牛红梅先到省医院，去找那位医师，那位医师叫冯什么？我说叫冯奇才，在内科门诊。母亲说对，你就去找冯奇才，然后到各大医院查一查，看你们的爸爸是不是出什么意外事故住院了。牛红梅，你明白了吗？

牛红梅从凳子上站起来，双腿一并，说明白。母亲说牛青松，你到兴宁派出所报案，把你爸爸失踪的情况跟他们说清楚。牛青松说好的。母亲最后指着我说，你好好地待在家里，不让任何人踏进家门，除非是你爸爸。我要到你舅舅家姑姑家以及所有的亲戚家和你爸爸的朋友家去，听明白了吗？我说明白了，但我有点害怕。母亲说怕什么？我摇着头说不知道，反正我有点害怕。母亲用手在我头上摸了摸，母亲说坚强一点儿，邱少云被火烧了还一动不动，黄继光敢拿自己的胸口去堵敌人的枪眼，董存瑞敢手举炸药包炸桥，你守一下家有什么好怕的？如果你真的害怕了，你就不停地念毛主席的语录：下定决心，不怕牺牲；排除万难，去争取胜利。在毛主席语录的鼓舞下，我向母亲坚强地点了点头。我说人在阵地在，我在家在，妈妈你放心。母亲说好样的。

┃ 文学史评论 ┃

90年代末"晚生代"等概念的提出，表明批评界认为存在一个写作倾向相近的群体。"晚生代"小说家的名单，依不同批评家有所差异的标准或大或小，但朱文、述平、刁斗、东西、林白、毕飞宇、陈染、徐坤、李冯、邱华栋、张旻、鲁羊、韩东、何顿等一般都会列入其中。

——洪子诚:《中国当代文学史》(修订版)，北京大学出版社，2007，第357页

东西的长篇小说《后悔录》和《耳光响亮》是受到较多关注的作品。《耳光响亮》讲述了从"文革"到当下的中国现实生活。小说以牛红梅姐弟与金大印、杨春光、刘小奇等人物在不同时代中的关系变迁和人生遭遇，编织了一幅中国自"文革"以来的社会生活场景和精神文化图景，讲述了在不同力量的挤压下，个体存在不断丧失尊严并且逐渐走向灵魂扭曲的过程。自始至终，人们所服从的生存逻辑不是道德伦理的规范和个人的操守，而是在历史语境中不断变幻的荒谬的权力游戏规则和欲望动机。

——丁帆主编《中国新文学史》(下册)，高等教育出版社，2013，第364—365页

┃ 创作评论 ┃

也许，东西笔下的生存状况最重要的特性在于"困境"，困境给他叙述表现提示了足够的余地。东西的叙述中的力量，来自他对苦难的超越，他并不沉浸于苦难或不幸之中，而是始终保持距离，以冷峻的视点从不同的侧面观看这些人物的行为和状态。小说的故事以及内在隐含的意义其实并不重要，对于东西来说，让事件、人物、行为和语言略加变形，偏离原来的轨迹，由此留下的空间，给叙述提示了无

限的可能性。东西的小说中始终流宕着一种苦涩的荒诞感，人物总是不能恰当判断和处理自己面对的问题，以至于他们在错误的道路上愈走愈远。

——陈晓明：《又见广西三剑客》，《南方文坛》2000年第2期

从《没有语言的生活》《迈出时间的门槛》到《溺》《我们的父亲》等等小说，无一不体现了作家对人类生存困苦的独到洞察，对现实境域中人的心灵焦灼的念念不忘。

——洪治纲：《苦难记忆的现时回访——评东西的长篇新作〈耳光响亮〉》，《当代作家评论》1998年第3期

东西小说对于文化、对于人的思考是双重意味的。一方面，东西发现了非主流文化人群在我们这个社会的弱势生态，由这种弱势生态可以看出我们社会文化的某些病灶；另一方面，东西暗示我们，非主流文化同样有其价值，在某些人类文化不能抵御的灾难面前，它有可能成为人类的挪亚方舟。由此可见，东西小说关注的不是现实的社会问题，而是更隐蔽、更终极的文化问题。他从一个南方人的文化语境中提供了对于人性的认识。套用他本人的话："拨开他们像荒草一样的文字，你会看见一种被称为人性的东西慢慢地浮出来，抓住我们的心灵，使南方和北方一起感动。"

——黄伟林：《"拨开他们像荒草一样的文字"——论东西的小说》，《文艺争鸣》2008年第8期

东西的小说大多与"痛苦""苦难"有关。对于生存的沉重、乖谬，他擅长运用变形、荒诞的方式来讲述，这包括情节、人物性格设计，以及叙述的语言。这为他的作品增加了反讽的力量。

——洪子诚：《中国当代文学史》（修订版），北京大学出版社，2007，第360页

｜ 作品点评 ｜

（《耳光响亮》）是一部不可多得的六十年代出生者的成长记忆之书。它的起笔从一九七六年毛泽东的逝世开始，"失父"成为一代人标记性的精神烙印。精神之父的死亡，与牛家父亲牛正国的出走与生死不明，成为其孩子们不得不面对的残酷现实。随后，母亲何碧雪也改嫁他人，在失序与颠倒的混乱，以及贫穷而惨淡的物质生存中，一代人无法不在施暴与伤害、压抑与放纵中经历创伤与成长。所谓"耳光"可以理解为是一记精神的耳光，同时又是成长中现实的耳光，是巨大的时代转换与价值翻覆中最具体而深刻的创伤性记忆。小说的最后，失却"父法"（陈晓明语）与母爱的牛家的孩子们，在姑姑的率领下，历经磨难终于找到了流落到越南（注意，是有着相似的历史与意识形态的越南！）的父亲，但他已经失去了记忆，变成了别人的父亲。他们只是从父亲的一个笔记本上隐约找到了他"出走"后的履历：偷东西，误伤人命，逃亡，迫于生计的贩毒，嫖，媾和，生养下另一群孩子……最终忘记了来路。

我不能不说这是一个绝妙的寓意！它甚至已经将"后革命时代"的许多荒诞的历史理解悄无声息地彰显出来，并以此作为"革命时代的成长记忆"的一种结果，一种始料未及和啼笑皆非的后果，使历史呈现出一种巨大的消解逻辑，一种湮灭或反转的荒谬的百感交集。它不是引导读者最终去为某一个人或家庭的悲欢离合而感慨，而是会引向对一种集体记忆的隐喻与整合，对个人记忆与宏大历史的一种"诗意的捏合"——这才是写作的正途，将历史与个人成长烩于一炉的成功处理。

很显然，如果从当代文学史演变的角度看，《耳光响亮》的评价还可以再高一点，因为在一九九〇年代大量的成长小说中，像这样自觉而准确地写出"六十年代人"的集体记忆的作品，能够在人物的性格与经历中清晰地表明其文化印记的作品，显然不多。这样的小说对于构建当代中国真实的历史记忆，其意义是不可低估的。

——张清华：《在命运的万壑千沟之间——论东西，以长篇小说〈篡改的命〉为切入点》，《当代作家评论》2016年第1期尤其是《耳光响亮》，通过对记忆与经验的双重叙事，在重构历史与心灵之间微妙关系的同时，把人的生存理想、成长过程与社会背景巧妙地糅合在一起，以极富个性的青春话语深刻地展示出六十年代出生在中国大地上的青年心灵成长的苦难史。

如果说小说的思想含量就是立足在作家对人的生存状态的思考、怀疑、吁请、想象的广度和深度上，那么《耳光响亮》的巨大深厚性就是建立在作家对人的理想、本能、行为和结局的不可协调性的揭示中，它带着青春话语的特有秉性，又伴随着某些反抗与破坏的非理性本质，从而道出了有关生命在特定历史时域中成长的痛苦景观，给人以惊悸的审美效果。

    ——洪治纲：《苦难记忆的现时回访——评东西的长篇新作〈耳光响亮〉》，《当代作家评论》1998年第3期

绿岸（节选）

张宗栻

冯玉骑着车在街上疯跑。交不起住院费的耻辱还在咬噬着她。此外，给父母的钱怎么交？这个月的生活费如何开销？彤彤的营养费怎么办？诸如此类的念头，在脑子里翻滚，像许多蛇在心里穿来穿去，使她烦，使她厌恶。当然，眼下最要命的一个问题是到哪里借钱。

倘若只对付出院，钱不算多，借几十元就够了，但要同时照顾到所有开支，就需要借几百元，那是不能小看的数字。

去年问阿英借了，好几个月才还清，每次还钱都做出抱歉的样子，小心翼翼，因为还的数额太小。今天当然不能再去找她。阿英去年就说那样的话了："冯玉，老公好比是赶狗，女人家好比打猎的，要撺着他去多做事，才有钱来，有老公不用，也过期作废呢！"冯玉当即苦笑道："我老公不是赶狗，是菜狗，赶鼎锅的！"阿英就讪笑，不信的样子，说："我晓得你男人家长得白嫩，是教书的，舍不得放到外头晒黑了，要留在被窝里用！"冯玉当即就委屈得想哭，眼泪转了半天才忍住没落，转过身如飞走了。所以，今天不能去找阿英。阿英老

作者简介

张宗栻（1946—），广西桂林人，曾任《南方文学》副主编、桂林市作家协会副主席。著有中短篇小说集《流金的河》，长篇小说《红土》《绿岸》，参与翻译美国作家西德尼·谢尔顿的小说《午夜情》。中篇小说《流金的河》获首届广西文艺创作铜鼓奖。

作品信息

《绿岸》，北京十月文艺出版社1998年1月出版，获第四届广西文艺创作铜鼓奖。本文节选自第19章。

公有钱，就一副得意的样子讲三角三尖的话，冯玉受不了。

她就想起赵珍珍。

赵珍珍是小学同窗，又在一个厂，要得蛮好的。赵珍珍从厂里退出去了，在北门摆个烟摊，可能会有钱。

冯玉拐个弯，朝北门去。她车踏得太快，险些和个骑摩托的女人迎面相撞。女人还算灵活，"嘎"地闪了过去，接着就听到尖声咒骂："这个疯，找死了啊！"

冯玉在心里骂："你妈才是疯！"又想，若是借不到钱，怕真要成个疯婆子了。

赵珍珍在街边一团树影里坐着，身旁有个小柜台，里边摆着各种香烟。柜台上有部电话，树上钉个牌子，白底红字，写着：公用电话，代办国际国内长途。柜台前又放一个单车打气筒，另一张牌子上写着：每次二角。

看来她是三管齐下地挣钱。但就这样，赵珍珍还是半闭半开着眼像睡着了。膝盖上摊着一本地摊杂志，封面血淋淋地写着：东莞乱伦谋杀案。

生意似乎不怎么好。冯玉一眼瞅去，就看见三四个类似的烟摊，摆在同一条街几乎一模一样的树阴里。于是便有点胆虚，拿不定主意是不是叫醒赵珍珍。

正犹豫，赵珍珍半睁眼说："打气……还是打电话？……"

冯玉说："珍珍。"

赵珍珍这才看清是她，笑着说："哎哟，是你，看我，真是糊涂了！"

冯玉就笑，说："生意好哦？"但一问完就骂自己是猪，若对方说不好，那又怎么开口借钱。

果然，赵珍珍数开了："还讲呢，好个鬼！"她拖过一张小凳子给冯玉坐。

冯玉坐下，心里懊悔不迭，但脸上笑着说："总比我们干拿工资的强多了嘛。"

赵珍珍很沧桑地摇头，说："这年头小生意都不好做，费用大，交这交那的，你看，一包三五烟，价钱蛮吓人，10块，晓得啵，进价都9块7，9块8，得两三毛钱，一天卖不出几包。"她讲得很快，又极流利，不容人插话。

于是冯玉听到了一轮国内外香烟价格介绍，上了一堂知识讲座，内容是经营小本生意须缴纳何种费用，以及该注意什么事项。

她听得心急火燎。彤彤在远处望眼欲穿地叫着："妈妈，快回来呀！"

冯玉在赵珍珍喘气的间隙赶快插入一句话："费哥还在东街口摆夜市，就是卖烟仔不得钱，有他挣的也够了！"她坚决把话题往赵珍珍有钱这个方向转换。费哥就是赵珍珍丈夫。她最希望听到赵珍珍说，不错，老费是挣了钱，那么她就成功了。

但赵珍珍一拍巴掌，说："莫讲他了，莫讲了，讲起来气死人！"

冯玉如坠冰窖，心里喊一声："完了！"

赵珍珍说："老费那个摊点本来蛮好，他炒的菜还马马虎虎，客人也多，但经不起吃白食的啊。"

冯玉并不关心吃白食的，应付一句："莫非吃了不给钱？"

赵珍珍说："哼，给钱？有的他给钱你还不敢要呢！你以为是什么人？都是戴那种帽子的，"她在头上做了个圆形手势，"各个管得到你，名堂多，随便搞搞，就要你的把戏看，哪个敢惹？有时还给烂仔敲一下，黑白两道的人马都到齐了，你挨得起？做了年把盘给别人去了。现在？他不是东游西荡，有时帮我守守摊，进点烟，大男人家恨不得要靠我一个女人家来养，气得死你！"

正这时，赵珍珍丈夫费正，一个瘦削矮小的男人，衣服脏皱，眼屎巴眨地来了，见了冯玉咧嘴一笑："来耍？"（看着费正的模样，当然可断定赵珍珍的话没半点掺假成分。）

冯玉不置可否地笑笑，就站起身来，她知道这趟是白跑了，说："我还有事，先走一步。"

赵珍珍仿佛谈兴未尽，惋惜地说："就走？我们好久不见了。"

冯玉一边推车一边说："哪天再来。"

离开赵珍珍，她立即觉得自己像一只无头苍蝇，不知该飞哪里去，刚转过街口，就停了下来。大街上车流如织，热闹非凡，冯玉脑子里也变得乱哄哄的，她努力回忆自己认识的人里，有谁可资告贷。

越急就越想不起，冯玉眼前闪过的都是不相干的脸孔，也不知在哪里留下这些脸孔的印象，但他们无一例外地张嘴说："没钱！没钱！没钱！"

她终于想起两个同学，家境都很好，但一个住在南门，另一个却住在青江对岸，可谓南辕北辙。冯玉的想法是，分开向两人借，这样数量少，容易开口也容易借些。

事不宜迟，先选近的去，就骑车直奔青江，过了大桥，转下一条幽静的水泥路，就到了江畔花园住宅区。

这是个环境幽雅和绿化得很好的住宅小区，林荫小道和街边花圃，簇拥着一幢幢神情傲慢的楼房，初中同学王娜就住在6幢3楼。王娜的丈夫是搞导游的，据说很有钱。在K市，凡搞导游的据说都很有钱，他们在K市这片中国旅游的圣土上，大把大把地拾着美钞、港币、英镑和马克，当然还有人民币。他们得钱十分容易，跟在地上捡东西一样。冯玉听过有关传闻，但觉得太像神话，并不十分相信，但自从到过王娜家，她信了。

冯玉在小区里穿行时有压抑感，很真实又清楚地觉得自己不属于这样的地方。她到过王娜家一次，布置的华丽让她瞠目结舌。那次她很快就离开了，从此没再来过。虽然读中学时，两人曾十分要好，她还是再也不踏王娜的家门。她知道，自己是出于嫉妒。但今天她得来。一个人在逼得走投无路的时候（比如说付不出女儿的住院费），有时自尊心也会不顾，何况嫉妒心呢。

冯玉就是怀着这种复杂的心情在6幢那美丽而洁白的楼道上探头探脑地往上走。设想着该如何与王娜讲自己的窘状，又设想王娜的老公在家该怎么办，还设想王娜如果不帮忙又该如何是好，在短短的几十级楼梯上，她心念如电，设想了许多情况，待走到王娜门前，已差不多头晕目眩，筋疲力尽了。

镇定了一分来钟后，她摁响了门铃。接着就紧张地等待着王娜那张平板难看的面孔出现。

门开了，但出现的是一个农村小姑娘，一看便知是小保姆。

小保姆说："阿姨出门去了。"

又问。小保姆说："阿姨和叔叔都出门去了。"

小保姆还说："叔叔阿姨是到新马泰，到外国耍去了，半个月才能回来。"

冯玉那时恨透了天下的有钱人。

她垂头丧气地步下楼梯，脚步重似千钧。她想，人倒霉的时候，吃水也卡喉咙。她还对自己那些复杂的设想感到可笑。她任何情况都考虑到了，甚至设想，王娜夫妇因遭入室抢劫而双双命赴黄泉，就没想到一个最简单的情况：不在家。

冯玉感到无论如何是借不到钱的了，对去南门的周小燕家已没了信心和兴趣。但彤彤在等着她啊，想到女儿，心便痛起来。等走到放自行车的地方时，她已急不可待地想快些赶到南门去。

从江畔花园小区到南门是一场艰苦的跋涉。冯玉在车流的缝隙中穿行，几次闯红灯，又在堵车的路段推车步行，甚至还扛自行车走了一小截，到了南门古井巷口，却听到一点哀乐，看到雨棚和布幡，以及白底黑字的挽联。挽联上写着唐琼英伯母千古，又写着"重返瑶池""驾鹤西去"。

是谁死了？冯玉便觉得有点儿霉气，而且还把丧棚搭在周小燕家门前，真是岂有此理。

刚这么想，不由一惊，唐琼英不是周小燕母亲的名字吗？再一细看，丧棚上方悬挂着一帧放大的遗照，正是周母琼英。老太婆眉头微皱，好像对冯玉这时来借钱大为不满。

冯玉急忙停步，趁着未被人发现如飞逃逸，直到确认古井巷口的人瞧不见自己了才停下来。她苦笑连声，按 K 市习俗在这时上门，不但不能借钱，还应该送礼，不是钱就是物，以示对逝者的哀悼生者的慰藉。

运气如此糟糕，冯玉绝望了。她推着车，漫无目的地走，真不知道该怎么办才好。

眼泪开始在眼眶里积蓄，她想在这喧闹繁华的大街上失声痛哭。冯玉真的这么想，她太难过，太伤心了。

这时，听到有人叫她，一个男人的声音，在街对面孔武有力地响着，盖过了车辆和人声的嘈杂。弄得行人不住朝她望。

声音有点熟，但冯玉记不起是谁了。这时，她看见那个男人在一片攒动的人头中向她挥手。

她停下来，等着。男人的脸相模糊，不曾唤起什么记忆。她现在没有心情跟任何人交往，除非这人肯借钱给她，你不可能向一个记不起是谁的人贸然开口，所以她停下来完全是出于礼貌。

男人笑嘻嘻地来到跟前，直到这时，冯玉才认出了他，说："老天爷，铁头，我还以为是哪个呢！"说完这句话，冯玉立即想走，既然认出是铁头，她就不准备讲自己的任何事情。

铁头站在车前，一副拦住去路的样子，说："小玉，居然认不出我了？"

铁头的确变化大，还真难认出来。尤其那神气、穿着、身架，和过去的铁头判若两人，而且她有好多年没见过铁头了。

冯玉说："你长得牛高马大了，又穿得阔，哪还那么容易认？"她语调冷淡，又说，"你眼倒尖，一下认出我了。"

铁头说："你还是那么漂亮，怎么认不得！"

冯玉脸一红，说："讲水话。"

铁头说："真的。老实讲，还越来越漂亮了。"他说得极大声，行人不禁纷纷回头。

冯玉恼了，说："神经病啊，讲话少邋遢！"

铁头笑嘻嘻的，说："这也算邋遢？就没得话好讲了。"

冯玉说："那就莫讲。铁头，我走了。喂，莫拦我，我事情急得很，没得心情讲闲话。"

铁头堵在车前，抓住车把，说："小玉，这么多年不见，莫做出这个样子嘛，我们到那边坐坐。"

他指着一个冷饮店，因天气不算热，里边空无一人。

冯玉说："改天再讲，不坐了，真的不坐了！"

但她哪里推得动自行车，铁头的手刚劲有力，像一把老虎钳。冯玉觉得自己在大庭广众下被绑架了。

铁头笑笑，说："只坐一下，好不好？"

冯玉气哼哼地说："还是那么赖!"

铁头说："不是赖,好久没见,碰到不容易。有什么急事,我等下叫辆的送你,补回时间,还不好?"

冯玉觉得拿这样的人真是毫无办法,便又说："赖子!"

铁头帮她推着车朝冷饮店走,笑着说："莫总讲我赖,你晓得,要是我任铁头真是赖子,当年就不会那样子了。"

冯玉就突然有点感慨,顿了一下,说："你不是讲总不理我了嘛!"

铁头说："那时候年轻嘛。"

冯玉说："还骂得那么难听。我记死了你的!"

铁头又笑,说："女人家就是爱记仇,其实,我早就不在乎了。你看,我们总算是从小长大的街坊,是不是?"

冯玉终于笑了笑,说："你也得了张嘴,混油了。我们还是屁街坊,你们家搬走了,我也不住石板街了。"

铁头不知怎么就叹了口气,说："是啊,你也不住石板街了,早不住了……"突然又扭头问："有几年啦?"

冯玉说："你不晓得?"

铁头就自问自答:"是的,五年,有五年啦。"

冯玉说："六年。"

铁头说："你真的爱记仇。就记得那一年!"

他们在冷饮店坐下,要了两杯冰奶。喝着。

冯玉又捡起刚才的话头说："那时,你骂我什么还记得不记得?"

铁头说："你看,又提。我记不得了,真记不得了。不过,那时我好气,晓得你和了别个,恨得要命。"

冯玉说："算啦,我也不想讲了,那时,你的话好伤人。"她一口喝干冰奶。

铁头说："好了,我今天向你道歉还不行?"

冯玉笑笑,说："道什么歉?我晓得你心里还是恨我,恨死我!"

铁头跳起来，大声说："小玉，冤枉好人！我哪还恨你？一点儿不恨，狗哄你，天地良心，我还恨我就算是头猪，我不是人！"

冯玉疑惑地说："真的啊？……"

铁头说："大男人家讲话有什么假？还蒸（真）的煮的！"

冯玉想了想，说："其实，你也没得理由恨我，我又从没答应过你什么。"

铁头长叹一声，说："就是嘛，后来我好后悔，是我不讲道理嘛。"

冯玉便有点感动的样子，笑着说："那我接受你的道歉。"

铁头高兴地说："那再来一杯冰奶，要不然来两盘冰激凌。"

冯玉说："喂猪啊？我吃不下了。不要。"

铁头不由分说去要冰激凌。冯玉若有所思地看着他厚实的背脊，蓦地回忆起许多有关童年和少女时代的事情。铁头名叫任铁生，因小时好与人争斗打架，除动拳脚外，另有一招绝活，就是用头顶人，厉害非常。往往头锤一记定乾坤，人家就败了。任铁生就给叫成了任铁头，后简称铁头，凡石板街老住户尽人皆知。铁头从小就对冯玉极好，有好几场头破血流的架是为冯玉打的。尤其是少男少女时代，铁头总是以冯玉的保护人自居，那时候，谁要惹了小玉，那肯定有得苦头吃。后来，在某一天，长成大姑娘的冯玉突然与一个大学毕业生热恋，当铁头知道时，他们已差不多要结婚了。觉得自己疏忽大意而招致外敌入侵又遭到自己人背叛的铁头，把冯玉堵在街上咬牙切齿，骂个狗血喷头。并不认为自己属于铁头的冯玉，受了从未有过的委屈，当即和铁头大吵。二人便断了往来。以后，冯玉嫁人，铁头家搬走，他们虽同在一个城市，却是"天各一方"，从未碰面，想不到今天居然会坐在冰室里，谈起了当年的旧事。铁头催服务员动作快点。冯玉想，是啊，就像铁头讲的，那时候年轻，的确没有什么好计较的。他那时候是个盛气凌人的毛头小子，现在是成熟的大男人了。又想，其实他人很好……

冯玉盛情难却，勉强吃完冰激凌，看表，已过了15分钟，焦虑便又涌上心来，说："无论如何要走了！"

铁头却眼睛紧紧盯着她，说："小玉，我看你的神气不对。"

冯玉说："你讲什么？"其实她已听清了每一个字。

铁头说："你有心事，小玉，我看得出来，你有为难的事，是不是？"

冯玉一阵心慌，说："哪有，莫乱讲……"

铁头不信，说："你哄不倒我。你从小就是这样子，你一定有难处了。小时，你一有难处就是这个样子的。我清清楚楚。"

冯玉就瞪着眼睛看铁头，就像看他少年的时候。

铁头又说："小时，你一有事就告诉我的。讲嘛，我总可以帮你出个主意。"

冯玉看着铁头不眨眼，然后眼眶就红了，又伏到桌子上，轻轻地哭。这一哭如洪泻闸，不可抑止，委屈和伤心，一齐汹涌喷薄。

铁头就很吃惊地说："莫哭，他哥，有哪个欺你了？告诉我！"

这酷似儿时的口吻，使冯玉大为感动，她再不怕暴露自己的窘状。哭着说："铁头，我女住院，我连交药费的钱都没得……急急忙忙跑了几处，钱毛都没借到一根，不怕告诉你丑，老公和女还在医院等我拿钱结账……你想，我哪有心思在这里喝冰水？……"

铁头一拍膝头，说："嗨，你这个人，又不早讲，没得事！没得事！莫哭，给别个看见难看。"

冯玉就不哭了，满怀希望地望他，说："铁头，你帮我的忙？"

铁头说："哪里话呢，当然啰！"

冯玉说："我有钱马上还给你，我这人一是一，二是二的。"她心头顿时松了，至少女儿今天可以出院。

铁头说："讲什么还不还？大家是老街坊，讲这个就不亲热了。"

冯玉说："钱肯定要还，世上没得这个道理，借给我已经是天大的人情了，我算晓得求人难，我这人识数！不过——"她面显犹豫。

铁头说："有话你就讲嘛。"

冯玉心想，别看铁头穿得不错，但现在的人穷摆阔也是有的，他不一定拿得出多少钱，只试试看吧，就说："我想稍借多点，少的话，交了住院费，伙食又没得了……"她算是把老底一齐漏光，说完又有点脸孔发烫，耳根发热。

铁头说："没得关系。讲嘛。"

冯玉试探地说："铁头，有三四百块，就救了我的火了……"

铁头一笑，说："三四百块？"

冯玉说："我会分月还给你，一齐还也拿不出。"

铁头没作声，就从屁股口袋摸出一叠百元币来，说："莫讲了。我今天只带了这点，你一起拿去。不用还。你晓得我这人是讲狗肉的，不够，再找我。对了，你Call我的机。打电话有时我不在。"他给了一张名片，又说："小玉，凡是有难处，就找我任铁头，没得问题！"他把钱"啪"地拍到她手上。

冯玉拿着那摞钱，有点傻了，说："喂，铁头，要不得这么多，我……"

铁头看表，说："快点，要不然医院下班了。"说完就拉她朝店外走。

冯玉还想说什么，但看铁头的样子又不知说什么好，也就不说了。

铁头朝街上招手，扯着嗓门叫："的——"一辆出租车戛然停下。

铁头说："把那辆单车放后面去。"司机便安放好冯玉的自行车。

铁头又说："哪个医院？"

冯玉说："妇幼保健院。"

铁头对司机说："妇幼保健院。"递去20元，说："不用找了。"

冯玉不觉瞟了那两张拾元票，心想，可惜，便宜了司机。

铁头便推着冯玉上了出租车，又扬扬手。出租车开了。

冯玉回头看，见铁头返回冷饮店，大概结账去了。

出租车一转弯，铁头彻底消失，冯玉就有了做梦的感觉。头疼了一天的事情，突然解决了，而且解决得如此彻底。这时，她才想起手中的钱，急急忙忙数起来。这是些簇新的百元大钞，手感特好，当一个人缺少钱的时候，数着它们真妙不可言。一千二百元。她还没有一次拿过这么多钱，就有点发呆。后来，又数一次。心想，不要还，这个铁头，抢了银行是怎么的？……

▎ 作品点评 ▎

关键处有这样几点：1.《绿岸》是一部情节精彩，构思奇特的作品。小说写一个悟性平庸的画家，为改变贫困境遇下海经商，商海沉浮，几经挫折，最后因飞机失事死于非命，但却完成了一幅他父亲生前未完成的巨幅绘画，死后成名，成为举世闻名的艺术大师。……4.作品写的是中国当下社会现实生活，其中涉及文人下海、江湖社会、商战谋略、官员腐败等诸多社会敏感问题，作者以客观冷静的姿态叙述一切，从中可以看见中国人生态和心态双方面的现代化进程，观测到中国市民空间的发展状况。5.《绿岸》塑造了一批栩栩如生的人物形象。如今长篇小说能给人留下鲜明印象的人物很少，《绿岸》中的江尉、吕红旗、小鲁则是三个性格鲜明又耐人寻味的人物形象。江尉的单纯、吕红旗的机敏、小鲁的狡慧都被写得入木三分，可以说《绿岸》的人物塑造不仅突出了人物的性格化，也表现了作者对人性深刻的洞察力。

——黄伟林:《我为什么推荐〈绿岸〉》,《文学自由谈》1997年第3期

我欣赏《绿岸》还有一个重要原因是因为小说从头至尾都会紧紧关注改革开放以来人的价值究竟何在这个严肃的问题。我并不是说这是一部问题小说，恰恰相反小说并没有做纯哲学意义上的思辨，也不去虚化背景，作超时空的人性探索，而是把目光聚焦在当代人生命意义的困惑之上，把当代人价值体系坍塌的真相抖开晾给读者看。这是一般通俗大众文学所不具备的内在力度，我十分看好这一点。改革开放以来，金钱的价值如日中天，在这轮黑太阳的照耀下，人的理想、追求之类似乎都会成了无足挂齿的零碎。然而，人毕竟为人，尤其是知识分子，从来不曾停止过对价值的求索，终极价值的失衡成为知识分子苦闷的深层原因之一。《绿岸》没有回避精神失落带给人的痛苦，小说在表现主人公对精神财富顽强、无奈的寻求，绝望、痛苦的摈弃。主人公因有了艺术追求而痛苦，因为有追求而困惑，因有了追求而不曾全部泯灭掉人性的光辉。作品对人的无奈做了真实的刻画，时代感很强，这

一点也是为我所看好的。

——丁宁:《〈绿岸〉编辑手记》,《南方文坛》1998年第4期

小说的情节并不十分复杂，简单地说是有关事业和情感的故事。主人公江尉，一个习画不成的年轻人，在他的教书职业中丧失了做人的一切尊严，贫困的生活使他在迅速暴富的时代里失去了妻子和女儿，遭受世人的白眼，并丢掉了饭碗。一个偶然的机会使他走上一条完全不同的道路，他成了一个商人，投入商战中的尔虞我诈，经受着堕落、欲望对精神的沉重撞击，经受着欲海红尘对道德纯洁性的挥之不去的挑逗，但艺术、精神的追求又如黑海中的闪电那样在瞬间照亮了灵魂。这导致一个"失而复得"式的故事结局——命运的打击使他获得艺术的灵感，完成了精神上的涅槃，他在偶然事件中的死亡，则加深了人们的这种印象。

——李青果:《涉过洪流是绿岸——评长篇小说〈绿岸〉》,《南方文坛》1998年
第4期

2000年代

爱在无爱的硅谷（节选）

陈谦

王夏在离开台北前的一夜，终于来了电话。

苏菊让铃声闹醒，脑袋迷糊着。因为面向着床头灯的方向，眼睛让灯光晃得有点痛，苏菊便蹙了一下眉头。眨眼之间，觉到了隐形眼镜的异物感。她这才意识到，自己早先靠在床头看书时，不知不觉就睡了过去。

提起床头的电话，王夏在那边哈哈地跟什么人笑着，苏菊感觉得到他的脸是侧向另外一边的，所以笑声虽然响亮，却是隔着距离传过来的。苏菊这时完全醒了，下意识地握紧了电话，心里忽然感到一种难以名状的温软，这温软还隐隐的，噬着心一般地让她觉得有点疼。苏菊抬起空着的左手，移到话筒上面，慢慢地轻抚起来。

听到苏菊的声音，王夏的笑声就低了下来，声音一下贴近了：喂，苏菊，苏菊吗？苏菊听到王夏那边背景里男人女人热闹的说笑声，还有音乐声，猜想可能是在一个PARTY，心里忽然就感到落寞

作者简介

陈谦，笔名啸尘，20世纪60年代生于广西南宁，广西大学工程类本科毕业，1989年春到美国留学，获电机工程硕士学位，曾长期供职于芯片设计业界。著有长篇小说《爱在无爱的硅谷》《无穷镜》、中篇小说集《覆水》与散文集《美国两面派》等，《望断南飞雁》获2009年度人民文学奖，中篇小说《繁枝》获2012年度人民文学奖、《中篇小说选刊》2012—2013年度优秀中篇小说奖及第五届《北京文学·中篇小说月报》奖，并入选中国小说学会2012年度"中国小说排行榜"，中篇小说《莲露》入选中国小说学会2013年度"中国小说排行榜"。

作品信息

《爱在无爱的硅谷》，原载《小说界》2001年第2期，上海文艺出版社2002年出版。本文节选自第21章。

得很，还有点嫉妒。她低着声，没精打彩地回了一声：是。你还好吧？真想你啊，宝贝。王夏还是大着声说。苏菊听到王夏后面那些杂音又高了一个音阶，觉得他将如此亲密的话在这种场合吹着泡沫似的说出来，实在过于油滑了，就很勉强地笑了笑，又说，是。你怎么了？王夏这时有点回过神了，声音沉下来问。没什么，我又能有什么？苏菊轻声说着，一边将左手移开了话筒，搁在小腹上，轻轻揉着。自从发现自己怀孕后，虽然身体还没有什么特别的反应，她却养成了这个习惯动作。

高兴点，我明天就回来了。王夏显然意识到了苏菊情绪低落，马上说。他的口气很温和，听起来像是在哄一个孩子。苏菊就有点高兴起来，她甚至能想象王夏这时的眼神，便忍不住冲着电话做了个鬼脸，声音很轻地说，真好。其实她想说更多的话，却说不出来。王夏那边就哈哈地又笑出了声，说，你的男人要回家了，你怎么却变得惜词如金了？这话说得自然潇洒，苏菊喜欢这样的王夏。

苏菊立刻直起了身子，她听到背景里又有人在哄笑，她也跟着笑了起来，说，想你想傻了呗。王夏低了声说，那你等着，我会带给你一个大惊喜的。鬼使神差地，苏菊急着就问：你也卖出画了？王夏在那边就说，你看看你，怎么这么可怜。我要卖了画就是你的大惊喜？苏菊的心忽然一沉，有着说不出的失望，一时却说不出这失望是对自己的还是对王夏的。停了片刻，有些语无伦次地说，那也不完全是。算了，我等吧，反正只有一天了。话一说完，又停了一下，自己也没有想到，嘴不随心地又说，我想你的惊喜不会有我给你的大的，别神气了。

王夏那边就扬了声说，呵呵，你这个坏丫头，你可不会给我放卫星，告诉我要升格做老爸了吧？苏菊心里"咯噔"了一下。见鬼了，她脱口而出。王夏那边就说，我们说好了，看谁的见面礼更有想象力。乖，你睡觉去吧，明天见。说完也不等苏菊回话，就将电话径自挂了。

苏菊愣在灯影里，回过神来，凉津津地出了一身的汗。她这才想起，竟没有问王夏的航班。她慢慢地起身，光着脚走向浴室。在靠近浴室的门口时，闻到里面飘出的洁净空气用的香木屑味道，突然一阵恶心，连忙冲到浴室的水池边，张了口就要呕吐。可是腰弯下去了，胃里翻着，心口也闷得慌，却是吐不出来，就更弯了腰想吐。这样挣扎了好久，终于哗哗地吐了一气。再抬起头来，见到镜子里的自己，泪眼汪汪的，却并不是哭出来的眼泪。她盯着镜子看了好一会儿，淡淡苦笑了一下，竟觉得自己这样的姿容煞是好看，心里就更自怜起来。她慢慢放了水，冲走池里的污物，眼睛却没有离开镜中的影像。

这是苏菊怀孕后的第一次呕吐，也分不清是受了王夏那个玩笑的刺激，还是真的妊娠反应，心里七上八下的。她回到屋里，靠着床头坐着，迷迷糊糊的，天很快就亮了。

等着王夏回来的那个白天，显得出奇的长。苏菊里里外外忙了一天，将家里收拾得整整齐齐。然后她特地开转了很远的路，到城里那家品种最全的花店里，买来了以天堂鸟为主调的热带花卉，配上那只王夏最为得意的，从 SKY CITY 一个印第安陶艺匠手里买来的纹道粗犷却工艺精美的大罐子，精心做了一个巨大的插花，摆在客厅的中央。原本看着十分简朴的小厅，立刻就因着这插花和墙上的那幅大绣球花，显得明艳高雅起来。

苏菊落座在靠墙的那张摇椅上，欣赏着自己的作品。想起这手艺还是刚到硅谷时学的，那时生活还没有纳入硅谷的高速轨道，她天天喊着无聊，利飞就送她去社区学院学插花。这手艺多少年没有用过了。想到这样精致的技艺，竟被用来装饰这样简陋的家室，苏菊一时不知是幸或不幸，就呆呆地笑了笑。

天开始黑下来的时候，王夏还是没有出现。苏菊提了把折椅，到室外的空地上坐了好一会儿，左等右等，最后觉得无趣，便回到屋里。想了一下，就将早早烧好的一桌菜盖妥，拿了衣物进浴室，打算洗个澡之后，开车到机场转转。

这活动房车别的简陋，浴室却是不小，像模像样地也有个很大的浴盆。虽然没有苏菊过去习惯的喷泉浴装置，但王夏将浴室装饰得很有情调。沿着澡盆的边缘，摆满了各式小烛台。苏菊最喜欢的，是两幅王夏亲手画的漫画，一幅是苏菊，一幅是王夏在如厕。苏菊的那幅，她坐在马桶上，大大的脑袋上马尾翘起，长裙落在脚边，嘴巴嘟起来，像在用着劲儿，神态俏皮。

苏菊调好水温，脱了衣裳，刚泡进盆里，还没来得及去拧音响的开关，就听得屋外一阵马达轰鸣声，似乎还不止一辆车。苏菊竖起耳朵听着。客厅方向一阵声响，苏菊听到王夏在叫她。

苏菊一下从盆里站起来，身上满是水滴和泡沫。出得盆来，站到地上，她有一股很强的冲动，要冲出去见王夏。接近浴室门口，她才意识到有很多人的声音，有男人，有女人，高声说笑着，好像是在赞叹客厅里的装饰。苏菊马上扯过搭在木架上的浴巾，将自己包裹了起来，站在门边听着厅里的动静。

王夏还在那里叫着苏菊，然后跟人说，爱吃什么爱喝什么，冰箱里掏去。瞧，这一桌的好菜，尽管享用吧，不用跟俺老人家客气。男人女人们也不答话，只管嘻嘻哈哈着。苏菊更贴近了门口些，她听到有虹姐的声音，心里一惊。再听下去，还有张先生的声音，还有小燕！另外还有她不熟悉的人声。苏菊一时愣在门后，觉得很尴尬，还有几分不快。她的心莫名其妙狂跳起来，她知道王夏的所谓"惊喜"的意思了。

苏菊听到王夏的脚步声。他推门进了卧室。"咚咚"几声，什么东西被扔到了地上。接着，浴室的门被推开了。

苏菊下意识地抓紧了胸前的浴巾。王夏穿着黑色T恤和米色短裤，还是那双半旧的登山鞋，眼睛在暗暗的灯影里闪闪发光。苏菊又有了迎上前抱住他的冲动，可是厅里一阵人声，她犹豫了一下。王夏见到苏菊，叫了一声"天！"就快快地退下T恤，开始解皮带。

这时，屋外的人又哄笑起来。苏菊不敢相信，在这种时候王夏会有这样的欲望。她退了一步，靠到洗手池边上，压着声说，不，你听我说。王夏这时已经冲上来，苏菊转过身子，想躲开他。王夏从身后拦腰抱住她，抱得非常紧。苏菊试着扭了一下，却动也动不了。王夏嘴里呜呜呜说着什么，苏菊也听不清楚，她只是想逃。你听我说，王夏，她的声音大了一点。王夏的手臂搭住了苏菊的背脊，有些暴力地，一下压弯了她的背。我怀孕了啊，苏菊说了一句，厅里又是一波哄闹，将她的话淹没了。这时苏菊感到了疼痛，王夏在她的身后，很快进入了她的体内。苏菊的头低了下去，她不敢看眼前那面镜子，可是一侧脸，竟从浴室开着的门缝里，看到卧室通向外面走道的门微开着。苏菊觉到了屈辱，头干脆就低下来。有客人，苏菊说了一句，眼睛就湿了。

王夏的行为很短暂，苏菊还没有完全反应过来，他已经退了出来。然后在苏菊的背上吻着。苏菊弯下腰来，趴在洗脸台上，身子无法自控地哆嗦了几下。王夏就一下跪到地板上，说，快别这样，你这样让我看着难受，实在是太想你了，想死我了。原谅我，啊。苏菊转过身来，将浴巾拾起，在身上擦着，也不去看王夏，好一会儿，才说，你该听听我给你的惊喜了吧。王夏站了起来，拿起衣裳，说，快，宝贝。苏菊很凄楚地笑了一下，说，我怀孕了。

王夏站在那里，定格，至少有两分钟之久。苏菊看到他眼睛里的光芒先是迅速地黯了下去，死鱼一样无神，然后慢慢地，眼珠开始转动。那眼珠转得很慢，像个灵魂出窍的人。你怕了？苏菊很冷地问了一声，开始穿衣裳。这些天的焦虑，忽然消失得无影无踪。

怎么会？王夏在身后说。口气很冷静，让人听不出确切的意思。不知他说的是"我怎么会怕"还是"你怎么会怀孕"。苏菊转过身来，说，这得由你来告诉我了。

王夏就笑了起来，说，很好玩，我要做父亲了，真是好玩。苏菊还想说什么，她在犹豫，要不要在这时候提卖画的事。王夏却摆了摆手说，我给你带来了好多客人。孩子的事我们再谈。你换好衣裳出去吧。说完，就要出去。走到门口，又折回来，说了一句，我真的很惊喜。就出去了。

苏菊停在那里，脑袋里一片空白。她穿好衣裳，吹干头发，来到客厅时，看到虹姐、小燕已经张罗好碗筷，正在叫大伙儿入席。小燕比过去瘦了很多，剪了短发，穿一条无领无袖的白色连衣裙，神色成熟了很多。见到苏菊，便从厨房里热情地走出来，张开手臂，做出拥抱的姿态，却示意手脏，笑着说，你可是越活越年轻了，真让人嫉妒，王夏守着这么个大美人，难怪天天讲的都是你啊。苏菊心里自然不信，就淡淡地说，但愿。小燕伸手过来，勾了一下她的鼻子。苏菊闻到一股大蒜味，就偏了偏脑袋，做了个鬼脸。这时，王夏迎上来，将手搭到苏菊腰后，慢慢带她过去跟各位打招呼。

一帮人共有六位，除了张先生、小燕、虹姐外，其他三位苏菊都没有见过。王夏介绍，一位是画商朋友，以前也是画画的。另外两位，一位是国内曾经很有名气的朦胧派诗人，另一位是艺术评论家。苏菊跟虹姐照面时，虹姐很自然地笑着，沉静地盯着苏菊看。看得苏菊有些心慌，不由低了头。

　　这是个高潮迭起的夜晚。他们把酒高谈，苏菊坐在灯影里，看着他们胡吹海聊的，也插不上话，只是静静地给他们倒水添茶。后来她慢慢听出来了，他们是一时兴起跟着王夏来的，下飞机后就租了车子，准备一块儿在这西南几州转转。他们用了很美的一个词，"采风"。然后还要到大峡谷下的科罗拉多河漂流。从虹姐和小燕的口气里，苏菊听出她们是将自己包括进了计划里的。还是离开硅谷好，这样的生活多惬意，想做什么做什么，想什么时候做就什么时候做，跟神仙也差不多了！小燕拍着苏菊的手说。

　　苏菊勉强地笑笑，手又不自觉地移到小腹上，轻轻揉着，心慢慢沉下去了。趁众人谈得高兴，她悄悄退到自己的卧室里，躺在床上，眼睛望着屋顶，心情有些焦躁起来。这样躺了一会儿，苏菊听到敲门声，起身开了门。见是虹姐，苏菊有些尴尬地将她让进卧室，一边说，不好意思，很乱。虹姐笑着左右看看，说，哪里哪里，你收拾得真好，厅里的花，插得真是专业水准呢。两人坐下，虹姐掏出一个小盒子，递给苏菊，说，不好意思，临时决定来的，没有准备，见笑了。苏菊一面说哪里哪里，你太客气了，一面打开小盒子。那是一个做工精致的银质胸针，苏菊连忙道谢，却还是不敢看虹姐的眼睛。

　　虹姐伸手过来拉了苏菊的手，说，苏菊，你还在生我的气吧？苏菊听到虹姐把话说得这么直接，便抬眼迎着虹姐的目光。这一仔细打量，心里竟是一惊。虹姐似乎更漂亮了，成仙了似的，愈发年轻了。还是一件黑衣裳，衬着红红白白的脸色，眼光灵活。苏菊看着都有点头晕。

　　虹姐也不管苏菊走神，接着说，你真的很勇敢，说着拍了拍苏菊的手。苏菊很难堪，想笑，又笑不出来。虹姐又说，跟王夏不容易的，我去找你，以为是为你好。我那时觉得，你不比彤彤，怕你是一时昏头。毕竟我认识彤彤的时间更长，你得原谅我。苏菊将手也搭到虹姐手上，没有说话，心里却有点感动。

她们后来就谈起画展的事。张道接了很多订单，一年都做不过来，价码都是惊人的好。苏菊由衷地赞叹起张先生的画作和运气。她虽然心里有些羡慕，但也只是羡慕，她知道，王夏不会肯做这种活计的，她还不知道该怎么跟王夏提艾玛的那档子事呢。

后来小燕也进来了，她们便聊起硅谷的近况。苏菊想到程姨，小燕告诉她，程姨找了个合伙人，加开了订制戏服的业务，雇了些人手，生意很红火。美国这节那节的，加上学校、社团活动都很多，戏服需求量很大。程姨的合伙人挺有人脉，接到很多活儿。苏菊忍不住要问到小燕先生吉米的那家意大利餐馆。哈，"花子"这人吧，我不是说他，做什么都是三分钟热度。那个餐馆原来是不被看好的，可是生意就是挡不住地旺啊。大家都说是环境好，我总觉得是托了王夏那画的福，那个喝酒男人脸上蒙娜丽莎般的笑肯定勾住了人们的魂儿。所以"花子"一时半会走不开了，也好，不然这个男人真让人头疼。

苏菊幽幽地想起第一次见到虹姐、小燕的雨夜，心里竟有些发酸。三个女人聊到最后，小燕说，虹姐你终于熬出头了。你，小燕指着苏菊，快嘴快舌地说，跟着王夏他老人家，呵呵，怕就要惨点了。所以说，我一过二十五岁，就大彻大悟了，我不要那一套虚的东西了，要抓住一个吃得定的男人，这样比较好，对自己好。苏菊的脸一下就白了，她感觉得到虹姐在扯小燕的衣角，赶忙做出无所谓的样子，呵呵笑起来，想找话说，却就是想不出应该如何回答。

夜里近两点的时候，大家才开始嚷着要休息。其实不是真要休息，人家是"小别胜新婚"啊，还是小燕嘴利。男人们在厅里搭了地铺，小燕跟虹姐就住了那间空着的小屋。

王夏安顿好所有的人之后，回到卧室。苏菊已经躺下，心里想着他们商议的要去旅行的事，情绪低落。王夏走到床边，搂住了苏菊，拍拍她的背。苏菊转过身来，也不说话。王夏将脸俯下来，亲了亲苏菊的鼻子，说，对不起，是我不好，你得原谅我。我的女人太美了，一进门，我见到插花就快疯掉了。苏菊将手抬起来，揉着王夏的头发，心软下来，说，又贫嘴。王夏就俯下身来，不说话。

苏菊说，你不高兴吧？王夏说，我很高兴啊。我是说孩子的事，苏菊说。噢——，王夏拖了一声，停了片刻，说，高兴，我就要做父亲了，怎么不高兴？预产期是什么时候？

不知道呢，下周去看了医生才会晓得。苏菊说。

真没有想到，我就要做父亲了，王夏站起来，一边脱衣裳，一边笑着说。苏菊注意看他的眼睛，觉得王夏的笑里，有着勉强。这真是 A BIG SURPRISE！王夏说话是绝少夹英语，这时却说了一句。而这句英语，实在是中性的。苏菊心里有点失望，她听得出王夏的言外之意，便说，挺没有想象力的，对吧？王夏这时坐到了床上，身子靠着床头，说，我说过我很高兴。苏菊就坐起身来，问，那我们怎么养大孩子呢？

王夏张着嘴，愣在那儿，他显然没听懂苏菊的意思。苏菊接着说，你知道，我对你没有什么要求的，我爱你，跟着你过日子就很安心。说到这里，心里却一酸。王夏将手伸过去，在她头发上揉着。你是想结婚吧？是不是？嗨，那就结呗。这话说得非常随便，苏菊闭上了眼睛，她觉得自己的心尖瓣颤了一下。苏菊不说话，强忍着不失态。我从来没有想到，我的婚姻将会是这样的，停了片刻，苏菊才抖着声说。说完，自己马上就后悔了，她将头埋下，却哭不出来。

怎么啦怎么啦？王夏又俯下身来，在苏菊的背上轻抚着，哄孩子似的说。我喜欢看到你笑，他又加了一句。苏菊镇静了一下，说，我不在乎婚姻，可是有了孩子，我希望我的孩子，能够在一个正常的环境里长大，有父亲，有母亲，仅仅是这样。

他都有。王夏睁大眼睛，表情有些困惑地说。

我还想搬离这儿。苏菊突然来了勇气，抬起头来，说，我去郊外看了一下，物色了一栋很漂亮的房子，是个陶艺家要卖。有个大作坊，你可以布置了作画室，苏菊见王夏没有反应，就又加了一句。

随你吧。王夏说。

话谈得这么顺利，苏菊觉得不太对劲。刚要再开口，就见王夏一骨碌把背撞回床头挡板，听得他说道，至于画画的地方，你不用考虑，我不习惯在豪宅里作画。没等苏菊回话，王夏突然将声音提高了些，说，我只是跟你说了一句实话，事实而已，你听了不要多想。见苏菊停在那儿看他，王夏淡淡一笑，耸了耸肩，说，很多女人从怀孕开始，就变得俗不可耐，但愿你不会。

苏菊给噎得说不出话。心里觉得实在无趣，就躺下转过头去睡。王夏突然说，苏菊，你知道我这回在台北见到谁了？苏菊心里"咯噔"一下，也不转头，问，谁？他，王夏说。

苏菊知道王夏说的是利飞，就故意做出不在意的样子，说，是吗？是的，在一个酒会上碰到的。他愈发好看了，真的很好看。我见到他进来，看见我，就冲着我笑笑，那笑其实很假。我就想，真想画他的裸体。苏菊转过身来，抬手打了王夏一下。王夏哈哈一笑，说：我不开玩笑。跟着他的那个女人，也很好看的，但摆在一起，却总是不太对劲。你知道吗，你们两人在一起，倒真是好看的。苏菊想到利飞跟她说的，"你随时可以回来"，现在却也带了女人出席酒会，心里酸酸的，还有点痛，就烦躁地说，没意思，你别再说要画我们的裸体了。王夏哈哈笑起来，竟好久不能停下。

苏菊本没有想到在这时提彤彤的事，见王夏把话说到这儿，就问：彤彤来了，对吧？王夏没有一点迟疑，说，是啊，我走之前来的，在新墨西哥大学医学院做博士后呢，我想请她到家里来的，她不肯。本来要告诉你的，可想想，她都不愿意来家里坐坐，提不提都不会有什么不同。苏菊尴尬地一笑，没有说话。

王夏熄了灯。苏菊挣扎了一下，小心翼翼地说，那个艾玛来电话了。她又要干什么？王夏很警觉地问。苏菊将身子转向朝窗的一边，看着窗帘边上的微光，说，凤凰城有一个私人收藏家想收藏《自然的女人》。又来了又来了！我真的很烦。王夏很不耐烦地说。你知道吗，他开出了给大艺术家的价钱啊！苏菊在黑暗里也坐了起来，压着声激动地说，口气有些得意，同时还带着些许的讥讽。

你小声点。王夏说着就搂住了她。苏菊在王夏的怀里扭了扭，没有出声。那画已经是你的了，跟我没有关系，你要愿意卖就去卖吧，不用跟我提，我不想知道，也不需要知道。我的原则已经说过无数次了，不想再重复了。苏菊推开他，又倒头睡下。苏菊，我从来没骗过你，你这样生我的气，没有道理的。王夏语气有点强硬地说。苏菊也不说话，心口堵得很紧。其实你不告诉我不就结了，卖掉，你高兴就好，王夏又说。我是希望你高兴！苏菊闷闷地顶了一句。那我谢谢你，可是你会失望的。我根本没感觉。我早已不为这个生活了，王夏加重了语气。苏菊不响，他又说，在卖画这事上，你怎么这么看不开。张道的画现在都卖出大价码了，人家抢着要啊。可是我很怀疑他能开心多久。你不能让艾玛那些家伙牵着你的鼻子走，你要……

够了，王夏！苏菊打断他的话。王夏停了一下，才说，睡吧，别再跟我提那些家伙。苏菊缩了缩鼻子，她在黑暗中张大了眼睛，她觉得她看到自己的心火在熄灭下去。

客人们住了几天，因为苏菊看起来总是萎靡不振，又说身体不适，虹姐她们虽然有点疑心，可苏菊不提，她们就没有追问详情，只由王夏陪着，在附近作了几次短途旅游，就先去犹他州了。因为苏菊坚持要王夏陪着去看医生，王夏与张道他们约好一周后在犹他汇合。当苏菊在超声波显示仪上看到孩子的心跳时，她坐了起来。祝贺你们啊！医生说。王夏的眼睛发亮，两人拉了手。这是个生命啊！苏菊说。她第一次觉得真正跟这个小生命有了联系。王夏做了一桌的饭菜，两人高高兴兴地吃完晚饭后，王夏忽然说，他想明天就走，去追张道他们。

苏菊没有想到，自己一下就推开了碟子，这个动作做完，心下一惊，就停在了那里。王夏隔着桌子，伸过手来拉苏菊的手，苏菊心里是有点软了，可却无法控制自己的情绪，她甩开王夏的手。你不要这样。王夏说，口气强硬起来。苏菊想到王夏说过的那句，"很多女人从怀孕开始，就变得俗不可耐"，有点脸红，赶忙换了口气说，你就不能陪陪我？我心里慌得很。王夏起身走过来，搂着苏菊的肩，说，女人怀孩子是很正常的事，可是有这样的朋友一起到科罗拉多河下面看看，是很难得的呀。我还没有去过那儿，说不定还能找到点灵感，回来画些画呢。我回来就结婚，你要买房子，那就买。你等我，我们一起去办。苏菊苦笑了一下，想起那天夜里王夏提到艾玛时说的那些话，觉得他现在提什么灵感，分明就是在哄她。到了现在，她哪里还在乎他画不画呢？苏菊便说，你的画，又不急着去卖的，灵不灵感，也不是那么急的，关键是心，你的心野。说到这里，苏菊看到王夏站在那里，脸色铁青，一言不发。

苏菊也不知哪里来的勇气，一下站起来，转过身去，说，你走吧，我没有意见，就甩门进了卧室。

王夏并没有改变他的决定。后来苏菊想，她的心是在王夏选择这个时候出远门时，真正开始冷下来的。

王夏出门的第一天，苏菊又找来了玛丽，一起去看房子。一天接一天的，赌气一样。最后决定还是买陶艺人出售的那栋。

去签约的那个早上，苏菊起得很早，一起床，就有点头晕。扶着墙来到浴室，坐在马桶上，立刻就有宫缩的感觉，开始出冷汗，身上一阵阵发冷。她抓了一把台子，低头一看，马桶里一片鲜红。她眼前一黑，就伏在台上喘气，好一会，才起身。苏菊不知有没有生命危险，站起来扶着墙走到屋里，给玛丽打电话，说自己可能流产了，问玛丽怎么办，要不要上医院。玛丽在电话那边叫起来，啊，你怀孕了？怎么不早说，哪能这么累着？你快躺下，不要动，如果血流得不多，说不定还能保住，我这就过来。苏菊肚子越来越痛，血一股股流出来，她哪里见过这等场面，就开始叫：啊，好多血，孩子怕是保不住了，好多血，玛丽，我好怕，就哭出了声。玛丽这时倒镇静了，说，你就地躺下，我马上打911，我这就打。

这时苏菊头一晕，就倒在了地毯上。

▎ 创作评论 ▎

陈谦写小说，完全是一种爆发型的状态。一旦冲刺，她就赋予了自己神奇的能量。她的作品，绝没有专业作家的雕琢，遣词的技巧也并不在意，但是她似乎天然地具有一种抽丝剥茧的逻辑细腻，同时又灌注着丰沛的情感血肉。她对"生活的暗流"有着超乎寻常的感知，只要她的敏感触觉与自我内心的纤细灵性碰撞，就会熔铸出一道夺目的文学火焰。

——陈瑞琳:《向"内"看的灵魂——陈谦小说新论》,《华文文学》2013年第4期

陈谦小说中异域呈现方式的独特性在于，她所呈现的生活空间看似具有纪实性，实际是一种再现的简化，具体而言，是她以选择性的点染笔法提供一种接近生活常态的空间感觉，但在看似现实主义的风格后隐藏着象征化的现代主义思维。以"再现的简化"方式来呈现异域，无疑是陈谦追求简约的审美风格的体现，在她看来，简化反而有利于确立一种真实感。

——颜敏:《异域的位置——探寻陈谦小说特质的可能路径》,《南方文坛》2015年第1期

陈谦小说区别于凡俗书写的第一个原因，她清楚地意识到，生活不是炫耀，也不是委屈，而是一条隐藏着无数潜流的绵长河流，人要有准备面对那些水下可能更深的旋涡。

那个更深的旋涡，翻译出来，大概可以说是生活的真相。

——黄德海:《试走未行之路——关于陈谦的小说》,《南方文坛》2018年第3期

生生长流（节选）

黄佩华

节选一

夜深人静。躺在床上的农宝田闻到了红河的气息。远在一千多米外的红河浪涛涌动的节拍如丝如气地钻进房屋的缝隙，和着屋里某种躁动的气息在轻轻地拍打着他的耳鼓。

这是一种久违的气息，熟悉而遥远。

这种气息把他牵引到了当年的木船上。船在波浪中穿梭，劈波斩浪，所向披靡。船被无形的浪涌托起来，时而摇荡，时而坠落。农宝田觉得自己就是那条幸运的船，随着河的喘息而从容，而激越，而疲倦。最后他如一条受伤的船趴在岸边的砂石上，气喘吁吁。

此时此刻，那个健壮的北方小子高昌建就像当年驾船的农宝田一样，被一条滚烫的河流吞噬了。那条河发出了胜利者的欢悦声，她咆哮，她战栗，她啼哭，她微笑。

她的每一个细微的表现都幻化成了一种特别的气息，在屋里萦绕、传播。虽然隔着一堵砖墙，还

作者简介

黄佩华（1957—），广西西林县人，壮族，曾任《三月三》杂志编辑、主任、副社长兼副总编辑、社长兼总编辑、副编审。1981年开始发表作品；1995年加入中国作家协会，为广西民族大学驻校作家、文学影视创作研究专业硕士生导师、广西作家协会副主席、壮族作家创作促进会会长。著有长篇传记《瓦氏夫人》，长篇小说《生生长流》《公务员》《杀牛坪》等，出版小说集《南方女族》《远风俗》。获全国第四届、第七届少数民族文学骏马奖，第四届、第五届广西壮族自治区政府文艺创作铜鼓奖。

作品信息

《生生长流》，长江文艺出版社2002年出版。本文节选自第1章"百年寿星·法国望远镜"和尾声章。

是让同屋的一个年老的躯体接收到了。

随着这种气息的平缓，农宝田的神思却愈来愈清醒，喉管也逐渐地变得燥热。他忍不住又一阵剧烈地喘咳，一朵朵金星在他的黑暗中闪烁。

这是撞到哪路的鬼哟！他心里骂了一句。

咳定之后，他用一只手认真地触摸了自己冷得没有生气的面颊，又将手插进裤内，在软缩而干瘪的阳具上摸捏了一会。当他觉得这些动作其实毫无意义之后，忽然就感到尿泡有些胀了。他拉亮电灯，缓慢地爬下床，走出房间。

在经过厅堂时他忍不住地瞟了对面厢房一眼。那里面住着两个年轻人，刚才那种令他躁动不安的气息就是从那扇门里溢出来的。

每天晚上，农宝田都要起夜若干次，认真地撒几滴尿，否则，他很难挨到天亮。农才旺一家住在楼上，只要听到他的咳嗽声就觉得安然。其实，撒尿对一个年迈的男人来说，也不是一件易事。农宝田曾经听说一些七八十岁年纪的人拉尿时竟然把两只坠长的睾丸拿出来，而把尿管忘在了里头，每次拉过了才觉得裤子里又冷又湿。对这种说法他觉得有些夸张。他自己并非没有毛病，每次拉尿时总有一种永远没有拉完的感觉，然而实在又没有尿可拉了。

宁静的夜空中不时传来几声夜鸟幽长的啼鸣。农村好些年没有狗了，自然也没什么狗叫。农宝田不止一次地听到了一些城市人玩狗的传闻。为这件事，他感到很窝火。狗日的城市人能养狗玩狗，乡村人却不能养狗，这算什么卵事！

还没有到鸡啼的时辰，农宝田还得钻进被子里去。一躺下来，脑子里就会浮起一些沉落了久远的人事。

他又一次想起了我那两位早死的曾祖母，两个人的面貌和身姿不停地交替出现在他的脑海里⋯⋯

这是红河水清石瘦的季节，一大一小两只迎亲的船泊在岸边。一阵嘹亮欢快的唢呐声从山寨里的木楼传出来，隐隐约约地，还和夹着一阵阵轻柔的哭声。在鞭炮的鸣响中，新娘依月头盖红绸被人搀扶着走出闺房，送上了轿。羞怯得满脸通红的农宝田身穿一身黑亮的衣服莽莽撞撞地向岳父大人行了大礼，然后从旁人手里接过火铳，匆匆赶到了前头。

新娘的哭声一直响到她熟悉的渡口，上了船之后就只有唢呐的鸣唱了。

我曾祖父农宝田年轻气盛的年代，一千八百里红河上没有一座桥梁。因而沿河村寨上最出色的汉子都成了船工，我曾祖父就是其中的一个。

迎亲船队顺流而下。农宝田手握橹把，矫健的躯体不停地随着水流顺势而变换成各种姿势，他的目光沉着而坚定。这时候，有一位坐在新娘身旁的姑娘正目不转睛地注视着他。她就是新娘的胞妹依达。依达的长相很像依月，他只是不经意地瞥了她一眼，两个人的目光便撞到了一起，弄得他不敢再往她身上看了。

半年后的一天，农宝田被人从渡口上叫回家来，他看到了哭成一个泪人的姨妹依达。妻子依月也在一旁泣不成声。

原来，依月依达的父亲——他的岳父也是船工，半夜里被一帮抢劫归来的土匪叫起，强迫他把掳掠来的财宝渡过红河，他死活不肯，结果被盛怒的匪首一枪打死，又差人把他扔进狂涛汹涌的红河里。依月出嫁后，依达和父亲相依为命，如今没有了父亲，自然是无依无靠了。姐妹相见，两人更是悲痛欲绝，相拥而泣。

农宝田听了情况后，即刻邀了几个乡亲，驾船沿河找了五十里，但哪里还有岳父的身影！

孤苦伶仃的依达未曾婚配，被姐姐和姐夫接来住到一起。不久，依月生下了一个男孩，十九岁的农宝田当上了父亲，自然是喜不自禁。姐妹俩也如同一个人般地联手悉心抚育孩子。

那时候，农宝田的父母都还健在，他们的两个女儿——农宝田的姐姐和妹妹都已相继出嫁，自然也把依月和依达视为自己的女儿一样看待。对于农家的厚爱，依达从内心里感激不已。

于是就发生了这样的一件事。

这天傍晚，村里的人家捕猎到一头大野猪，农宝田被邀去酒肉一顿，半夜归来，已是迷迷糊糊，分辨不出上下左右。第二天早起，他走出房门，朦胧中却见依月正担水进屋。他惊恐万分地趄回房，战战兢兢地点亮油灯一照，手里的油灯便从他手里跌落下地。原来，和他相拥而睡了一夜的竟是妹妹依达。她的旁边，还睡着他那可爱的儿子。

农宝田僵直地站在床前，浑身是汗。天哪，这明明是他和依月的房间啊！他使劲地猛摇了摇头。

外边的依月听到响声，急忙进来。床上的依达平静地穿上外衣，一声不吭地走出门去。

见依月进来，农宝田立即"扑通"一声跪在地上，请求重罚自己。可是，面色平静的依月却赶紧将他扶起，轻声地说："孩子他爹，你不要这样，是我们姐妹愿意这样的。你和爹妈说，娶依达做二房吧。"

就这样，依达和她的姐姐一起双双成了我的曾祖母。如果没有依达那果敢的一觉就不会有我祖父农兴邦，同样也就没有我父亲农才昆和他的兄长农才立以及我的叔叔农才生，就更没有我和妹妹农田了。

每当向后辈人讲述这件事时，农宝田总是半炫耀半调侃地说："女人把心计用在男人身上时，谁都逃不掉的。"

依月和依达从不发生争吵，她们生育的孩子相貌酷似，小孩们混在一起，有时候农宝田还真认不出谁是谁生的呢。每天，他起早贪黑地一头扎在渡口上，极少照看孩子们。偶尔，听到他一声呼唤，一群孩子就拥向河边，尽情地玩耍。有一天，有两兄妹被无情的河水冲走了，依月和依达多次强烈地反对让孩子们到河里去戏水，可他没有答应。

姐妹俩总共为农宝田生了十三个儿女，姐姐生了七个，妹妹生了六个。然而，最后真正长大成人的只有六个儿女。

1939年春天，四十二岁的农宝田把橹杆交给了三儿子农兴良。之后，离开妻儿开始了他半是流浪半是苦力的赶鸭生涯。这种生活使他每年只有几次和妻儿相聚的机会，而且每次时间都不足月。

他永远记得每次归家的情景，依月和依达都表现出了贤妻的品质，她们都把久别重逢的丈夫催进对方的屋里。每次面对她们时，他的心中就升起深深的负罪感。

这种尴尬的关系一直维持到1950年。"土改"期间，我曾祖父农宝田被划成了富农，因为他拥有一妻一妾和两间瓦房，还有一公二母三头水牛和一支汉阳步枪。从那时开始，依月和依达其中的一个将被迫和他解除关系。

那情景至今仍使他惊心动魄。两姐妹相拥而哭，就像是生死离别。后来，姐姐依月说不服依达，依旧和丈夫过。而妹妹依达则另立炉灶，把属于她的孩子领到了另一间屋子里。

一个月黑风高的夜晚，农宝田经受不住依月的催促，悄然潜进依达的屋里，结果被民兵暗哨发觉，把他逮住了。为此他被遣送到公社的劳动营干了一个多月的苦活。此后，他只能把思念的痛楚压在心底，即使在路上相遇，他也不敢多说一句话。

村里的一个穷光棍看上了依达，每天上门纠缠不休。农宝田也希望她有个归宿，便不太理会，她却唆使儿子把光棍佬整治了一顿。

第二年的夏天，红河涨水，浑浊的河水汹涌而来。依月和依达站在河边，手持柴钩不停地勾捞上游漂流下来的浮柴。不料依达钩脱失足，掉进河里。依月见状，便不顾一切地跃入急流中。无情的河水即刻吞噬了姐妹俩，从此不再回头。

一直坐在远处丛林中用望远镜观望两姐妹劳作的农宝田看见了这一令他撕心裂肺的一幕。他惊呼着，奔跑着，直至趴倒在红河边的乱石滩下，浑身伤痕，血迹斑斑。

时至今日，几十年前那悲惨的一幕仍然清晰而令他哀伤。多年来，依月和依达的影子总在他难过的时候出现。每当看到孩子们的容貌时，他就禁不住从中捕捉他们母亲的形象，同时也会勾起一些往日生活的细节。

困倦终于在农宝田的怀旧与躁动中悄然来临，他安然地睡着了，这时已是黎明时分。

农历腊月二十八日清晨，红河边上的农家寨早早地就从寒冷和雾霭中苏醒。在村子的一些地方升起了一缕缕散发出柴草气味的炊烟，在屋顶和树梢上萦绕，然后与红河上不断升腾的浓稠的水汽混到一起。

先是在一个地方响起了酷似汽笛的声音，那是猪的垂死的号叫。继而又有三两处地方响起，再后来，村中的每个角落都有同一种声音和应。只不过是音调的高低不同罢了。

在许多地域的农村，猪的号叫就意味着过年的序曲已经奏响。

这一天是农家寨肥猪们的末日。它们以自己的哀号换来了人们的喜气。

从前，农家寨过年能够宰猪的人家寥寥无几，通常整个村子只有一个捅刀子的人就够了。每到这天，那个捅刀子的人脸庞就兴奋得紫黑。他把衣袖高高挽起，手握一柄一尺多长的尖刀，迈着罗圈腿在孩子们的簇拥下在村巷里乱窜。

每当捅猪脖子的时候，一些拈亲带故的男子就聚拢来到杀猪的人家，用食物将猪哄出圈，然后七手八脚地将猪按倒。人们捆扎了猪嘴后，大家抓腿的，揪尾巴的，扭耳朵的，一起将猪提到高台上，给它淋最后的冷水浴。这时候，站在稍远处看热闹的女人和孩子以及男人们的目光就凝聚在了捅脖子的人身上。只见他半弓着身腿，一手极准确地将五指钳住猪鼻子，另一只手紧握刀子，先用刀在一只前肢上猛力一击，而后在前胛和脖颈之间的那个柔软部位将刀尖刺进去。

他的动作连贯而从容不迫。随着尖刀的挺进，血浆即刻顺着刀柄喷涌而出。早有一个手持大盆的汉子蹲在他的腋下接住哗哗涌出的血流。刀尖的目标是猪的心脏，刺中心脏时猪的号嗥就到了极点。

这时一些老练的人才察觉得他罩住猪鼻子的手，已经有两根手指插进了猪的鼻孔。

猪歇斯底里的叫喊声逐渐软和、平静。汉子们眼看着捅刀子的把尖刀慢慢地抽出来，他的脸上、手上和衣服上被一些血迹沾住，点点斑斑。这时候，所有在场的人都舒了一口气，仿佛是有个东西从自己身上抽出一般。

整个过程大约持续十分钟，一年中最令人们兴奋、紧张、激动的时刻就过去了。

刚捅完一头猪，捅猪脖子的又被等候在一旁的另一家人请去。尽管有猪杀过年的人家不多，但他都要尽够义务，把要杀的猪一一捅死。

那年月那个捅猪脖子的人往往家境并不好，极少有猪杀来过年，时常是待他一家一户地替人捅死了猪，筋疲力尽地回家来，却没有人再记得起他了。不但不叫他去吃餐饭，尝点荤星，就连一片肥肉也没人送来。第二年的这个时候，才会有人又记得起他。

现在的农家寨人口多了，门户也比以前成倍地增，而且几乎每家每户都有年猪。原先那个捅刀子的也年事已高，没了手劲。于是便有许多新的捅刀子的后生迅速成长起来。

一般地说，乡村中并不是每个男人都可以充当捅猪脖子的角色。除了必需的胆量、手劲之外，还有一种老人们常说的煞（杀）气。有这种气的人一站到猪圈旁边，或者手触碰到猪的身体，猪就即刻发怵，不愿意作反抗的努力，只得眼睁睁地被人放倒捅死。同样是猪，同是将刀子捅进猪那个柔软而薄弱的部位，有的人就是不能把猪一刀捅死，有时甚至还会出洋相。有的假死的猪被沸水淋烫、准备拔毛时，突然一阵动弹或者号叫。这种局面会把户主吓得脸色发青，这是一种不祥之兆，昭示着来年将有灾难来临。

我的堂哥农盛文就是那种被认为是身上带有煞气的人。他和我同一个祖父，是我父亲的兄长农才立的大儿子。这天大早他特别忙碌，在农才旺去请他之前，他已经帮别人捅死了五头猪。他当过兵，退伍回来在派出所干了几年，后来因为多生了个儿子而被开除公职成为一名业余屠夫。

农盛文三十三四的年纪，全身上下都是以前穿过的制服，旧了，颜色绿中带黄，黄中带白，白中带黑，大冷天里也扛着个泛着青光的光头。他身骨架子大，手臂很粗，指骨硕短而糙，杀猪刀提在手里像拿饭匙一般轻松。此时，双手高卷起袖子，脚蹬一双变形而满是裂口和褶皱的皮鞋，提着尖刀，走进农才旺的院子，径朝猪圈走去。跟在他屁股后面的是一个和农宇年纪相仿的男孩，蓬头垢面，嘴脸鼻眼完全没有父亲的半点英气，丑陋得出奇。一进院子他就高喊几声"农宇"，声调尖厉。农宇还赖在暖被窝里，被他一双冰冷的脏手捣进去，冷得嗷嗷直叫。

坐在火塘边洗脸的农宝田不满地吼道："荣甫，你这个杂种，他是你叔哩！"

里间那个尖厉的声音应道："你放狗屁！你再乱说我就叫我爹捅死你！"

农宝田听了，忽然感到有一股热流涌上喉头，他憋得浑身颤抖，一会，才摸索到了那把火钳，跟跟跄跄地欲爬上楼梯，嘴里在不停地骂。秀英怕老人气伤了，忙把他扶回火塘边，又朝楼上喊："荣甫，你再乱说我叫你爹割了你的舌头！"又喊："农宇，快起来，你盛文哥来杀猪了。"

正说着，农荣甫已从二楼的阳台上顺着一根竹竿，哧溜一下便到了地上，又跑到门中朝里做了个怪脸，就风一样消失了。

农才旺已经在院子的一角安好锅灶并煮沸了水。

这时候高昌建已经洗漱完毕，他看见一个光头汉子在猪圈边不停地用一把血红的刀子默默地朝肥猪比画，那肥猪抖瑟着缩到一角，便不禁想笑。

农才旺说："小高，来，一起杀猪。"

高昌建应着，走过去，朝光头农盛文点头说："你好！"

农盛文转头看他一眼，颔首，算是应了。高昌建忽然觉得此人面相熟悉，转而一想，觉得他很像北京零点乐队那个摇滚歌星，也有点像光头时候的姜文。

"这是盛文，我侄儿。小高，北京来的，盛国的朋友。"农才旺欲掏烟包，被高昌建制止了。高昌建摸出了一包硬壳中华牌香烟，分别递给二人。农盛文送到鼻孔前嗅嗅，又眯眼看看，说："没见过。"

"几十块钱一包。"高昌建掀燃了火机，伸过去帮他们点燃了烟。

"妈的，好吃的都让城里人吃了。"农盛文陶醉地喷了一口烟。"一包烟钱都够我们吃一年的盐巴啦。"

高昌建说："那些大款，一顿饭就吃了一部汽车哩。"

"不说了，我们命里不带。动手吧！"农盛文说。

农才旺一声令下，农盛文即从腰上取下一把一尺半长的铁器，一端有钩。他先把尖刀搁到桌子上，一手持铁钩，立起马步叫才旺把缩到一角的猪赶出圈。

这头重约三百来斤的肥猪试图抗拒着不肯出来，农盛文避到一边，说："畜生还知道害羞哇。"他看见了站在屋檐下梳头的刘洁，问道："盛国也回来了？"

高昌建说："没回，他忙呢。"

农才旺总算把猪半推半哄移到圈门口，猪才露出半个头，农盛文手上的铁钩就呼啸着勾中了猪那柔软的下颌。

被勾中的猪顿时失去了挣扎的气力，忍着剧痛乖乖地在农盛文的拖拉下，来到较为开阔的地方。它号噪的声音嘶哑而颤抖。

通常情况下，制服并捅死一头三百斤重的猪没有几个帮手是不行的。而如今，农盛文把持铁钩的右手换到左手，在往上一扭一提的同时，身体一躬，右手立即钳住了猪的一只前脚。在往外拉扯时，低声而有力地对愣在一旁的农才旺和高昌建说："抓住后腿！"农才旺扑了过去，扯住了一只后腿，猪的身体开始摇晃。

高昌建犹豫了一瞬，也学着农才旺的样子抓住了另一只腿，猪失去了平衡，终于被扳倒在地。农盛文即刻像预备射击一样，将一只膝盖顶压在猪的前胛上，另一只脚则踩住铁钩，令猪不能动弹。他又从腰上扯出两根绳索，扔给才旺，让他把后腿和嘴鼻捆牢，然后将猪抬上木桌。

杀猪刀又操在了农盛文的手上。

当猪的号叫逐渐低微时，农盛文说："以前食品公司有个肥婆，一个人就敢杀一头猪，我都服她了！"

"那是她的职业啊。"高昌建附和道。

农才旺笑说："那种女人真可怕。"

"是啊，来脾气了不把老公扔下床底才怪哩。"农盛文说。

从将猪拉出圈到杀死，整个过程不到十分钟的时间。农宝田倚在门上目睹了农盛文的整套动作，他心里暗自惊叹他的手脚和气力。心想，若是农盛文生在兵荒马乱的年月，必定是个独霸一方的人物。

把死猪抬上木槽，农盛文就对高昌建说："有空去我家喝两碗。"说完提起杀猪刀走了。

"他家的猪还没杀呢。"农才旺说。

剥光毛，白白肥肥的一头猪就被农才旺以娴熟的刀法剖开肚，然后肢解。骨肉被高昌建分批提回厅堂，放在一张大竹垫上。农才旺夫妇则忙于理弄那堆内脏。秀英神情淡然，机械地做丈夫的帮手。辛辛苦苦养大的猪，说杀就杀了，作为女人，自然是没什么值得高兴。

时近中午，笼罩着村子的雾气慢慢地移开了，太阳若隐若现，温和的阳光照在大地上，抽丝般地勾起了一丝丝一缕缕的地气。

几碟冒着热气的猪肉端上桌，吃中午饭了。

刚上座，门外露出了一个佝偻的身影。一打照面，那人就笑哂哂地说："哟，动作真麻利，都熟了。来得早不如来得巧啊！"

"别满嘴油了，要吃就自己打饭，不吃就滚蛋！"农才旺没好气地说。

"曜，哪有见肉不吃的？"来人边跃进门边从袖筒里掏出一双手，唏哈唏哈地搓着。

高昌建见他模样有点像农才旺，便猜想他也是家族里的人，赶忙起身让座。

农才旺摆摆手，说："你坐，你坐。他自己来。"

来人就是我曾祖父前面提到过的那个"混账"，农才旺的胞弟我的堂叔农才成。

农才成自己拿了张凳子欲坐在高昌建旁边，被农宝田喝了一声，急忙又点头哈腰地坐到农宇旁边，农宇厌恶地皱了一下脸。

"你别老是这么好吃懒做。才旺需要帮手的时候你躲到哪里了？煮熟了你又晓得来，鼻子比猫还灵。"农宝田一句一顿，显然是生气了。

农才成夹了一块肉，送进嘴里，筷子又伸进菜碗，喉咙里含混地说："起不来，没办法。"

"忤逆啊，忤逆啊！我农家怎么会生出你这种混账来呢！"农宝田神情无奈地摇头慨叹。农才旺不时对高刘二人说："吃肉，吃肉。"

高昌建早已想引开话题，觉得老把话题针对农才成一个人很不妥，被责备的农才成虽然摆出一副死猪不怕滚水烫的样子，但作为客人却有些不自在，就说："老实说，我们在城里哪里能吃到这么新鲜的猪肉？"

农才旺说："城里人不养猪，鲜猪肉当然就没有吃了。"

农宝田认真地咀嚼一块猪肝，咽进喉管，才发表意见："还是腊肉好吃。"

一直不声不响地吃饭的刘洁总觉得有一股难闻的气味不时钻进鼻孔，这种气味使她隐约地想起了学校的厕所边的垃圾场，也有点像某些偏僻的小胡同里散发的气味。她几次想放下饭碗离开，但又考虑到了礼貌问题。

这时，一直不停地夹肉吃的农才成又插话了。"听说城市里的肉都是冻的，一冻就是几十年。有人在冻肉堆里还发现有人的巴掌和猪肉捞在一起……"

话没说完，刘洁就突然一阵恶心，急忙搁下碗，边捂嘴边朝屋外奔去。

"臭嘴，出去！"农宝田扬起手上的筷子，大声吼道。

"滚，滚！"农宇也起哄道，"身上臭烘烘的，从来不洗澡。呸！"

农才成并不理会这一老一少的斥责，干脆把碗放到桌上，对农才旺说："哥，拿酒来。没有酒白白杀死一头猪了。"

农才旺说："真是差点忘记喝酒了。"

节选二

现在是1998年春天。

春节刚过，我们就得到一个确切的消息：红河上游的天生桥水电站高坝即将下闸蓄水。这样，我的老家农家寨就将被淹没在库区水下。老家的人们早就得到了有关方面较为妥善的安置，举家举寨离开了村子。然而，可能是由于庞杂的搬迁事务纠缠的缘故，寨上的家人竟然忽略了一件大事：把我曾祖父曾祖母的坟给撂下了。

首先想到这事的是远在台湾的我的七公农兴发，七公的电话内容被我忙于准备婚礼的妹妹给忘掉了。几乎在同一天晚上，我祖父农兴邦也梦见了我的曾祖父农宝田。梦境中，农宝田端坐在红河岸边，嘴上念念有词，神情忧郁。醒来之后，农兴邦立即把我父亲叫醒了。整个夜晚，我们居住在各地的农家人都接收到了我父亲发出的信息：正月十五这天必须把我曾祖父曾祖母的坟迁往新的宝地……

迁坟事宜在我祖父和三公的现场监督之下，终于顺利完成。只是，从老家回来之后，农兴邦就一病不起，虽经多方医治，终于在一个月后撒手向西。悲痛之余，我们决定遵从祖父的遗愿，把他老人家的骨灰送回老家安葬。

农兴邦辞世的消息传到台湾，七公表示一定要回来一趟，一来亲自为我祖父下葬，二来为我曾祖父曾祖母的新坟上香。

如七公第一次回来那样，我和我父亲、我叔农才生又在这个清明时节的日子里回老家去。搭载我们的机船航行在红河上，水库积蓄成的水形成了一个巨大的湖泊，我们的农家寨就在这碧绿的河水下面。

七公站在船首，却无暇观看两岸的湖光山色，两只眼睛盯在了深不可测的水中，似在看穿水底，找回已经淹没的一切。我父亲守在装着我祖父遗骨的皮箱旁边，神情如塑。我和农才生则操持着手里的相机和摄像机，不停地搜寻这人类制造的美景。

其他家人知道我们回家，都聚集在新建的农家寨等候我们。

"我死了以后，你们要把我的骨灰撒在这里。"一直沉默不语的七公突然指着湖水，对我们说。

"我真多余，不该叫你们把我爸我妈妈他们的坟迁走。他们原本是属于红河的，让他们待在湖底多好啊!"七公又说。

这时候，坐在船上的父亲农才昆已经泪如泉涌。只见他默默地打开黑皮箱，拿出我祖父那只精美的骨灰盒，双手捧到船头，又将盒子启开。

我和七公以及农才生都意识到将要发生什么事，急忙聚拢到农才昆身边。

一个红河的葬礼开始了。

| 文学史评论 |

黄佩华是一个以家乡的山区生活为主要写作资源的作家，他善于以现代意识审视生活，将自己对生活的思考融入作品里，他始终隐藏在作品的深处，绝少直露地表达自己的审美理念，而是留下很多的空间，给读者的审美再创作留下充分的余

地。应该说，这是黄佩华小说创作的成功之处。

——李建平等：《广西文学50年》，漓江出版社，2005，第356页

Ⅰ 创作评论 Ⅰ

执着于桂西北的民俗，在乡村农事与人事、民俗与民风的描画与书写中，努力表现一个乡土南方，这是黄佩华多年的艺术追求。

——张燕玲：《这方水土——广西签约作家作品札记》，《南方文坛》2003年第4期

黄佩华最重要的小说主要以驮娘江和红水河为背景，河流成为他小说创作中最为生气勃勃、源远流长的元素。

——黄伟林：《从自然到社会——论黄佩华小说〈红水河三部曲〉》，《民族文学研究》2010年第1期

黄佩华小说之所以具有鲜明的壮族形象建构功能，首要的原因就是他的小说题材都属于壮族题材。具体说，就是作品要写壮族人、壮族历史、壮族文化、壮族习俗、壮族地理、壮族的生产与生活等内容。而黄佩华由于一直坚持以生养过自己的桂西北作为自己小说创作的"根据地"，并围绕着它来设计自己的故事，所以，像腊月二十八杀年猪、备年货、三月三歌节、吊脚楼、牛角风俗、那文化地名与景象、酒文化习俗、招赘习俗等壮族文化习俗，壮族人或者壮族家族，以及喀斯特地貌、红水河、驮娘江等壮族聚居区的地理环境，就都成了他小说必备的"风景"，而且也正是这些"风景"让他的小说题材无可争议地归属于壮族题材，并让他的小说具有了较强的壮族形象建构功能。

——欧宗启：《论黄佩华小说的壮族形象建构功能及其建构经验》，《南方文坛》2018年第6期

❙ 作品点评 ❙

《生生长流》的家族故事主要是发生在红河流域的乡村间，作为乡村叙事，其最特异的地方还是乡土族系生命的自然生存状态，包括每个人来自外界的天灾人祸当中的搏击、挣扎和沉沦，此外就是家族之根同家族之树的似无还有的维系及其式微。似乎作者并未着力于民族风情和异域风光。虽然民族乡土的历史痕迹依然存在，那也许是汉壮文化融合与民族共处的缘故。

　　——马相武:《红河家族叙事与乡村现实主义——评长篇小说〈生生长流〉》,《南
　　　　方文坛》2003年第3期

在《生生长流》中，我们再次感受到他在家族、乡土、文体之间寻找自己艺术世界的努力，尤其是在对家族每一位前辈人物的描写中，那些渗透人物之中的乡土和生存境况给读者再现了一幅幅南方神秘的浮世绘。

　　——张燕玲:《这方水土——广西签约作家作品札记》,《南方文坛》2003年第
　　　　4期

❙ 作者自述 ❙

如果说驮娘江带给我人生的影响是与生俱来的、固有的，那么红河给我的影响却是撞击性的甚至是刺痛性的。红河给了我视觉和神经上的刺激。而驮娘江是细水长流般的源远流长。

是桂西北高地生成了红河和驮娘河，同时接纳和养育了我们家族，使我能够用自己的才情和劳动形成一些可读的文字。我的文字对高地来说可能抵不上一棵树或一块石头，但如果我已或多或少地记叙到了一些有关高地，有关河流，有关那一方水土养育的那一方人事，那么我这辈子就不算白活。我的文字也就不至于成为垃圾了。所以我要感谢河流，感谢它的无私和赐予。

　　——黄佩华:《我的高地情结——兼谈桂西北叙事》,《文艺报》2011年4月20日

石城轶事（节选）

黄德昌

扩建修整后的马鞍山奇石市场开业是在新一年的元旦后、春节前，时间上就带着节庆的彩头。奇石精品馆也同日开馆展出，精品荟萃，蔚为壮观。旅行社十分配合，打着小旗子把一个日本团一个韩国团带来参观，几十张嘴哇啦哇啦说些听不懂的话，就有了国际交流的成分，增色不少。由奇石艺术协会和石商们分头邀请的外地石商、石友来自10多个省区，超过200人。本省的石商、石农、石友更是难计其数。

本次活动的统筹指挥是卢小捷。他对这次活动全过程做了精心安排，各个环节力争锦上添花，避免漏洞失误。果然各方排城区人常委会大主任和苏副市长及来宾为市场开业剪彩，请区长代表区委、政府致辞，最后由市电视台采访区委书记，谈市中区通过打造奇石城发展城区经济和旅游事业的构想。而他本人则像一个办公室主任似的前前后后招呼客人，张罗具体事，十分地谦谨低调。市里常务副市长老苏率工商、园林、旅游、文化、商业各局负责人参加开业仪式，剪彩的规格甚高。恰逢周

作者简介

黄德昌（1953—），广东罗定人，武汉大学在职研究生毕业，经济学硕士，经济师，中国作家协会会员，现任广西桂学研究会副会长。先后当过工人、子弟学校教师、机关干部。历任自治区建委副处长，中共柳州市委副秘书长兼政研室主任、办公室主任，中共广西区委宣传部宣传处处长，广西文联副主席、党组副书记。七十年代后期开始文学创作。已出版中短篇小说集《蒲公英飘落的地方》《广西当代作家丛书·黄德昌卷》，长篇小说《石城轶事》。

作品信息

《石城轶事》，漓江出版社2003年9月第1版。本文节选自第20章。

日，又请了市里少年军乐团在彩石广场上现场演奏，市艺校模特班学生盛装迎宾，整个开业过程称得上是花团锦簇，喜气洋洋。开业那天安排了优惠酬宾拍卖，有本市一批企业单位来看货购石，现场成交超过百万元，开市大吉。北钢的老陈老吕十分够意思，专程赶来参加市场开业，出手不凡，定购了30多万元的观赏石。第二天市里报纸电台电视都做了重点报道，不是一般的市场开业讯息，而是从城市建设、发展旅游业的角度做了深入阐述。省电视台也发了两分半钟的消息。

赵沂生带着韩国旅游团进奇石精品馆观展，待客人散开赏石时，他在门口抓住了卢小捷，拍拍他的肩膀，感叹地说："你小子又露了一回脸，风光无限哪。"

"我既不剪彩也不讲话，电视也不照面，跑跑腿而已，有我什么事？"

"越来越像政客了，深藏不露，实际上无所不在。"

"别说这么难听，荣誉是大家的嘛。"

"我知道你不图虚名要实惠。"

"当然，一个人什么时候也不可能什么都要完啊，祁峰也说了，鱼和熊掌不可兼得。"卢小捷眯着眼朝他看了看，说，"我听说你的文件快下了，你振作点精神吧，以后我们兄弟要互相支持，联手做点事，这于公于私都有利。"

赵沂生被搅动心中五味，心情复杂，打个哈哈，讪讪地转进了奇石馆。

这一阵子赵沂生的情绪连受冲击，起落不定。他没想到与乔远关系的结束是那么一种方式。一个月前，他带一个香港团在桂林游览。进入枯水期的桂林象鼻山景区露出卵石河滩，旅游团的青年男女面对美景欢呼雀跃，散在河滩上选景照相。不一会，又熙熙攘攘地聚成一片，像有什么热闹事。赵沂生担心他的团员与人发生什么争执纠纷，走过去一看，只见在初冬季节里一位青年女子一身轻柔的白衣白裙，手中舞一纱巾，秀发飘飘，赤足在卵石滩上奔走，两台摄影机从不同角度追逐她曲线尽显的曼妙身姿。很滥俗的场景，但画面却十分诱人。观众们有的说拍电影也有的说拍电视，两个色色的香港团员对他连声"靓女靓女"地赞不绝口。赵沂生笑笑，正待要走，那靓女转了一个身展示笑容，他大吃一惊，这靓女竟是乔远！

当天晚上，赵沂生和乔远在漓江边她下榻的文华酒店咖啡座见面。两人默默无语地喝了一杯咖啡。半个月前他给她打电话，接电话的人说她请了长假。当时他就有了预感，此后再没联系上。他努力笑笑，打破了沉默，带点调侃地说："你准备落地了？"

空勤人员流传有一句话，在地面时想上天，上了天又想落地，隐喻改行转业。乔远蹙眉笑笑："我19岁进南航，风里雨里在天上飘了四年，累了。看看宿舍里那张空床，一上飞机我就走神，还怎么干下去？"

杯中的红烛轻轻摇曳着，映照着两张沉郁的脸庞。乔远告诉他，广州一家广告公司的老板同时是公司航空食品供应商，和南航许多空姐都很熟，得知她想"落地"后便动员她签约，一年保证给她拍10条以上商业广告，收入不低于20万。今天在漓江边拍的这条广告是第一条，广告商很满意。

"都拍些什么广告？"

"当然是商业广告，各种生活用品，应该是女性用品比较多吧。"

赵沂生还不熟知她身体的全部，但她的皮肤白皙光洁，五官、头发、脖颈、手、足都有一种精致细腻的美，可以入画，经得起放大和细细观赏。你不能不佩服广告商的眼光。他的思绪跳动着，冒出一句话："他有多大年纪？"

乔远瞥了他一眼，幽幽地说："他是喜欢我。答应让我在广告媒体中脱颖而出。"

一种相去已久深深的忧伤弥漫在赵沂生的心间，他困难地点点头："希望你能成功。"

两人又静静地坐了一会，赵沂生起身告别。乔远端坐不动，她垂着头，轻声说："你，要不要到我房间坐一下？"

红色的烛光映出乔远脸庞清晰的轮廓，显出惊人的美艳，在赵沂生的注视下她鼻息渐重，浑身似有暗香浮动。赵沂生心里深深叹了一口气，克制了自己，说："不了。太晚了。"

乔远仰起脸，目光迷离地看着他，欲言又止，良久，轻声说："沂生，谢谢你送我爸的石头，他很喜欢。"

赵沂生心口像被针扎了一下地痛，他点点头，走了。他回到旅游团人住的酒店还不到11点，直接进了酒廊，点了一支法国蓝带，自斟自饮，直至酒廊小姐下班才摇晃着离去。

听完了赵沂生和乔远的终结故事，卢小捷只是很简洁地说："有缘无分，了断也好。其他的事你就不要操心了。"

奇石市场开业的前两天，组织部找赵沂生做了关于他出任旅行社经理的谈话。当天深夜，石榴从旧金山打来越洋电话。她不谈离婚了，只是对老公冷嘲热讽了一通，最后问这只迷途知返的老鸟愿不愿来美国探亲，什么时候来。

赵沂生感到自己老了，累了。

开业仪式结束后，壶城电视台专题部主任屁虫带着一个扛摄像机的记者，满场转悠找镜头。他看见迎面而来的卢小捷，便一把抓住："老兄，帮帮忙，那个捐资建奇石馆的台商林先生在哪？"

卢小捷感叹一声说："这林先生为人低调，不爱张扬，我没留住他，眼下已带着女朋友回台湾考察赏石艺术了。你可以把他设置的台湾雅石展室拍一下，再采访一下在这里开店的台湾周老板，也很有特色。"

屁虫把他往旁边拉了两步，眯着眼看他："卢同学，听说你已经荣任区委常委兼常务副区长了，升官发财换老婆，你这可是人生快事之首啊，也不请咱们兄弟一杯？"

卢小捷满脸灿烂地说："不是没下文吗，可不能到处传啊。"

屁虫笑了一声，转身离去。卢小捷心里忽然一动，拉住他，盯着看了一会，笑笑说："老兄，是不是你给夏老三抹了眼药？"

屁虫眨巴了一下眼睛，严肃地说："你怎么这么想？领导干部出了事，我也心里难过，可他是咎由自取，与别人何干？"

两人相视一笑，掉头而去。

这当年的小痞子干的活可是不含糊。第二天晚上壶城电视台播出的10分钟新闻专题，就石头说古论今，洋洋洒洒，却条理清晰，重点突出。精美的画面配主播的妙嘴生花，融思想性、知识性、艺术性为一体，导向正确，言之有物，当年在省里还评了一个奖。专题中的人物采访十分成功，除了领导，还有两个人物给人印象很深。一个是周桂雄，以台湾商人的身份，把奇石市场的影响作用说得很到位，以石交友，以石传情，商贸互动，加强两岸同胞往来与加深感情，等等，简直就是一个深明大义的两岸民间大使。而另一位是本市著名的民营企业家，曾经给予了奇石市场建设很多支持，这次又以重金购石，更从装点美丽家园，建设个性化城市的角度来谈打造奇石城的意义。也不知尼虫是怎样启发诱导的，这些采访都成了专题的亮点，区市领导都很满意。区委书记看了这个新闻后对卢小捷感慨说："不能老观念啊，我看不论大陆台湾，有的个体户和民营企业家比我们一些领导干部的水平还高。"

眼下卢小捷的精神状态可以用"春风得意马蹄疾"来形容。好事来得多，来得频。他任区委常委的组织部文件已经宣布。区委书记和他谈了常委会工作的一些要求，而区长则给他交代了常务副区长的具体分工。从区长里排名第五的末位一跃为政府第二把手，他并不喜形于色，他瞄准的是一年零两个月后的城区换届，现任区长届时五十有五了。但他也知道，像一首歌唱的那样，樱桃好吃树难栽，为官不易，升迁更难哪。与组织部这个任职文件一起到达的还有市政府关于成立壶城国际奇石节筹委会的通知。筹委会规格很高，尹怀庭副省长和市委书记担任顾问，市长亲任主任，筹委会成员一串，市政府秘书长为筹委会办公室主任，园林、文化、旅游局一把手和卢小捷为办公室副主任。通知上列出卢小捷的现职是市中区委常委、常务副区长。各部门参加筹委会的领导都是正职，只有卢小捷例外。

这又给人提供了想象的空间。奇石节时间初定在次年三四月间。

尹怀庭的批评或叫作建议对壶城打造奇石城和办奇石节有很大影响。尹怀庭在表扬了市中区开发奇石产业，促进三产发展之后，也曾在餐桌上问壶城市的领导："你们是要打造一个有特色的中国奇石城呢，还是搞搞壶城的一个城区？现在只是一个城区在动，小打小闹成不了气候，如果没有一个整体规划，没有一个目标和相应措施，那就没什么意思了。"市长当即表态，壶城当然是打造奇石城，而且是有影响有地位的中国奇石城，市中区先行一步，也是探索经验、以点带面的意思。为了支持他们，我们常务副市长老苏还专门拨了地又批了50万给他们搞奇石馆嘛。下一步就是要好好研究拿出规划方案；还要选好一个切入点或是突破口。尹怀庭说："你们可以考虑在适当的时候办一个奇石节，荟萃天下奇石、名石，通达五洲四海，展示赏石艺术的风采，以石会友，石头搭台，经贸唱戏嘛。当然，现在不少地方办节滥了一些，已经办到辣椒节、油菜花节、糍粑节了，那能闹出什么名堂？但赏石艺术不同，源远流长，至少有两千多年历史，甚至可以追溯到七八千年前的新石器时代。壶城是两千多年历史的文化名城，但现在是以工业重镇著名，要不断增加、丰富它的文化内涵，让这个城市更有特色更美丽。这方面你们那个年轻区长就蛮有想法。我管城建旅游，说话不离本行，不合适你们就别听。"市委书记就笑着说："尹副省长您别用这种方式批评我们啊。您这个办节的意见确实把我们点醒了，这还真是个好路子。只是有一条，领导干部要带头务实，不能袖手旁观，我们办奇石节，您得给我们当顾问，当成您的点，给我们具体指导。"尹怀庭表示，省里有关部门可以参与一下。

这些都是市政府一位秘书后来悄悄转告卢小捷的。

楼下响了两声清脆的汽车喇叭声，卢小捷往窗外伸了伸头，看见一台铁灰色的本田雅阁停在下面，他打了个怔，才想起是自己的车到了。这台车原来是常务副区长老马坐的，老马调走后，车子就停在车库里。昨天上午宣布了他的任职，今天早上车子便出了库。这台车的性能、舒适度比桑塔纳强许多，乘坐者的身份感觉也不一样。今天下午他要赶去省城见田力，车子提前来接他回家。

田力一星期前就打电话约他到省城一趟，并请他选块好石头，准备送给重要人士。田力已提为政府办公厅的秘书处处长，仍兼尹怀庭的秘书，前景很好。本来他接了电话就想走，可奇石市场开业在即走不开，另外北钢购石还有个尾巴没了结。昨天下午，祁峰到家里找他来了，把一个不起眼的手提包交给他，告诉他15万，少了点，但不好加了。他当时就有些不好意思，祁峰给北钢提供的石头不论是数量还是质量，都让对方很满意，而致雅公司承接的市中区园林小品项目，上上下下也都说好。这些都给他挣了脸，他能理直气壮地说话。他忽然想起了祁峰暗示的鱼和熊掌之说，心中翻腾了一下，下决心做了一个决定，把5万块钱退给祁峰，说："那边我给他们10万块就算了，这次做石头你也赚得不多。以后嘛，我要些石头作礼品，不好处理的，你就帮帮我，行不行？"

祁峰有些意外，似乎又有些理解，笑笑说："当然没问题。别让钱这东西成了负担，要不这官当得心里不踏实。有什么事要办，找我就行。"

在省城，卢小捷把他那个经济管理硕士班的同学请了一桌，这些人里有好几个是他刚上任时支持过他的同学处长，现在再次同学，感情又加深了一步。这大半年里同学中也有人有了变化，计委和商业厅的同学已由副处长提升为处长。彼此相聚，又有不少新感觉，都显得稳重深沉了些。这顿酒喝得很畅快，临别时同学们互道珍重，因为已临近春节，大家又提前致新年祝词，互勉来年有新的收获。

送走这一桌同学后，卢小捷立即驱车直奔田力家。田力住省政府宿舍大院，院子里几十栋楼房，有绿树草坪间隔，环境不错。田力家住三楼，二室一厅，是老式的水泥预制板墙的房子，隔音隔热的质量不大好。听说准备建处长楼了，正在筹资。田力在家里等着，一听见按门铃就开了门，把他和司机迎进来。司机放下那块几十斤重的彩陶石便下楼了。田力给卢小捷让座，沏上茶，说："我老婆孩子今天回娘家还没回来，屋里清静好多。"

卢小捷会意，点点头，说："这个你收好。"他把装有10万元现金的手提袋放在靠田力脚边的茶几旁，问："那些石头北钢方面还满意吧？我真担心办不好误你的事呢。"

"满意。连尹副省长都知道了，说你办事放心。"

"全靠你老兄关照。"卢小捷不再谈这个话题，手抚摸了一下茶几上那块石头，问："你看这块石头怎么样？"

这块石头是灰白深黄的复色彩陶石，手感润泽，石质玉化度较高，底座也做得很精致，全托底的红木座，雕出层层水纹。

田力端详了一番，说："感觉不错。正面看像山峰矗立，侧面看像一只船，黄色这部分就有点像船帆。"

卢小捷轻轻击了一下茶几，笑着说："眼力不错。它有个名叫'一帆风顺'，又叫'宝船'，顺风顺水一船黄金哪！"

田力又看了看，笑说："好意头，还真有那么个意思。邵处长肯定喜欢。你们的石头算出了名了，电视里一播，省城里也到处说石头。说是富爱牡丹贵爱石，现在不是洛阳纸贵，而是省城石贵了。时下说居无石不雅，是品位象征，石来运转，邵处长搬家正应了彩头。这块石头价值多少？"

"看看是谁买了，要炒作可以上万，实价总在五千上下吧。"

"明天我和你去见一下邵处长。邵处长这个处的工作在地市领导里很有影响力。"田力摩挲着石头，推心置腹地说，"兄弟，不能光埋头拉车，不抬头看路啊。处级干部全省一两万，不进入视野，也就是流大汗出死力的份。"

卢小捷两眼发亮，连连点头。

夜晚的奇石市场出奇的寂静。别的市场大多开夜市，但奇石的形色纹质均不宜夜间观赏，日落之后市场便人去场空。新市场中的致雅奇石堂的灯光却一直亮着，直到满城灯火闪烁才渐次熄灭。祁峰让两个加班的工人收拾好工具清理完场地后先回家，自己又对着清洗干净配好底座的两方石头反复观赏一番，觉得满意了才锁门离去。这两件石头是卢小捷交代准备的，市长出访韩国的礼品。两件石头都是产于壶城三江的名石，黄蜡石形似兽头，纹理若老树盘根，颜色橙黄腻透，蜡脂透红，显得温馨富贵。另一件碧玉卵石又称三江彩卵，呈椭圆形，灰黄色的底子，橘黄、碧绿、深紫、墨黑相间，色泽缤纷斑斓，十分华丽夺目。韩国人爱石者众，而市长重点会晤的这位电器工业大亨听说更是痴迷此道，于是便有人提示市长有备而去，投其所好。这两件石头是由市中区金发公司作价1万元收购，提供给市长的，虽说价格不菲，但祁峰心里还是恋恋不舍。天然观赏石资源属不可再生资源，不能通过加工、合成产生，每一件都是唯一。外人很难理解藏石人复杂的心态。

晚饭是和工人一起在店里吃的盒饭，肚子还不饿。祁峰独自一人信步走到市场外的彩石广场，在广场中间那块名为"卧虎藏龙"的水冲石前，点燃一支烟，看着月光下峥嵘不羁的巨石，思绪也无拘无束地跳动着。

陆馨和林雨轩从台北打来电话，说台湾石界对大陆奇石很感兴趣，尤其是壶城作为奇石荟萃的中国观赏石集散地在台北影响很大。建议祁峰来台办一个个人展，林雨轩将提供各方面的资助。可以先请祁峰到台湾考察一下赏石艺术。他知道他们是一片诚意，但他还没有考虑好。他们感激一个由他促动催化的机缘，但是他觉得许多人，许多事，相识相知就可以了，朋友在，友情也在，如同清风明月，不必刻意记住，甚至可以相忘于江湖。

陆馨和他通话时，声音哽哽地告诉他，她在花莲看到了父亲曾经收藏的那一方灵璧石，也算知道了踪迹。

在台湾，林雨轩和他的小表妹阿兰陪陆馨到了东部的花莲。这表妹是舅舅的小女儿，台湾辅仁大学读文化传播专业的，十分活泼健谈，说起话来无拘无束，自来熟，大家一起很开心。

花莲县是到台湾观光的游客都想来看看的地方。这里有台湾最著名的太鲁阁峡，70多公里的峡谷沿线有陡崖、山洞、瀑布、温泉等风景游览点，还有高山族、泰雅族等少数民族的寺庙、亭塔、旅舍、新村等，自然景观与民俗风情交融，十分吸引人。对于钟情赏石艺术的人来说，还有另一层吸引力。这里是台湾赏石艺术的重要发源地，是台湾赏石宝库。峡谷里有多种岩石地貌，其中的大理岩峭壁摩天耸立，岩层如云叠雾绕而成，恍若仙境，极为壮观。花莲港七星潭里出的花莲星潭石闻名于世，是台湾观赏石中的翘楚。而这里出产的玫瑰石、图案石、台湾玉已经成为旅游纪念品，不少已随游客流出岛外了。

在花莲他们住了两天。第二天下午看了吉安乡的里漏独木舟，回到酒店还早。林雨轩便带她们一起去看"三县名人名石展"。台东、花莲、宜兰三县是台湾赏石的发祥地，品石藏石风盛，石界活动频频。

但看这个石展，让陆馨受到了极大的刺激。

在花莲县一个藏石名家的展台前，陆馨忽然脸色发白，似乎身体极度不适，难以支撑的样子。林雨轩和阿兰都很惊诧，但陆馨说没什么，只是累了，头有些昏，于是大家草草看了一遍就回酒店休息了。

待到大家各自回到房间小休时，陆馨又一个人匆匆出门重新来到石展所在的石艺馆。

她在刚才驻足的展台前，默默地注视着那块萦绕不去的梦中石头，神情恍惚。多么熟悉啊，黝黑润泽的石体曾布满她的手印，美丽神奇的纹络让她反复解读，意境深奥的石形使她浮想联翩，还有古朴笨拙的酸枝木底座，也依然如故。只是物是人非，换了主人，她不能随意伸手轻叩，聆听那悦耳的音韵。这就是父亲一生的至爱啊！想着父亲一生清贫孤傲，别无所求，连这么一块祖传的奇石也没能留在身边，以至于困倒病榻，陆馨不禁潸然泪下。

林雨轩和阿兰不知什么时候站在她的两旁。阿兰担心地扶着她，把纸巾递给她，轻声说："姐姐，你不要紧吧？"

陆馨摇摇头，对他们说："我们回酒店吧。我有点累了。"

林雨轩看着她的眼睛，问："这就是你爸爸收藏的那块灵璧石？"

陆馨轻轻地点了一下头，说："走吧。知道它依然好好的，还是被人珍爱，就够了。"

林雨轩深深凝视了一下石头，宽慰地说："你这么想就好了。你要是难过，我们大家都不开心。"

后来，在台湾的行程仍按计划进行，陆馨心情也渐渐开朗了。回到台北后，林雨轩又专门和她一起去看了文山区那一块地，和她说了庭园设计的想法，陆馨觉得这个立意非常好。两人兴致勃勃，流连忘返，直到暮霭四合才回到市区。

这些都是陆馨回到壶城后告诉祁峰的。而当时，祁峰想不仅是人与人，人与石有时也要相忘于江湖啊。

今晚的月亮很圆，清冷的月光洒在身旁的巨石上，这石头铜浇铁铸般闪闪发亮。这尊"卧虎藏龙"巨石是祁峰捐赠的。他伸手抚摸着巨石，心里感到很平静，觉得你发现了美，发掘了美，展示了美，这是最重要的。也许，它的归属不那么重要？

祁峰第二天打电话给朱仔，让他把租用采石船的合同续签到4月份，汛期到来前都要继续捞石作业。现在同一河段上出现了五艘采石船，其中就有台湾人周桂雄承租的一条船。照这样的速度，大规模的捞石不会持续很久了。实际上一些著名的产石河段如鹤山的十五滩一带，深水里也已经很难捞到像样的石头了。在出让了两块珍藏品黄蜡石、彩卵石给市长作出访礼品后，他决定春节前出门走一趟，沿浔江而下，采集黄蜡石和彩卵石精品。

可是，当他去邀约蔡广进等人同行时，竟无人响应，毕竟离过年不到20天了。但他有一种急切上路的冲动，以他的经验，这往往是收获的前兆。

他遇上了一个意想不到的同行者。

那天老蔡在店门口开了一桌麻将，几个摊主鏖战正酣，柳叶坐在老蔡身旁续水、看牌，有红袖添香之感。老蔡把牌甩得叭叭响，说："钱哪里赚得完？这阵子开业忙得头发昏，好好歇一下过个年吧。"

旁边一个看石头的中年男子盘桓已久，看看他们，欲言又止。

蔡广进鄙夷地瞟了他一眼，揶揄地说："这位先生看了蛮久，有没有喜欢的？舍得买的话给你打个折。"

中年男子脸色一沉，继而嘿嘿一笑，放下手上拿的石头，出门而去。

祁峰正奇怪老蔡如此不敬顾客，老蔡却大咧咧地说："这就是市中区那个嫖客书记，不是什么好鸟，听说他还反对搞奇石市场。转半天了，光看不买，是不是想我送他啊，他还以为自己是书记？"

祁峰觉得老蔡刻薄了点，也没说什么，回了自己的店。大约半小时后，那男子走到了致雅奇石堂门前，祁峰已知道他是夏伟才了，仍很客气地招呼："这位先生请随便看看吧。"

夏伟才进了店，巡看了一番货架上的石头，掂起一块标价500元的水冲石，似看非看地问："祁老板生意不错吧？"

祁峰笑笑。"你要是喜欢，就给个价吧。"他本想说你喜欢就送给你吧，但又怕这位前区委书记面子过不去。

"我见过你，也听说过你，知道你是卢小捷卢区长的同学。听说过我这个下台干部吧？"

祁峰点点头，平静地说："铁打的衙门流水的官，上下去留应该说也是平常事。你这么说，可见也不是太在乎的。"

夏伟才深深瞥了他一眼，笑笑说："祁老板果然是高人哪。听说祁老板要出门采石，能不能收个徒弟？"

"不敢当，不敢当。"祁峰颇感意外，想了想，说，"其实采石是很苦的事，上山下河更有三分险。再说，我这次出门总要十天半个月。"

"我现在最多的是时间。以前这个时候很忙，现在正相反。"

"你又不是像我们做这一行的，生来吃苦的命，你可以另找个时间出门，轻松点。"

"你怎么知道我以后不会开个店卖石头？"夏伟才笑笑，说，"不过这次不会，我给你打下手，学点东西，可以吗？"

祁峰觉得难以拒绝了。

┃ 创作评论 ┃

坚持从生活出发，表现生活，讴歌生活，思考生活，仿佛是他矢志不移的选择。在他的小说里，从学校写到建筑工地，写到城市、写到机关，他笔下的人物，无论是学生、教师、建筑行业的工人、技术人员，无论是机关职员、电大学生、普通市民等等，所有这些，都是与他自己的人生旅程和生活阅历息息相关，小说里的人物活动的舞台很多就是他自己安身立命的生存环境。甚至在某些人物的性格和命运里，就直接揉进了他自己的人生际遇和生命体验。

——蒋锡元：《面对生活的真诚——评黄德昌小说集〈蒲公英飘落的地方〉》，《南方文坛》1993年第4期

Ⅰ **作品点评** Ⅰ

　　《石城轶事》这部作品，既然名为"轶事"，就表明它的重点不在讲述精彩故事，而在于展示一种生存状态。在这部作品中，以石文化为代表的当代文化已成为一种杂烩，政治、经济等种种质素统统参与进来，文化失去了自身的独立性与纯洁度，呈现出斑斓、芜杂的色彩。作品虽有类似"大团圆"的完满结局，但我们仍能隐约感到作者对文化的焦虑及对其理想生存状态的憧憬。

　　——吴大为:《"轶事"：文化观照下的一种本真的现实——读黄德昌先生的〈石城轶事〉》,《南方文坛》2004年第6期

一本正经（节选）

黄咏梅

刚分到这个单位，就有人告诉我关于李平的故事，在我还没有看到她就已经不止一次地想象她的样子了。这个独身女人，从那个年月少有地一直坚持到50岁，被猜忌、目光、流言钉成了标本，岁月至今没有放过她，以至于我在第一眼看到她时就有一种强烈的感伤。

那一天在电梯里。我先进去，然后一个女人再进去，电梯里就膨胀了，电梯在大楼每一个骨头关节里哐哐地响着，我瞥一眼挂在她胸口的门卡，李平。就是这个传说中的女人。门卡在她的胸部，被顶得翘了起来，这个50岁的女人，还有着令人刮目的少女的胸脯。李平穿着一条碎花无袖连衣裙，人很白。头发梳得光溜溜的，在后边很顺地挽了个髻，看得出有多年的功底了，这个发髻纯熟得可以左顾右盼，臂膀不算太圆，锁骨不是太突，V字的领口深挖下去，就是遐想的余地了，腰部还是正常的圆润，花裙妥帖的效果使她的小腹极为风情，随着呼吸好像在说话，只有胸部以上修长的脖子，才

作者简介

黄咏梅（1974—），曾用笔名草暖，广西梧州人，毕业于广西师范大学中文系，曾供职于广州《羊城晚报》。10岁开始写诗，出版诗集《寻找青鸟》《少女的憧憬》等，有"少女诗人""校园作家"之称。著有小说集《少爷威威》《走甜》，长篇小说《一本正经》等。其小说《负一层》《单双》分别进入2005年和2006年"中国小说学会年度小说排行榜"，《病鱼》获得2018年3月第五届汪曾祺文学奖。《父亲的后视镜》获第七届鲁迅文学奖短篇小说奖。

作品信息

《一本正经》，原载《钟山》（长篇小说增刊）2004年A卷"新锐女作家专号"，凤凰出版社2010年7月出版。本文节选自第2章。

看出了岁月的端倪，但也是被李平识相地用一根淡绿丝巾隐瞒了一些，脸是略微长的尖脸，下巴是兜出来的那种美人下巴，五官却不是特别美丽，但凑在一起还算是不错，皱纹是不可避免的，已经是很努力地在抗拒必然性了。

闻着这个传奇女人淡淡的香水，我就有一种伤感，这个女人真的不容易，到现在还那么努力，在别人不容遗忘的话题里，经过一番挣扎过后，索性尽量地配合，尽量地抗拒那种宿命的预言，表白自己独身的生活质量。每当我一丝不挂地在我的房间里走来走去的时候，我就深有体会，女人在外边，在别人的目光里挺着很体面的时候，是付出了多少代价。像婴孩一样赤条条的时候，再复杂的女人也是可以那么纯洁的。

那次在电梯里，我居然像一个男人一样，站在李平的身边，就想象她在她的单身公寓里，赤条条的样子。

原来这个传奇的女人身上真的有一种魔力，她一下子就能引人浮想联翩，无论是男人还是女人。难怪，谁也没有放过她，这么多年做一个特立独行的人，这种行为艺术比起现在很多标榜行为艺术的伪艺术要来得真诚和深刻得多。

如果需要一面镜子，照向未来，我但愿镜子里出现李平。实际上我成不了那样的女人。照我这样无节无制地生活，到了那个岁数，也许早就跟这个物质世界说再见了，或者就干脆成为一个肥胖的因更年期满脸潮红的女人，没有人再会把这样的女人当女人了。如果没有人把我当女人，会怎么样？我喜欢当女人，尤其在今天。

李平在我们单位里，有多个版本的故事。

故事之一：

我出生的那个年月，李平曾经被一个男演员喜欢，那个演员是一个演样板戏出身的红人，穿着军装，腰上系一根皮带，很抖擞的正派角色。在粤北搞"四清"的时候，文工团巡回演出，李平在房东家跟男演员睡了，后来男演员跟随一个看中他的中央高干的女儿到了上海，李平在房东家一直等待男演员演出回来。后来男演员在上海演出，红了，又到北京演。那时李平才知道他已经不会再回来了。李平是最后一个回广州的知青，搞"三同"的时候成为最刻苦的典范，回来后被分配到我们这个单位，到今天一直没有出嫁，说不上是等谁吧，只是对男人有了仇恨。几十年来，也跟男人同居过，一碰到要提出结婚的，马上就把他踢下床，把门关严。这个故事里的李平，是一个痛恨男人、以玩弄男人为乐的风流女人。

故事之二：

在我还没有出生的时候，李平就是个摩登少女，17岁时，就敢穿很鲜艳的上衣加肥大的绿军裤，遮掩不住的青春在那个压抑的时代，把正襟危坐的高中老师勾引得下了讲台，在一次课外活动的借口下，40岁的老师在批改作业的办公桌上留下了她的第一次"落红"，跟那些打钩打叉的红墨水混淆在一起。李平跟了这个老师一年多，不小心怀上了，老师把18岁的李平带到了一个地下诊所门口，给了她100块，她自己进去把孩子做了。后来老师就不敢了，用纸包着这把燃成了灰的火，像李平那个不成形的弃婴一样弃掉了。李平把这个非处女的秘密当成了谈婚论嫁的恐惧，守着不是玉的身，直到30出头，才用另外一个男人的身体把这个桎梏卸掉，然而那个男人当晚也就只当她是工具了。因为知道了她是曾经被用过的，他也只能用一用，是不能珍藏的。最后，李平想，让别人用，不如用别人，据说她用了几个，都是还不错的，在本市里颇有些影响的人物。

故事之三：

李平在年轻的时候，很是正经地谈过一次恋爱，在珠江边的沙面，有人就曾经看到她跟个很般配的男人一起散步，后来，也正常地结婚了，结果不到一年，李平做出了在那个年月很严重的一个决定——离婚，原因是感情破裂，后来听她的亲戚说，那个男人根本是个性无能，从来没有碰过李平。因为房事的不和谐而离婚，在那个时候，真是个荒唐事情，大多女人在那个时代得不到应有的快乐，只能认命，根本不敢主动提出来，要不非落得个淫荡的口碑。果然，那个因为性无能离婚的丈夫，到处传播李平在床上的贪婪和凶悍，弄得好长一段时间男人都对李平侧目，大概心里也在幻想着李平在床上的样子吧，李平却照样穿得大胆时髦，让别人看，让别人幻想。传言里她跟的那些男人，现在大概都是厅级以上的官儿。看得出来，李平的格调一直保持在那里，就像保持着自己的身段和衣着品味一样。是明摆了宁缺毋滥的态度，是明摆了独身也要寻欢的做派。

这些故事是比较完整的版本，而且还传得有根有据。至于其他的一些零碎的插曲，鸡毛蒜皮也都是听出有嫉妒、中伤的成分在里边的，大概不太可信。李平在我们单位，很是有一些地位，虽然没什么职位，却让每一届任职的领导另眼相看，也许是一个独身女人的美丽和所拥有的给男人的想象的机会，也许是她所跟过的那些高官的辐射，又也许是这个高傲的女人给人一种无形的敬畏吧，单位里的起起落落，李平都是高枕无忧。说实话，李平的业务并不是太精，花在工作的心思也不是太多，绝对不是工作上的女强人，但是，却能把工作把玩在手心，属于她的那一份，一直不会少，别人也抢不到，她自己也量力地不去碰触权限以外的东西。一句话，李平在这个大的国营单位里边，就是能够几十年躲在小楼成一统。

我接近李平是从一条黑色的旗袍开始的。

一个夏天的午后，我一个部门一个部门地去派文件。

当我拿着文件走进李平所在的办公室，我就被那些窗台上的花花草草吸引了，都是些很袖珍的盆栽，在夏天的空调里，显得那么精致优雅，那么有情趣，它们的主人，那个传说中的女人，一定把一天不少的精力都洒在了它们身上，大概独身女人的时间，是最廉价的吧。

我在办公桌上没有找到它们的女主人，正在犹豫是要把文件直接摆在桌上还是待会再来，我却发现了在那些窗台边，有一个小小的廊，被几个高高的文件柜围着，我转进去就看到一张躺椅上，睡着一个女人，那个女人戴着黑色的眼罩，穿着一袭铁红色的连身裙，白皙的胳膊交叉着放在小腹上，那么安祥地睡着，窗台上的草，比较长一些的蔓直接探下来，差点就碰到了那张眼罩下宁静的脸。她睡得那么自在，完全像是在自家的阳台上休憩一样。我看一看表，快三点了，下午上班的时间已经过了快半个小时。我就坐在靠近那些文件柜的椅子上，肆无忌惮地从上到下看她，这个躺着的女人，是让人心跳的，那道曲线，凸的凹的，动的静的，那一袭铁红的旗袍，恰到好处地包容着这个女人数十年的生活，也遮掩着这个女人数十年的背后的故事。基本上，我就是在那一刻断言，那些流传在我耳朵里的几个版本的故事，都不是真的，就像那一袭铁红色的旗袍一样，仅仅是一种遮蔽而已，是一些技巧，做工很精细的褶皱，隐藏着那些难以看到的秘密。因为，这个女人的身体，明显地，有一种期盼的活力在上下游走，是这个年纪心如止水的女人所无法保留的一种期盼。大约十分钟，眼前的身体动了一下，我想，她大概要醒来了，急忙站起来，轻轻地走到她的办公桌，把文件轻轻地放在上面，同时，我看到了李平放在桌面相架上的一张单人照，是在海边，含情脉脉羞涩的样子，眼睛透露着一种信息：镜头后边的那双眼睛是赏识和鼓励的，是爱慕的。

当我离开这个快醒来的女人，我的心里居然有一种渴望，我渴望亲近她，渴望她能让我进入她的生活。

下班的时候，我竟然一个人跑到天河城，去寻找一条旗袍。

凭着我的敏感，我一眼就能看出李平穿的那条铁红的旗袍，是那个叫立正的品牌店的手笔，这个店，长期做中式的衣裙，用色纯正，线条特别体贴女人，该藏的自觉帮女人们藏起来，该露的也帮女人自觉地露出来。像我这样的年龄，还不应该到立正这个名店买衣服，立正的衣服在我身上，是过早的成熟，是矫情。可是，当我找到立正在天河城的分店，当我真的找到那袭铁红的旗袍的时候，我还是忍不住让小姐给我试穿。站在穿衣镜前，我几乎认不出那个女人，虽然还是梳着一根高高的马尾，虽然还是一脸青涩的表情，可是我的胸部和臀部，在那面镜子前，被照出了渴望来。

"小姐穿上这旗袍，跟刚才进来的时候简直没得比。"

那个穿着黑色长裙的小姐，一个劲地要我在镜子前转。

其他的也是统一穿着黑色长裙的服务小姐都趋过来了，像一群黑色的精灵，让我有瞬间的迷惑，我跑进森林，我成了公主，迷路了，那些精灵在我的眼前晃动，于是，我飞了起来。等到我恢复意识的时候，那些黑色的精灵们在扯我的裙摆，在握我的腰部，在翻我脖子上的领子。

"你那么年轻，又那么白，穿黑色比铁红好看。"我听到那个刚开始给我试衣的小姐说。

铁红，是属于李平的颜色的。深沉而又不服气。

小姐很快拿了一条款式一模一样的黑色的递给我，极力要我试。

我在试衣间，脱下那条铁红色的时候，里边一面镜子照着只剩下了胸罩和内裤的我，我忽然很骄傲了起来，我的胸中荡满了对生活的憧憬，商店里传来轻轻的布鲁斯音乐，流年似水的味道，让我有了一种紧迫感，我赶紧把黑色的旗袍穿在身上，那些烦琐的盘花扣子让我心跳不止，我竟然扣不上那几颗斜斜地从我的脖子排列到胸部和肋骨边的扣子，我觉得要是再继续待在试衣间就马上会窒息了。我顾不上礼貌，用手护着裙子的上部冲出了试衣间。

"小姐，帮我扣一下。"

那个候在门外的黑裙小姐，很温柔地帮我一粒粒地扣上了扣子，把我摆在极大的穿衣镜前。

我成了黑色的李平。黑色的年轻的李平。真的，我穿黑色比铁红色好很多。

"穿黑色显得年轻多了。"黑裙小姐赞赏地说。

"黑色不会显老吗?"我故意挣扎着。

"老人穿黑色才显老，老人反而不能穿黑色。年轻人穿黑色，有味道。"

800块钱，我买了一条与李平款式一样的旗袍，不过我买的是黑色，那种李平不敢穿的颜色。

我首先把这件黑色旗袍穿到了袁林的跟前。那个时候袁林正好从江西来看我，住在我的单身宿舍里。我记得袁林当时的眼里就闪现着异样的光芒，跟地铁里那些好色的男人的眼光没有什么区别。

"夕，你越来越有味道了。"袁林从我的背后抱住我。

"不是上个月才来看过我吗?"我暗暗自豪着。

"我喜欢看你穿黑色的旗袍。"袁林的呼吸在我的耳根搔痒。

"那你是说我以前的衣服都不好看咯?"我半撒娇地质问他。

"不是，你穿什么都好看，但我更喜欢看你这个样子。"

语言实际上是很无聊的，袁林的手开始走进熟悉的地方。我的盘花扣那么艰难地诱惑着他，脖子上的，肩膀上的，乳房边的，肋骨边的，每一颗都捍卫着我的身体，但是，以袁林跟我从读研时起谈恋爱的三年多的经验，他不但没有读出一些阻碍的力量，反而闻到了我欲拒还迎的鼓励。他像一只猫，探索着一块难啃的骨头，饶有兴趣的样子，最后，他放弃了脱扣子的工作，他直接撩起了我的裙子，直接到那个我们彼此都熟悉和依恋的地方。

忽然，我的半睁的眼睛里闪出了一个女人的影子，是李平的。她一闪而过，止住了我的冲动。我就是李平了，袁林变成了别的男人。

我禁止了袁林的动作。在那张乳白色的布艺沙发上坐着一个女人，穿着铁红色的旗袍，一双手一粒一粒地脱着那几颗盘花扣子，白色的肉体一点一点被揭露着。

"夕，你怎么了？"刚从江西坐了一夜火车来看我的袁林，此刻是那么受挫和疲惫。

"我不想，现在不想。"

袁林不可思议地看着我。

我到广州工作的近一年里，袁林每个月都会从江西过来看我，每次一进屋，我们什么都不干，就是做爱，彼此撕着彼此的衣服，像是把分别的压抑都撕剥掉，把各自在不同城市的寂寞都撕剥掉，像一场战斗，直到彼此找到了彼此的快乐，彼此知道了生命的真实，才平息下来，才开始慰问彼此的近况。没有什么比那样更富有表现力的，我精心穿的这袭旗袍也罢，我精心喷洒的香水也罢，都显得那么没有深度。

"我，我只是不想把新旗袍弄皱了。"

我没有理由拒绝袁林认为绝对正当的要求。三年来，我是他的女人。

我换上了我的白棉睡衣，头发清汤挂面地垂了下来，我又变成了我。

窗外照旧能听到内环路上永不停歇的车流声。每当躺在他的肩膀上，我都会对袁林抱怨这些车的声音，它们让我变得很烦躁，对生活很不耐烦。

袁林总是说，等一等，等我把我那边的生意结束了，就过来买房子。

我终于保住了黑旗袍平整地出现在李平的眼前。我那天穿上它，把马尾放了下来，斜斜地搭在肩膀上，还在上边系了朵墨绿色的小花。

我专门跑到李平办公室附近的茶水间倒纯净水，我对其他人撒谎说，我们那边的水没了，送水的还没有到。就这样我终于看到了李平，她也看到了我，不出我的意料，她的目光停留在了我的旗袍上，尤其那几颗最有特点的盘花扣子，正在向她宣布这是立正的设计。我在她的目光里，不由得挺起了胸，袁林说我的那个活力乱窜的胸，在李平的审视下，居然有几秒钟的自卑。

"平姐，打水啊？"

我不知什么时候想起一个最妥当的称呼。

"哎。"李平把目光收了回来，看到了我的眼睛，"你是新来的？"

"来了快一年了，我在企划科。"

"难怪，没怎么见过你，在11楼吧？"

"是啊，我早听说您了，只是没有机会向您学习。"我一向乖巧。

李平笑了笑，俯身按矿泉水的键，随即水就在罐里冒泡泡，咕咕地响着。今天李平穿的是一件肉色的针织短袖衣，一字领，看不到胸脯却让人看到了肩，那么圆润的肩。做女人真的有学问，我突然想起袁林会满足地躺我身边长叹一口气说，啊，好女人是一所学校。

那么像李平这样被人一贯认为是坏女人的人，是什么呢？是一所监狱？

李平打满了杯里的水，要走了。"身上的裙子真好看！"

我愣了愣，羞涩地看了看自己，她并没有提她那条铁红的旗袍，她也不知道，在那个午睡的时候，她曾被我那样放肆地打量着，她更不知道，我的这身衣服是向她的一种挑衅。

"我叫陈夕，以后可以找你聊天吗？"我追上几步问。一股我从来没有闻过的香味从她的鬓边溢出来，我像个男人一样，闻到了腥。

"好啊。"李平停了停，"我也有你身上的裙子，不过颜色不一样。"

这我太知道了，铁红色，那个小姐说是老人穿的颜色。我暗暗偷笑。

……生于70年代的黄咏梅与她的同代女作家有所不同，这种不同主要表现在这样三个方面：一是她没有把目光锁定于女性私生活，而是将目光投向了一个需要人们关注的城市草根市民的生活，体现了一个作家的人文情怀；二是她的小说具有浓郁的粤文化风味，与她生长的地域环境有深刻的联系；三是她的小说既有中国传统乡土文学的情景诗意又有现代小说的内心探究，体现了将传统与现代熔为一炉的努力。

——刘硕良主编《广西现代文化史》(第三卷)，广西师范大学出版社，2016，第40—41页

Ⅰ 创作评论 Ⅰ

黄咏梅的笔以岭南西江为墨，游走在岭南人灵魂与世俗生活间，在迷幻城市迷幻的生活中，敏感捕捉和展现现代都市人的日常生活和精神流变，尤其遮蔽在日常生活中的人物特别是女性的心灵之光，颇具风骨。

——张燕玲：《岭南送远香——论广东青年女作家》，《文学报》2007年5月31日第3版

黄咏梅笔下的七十年代出生人，在某种程度上成为历史转型的一个标志或象征。与把七十年代出生人仅仅写成时尚人生不同，黄咏梅笔下的人物有着别样的分量。这分量表现在她们面对新时代生活时欣然与痛苦的交织。她们／他们的思想与时代一起有过痛苦的转型，她们是带着痛苦走进新时代生活的一代。

——程文超：《挑战时尚的时尚书写——我读黄咏梅的小说》，《南方文坛》2003年第2期

她的所有小说，都是将叙事空间不断地推向都市生活的底层，推向日常生活的

各种缝隙之中，并从中打开种种微妙而又丰富的人性世界，建立起自己特殊的精神想象和审美趣味。小说虽然叙述的都是那些柔弱的人，卑微的人，沉默的人，他们被强悍的都市秩序遮蔽得严严实实，以至于常常成为一种被忽略的存在。但是，黄咏梅却从他们的精神深处，缓缓地打开了许多细腻又丰实的心灵镜像，并让我们于蓦然回首之间，看到了作者的某种悲悯情怀。

　　——洪治纲：《卑微而丰实的心灵镜像——黄咏梅小说论》，《文学界》2005年

　　第10期

与同时代许多作家一样，她有着极其强烈的现实感和当代感，用一种似乎轻盈飘忽而实际上滞重黏稠的文字展示出时代转型过程中的碎片、缺失、遗憾与温情。而她独特的地方也许在于，明确自觉到当精神救赎无能为力的时候，作家所应该审慎地保持的谨小慎微和谦卑，却也并没有逃避到怀旧与欲望的恣肆当中，这可能反倒能够成为在心灵板结层面撬动出一丝裂缝的杠杆——意识到生活的不完满，也不妨碍继续去热爱它，如果在世无所作为，那拯救就从敞亮它开始。

　　——刘大先:《状态与情绪——黄咏梅论》,《新文学评论》2017年第2期

| 作品点评 |

这部小说已经显示了黄咏梅与所谓"70后女作家"的差异，她的作品里有一种沉重的东西，她不仅看到自己，而且看到像李平那样的前辈；她不仅看到自己的现在，而且在思考自己的将来。这种对人生过去、现在和未来的整体把握，这种对自我之外的世界的关注，使她对生命、对人生的体验变得更为复杂，也更有深度。

　　——黄伟林：《悲悯情怀的诗意象征——黄咏梅小说的创作论》,《梧州学院学

　　报》2011年第3期

缺口（节选）

纪尘

认识玫瑰树

就像我童年里看到的那条小河那样，我长久地凝视着手中的刀片。

黎明前的昏暗，让它通体呈现出一种清冷的银质光辉。为了得到它，确切地说，为了寻找呶拉，我必须把它捕捉过来。因为这是一把锐利的无所不能的钥匙，从切入皮肤的那天，我就知道，如果要走出失语的泥沼，便只有仰仗它，仰仗那锋利的刀刃来一步步剜出那颗哑灵魂。

期待中的光明通常不会来得太快。

这是我苏醒时得出的结论。对我而言，睡眠已是一种不可自拔的沉溺，一碗医治苦痛的良药。在长达六年的岁月中，我每日的睡眠量几乎不少于十五小时，为此，高明的医生给这种情况下了一个定义——嗜睡。当时我抬起眼皮瞥了一眼这个词，便又倒头睡过去了。

冗长的睡眠使我在每一个醒来的时刻，都以为

作者简介

纪尘（1957—），原名蒋月英，维吾尔族名字乔丽盼，广西贺州人，瑶族，2000年开始文学创作，2004年参加鲁迅文学院全国少数民族作家班，广西第五届签约作家，著有长篇小说《缺口》《美丽世界的孤儿》，短篇小说《不道德的人》，中篇小说《回声》《九月》等，曾获全国首届"华夏作家网杯"文学大赛一等奖。

作品信息

《缺口》，载《大家》2004年第3期，本文节选自29—34页。

自己的四肢已经锈迹斑斑。但就算真的如此，我也不会觉得有什么遗憾，对一个已没什么路好走了的人，发达的四肢只能是种负担。

但那天我却醒得很早。

我不知道这是为什么。也许仅仅是因为我想把身体侧过左边，可肩膀才起伏一下，我便醒了。对这种不同寻常的苏醒，我感到有些不习惯，我打算合上眼再睡过去，可却出乎意料地没有成功。

四周非常安静。安静得甚至可以清楚地听到自己的心跳。我想这是什么地方呢？怎么静得连患鼻炎的梁如花的喷嚏声都没了动静？要知道，这女人一系列惊天动地的喷嚏，可是每天清晨必不可少的报时器啊。我在迷糊中困惑地想了一下，又揉了揉干涩的眼球，才像一只度过冬眠期的动物般彻底清醒过来。

醒后的第一个感觉是疼。在脖子下方，一种细密尖锐的疼。这令我诧异。一直以来，我的身体就像个密闭的蚌壳，体内一切零件都完整无缺地闭合在里面，我不知怎么一觉醒来感觉竟会是疼，就像被某种利器撬开了一条缝。

我茫然地打量着房间，四下寻找疼痛的根源，这时，从墙上的那面大镜子里，我看见了一个女人。她斜躺在那里，仿佛刚从一场筋疲力尽的睡眠中苏醒，只有一双眼睛，还保持着警觉的智能。她躺着，摊开的姿势就像一朵松软的木棉，长长的头发从床头一直拖到地面。但这似乎跟她没什么关系，她根本就没有任何将它们打捞起来的打算，仿佛那不过是寄生在别处的一把蔓藤，沉甸甸地在一方沃土恣意流淌。

我抑制住自己的激动，她使我想起一个很熟悉的人……在我的印象里，那个人总是穿着件吊着两个破渔网般大口袋的连衣裙，脚穿一双永远也丢不掉的白球鞋。可现在，她穿的却是一套淡蓝色的斜纹病服。那套衣服看上去未免太窄了些，尽管它以最努力的姿势去包裹，那个身躯还是呼之欲出。因此，她不得不动手解开了一颗纽扣。

疼痛还在——什么地方呢？这时，她慢慢地站了起来，那套努力了许久的衣服突然便一下徒劳无功地滑了下去——两道疤痕，两道淡如新月的疤痕，各括在那对乳房的外侧。她梦游似地将手在那个符号旁小心翼翼地触摸了一圈。停一会，又触摸一圈。那该是个丰润如成熟的水蜜桃的女人的身躯——是的，女人。一个在清晨苏醒并飘漾着芳醇气息的女人。但她却似乎对自己的身躯感到很陌生。她长时间地盯着那对乳房，在解除束缚后，它们袒呈着令人惊异的蓬勃。

女人沿着那两道淡色的疤痕一遍遍触摸，满室的空旷使她不由得有些自怜。

除此之外一定还有些什么。这个不同寻常的早晨一定还蕴藏着别的什么。

嗯，好像是这样，在苏醒前，曾有一个苍白严实的场所、一把锋利的刀，以及，一个无可比拟的男人的喉结。四、五、六……已是术后第六天了，在那对丰满得近乎狂妄的乳房上，两排细线仍封锁着一切信息。

她仍须等待。

等待那把薄薄的刀片。她对它的渴求就像一种神秘的欲望般强烈，好像通过它就可以满足每一寸肉体似的——再没有比这种充满渴求的内心更孤独了。

可拥有这把刀的又是个什么样的男人呢？让她紧闭的青春开放。也许他本身便已是一把刀，一种高贵动物的漂亮线条。这线条在速写本上组成了一艘牢不可破的小船，只有依托它，才能摆渡过那条沉默的河，才能到达语言的彼岸。

太阳在窗外升起。

我没有拉开窗帘，但我知道窗外的紫荆树叶正在尽情地储蓄阳光。它们的颜色将在无尽的贪婪中变得阴暗浓重，直至深得再也吸收不了任何光线。

我一动不动地保持着刚醒来的姿势，在凝滞的空气中聆听那个渐行渐近的脚步。我朝门外望了一眼——我知道呶拉就近在咫尺。我们中间只隔一墙。六年来，我从没相信过呶拉会真正地消失，可我却不知道该如何通过那堵沉默之墙去将她寻找。但今天——在这所医院的最后一天，我明白，我必须再一次地努力，努力找到那把能够穿透墙壁的钥匙，只有这样，方能卸掉我心头的重负。

我不知道该先望这个男人的什么。每一次卓飞出现我都这样，不知是该先望他的头发还是眼睛，是紧抿的嘴唇还是那双伸进衣襟里的手？我望着天花板，迷蒙的光晕从上方射下，像厚厚的书本中抽出的一叶淡蓝的书签。

喉结——在那张脸伸过来的时刻，我最终选择了这个准确无误的导航员。我将从它开始默读。顺着它，我的目光抚摸过这个男人的脸廓、肩的宽度，还有身高跟体形……多么奇怪而完美的战栗——当那双单薄的、从容得就像是在勘探自己领地的手伸进我胸膛时，就如同那把渴望着的刀刃，完全刺进肌肤。而我的乳房，在这把刀的侵略下，如同两粒酷雪严盖下的种子，一旦春阳临照，便无可抑制地破土而出。

一束强光射入窗幔。

我突然跌进一艘有着白色窗户的船。墙、影子、帘布消失了——卓飞从口袋掏出一把精致的钥匙，它插进墙的锁孔，只听"咔嗒"一声，黑暗裂开了……

空气湿热，气流浓稠，氤氲回旋的梦境……持刀人举起那叶薄薄的刀片，在昏暗的房间里朝我漫天泼洒着银色光辉。

是的，我确信刀光闪起的刹那，我已选择了最为艰难的抽象。心中那份深而无知的渴望，让我就是仅仅看到它，便已是一种苦难的解脱。炫目的光芒如同火的舌头，舔舐着我那白果一般的裂开的记忆——不带一丝悲悯。

我闭上眼，在战栗中聆听锋刃与缝线碰撞时发出的声响。声音很低，很细，也很果断，仿佛里面沉淀着一种触摸不到的肌质的断裂。

"我不知道这是为什么……但我想，你不是不能，而是，不肯。"

"小时候养蚕，总是等不及地用剪刀去剪蚕茧，以为可以帮它出来快一点，可结果它却死了……原来那茧是要自己去破的。"

持刀人慢慢将手收回，盯着我一字一句地说。

他说话时的语气和神态根本就对我那哑掉了的声带视若无睹，这使我在悲伤的同时感到愤怒：凭什么？陌生人！凭什么自以为是地用这种口吻！你怎么可能知道语言就是我的隐身之所？我只有仰仗它来包藏我那被苦痛日渐腐蚀的舌头。可你——我的陌生持刀者，却用一种好似一开始便了解我的姿态，挑着锋刃上的哲理，犹如呼吸一样自然地朝我传递。

恼怒使我不由自主地将手朝前伸去——我想我不是故意的，打翻那个方盘绝不是故意的。我只不过是有些不快，只不过是想在这份不快中触摸一下那叶刀片。可，我却打翻了整个盘子：纱布、棉球、镊子……整个。碗滚到墙角，碘酊泼了出来，在白大衣上开着忧郁的棕色花朵，酒精在伸手可掬的空气中迅速蒸发，抹掉了一切事物的气息和轮廓。而那把刀片，在方盘起落的瞬间，有如剑术大师，寒光一闪，便精辟无误地落进了我的鞋里。

我的第一个反应是立即跳下床，将双脚迅速地穿入鞋帮。那是一种条件反射的速度，无须经过大脑的思考。

我僵立在那里，木然地看着那个男人将地上的物品一一还原。但无论他是多么地尽心尽力，门缝、屋角、被褥，甚至垃圾袋都翻了一遍，却依然找不到刀片的影踪。

他立起身子，站在了我面前。他的脸看上去似乎有些发白，无与伦比的喉结在我目光的平视下，就像是历史留下的一个谜语。在静默中激起探索者的脚步。

久久的沉默。

然后，很突然地，没有任何过渡的，他一把将我拖进了怀里。

温沉的空气，冰凉的双唇，绝望的拥吻，爱情、爱情……脚下踩着的那叶薄凉的刀片，在沉默的沟壑中就像 X 光一样深深透入身体的每一个部位。我的神经元品味着由此传递过来的每种信息：树木被连根拔起，繁花在空中碎落，喉咙被狂风席卷的泥沙哽塞——失落一切的悲伤，然后，方知所爱为何物。

我童年生活的小镇，夏季永远要比其他季节更具分量。冬天是一件单薄的毛衣，反复穿脱那么几次后，夏天的脚步便迫不及待地跨过春暖花开。

在这个雨量充沛、植物繁茂的季节，母亲终于从黏稠的空气中捕捉到了父亲的秘密。每天每天，母亲无名指上的那枚婚戒都像一把闪着寒光的匕首，一遍遍坚韧不拔地撬向我泥土般缄默的嘴巴。她不厌其烦地向我询问各种关于小凌同志的问题。从小凌同志跨入大院的第一步，问到和父亲的探讨切磋，再问到那双长腿最后是以怎样一种姿势跨出家门，我的面前也从一颗高粱软糖换成一捧葡萄干换成红苹果甚至换成一个大树袋熊书包。尽管这些东西确凿无疑地让我心动，但最终，我还是令母亲失望了。我之所以守口如瓶，并不是因为我热爱父亲想要替他隐瞒什么，而是，我认为父亲与小凌同志，或是母亲的追根究底，都并非出于爱情。

我的母亲，这个一生都在为美貌不懈努力的四十二岁的女人，在我还是几岁时，就开始无休无止地提醒：母亲就意味着牺牲。我总是听着，相信一个因为孩子而失掉美貌的女人说出这话，自有她的道理。

母亲是美丽的。她的这种美丽也许源于我的外祖父，源于那位逢人便夸自己女儿的布匹商人。母亲才五岁，外祖父便告诉她，说她与嫦娥仙子一模一样。从此，她便再也忘不了这句话了。后来，到了读书的年龄，她坐在教室，却总是听不进老师的课，只一味想着广寒宫里的那位仙女。再后来，到了婚配的年龄，上门提亲的人络绎不绝。经过层层筛选，母亲定下了难分胜负的三个。这三个年轻人，每人都有自己的优势：第一个在首次提亲时就送了一块上海手表；第二个虽没送什么像样的东西，却英俊得有如阿牛哥；至于第三个，无论财富和长相似乎都要比前两个差点儿，然而胆子却比谁都大，初次见面，便英勇无比地说出这么一句：

"你是我的女人！"

浪漫的母亲最终选了第三个——在那个谨小慎微的年代，再没有比"你是我的女人"更令人荡气回肠的表白了。

然而，结婚不久，人们便发觉那位他们原本以为会很幸福的新娘实际并没有想象中的开心，她甚至根本就不说话。据知情人透露，原来新郎将那句荡气回肠的话落实到了夜晚，就连每月必须经历的那几天，新娘也不得不在"你是我的女人"中满足丈夫的欲望。

母亲非常爱照镜子。结婚前几年，她尚能保持原来的美貌，另外，她的大女儿继承了她的优点，这让她在对婚姻的失望中稍感安慰。但后来，在某一天照镜子时，母亲发现了自己眼角的鱼尾纹，于是每次上床，她都要一再告诫父亲：

"我是你的女人，那么，你好歹也得照顾一下自己的肋骨啊。"

然而父亲却并不怎么爱惜自己的肋骨，一年内就令母亲怀孕两次。头一次由于母亲坚持不要，便服药流掉了；第二次，母亲服了两倍的药，可无论怎样，肚子里的那个东西就是不肯下来。当母亲又从药店拎回一大袋药时，父亲不安了，他说这样恐怕不行，这东西这么顽强，想必是个儿子，你就生吧，只要给我生个儿子，以后我做你的肋骨就是。

我出生后，母亲大病了一场。病愈后她重新照镜子时，发现自己又老又丑。随着岁月的流逝，她日益意识到自己已失落了一切，于是便开始寻找罪恶的根源。尽管母亲从未直接跟我说过，但从她那淡漠的态度和幽怨的眼神，我知道，就是我这个死皮赖脸要挤到这个世界来的小孽种，成了她美貌无法赎补的罪过。这使我自小便对母亲怀有一种说不清道不明的负罪感，我尽一切所能来摆脱它，我愿做一切事以讨得母亲的欢心：洗碗拖地，照顾她养的北京哈巴狗美美，每学期领回一叠叠奖状。

这种努力一直保持到我离开家那天。

事实上，只要母亲用一种关爱的，就像对呦拉的口吻对我说话，我愿意为她做一切。之所以后来我有勇气离开她，是因为我从未在她口中听过那种声音。

虽然母亲不得已放弃了对我的盘问，但她仍在不遗余力地暗中调查父亲和小凌同志的关系。这努力并非出于对丈夫的爱，而是，她要求公正：她为了这第三个而拒绝了可能会给她更多幸福的另外两个求婚者，可这个男人，却在她无力反抗、无法避离衰老之际另结新欢！

我的缄默并不能使湿沉的空气凝滞，它们仍在狭小的两室一厅里缠绕回旋。这强有力的气流不断冲击着母亲，她不仅用当初服药堕胎的坚决态度来拒绝夜间例行的呻吟，嗅觉还达到了空前的敏锐，就像一只训练有素的猎犬，绝不放过任何一点可疑的气息。她能从父亲的衣领、袖口、皮带，甚至擦澡的毛巾，精确地推断出父亲当天所接触过的人的性别、年龄或是相距距离。在这种超乎常人的惊人嗅觉下，父亲那颗曾盛产丰富的伟大头颅变得日渐枯竭，他每天背着手不断走来走去，走来走去，那双锃亮的皮鞋踏出的寝食难安，总让我想到一年中某个必然的旺盛季节，那些雄性动物所特有的焦躁骚动。

那真是段非同凡响的日子，父母亲虽然一如既往地谦让、彬彬有礼，可他们之间薄薄的距离早已蕴含了一种难以察觉的易燃气体，我想要是有谁不经意地在房内划燃一根火柴，便准会像天空伸出的一把大刷子，能一下将我们的家抹得了无踪迹。

在我们家，从来都没有粗鲁无礼的人，尤其是在这段四处充斥着易燃气体的日子，人人更是慎之又慎。每人都希望在这份谨小慎微里，可以慢慢滤掉那些易燃分子，可万料不到，引爆者竟是最为谨慎的父亲自己。

也许是那份焦躁从白天一次次压抑到夜晚，已到了父亲所有忍耐的极限，一向淡漠的他竟然变得热情起来。晚饭后，他不是像以往径直钻进房中去构思他的伟大小说，而是坐在沙发上，用一种罕见的温情盯着母亲忙碌的身影。那是个已松弛了的四十二岁女人的身体，没戴胸罩的乳房疲软地吊在睡衣里，渐渐隆起的小腹，让人再也无法辨认当年的伶俐纤柔，苍白的小腿，因为长期站立而发生静脉曲张，只有走路的样子，还完好无缺地保持着一种贵妇的庄严。

当一天夜里，母亲在与以往"你是我的女人"那种粗鲁完全不同的脉脉温情的攻势下，终于答应让丈夫在她身上寻找创作灵感，可父亲竟在释放到极致时忘形地叫了一声"小凌宝贝！"这呼声让母亲顿时像个果断的勇士，毫不犹豫地弓起膝盖朝那个正喷射着灵感的地方狠狠地顶一下。于是，那个晚上，我和咬拉便在父亲紧捂下身的呻吟声和母亲滔滔不绝的愤怒里，惊恐无比地度过了。

自父亲亲手拉开那根一触即发的导火索后，我发觉我连叙述悲伤的能力也没有了。被泥石流淹埋的家已是朝灰色的天际四面敞开，每一种物品都在母亲无休无止的泪水里虚无地飘散开来，夏天的阴冷渗进了每一件家具，渗进了我们的衣服，渗进了厨房墙上的霉斑。引爆过后整整一个星期，在那稠密得令人窒息的空气里，我几乎每隔一个小时便去冲一个凉，以让皮肤在灼热的空气里凝起沉重冰凉的水雾，然后再穿越那已成为废墟的房屋在外面整夜游荡。

失掉住所的候鸟必须重筑新的巢穴。

我不知天堂离人间到底有多远，但我相信，墙外的原野就是天堂的郊外。那片土地，白天的驻足已不能满足我的需求，我就像个漂泊的幽灵，开始在郊外的夜晚安置我那失所流离的魂魄。

长期的游荡使我攀爬那条大水管，就像上呗拉的床那么简单。我无须发出什么声响便可以轻松地从墙上一跃而过。有时，我会将自己长时间地挂在某根枝杈上，也有时，我会从水管径直滑下，准确无误地跨越过一个个纵横交错的土丘，到达河岸。

这条河流，就算只是静静地坐看它的流水，我也从没感到过一分一秒的厌倦。每一块石头，每一道由枯草淤积而成的屏障，都在静默中讲述着自己的故事。在这样一种安宁的守望里，我试尝将星星绣出黑暗，用我紧密的发线把它们牢牢缝住，我想将它们镶嵌在我的灰羽毛、李老太的黑斗篷，或是那双令人神往的高跟鞋上。

我一直以为，这片墓地是只有像我这样一个乖张怪癖的人才可能迷恋的乐园，但后来我发现，穿越这片禁地的并非只我一人。

我记得有过一个夜晚也和这片河水一样安静，就在我像往常一样敏捷地翻上墙头时，突然，我看见在那棵苦楝树下——透过月光——当时月光非常皎洁，两个影子很小心、很紧密地出现了。我吃惊地发现那个穿裙子的人竟是呗拉，而那个牵着她手的年轻小伙子，想必就是我无比熟悉但却从未谋面的"安"。

我凝神屏息，如一片安静的树叶般贴在墙头，唯恐失去这像一张照片底片般神秘的时刻。我看着他们，就像吞食食物那样贪婪：安的嘴唇、下巴、臂膀……呗拉的身体，修长苗条而又结实的身体——她那小鸟一样的腿和平滑的孩子肚皮，和这月光下的身体是多么的不同！她脸上流光溢彩，白裙子贴在腿上就像丝绸般闪着光，微涩金黄的苦楝籽成了清凉的薄荷糖，她微笑着把它们含在嘴里，直到全都甜化了。

当呦拉随着她爱情的行进而忍不住发出第一声低吟时，我情不自禁仰望了一下天际，那时天空底边所呈现出的清澈，就好像这个世界曾被浸在水中，一种一闪而过的澄明。

那晚回去后，我没脱衣服便上床了。路灯透过薄薄的窗幔射进来，在那份半明半暗中，我睁大眼睛望着房中的每样东西，久久难以入眠。夜已很深，窗外的高音喇叭和汽车的呼啸早已停止。

不知过了多久，我终于听见呦拉轻轻地推开了房门，为了不让吱呀的床板吵醒我，她蹑手蹑脚地坐到了阳台。

我躺在那儿，几乎连眼也没眨。更没有张嘴说话。我只是盯着蚊帐，在黑暗中追随着呦拉身上那些稍纵即逝的气味。爱情的气味。她的衣裙有紫罗兰香，微微的汗渍自发端一路倘佯，树叶的芳香从手指一直传到膝盖……

我不知如果换了别人，会不会从床上一跃而起，去向姐姐询问那个神秘的天地。我只是那样睁大双眼，盯着天花板，对自己感到极度绝望。因为我每吞食一口"爱情"，渴望蜕变的念头便更进一步地加深。

那个晚上，我最后还是慢慢地睡着了。我梦到了凤凰大道上那个让人看了面红耳赤的胸衣广告少女，梦到了芒果树、母亲的头油和阿诗玛香烟盒。

时光如梭，不知觉便到了三月。蓄谋已久的梅雨季节，就像一个伺机作案的贼，悄悄潜进院门。连天扯地的雨稠密地挂在窗外，湿润的空气中，到处飘漾着种种物体发酵和霉烂的气味。

那段时间，我就像一只等待南飞的候鸟，急切地盼望雨季快过去。因为我不能从墙外将一地的黄泥带进家门，那会让我有教养的父母感觉丢脸。在这份踟蹰不安中，我突然想到了李老太。我想雨下了这么久，她那张老脸会不会给蚀霉掉了。这可不行。就算她真的不讨人喜欢，我还是不愿意看到她被蚀霉掉。

那是个很阴郁的下午，我敲门的声音几乎让院内每一扇窗户都不快地轮番开了一遍，可李老太还是没有出现。我边敲门边大声喊李老太李老太，我是羊家小姑娘羊叹云哪，你还不赶快出来给我开门……那天最后我当然还是进去了，只是时至今日，我仍然不能很好地确定，那扇门究竟是被我硬生生敲开的，还是什么神秘力量让它自动裂了一条缝。

屋内很黑。一种完全锈掉了的黑。我的手在墙上胡乱拍了几下，却找不到开关。

"李老太，你躲在什么地方？"

我在黑暗中小声叫着，当我叫了将近十声屋内还是一片死寂时，我开始感到惊慌。我想：李老太能上哪儿去呢？她那哆哆嗦嗦的身子能藏在哪儿呢？

"李老太，该死的李老太，丑娃娃来看你你怎么还躲着不出来？难道你像虫牙一样烂掉了吗？"

在说完这些话后，我突然便摸到了一双手，一阵麻冷悄无声息地爬上了我的脊梁——一双有生命的手绝不会冰冷干枯到如此程度。在极度的震惊中，我终于颤抖着摸到了开关——李老太正悄无声息地蜷在墙角的一张大藤椅上。她满是皱纹的脸在惨淡的灯光下，宛若一页脆薄的黄皮纸，仿佛只要有一丝风吹过，马上就会碎裂开来。她缩成一团的样子像极了一只老秃鹰，不仅脖子上没了羽毛，混浊的白内障也几乎盖住了全部眼睛。弯曲的背部把衣服紧紧绷起，稍稍一动，浑身便像把折叠椅一样咔咔作响——她身上似乎只剩下这些会发出吓人声响的部分：骨骼、头颅、牙齿。她带着一种似睡非睡的神情，锈迹斑斑的眼角不时渗出点点白色碎屑，只有那张向里凹陷的嘴，还使她残留着一种僧侣般的庄严。

李老太这副样子不仅使我吃惊，同时还有一种窒息。我想是不是因为这雨下得太久太长，李老太才混沌模糊成这么一片。我蹲下身，试图像以往一样钻到她的胳膊下，可那件大斗篷已有许多地方被虫蛀掉了，我几乎听得见那些细毛正扑簌簌地往下脱落。

我强忍住胃部的痉挛，静静站了一会，才用往常一样的声音说：

"李老太，你是不是快要霉掉了？我可不希望这样。太阳很快便会重新出来的……你不是说我身上有一片羽毛吗？那么你睁开眼看一看吧。"

"是的，漂亮羽毛……我的丑娃娃，你快变成天、天使了……"

她似乎想坐起来抚摸一下我，可肩头才起伏了一下，那双手便永远地垂下去了。

我在原地站着，一动不动地望着那张有如一块永恒的纪念碑般的脸。我没有喊叫，也没有流泪，我只是在回过神后，用尽全力紧紧拥抱了一下那具身体。

李老太死得很平静，也很平常，就像每天飘过窗前的雨丝。

约莫半个月后，便有一对年轻人要求搬进李老太的家。他们之所以能这么坦然地面对那间阴暗的房子，我想一来他们的头脑被科学武装过，二来可能是在院子的花圃"做恋爱"太不安全。有好几次，当我从墙上翻下时，都看到他们那正相互粘在一起的如同婴儿般赤裸的身体，以迅雷不及掩耳之势猛然分开，然后，在下次约会时埋怨对方穿错了自己的内裤。

这对年轻人搬进去不久，天气便有些热了。这样说并不是雨季已经过去，而是，每次经过那扇熟悉的门，屋内传出的热火朝天的床的吱呀声，总让我感到口渴难耐。我常常一进家门便一口气喝掉几大杯的冷开水。那真是种令人惶惑的感觉，那些凉飕飕的正在体内循环的液体，就像是被抽出体外的血液经过冰冻再重新注入一样。

在那片令人无所适从的冰凉的浸润下，我不止一次地想，李老太在和我一般年纪时，是否也有过如此一头繁密的头发？在她情窦初开的岁月，可曾有过关于"爱情"这样一个美丽的字眼？还有，无人的月光下，她又可曾在树荫里悄悄地为谁解开胸襟，羞涩却心甘情愿地奉上那对青春的乳房？可一切的一切，都随着她的死而被永远地包裹进了那张黑斗篷，并由那位四肢壮硕的保姆交给了永恒的寂地。

| 创作评论 |

如果说映川的女性书写因阔丽沉静、尖锐温暖而智性丰饶的话，纪尘笔下的两性世界则显得巫气十足，灵气逼人。她秉承林白"私人性写作"的文气，执着于追问两性关系的层层冲突，开掘女性的内心世界，反思女性的成长之路，探索女性潜在意识的深处，包括身体的尖叫与撕裂，以及对温情哪怕是片刻温暖的渴望。其中《九月》(《芙蓉》2004年第2期)、《并蒂榴》(《钟山》2005年第6期)和长篇《缺口》(《大家》2003年第3期)、《美丽世界的孤儿》(《钟山》2005年长篇B卷)最为典型。两性关系为她的想象轴心，纪尘着力思索男人和女人，尤其在女性的爱与恨、生与死间，看到女性创世与灭世的原初力量，生生不息却以暴易暴；看到原罪的源头，根于男性私欲，根于原始生命的欲望。纪尘叙述的质地纯粹清晰、妖娆苍凉，寓意却暧昧深长，那抹亦正亦邪亦喜亦忧的复杂，那源源不断的意象和精神感悟，来自生命深处的女性书写，契合着纪尘永远独处的静默的生活状态。她把自己当作美丽世界的孤儿，总是把自己迁移到人群的远处，偶尔见面，一副不知油盐不知汉魏执迷不悟的懵懂样，常常令人捧腹大笑。她简单地独处，又不简单地独自流浪，身体与精神的不断流浪，新疆、西藏、内蒙古、云南乃至广西边地，转身便是一部部岁月的光影和生命的碎片，真切而疼痛，优雅而锐利。

　　——张燕玲：《以精神穿越写作——关于广西的青年作家》，《南方文坛》2007年第4期

对于作家纪尘来说，写作和行走一直是她生命的姿态，也是她激情的载体。在《海市蜃楼》《爱与寂寞》《乔丽盼行疆记》《蔗糖沙滩》等一系列作品中，纪尘都写出了女性倔强、执着的行走姿态以及"在路上"的女人所具备的独特的美。在小说《冰之焰》中，行走也是罗烈焰的生命姿态，她的坚强和倔强注定了她无法停止行走，无尽的行走使她必须面对孤独，而孤独的行走的历程让她逐渐实现了女性的成长和对生命的自觉。

　　——刘铁群：《在烈焰与冰寒中成长——论纪尘的长篇小说〈冰之焰〉》，《广西

　　民族师范学院学报》2017年第1期

Ⅰ **作品点评** Ⅰ

　　《缺口》文本随着女性从寻找男性世界到寻找自我救赎再到寻找整个世界的过程，交织着对自我的关注与确认、对男性的依赖与挑战、对整个世界的探讨与参与的复杂矛盾心路历程。对这种复杂矛盾的动态演变的探寻，则忠实地记录了当代女性人生历程的变化。这种寻找，就是由对自身命运的关注到对自我的确认。这是女性主义文学的一种进步。

　　　　——肖晶：《失声的缺口：纪尘的女性写作》，《南方文坛》2008年第2期

　　纪尘的《缺口》以南方城市为背景，女主人公呶云是一个在"父权"缺席的空隙中成长起来的女性主体。小说以呶云的心理发展变异贯通全书，通过对她潜意识中人性本相的叙述和表达，表现出一个孤独女性的心灵守望。这其实就是作家拒绝和反抗现实生存世界的一部女性成长史。纪尘的小说旨在说明女性要寻找自己，就必须为自己的女性欲望找到突破口。而"缺口"所表达的哲学意义，让我们窥见了女性欲望的主体性，这已经不再是男性欲望的想象表达，而是女性内在的真实的女性欲望的主动流露和深刻表达，显示了女性理性的回归和美学素质的提升。

　　——肖晶：《边缘的崛起——桂军当代女性的文化探析》，河南人民出版社，

　　2011，第239—240页

顺口溜（节选）

凡一平

11月17日　小雨

我意想不到，米微成了市政府接待办的接待员，她找到工作了。

今天下午，我去宁阳饭店看望一位英国人，他是来宁阳投资教育的商人，由我出面会见和宴请。宁阳饭店是宁阳市政府定点接待饭店，市政府接待办公室也设在这里。

我照例先到接待办打声招呼，问明客人的食宿安排情况。

办公室里只有一个人，在收着传真，虽然背对着我，但她的身材让我心动。多像米微！我想。

"你好。"我心速加快地打着招呼。

她回过头，竟然就是米微！她穿着与接待办接待员别无二致的服装，胸口上还别着有号码的徽章。

我愣在那里，说不出话。从广州回到宁阳二十天了，这还是我第一次见她，而且是不期而遇。

作者简介

凡一平（1964—），本名樊一平，广西都安县人，壮族，曾任广西《三月三》文学杂志副总编辑，现为广西民族大学驻校作家、广西民族大学编导专业方向兼职教授；2017年当选广西作协副主席。其小说大量改编为影视作品，成为文坛现象。著有长篇小说《跪下》《变性人手记》《顺口溜》《老枪》《上岭村的谋杀》，出版小说集《浑身是戏》《理发师》，《撒谎的村庄》，散文集《掘地三尺》等。

作品信息

《博士彰文联的道德情操》，原载《小说月报·原创版》2005年第2期，《中篇小说选刊》2005年（增刊）转载，《广西文学》2005年第4期选载，以《顺口溜》为名由上海译文出版社2005年6月出版。本文节选自第5章（上）。

米微嫣然一笑，"彰副市长，你好!"她鞠着躬说，完全是待人接物的那种礼节。

"对我还用这么客气。"我说。

米微说："我正在工作。对每个来人都要笑脸相迎、彬彬有礼，包括你。"

"这么说，你本该对我冷若冰霜的，只是因为正在工作，才不得不强颜作笑。"我说。

"你看我这种人当接待员还合适吧?"她看看我，又上下打量自己。

"合适，"我说，"意想不到的合适。"

"意想不到?"米微说，"我可是经过严格的考核才进来的，不走任何后门! 对，所以你才意想不到!"

"我就是这个意思。"

"不过，金虹姐推荐倒是真的。"

"我就想到是金虹。"我说。

"谁在背后议论我?"金虹的声音从我的身后传来。

我转过身，看见金虹从门口走进来，手里玩弄着一把系着绒毛猴的汽车钥匙。

"原来是彰副市长驾到。"金虹说。

"我来看看英国来的客商安排得怎么样。"我说。

"这你要问米微，"金虹说，"她接待的。"

我看米微。

米微说："你没有问我。"

"英国来的客商安排得怎么样?"我说。

"住608，"米微说，"晚宴安排在餐厅的金龙包厢。"

"参加宴会的人都有谁?"我说。

"这你要问我，"金虹说，她勾动着没有钥匙的手指，"你，招商局卢局长、教育局黄副局长，加上英国客人，一共四位。"

"没有了吗?"我说。

金虹摇头，"正式宴席，随同司机和秘书一般是不跟领导陪同客人吃饭的，这你知道。但是如果你……"

"我不是这个意思，"我打断说，"我的意思是，市领导没有吗？"

金虹诧异地看着我，"你不就是市领导吗？"

我一愣，"哦，一高兴，我就忘了我是谁了。"

金虹看看米微，再看看我，"你是该高兴。你的学生现在成了你的下属。"

我说："那我是不是要感谢你？"

金虹挑拨着钥匙上的绒毛猴，说："你看着办。"

米微说："他才不是为我高兴呢！"

"噢？"金虹看着米微，"那是为什么？"

"客人来自英国，所以他高兴。"米微说。

我一怔，听得出米微的言外之音或知道她下一句会说什么。

"为什么客人来自英国，彰副市长高兴？"金虹说。

"因为他妻子在英国。"米微说。

"是前妻！"我说，瞟了一眼米微。

"前妻也是妻！"米微说，她也瞟了我一眼。

"前妻就是前妻，"我说，"前妻就不是妻了。"

"我说是！"米微说。

我说："你说是就是？为什么？"

"因为你还爱她！"米微说，她眼睛一眨，开始发润，像受尽了折磨和委屈。

"爱我们就不离婚了，"我说，"有什么夫妻有爱还会离婚呢？你说是不是，金虹？"

金虹说："我不懂这个。"她继续挑拨着手上的绒毛猴。

"你是属猴的居然不懂？"我说。

金虹一愣，"你知道我属猴？"看看手里的绒毛猴，明白什么，点点头，"哦，聪明。"

"你果然聪明。"我说。

"不，我是说你聪明。"

"都聪明。"我说。

"就我笨。"米微在一旁嘀咕。

"好啦好啦，"金虹轻轻推了推米微，"现在带彰副市长去会见客人！"

米微身动脚不动。

"去呀？"金虹又推了推米微。

米微脚动了。

我原以为英国人金发碧眼，却是个黄种人，准确地说，是个英籍华人，这又是我意想不到的。他是个秃顶，看上去有六十多岁的年纪，说着一口流利的中文，还有一个厚道的中文名字：林爱祖。

我本来是跟他说英语的，说着说着，就变成汉语了。

"林先生在英国居住很长时间了吧？"我说。

"二十多年。"林爱祖说，"中国一改革开放，我就出去了。"

"中国现在仍然改革开放，你却回来了。"我说，觉得不妥，又说："欢迎你回来投资报国。"还是觉得不妥，"住在伦敦？"

"对。"他说。

"在伦敦的华人多吗？"我说。

林爱祖说："认识一些。"他看着我，"彰副市长去过英国吗？"

我说："没有。"

林爱祖说："可是我觉得你的英文说得不错。"

"在中国学的。"我说，"林先生以前来过宁阳吗？"

林爱祖说："没有。但我知道宁阳是个……让人感动的地方，所以我就来了。"

我看看莫名其妙感动的林爱祖，也有些莫名其妙。

简单的会见之后，我们来到了餐厅的金龙包厢。

宴席很隆重，佳肴美酒，目的是想让这位想来投资的英籍华人感觉到宁阳市的软硬环境是经商的好地方。

"我们宁阳现在送孩子出国的家庭或父母很多，"教育局黄永元介绍说，他现在是主持全面工作的副局长，"您可以开办一个专门培训出国留学的学校，这样的投资能很快得到收益和回报。"

"不，"林爱祖放下筷子，看着大家，"宁阳市有没有贫困的地方？有没有孩子上不了学的？"

我和陪同的几个局长面面相觑，不明白这个华侨葫芦里装的什么药。

"据我所知是有的。"林爱祖又说。

我说："是的，有，但主要集中在县以下的乡村。"

"好，"林爱祖说，他眼睛放亮，像看到了什么希望，"我找的就是贫困的地方！"

"但是……"

林爱祖打断黄永元的话说："我投资是不求回报的。"

我们瞳孔都大了。这林爱祖怎么啦？他不是商人吗？商人不言商，那是什么人？要么是慈善家，要么就是骗子，我想。

"很好，"我说，举起酒杯，"林先生，为了你的乐善好施，我敬你！"

明天这位林爱祖要去乡村考察，由市教育局的人陪同。我说我开会，不能去。其实我很怕开会，但是我又不喜欢英国——它让我伤心。

11月18日　小雨

李论难得在办公室，今天我终于在办公室逮住了他。他的办公室跟我的办公室规模一致，只是办公桌摆设的方位不一样，他的坐南朝北，而我的则坐东朝西。我说办公桌的方位也有讲究吗？他说那当然，必须讲究。我说坐南朝北是什么意思？

"我日柱天干属水，"李论说，"有利的方位是北方，不利西南；利黑色，不利红色、黄色，所以办公桌坐南朝北是对的，还有办公桌我重新把它漆成了黑色，它原来是红黄色。"

我摸了摸李论的办公桌，"确实够黑的。"我说。

"你的办公桌好像不是坐南朝北？"李论说。

我说："我跟你不一样。"

李论说："你日柱天干属什么？"

我说："不知道。"其实我知道。

"我给你算算，"李论坐在大班椅上仰着头，"你1964年……几月了？"

我说："八月。"

"八月几号？"

"二十四。"我说。

"阳历阴历？"

"阳历。"

"阴历呢？"

"七月十六。"

"七月十六，"李论掐起了手指，默念着什么，过了一会，他看看我，"你属木。日柱天干属木的人，有利的方位是东方，也是不利西南，但利绿色，不利白色、黄色，你的方位应该是坐西朝东！"

我说："我现在是坐东朝西。"

"反了，你赶紧得改过来！"李论说，"还有，办公桌得漆成绿色，现在还是红黄色对吧？"

我说："有办公桌漆成绿色的吗？"

"不漆也得漆！"李论说，"这是你的命，回去先把你的办公桌转过来。"见我没动，"我跟你去！"他站了起来。

我说以后再说。

李论看着我，"找我有什么事？"

我说："桥。"

李论一瞪眼睛，"什么桥？"

我说："你别忘了，你承诺当上副市长以后，要找钱给我们村造一座桥。"

"呵，原来是这件事呀，"李论说，"这事不急，过一阵子再说。"

我说："李论，你承诺过的事情可不许反悔，我跟你说，"我指着那张高大的椅子，"你坐上今天的位子是讲好条件了的。"

"我知道，我知道，"李论从座位站起来，到我身边，"你阻止米微控告我，作为交换，我负责找钱为我们村造一座桥，没错吧？这钱我是一定要找的。也要不了多少钱，我们村那条小河，造一座桥，五六十万足够了，小菜一碟。"

"既然是小菜一碟，你还等什么？"我说，"早一天造好桥，乡亲们就早一天结束在两岸爬上爬下坐船过河的日子。"

"文联，我是这么考虑的，"李论说，"我们两个都是从一个村出来的，现在当上副市长，为家乡造福义不容辞。可是，我们刚刚当上副市长，就马上找钱为本村造桥，领导、周围干部、组织上会怎么看待我们？说我们偏心，重一点就是以权徇私，知不知道？那么多需要造桥修路的村，你们为什么不帮找钱？"他一副别人的模样指着我，"呵，自己的村三下两下就来钱了，把桥给造了，把路给修了，这是什么意思？原则何在呀？"他巴掌往桌子一拍，"公心何在呀？"

我吓了一跳。

李论变回了自己，摸摸我的肩，"兄弟，我们两个还在试用期，地位还不稳，现在就急着找钱为我们村造桥，对我们是不利的，影响不好。你说是不是？"

我不吭声。

李论说："这就对了。"他看看表，"哎哟，光顾和你说话，差点误了大事！"他拎起包就往外走。

我大喝一声："李论！你不怕乡亲撬你的祖坟你可以不找钱造桥！"

李论像突然刹住的车停了下来。他回过身，像蛮横的肇事司机瞪着无辜的受害者一样瞪着我，"谁他妈敢？"

"乡亲们要是不敢，我敢！"我说。

"你怎么啦？"李论说，"我什么地方又得罪你了？"

"你不讲信用，说当上副市长以后就找钱给我们村造桥，现在却找借口推托，你说你还是不是人？"我说。

"我不是人，你是！"李论说，他显然被激怒了，"我现在不找钱，你找呀？你也是副市长，有本事你去找钱给我们村造桥，功德归你！"

"我没有你找钱的本事，但是我也没有你这么无耻！"

"我无耻？我他妈的愿意无耻吗？"李论说。他看见门口有人经过，立刻住嘴，等没有了脚步声，再看着我，"我刚才说什么啦？"

"你说你无耻。"我说。

"我怎么无耻呢？"李论说，"我怎么可能说自己无耻呢？不可能！这点自知之明我还是有的。"

"你说造桥的钱，你找，还是不找？"

"找怎么啦？不找又怎么啦？"

"找，你家的祖坟还是好好的，"我说，"不找，撬你家祖坟的钢钎我预备着，找钱造桥的本事我没有，但是动你祖宗骨头的胆量我有，也做得出来！"

李论见我认真，有些害怕，口气和缓下来，"桥迟早是要造的，钱是一定要找的，我承诺不变，"他说，"但要等我，等我们转正以后。好不好？"他把垂下的包往腋窝上一夹，"我现在先去搭另一座桥，这座桥非常重要，把这座桥搭好了，我们村的桥也就不成问题了。"

"你搭的什么桥？"我说。

"鹊桥。"李论说。

"鹊桥？"

"对。"

"你给谁搭的鹊桥？"我说。

李论眼睛像老鼠一样小心和警惕，然后去把门关上。他回到我身边，轻声地说："姜市长。"

我如雷贯耳，震惊地看着李论，"你有没有搞错？姜市长的夫人去世还没满月，你就忙着给他说亲，当媒公，这也太不……像话了吧？"

李论嘿了一声，"我还怕晚了呢。现在想给姜市长说亲做媒的人不知道有多少！花团锦簇，争先恐后，就看谁走运。"

"我看你未必走运，"我说，"拍马屁也要看时候。姜市长如今悲痛尚在，或者说旧情未了，他是不可能在这种时候另觅新人的。更何况，依姜市长的地位和个人魅力，根本不用别人为他牵线搭桥吧？如果他有心再组家庭的话。"

"这你就不懂了，"李论说，"姜市长有没有心，那是他的事。我有没有心，这是我的事。"

"市长夫人的追悼会你没去，给市长介绍新夫人你倒很积极，你这安的是什么心？"

李论说："我没去参加追悼会，是因为我在日本考察，回不来，这我跟你说过。正因为我没能去参加追悼会，所以我内疚呀，不安呀，所以我要将功补过！市长夫人的位置现在空着，就看谁把谁补上去。"

"那将要被你补上市长夫人位置的幸福女人是谁呢？"我说。

"事成之后你就知道了。"李论说。他像一个急着开会的人，打开门走了出去，又突然回头，叫我离开的时候记得把门关上。

我在李论的办公室呆呆地站了好久，像一个遭奚落的不速之客。我仿佛独自留在主人的房里，这比吃了闭门羹还难受。我本来是来讨债的，因为李论欠了我的人情，结果我反而成了要饭的——上任前信誓旦旦为我们村找钱造桥的李论，现在耍赖了，而且赖得趾高气扬。他推掉了我贫困的村庄连通金光大道的桥梁，却正在为一座两个人幸福的鹊桥忙得不亦乐乎——当我痛苦不堪地为市长夫人的病症和后事日夜操劳的时候，却已经有一帮人在为新夫人的人选鞍前马后地奔忙了。

已经瞑目的市长夫人，但愿你在天之灵，不要在乎人间发生的一切，因为我以为，天堂也有市长。

11月19日　晴

我收到一封匿名信。

匿名信称，教育局副局长黄永元的文凭是假的，如果让这样的人当教育局局长，是宁阳教育的耻辱。

这封信像烙铁一样烫我的手。

我给秘书蒙非看了这封信。

蒙非说，匿名信可以不管它。

我说如果信里说的是事实呢？

蒙非说那要看写这封信的人是谁，写这封信的目的是什么。

我看着蒙非，不太明白他的话意。

蒙非说写这封信的人一定是黄永元的对手，或者说自己就是想当局长的人。

我说，谁呢？

蒙非笑笑，说，还能是谁，唐进呗，至少跟他有关。

我决定到教育局走一走。

教育局像一座冷宫。办公楼的墙壁上仍然张贴着"沉痛悼念杨婉局长""杨婉同志永垂不朽"字样的标语。我看到每一个进出此地的人，都头重脚轻、表情僵硬，这无疑是标语造成的后果。

我对司机韦海说把这些标语给撕了。

副局长唐进平静地接待着我，好像知道我会来。

"黄局长陪外商到县里考察去了，局领导就我一个人在家。"唐进说。

"黄永元还不能叫作黄局长。"我说，"他只是主持全面工作的副局长。"

唐进看着我，眼睛泛着亮光，嘴里却说："他当局长是迟早的事，早叫比晚叫要好。"

"不会是看谁笑到最后吧？"我说。

唐进的眼球像卡在鸟屁股的蛋，出入两难。"彰副市长有什么指示，请讲。"

他说。

我直言不讳，说："黄永元副局长最后念的大学是什么学校？"

唐进说："不知道。"

"不知道？"

"现在大学可以走马灯似的读，谁知道呀。"唐进说。

"那你自己呢，读什么大学，总该知道吧？"

唐进一听，把腰杆挺直，"我当然知道了！"他说，"本人正宗的华东师范大学数学系毕业，货真价实的本科文凭！不像有的人，到某某大学去进修一年，回来把文凭复印件往档案里一塞，结业证变成毕业证，专科变本科了。"

"你说的有的人，具体是谁？"

唐进说："反正不是我。"

"我知道了，"我说，"我可以翻翻你们局的干部档案吗？"

唐进说："我们局领导的档案都放在组织部。"

"我并没有说要看你们局领导的档案。"我说。

唐进一愣，说："哦，我听错了，没听清楚。我这就去把干部档案拿过来给你看。"

我摆摆手，说："是我没说清楚。"

离开教育局，我在车上给组织部副部长韦朝生打电话，问能否可以把黄永元的档案给我看看。我原以为一个副市长要看一个属于自己分管部门的副处级干部的档案，是顺理成章的事情，殊不知韦朝生在电话里明确回答不能。"彰副市长，按规定只有分管组织的市委常委才可以随时调阅干部的档案，对不起。"他说。我说好，那你能不能告诉我黄永元是在哪一所大学获得的本科文凭？韦朝生迟疑了几秒钟，说："你问这个干什么？"

我说："我一个分管科教的副市长，连一个教育局的干部读的什么大学都不能问吗？"

"不是这个意思，老领导。"韦朝生说。

"老领导？"我诧异地说。

韦朝生说："我们在广州的时候，你是杨婉同志治疗领导小组的组长，我是副组长，那你不就是我的老领导了嘛。"

我说："哦，你还记得。"

"是这样，彰副市长，"韦朝生说，"我这里的档案不方便让你看，但是有一个地方你是可以去看的。"

"什么地方？"

"职称办，"韦朝生说，"那里有每一个技术专业人员申报职称的材料存档，你有权力去调阅。"

我说谢谢。

回到办公室，我让秘书蒙非给职称办打电话，说我要看教育局班子职称申报的材料档案，包括已经去世的杨婉局长的档案，我也要看。

半个小时后，我需要的档案摆在了我的案头上。我的办公桌依然固执地坐东朝西，像一艘永不改向的航船，我像是船长。

我把黄永元、唐进、杨婉的文凭复印件又各复印了一份，留下来，然后让蒙非把档案退回去。

整个下午和晚上，我都在琢磨和研究复印下来的文凭复印件，像一个文物鉴定师，鉴别着文物的真伪。

因为不是原件，我没发现黄永元、唐进、杨婉的文凭有任何的破绽。也就是说，他们的文凭是真的，至少看上去是如此。

可是，杨婉的文凭怎么可能又是真的呢？她没有在宁阳大学读研究生的经历，这点我可以肯定，那么她的研究生文凭和学位证书又从何而来？黄永元的北京师范大学本科文凭上，学制写的是两年（专升本），他究竟是读一年还是两年？唐进的华东师范大学本科文凭，学制写的是四年，但字迹模糊，是原件陈旧还是故意为之？他们三人之中，究竟孰真孰伪？

11月20日　晴

黄杰林张开双臂拥抱着我，如同拥抱凯旋的运动健儿的本地政要或启蒙教练，无限的光荣感和自豪感洋溢于他的眉梢和肢体。这是我就任宁阳市副市长以后首次与他的正式会面，在他的办公室里。尽管我上任这一个多月以来，除了在广州的那些天，我每天都从宁阳大学进出，也经常从大学的办公楼经过，但是我就是没有上楼与黄杰林攀谈的冲动。

但今天我来了，而且来得迫切，像一个忘恩负义而又良心发现了的人。

三个月以前，也是在这间办公室，黄杰林把《G省公开选拔14名副厅级领导干部公告》的文件轻轻地往我眼前一推，就是这轻轻的一推，把我推上了权力的擂台。我像一个重量级的拳击手，在擂台上打拼，公平地击败了无数的对手，登上了公告或规则中限制的最高的那一级台阶——宁阳市副市长。

现在，我正是以宁阳市副市长的身份，与宁阳大学副校长黄杰林拥抱后平起平坐——两个曾经是北京大学的同学，又曾经是宁阳大学的同事、上下级，如今副厅级与副厅级，半斤对八两。

简单的寒暄过后，我对黄杰林说："我是来谈公务的。"

黄杰林一听，左脸上一块特别放松的肌肉移动到了右脸上，一种愉快变成了另一种愉快，"请讲。"

我从包里抽出杨婉的文凭复印件，递给黄杰林看。

黄杰林看着文凭，脸部的肌肉慢慢收紧，然后静静地看着我。

"请问，杨婉的这张文凭是不是宁阳大学发给的？"我说。

黄杰林缄默不语。

"杨婉在1996至1999年间，根本不可能攻读宁阳大学中国当代文学的文学硕士学位，因为那时候我是该学科的唯一导师，谁是我的学生我一清二楚。也就是说，杨婉的学历是子虚乌有的，但是她的学历证书却是真的。请问，宁阳大学为什么要给她发这样的学历证书？"我继续发问。

黄杰林的脸忽然漾开一个笑容，他站起来，说："走，我带你去看一个地方。"

十多分钟后，黄杰林驱车将我带到了毗邻宁阳大学校区的一片正在大兴土木的地方。

黄杰林和我站在这土地上。他的手画着圈圈，说："这是宁阳大学科技园，知道不？"

我想起为了宁阳大学科技园的立项报告，我所经历或饱受的耻辱，说："我太知道了。但我不知道是建在这。"

"二百亩，知道不？"黄杰林竖着 V 形的手指，"二百亩啊！"

"是挺大的。"我说。

"宁阳市政府划拨给的，知道不？"黄杰林说，"姜春文刚当市长的时候，1999年就划给我们了。"

"听你这么一说，我基本知道是怎么一回事了。"我说。

黄杰林说："你知道就好，我们心照不宣，不用我跟你说什么了。"

"但是我要说！"我看着黄杰林，然后从包里把杨婉的文凭复印件掏出来，"这份学历跟这二百亩地有关，因为批给宁阳大学这二百亩地的是姜春文市长，而杨婉是市长夫人！"

"市长夫人已经去世了！"黄杰林说，他在提醒我不要为一个已经入土为安的人的历史揪住不放。

我说："是，我知道，"我扬着文凭，"这份文凭对市长夫人已经没有价值和意义了。但是，我想知道这样的文凭，宁阳大学一共发放了多少份？其他人有没有？"

黄杰林脸一横，瞪着我，"你什么意思？你把宁阳大学当什么啦？文凭批发部、专卖店吗？"

"这是你自己说，我没说。"我说。

"你想来清算宁阳大学，是不是？"黄杰林挽了挽袖子，"好，你来呀！欢迎，热烈欢迎！你才离开宁阳大学几天？啊？你人现在都还住在宁阳大学里，就跟宁阳大学造反？你现在究竟代表谁？宁阳市政府吗？宁阳市和宁阳大学是一个级别，你管得着吗?"

黄杰林越说越来气，像老子训儿子一样地训斥我。他掏了一支烟叼在嘴上，却东摸西摸也摸不到点火的打火机。

我掏出自己身上的打火机。黄杰林把嘴凑过来。

但是我点燃的却不是黄杰林嘴上的香烟，而是宁阳大学发给市长夫人的文凭。

文凭在我手上燃烧着，像是烧给长眠九泉下的市长夫人的冥币。它价值连城，却正在一点一点地变成灰烬。

最后灰烬掉落在地上，成为宁阳大学科技园富饶而腐朽的园址的肥料。

11月22日　晴

以职称办的名义对黄永元和唐进文凭真伪的调查，今天有了结果。

北京师范大学方面发来传真，明确编号为"毕字011788954"、毕业生为"黄永元"的毕业证为假文凭。

唐进的毕业证被华东师范大学证实是真的。

市教育局两位副局长的学历问题水落石出。

现在的问题是，作为主管教育局全面工作的黄永元，存在着伪造文凭的严重错误，他能否还担当得起负责人的重任?

11月23日　雨

去乡村考察的英籍华人林爱祖回到了宁阳。他的脸上充满着慈善的笑容，仿佛从异国带来的仁爱落到了实处。

陪同林爱祖考察的黄永元更是一脸的灿烂，像是阳光通透的葵花。

接风洗尘的宴席上，黄永元的报告眉飞色舞、声情并茂——

11月18号，我们到了朱丹，受到朱丹县县长常胜的盛情接待。他用好茶好酒和当地的山歌欢迎林先生，把林先生当亲人。山歌是这样唱的："哎嗨，多谢了，多谢英国林先生，如今有着好茶饭啰喂，更有山歌敬亲人，敬亲人！"山歌唱了一首又一首，好酒敬了一杯又一杯，非常让人激动、感动。第二天19号，我们去了菁盛乡，这是朱丹县最穷的乡。我们到了才知道，这是我们彰副市长彰博士和李论副市长的家乡！两位副市长的家乡出英才呀！自然而然，我们就去了地洲村。沿着当年两位副市长走出来的路，我们来到村子的对岸。从对岸望过去，地洲村炊烟袅袅，在霞光映照下就像一块熠熠生辉的宝石，生成在天然如打开的奁匣一样的山冲，而从村前绕过的河流则犹如护宝的巨龙。好一块风水宝地！身临其境的人无不如此赞叹。然后我们坐船过河，划船的人就是彰副市长的堂弟。彰副市长的堂弟可了不得，出口成诗，颇有唐宋遗风，可见这个村子的教育渊源，流长根深，英才崭露绝非一日之功！可当我们来到村小学的时候，都惊呆了。这么一所诞生博士市长的学校，竟然是那么的破陋！每一间教室的墙体都被木头撑着，随时有坍塌的危险！山里的秋天已是寒风凛冽，许多学生却只穿着单衣，还光着脚丫，在教室里发抖地听课和朗读。学校和学生的境况让林先生当场落泪！他决定出资五十万，重建地洲村小学，并为每一个学生购置一套冬衣。离开村小学，在林先生的要求下，我们来到了彰副市长家，见到了彰副市长的母亲。彰副市长的母亲非常好客，不顾劝阻，杀鸡宰羊款待我们，还派人去请来了李副市长的父亲。在彰副市长家，满堂都是彰副市长从小学到中学的各种奖状，还有彰副市长父亲的遗像以及家庭的合影，成为我们瞻仰的目标，在茶余饭后又成为我们谈话的内容。林先生还把奖状和照片一张一张地拍了下来，说要带回英国去，激励别人。彰副市长的母亲听说林先生来自英国，她紧紧拉着林先生的手，请求他一定替她向在英国当律师的儿媳妇赔不是，说彰家对不住她。我们不知道彰副市长的母亲为什么会这么说。究竟谁对不起谁，这还是个问题。你说是不是彰副市长？林先生答应彰副市长的母亲，回英国后，一定转达她对儿媳妇的问候，如果有幸见面的话。那天，彰副市长的母亲说了她的儿媳妇和彰副市长的很多故事，说得林先生都舍不得走，最后干脆留了下来，在彰副市长家留宿。我们陪同的人当然也留在村里过夜了。第二天20号，我们离开了村子，坐船过河。当我们上岸的时候，依然望见彰副市长的母亲和村民们，以及地洲村小学的师生，伫立在河的对岸，挥动着森林一般的手。林先生的眼泪再一次夺眶而出，看着阻隔的河流，对菁盛乡的乡长说，我要在这造一座桥。

黄永元停止不说了。他像一个说故事的高手，在恰到好处或高潮的时候戛然而止，吊听众的胃口。

大家的胃口果然被吊了起来，看着黄永元，期待着下回分解。

黄永元说："我讲完了。"

金虹说："啊？完了？造桥要花多少钱你还没说呢！"

黄永元说："这要问林先生。"

大家把目光投向英籍华人林爱祖，看他嘴里能吐出多少钱来。

林爱祖说："我今天看到菁盛乡的预算了，地洲桥造价约一百万人民币，那我就出一百万人民币。"

金虹哇地叫了一声，"加上地洲村小学的五十万建设费，那就是一百五十万人民币！"

林爱祖说："对。"

在座的人除了我，不约而同举起了杯子，争相向口头上一掷过百万的林爱祖敬酒。

最后，我也举起了杯子，"林先生，如果你没喝醉的话，我敬你一杯。"

林爱祖说："我没醉。"他把酒干了。

我也把酒干了。但我心里始终不相信，这位英籍华人会兑现自己的诺言。他凭什么要对我那个一穷二白的村子情有独钟？中国那么多的地方，他为什么偏偏选择来宁阳并且直奔我的家乡？他的身份、来历和动机十分可疑。我现在连他是慈善家都不相信，他就是个骗子。还有，黄永元的报告究竟有多少可信度？既然他文凭都能伪造，虚构一个英籍华人的爱国情怀还不是轻而易举的事？如果有骗子大学的话，他能拿个博士文凭倒是货真价实，我想。

宴席散后，一拨人选择送林爱祖，金虹却来送我。她坐上我的车，坚持要把我送回宁阳大学。

"米微在你那干得还好吧？"我说。我言外之意很明显，今晚怎么没见米微来陪吃饭？

"今天她休息。"金虹说。

"我说过今天怎么没见米微了吗？"

"你没有，"金虹说，"我也不想说现在米微和姜小勇在一起，但是我不得不说。"

我如闻噩耗一般看着金虹。

"从广州回来，姜小勇就开始追她，"金虹说，"我想他们已经住在一起了。"

"是吗？"我强忍着悲怆，"这么说，米微到接待办，并不是你的功劳。"

"我的功劳仅仅在于，我保护了你的前途。"金虹说。

"我的前途？"我看着夜幕下被灯光照着的路，"你是我的指路明灯，对吧？"

金虹说："年轻貌美的女孩对你有害无益，对从政的男人都是如此。"

"但是你接待办的女孩，一个比一个年轻貌美，接待的全都是从政的男人。"

"那仅仅是接待，"金虹说，"谁要是和接待办的姑娘有过深的交往，结果代价总是很惨重。"

"比如？"我说。

"比如，"金虹冷笑了一下，"如果我没记错，你现在用的这部车，是一个叫蓝英俊的人用过的，他曾经是副市长，你的前任。"金虹脖子往前一伸，"是不是小韦？"

司机韦海开着车，说："是，但彭副市长和蓝英俊不一样。蓝英俊贪财贪色，两样都贪。而彭副市长两样毛病都没有。你怎么能拿蓝英俊和彭副市长比较呢？"韦海承上启下，看来他开车并不专心。

"对，彭副市长和蓝英俊不一样，"金虹说，"所以我敢坐在他身边，送他回家。"

"说一说我的前任，代价是怎么惨重法？"我说。

金虹说："小韦你说。"

韦海说："不，你说。"

金虹说:"蓝英俊和我们接待办的小梁好了以后,好到不可收拾,只有和老婆闹离婚。婚离成了,但前妻却抖出了蓝英俊受贿的事,蓝英俊这边正准备新婚,人就进去了。小梁因为藏着蓝英俊交给她的存折现金,离开接待办,被开除了。"

我说不上是难过还是难受,有一会儿不说话。

"我不想你重蹈覆辙,"金虹说,她摸捏着车门的扶把,"不过有了前车之鉴,你应该不会。"

我看看像保护神在我身边的金虹,说:"你不愿看我栽倒在石榴裙下,却乐意或纵容被你视为红颜祸水的米微,在泡我们市长大人的儿子,不知道你是何居心?"

"姜小勇不同!"金虹说,"他不是政客,你是。他们合适,你们不合适。"

"对,"我说,"姜小勇不是市长,他是市长的儿子!市长的儿子掼美女,那是天设地造,豺子配佳人!"

金虹看着我,"彰副市长,你的普通话不准喔!是cái,不是chái,亏你还当过中文教授呢。"

"是副教授,"我说,"你知道我为什么一直评不上教授吗?".

金虹说:"不知道。"

"想知道吗?"

"想呀。"

"因为我'才''豺'不分,"我说,"但现在我分清楚了,才子,豺狼。可惜我清楚得已经太晚了。"

"塞翁失马,焉知非福。"金虹说。

我愣怔,记得还有另外一个女人也这么跟我说过。她叫莫笑苹,我前妻的离婚代理律师,米微的同母异父姐姐。

"为什么干涉我幸福的女人总是用这句话安慰我?"我说。

金虹说:"原来爱护你的女人不仅我一个。"

"所幸的是,她没你露骨,也没你漂亮。"我说。

我叫司机韦海停车,我要下车。韦海说彰副市长是不是要方便?可附近没有厕所。我说我不上厕所，我要走路回家。韦海说那不行，这一带不安全，治安不好。他继续开着车。我说我现在一无所有，谁能把我怎么样？韦海说你是副市长，上过电视，有人会认得你。我说我是贪官还是污吏，怕人民戳我的脊梁骨吗？

金虹说："小韦，你就停车，让他下去吧。"

我徒步走在回宁阳大学的路上，像一个输光了钱的赌徒。我觉得我真的什么也没剩下了，因为我彻底失去了米微。在爱情的赌博中，我输给了姜小勇。一个公选出来的副市长，输给了市长的儿子。而这一切，都是我咎由自取。我优柔寡断，并且引狼入室——千不该万不该让姜小勇认识了米微。一只老虎遇见一只轻佻的梅花鹿会是什么结果？肉包子打狗又是怎样一种下场？这个弱肉强食的世界还有没有像我这么蠢的人？我站在路边，用手做成喇叭状，朝着行人大喊："像我这么蠢的人有吗？"朝着星空大喊："傻 B！"

行人没有回答，只是像看疯子一样看着我。

星空有了回答：傻——B。

一辆车在我身边停了下来，还鸣了鸣笛。

金虹的头从降落的车窗露出来，默默地看着我。

韦海则从车上跳下，强行把我拉上车。

我呆滞地坐在车上，一动不动。

金虹说："我有个哥哥，他疯了的时候，就像你这样。"

┃ 文学史评论 ┃

他的作品深受弗洛伊德学说的影响，注重表现人的原始欲望，但描写中又体现了作家比较正确的伦理道德评价。

——张炯、邓绍基、郎樱主编《中国文学通史（第11卷）当代文学》(中)，江苏文艺出版社，2013，第368页凡一平给壮族小说带来的影响是较为复杂的。一方面，他开始大量解构现代主义的偏激以及现代性中的偏颇，使壮族小说现代性的观念得到某些匡正，从而也使壮族小说在某些方面不仅赶上中国当代文学的前列，而且走上后新时期的潮头。凡一平小说诗化和许多尝试，使壮族小说为现代读者提供了新的审美内容，这对壮族小说的现代性进程是有益的。

　　——雷锐主编《壮族文学现代化的历程》，民族出版社，2008，第225—226页

┃ 创作评论 ┃

　　在二十世纪汉语叙事的丛林中，凡一平从头到脚穿着传统的装束招摇过市。在西方叙事学已将当代汉语叙事者打扮得花枝招展的文学时代，凡一平不依靠叙事视角、语言，以及其他层面的小说修辞，来增加自己文本的可读性或审美内涵，而是依靠故事、情节本身取胜。刘勰曾谓"因情立体，即体成势"，描述主情、主智类文学作品普遍存在的情感势能。凡一平的"因情立体"，则是依靠"情节"实现其小说的叙述势能，以形成文本贯彻始终的对阅读的摄取力。对凡一平来说，把一个故事讲得清楚通晓、引人入胜，已经是一贯的，甚至是最高的美学追求。他写的最好的小说，是故事最曲折、最紧张动人的那些，是依靠亚里士多德的情节理论，遵循他的"情节""性格""思想""语言"按照文体重要性递减的序列，是一种传统意义上的"精致小说"。尽管他在书写现实的过程中，加入了一些马可·波罗式的叙事气息，但最终未能抛弃故事的叙事核心，写出一篇完全的寓意小说。

　　——傅元峰：《"山鲁佐德"的文学启示——论凡一平小说兼及当代小说叙事倾
　　　　向》，《当代作家评论》2011年第3期

　　凡一平很善于发现和收集生活中的轶闻趣事，在反庸常的伦理秩序中，建构引人入胜而又令人深思的叙事，表现现实伦理与生命伦理之间的矛盾对抗，展示世俗欲望与人性本质的尖锐冲突，让人物在各种世俗的羁绊中撕开外表，裸露出让人惊悸的人性本质，以鲜活的人物形象和跌宕起伏的情节走向，在一种极致化的审美追

求之中，给读者带来一种强劲的情感冲击与剧烈的心灵振动。

    ——李琨：《本土的声音——世界性视域下桂西北文学的多维解读》，华中师范
    大学出版社，2013，第208页

┃ 作品点评 ┃

    《顺口溜》叙述了一个知识分子从政的故事。农民子弟出身的博士彰文联在大学里教书很不得志，而且与在国外的妻子两地分居难得相聚。因为一个偶然的机会，他通过考试当上了市长，跻身政坛，在权欲、物欲、色欲充斥的社会环境里，以自己的责任感和道德良知向诸多不良现象进行了挑战，在官场中挣扎与抗争，始终坚守道德的底线，保守操守和气节，两袖清风，一身正气，成了一个万民拥戴的好官。在经历了一番波折之后，彰文联又回到了东西大学的校园……

    ——温存超：《边缘地带的解读——广西当代文学批评》，广西民族出版社，
    2013，第67—68页

    凡一平的《顺口溜》的表层叙事结构十分简单，它基本上是在说一个农民出身的博士因其在大学里面教书不得志，于是通过一个偶然的机会跻身政坛，在政坛他两袖清风，创下了骄人的业绩，一身正气，成为当地人民拥戴的一个好官，可以说这样的叙述在官场小说中太常见了。但是这个故事如果从女性立场反观就变得复杂起来：这位两袖清风的好官却是一位与妻子分居异地，而且极度性压抑的中年男人，阴差阳错的是，他却与一个娇艳欲滴的美女校花互相迷恋。但是在这位好官的极强的道德感和对妻子的忠诚下，终于抑制住了自己的性爱冲动，没有同那位美丽校花发生情爱关系。这两个指向不同生活场域，拥有不同生活标准的故事却同时发生在这位好官的身上。他成了夹在硬币正反两方面的挣扎物，他对忠诚与道德的维护实现了自己作为一位"好官"的人格操守，但是他并没有因此而获得爱情，而是自己抛弃了这一份爱情。在小说中读者不难发现男性叙事话语始终处于主宰的地位，不管是主人公选择追逐年轻女性，还是选择放弃这份虚无的爱情，都是他自己

说了算，女性始终处于"他者"的被动局面。

——杜建:《权力关系的多重变奏：官场小说的类型学研究》，上海大学出版社，

2012，第88—89页

美丽世界的孤儿（节选） 纪尘

节选一

我竖起耳朵，倾听可能创造灵魂的痛苦，在死亡的横梁下。

——弥尔顿《柯马斯》

今夜，我将叙述南方以及南方的混乱。

院子里高大的皂角树剧烈地摇晃，悬浮的云朵被闪电击得通体透明，不时地，各种古怪的光点从窗前掠过，空气中不定期地充溢着阵阵枯树烧焦的味道和生皮革味道，广播、汽笛、咳嗽、尖叫、血红的双眼和被捂得严严实实的口鼻……我轻轻拉扯手中的床单并将之覆盖到那张脸上，我知道，此刻，这场持续了两天一夜的大火达到了最高点。

风继续吹。扬起的尘土在遍布疮痍的大地层出不穷地翻滚出种种精致的花样，山火释放出的浓烟一直影响到两百公里外的邕州，大片大片的绿色正被焚烧成农田，斑点猫头鹰失去了最后的栖所，惊魂未定的人们聚集在广场，呆呆看着自己昨日还幸福如春的房屋被那只火之巨手掀到云端，看着那个幸免于难的绿色圆圈——一口深达八米的井，但没人知道这水还能用多久。

F城，一个被投了毒的地方。

作品信息

《美丽世界的孤儿》，载《钟山》2005年B卷，本文节选自第1和第17部分。

在我的一生中，F城一共经历过三次这样的燃烧。当然，那时它还不叫F城，而叫F县——一个比其他县更大也更混乱一些的县。F县是湿润的，这个与北部湾相毗邻的地方，无论是植物、动物、建筑，甚至包括老年人那布满锯形皱褶的嘴唇，都是湿漉漉的。在这里，你一出生所应当拥有的知识就是斜风、细雨、火一般滚烫的骄阳，以及，那像间歇性精神病般令人猝不及防的飓风"尤特"，而火，那种顷刻便被湿气灭掉的东西，在我们看来，就像尘埃一样的渺小和自不量力。

没人知道这一切是怎样发生的。在高达38度的气温下昏昏欲睡的人们，耳膜所能捕捉到的只有在墙角徒劳无益转着的风扇声，只有从满是锈迹的龙头时不时落下的滴水声。

"火——"

随着一声尖锐的叫喊，一个臃肿的身躯以一种不可思议的迅捷从地上一跃而起，她头发凌乱，衣衫不整，抖动不已的嘴不断发出神经质的低唤："火。"

女人的声音很细，跟外面那些高亢的尖叫相比就像一根虚弱的线。她一边低声呼唤，一边像个癫痫病人般不停摇晃双臂——怀中那颗小小的头颅早已抬不起来了。

滴汗。滴汗。温度达到了人类皮肤所能忍受的最大极限，富含油脂的灌木丛鬼眼一般"呼"地一下腾起白光，饥饿的野狗和下水道里的老鼠纷纷蹿上大街——大围山的熊熊烈焰已烤干了F县的每一滴水分。

火！

1975年的盛夏，失魂落魄的人们终于停下脚步——在那片浓烟滚滚的芭蕉林里，一个女人的身体正像蛇一样可怕地扭动，她挣扎着在那片枯焦的大芭蕉叶上产下一个婴儿。婴儿有一双母亲那样的大眼睛，像所有族人一样凸起的颧骨，湿漉漉的头发闪着火焰般刺目的光芒……

"罗小小"。当我在白纸上一笔一画写下这三个字时，我扭头望了一眼晃荡不安的门帘。

是的，我的名字应该叫罗小小而不是罗烈焰，尽管我出生在那个火光冲天的季节，尽管这世上，所有人都这么称呼我：烈焰。我依然固执地认为，我应该叫罗小小——这母亲给我的，独一无二的只为了一个人的呼唤而存在的名字。

岁月如梭，一晃十几年过去了，除了门前那一丛芳香四溢的茉莉，除了茉莉花下那个隆起却又在某日被夷为平地的小土堆，关于那场灾难，关于死于那场灾难的罗家长子，我的大脑一片空白。我不介意这种空白——它们离我实在是太遥远了，而且，重要的在这——我的生命自11岁起便戛然而止。过后的岁月，我的生活便只关乎一个人，除了她，其他的任何存在、任何生活方式都被摒弃和拒绝了。

没有风。树梢纹丝不动。我回过头，凝视着那三个工工整整的楷体——门帘的飘荡完全是一种错觉。可它曾经是飘荡过的，就像母亲滴着水珠的长发，就像于秋美薄如蝉翼的裙褶。

那时我还只有10岁，每天都在为"罗烈焰"这几个字的烦琐笔画烦恼不已。

"噢，我的小美人，眉头皱得那么紧，是不是又被哪个小哥哥惹恼了呀？"

当于秋美柔媚的声线在耳畔响起时，我的脸突然一下热了。我不知道自己为什么脸热，也许是"罗烈焰"这几个字写得不够好，也可能，面前的那双腿太长，在裙子外面露得太多。

我当然认识于秋美，这个身体就像一枚被晒得发酵的果实一样的小个子女人，总是以一种马鹿般轻盈的姿势跨进我的家门。我得说，在刚认识于秋美时，无论是她说话的腔调，还是那双肉乎乎软绵绵的涂着深红指甲油的手，都让我感觉新奇，而当她弯下腰，透过那个圆形绵绸领口，我可以闻到一阵花露水香味。那味道曾一度使我迷惑——它很好闻，但为什么母亲却说那是"毒药"？母亲是这么说的：

"他人的美味，我的毒药。"

我并不太清楚母亲话里的"他人"指的是谁，我只清楚一点，那就是母亲不喜欢花露水香味，一点都不喜欢。

自有记忆的那天起。我便完全有理由相信，这世上再没有比我更幸运的孩子了。我的父亲，那个名叫罗旭阳的男人，无论举止、学识，还是鼻梁上那副精致的金边眼镜，都是让人不得不另眼相看的。不过，在没成为阮香怡的丈夫之前，他也就是县中学里一名再普通不过的语文教师。人们常说，"是金子总要发光的"。我不知道父亲是不是一块金子，但确实，在中学度过了那样四五年的暗淡光阴后，当某一日，他遇上阮香怡，也就是那位教育局局长的千金，他一下就令人刮目相看了。

　　我想只要是 F 县的人，没有不知道阮香怡的——她实在是太美丽、太引人注目了，追求她的人多得可以从凤凰大道一直排到一公里外的横街。那些人，特别是那些了不起的，吃国家粮食的男人，每每碰上她，总要将头发甩了又甩，同时瞪大眼睛，虔诚地伸出手去，而阮香怡，对这些热情从来都无动于衷，最多是微微点一下头，就像小鸟喝水一样。尽管这样，那些人也从不认为是她看不起人，"她只不过是害羞罢了。"他们说，然后若无其事地收回那只没被握住的发烫的手。

　　尽管如此，还是有一位年轻人最终握住了那只美丽修长的圣洁的手。这位年轻人就是罗旭阳。此前，在人们眼里，这位语文教师几乎是不存在的，他瘦小，少言，换洗的衣服永远都是那两件洗得发白了的中山装。这样一个人，无论在哪里，都会像一个无足轻重的逗号，被安排到一个所有人都知道但同时又被遗忘的位置上去。

　　那是年轻人工作四年以来，第一次被邀请到人民礼堂开先进工作者大会。他的一名学生为学校捧回了一个金光闪闪的作文大赛一等奖的奖杯。但人们更愿相信是那位少年有异禀，而他，那少年的班主任，不过沾了他学生的光罢了。

　　那次大会，当语文教师既骄傲又困窘地走下领奖台，有人这样在他耳边轻轻地嘀咕一句："那是阮局长的女儿阮香怡。"一时里，他那麻钝的就像被苔藓蒙蔽了多年的眼睛，闪发出神奇的几乎是智慧的光，仿佛"阮香怡"这三个字不但抹亮了他的双眼，也抹亮了他灰暗的命运。

　　罗旭阳变了，变得以至于人们不得不承认，这个一直被他们漠视的平头小个子，其实是深巷里的陈酒，而那位得奖的少年，其实并不像他们想象的那么有天赋，金光闪闪的奖杯是理所当然有罗旭阳一半功劳的。不是吗？不过短短半年，这个不起眼的年轻人就谱写出了好些优美的歌曲。他为民运会谱写，为盘王节谱写，为县里冲向城市，为城市冲向中央的各类民歌大赛谱写。那些歌，就像泻地的水银一样，在 F 县被源源不绝地传唱，而那一个个金光闪闪的奖杯，也源源不绝地堆满了小伙子简陋的小屋。

罗旭阳变了，他那邋遢的衣着，木讷的举止，在人们眼里都是那么的特别而有个性，他们为自己曾经有失水准的判断力感到惭愧，他们很高兴还有和这位年轻人继续打交道的机会。随着接触越多，人们越发现小伙子不但有可贵的才华，还有更可贵的谦逊、有礼的德行。

"谁家闺女能找到这样的年轻人，也算是有福的了。"

这是那位饱经沧桑世事的教育局局长在与罗旭阳接触了一段时间后，所说的一句话。

就这样，局长大人的大门开始为罗旭阳敞开，而相应的，他见到局长千金的机会也越来越多，距离似乎也越来越近。不过，小伙子并没有因此而得意忘形，他心里很清楚，哪怕目前他看上去比其他追求者更有优势，但那位矜持骄傲的小姐可不是一个头脑简单的美人，要赢得她的芳心，远要比赢得她那位局长老爸的欣赏要艰难得多。于是，在那个许多人还衣食有忧的年代，聪明的中学教师工作之余，几乎把所有时间都花在了尼采、波德莱尔或是贝多芬身上，不仅如此，他还不惜倾其所有，利用节假日到各个乡村漫游。他去福利去葛坡去麦岭去高寨去百柱庙，他气喘吁吁，汗流浃背，他从那些没落古老的村寨不断搜罗回些形形色色的玩意儿。那些玩意儿有时是一堆破碗，有时是一张紫檀雕花椅，有时则是半扇花窗和几双小脚绣花鞋。后来，当小伙子从最僻远闭塞的油沐村一脸风尘地归来，并将一个纹有鸳鸯秋荷的青花梅瓶递上时，那位美人的脸终于绽开了娇羞的笑。也就是那晚，在如水的月光下，美人铺开信纸，将那些追求者的名单一一列下，那个被最后保留下来的幸运儿，名叫罗旭阳。

我叫罗小小。我出生在一个烈焰熊熊的季节，我在芭蕉叶上睁开眼，我初生的清澈明亮的瞳孔看见的是那些被烟熏得模糊不清的双眼没有看到的东西——酷热之后的冰寒。这冰寒自我降生之日，就以一种悄然无声的诡异方式潜进我薄弱的皮肤——这让我一生都得不到足够的热量。

"真的确定不要？"

那年我8岁，罗旭阳指着那个刚为我买回来的布娃娃问道。

"不要。"

我回答，一向含混不清的口舌在说出这两个字时，清清楚楚。

事实上我心里是想要的，很想很想。可是我想到母亲，那个从不屑于布娃娃、香水瓶的女人曾这样说过："不要让软弱进入你的皮肤，哪怕只一个细胞进入，你就完了。"虽然那时我还不曾明白什么是"软弱"，依我看来，布娃娃该是软弱的，而玩布娃娃的人，也必定是软弱的，要不上次周倩怎么会为了别人碰了她的布娃娃一下就泪眼汪汪呢？

我没要布娃娃，也没要其他玩具。我回家，进入母亲的卧室，我在看那个青花梅瓶。我的外公曾告诉过我，在我出生那年，阮家的所有古董里，只有它是唯一逃过那场大火的。它现在被搁放在梳妆台上。我并不太懂得如何去欣赏这件艺术品，我之所以围着它悠转，只是因为我觉得它不软弱。

"小小，你知道吗，大火并不能摧毁一切。"

说话的人是我母亲。她望着那个瓶子：小口、短颈、溜肩、丰腹，一对戏水鸳鸯旁饰有忍冬草纹饰。她似乎越看越高兴，而那把长发梳理起来也特别的顺手。她是如此陶醉。她似乎把什么都忘了。我坐在一旁，出神地看她梳头、更衣，或是徒手在桌面上画出一道优美的曲线。我将头靠过去，她微笑着抚摸我的脸。"我才不要那软弱的布娃娃"，我自我安慰地这样想。我双手环住了母亲那散发着茉莉芳香的脖子。我感到是如此的满足和幸福。

罗家是幸福的。这个家庭，男主人能干、有魄力，不过短短几年，就把那所原本普通的学校一跃升为省重点中学，女主人，美丽、高雅，在电台里工作得有声有色，除了那个小女儿稍微有点儿不尽如人意。她瘦小、黝黑，从不肯开口叫人，但这没什么。还在小学三年级，她的奖状就贴满了墙——这足以弥补了那点儿不尽如人意。

罗家是幸福的。所有人都这么看，所有人都以能成为罗家的座上客而感到自豪，而如果，谁非要钻牛角尖，非要从这幸福之家中找出一点点不和谐来，那么就是在那些天空飘浮着橘红色云彩的傍晚。每每这时，那些倚在江畔，衣着邋遢、皮肉蓬松的女人就会说一些形形色色的话。那些形形色色的话有如天边的云彩，也是橘红色的。她们说等着看吧，那女人，结了婚还这么不安分，迟早会，哎呀呀，迟早会……这些话，前半部通常很清晰，但到了后面，便越来越低，越来越模糊，就像河面上的雾霭一样。

至于男人，倒不怎么说那些橘红色的话，他们面色谨慎，步态凝重，在经过那个"不安分的女人"身边时，总要一再放慢那已不能再慢的脚步。从他们的神态上看，对于能碰到这个女人，是很惊喜和愉快的，但随后的那种失落，又似乎在表明，这具美丽的身体怎么可能只为了一双手的抚摸而存在？而那一头秀发，又怎能像妩媚的垂柳，在自己的视线里飘飘荡荡却从不留一点，哪怕只一点可供期盼的余地？

这个幸福之家真正掀起波澜，该是在那个小个子女人出现之后。那个女人，她的面孔很一般化，眼睛不大但很灵活，红艳艳的嘴唇总像是才刚刚吃完一个醇汁四流的橘子。由于个子矮小，她的双脚总是离地五公分以上——我从没看过母亲穿那样的鞋。那些鞋都又高又细，而颜色，更是我们想都不敢想的蓝色或粉红色。在保守的F城，并没有多少人会欣赏那样的鞋，但不能否认，它们的确有一定功效——它们总能使许多男人不断回头去看那丰满紧绷的有节奏晃动的臀部。

这个女人就是于秋美。她调到学校不过短短两个月，就成为人们聚焦的中心。当然，人们关注她并不是因为她长得美，而是，她那两次结婚又离婚的经历，着实为这枯燥乏味的生活增添了不少可贵的情趣。不过好像于秋美并不在意这些，她似乎具有某种神奇的遗忘天赋，不管那些人是否说过她的坏话，对她是喜欢还是讨厌，她的眼睛从来都是亮晶晶的，而嘴角，也永远都挂着一份甜蜜的微笑。

那段时间，我的注意力也有所转移。我开始喜欢出门，我时常沿着学校的操场，一圈一圈地走。我希望碰到父亲的这位女下属，每当她出现，我会装作若无其事，而当她经过，我便会悄悄回头——真是又时髦又新鲜！而且，我还难堪地发觉，我喜欢那被风捎过的花露水香味。真的喜欢。

尽管于秋美的到来引发出种种热烈的议论，但没人愿将她跟罗校长联系起来。哪怕有人看到他们在金饭庄的包间里吃饭，哪怕凤凰歌厅里，他们起舞的身体贴得多么近，或是凌晨两点，那双高跟鞋从校长办公室一路嘀嗒嘀嗒地敲到门卫身后，都没人愿将他们联系起来。这是不可能的。不说别的，只要看看阮香怡，那位高傲尊贵的校长夫人，她的美，犹如一棵叶冠巨大的树，她只需展开一片叶子就够了，就足以让那个小个子女人渺小到令人视而不见的地步。

除了雷姨。那个40岁的圆脸女人。早在十年前，她便在那场无数人都热烈祝福的婚礼上出言不逊：

"婚姻，就是一所为了坍塌而盖的房子。"

我当然认识雷姨，我熟悉那张圆脸就像熟悉墙上的那个圆挂钟一样。不过，熟悉是一回事，喜不喜欢则又是另一回事。这个脾性怪异的女人，14岁来到F城，保姆、清洁工、桂剧演员……几乎什么行当都干过，到了19岁时，她开始偷偷喝酒，最后酗酒成性，再也没法找到活干。由于长期酗酒，她脸色晦暗，双目浮肿，而以前，据说，她算得上是个美人。

我不知道雷姨有没有结过婚，她似乎很讨厌男人，不管5岁还是50岁，一概讨厌。有时，很偶然的，我会在她家门口碰上一个或是几个神色怪异的女人，我想也许是她的亲戚或是姐妹。她们看上去非常亲密。不过，后来，当结识了那位当时还没有成为校长的罗旭阳的未婚妻后，雷姨的那些亲戚或是姐妹便在她家绝了踪迹。她就像一个狂热的追星族，只要是阮香怡可能出现的场所，便必定会看到那肥胖可笑的身影。她常常这样说："香怡就像我的女儿。"但我隐隐觉得，这话其实不太可信，因为我从没见过有谁的母亲会用那种眼神望自己的女儿。我母亲从不那样望我。周玲刘倩李小美的母亲也不会那样望她们。

节选二

五号深夜，我艰难地行走在泥路上。

我的父亲，那个我有数月没见过的老头儿，自从在他那死去了五周年的儿子的坟头淋了一阵雨回来后，就开始了咳嗽。他在那群饥肠辘辘的狗面前，在远离人群的地方，气喘吁吁，时冷时热。他在床上翻腾，在恶臭扑鼻的房间哭泣、号叫，却没有人听见，没有人理会——那个时候，他唯一的女儿，正伏在桌上写作。她写狗，写巧克力，写手术刀，写变化无常的云和夏天死去的昆虫。她写一切，但对他——她的父亲，只字未提。她从没想过要将他写进文字。就在她写到大围山那溅起的一片又一片灰，一块又一块被烧焦的植物根茎时，老头儿出现了紫绀，他吐出一堆堆粉红色的泡沫，而那位有着葱白色头发的医生，正弯着腰，全神贯注地聆听着按在那个风箱般的胸腔上的听诊器。

我进了门。我用力地甩着鞋子——不是为了甩掉泥泞，而是要在那间几乎要被寂静撑破的房子里弄出一些声响。

那位医生，我相信他是个好人。他看上去疲惫不堪，白衬衫好像刚从屠宰场出来，沾满了血。对他来说，退休几年后又重操旧业，而且救治的是那位让他儿子念上大学的罗校长，他很尽职。他想不通的是在这种时候，罗校长身边怎么会没有人？他的朋友，他的邻居和亲戚都上哪儿去了？

"这些混账东西都上哪儿去了？嗯？没事的时候他们总在眼皮底下转来转去，现在，都上哪儿去了？"

累得面无人色的老军医愤愤地说。他该是呼了救的，从看到那只同样半生不死的胖狗，从那只胖狗在窗台不停地抓挠并发出哀哀号叫时，出于某种直觉，他就扯开了嗓子。但雨太大，而他又太老了，只两声狗叫就把他的声音淹得一干二净。他只好捡起一块砖头。看得出来，直到现在，他还为自己能够敏捷地跳进窗子而感到高兴。他并没有别人说的那么老。

"你是他什么人？怎么这时才来？"

你是他什么人？我看着那个嘴唇发紫的老头儿，他端坐在那儿，几乎是神志不清了。他衰老、臃肿，胡子至少有两个月没刮，满脸褐斑，因呼吸困难而起伏不定的胸膛就像一只满是洞洞的滤水盆。这个衰败的形象占据了我的头脑。一直以来，我心里的这个谋杀犯都是一个毫无廉耻之心，带着大大小小狗群在乡野间闲逛的男人，他不断在我眼皮下变化着把戏，在一张被抹黑的银幕下扮演着种种角色，他试图活得久一些，再久一些，最好活过那个不断追捕、堵截他的冠以他姓氏的女人。可是，他逃不过命运这口井，儿子的死亡，时光的流逝，使他无可避免地走向孤独，走向衰老——他的潇洒和才华，都已在强大的岁月里漏尽了。

"还能做些什么呢？"

医生将止血带松开，换到老头儿的另一只手臂，然后快速地在静脉里推了一支速尿（按：呋塞米）。医生说话的语气很低，并不断摇着脑袋，好像已是在出殡前夜。

我望着那张开始发黑的脸，想起有一次，我站在那块巨大的石头上，所看到的那一幕：罗旭阳正用着与他妻子做爱时的同一种姿势跨在另一个女人的肚皮上。迎面吹过的风，在他们的喘息下散发出一种令人不安的，就像盐沼和湿树皮的味道。这样的情景我不止碰过一次：在深夜的校长办公室，在巨大的棕榈树下以及北部湾的银滩。对此，我是无能为力的——道德，有时如盲眼蝙蝠。而我的母亲，一把在寒风中咔嚓作响的利剪，一条自由迷妄的小溪，她是敢做一切的，包括闭上眼自极地奋力一跳。她不会管这一跳是否会坠出银河。

我闭上眼，感到一阵头晕。一直以来，我只知道一种对待罪恶的方式，就是毫不松懈、牢牢地盯着罪犯。可现在——我从镜子里看到自己的双眼，是那样的空虚、茫然。

"小……小……"

我猛地睁开眼。谁在唤我？不，一定是弄错了，这不可能——他怎么能在这个时候呼出这两个字？并且，用那样一种虚弱、内疚的语调？不！这狡猾的混蛋，他想用此唤起我的怜悯之心。我太清楚他了。我必须扭过头，捂住耳朵，一个音符也不要听。

"小小……"

我真想跳起来去封住那张该死的嘴。"小小"——多么奢华又活泼的童年景观，它怎么能在这样一种死寂里摇挤、满溢出来呢？我听到自己的内心在喋喋不休，就像，一条混浊的河流，遍布碎屑和垃圾。

杜冷丁（按：哌替啶）。杜冷丁。我的手毫无章法地在口袋里摸索着，这些薄薄的小玻璃是从科室里偷来的。我看着他——灿烂林子里的纵火者——只需100mg，就可使他安静，就可扩张外周血管，减轻呼吸困难。

我感到自己就像一名犯了包庇罪的罪犯。

寒冰一直在等我。一进门，她便拉着我的手，往房间里走去。

"给我拍几张相，一切都准备好了。"

我们走进房间，仍是那股迷迭香的味道，还有一些酒精、棉花和风油精的味道。疾病的味道。但不是死亡的味道。死亡的味道我嗅过，在碧水湖宾馆，在"LN"身上，在罗旭阳的呕吐物里——腥浓而又带些许重金属气味。

床铺很整洁，床单是白的，垫褥黑色。但引人注目的不是这些，而是寒冰的鼻环。我不知道她是什么时候弄的，那条银色细金属链，从左鼻翼一直挂到耳垂。我不知她到底在身上打了多少个孔，她的身体就像一张磨损的地图，凹痕和伤疤遍布在每一块缤纷而光洁的土地。她的脸打了厚厚的粉，坚硬的长指甲涂着黑色指甲油，眼影浓重深厚，微笑着的红唇令人在惊悚之余又感受到一种彻心的冷。

"唱片的合同已签下了。"

她坐在床上，神情庄严。她身边有一张椅子——道具，我想。我重重地坐在上面。她温柔地摸了摸我的头：

"我知道你累了，一会儿就好。"

是的，我累了，很累很累。在回来的路上，我几乎是再也不想走了，我觉得再也走不动了。天晓得我为什么会将那支杜冷丁注进罗旭阳的血管，现在想想，我多希望那时注射器里的不是药物，而是几毫升空气。我甚至想象，当那些气泡像透明的珍珠一样穿过他的血管时，我马上就会获得解脱——这一天，我等得太久太久了。我咬紧牙关，握住那只浮肿的手臂——我看到了我的母亲，她就在我身旁，苍白、憔悴，可还是那么的美。她望着我，期待的眼神就像金钱豹般的孤独和有力。

"小小，做吧，不要害怕拒绝放弃罪孽。"

我听到她这样说。我用力一次次深呼吸——我想呼吸进一丝不带人味的空气。是的，为了你，妈妈，我可以放弃一切，可以对这个曾全心全意得到你然后又毫不犹豫将你抛弃的男人不存任何怜悯之心，但是，这些年来，你知道吗，我就像一个被绑在祭坛上的祭品，随时都准备着上路，等待着那些尖刀和啃噬的活蛆。我的生活，哦，如果可将之称为生活的话，那么，我过得像一个流浪汉，而在另一个地方，您却像一位皇后，安睡在一张床上。我多希望你回来，为我挡挡风雪，而不是激烈而决绝地将我向空中一抛，令我既不知自己离地有多高，也不知离天有多远……

我感到双手就像注满了沉铅。

"八张，够了！你睡一会，我先走了。"

寒冰撩起裙子，就像在舞台上谢幕一样，然后拉下拉链，换上牛仔裤，消失在夜色中。

我整夜都坐在那里，守着那间灵堂般的房子。我看着里面的一切，想着在这住下后的一幕幕。没有人能了解寒冰，没有人能听得懂她的那些音乐。我不知道那个肥头大耳的男人何以愿录制她的作品——他看起来就像一个卖木薯的暴发户。不过，他那个肉乎乎的圆鼻头却从寒冰身上嗅到了"另类"一词。他不是艺术家，他是个生意人，他知道怎么向人推销这些包括他都听不懂的音乐。

我放下合同，我觉得累极了。这累，跟罗旭阳打交道是一个原因，而另一个原因，也许是寒冰。

我们从没争吵过。我不可能跟这样一个人吵。如果一个人不管刮风还是下雨，都坐在饭桌前等你回来；如果一个人让你住在她家中，吃着她的，用着她的，甚至可以像主人般随心所欲地布置自己的房间，可以将音乐放到最高分贝；如果一个人在你睡不着的时候，在你被噩梦缠身的时候坐在你身旁，一边帮你轻轻揉捏太阳穴一边哄你入睡，那么，你有什么理由跟她争吵？从没有人等过我，从没有人这样对我恩宠有加这样毫无条件地迁就包容。

她不谈她的妹妹了，因为我不喜欢听，也有可能，她认为就是说了，我也不会理解。她认为我的漂泊是暂时的，她认为我们不同，我就本该过那样的生活：梳上马尾辫，穿上白色连衣裙，像个优等生一样坐在窗前读书、画画。

"别难为情，你很有天赋，真的。"

我相信这些话她是出自真心，但同时，我也相信，她只是想让我明白，她可以接受我，不管那些东西其实写得有多糟，只要是我写的，她都会全盘接受。

"明天就是你的生日了，开心一点，把好日子过得长长的。"

她笑着说，我则不停弄着头发，将辫子打散又梳拢，梳拢又打散。

"生日"，"好日子"，这些词听起来是多么令人伤感啊。自我的母亲躺到那张特制床上后，唯一记得这个日子的人，就是梅泽。可那也已是多年前的旧事了。现在的他，已娶了那个女警员为妻，有一次在散步时遇到，她的肚子挺得是那么大，那么骄傲。我想她是知道我的——那些信件，那些相片，她不可能不知道。但她对我伸出手，大方而明朗，甚至，含有一丝感激：若不是当年我离开梅泽，那么，她就不会嫁给这位正直善良的年轻人，不会在这座处处充满离情别意的城市安稳、幸福地挺着大肚子散步。五年光阴，梅泽看不出有什么变化，还是那么年轻而有活力——他从不会像我一样款待绝望。他没有跟我握手，但是，他对我笑了一下。温暖的冬阳。我的世界所一直缺乏的东西。

我心里泛起一种酸楚的感觉，但没有遗憾。那是因为我已知道，无论如何，哪怕今天他牵着的是我的手，我的生活也不可能取得完美的温暖。这世界从来就不是只有一条金光大道。有些路，铺满鲜花，而有些，却遍布荆棘。走在后一条路上的人，无论再谨慎，再小心翼翼，最终也会失去重心，不停地下坠。

住在没有土地的家园的人，只有在暴风雨中才能入睡。

| **作品点评** |

　　瑶族的纪尘是广西非常具有艺术天性并特立独行的女作家，她的女性成长和苦难的小说系列，持续地提供着对于女性历史与个人的经验思考，尤其对女性精神成长的探索，颇具先锋意义，如《缺口》《美丽世界的孤儿》等。她注重女性身体性写作，追问选择与被选择的关系，质疑女性自我的出路，没有盲目地张扬女性背叛与反抗，是一种女性精神自我的深度写作，充满了灰暗、紧蹙、憋闷、无力反抗的灵魂绝望，让人窥见当下生活在光鲜背后的暗角，女性灵魂深处的悲剧意识，以及女性成长所经历的疼痛和超越疼痛的能力。

　　——张燕玲：《值得期待的广西少数民族青年作家》，《文艺报》2013年7月5日
　　第7版

后悔录

（节选）

东西

爸，赵阿姨出去了，门也关紧了，我想单独跟你说说。我知道你不愿意跟我说话，从你爬回仓库的那个大雪天到现在，你没跟我说过一句话。三十年了，你说到做到，但是，你不说我说，我要是再不说，就快憋死啦。

如果不是看见那个领班的手心长着黑痣，那我早让你抱上孙子了。那个领班比原来胖了，膀子上的衣服经常有被撑破的危险，但是胖有胖的好处，除了有利于生育，就是心胸宽广，她不仅不记恨我在包厢里对她的羞辱，还经常跟我点头，打招呼，好像我从来没看见过她的身体。有时闲空，她就给我说她小时候不刷牙、尿炕的故事，经常让我分享她童年的顽皮，明显向我发出相好的信号。现在，她在北朴路开了个服装店，只要进了新款式的衣服，总会打电话叫我过去，给我打五折，我和赵阿姨身上穿的，基本上都来自她那个店。开始，我怀疑她是曾芳，后来看了她的身份证才知道她叫范来弟，比曾芳小四岁，出生在东北，离我们这里好几千公里，坐飞机也得四个小时，就是编蹩脚的电视剧跟曾芳也扯不上关系。她赚了好多钱，却一直单

作品信息

《后悔录》，原载《收获》2005年第3期，《长篇小说选刊》2005年第3期转载，获第四届华语文学传媒盛典"2005年度小说家奖"、《新京报》"2005年度文艺类好书奖"，韩文版由韩国银杏树出版社2008年12月出版。本文节选自第7章"如果"。

身。要不是害怕她手心的痣，十年前我就跟她结婚了。像她那样壮实的身板，生出来的孩子肯定比小燕那个要白、要胖，你一定会喜欢得从床上跳起来。

假若能提前一两天发现结婚证是假的，我就是把那八万块钱捐给灾区也不会给张闹。那时的八万块相当于现在的八十万，可以到郊区去买一大片地，或者在市中心买一套好房子。当时，张闹都快把我忘记了，搬家没通知我，和那个当官的同居也没跟我打招呼，很可能她要十万元才离婚都是说来吓唬我的，根本不指望把钱拿到手。她知道结婚证是冒牌货，只要我不主动给钱，除了抢劫她一点办法都没有。要是我早一点碰上律师张度，那八万块钱也不至于跑到张闹的存折上，完全可以用它来加宽我们的住房，甚至可以天天让你喝最贵的牛奶。

我是在跟张闹分手三年后才碰上张度的，当时他出席仓库的捐赠仪式。会后，他把嘴巴贴到我耳朵上，说张闹把他给踢了，跟一个厅级干部住在一起，生了一个小男孩。但是那个小孩还没满两周岁，她又把那个厅级给踢了，占住人家的三室两厅死活不出来。最后那个厅级举手投降，搬了出去，一气之下给小孩取名"春海"。"春海"这两个字拆开来就是"三人日，每人一点"，张闹竟然没看出厅级的恶意，只给小孩改成母姓，那名还保留至今，以为是什么金字招牌。要不是那个孩子长得像我，也许这辈子我再也不会跟张闹说话，甚至会把欠她的那几拳头扎扎实实地送给她。爸，你可能不知道，我是练过拳击的，现在偶尔也还对着沙袋来上两拳。但是，那个孩子长得太像我了，像得都叫我不忍心恨他的母亲。张闹睡过那么多男人，为什么那孩子偏偏长得像一个没跟他妈睡过觉的呢？是不是天老爷觉得她欠了我的感情债，就让她生个孩子来像我，报答我？当时，我是带着火气找上门去的，开门的是那个小孩，他已经四岁，懂得叫我叔叔了。我第一眼就发现他的头发是卷曲的，跟我的一模一样；第二眼，我发现他是双眼皮，也跟我的一样；第三眼，第四第五眼，越看他越像我小时候的照片，虎头虎脑，高鼻梁，大嘴巴，脑门四方，下巴宽长，眼珠子黑得像涂了碳素墨水，眼睫毛比女人的还长。爸，假如你看见他，没准你会以为谁把时间拨回去了，没准你会对着他叫我的名字。碰上这么漂亮的孩子，你说我怎么还忍心把他妈当沙袋？当时，我的心嘭地跳了一下，就像看见自己失散了多年的儿子，把他紧紧地搂进怀里。

张闹说尽管我跟了那么多男人，最后还是怀上了你的孩子。我说你烧晕了吧，这孩子是我曾广贤的吗？你就是人工授精，我曾广贤也没机会呀。她一拍脑袋说对不起，我忘记我们没上过床。天哪！她连跟谁没跟谁上过床都记不得了。如果在上床这个问题上她不是糊涂到了五星级的程度，也许我会跟她破镜重圆，你就会白捡一个孙子，那你还不高兴得坐起来呀。

86

爸，如果我不把仓库租给于百家，那仓库现在都还在我们手里。于百家爽快地给了我两年租金，就把钱捏紧了，一毛不拔了。第三个年头，又到了该付我五万元的时间，我到他办公室去催款，他说不就五万元吗，别弄得像欠你几个亿，明天提给你就是了。多少个明天过去，他付款的那个明天始终没到来。我说，难道你要把这笔钱拖到二十一世纪吗？他哗地扯下一张支票，递给我。我哼着歌曲跳着碎步来到银行，营业员接过支票一查，说这个账户是空的，他用铁的事实告诉我什么叫作空头支票。没办法，我只好请他擦皮鞋、下馆子，隔三岔五地给他送烟送酒，把自己弄得像个欠债的。他踩踩皮鞋，剔着牙齿说哥们，你放心，过两天我一定把钱给你。他说"一定"的时候特别用力，仿佛要把那两个字咬扁。

到了冬天，树叶黄了，冷风一起，随处可见戴手套、围围巾的人。于百家不仅没付我年头那五万元，眼下又到了该付年尾那五万元的时间。我抱着双手到于伯伯家去找他，连他们家衣柜和床铺底都搜查了，也没看到他的影子。仓库门前堆满落叶，霓虹灯再也不闪了。一辆警车鸣叫着开到仓库，车上跳下几个公安，他们分别在门窗上贴了封条，还贴了几张通缉令。于百家因为从事色情业、挪用公款、偷税漏税等被通缉，他的照片除了贴在大街小巷，还上了报纸、电视，一下成了名人，害得于伯伯和于伯妈晨练时除了戴手套和围围巾，还要戴口罩和墨镜，那段时间他们最怕熟人跟他们说"早上好"。

当初我要是请律师帮我看看出租合同，那我也不至于受于百家牵连。我一直以为我收的是租金，但仓库被查封之后，负责本案的黄公安指着合同说，上面写得清清楚楚，你每年拿的十万元是利润分成，这说明你们是合伙经营，风险共担，利润共享，最多你可以逃脱挪用公款这一条，非法从事色情业和偷税漏税你是怎么也脱不了干系的。我惊出一身冷汗，把合同高声朗读了一遍，才发现我拿的确实不是租金，怪不得于百家欠钱的时候还敢拿鼻孔跟我说话，一见面就说没利润。因为那份合同，我三天两头被黄公安追着屁股问话，问完话他就让我在记录本上签字、按手印。假如当初我把合同认真地朗读一遍，或者在合同加上一条"不得从事非法经营"，那我就不至于整天把牙刷、毛巾和裤衩装在提包里，做好随时被抓走的准备。我要是把仓库租给一个好人，那现在我们家都还在收租金，钞票大大的有，根本花不完，买轿车也行，住别墅也没问题。

　　这合同扯出来的事，你不知道有多麻烦。每天早上起床，我就看见一个人从窗口下闪开。上街的时候，总有一个人像影子那样不远不近地跟着。我上车那人也上车，我下车那人也下车，甚至我买卫生纸他也假装买卫生纸。从车间干完活出来，我经常看见对面的楼上站着一个拿望远镜的家伙。种种迹象表明，我被便衣警察跟踪了，他们不马上抓我，是想通过我这个诱饵钓出于百家这条大鱼。人要是被跟踪一两天还凑合，这么被跟踪两年那就相当相当凑合了。仓库被封条封着，在没抓到于百家之前，我连门锁都不敢碰，更不可能再租给别人，或者出卖。一天晚上，我再也受不了失眠的煎熬，就跟赵山河把存折拿出来算了一遍，总共还剩下十万元。当时，我们的月工资只有百来块，十万元就相当我八十年的工资，只要不出意外，这钱不仅我这辈花不完，就是到了儿孙辈也花不完。有这十万元打底，我就把那个惹麻烦的仓库捐给了铁马区政府。区政府在归江饭店搞了一个隆重的捐赠仪式，我的名字上了报纸、电视，慷慨大方的事迹经常从挂在你床头的收音机里播出来，弄得名声比于百家的还大，难道你没听见吗？政府颁给我们的奖状和收音机挂在一起，爸，你只要睁开眼睛，最先看到的就是奖状。多好的奖状呀，上面盖着公章，印着金边，镶着木框。这雕花的木框，不是一般的手艺可以做得出来的，几十年之后，它绝对是一件可以高价拍卖的艺术品。

没想到我刚刚捐完仓库，于百家就在他插队的谷里村被公安抓获了，法院判了他十三年有期徒刑，比我当初多蹲三年。他还算讲义气，没把责任推给我，否则我会到杯山去陪蹲。我要是能料到他被抓住，能料到他不栽赃陷害，那就会把仓库留下来继续出租，我们存折上的数字就不会像现在这么小。捐仓库的时候，我什么都想到了，就是没想到物价会上涨，住房要自己购买，没想到钱会越来越不经花，越来越不值钱，原先以为到儿孙辈都花不完的十万元，现在已经没剩下多少了。我敢把仓库留到现在，那就值钱啦，至少可以卖一千万元。

要是懂得仓库迟早会捐出去，当初我就不跟你玩猫捉老鼠的游戏，非得把这个消息告诉你。只要不把这个消息向你汇报，你的脑血管就不会破，你就不会在床上一躺就是十三年。只要不躺倒，你就可以跟赵阿姨到民政局去领结婚证，可以跟她旅游结婚，平时一起上街买菜，晚上一起散步，炒菜的时候为盐多盐少拌嘴，天冷的时候为加不加衣服翻脸，那赵阿姨就不用天天给你按摩，手指不会起老茧，白头毛不会那么多，那她也不会比她的同学们皮肤粗糙，显老，没必要天天叹气，没准你还会让她给我生个弟弟。这样一来，她生不了孩子的罪名便可以推给老董，她就可以在老董面前翘鼻子、撇嘴巴，昂首阔步。

假若当初我不提供小阁楼让你和赵阿姨频繁约会，你的身体也不至于那么虚，你的血管也不至于那么薄。当时我只想让你们争分夺秒地把损失夺回来，却没想到那是在消耗你的体力，损害你的器官，是在为你们提供非法同居的场所。要是当时我的心肠稍微硬那么一厘米，旗帜鲜明地反对你们近距离接触，那你的血管没准会像张闹的脸皮那么厚，你听到仓库的消息不仅不会歪嘴巴，不会瘫倒，反而高兴得唱俄罗斯民歌，搂着赵阿姨跳交际舞，甚至可以在仓库里张灯结彩，开个舞会，把你的亲朋好友全部请来，疯狂得像路灯彻夜不眠。

87

如果那天我不正好看见胡开会搞胎教，小燕也不问我张闹怀没怀上，那我就不会把自己灌醉，不会在张闹的地板上睡一整夜，也不会想到要跟张闹破镜重圆。自从赵阿姨给我铺了那个新床之后，我就有了好马也吃回头草的念头，再加上小燕一刺激，我忽然就明白了钱财如粪土，爱情值千金，就想跟张闹生孩子。要不是在梦里做了几回父亲，我哪舍得把仓库的一半分给张闹，哪会给她写什么保证书。我只要不写保证书，她哪有侮辱我的机会？

爸，你知道她说什么吗？她竟然说档次上去了就下不来，这话的意思就是我配不上她，她上档次了，有格调了，按现在的说法就是小资了。但是她也不想一想听她说话的人是谁，是地地道道的资本家后代，什么狗屁小资就是模仿我们的生活。你可能想不到，现在模仿的反而吃得香，到处都是模仿的酱油、服装、白酒和假文凭。像我这种有资产阶级烙印的人，想小资还不容易吗？头发卷着，相貌摆着，只要学几句外语，临出门时背几段名言，手上拿一本内部刊物，看几部别人看不到的电影，挑一挑社会的毛病，点评一下文学艺术大师，故意跟流行的观点对着干，不就小资了吗？

不瞒你说，当初我有无数次跟张闹要孩子的机会，但是一次机会我都没抓住，无论是在劳动大厦或者张闹的房间，只要不犹豫，我就是播种机，准能让她给我生一个女儿。为什么会是女儿呢？因为书上说夫妻在要孩子的时候，双方越是投入感情越是渴望越是疯狂，就越有可能怀上女儿，而这样怀上的女儿会很漂亮。当时，我想张闹都想了十几年，能不投入感情能不渴望能不疯狂吗？假如我抓住机会，那我们的女孩现在都有可能站在舞台上唱流行歌曲了，说不定她的出场费会高达三四十万元，那我和张闹一天到晚什么事也不用做，就坐在舞台下比赛给她鼓掌，就想怎么花钱。

有一次，张闹把大腿伸出被窝来勾引我，我这个笨蛋竟然害怕得把灯都熄了。当时我要是直接钻进她的被窝，那动静会闹得多大，没准床板都会被我闪断。你听听我拍胸膛的声音，就知道我的身上有多少肌肉疙瘩，这么多疙瘩压在张闹的身上，她不喊爹叫娘，不"妈呀妈呀"才怪呢。只要让她喊那么一次，她就明白我比于百家更男子汉，更能让她愉快、满足。她愉快了满足了，就会天天跟我在一起，哪怕是我出差她也跟着，像磁铁那样粘我，像绳子那样缠我，生怕我有外遇，那她哪还有什么心思去跟张度约会。

张度就是我请来打官司的律师。我只知道他的口才好、名气大、收费高，却没想到一笔写不出两个张字。他跟张闹第一次谈话，手里的钢笔就掉到了地下。第二次谈话的时候，他连精斑的"斑"字都不会写了，于是就厚颜无耻地问张闹这字怎么写。张闹把嘴巴凑到他的耳朵上，说等会你就知道了。就这么短短的一句话，他的耳朵就痒得受不了，反过去给张闹出主意，让张闹用卷毛和裙子上的精斑证明我跟她有过同居。我真傻B，竟然请一个著名的律师来给自己出难题。当时，只要张闹不能证明两年内我跟她睡过，那我们就可以办离婚手续。只要一办离婚手续，我们的假结婚证就会暴露，那我的天地就广阔啦！没准我会找到一个比张闹善良一百倍的老婆，不是吹，当时我要敢在杂志上登一则征婚广告，说自己有一幢价值两百万元的仓库，就不相信找不到一个比她更年轻、更善良、更漂亮的。我相信漂亮的女人不一定都像张闹那么阴毒，善良在漂亮的女人中肯定占大多数。

即使我不请律师，也有可能办得成离婚手续，我完全有能力让张闹在离婚报告上按手印、签字，可惜我试了一次没成功就放弃了。我练过拳击，做过翻砂工，力气大得可以把她举起来一百次。要是我像铁线那样把她箍紧，让她的脚离开地板，让她的手不能做动作，然后再捏起她的小手指，那手印就按成了。假若我不想动武，想在她面前做一个讲文明、懂礼貌的人，那也可以把她灌醉，趁她熟睡的时候，偷偷地把她手印按到报告上。要是我连灌醉她的狠心都下不了，那也可以跪下来求她，跪一次不行就跪两次，跪两次不行就跪三次，这么一次次跪下去，她就是木头也会流泪，就是鳄鱼也会签字。也许我跪了一百次，她也不一定感动，但是我并没有跪呀，既然没跪又怎么知道她不会感动呢？我为什么不跪下来试一试？要是那时我能拿到她按手印的离婚报告，就可以回过头去娶陆小燕。小燕嘴巴上说只等我一个月，其实她等了差不多四年才嫁给胡开会。

即使没拿到按手印的离婚报告，我也还是有机会跟小燕的，只要我敢当骗子，说自己没跟张闹结婚，甚至故意骂张闹没良心，没准小燕就会原谅我，我们的感情也许会比原来的还要浓。当时，我跟小燕同吃同住不仅不犯重婚罪，也不用担心背上骗子的罪名，因为我和张闹的那个证本来就是子虚乌有。小燕后来生了一个胖小子，她专门带那个小子来看过你，还让那个小子喊你爷爷。那小子喊你爷爷的时候，就像一把刀扎在我心头，让我的胸口堵了好几天。赵阿姨说小燕一脸的旺夫相，本来是可以旺我的，现在却去旺胡开会了。胡开会不仅当上了动物园的副园长，还是他们那个区的人大代表，如果他做了什么坏事，公安还不能当场给他上手铐，因为他代表人民。要是当初我选择小燕，那胡开会能得到的，我也有可能得到。

88

于百家进了监狱之后，小池天天到车间的门口来守我，经常扯住我的衣袖问，什么时候跟她结婚。每天下班，只要看见小池守在门口，我就躲进厕所，直到她离开才敢出来。一看见小池就尿急的局面，完全是我自己造成的，医生都可以跟病人撒谎，我却偏要跟小池说真话，这事让我到现在都不得安宁，每个星期都提着水果到医院去看她。要不是因为我多嘴，她不会住进康复医院，不会天天吃药、打针，脸不会浮肿，眼珠子不会呆定，不会连我的名字都叫不出来。小池只要不发疯，就有可能成为中国的毕加索或者凡·高，当时我不知道这两个人是谁，现在我知道了。小池要是成了他们，那她的一幅画就可以卖好几百万好几千万元，于百家就有花不完的钱，就不会挪用公款，从事色情业，不会被判十三年有期徒刑。

假如这个世界上没有了假话，那好多人都会变成小池。为了让我的领导、同事，包括赵阿姨等心情愉快，现在我也不得不学说一些假话，但是我说了成千上万句假话，当初却不懂得跟小池说一句：百家很爱你，他绝对没跟张闹偷情。

如果当初我跟小池一起到天乐县去插队，我保证不会让她犯作风上的错误。那时候，我敢把赵山河和我爸叫作流氓，敢对我妈吐口水，就连小池在仓库里抱我也被我当作流氓行为，可见我脑子里多么干净。一个人有这样的脑子，你就是下文件让他谈恋爱，他也会缩手缩脚，更不可能像于百家那样去钻稻草垛。退一万步，就算我没有这么洁白的脑子，而是在仓库里跟小池生米煮成了熟饭，那小池最多也就挨几次批斗，不至于要跳楼，要在康复医院里打针、吃药。这话可不是我随便说的，而是想了几十年得出的结论。为什么我敢这么说？那是因为我了解我自己。我这个人不像于百家那么花心，只要跟了小池，就会白头到老，早生贵子，不会再去惹别的女人。只要我不去惹别的女人，那小池就会安心地画画，我就会老老实实地拖地板、买菜、煮饭、洗衣服，简直就是我耕田来她织布，我挑水来她浇园，哪能会闹出这么多乱子。

如果当初我稍微为小池考虑考虑，就不会让于百家去帮我目测张闹的后窗，不会带他去跟张闹握手。只要他不认识张闹，没准就会觉得小池是世界上最漂亮的女人，就会跟她死心塌地过一辈子。人就是犯贱，一见到漂亮的就管不住自己，哪怕是摩天大楼那样的爱情基础也会垮台。要是跟张闹领结婚证那天，我不拖时间布置新房，那于百家就没机会睡到我的枕头上。以前，我认为拖时间只让我打断了牙齿往肚里吞，没想到打断了牙齿往肚里吞的还有小池。从某种程度上讲，是我给于百家和张闹做了大媒，才破坏了小池的幸福生活。假若我稍微聪明一点，等张闹怀上我的孩子之后，才让于百家跟她见面，那于百家也不至于打我老婆的主意。中国有十三亿人口，他动谁不行，为什么偏要动朋友的老婆？没必要！只要不打我老婆的主意，他就是天天在外面跟女人约会，我也不会告诉小池，没准还会帮他打掩护，当他的电灯泡。

如果于百家说小池像豆腐的那天晚上，我用棉花塞紧耳朵，或者干脆从阁楼里跑出来，那我的下身就不会支起一根棍子，我就不会屁颠屁颠地把张闹出卖给于百家，就不会听到于百家鼓励我强奸的格言警句。千错万错，错在我把于百家带到了张闹的宿舍。我要是不把他带到八栋二楼，他就不会发现张闹的窗口没有栓，那我对张闹的邪念就是沤成了沼气，也不会变成行动，我就不会闭着眼睛拉开窗门，去打扰张闹的睡眠。我不闯进张闹的房间，怎么会变成强奸犯？怎么会在牢里蹲上十年？假若我被抓进去的时候，不学习于百家自残身体，不把嘴巴弄烂，舌头弄大，在红卫兵小将们冲击公检法之前，配合公安、法官交代自己的错误，那我的审判就不会延长两年，而等待审判的那两年就不会不抵刑期。

我要是不傻乎乎地去给张闹买裙子，那法官在审判我的时候就会少一件物证。我哪会想到自己给张闹买的礼物竟然被她撕成了四瓣，出现在法庭上，这不是典型的花钱买罪又是什么？我不仅花钱买罪，还引狼入室，把自己的老婆都贡献了。爸，你说我交于百家这样的朋友有什么意思？

89

如果我不是爱面子，穷讲究，那天我就会跟张闹一起去民政局领结婚证。不理发又怎么了？穿拖鞋又怎么了？法律又没规定不理发、穿拖鞋就不准领结婚证。爸，干吗要有一行字加一个公章才能把两个人叫作夫妻？像赵阿姨侍候了你十几年，给你翻身，给你按摩，给你倒尿，给你喂食，有时还搂着你睡一个通宵，难道她就不是你妻子吗？你们也没有结婚证，但你们比多少有证的人还像夫妻呀！

当初我不是为了逗你高兴，就不会去张闹那里弄那份假文件，没有那份假文件，小燕就不会吃张闹的醋，不会去瓷砖店打听我的工作。小燕不去打听我的工作，张闹就不会用摩托车把我拉到劳动大厦藏起来。要是那天骑摩托车的是小燕，那张闹就没机会在我面前痛经，搂我的脖子了。假若我早点弄明白速度会深刻影响人的命运，那我就会把仓库卖掉，买一辆时速两百公里的轿车。你知道现在私家车塞满大街小巷的真正原因吗？那是因为人们嫌速度太慢，害怕属于自己的人被别人先一步抢走。千不该万不该，我不该弄那份假文件，它除了让我跟小燕的感情破裂，还让张闹有了弄虚作假的老师。要是当时我不在张闹面前给你弄那份假文件，那后来她就不会给我弄一张假结婚证，祸根正是从我的虚荣心这里长起来的。

如果我不想向你炫耀我的清白，不去求张闹要那一张平反文件，那我就不会触动张闹的往事，就没机会听她大倒苦水，就不会知道我的强奸未遂使她的门板变成了厕所，让她背上了破鞋的名声，还害得她不能扮演女主角。我不听到这些，就不会给她下跪、磕头，就不会让同情她的种子在我的身上开花结果。

不瞒你说，在去问张闹"为什么爱我"的那个傍晚，我早已经铁下心跟小燕过一辈子了，只不过是不想让张闹难受，假装去问问她，给她一个分手的台阶，没想到她会突然把腿架到我的肩膀上。要是我没好色的毛病，就不会跟她抱成一个人在地板上滚来滚去，就不会忘记小池告诉我的那一句："找老婆就得找一个你生病了她比你还要着急的。"假若我听大多数亲戚和朋友的意见，娶了小燕而不是张闹，那现在我床铺的另一半就不会空着，后背痒的时候就不会没人抓，想说话的时候就不会没人听，就没必要跑到桑拿室去跟小姐搞忆苦思甜。跟小姐说话不便宜呀，一个钟就得付上七十元。

如果当初我不出卖李大炮，那后来我不至于借五千块钱给他和罗小云办喜酒，到现在钱都收不回来。于百家给我第二笔租金之后，李大炮就找上门来了，好像他是千里眼顺风耳，能看得见我存折上的数字。他一来就跟我竖起一根指头，我以为他想借一千元，没想到他狮子大开口，要借一万。当时我预感这钱他不会还，就故意结巴，装咽喉发炎，没有马上答应他。在床上翻来覆去想了一整夜之后，我觉得当初要是不告他的密，他就不会多挨坐三年牢。越想我的心里越虚，第二天大早，还没洗脸我就到银行取了五千块钱让他拿走。他这一走就再也没回头，好像这笔钱是我上辈子欠他的。知道他这么不讲信用，当初我就不把钱借给他，知道他跟罗小云结婚会来跟我借钱，当初我就不应该叫小燕跑到农村去，动员那个罗小云来杯山同情他。我们给他做了媒人，他不仅不说谢谢，还用尿淋我烫伤的脚，还用大粪浇我的头。我这一辈子好像都在挖坑，都在下套子，挖坑是为自己跳下去，下套也是为了把自己套牢。我都干了些什么呀？我……

就好比在杯山的逃跑，小燕都劝我了，都用告密来吓我了，我还是不听，偏要去钻那个下水道。钻就钻了吧，碰上了铁条却还不懂得回头，连"回头是岸"都不懂，初中算是白上了。如果当初我不跟监舍里的犯人们说黄色故事，对小燕不动凡心，那也许不会产生逃跑的念头。只要不逃跑，那我就可以在张闹还不知道仓库要返还的情况下出狱，就不会钻进她设下套子，就可以顺顺利利地跟小燕结婚，即使后来碰上张闹，最多也就跟她闹个婚外恋，不至于动摇自己的家庭和婚姻，现在好多人不正是这样做的吗？他们做了还吹嘘，说什么家里红旗不倒，外面彩旗飘飘。

90

如果我不传话，说单位要批斗赵敬东，那他就不会自杀，我就不会害怕他的空房子，就不会从动物园搬到阁楼来。只要我不搬到阁楼，就不会被张闹的芭蕾舞吸引，就不懂得外面的世界很精彩，很可能就在动物园里找一个对象，没准找的就是陆小燕。即使搬到了阁楼，如果我不跟胡开会借那个望远镜，就看不清张闹白生生的胸口，半夜里就不会看见她在屋顶上飞，想她就不会想得那么具体。当初胡开会那么爽快地把望远镜借给我，是不是已经预感到我会跟他抢陆小燕，所以他要用望远镜把我的目光支开，让我去攀登最难攀登的女人。

如果我不去天乐县看望小池，就不会把狗委托给赵敬东看管，那他就不会跟狗扯上关系，后来就不会羞死。事实证明我交于百家这个朋友错了，我害赵敬东这个朋友也错了。难怪小时候我妈常常跟我说，跟好人得好教，跟坏人成强盗，好像爸你也跟我说过这话，可惜我没死记硬背。

如果我不对我妈吐口水，那她也不会拿自己去喂老虎，曾芳也不会失踪。如果我不去捉那只麻雀，就不会看见你睡在赵阿姨的身上。如果我不跟赵万年说你和赵阿姨的事，那你就不会挨批斗，我们也不会被赶出仓库。如果我妈带我去九婆那里封了嘴巴之后，我再也不多嘴多舌，或者干脆变成一个哑巴，那我的命运会顺利得多，不至于连老婆都没有，连女人都没睡过。如果当初我不跟在你的屁股后面，去圈我们家的两只花狗，让它们在光天化日之下交配，那你沉睡了多年的欲望就不会大面积发作，你就不会打方伯妈的主意，就不会在打方伯妈的主意碰壁之后，又去打赵阿姨的主意。如果当时我不把棍子递给赵万年，他就没工具砸我们家的花狗，那我们家的花狗就不至于被车撞死，我就不会惭愧、内疚，后来就不会收养仓库里的小池，不会害死赵敬东。

说了半辈子后悔的事，但是爸，你可能不知道我最后悔的是什么。反正也没人听见，也不怕你笑我，我就告诉你吧，我这辈子最后悔的就是没有过一次那种生活。小池在仓库脱裙子的时候，我骂她流氓。闯进张闹房间的时候，我都还没动手她就喊救命了。从杯山出来时，小燕想脱我的衣服，我害怕那是非法同居，也没敢让她往下动。跟张闹谈婚论嫁的日子，天天都有机会，我却偏要等领结婚证，偏要布置新房。当于百家睡到了张闹的床上，我就看不起她了，把她当狗屎了，没想到几年之后，自己想吃回头草了，她却说档次上去了下不来。尽管现在不一定非得跟她们过那种生活，尽管到处都有过那种生活的机会，我的心理却有了障碍，就像面前有一座大山，怎么也翻不过去，就像我的脑袋刚刚冒出井盖，就被棍子打了回来，打多了，脑袋就再也不敢冒出去了。

我跟你说了这么多，你也听不到，白说了，就算是我自言自语吧。爸，你的眼角怎么会有泪花？难道你醒了吗？都十三年了，你怎么会突然醒了呢？你要是真醒了，那我就有了这辈子唯一不后悔的事——就是我没有动赵阿姨。赵阿姨曾经在半夜里赤身裸体地走进我的卧室，但我连一个指头都没动她，要不然，等你醒过来，我怎么敢看你的眼睛？

赵阿姨，快来看呀，我爸好像醒了！

| 作品点评 |

《后悔录》是一部重要的小说，它激发起了我追溯中国小说叙事伦理的冲动。在这部小说中，有着足够广阔的灵魂视野，有仁慈而平等的目光，有"好玩之心"，有生之喜悦和生之悲哀的相遇，有超越善恶的、温暖的同情心，有"伟大的审问者"和"伟大的犯人"同时并存的精神维度——总之它见证了一种新的叙事伦理，并让人想起由曹雪芹、鲁迅、张爱玲等人所代表的伟大的小说传统；这样的写作及其可能性，在当代是值得引起重视的。

　　——谢有顺：《中国小说的叙事伦理——兼谈东西的〈后悔录〉》，《南方文坛》
　　2005年第4期

　　东西以小说的形式令人信服地阐明，人的许多错误并非无心之失，恰恰相反，人是在动用自己所有的"智慧"包括全部的道德防范意识以竭力避免错误的精神紧张中不断犯错的。作为一种自觉的纠错意识，"后悔"不仅无用，也在根本上不可能。"世上没有后悔药"，多么平常的一句话，但要对它作现象学的还原，并不容易。以"后悔"为突破口，揭露世俗理性的局限，需要足够的勇气，因为如果连"后悔"也抛弃了，剩下来的还有什么？《后悔录》是一部表明"后悔"乃智慧的可笑亦即不智的智慧之书。对智慧的嘲弄也许是东西唯一为自己保留的智慧形态。

　　——郜元宝：《可笑的智慧——读东西长篇新作〈后悔录〉》，《南方文坛》2005
　　年第4期

　　总之，东西的这部小说写出了一个人的一生的屈辱，并且显得如此可笑，他是被历史强权损害的，他的创伤是中国人在特殊年代留下的创伤，是中国式的创伤，是"我们"独特的身体纹章，是我们这样的"小写的人"的创伤。这就是东西的小说，让人们在荒诞的快感中，看到人的身体最真切的创伤，那是人性最深重的创伤，而且再次被命运嘲弄，连创伤也被嘲弄，连后悔都变得可笑，在这里体验到生活最本质的绝望。

　　——陈晓明：《身体穿过历史的荒诞现场——评东西的长篇〈后悔录〉》，《南方
　　文坛》2005年第4期

　　他在本年度发表的长篇小说《后悔录》是一部不屈不挠地直问本心的作品，它在历史、政治与人性的错综关系中对中国人复杂的精神生活做出了有力的分析和表现，证明了东西对中国小说面临的根本疑难的敏感和克服疑难的雄心和能力，也证

明了年轻一代小说家的写作所可能达到的超越性境界，《后悔录》由此堪称本年度最为突出的长篇小说代表作之一。

　　　　——张燕玲：《身体的荒诞史　人心的后悔录——读东西的长篇新作〈后悔录〉》，《批评的本色》，广西师范大学出版社，2009，第210—213页

　　东西是我喜欢的作家，机智，深刻，富有灵气。他始终以自己独有的从容姿态写小说，不慌不忙，不骄不躁。他的长篇小说《耳光响亮》《后悔录》以及2015年8月由上海文艺出版社出版的《篡改的命》都是中国文坛难得的杰作。说到小说，我一直在寻找那种既好看又有意味的作品，《后悔录》和《篡改的命》就满足了我的这种阅读期待。东西是讲故事的高手，无论多么荒诞，多么离奇，多么不可思议，他都讲得合情合理，这显然是需要想象力的。而在小说创作中，想象力就是创造力的最好体现。当然也需要对人性的深刻洞察。《后悔录》和《篡改的命》中都有无数细节，像黑色幽默，会叫人发笑，但读完全书，你却怎么也笑不起来了，唯有哭的冲动。

　　　　——高兴：《杂乱而又贴心的阅读》，《中华读书报》2015年12月23日第15版

　　东西创造出了内容与形式紧紧生长于一起的叙事典范——这便是他写于新世纪初的另一部长篇《后悔录》。在笔者看来，即便是置于整个当代文学史中来看，这也称得上是一个杰作。它用了细小然而也是巨大的寓言，用了一个内容与形式紧紧生长于一体的叙事，构造了一个"关于命运的故事"，隐喻了当代中国大历史与个人成长之间的脱节与错位的状态。

　　作品中所刻画的这个"我"，这个由禁欲、暴力、物质的贫瘠而产生出的畸形儿，形象而戏剧性地寓意了成长于"文革"一代人的命运，寓意了他们从精神到肉体充满欠缺、挫折、创伤与磨难的成长历程；寓意了他们在争斗与伤害中人性的分裂与异化，以及那些"诚实者的悲剧"，以及祸从口出、冤狱遍地、无处哭告、无

法申诉的莫须有的罪错……作家用了错乱与荒诞的叙述逻辑呈现了这个悲剧——因为诚实而获罪，因为"生错了时代"而注定受苦的人的命运。

——张清华:《在命运的万壑千沟之间——论东西，以长篇小说〈篡改的命〉为切入点》,《当代作家评论》2016年第1期

致我们终将逝去的青春（节选）

辛夷坞

郑微席地坐在工地施工现场附近的泥地上，十月的烈日当空直射下来，视线所及之处，无不是一片白晃晃的。施工还停留在地面工程阶段，三通一平之后的场地，连个遮蔽的地方也没有。一滴汗水落在她的睫毛上。她用手随意地抹了一把，汗水沾染到手中的泥沙，变成了混浊的灰色，安全帽贴住发际的地方，黏，而且痒。赤裸裸地曝晒了一个多月，她晚上洗澡的时候照镜子，发现自己那张原本白生生的脸蛋早已变得如包拯再世一般。黑也就罢了，偏偏安全帽的系带之下的肌肤依旧如往昔一般雪白，摘了帽子之后，远远看去，犹如被人在脸颊两侧各刷上了一道白色油影，滑稽得很。为此她没少被工地上的那帮大老粗嘲笑。她喝了口水，徒劳地用手扇风，要不是下到工地第一天，项目经理、专职安检员和带她的师傅再三吩咐，施工现场必须戴安全帽，否则她真有种立刻扔掉帽子，让自己的头和脖子解放的冲动。

她争取这份工作的初衷，原本是想跟自己喜欢

作者简介

辛夷坞（1981—），原名蒋春玲，广西南宁人，毕业于广西师范学院。"木末芙蓉花，山中发红萼。涧户寂无人，纷纷开且落。"蒋春玲有感于王维的五言绝句《辛夷坞》，于是就有了这个笔名。作品有《致我们终将逝去的青春》《原来你还在这里》《许我向你看》《山月不知心底事》等，获得广大好评。她的小说《致我们终将逝去的青春》被演员赵薇相中，成为赵薇进入导演界的首部作品，影片在全国公映后反响热烈。因其作品带着淡淡的感伤，却又不失青春的张扬，辛夷坞又被誉为"暖伤青春"的代言人。

作品信息

《致我们终将逝去的青春》，2007年4月4日起在晋江文学城连载，2007年8月由朝华出版社出版全文，后多次再版，并被拍成同名电影。本文节选自第13章"醉笑陪伊三万场，不诉离殇"。

的人天天在一起，人走了，工作的机会却留了下来，郑微不知道该觉得讽刺还是庆幸。不过能进中建，据说还是赶上了这个即将面临改制的老牌国企录用正式职工的末班车。这在她的大多数同学眼中都是件幸运的事，尤其在中建今年早早放出"不招女生"的风声后，她的雀屏中选不能不说是个让人羡慕的意外。

说起来也可笑，她当初选择念土木的原因无非天真地想，要是看着高楼大厦在自己手中平地而起，那感觉一定很好，现在真正身临其境，才知道这个行业存在性别歧视不是没有道理的，女孩子无论在体力还是耐劳程度方面都比男生要差得很远。她从婺源回来后不久就接到了中建的复试通知。那段时间，她生活得如同游魂一般，也不知道怎么地，稀里糊涂就被录用了。报到后，她跟着其余几十个男生一起在公司总部经历了为期半个月的岗前培训，然后就统统被流放到各个工程项目部，按照中建的人事制度，新录用的大中专毕业生必须有六个月以上的工地实习经验，考核合格后才能分配到正式的岗位上。这六个月说长不长，说短不短，真正身在其中，也不是那么容易熬过去的。郑微刚被分到现在这个项目部时，工地上的那些同事一见她就纷纷摇头，都说把这样娇滴滴的小姑娘进到这儿来，不是糟蹋人是什么。她过了两天这样的日子，心里也是叫苦不迭，可是她生性倔强，尤其不肯在人前示弱服软，既来之则安之，大家都认为她受不了这种苦，她偏要让这些人看看，她玉面小飞龙岂会那么轻易被人看扁！

豪言壮语是放出来了，可是要达到吃苦也甘之如饴的境界也不是那么容易的事，师傅刚说大家可以休息一会儿，她一屁股坐下去，就再也不想起来了。她正打着能磨蹭一会儿是一会儿的主意，就看到了那个拿着图纸追在师傅身后请教的人。

有时候就是这样，你的生活中某个阶段会出现这样一个人，她什么都跟你不相上下，什么都跟你争，什么都跟你过不去，对于郑微来说，这个人就叫作韦少宜。韦少宜是今年整个中建集团除了郑微之外招聘的唯一的女生，不过跟郑微经历了初试、复试重重关卡最终被录用的经历不同，她据说是总部某位刚退居二线的老领导的亲戚，公司本不打算要她，不过一方面是老领导退休前力荐，一方面是她专业对口，毕业院校和简历材料均无可挑剔，为了不让老领导有人走茶凉、刚退下来说话就不管用的感觉，所以公司才勉为其难地额外给了她一个指标。

韦少宜进公司的时间比郑微晚，没有经过岗前培训就直接被分到了郑微所在的项目部。初见她第一面时，郑微本能地觉得这个女孩子绝对不是她的那杯茶，她最不喜欢自命清高、太过较真的人，而很不幸的是，韦少宜似乎恰恰是这种典型，而且她看得出来，对方似乎对她也不是那么感冒。都说不是冤家不聚头，白天在一个工地也就罢了，最可怕的是晚上回到单位宿舍还要面对那张冷冰冰的臭脸——中建给予她们这些新录用的大学生的待遇是两人共用一套两房一厅的公寓，今年的新人中只有她们两个女生，成为舍友也是没有选择的事情。

郑微不明白，都是生长在新中国红旗下的孩子，为什么有人就这么一副苦大仇深的样子，话多说两句仿佛就吃了亏，别人说笑话她也不笑，这不是扮酷是什么？不过是一个靠裙带关系走后门进来的关系户，至于蹩成这样吗？她刚跟韦少宜住在同一个屋檐下不久就开始小摩擦不断，她看不惯韦少宜的洁癖，韦少宜也厌恶她的凌乱，好在两人下班之后各自紧闭房门互不往来，否则都各不相让，非打起来不可。

不过话又说回来。郑微天性散漫，她私心里期望全世界所有的人都像她一样胸无大志，得过且过，这样她的罪恶感才能降到最低。韦少宜略带强迫症似的勤奋给了她很大压力，同样在工地上实习，韦少宜从没有半刻偷懒，她像男人一样争强好胜，什么都苛求完美，越是困难和辛苦的事她越要抢着做，即使是在休息时间，她也总是拿着图纸追在资深的同事身后请教，不弄懂誓不罢休，并且，她的神情在不经意之间，总对偶尔摸鱼偷懒，没事就图个清闲的郑微流露出那么一丝轻微的蔑视。

两人有一次在宿舍里因为一点儿鸡毛蒜皮的事吵得不可开交，起因似乎是晚上九点钟还不到，韦少宜指责郑微用音响放音乐影响了她画图。总之到了最后，争吵的范围严重偏离了主题，什么难听的话都说了出来，郑微指着韦少宜说："我就不明白了，你有什么可嚣张的，别以为你每天头悬梁锥刺股的，别人就不知道你是走后门进来的。"韦少宜则反唇相讥："我就更不明白了，中建的人事招聘制度怎么会允许你这样的人被录取，如果你被录用的过程中没有猫腻的话，我为我不是和你同一渠道进来而感到自豪。"两人说完，均大怒摔门回房，从此更是势同水火，即使抬头不见低头见，也始终冷面相对，有事没事还彼此冷嘲热讽几句。大家都看出这两个女孩子不和，不过论专业知识和勤劳肯干，韦少宜在郑微之上，郑微却胜在人缘好，处处讨人喜欢，即使犯了小错，师傅们也愿意替她遮掩过去，因此在工作中两人也算打了个平手。

郑微初入职场，不但立刻尝到了工作的辛苦，更由于跟韦少宜的交恶而感到压抑苦闷。下班之后一个人寂寞无趣的时候，就益发怀念那些已经成为过去的日子。抛开那段让她不愿回忆的片段不提，大学的点点滴滴现在回头看是多么的美好。她闲了没事。就喜欢跟阮阮煲电话粥。把一肚子的苦水都向阮阮倒了出来，心里才舒服一些。

阮阮已经在S市的那个建筑设计院正式上班，曾经允诺再也不会跟她分开的赵世永还是没有拗得过家里的安排。阮阮是为了他才选择了留在人生地不熟的S市，他却在她签约后，屈从于家里的高压政策，乖乖回到了父母所在的城市，在家里的安排下进入一个炙手可热的政府部门。也许那句老话说得对，对于女人来说，爱情是生活的全部，但对于男人来说，那只是他生活的一小部分，不管当初他给过怎样的承诺，在面临选择的时候，他们永远比女人现实而理性。

郑微为阮阮感到不甘和愤怒，她没有办法理解，为什么赵世永的家里会反对他跟阮阮这样聪明漂亮、性格脾气无可挑剔的女孩子在一起，这明明是多少人求都求不来的福分，难道仅仅是因为他出生在一个双亲都是厅级干部的家庭，而阮阮的父母只是小学教师？

阮阮不是没有伤心过，然而她依然原谅了这个她第一个爱上的男孩，她没有办法放弃S市的工作，在赵世永从父母家搬出来之后，每逢闲暇，她都从S市赶过去看他。郑微有时气不过就问她："你的火车要坐到什么时候才是个尽头？"阮阮只是笑，"也许得等到我再也坐不下去的那一天。"郑微于是哀叹，爱情究竟是什么东西？它竟然让一向聪颖的阮阮也看不透，免不了俗。

她经常想起大四的时候最后吃"散伙饭"那天的情景，系里热闹非凡的聚餐之后，班上很多人都醉了，这样酣畅淋漓的痛饮不知是出于离别的感伤还是对自己纯真时代的告别。她们宿舍六人在毕业聚餐散场后，又结伴摇摇晃晃地杀到了以前经常光顾的学校门口的小饭馆。

谁也没想到的是，在那个小饭馆门口，郑微见到了先于她们一年毕业，之后再也没有联络的许开阳，她高兴地朝他走过去，这才发现他的身边站着一个清清秀秀的女孩。那女孩她们都认识，是比开阳低两届的物电系的小师妹，跟郑微她们住同一栋楼。

她笑着叫了一声"开阳"，然而他的样子让她永远都没有办法忘记。那是一种戒备而小心的神情，他看了她一眼，下意识地搂紧了身边的女孩。这种戒备和小心比完全的冷漠更让郑微寒心。她很快地明白了过来，当初他对她的追求身边无人不知，大家都知道矜贵的许公子对玉面小飞龙痴迷得一塌糊涂，而她却爱上了一个穷小子。现在好了，当初的穷小子远走高飞，她又成了孤家寡人，许公子也另外找到了心中所爱，狭路相逢，他如此小心翼翼，不过是怕他身边的女孩误会，怕勾起了从前的旧事，让他现在深爱的人耿耿于怀。

郑微开怀的笑容尴尬地僵在脸上，酸楚就翻涌了上来，她其实很想告诉他，开阳，我只是很高兴见到你，真的。仅此而已。但她终于还是选择了什么都不说，只是朝他们两人点了点头，接着就尾随阮阮她们进入饭馆里。她从他身边走过的时候，肩膀不经意触碰到他手臂，这双手曾经那么温柔地执起她面前的棋子，这个男孩曾经红着眼在她面前哽咽。

所谓的擦肩而过，莫过于此。

这个世界上有谁是会永远等你的？没有。郑微知道这个道理。但是她没有办法释怀，那个戒备的眼神在很久之后都仍然刺痛着她，他们曾是多么好的朋友，原来人和人之间的隔阂永远比默契更坚固。

她不记得自己喝了多少啤酒，可是那又有什么关系，这也许是"六大天后"最后一次聚在一起开怀痛饮，她们的时光随着今晚的结束将一去不复返。估计是喝糊涂了，黎维娟没有看见阮阮不停打着的眼色，又大着舌头对郑微说："微微，我真替你不值，陈孝正那小子不是东西，我早就说过，越是他这种寒门出身的男人就越是世故薄情，你偏偏不肯听我的，才吃了这样的大亏。"

郑微眨巴了一下眼睛，嘻嘻地笑，"我吃了什么亏？谁拿枪逼着我了，别跟我叽叽歪歪地说吃亏，没谁逼良为娼，这事就图个你情我愿。我愿意傻，他愿意走，谁也不欠谁的……即使他走了，我那几年的快乐也不可能喂了狗。"

她说着说着又开始感伤，多事的黎维娟，讨厌的黎维娟，然而她毕竟也是关心自己的人，她借着酒意一把抱着黎维娟的肩头就哭了，"娟，以后没你让我心烦了，我也会不习惯的……还有你，猪北，你哪儿都不去，跑到新疆那鬼地方去干吗？我要是想你了，该怎么办？"黎维娟没考上研究生，找到了一份在北京的工作，朱小北倒是十拿九稳了，但打算就读的学校却在乌鲁木齐，她说那里有她暗恋的初恋情人。

朱小北推了一把郑微，"你别招我哭啊，我乐着呢，我就要跟我的暗恋对象一起吃吐鲁番的葡萄干了，我可不愿意像你说的那样，在老年人大学遇见他的时候才知道他原来年轻时也暗恋过我。我给你的椰头你别扔了，谁要是欺负你，就照着脑门给他一下。"她说得满不在乎，眼睛却也湿了，像是要摆脱这种悲伤的氛围，小北高举着杯子说："同志们，姐妹们，我们要来点儿积极向上、慷慨激昂的，今天我们是学校的好学生，明天我们就是社会的好栋梁……"在同伴的一片干呕声中，她豪气干云地吆喝道："我送姐妹们一首小苏的词，一扫你们萎靡不振的情绪。何日功成名就了，还乡，醉笑陪公三万场，不用诉离觞，痛饮，从来别有肠……"

也许醉后的我们，方能真正做到不论爱憎，不论得失，也不论聚散的感伤。

郑微最后的记忆是伏在阮阮的肩膀上，泪水打湿了阮阮的衣服。

天亮了之后，"六大天后"就此解散，各奔前程。

人的韧性是种很奇妙的东西，不管多苦难的日子，也终有习惯的那一天。在工地上混了一段时间，郑微逐渐觉得这样的生活也没有什么不好，施工一线的同事大多耿直，郑微有样学样地跟着他们用似通非通的本地方言大声吆喝，中午跟他们抢着工地厨房特有的比瓦片还厚的肉片，倒也开始觉得乐在其中。其实每个学建筑和土木专业的大学毕业生，如果没有真正在工地实践过，根本谈不上掌握专业技能，这几个月里学到的经验，有可能比大学四年的理论知识更有实际意义。更让她喜欢这种生活的一个原因是，白天累得像牲口一样，晚上回到宿舍洗个澡，头一接触到柔软的枕头，几乎立刻就坠入黑甜乡，连梦都无须做，直接迎来新的一天。

┃ 创作评论 ┃

　　还有一个80后的辛夷坞，关注比较多的原因是她几年前在一个出版社出版了好几部书，出版社的老总让我看。我看了以后很意外，她写的是都市婚恋的小说，写得很好，把不可能的事情变成了可能。她写着写着，就从玩笑中生发一种郑重严肃的悲情，我看了很意外，小说能达到这种效果的太少了。她是很经典和传统元素的写作，她现在的作品改编率很高，大家知道赵薇改了，叫《致我们终将逝去的青春》。

　　——白烨，载《"广西后三剑客"——田耳、朱山坡、光盘作品研讨会纪要》，《南方文坛》2016年第1期

　　辛夷坞是广西网络文学界的突出代表，其文风简单平实，行文沉静，却把80后的青春书写得淋漓尽致。书中人的生活虽面对重重困难，也仍然有温暖的微光闪耀，如此两面性相结合的风格被读者们概括为"暖伤"二字。随着她和她的作品知名度的不断升高，众多跟风作品面世，"青春暖伤小说"也逐渐被作为青春小说中的一个流行分类。目前，辛夷坞所有实体书出版作品在大陆的销量逾千万册，作品的影视改编运营也在如火如荼地进行中，作者粉和作品粉不计其数，表现突出。

　　——韩颖琦、韦宝华：《对广西网络小说写作现状的考察及思索》，《南方文坛》2018年第2期

| 作品点评 |

郑微与陈孝正，看似完全对立，实则是绝大部分当下人的一体两面。同样的温饱无虞，同样的不甘平庸。郑微选择在精神的领域中，追问个体的价值，乃至在直面荒芜之后，为自己创造绝境、重写意义。而陈孝正，则选择在物质中不断攫取，对物质的欲求背后，是精神的彻底中空，他回避意义，因为他知道那里是一片荒芜，而他也不准备对荒芜做任何努力。更何况，整个社会也在用它的物质压力，逼迫人们忽视精神的中空。

陈孝正对爱情"不主动、不拒绝、不负责"，相比于郑微对在爱情中重寻自我主体与生活意义的冲动，这才是真正于爱无所求。正因无所求，也就不必有。郑微再敢爱敢恨到离经叛道，终究还是带有一些古典色彩，她仍旧需要爱情，仍旧愿意"折腾"。但是陈孝正已经不愿意折腾，他不需要爱情，不讲究意义，更遑论主体意志与个人独立。这是"启蒙的绝境"，"人们很清楚那个虚假性"，"知道意识形态下面掩藏着特定的利益，但他们拒不与之断绝关系"，齐泽克在《意识形态的崇高客体》中不无悲愤地揭示道。而整个网络文学与草根狂欢，就荡漾着这种两害相权、苦中作乐的气质。

　　——薛静：《渴望绝境："后启蒙"时代的网络言情——以〈致我们终将逝去的青春〉为例》，《南方文坛》2015年第6期

在《致我们终将逝去的青春》中，作者笔下的主人公都在追求一种自己想要的生活，追求自在、本真的生命状态，让生命的激情尽情绽放。这一绽放过程少了世俗的喧嚣，让自己的人生状态多出了几分从容。将其放在繁华快节奏的大都市里便有了"心远地自偏"之味，符合了当下凡夫俗子对所追求而不得的那点内心纯洁与平静的向往。这种田园牧歌式的青春文学抛却了当前青春文学中对青春人物身份危机的探讨，也推翻了当前青春文学中所设立的私人英雄形象——"青春痞子"以及由其衍化而生的属于青春的秘密话语：流浪叙事、性与暴力、残酷体验。商业化、

快餐化、平面化，欠缺文化沉淀与理性思考，这些可能都是它的缺点，但是这并不妨碍那么多人喜爱它，原因在于整部小说充满着清澈明朗的主旋律，真诚、坦率，仿佛这就是我们自己要经历或已经历的生活。

——王远舟、程丽蓉、陈勇主编《中国现当代文学经典选读》，中国传媒大学
　　出版社，2016，第253页

一根水做的绳子（节选）

鬼子

57

李貌拿到那束头发时，却没有想得太多。男人有时候就是这样。他只以为她想他了，她担心他把她给忘了，便拿了头发作信物，用以拨醒他的心弦，让他时常地挂念着她。这么想时，他的脸上还暗自地笑了笑。觉得阿香真是有点爱得发了傻了，傻得就像一个刚刚恋爱的小孩。但他没有把那头发扔掉，而是压在了枕头下。晚上睡觉的时候看一看，然后再放回去。他觉得这样也好。这样晚上睡觉的时候就可以看一看。有一天，有一个老师进来，坐在他的床头边，顺手把他的枕头往里推了推，差点把那把头发给推了出来，那老师一走，他便急急地把那把头发深深地塞到了枕头的深处。直到有一天，因为班里两个学生的打架，他才想起把

作者简介

鬼子（1958— ），本名廖润柏，广西罗城人，仫佬族，中国作家协会会员，一级作家，与东西、李冯合称"广西三剑客"。曾任大型文学丛刊《漓江》执行副主编、广西文学院副院长、《广西文学》副主编，现为广西作家协会副主席。著有长篇小说《一根水做的绳子》，小说集《谁开的门》《苏通之死》《遭遇深夜》《被雨淋湿的河》《上午打瞌睡的女孩》，小说随笔集《艰难的行走》，电影小说《幸福时光》等，中篇小说《被雨淋湿的河》获第二届鲁迅文学奖优秀中篇小说奖、第七届全国少数民族文学骏马奖、《小说选刊》优秀中篇小说奖、中国十佳小说奖、第四届广西文艺创作铜鼓奖、中篇小说《上午打瞌睡的女孩》获1999年《人民文学》优秀中篇小说奖，中篇小说《瓦城上空的麦田》获2001—2002双年度《小说选刊》优秀中篇小说奖，中篇小说《农村弟弟》获第三届广西文艺创作铜鼓奖。

作品信息

《一根水做的绳子》，原载《小说月报·原创版》2007年2期，《长篇小说选刊》2008年1期转载，人民文学出版社2007年8月出版，获《小说月报》"百花奖"原创长篇小说奖，第六届广西文艺创作铜鼓奖等。本文节选自第57—67部分。

那一束头发拿了出来。

那是两个女学生，一个是四年级的，一个是五年级的。这一天是星期一，第三节课的课间，两人不知怎么突然就吵起了嘴来，吵着吵着，觉得光用嘴巴不够，就开始用手，你指着我，我指着你，指来指去，两个人的手最后就绞在了一起，绞着绞着，最后就揪起了头发来，你揪我的，我揪你的，都拼命地低着头，像斗牛一样，谁也不再给谁松手。看到的学生很多，早就把她们围成了圆圆的一大圈，但谁也没有上去将她们分开，跑去喊老师的学生倒不少。李貌跑过来的时候，两个女同学还在那里低着头，像斗牛一样。李貌吼了几声，都没能把她们吼开，他于是下了手，他一手抓住了一个女学生的手腕，使劲一捏，把那两个女学生的手腕都捏疼了，那两只手才不得不放开，但另一只手还在紧紧地揪着对方的头发不放，李貌就又去捏住那两只手，最先被捏疼的是那个四年级的学生，她一放手，五年级那个随即就抬起了脸来，但她的手还在对方的头上，还在紧紧地揪着。

李貌说："放手，人家都放了你为什么不放？"

那五年级的学生却没有轻易放手，而是使劲地拉了一下，好像只有这样她才能成为胜利者，这一拉，却出事了，她把对方的头发整整一抓地揪了下来。当时的李貌当然被吓着了，他吃了一惊，先去看那四年级的学生头是不是出血了，好在没有，就拉着她们到一旁处理去了。处理结束后，这才突然想起了什么。他想那头发怎么一揪就揪下来了呢？这两个女学生在四年级的时候曾经是同桌，后来有一个病了，休学回家了，等到她转回学校的时候，她的同桌已经是五年级的学生，而她呢，当然还是读原来的四年级。这个四年级的同学，就是那个被揪下头发的那一个。李貌的心突然就飞了起来，从这个女同学的头上飞到了阿香的头上，他想起了枕头深处的那束头发。他想她是不是也病了。他转身就回到她们刚才打架的地方，从地上把那一撮头发捡了起来，然后拿回了屋里。

第二天，他就让那个男孩给阿香提前送去了一块茶麸，并吩咐他问一问阿香是不是病了，但他想，他问也许是问不出来的，阿香也许也不会告诉他。他告诉那个男孩，如果她不说，你就帮我注意一下她的脸色，看她是不是像是有病的样子。男孩回来后却怎么也说不清阿香是不是有病了，他只是又给李貌带回了一把头发，但这一把头发却不同于枕头里的那一束头发。这是一团乱发。他问那男孩：

"有没有病，你看她的脸色看不出来吗？"

"我看不出来。"那男孩说。

李貌刚要抓头，突然放下了，他拉着男孩去看了一眼那个被揪下头发的女孩，他问，她们的脸色是不是都有点一样。男孩子这一回特别认真，他告诉李貌：

"差不多，好像都是这样的脸色。"

李貌的心里一下就明白了。

他于是急急地等待着周末的到来。

58

李貌不敢自己偷偷去看阿香。

他怕老婆在屋里看不到他的影子，会断定他一定是跑到那里去了，那样她就会跟后也跑去，她真的也跑到了那里，他就怎么说也说不清楚了，弄不好她还会咬定，说他每个星期回来都曾偷偷地跑到阿香那里去过。真要那样，还不如去先跟她说一说呢，他想只要他跟她说一说，她也许会让他去一去的。

李貌说："阿香是不是病了？我在路上听说的。"

妻子说："她什么时候病了？我怎么没听说，我只知道她家的母牛死了。"

李貌不由在心里暗暗地呵了一声。

李貌说："那她就可能是真的病了。"

妻子说："死了一头母牛就病了？"

李貌说："人跟人不一样。"

她看到了李貌的神情不好，一脸的在想着阿香。

她说："她病没病你真的不知道？"

他说："我怎么知道呢？"

妻子似乎不肯相信，她说：

"这么说，这么久你都没有去过她那里？"

李貌说："我要是去过，我还用得着跟你说吗？"

这样的话让妻子听了倒有些舒服。她心说这样就好，这样就对了，看来这个男人是比以前像一回事了。但她还是不肯轻易答应他，她想她不能让他觉得她对他完全放心，她甚至对他们完全放手，她想她不能给他那样的感觉。她装着怔了怔，目光一上一下地打扫了一遍李貌，像是在用目光给他一点什么警示，然后问：

"她是不是什么时候到医院去过了？"

她当然是话里有话。他却说：

"我怎么知道呢？"

"她没在哪里捡到黄金吧？"

这么一说，李貌听出来了。

李貌说："那你捡到了吗？"

妻子说："我捡到干什么？我好好的，我又不用上医院。"

李貌不想跟妻子啰唆这些，他只想着要尽快去看看阿香。

他说："我想去看看她，要不，我们一起去？"

妻子说："我去干什么？你想去你就去吧，去吧去吧，那你就去吧，免得她病死了你会怪我不给你们见面，去吧去吧，你以为你是去干什么呀？你也就是去看一看，你以为你还能去干什么呀？去吧去吧。啰唆那么多干什么！"妻子说着还推了他一把。

李貌于是直直地往阿香家里走去。

这一去，不想却和阿香出事了。

59

阿香正在屋里砍茶麸，砍得笃笃地响。她正准备洗头。李貌刚到门口她就看到他了，她的心里呼地就热了起来，她真想站起来，但她没有站，她只是抬着头直直地看着他，手里的刀也没有停下，还在继续砍在手里的茶麸上。她看到他在慢慢地走上她家门前的台阶，慢慢地，她家的门槛只有五级台阶，但她看到他好像走得很慢，走到门槛上时，他还停了一下，就那一下，她好像看到他身上的什么东西，很小很小的一点什么东西，从他胯下那里跌了下去，跌在了她家的门槛里，她的目光忽然闪了一下，但她没有去多想那是什么东西。

李貌也没有注意到，自己身上的什么东西在胯下那里跌了下去，他也没有听到有什么东西落地的声音，他在门槛上停了一下，他看着坐着的阿香想先对她说句什么，但嘴里却没说，然后就走下门槛，直直地朝她走来。李貌一边走一边注视着她的长发。那束头发和那一团乱发，一直在他的脑子里挂着。他当然看不出，她的头发到底少了多少，但他看到她的头发好像是真的没有以前那么顺，那么柔了，看上去明显已经有些散，有些乱，还有些枯干，好像是刚刚睡觉起来，还未来得及梳理似的。他心里就滑过了一丝伤感的情绪。

他说："小心你的手。"

她的手还一直地没有停下，还在一直砍着手上的茶麸。她一直地抬头看着他。他走到她的跟前时蹲了下来。

他说："来，我来帮你砍砍吧。"

他的手长长地伸在她的面前。阿香没有多想就把刀递给了他，但她的眼睛还在直直地注视着他。她已经好久好久没有这样看过他了，她为他的到来而感动，但她不想急于表现出来，她似乎在让自己慢慢地感受着什么。

她的眼睛，暗暗地就湿润了。

李貌没有注意到她的眼睛，他的目光停在了手里的那把尖刀上，他的脑子里突然又闪过那个橙子，那个被尖刀绞烂的橙子，一股寒气仿佛从刀上冒上来，钻进了他的脊骨里。

他说："你说的那把刀不是这一把吧？"

她已经注意了他的神情。她摇摇头。

她说："不是。那一把，我早扔了。"

其实，那一把就是这一把！

李貌又看了一眼手里的那一把刀，他觉得那把刀还挺沉的，随后才慢慢地替她砍起了茶麸来，一边砍一边让目光在她的屋里四处游走着，他的目光突然碰着了挂在墙上的一个竹篓，他的身骨里，不由又是一凉。

那是黄泉留下的那只假腿。

他说："你就一直挂在那里？"

她的目光也跟到那只竹篓上。

她点点头，嗯了一声。她说：

"原来是丢在楼上的，后来我拿了下来。"

"你这样挂着会经常看到，不好的。"

"那有什么呢。再说了，经常看看也好。"

李貌就觉得奇怪了，他知道那样挂着，其实是挂在了她的心上。她似乎也看出了他的心思了，就说：

"你知道的，如果不是因为我，他如今还会好好地活着。"

李貌心想是的，但他不知道怎么说了。她想想，就又说：

"他是被我害的，也是被你害的，你说是吗？"

李貌的心突然就踢了他一下，踢得有点发紧，他暗暗地吁了一口气，没有吭声。他低着头，看着砍下的那些茶麸，突然，他把刀停了下来。他说："够了吧？用得了这么多吗？"阿香其实早就发现了，早在他李貌刚刚到来的时候，她就已经砍够了，但因为他的进来，她的手便一直不停地砍，再又加了他的一阵乱砍，别说是她一个人洗，就是两个人三个人，怕是一次也用不完的。

"那你洗吧。"他说。

阿香却只坐着不动。

李貌便去看她的头发。他正想问问她，头发怎么掉了那么多呢？她却说话了，她说："你看到我给你的头发了吗？"李貌说看到了。她说："我还以为你没有看到呢。"李貌就又说看到了。她说："你没想到是我的头发吗?"李貌说想到了呀,怎么没有想到呢? 她说："想到了怎么这么久呢? 我以为你会等到我的头发掉光了你才来呢。"李貌说怎么会呢。这么说的时候, 他心里有点虚,因为他确实是没有想到那么多。李貌突然就想起了她家的母牛来。他说:

"听说你家的母牛死了,怎么死的?"

阿香就吃惊地凝视着眼前的李貌。她说:

"你不是为了我家那头母牛来的吧?"

"不是不是,我是来看你的,我以为你病了。"

阿香心里想说,是的,我是病了,但嘴里却没说,她跟着就又想起了她的那一头母牛,她说:

"你知道吗? 我那母牛都快生崽了,还是一只牛牯呢,他们帮我破开时他们都看到了,都觉得太可惜了,好可惜啊,好好的一只牛牯,要是不死,再过几天也就生下来了,都怪我,我那天也不知道怎么,我觉得没事,我就拉着它到外边去走走,我想让它走动走动,让它吃一些嫩草,我哪想到那两个小娃崽他们也把牛牵到那里,他们那两头牛一见面就打架,我一看见它们打架我就跑,我要是把我的母牛也一起牵走就好了,可我一跑,我就把我的母牛放下了,那两头公牛打着打着,就把我的母牛给撞到沟下边去了,怎么起也起不来,我叫了好多人来帮我,可抬起来没有半天,就死掉了,哎,都怪我,那天好好的,我牵它出去干什么?"

说着就暗暗地为她的母牛掉下了泪来。

李貌也跟着难过起来,不是为她的母牛,而是为她,为阿香,想她一个人孤苦伶仃的,一头母牛对她来说几乎相当于屋里的另一个家人,换是谁,谁也会伤心也会掉头发的,他想她后来给他的那一团乱发,一定就是这样掉下来的,可是,她前边的那一束呢,那一束整整齐齐的头发呢? 那是怎么回事? 但他不想问。他怕又问出什么伤心的事情来。他顺势颠了颠竹簸里的茶麸说:

"你还是先洗头吧。"阿香却依旧不动。李貌就问:"水烧了吗? 没烧我帮你烧水吧。"说着就要起身,阿香便告诉他,说早烧好了,她示意他看了看不远处的灶头。

李貌这时才发现，灶上的锅头果然一直在腾腾地冒着热气，水早都烧开了。李貌说："那你就洗吧。"阿香还是坐着动也不动。李貌就说：

"要不，我帮你洗吧。我帮你洗，好吗？"

阿香的心忽然就感动了起来。

她说："你不怕吗？"

他说："怕什么？"

她说："她要是突然进来呢？"

他说："她不会来的。"

她说："她要是来呢？"

他说："不会的。我跟她说了，我说我要到你这里来，我说我来看看你，她知道了她就不会来了。她还来干什么？"

阿香的感动忽地就有点冷了下去，原以为今天的李貌突然胆大了起来，原来……原来竟是这样。不过，他能帮她洗头，这也是够她满足的了，毕竟，这是他有始以来头一次对她说要帮她洗头的。而且，没有等她回话，李貌就已经起身忙去了。

事实上，李貌也就是端端盆，加加水，然后就是在旁边蹲着看着，洗头的事还是阿香自己的事，但在阿香的心里，李貌能这样就已经是很够好的了，她什么时候得过这样的好呢？

60

洗完头，阿香的精神一下就好多了，随着心情的好，阿香心里的念头也跟着就活跃了起来了，她想趁着这样的机会再多感受到一点什么，然后把那些感受到的那种好，深深地藏在心底，用以孵养往后的日子。她一边撩拨着头发，一边看着李貌，就一边想，想着想着，慢慢地就觉得全身都热乎乎的、痒乎乎的。她说：

"我想洗个澡。我都好几天没洗了。"

"洗呗，那你就洗呗，洗了头再洗个澡，就精神多了。"李貌看到阿香那种精神的样子，心里也挺精神的。他说："那我就先回去了，待太久了也不好。"李貌说着转过了身去，但阿香后边的一句话，把他拉住了。

阿香说："你能跟我一起洗吗？"

李貌的心怦地踢了他一下，踢得他走不动了，但他没有转身，他只是把头侧了回来，好像他要是转过身来，他的身子就转不回去了，他就那样不动身子，眼睛也没有看着她，而是看着旁边的地上。

他说："还是你自己洗吧，我在外边等你，要不，我就先回家了，有空我再来看你，好吗？"

阿香却没有把他放走。

阿香说："跟我一起洗个澡都不行吗？"

李貌觉得不行，他连想都不敢想过，他感到有些为难。

他说："还是你自己洗吧，好吗？"

她却不肯。她的目光死死地盯着他不放。

"我又不是要你给我别的什么。再说了，要也要不了。"

"这我知道。"

"那跟我一起洗个澡有什么呢？"

李貌还是觉得不好，他只好找借口了。

"要是被人看到了不好的。"

"谁会看到呢？谁会到我这里来呢？"

"就怕有人突然进来呗，就怕万一。"

"哪里会有什么万一呢？没有的。"

"就怕万一呗。"

"你不是说她不会来吗？"

"她是不会来的。"

"那怕什么呢？"

"就怕有人进来呗。"

"你说这么多干什么？你就说，你愿不愿跟我一起洗吧？"

这话有点一针见血了，李貌怕的就是她这样的话，他的脸已经转了回来，完全地背对着她了。他不想让她看着他的脸。

阿香说："我跟你说真话吧，我是真的好想让你跟我洗一次澡，我想让你帮我洗，可我……可我不会逼你，我真的不逼你，可你自己想一想吧，你自己摸摸心，你自己问问你自己，你觉得你该不该帮我洗一次，帮我洗个澡算什么呢？我那种事都没有了，我让你帮我洗个澡都不行吗？你自己想吧，我不逼你，我真的不逼你。"

李貌又开始抓头了，但他没有抓得太重，也没有抓得太久，因为阿香的那些话，对他来说并不难理解，难的只是承受，他只要把心一横，咬咬牙，就过去了，就像要越过一条沟，不，不是一条沟，越一条沟你只需要把握住你的力气，力气用足了你就过去了，过去了你就赢了，到了那边你就没事了，但这事不是，这事有点像是要翻一堵墙，墙不高，但在墙的这边你看不到墙的那边是什么，也许翻过去你赢了，也许，翻过去却翻进一条沟里……但李貌终于慢慢地转过了身来。他不想给阿香留下太多的伤害。他看了看阿香就点头了。点头的时候，他的目光里藏着深深的内疚。

阿香顿时就高兴了，高兴得像个小孩。

她上来要帮他脱衣服，他却不让，他说：

"你先脱吧，我先去把门关上吧。"

说着就要转身，后边的阿香又把他拉住了。

阿香说："你别去，我去。"

像是怕李貌那一去便把人给溜了。

阿香笑笑的就关门去了。然而，阿香那一去却没有把门关好。她只是关上了一扇，另一扇刚刚拉了一半，她的手就突然停下了。

她突然看到了一样小东西。

那小东西就在门槛里边的泥地上。

那是一颗深灰色的扣子。

阿香一下就想起来了，想起李貌进门的时候，她曾看到了小小的一样什么东西从他的胯那里掉下去，她的眼睛当时曾亮了一下的，但她没有想到原来竟是这么一颗扣子。她想这扣子从他身上的什么地方掉下去的呢？是他衣服上的扣子吗？不是，肯定不是，他衣服上的扣子比这大得多，他的衣服上没有这样的小扣子。那就是他裤门上的扣子，对了，一定是他裤门上的扣子。你裤门上的扣子怎么可以掉呢，而且还是掉在我阿香的家里，你待会回去，你老婆要是看见你裤门上的扣子没有了，她还会以为是我阿香拉开你的裤门时，把你的扣子给拉掉的呢，李貌呀李貌，你怎么这么马虎呢？你好不容易才来看我一次，我们俩也好不容易在一起洗这么一次澡，回去了你要是怎么也说不清楚你怎么办？那以后她还会让你到我这里来吗？你怎么这么马虎呢？李貌呀李貌！再说了，就算你回去后，你老婆她没有发现，你这扣子也是不能这样掉的呀你知道吗？你明后天回到学校，你进了教室，你给学生上课，你这裤门要是开开的，那很难看的，难看死了你知道吗？最最不能掉裤扣的就是你们老师了你不知道吗？你知道那些学生的眼睛很尖的，尖得就像锥子似的，只要你裤门上的扣子掉了，没有了，你的裤门打开了，他们的眼睛就会拐着弯往里钻，那些眼睛你知道的，他们就是什么也看不见，他们也会拼命地往里钻，他们的眼睛钻进去了，他们看到了什么就会说什么的，而且会说你一辈子，那样你就不是一个好老师了你知道吗？对了，有的老师就是因为裤门出了事的，你应该听说过的吧？我们村里原来有个女的跟一个老师出的事，就是被抓起来坐牢的那个老师，我跟你好像说过的，可你不知道他们最早是怎么出事的吧，就是那老师上课的时候扣子掉了，那个女的看到了，下课后她就跟着老师到房里去，她告诉老师说他的裤扣掉了，说完了她又不走，她就在那里看着老师往裤子上补钉扣子，那老师也不脱裤子，他就拿着扣子拿着针拿着线，就在裤子上钉，那样哪里好钉呢？那女的在一旁看了就笑，就上去帮他钉，没钉完呢，两人就那个了。你可不能出那样的事啊李貌，你和我已经出过一次事了，再出事你就完了！

她想她得先帮他把裤门上的这颗扣子钉上。

她盯着那颗扣子，她捏着那颗扣子，就直直地往屋里走去了，她要去给他拿针，她要去给他拿线，然后到屋后去帮他钉上。她怕洗完澡了他就走了，到时她也忘了，那可就出事了，就糟糕了。可拿到了针，拿到了线，她又突然想，我先不能帮他钉上，我还是让他先跟我洗完澡了我再帮他钉，免得他一胆小，他一想起什么可怕的事来，他就会不跟我一起洗澡了，他会吗？她想他也许会的，这个男人她还是了解的，那样她自己可就后悔了。她于是把扣子放在了桌子上，把针线也放在了桌子上，决定先洗澡去了，然后就朝屋后直直地走去。

走到屋后，她看见李貌的裤子还没有脱，上去就用手拨了拨他的裤门，他的裤门上，果然掉了一颗扣子，阿香就偷偷地笑了，但她嘴里没说什么，李貌不知道她笑什么，只以为她在为洗澡的事而高兴，就也跟着笑了笑，两人就往后边的洗澡棚走去了。

也许就在这时，就在他们走进洗澡房的这个时候，小香的妈妈从家里慢慢地走出来了。她是突然觉得自己也应该过来看看才好，反正也就看一看，也没什么，看一看也损不了自己的什么东西，别人知道了还会觉得她心眼还挺宽挺厚的。可她没有想到，她最后看到的，竟是他们两人正在一起洗澡。

61

阿香家的洗澡棚，就在屋后的围墙下，在厨房边。

阿香家的用水都是来自泉水，来自山脚高处的一口泉水，是用竹涧引下来的，引了一节又一节，一直引到厨房边。竹涧里的水流不大，但没日没夜地总在流，夏天怎么流，冬天也是怎么流，没有受过任何季节的影响。

阿香嫁进来之前，黄泉的用水总是直接地在竹涧下使用，从来没用过水柜，也没用过水缸，那时候的黄泉什么都不用，就连洗澡，也直接冲洗在水涧的下边，煮饭也直接拿锅头在下边接，洗菜洗脚，也通通如此。阿香说，你怎么这么懒呢，水缸你没有钱买，你可以自己做一个水柜呀，做一个水柜有什么难呢？用不到三天，阿香就动手做好了一个半腰高的水柜了。做水柜的石块是她自己在山脚下，一块一块撬起来的，也是她自己敲敲打打，一块一块砌上去的。那时候没有水泥，砌石块的灰浆，都是用石灰和黏黄泥和在一起的。没有石灰，她就跑到那些石灰窑的边边上，一点一点地铲，一点一点地抠，一个石灰窑得到的不够，她就跑到另一个石灰窑去，另一个石灰窑还是不够，她就继续地往前跑。水柜做成之后，阿香又在水柜一旁的不远处，砌了一个洗澡间，也是石头砌的。从山泉引过来的还是一块竹涧，直直地先流到洗澡的棚子里，流往水柜的那一块竹涧，是从洗澡棚的上边接过去的，洗澡的时候，只要把接往水柜的那一块竹涧往旁一挪，泉水就在悬空中直直泻在洗澡棚里了。

做好洗澡棚的那些天里，阿香曾时常跟黄泉一起在竹涧下洗澡。有时，她只蹲在洗澡棚的门前，看着黄泉在里边洗。当时的黄泉还不太习惯，他觉得阿香那样蹲着看他，觉得有点怪怪的，有点不好意思。他说看什么看，别看，你一看我就不知道怎么洗了。她没有给他离开，她说我看我的，你洗你的，有什么你就洗什么，我又不去动你，你怕什么？看着赤裸裸的黄泉，她曾觉得他其实还是长得挺不错的，如果不是因为少了一条腿，如果不是因为那东西失去了男人的作用，他跟别的男人是完全一样的；如果李貌不是人民教师，如果不是每个月都能领到那点钱，李貌也许还不如他黄泉呢。她曾觉得老天爷有点不太公平，她觉得你让人家少了一条腿就少一条腿吧，你怎么让人家那东西也不管用了呢，如果他那东西还能用，她心里也就多多少少可以满足一些的……他那东西怎么就一点都不管用呢？在床上的时候，黄泉是躺着的，她看不清楚；在洗澡棚里，他不得不站着，她可就完全地看清楚了。她发现老天爷就是这样的不公平，你有什么办法呢？看着黄泉那不中用的东西，她曾时常地想：这也许就叫命哩，命里要有的东西你就是想躲也是躲不掉。这对别人来说，也许不相信，但阿香她自己信，不信她就无法对她的命运找到合理的解释。

人往往都是因为解释不了自己的处境才相信命的。如果不相信，就会连自己的命是什么，都无法知道。至少，因为相信，你知道了你的命就是眼下的这等状况。也就是因为看到了这种状况，才会想到要给自己的命补上一点什么，或者紧紧抓住眼前的一些什么。人的很多超常的行为，有时都是这样产生的。

有时看着看着，阿香就会动手去帮黄泉搓一搓。黄泉倒也喜欢让她搓。他觉得娶了一个自己不能用的女人，但这个女人能帮他搓搓背什么的，心里也是感觉挺好的，也挺有味道。他当然也会帮她。他不能给她那种快活，他帮她搓搓背什么的，他觉得也是应该的。她当然也喜欢他帮她。有时她也会觉得，他虽然不能给她那种快活，但他帮她搓搓背，在那种肌肤与肌肤接触的过程中，有一种快活还是可以让人感觉得出来的，那样也挺不错，也挺好的，总比两人在床上什么事都做不了，多多少少是要强一些的。

黄泉死后，洗澡棚里便只剩下阿香一人了。

因此，看着脱光了的李貌，阿香一时感慨万千。

但她什么话也没说。李貌也没说。李貌和小香的妈妈都没有这样的洗过呢。他一时还真的有点不太习惯。但为了她，为了她阿香，他告诉自己一定要成全她。

阿香把接往厨房的水涧刚一拿走，泉水便哗哗地流下来了，她把身子接过去，先让水冲了一下，随即就让到了一边，她让他也先冲冲。就在他冲的时候，她的手过来了。她禁不住就摸他一摸，他的手就也跟着动起来了。但两人还是谁也不说话。两人只是你摸摸我，我摸摸你，然后让水冲冲你，又冲冲我，接着又是相互的抚摸着……凭着手上留下的记忆，他感觉着她的肌肤没有以前那么滑嫩了，怎么还会有以前那样的滑嫩呢？那时候她才多大年龄，而现在她已经多大年龄了，这么多年的风风雨雨，早把她身上的那些滑嫩给洗掉了，虽不能说已经被洗得无影无踪，但原来的那种感觉却是真真的差不多没有了。他甚至有点感觉着她的皮肤都开始有了一点点的松弛，他仿佛能感觉到这么多年来，她皮肤里的水分一天一天流失而去的样子……李貌的心不由一阵酸楚，眼里随之就漫下了泪来。阿香她没有看到李貌的泪水，她的手也在细细地抚摸着他……这一天，她觉得她等得太久太久了，从医院回来之后，她的脑子里几乎一片空白，她想，她这辈子看来是要永远地失去他了……她想他不会再爱她了的，不会了的，因为她那里都没有了，他还爱她有什么用呢？……但她又不肯相信，相信他真的因为那样就再也不再爱她了……她不愿相信！……她想只要他真的爱她，她就是什么也没有了，他也是还应该爱着她的呀？……她没有想到她还能和他这样赤裸裸地站在水涧的下边一起洗澡……她突然感觉着有了一种意想不到的满足……尽管这样的满足是在她的再三要求下才得到的，但她同样地满足了……她知道，她如果不对眼下的事实感到满足，她可能就不再有任何是可以满足的了……她的眼里也突然就漫下了泪来。她禁不住猛地将他一抱，就紧紧地搂住了他。就这一抱，一股内疚的情绪涌上了李貌的心头。他想，这样的抱，应该是他李貌先表现出来才对的呀？如果是他最先这样紧紧地把她抱进自己的怀里，她阿香就会觉得他是很爱很爱她的，她就会永远地觉着好，觉得他李貌对她的好。

李貌于是把阿香突然地推开了。

然后，他两眼泪汪汪地凝视着她。

然后，没有等她明白他为什么推开她的搂抱，他便像她刚才紧紧搂住他的那一刹那，猛地一把将她紧紧地抱进了自己的怀里，紧紧地，紧紧地，比她刚刚抱他的时候更紧，紧得她都有点喘不过气来。

阿香是有点喘不过气来了，但她不动，她让他抱，她恨不得让他把她放到他的心里去。于是，她也狠狠地抱着他。两人都紧紧地抱着，谁也没有说话，两人的眼泪都在不停地流着，你流你的，我流我的，流得很长很长。慢慢地，她在他的身上感觉到了他的身子热乎乎的，他也在她的身上感觉到她的身子也是热乎乎的，他们真想就这样一直地抱下去，再也不松开。显然，谁都在感觉着这样的情景实在是来得太晚，太晚了，如果早一些，如果黄泉的那一刀还没有插下去，他们两人如果这样紧紧地抱在一起，那结果会如何呢？那该是多么美好多么深情的一种结果，更何况，何况那个时候……那个时候她的皮肤一定是亮亮的，摸到哪里，哪里都是滑滑的嫩嫩的……可现在，他们也只能是这样了。除了这样，还能怎样呢？

这样其实也已经很好了，真的很好。

然而就在这时，小香的妈妈进来了。

小香的妈妈看到有一扇门关着，有一扇门却要关不关的，悄悄地推了推，就推进来了。她往里走的时候，屋里静悄悄的，她还觉得有点心虚，她想他们可能不在屋里，他们可能到外边去了，所以他们的门关了一扇留了一扇，但她又不敢太肯定。她想也许他们就在屋里呢。于是，就在静静的屋子里静静地走了走，就像是走在夜里，一边走，一边用目光到处瞄着，她曾以为他们可能在房里呢，可是，她刚刚要往阿香的房门走，她突然听到了屋后的声音。最后，她就什么都看到了。她看到他们紧紧地搂在一起，她看到他们，你帮我洗，我帮你洗……她什么都看到了。

62

小香的妈妈没有作声。

晚上，她照样做饭给李貌吃，她也吃，她女儿小香也要吃。她只是没有作声，她其实是一直没有想好该怎么对付才好，想得太急了，胸口便觉得一堵一堵的，堵得她心慌，像是要随时把她给堵死了一样。

李貌再三地想跟她解释解释，但嘴巴刚刚张开，她的手就高高地举过了头顶，一看见她的手高高地举了起来，李貌的话就自己回去了。她嘴里总是对他说：

"你别说！我不听！"

夜里，她也依旧和李貌睡在一张床上，只是中间已经拉开了一条宽宽的河道。她照样把衣服脱得所剩无几，不脱就会把她给热死，但她没有让他碰她。他当然也不再碰她。他要是碰她，她的巴掌就会突然朝他打来，就跟劈柴似的，他怕。他知道惹谁也不能这个时候惹她。

她当然是怎么也睡不着。

屋外的公鸡叫了一遍又一遍。

天快亮的时候，她突然起来了。

她终于想好了。她一起来就朝他喊道：

"你也起来，我要跟你谈一谈。"

说着自己就先走到堂屋里等他去了。

她不想跟他在床上吵，她也不知道为什么。

李貌刚一走到堂屋，她转身就把女儿睡着的房门关上了。她不想让女儿听到太多，就连另外两个没人的房，她也把门通通关上。

然后，她从墙脚拖过一张椅子，咚的一声狠狠地放在李貌的面前。李貌怀疑地看了看那张椅子。他怕她什么时候已经在椅子的哪条腿上做了手脚，他如果坐上去，他就会咔的一声重重地倒在地上。村里有一个女人就经常这样收拾她的老公，因为她的老公在外边爱跟一些不三不四的女人耍嘴。李貌生怕她也学起了那一招。

他抓住椅子便摇了摇，她却突然喊道：

"这不是给你坐的，你坐到对面去。"

李貌趁机就坐到了身后的椅子上。

但他想不明白，那张椅子她准备拿来干什么？

他无法知道。她其实也不知道。她其实也是顺手愤怒地把椅子拖了过来，然后狠狠地放在那里。

一个在椅子的这边。

一个在椅子的那边。

她说的谈一谈，就这样开始了。

她说："你为什么要那样？……你说你只是去看看她的，你说你去看看她的时候，我反对了吗？……你如果真的只是去看看她，你怎么看我都不会反对，可你却和她那样。你说，你为什么要和她那样？"

李貌的嘴巴刚要回答，她却不让。

她自己停一停，她的手就朝他举了起来。

她的手一举起来，他的话就只好回去了。

她说："你们俩竟然那样脱得光光的，还死死地搂在一起，你说，我看见了我心里会怎么想？如果换我是你，你要是看见我跟别的男人也那样，也脱得光光的，也那样死死地搂在一起，你心里会怎么样？……你告诉我，你要是看见了你会怎么样呢？……"

她一边说一边又把手举起来，她一直不让李貌回话。

停了停，她突然一脚就狠狠地踢在那张椅子上。

那椅子没有倒地，而是被踢到李貌的面前来了。

李貌看着被踢到面前的椅子没有作声，一只脚悄悄地就踏到了椅子下边的一根横杠上，然后悄悄地把椅子推了回去。

他知道她还有话，他让她说。

她说："我知道你心里还老想着她……我早就知道……我一直都知道……可我心里想，我心里想你就心里想吧，反正她那里你也用不了，我以为你怎么想也是白想……可我没想到你还会和她那样……我一点都没有想到过……你竟然还会跟她那样……你如果只是心里想一想，你怎么想我都不会吭声的……我吭过声吗？……你说我吭过声吗？"

她突然一脚又踢在那张椅子上。

这一脚，把那张椅子给踢翻了。李貌没有急着去动它，他知道她还有话，他让她说。

她说："你这样想一想吧，如果你看到我也和那个原来跟我好的人，也这样，你受得了吗？……"

李貌悄悄地蹲了下去，把椅子悄悄地扶了起来。

她说："你说，你为什么要那样？"

她其实并不需要他的回话，她只是要他听着。

她猛地又一脚踢在那张椅子上，把刚刚扶起的椅子又踢翻了。这一次，那椅子倒在了李貌的面前。李貌顺手就把椅子扶了起来，可是椅子刚刚站定，她一脚又踢了上来。

李貌这时明白了，明白这张椅子被摆在他们中间的意义了，他想如果不是这张椅子，她可能就会不停地往他身上踢了，但她可能也知道，如果不摆这张椅子，如果她愤怒的时候就往他身上踢，他是不会让她踢的，那样，她的脚可能每一次都是要踢空的。李貌心想这样也好，他想，想踢就让她踢吧，不就一张椅子吗？踢坏了也不过就是张椅子而已，有什么大不了的呢？他能做的，也就是不停地把被她踢翻的椅子提起来，有时只是踢到他的面前，于是他便给她顶住，然后把椅子再一次地放回去，直到她再一次地把椅子踢翻或者踢到他的面前来。反正他总是不作声。

那天早上，李貌提了一个早上的椅子。

最后，她声音强硬地告诉李貌："我现在告诉你，我想了一夜了，我也想好了，我也决定去找那个人试一试……就是以前也跟我好过的那个男的，我也想试一试，我看他是不是也还在爱我……我想他也是还爱着我的……你们男人肯定都是这样的……我相信他一定是还爱着我的，要不上一次你的阿香挨刀的时候，我去跟他一说，他怎么就答应帮了呢？他心里要是没有我，他怎么会帮呢？我想好了，我想了一夜，我也去找找他……我也要跟他洗一个澡，我也要跟他两人一起脱得光光的……我记得好像他的老婆也死了，如果愿意，如果他真的还爱我……就像你还爱这个女的一样，我就嫁给他……嫁了他，我就离开，离开你们，我让你们两个爱怎么爱，就怎么爱……我也不管那么多了……等天亮了我就到城里去……你也不用拦我，你怎么拦也没有用……我也相信那个人肯定也还在爱我的，我不信他就不爱我了……她那里都被刀插烂了你都还这样地爱她，我不信我好好的他就不爱我了，我不信……你信吗？……"

63

小香的妈妈真的决定进城了。

天亮的时候，她也拿了茶麸给自己好好地洗了一个头，但一边砍茶麸的时候，她却一边不停地掉了很多的眼泪，那些眼泪全都一串串地洒在她砍下的那些茶麸里，她的泪水把她的茶麸全都洒湿了，但她不管，她把泪水和茶麸一起通通地装进小布袋里。她心里很清楚，那天早上，她不光是拿了茶麸给自己洗了一个头，她是同时用了自己很多很多的泪水在给自己洗头。她把自己也洗得干干净净的，但不知怎么，她也觉得实实在在地没有那个女人给小香洗得那么香。她虽然没有在明里闻过小香的头发，但在小香给那个女人洗头的那些日子里，晚上睡觉的时候，她是真的悄悄地闻过的，她心里真的暗暗敬佩阿香那个女人，怎么就可以把头洗得那么香呢？她觉得她们用的茶麸其实也是一样的茶麸呀。她不知道里边的道理是什么。后来有一天，她在赶街的路上进了一家人家，喝了一碗粥，喝了两口，就喝出了一个道理来了，同样的玉米，却也因人手的不同，而煮出了不一样的玉米粥来。那一家的粥，味道寡寡的，很不好吃。这实在是没有办法的事。她最后甩了甩自己的头发，她觉得这样也不错了，因为她要去找的那个人，他在村上与她相好的时候，他好像是从来都不在乎她的头发的，他好像最感兴趣的，是每一次见面总要在她的屁股上拍一拍，见人的时候拍一拍，走的时候也拍一拍。她于是也自己拍了拍自己的屁股，她想也许他还是一样地喜欢的，不喜欢他怎么会帮她去帮阿香住院的事呢？

小香的妈妈就这样进城去了。

不能说她的心里完全地充满了信心，但她感觉着她是有希望的。何况她比他年轻那么多，他原来不要她，那是因为他老婆还活着，如今他老婆没有了，他老婆去世了，他孤身一人了，她这时候去找他，就相当于是去送给他……是的，她想，她这一去是送给他去的，就有点像是送了一只大肥虫去给一只饿鸭，那饿鸭会不张嘴吃吗？何况她还不是一般的大肥虫，她比大肥虫好多了，他也不是那饿鸭，她觉得她一定比那大肥虫更能让他喜欢。她去求他帮阿香住院那一天，他的眼神比那饿鸭还饿呢，他一上来就在她的屁股后狠狠地拍了她一下，然后说，走吧。我帮你看看去。那一巴掌，其实一直地拍在她的心上。

就凭着那一巴掌，她想她是有希望的。

走之前，她给小香留了几句话，她说：

"他们俩在一起洗澡了，你知道吗？"

小香没有作声，小香只是低着头听着。

她说："他们在一起洗澡就证明他们还一直地爱着，而且爱得很深很深，他对她的爱……就是你爸爸对那个长头发女人的爱，远远超过了对我的爱，也超过了对你的爱，你知道吗？你是小孩你可以不管，可我要管，我不能忍，我也忍不了……我要报复，我要让他……让你爸知道，我也不是一般的女人，我不是那种他想不爱就可以不爱的女人。我要让他知道，我也是有人一直在爱我的，不过这个事情，你没有必要知道。我现在就再去爱一次给他看一看，我这一去，可能三五天都回不来，你一个人你怎么办？"

小香依旧是低着头，她不知如何回话。

小香的样子有点可怜，妈妈也看出来了。

她说："想想你真是一个可怜的孩子，但你不能怪我，要怪你得怪他，怪你的爸爸你知道吗？是他太不像话了，是他逼得我也不得不这样的你知道吗？"

她说："我顺便也问问你，如果那个人愿意娶我，让我成为他的老婆，如果他愿意让你跟着一起到城里去，你愿意去吗？……你是愿意这样跟着他，跟着你爸，还是愿意跟着我一起到城里去？"

小香还是没有给她回话。

她最后只好对小香说道：

"那妈妈走了，妈妈不会忘记你的。"

说完就上路了，去城里找她的那个人去了。

64

那个人对她的突然到来吃了一惊。

但他没有问她太多，他让她先跟着他，跟他到了一家旅馆，然后开了一个房。他让她先住下来。他没有让她到他的家里去。她也不知道他的家住在哪里。然后，他带着她走进了一家小饭馆，给她点了几样好吃的菜，她从来都没有吃过的。那一顿饭她吃得很香，在这之前，她从来都没有吃过那么好吃的饭菜。吃得她满嘴都香香的，回到旅馆后，她还觉得满嘴都是那个小饭馆的香味，香得她都不舍得把那种香味给洗掉，她真想就那么留着，永远地留着。那个人当然也吃，但他更感兴趣的是在看着她吃，看着她那张吃得红扑扑的脸。他好像要在她那张红扑扑的脸上，寻找他和她在一起时曾有过的那些美好记忆。她偶尔也抬头看看他，看看他的眼里有没有还爱她的那种眼神，结果当然是让她觉得他对她挺好的。她觉得那么多好吃的菜就是有力的证明。她便不时地对他笑着，他也对着她笑着，他还不停地劝她多吃一点，还不时地把菜往她的碗里夹，夹得她碗里多多的，都不知先吃什么才好。他还不停地问她，好吃吗？好吃。那就多吃点。她便不停地给他点头，然后就是拼命一样地吃，吃得她肚子圆乎乎的，她觉得不能再吃，才放下手中的筷子，然后抹抹嘴，说够了，不能再吃了，再吃就走不回去了。看着那些剩下的菜，他又问了她一句，再吃一点吧。她摇摇头，说不吃了，再吃就站不起来了。说着就试着站了起来。他跟着就也站了起来。走到柜台边时，他让她在门外等一等，然后自己埋单去了。那一餐她不知道他花了多少钱，她想他一定是花了不少钱的。她想他对她还真的好。她心里满满的都是高兴。往回走的时候她曾想，这个时候的李貌吃什么呢？他会跟他心爱的那个女人在一起吃饭吗？她想那是不可能的，因为她的女儿小香在跟着，她想他不会在她这么一走就跟那个女的混在一起了。

她想他李貌还不会那样。

回到旅馆后，那个人让她先在房里待着，让她别到外乱跑，然后自己先回家一趟。他说他很快就会回来。他让她看电视等他，也可以先洗个澡等他，最好是先洗个澡，那样等到他回来的时候，她已经洗得干干净净的了。说完他就出门去了，出门之前，他又伸出长长的手，在她的屁股上不重不轻地拍了一拍。

她没有去洗澡等他回来。

她要等他回来然后两人一起洗，她要让自己在跟他一起洗澡的时候给自己出气，否则，她看到李貌和阿香洗澡时的那个样子，她就永远不知道怎么出气才好。

她只坐在那里看电视等他。

她想他会回来的，他不会把她一个人丢在旅馆里的，因为他出门的时候，在她的后边拍了一下的，有那一下，她知道他一定会回来的。

但那一等，她等了很久。

他说："这么久你都还没洗啊？"

她说："我等你呗。"

他说："等我干吗？"

她说："我要让你跟我一起洗。"

那个人就笑了，一边笑一边又拍了她一把。

他说："真的要我跟你一起洗呀？"

她说："要不我早就洗好了。"

他说："好，那就一起洗吧。"

两人便忙着脱衣洗澡去了。

看着她和他赤裸裸的时候，她的心里不禁有些小小的失意，她突然发现，他的身子真的不如李貌，而她的身子呢？也是不如那阿香的……谁叫自己是生过小孩的呢？而她阿香，她连怀都没有怀过，她只跟李貌有过一次，她的身子当然要比她的好多啦……而他呢？他虽然住在城里，可人家李貌也是国家干部呀，人家虽然住在乡下，可人家也是在屋子里工作的人，你不被太阳晒，人家李貌也没被太阳晒，不同的只是李貌可能比他累一点，但人家李貌的身子还是比他结实比他的顺眼……年龄啊，年龄是谁也挡不住的……要不了多久，他李貌的身子也会像他这样的……这么想的时候，她的心里又舒服回来了。

他让水冲了冲就拉着她想走。他想尽快上床。

因为完了事他还得回家。他只是没有告诉她。

她却不让。她突然就狠狠地抱住他，她想象着让自己像阿香抱住李貌那样。他呢？他却只是给她站着，由她抱。她想他怎么啦？怎么一点都不如李貌他们呢？她一把就捞起了他那两条垂直的手臂，让他也搂抱着她，就像李貌抱住阿香那样抱住她。

他不知道她为什么要这样，他笑着抱了抱就放手了。

他说："行了，待会我们再好好洗洗吧。"

她却不让。她把他的两条手臂又捞了起来。

她说："我还要抱，我要你抱紧一点，再紧一点，再紧一点。"

他紧紧地抱了抱，转眼又放手了。

她急得把他的手臂又捞了起来。她说：

"你别自己放手好吗，抱够了我会告诉你的。"

他只好听她的，只好莫名其妙地再一次拼命地抱。抱够了，搂够了，她又开始让他帮她洗，她也要帮他洗。

他这时就急得不行，他于是求她了，他说：

"待会再好好洗吧，好不好？"

她就是说不好，她不让他放手，她说：

"你先听我的吧，待会我全听你的。"

这时候的男人嘴巴都是软的，他一点办法都没有，只好耐心地按照她的要求继续地瞎忙着。忙得他一点都不情愿，直到他忙得几乎没有了情绪了，她这才让他放手了，她说：

"好了，下边都是你的了，你要我给你做什么，我都会给你做什么的，我要的你已经都给我了，剩下的都是你的了。"

她把她完全地交给了他，让他把她弄到床上。

65

床上的活眨眨眼也就忙完了。

就像煎在热锅里的两块烙饼，翻几翻，拍几拍，添一把火，转个眼就出锅了，随后，慢慢地就凉了下来了。这时候，两人又都忘了要不要再去洗一洗了。他坐在沙发上烧着他的烟。他想等他烧完那支烟，或者烧完那支再烧一支，烧完了跟她随便地说几句话洗洗嘴，他就该回家去了。她就坐在床上看着他烧烟。她没有想到他待会还要回家，她以为他会跟她一起过夜的。她的感觉是太幸福太幸福了，好像从来都没有过这样的幸福，她暗暗地有点庆幸这样的幸福其实是李貌给的，她当然不愿意把这样的幸福说成是李貌所造成的。

她跟着就开始幸福地说话了。

她告诉他，洗澡的时候她为什么要那样叫他紧紧地一抱再抱，一搂再搂，而且要紧紧地搂，搂完了抱完了还要你帮我洗我帮你洗，然后才肯放手。他问她为什么。

她说："我是为了气我老公你知道吗?"

他当然听不懂，他摇摇头，他不知道。

她说："我为什么决定要跟我老公离婚，就是因为他跟了他以前相好的那个女的在一起洗澡，他们两个就是那样搂得紧紧的，搂完了还你帮我洗，我帮你洗，他们全被我看到了!"

那个人突然就傻笑了起来。

他说："我们洗澡他又看不到，你怎么气得了他呢?"

她说："他看不到? 他看不到他可以想得到的呀，出门之前我跟他明说了的，我说我也到城里找你，我也要跟你像他们那样死死地搂着在一起洗澡，他看不到他可以想得到的，他现在肯定就在家里想着呢! 他不可能不想，我出门的时候，我跟他说过的，他不会不想。"

他就又笑了，一边笑一边摇着头。

那样的摇头里，摇着重重的一种失望。

他说："你真蠢，我没想到你有这么蠢!"

一边说又一边不停地摇着头，他说:

"你怎么这么蠢呢? 他跟了他原来相好的那个女的在一起洗澡，那是证明他在偷偷地跟那个女的相好，他偷偷地跟了那个女的相好，他的心就离开了你就会全都跑到那个女的身上去了，那你就应该想办法从那个女的那里把他的心夺回来，你就不应该跑到我这里来，不应该只是为了让我跟你也像他们那样抱一抱，搂一搂……你知道吗，你这样做是很蠢的，你的蠢使得你一点都解决不了这个问题。一点问题都解决不了。"

她说："我为什么要去夺回来，我不夺，他懂得跟他原来的人相好，我也可以跟我原来的人相好，所以我就找你来了，我嫁给你不就什么都解决了吗?"

他又是不停地摇着头，像是不知怎么跟她说才好。

他说："蠢蠢蠢，没想到这么多年过去了，你还是那么蠢。你以为你到城里来找我，你就可以嫁给我吗? 你怎么这么蠢呢?"

她的脸色顿时就木呆了。

她的心像要突然停下来了。

她说："为什么? 你老婆不是死了吗?"

他说："对呀，我老婆是死了呀，而且死了好几年了，可是我又要有新的老婆了，我们最近就要结婚了。"

她的脸色呼地一下完全变了，像是被烧焦了一样。

她说："你真的要跟人结婚了吗?"

他说："当然真的，我不会骗你。"

她说："那我还能嫁你吗?"

他说："我娶了她，你就不能嫁我啦。"

她说："那你不娶她，你娶我不行吗?"

他说："这好像有点不太可能了，我不骗你，我如果想骗你，我就会对你说我可以考虑考虑，可我不想骗你，你知道吗?"

她说："为什么呢? 为什么不可能了?"

他说："我这样告诉你吧，她跟我一样，我们拿的都是国家的钱，都是国家干部，而且她还从来没有结过婚，你说我娶不娶她?"

她说："那我就不能跟她比了，我跟她比什么呢? 我什么都没有，除了这一身，我什么都没有……那你都要跟她结婚了，你都有了人了，你为什么还给我开房，你还带我去吃饭，你还跟我一起洗澡，你还跟我一起那个? 你为什么还这样? 你原来已经占了我的便宜了，你怎么还占我的便宜呢?"

她的眼泪都快要下来了。

他说："这你不能怪我，要怪只能怪你自己，你一来，你跟我一见面你嘴里就说是专门来找我的，你说你不走了。你不走我不给你开房你晚上睡哪？我不带你去吃饭你能饿着过夜吗？我要是不跟你一起洗澡，我要是不跟你那个……那你说，我还是人吗？"

她的眼泪已经下来了。

她说："那你都不爱我了，你怎么还帮我呢……我那天来找你去医院帮帮她……你知道吗？那个女的就是我老公原来相好的那个女的，如果那天你不去帮她，我的心里就不会老是觉得你还是在爱我，我要是知道你已经不再爱我了，我今天是不会这样来找你的，我来找你干什么？我如果只为了给你占我的便宜，我来干什么呢？我不是为了让你占我的便宜来的，不是的，我不是那样的女人。你知道吗？"

他说："这是两码事，是你把两码事当成一码事了，这是你自己的问题，你不能怪我。你那天来找我，你说你们村里有一个女人被老公用刀插了，插的还是那个地方，而且插得很深，可能要花很多很多的钱，可是她没有钱，你让我去帮她说一说，我去了，那是我的良心让我去的，不是因为我还爱着你。我说的是真的。良心和爱是两码事，你不该把两码事混成了一码事。这是你自己的问题，你不能怪我。"

她的泪水已经满脸都是了。

可她发现他的话里有点不对。

她说："你说你去帮她你只是因为良心，不是因为你还爱我，那你为什么一见我就把手伸过来拍我的后边呢，你不爱我了你为什么还要那样拍我？你不拍我就不会觉得你还在爱我的，你为什么还那样地拍我？"

他说："拍一拍算什么呢？这算什么呢？再说了，那是我的坏习惯，我实话告诉你吧，跟别的女人在一起，我也是经常这样拍的，只要没有别的人看见，只要我想拍，只要我觉得那个女的可以拍，她也让我拍，我都会那样拍一拍的。在城里，这不算什么，你看那些当领导的，哪一个不经常这样拍拍他们身边的那些女的呢，再说了，城里的一些女的，你不拍她们还不高兴哩，她们就喜欢有男人经常在她们的后边拍一拍。拍一拍不算什么的，一点都不算。你不能拿这当话，你这话对我没用的。"

最后，他就走了。他说他要先回家去了。他说他不能跟她在一起过夜。因为他并没有出差，所以没有理由对那个准备要跟他结婚的女人说他为什么在外边过夜。他对她说，他明天会来看她的，他还可以继续请她吃饭，他说，那几个菜你不是很喜欢吃吗？明天我带你去再好好地吃。他还说，如果心情不是太好，那她可以多住几天，每天除了上班，他都可以过来跟她在一起。他还说，如果你想走你也可以走，走的时候跟总台说一声就可以了。他说他跟他们说好了。

他真的希望她能多住几天。

走的时候，他伸手又想在她的后边拍一拍，但这一次被她挡住了。她不再让他拍。她说不清楚为什么，反正她不想再让他拍了。她怕拍了晚上更睡不着。事实上，那一夜她也睡不着。她想怎么办呢？回去她怎么见人呢？她怎么见李貌，她怎么见她的女儿？

她的心完全地碎了！

来的时候，她的心好好的。吃饭的时候，她的心也好好的。进旅馆的时候，她的心也好好的。还有洗澡的时候，她的心更是好好的。上了床，做完了事，她的心，也还是好好的。可现在，她的心完全地碎了！碎了！最后，她想到了死。

她想，她不活了。

66

第二天早上，她到街上买农药去了。

城里的农药店，比乡下的农药店大多了，而且农药的品种也多，很多品种她连听都没有听说过。最后她买了一瓶小的，她想有那么一小瓶就够了，买大的肯定会多余的。再说了，这东西也不是什么好喝的东西，又不是什么糖浆做的。她想如果有糖浆做的农药就好了。可是不会有的。农药是杀虫用的，为什么还要往里边放糖呢？除非有人想到要做一种农药是专门卖给想自杀的人喝的。那样的人肯定会有，但那样的农药不会有。卖那种农药的人是要被杀头的。这么想的时候，她就自己买糖去了。她想你店里没有卖，我不可以自己放吗？把一点糖放进去，也许喝的时候就没有那么难受了。光喝农药肯定是很难受的，弄不好刚到嘴边就喝不下去了。

可最后，却没有在旅馆里把农药打开。

她想她要是在那里把自己喝死了，那个人可能会因为她要出事的，因为那个房是那个人给她开的。那样她就会把那个人给害了。

她害他干什么呢？

她想不出她害他干什么。

他让她住旅馆还让她吃了好吃的，他还帮她洗了澡，她干吗还要害他呢，他要是因为她的死而倒霉，那他就真是太倒霉了。她觉得那个人不应该倒这样的霉，他正准备结婚呢！他不应该倒这样的霉，她又想。她想她不应该恨他。那恨谁呢？她想她应该恨李貌，还有李貌一直爱着的那个长头发的阿香。

她把农药收了起来。

那点糖，她也收了起来。

她想她应该回到家里去死，她如果在家里死了，她就可以给李貌留下一辈子的阴影，她就可以让他和那个阿香，一辈子都感到不安。

就这样她匆匆离开了城里的旅馆。

67

回来后，她却没有往家走，而是直直地走进了阿香的家里。看见她进来的时候，阿香有点觉得突然，但没有来得及张嘴，她就先说话了。她就对阿香说：

"我要跟你谈一谈！"

她的口气很硬，硬得像一块砖，直直地砸在阿香的心头上。阿香顿时就噎了一口气，心想：她要谈什么呢？除了有关李貌和她阿香的事情，她还会谈什么呢？她的心一下就提了起来了。但她还是顺手给她拉了一张凳子过来，她让她先坐下。她却不坐，她说：

"我们到外边去。我们找个有太阳的地方。"

外边的太阳正在西下，但距离西边的山头还挺高的。她说完话就转身往外走了。阿香看着她匆匆走去的背影，心里不由又是一紧，她提着心也跟着往外走去。阿香真的有点莫名的紧张。

不远处的水沟边，有一块大石板，那是人们过路的时候，洗脚洗手的一个地方，洗多了，已经成了一个小水塘，水塘的边上可以随便坐人。她告诉后边的阿香："就坐在这里，我们好好地谈一谈。"

她放下手上的东西，然后在附近转了转，很快就捡了两个瓶子回来了。那是两个用空了的农药瓶。村上不像城里，城里有垃圾场，村上没有。村里人用完了农药，一般都顺手把瓶子扔在田头地角，多少年来都是这样，因此扔得到处都是。有时看上去，如果往心里想一想，就会想出很多很可怕的结果来。村里人也不是都不想，但大多情况下是懒得去想。想了又能怎么样呢？所以不如不想。捡回来的两个瓶子颜色都一样，盖子也都还好好的。她先把盖子打开，然后用沟里的水洗了洗，洗完了闻了闻，然后又洗了洗，最后把那两个洗好的瓶子放在了石板上。

然后，阿香看到她从包包里，拿出了一个瓶子来。跟放在那里的两个空瓶子，大小一模一样。阿香不知道那是她在城里买的那瓶农药。

她看了看阿香，又看了看那瓶农药，然后她开始说话了。

"这瓶农药我是在城里买的。本来我想死在城里，后来我想我还是回来死在家里吧，可回来的路上我又想，我为什么要这样死掉呢？我觉得这个事情，其实就是我们两个女人之间的事情，我觉得我应该跟你赌一赌，赌一赌看谁能活下来跟李貌过日子。你不用怕，我才这么一说你的手就要发抖了，我看到你的手在偷偷地往怀里插，你这么一插我就知道你心里怕了，你怕什么呢？我还没说怎么赌呢，你怕什么呢？你先别怕。你先看好了，这两个瓶子是空的，你看好了。我现在把这瓶农药打开，我把它灌到一个瓶子里，你看好了，我只灌在这个瓶子里。好了。你看到了，我全都灌在这个瓶子里了。你看看这里边还有没有？没有了是吧，没有了我把它扔掉了，我也懒得再给它盖盖子了，还给它盖盖子干什么呢？哪一个虫子想自己找死，它就自己钻进去吧，它自己钻进去它就死定了，那是它自己找死的，跟我没有关系，跟你也没有关系。这个瓶子呢？这个瓶是空的，里边没有农药，我现在把水灌进去，你看好了，我不会灌得太多，我让它里边的水跟这瓶灌了农药的一样多就行了。你看看，可以了吧？一样多了吧？差不多了。好了，我现在把这两个瓶子都盖好起来。我现在先盖好有农药的这一瓶。盖好了。我现在再来盖装水的这一瓶。好。也盖好了。两个瓶子都盖好了。你要不要看一下？你不愿看？你别怕，你真的不用怕，你觉得你的手插在怀里好，你就插在怀里吧，你拿出来了我会看见你的手发抖的，你的手是在发抖。你真的不用怕，死的也不一定就是你，也许死的是我，也许是你，现在还说不定。你不愿看是吧？那你就不看，这没有关系。我等下要把这两个瓶子扔到水沟里，你扔也可以，扔完了我再下去用脚乱搅一搅，你下去搅一搅也可以，把它们搅乱了就行了。然后呢？然后我们就开始赌。赌什么呢？你应该已经听出来了。一句话：赌的就是命。赌你的命好还是我的命好，命好的捞起来的就是装水的那一瓶，命不好的，捞起来的就是装了农药的那一瓶，你捞到什么你就喝什么，我捞到什么我也喝什么。你真的怕了？我看你的脸色已经很不好了，你开始怕了。怕什么呢？我去买农药的时候我也怕，我拿到手里时，心里边也是怦怦地乱跳，可现在好了，我想通了我就不怕了，我一路走一路想，我就想通了。你是不是觉得我这样做太毒了？是有点毒，我自己都觉得是有点毒，可不毒怎么办呢？不毒就解决不了我们两个人的问题。我们两个人的问题很简单，我不说你心里也清楚，就是为了李貌一个男人的事。我们两个女人，如果有一个人死了，以后的事情就平静了。你说是不是？你死了，我跟李貌，以后的日子平静了；如果我死了，你和李貌，你们就可以在一起了，你们也平静了。不死掉一个就永远都平静不了，你相信吗？你不相信我相信。除了死掉一个人，否则谁都保证不了。谁能保证呢？他跟我结婚结了这么久了，他跟我天天晚上都睡在一起，就是这一年多他调走了，他才没有天天晚上跟我睡在一起，原来哪天不是睡在一起呢？可睡在一起有什么用呢？他人是跟我睡在一起，可是他的心还一直挂在你的身上，你说他能保证吗？你知道我的意思了吧？我看到你的脚好像在抖，你把脚合在一块吧，合在一块就不抖了，不信你试一试，你把脚并拢起来，就像我这样，这样也抖，但没抖得那么厉害，你那抖得太厉害了。你不用怕！真的不用怕，不就是一个死吗？死了就清静了。真的。弄不好死的是我不是你呢，真的，也许死的不是你，你想想吧，因为你和李貌本来就是一对，你们本来是应该成为夫妻的，都是我爸，是他突然想到那一招的，就把你们给拆散了。也许老天爷有眼，他会让你活下去，那样你就可以跟李貌放心地过你们的下辈子吧，真的，你先别怕。如果你的命不好，你怕也没有用。有句话是怎么说的？说敢于下河就得不怕死，是这么说的吗？河都下去了，还怕被淹死吗？我不啰唆了，我现在要扔下去了。我不知道我的话我都说清楚了没有？我说不清楚也没关系，只要你听清楚了就行了。你听清楚了吧？你怎么这么怕呢？我看你的身子都在发抖，你有点冷了是不是？这又不是冬天，冷什么冷呢？你不用这样，你看太阳还在那里呢，我现在跟你不一样，我是全身都在发热，真的，我全身都在发热。好了，你听清楚了我就扔下去了。我扔了。"

她把手中的两个瓶子，同时扔进了水沟里。

水沟里的水，不是太深，从上边能看到那两个瓶子在沟下边的什么地方。沟里的水在流，但流得并不急，她们能看到沟里的那两个瓶子并没有被水冲走。

她看了看阿香，她看到阿香的脸色越来越不好了，但她不想管她，她接着说道：

"是你下去把两个瓶子搅一搅，还是我下去搅一搅，把它们搅乱了就公平了，免得有人看到哪一个瓶子落在了哪个地方。"

阿香没有说话。

阿香坐在那里不动。

阿香的脸色是有点不好了。

她对阿香说："你不下那我下。"

她将裤腿往上一捞，就真的下去了。

沟里的水刚好深到她捞起的裤腿边上。

她没有去看脚下的那两个瓶子，像是担心阿香会以为她的脚在下边会做了手脚似的，她只是用脚把那两个瓶子胡乱地搅来搅去，她的眼睛一直看着阿香。

她说:"这样搅可以了吧?"

阿香还是没有说话。

阿香的手一直放在心口上。

她说:"可以了我就起来了。"

她又搅了搅就起来了,坐回了原来的地方。

她说:"是你先捞呢还是我先捞?"

阿香还是没有说话,她的眼睛只是恐慌地盯着沟里。阿香的脸色是有点不好,阿香一时不知道怎么办。她看着阿香又问道:

"你要是怕那我就先捞吧。"

可刚要下去的时候,她又迟疑了。她说:

"如果我捞上来的是农药的那一瓶,我先喝了,喝完了我死了,另一瓶你不捞了,你也不喝了怎么办?……哦,不对不对,我说得不对,你看我今天说话说多了,我把话都给说乱了。我是说,如果我先捞上来的那一瓶是农药,我先喝了,喝完我死了,下边的那一瓶,你就可以不捞了,你就不用再喝了。我是说,如果我捞到的不是农药的那一瓶,我喝了,我没死,那下边那一瓶就是有农药的那一瓶,那一瓶就是你的了,你还没喝你就知道你是死定的了,然后你就不想喝了,你跑了怎么办?你不会是那样的人吧?说好了赌的,就一定要赌,你就是知道你死,你也得喝,你知道吗?你看你的脚又在抖了,你是不是知道有农药的那一瓶就是你的?你不会因为发抖你捞着了农药的你就不喝吧?那可不行我告诉你,反正得死掉一个人,你就是知道死你也得喝,你知道吗?"

阿香还是没有说话。

阿香的脚是有点在抖。

"你的脚是在发抖,发抖你也得喝知道吗?只要我不死,你就得喝,说好了不准反悔的!那我就先捞了。"

可她还没下去,阿香突然把她抓住了。

她看了看阿香,发现阿香的脚好像不抖了。

她对阿香说："你想先喝呀？你先喝也行，你要是喝不死，我知道我的那一瓶是农药我也不会反悔的，我会一口气就喝下去，喝完了好让你以后跟李貌好好地过你们的日子。你十六岁就跟他有了那种事，想想你也挺不容易的。"

阿香没有说什么，就真的先下去了。

阿香也不捞裤脚，就那样直直地走下去，下去后，她也不看她要哪一个瓶子好，她的目光看着她，她用脚板在水下勾了勾，然后往上一踢，就把一个瓶子给踢上了水面，再伸手一抓，就抓住了。

她的眼睛紧紧地盯在阿香抓着的那个瓶子上。她当然不知道阿香拿到的是哪一瓶，她看不出来。她看见阿香连看都不看，就回到原来的地方坐下。但她的目光不再离开了阿香。她看见阿香一坐下就开始扭动那个瓶子的盖子，可阿香还是不看那只瓶子一眼，阿香的眼睛只是看着她。她看见阿香扭了好久都扭不开，便看了一眼阿香的脸，这时她才发现阿香的目光一直在紧紧地注视着她。她便对阿香说：

"你不用看我，你看我干什么？你看你手里的瓶子，你扭不开是不是？扭不开你就再使劲一点，你看我干什么？我也不知道我刚才为什么就盖得那么紧。你看你手里瓶子。你再使点劲。"

她看见阿香的目光果然低了下去，她看见阿香果然去看了她手里的那个瓶子。阿香的目光刚一落到那个瓶子上，她就看到阿香把盖子打开了。就在这时，她看见阿香的眉头突然皱了一下。她好像看到了什么了。她的眼睛顿时就急了起来了，她看了看那个瓶子的口口，又看了看阿香的脸，然后又看了看那个瓶子的口口。她还看见阿香的另一只手，在紧紧攥着那个扭下来的瓶盖。她好像自己看到了什么。她突然对阿香喊道：

"等一等，你先别喝。"

她从包包里一下两下，就拿出了半瓶水来。

"你那样喝会很难受的。这是糖水，是我拿白糖冲的，你可以先冲一点糖水进去。"她把糖水递给了阿香。可她看见阿香只看了看她手里的那瓶糖水，阿香的手却无动于衷。她愣了一下。她说：

"你不要以为我这里也是农药，不是的，我这里真的是糖水。你不信我喝一口给你看看。"

她说着真的就喝了一口下去。喝完了还使尽全力地哇了一声，她那是有意在告诉阿香真的是糖水。

"冲一点糖水好喝一些的。真的，我是在为你呢。"

她的语气已经有点得意起来了，她从阿香的迟疑中，好像已经紧紧地把握到了什么了。她感觉到她的心，已经有点舒服起来了，而且越来越舒服了。她想老天爷呀老天爷，你真是个有眼的老天爷啊。

"你不冲也无所谓，"她对阿香说，"很多人喝的时候也没几个是冲了糖水的，冲不冲，结果都一样。那你就喝吧。我看到你的手好像又要有点抖了，抖一点也没关系，你别让里边的农药抖出来就行了。喝吧，喝吧，想多了也是没用的。不过喝之前先想一点什么也可以，要不喝完了就什么也想不了了，是不是？那你就想吧，你说你想什么好呢？你就想想，其实你死了还是公平的。你想吧，你是一个人，你孤苦伶仃的，你走了顶多就是李貌一个有点难受，你不会牵连到太多的人，可要是我死了呢？李貌难受不难受我不知道，我女儿肯定难受。我死了你就成了她的后妈了，可你能照顾好她吗？你就是照顾得再好，你也不是她亲生的妈妈呀！所以老天爷还是有眼光的，老天爷他不让我死，他要让你死，他让你抢着先捞，然后就捞着了有农药的了，老天爷这样做是对的。老天爷真是有眼啊，要是我死了，李貌跟了你，他下半辈子怎么过日子？你们两人除了那样脱得光光的在一起洗澡，除了你帮我洗，我帮你洗，别的你们还能做什么？你那里都被黄泉毁掉了，你们还能有那种快乐吗？老天爷看来还是同情李貌哩，他知道李貌要想得到快乐，还得在我这里才能得到。老天爷真是有眼啊！喝吧喝吧。早喝晚喝，反正都是喝，你就放心喝吧，你死后我会让李貌给你做个坟，他想做多好我都不会反对，每年清明我还会去给你扫墓的，这一点我是可以做到的，我不是那种坏女人，我不是。我还可以保证每年都给你买一饼最好最好的茶麸，放在你的坟前，让你继续好好地洗你的头发，洗得漂漂亮亮的，这样你就可以放心地喝了，喝吧！"

她已经抑制不住自己的激动了，她激动得脸都有点红了起来了，好像全身的血都喷涌了起来了，全身的血都在往脸上冒，她已经满脸红光了，我的天呀！她兴奋得差点就要跳起来了，她不知道如何控制住自己了。她在暗暗地庆幸自己没有在城里把农药喝下去，她要是喝下去，她现在早就死在了城里了，她就永远地活不下去了……老天爷呀，我的老天爷……看来老天爷还在暗地里帮着她哩……她正想再跟阿香说些什么，阿香已经把瓶子举了起来，她看见阿香的手和阿香手里的瓶子晃了晃。她想她晃是对的，她想她就是再胆大她也会在这时晃一晃的，那可是农药呀，喝完了就死了能不晃一晃吗？

阿香的脖子一仰，只听到咕嘟咕嘟的几声，阿香手里的瓶子就空空的了。她的眼睛一直在紧紧地盯着阿香，她的眼睛一时都为阿香大起来了。她没想到这个女人最后竟然这么坚强，这么勇敢，怪不得她跟李貌的事多少年来一直藕断丝连。她真是有点佩服她了。她真的佩服她！可是，喝空了瓶子的阿香，却仍旧稳稳地坐着。

阿香好像没有事。

阿香的脸色，慢慢地又好回来了。

这到底是怎么回事？她那喝的是水？

突然，她慌了起来了。

这一次，轮到她的脸色变了。

她的脸像是突然被抽掉了血。

她的手，也开始打抖了。

还有她的脚，她的脚好像也站不稳了。

就连她的脑门，她的脑门像是在一鼓一鼓的，汗已经出来了。

她知道眼前的阿香不是因为有多坚强，而是阿香喝下的不是农药。但她想不明白，那她为什么打开瓶子的时候眉头皱了一下，那不是被农药的味道呛的吗？为什么后来她的手还晃了几晃呢？

她的身子有点在发冷了。

就连她的眼泪，也都跟着下来了。

她的嘴巴动了动，她想说什么，但她的舌头已经不听话了。她知道自己只能这么办了！一边看着阿香，一边抖着身子，就一晃一晃地走进沟里去了。

　　太阳还没下山。

　　阳光还暖暖地照在她的身上。

　　但她的身子却像是走进了冬天的水里，她发现她的身子还在晃，还在不听话地晃。她于是努力地咬着牙，她让自己的身子在阿香的面前别抖得那么厉害。她学着阿香的样子，也用脚去勾了勾那沟底里的瓶子，然后踢了踢，但怎么踢那瓶子都没有被她给踢起来。她的脚在打抖。她看了看阿香，她发现阿香也一直在看着她，她慌了起来了，她好像看到阿香在笑她，笑她刚才说了那么多话其实都是在给她自己说的，只是阿香的笑没有露到脸上来就是了。她想她不能让她笑。她觉得她不能给自己丢脸。她的脚又踢了踢，那瓶子还是不肯起来，她不再踢了，她突然把身子往下一沉，整个人都蹲进了水里，她用手在沟底里抓起了那一个瓶子。

　　她的身子全湿了。

　　她的脸也全都是水，像是哭了一脸的泪。

　　她看着阿香。阿香也看着她。阿香看见她手里的瓶子在发抖。她手真的在发抖，而且越抖越厉害，抖着抖着，那个瓶子突然又掉回了沟里。

　　阿香突然就想笑了。阿香想，她的手抖得那么厉害，她不会喝的，她不敢喝的，于是阿香起身走了。阿香一句话也不说，就走了。

　　看着阿香走去的背影，她突然喊道：

　　"你回来！我们的事还没完，你回来！"

　　阿香不回来。阿香直直地往前走去，就在这时，阿香看到了小香。小香不知什么时候正朝她们这里走来。小香问她，你们在这干什么？阿香说，你去问问你妈妈吧。小香说，我妈在那里干什么？阿香说她想自杀，她想喝农药自杀。小香就慌了起来，她说，她喝了吗？阿香说她怎么敢喝呢，她是拿来吓我的，她不敢喝的，你现在马上过去，你过去她就会跟你回家了。你快点过去吧。

　　小香就急急地朝母亲赶来。

　　然而，就在小香往前走来的时候，她的妈妈已经再一次把那瓶农药捞了起来，她一捞起来她就扭下了瓶盖，一口就喝了下去了，然后，她往身边的沟边一扑，就扑在沟边上。小香好像有点感觉不对。她看见妈妈扑在沟边，她不知道妈妈已喝下了农药。

　　她说："妈，你在干什么？"

　　妈妈一愣，突然回过了头来。

　　她的嘴里很难受，她的肚子里也在开始难受，但她还是努力地往女儿这边扑过来，她就扑在沟边，她不想爬到沟上来了。她说："你怎么没跟你爸爸去呢？"小香摇摇头，她说："我不去。"她说："你不跟他去，你一个人你怎么过？"小香说："我知道你会回来的，你不可能不回来。"妈妈顿时就吃惊了。她说："你怎么知道我会回来？你怎么知道？我要是不回来呢你怎么办？"小香说："你怎么会不回来呢？你以为你去找了人家，人家就会要你呀？人家是城里的，你是村上的，你知道吗，人家怎么会要你呢？你不回来你去哪？你不会想，我还不会想吗？"

　　女儿的话是真话，真话就像一把真刀，再次把她的心彻底刺穿了！她张开了嘴，却不知如何说话了。她的嘴巴开始冒泡泡了。小香一看就慌了起来。她说：

　　"妈，你怎么啦？你是不是真的喝了农药啦？你没喝吧？"

　　妈妈的嘴里在啊啊地喘着粗气。妈妈死死地抓住沟边的青草站着，她不让自己倒进身后的水沟里。小香忽然就闻到了一股呛人的农药了，她真的慌了起来了，她说："妈，你真的喝了农药了？"小香上来就抓住妈妈的手，要把妈妈拉上来。妈妈却不让她拉。妈妈说："是，我是喝了农药了。我不想活了，我死了算了。"小香立即站了起来，她朝着阿香大声地喊道："阿香阿姨，你快回来，我妈她喝了农药了，你快回来！"说着就想朝阿香跑去。

　　妈妈在后边却把她喊住了，她说：

　　"你别喊她过来，我不想让她过来，你也别走，你蹲下来，妈跟你说句话，说完了妈可能就死了，妈现在，很难受……妈肚子里像火烧一样……妈要死了，你听妈一句话好吗？你一定要给妈记住，妈死了，你爸爸如果想跟她结婚……你，你一定要反对，你死也不能让他们结婚，一辈子都不要让他们结婚，你知道吗？……妈要死了，是妈自己喝的，妈要死了……"

小香没有回答，小香只是拉着她，大声喊叫着：

"妈，你不能死！妈……阿姨，你快点过来，你过来帮帮我！"

阿香跑过来了。村里有的人看见了，也跑过来了。他们把小香的妈妈飞一样背回了村里，然后又飞一样送往镇上的医院，但小香的妈妈还是飞一样死去了。李貌还没有赶到她的面前，她就断气了。李貌看到她的时候，只看到她两只眼睛大大的，瞪着他，当时把他吓了一跳，好久他才伸过了手去，把她的眼睛盖住，然后顺手抹了一下，她这才收起那双好像一直不肯死去的眼睛。

┃ 文学史评论 ┃

鬼子、东西、李冯被称为"广西三剑客"。鬼子90年代中期才开始小说写作，他的最主要作品是"瓦城三部曲"——《瓦城上空的麦田》《上午打瞌睡的女孩》《被雨淋湿的河》。他和东西在90年代后期的创作，都表现了关注底层民众艰难处境，探索超越个人体验，重新表现历史化现实的道路。

——洪子诚：《中国当代文学史》（修订版），北京大学出版社，2007，第360页

鬼子是很有个性的作家，认识他的人都有"冷面大侠"的感觉。这种个性表现在语言是冷静多于热情，调侃多于正传，叙述多于描写，基本上没有抒情。从语汇到叙述都是简洁、冷峻、调侃而舒缓的。

——李建平等：《广西文学50年》，漓江出版社，2005，第332页

┃ 创作评论 ┃

鬼子小说具有某种丰富性，某种对生活更深的不可知力量的追究。这些内在力量不是铁的必然性，但却是无时不在、无处不在的荒诞性。打碎生活原来的逻辑，

使之处在无序的混乱，却又以一种不可抗拒的内在荒诞性力量执拗地向前推进，从而显示出生活的内在实质，这就是鬼子叙述的显著特点。

——陈晓明：《直接现实主义：广西三剑客的崛起》，《南方文坛》1998年第2期

他的叙事动力有其极具个人色彩的特色；它往往由一个小事件演变而成，或一小块脏肉，或一个未过成的生日。开始，你并不知道这个小事件，将来在故事中会发生那么大的作用，你会把它当作一般的事件去读。但读着读着，你会发现，就是这个小事件，不断地推动着故事发展，滚雪球一般把故事扩大，最后竟把故事推到你完全意想不到的、惊心动魄的程度！

——程文超：《鬼子的"鬼"——说说鬼子三部中篇的叙事》，《当代作家评论》2004年第1期

Ⅰ 作品点评 Ⅰ

从某种程度上说，爱情故事或许是作家最容易把握的题材，因为每个人都可以根据自己的体验融合一定的想象完成这个故事的建构；但爱情故事可能又是作家最难以处理的题材，因为如何把这个人人都能讲出来的故事讲得别致，讲得动人，讲得能留在读者的心坎上，却是件不容易的事。有感于现在的爱情故事像四处散落的乏味平淡的鹅卵石，鬼子在小说《一根水做的绳子》的后记中坦言，要讲一个有味道的爱情故事，就好比是一盘鹅卵石，洗干净了，放点盐、放点油、放点辣椒，火候差不多的时候再放点水，努力把这些石头烹制成一盘自得其乐的下酒菜。

……

显然，这是鬼子精心设计的一个爱情故事，情节一波三折。鬼子也是个很会讲故事的作家，每制造出一个事件，都能紧紧抓住读者的心。这个故事中有太多的可供精心烹制的鹅卵石，作业本、鼠耳叶、刻有两人标记的石块、瀑布式的长发、茶麸以及藏在心里的那句话，每一颗都仿佛带着神谕，暗示着这个爱情故事的凄美结局。鬼子自己特有的粗粝的语言摩挲着我们多少已经麻木锈蚀的心，让我们对美、

对爱、对脆弱生命中的一线辉煌敞开心怀。

——郭冰茹:《诠释生命意义的草根爱情——鬼子长篇小说〈一根水做的绳子〉》,
《文艺报》2007年11月1日第2版

有一个重要的意象,整个小说中它几乎没有出现,而且这个意象不是直观具体的,难以陈述和说明,它就是小说的标题:一根水做的绳子。水做的绳子是怎样的呢?这使熟悉鬼子的读者想起他那个著名的中篇小说《被雨淋湿的河》。很难说得清水做的绳子的具体形状。但整个小说却暗示了这根水做的绳子的某种性质,我理解为情欲对人的影响,可以具体解释为阿香对李貌的"控制",李貌总是走不出这种控制。对李貌而言,阿香就是那根水做的绳子。在某种意义上,阿香的头发也就是"水做的绳子",两者有某种"二合一"的性质。不过,"水做的绳子"的意义也不应该是完全消极的,它对人的控制既可能是使人堕落的,也可能是使人提升的。

这些意象的存在表明鬼子小说一贯的诗性思维。鬼子总是用一种诗的思维来营造他的小说。正如他曾写过一个重要的中篇小说《瓦城上空的麦田》,大地上的麦田飘扬到空中。这一回,则是变幻无定的"水"定格为恢恢天网之"绳"。无法"物化"的存在经过"诗化"的处理存在了。

——黄伟林:《用"心"地表现对小人物"心"的关注——解读仫佬族作家鬼子的长篇小说〈一根水做的绳子〉》,《文艺报》2007年5月10日B2版

致
一
九
七
五
（节选）

林
白

胎盘与公鸡

一只胎盘和一只公鸡从我的知青生涯缓缓升起，犹如一轮明月和明月中的玉兔。这样古怪的场面不像是真的，倒像一幅弗里达·卡洛的画，胎盘悬挂在空中，胎儿不知去向，天空是深蓝的，底下是墨西哥的大地和植物。如果深蓝的天空之下不是高大壮硕的仙人掌，而是一片连着一片的田垌，一垄接一垄的花生、黄豆、红薯和甘蔗，一只公鸡站立在解放牌大卡车上，从南流县城向着香塘公社六感大队奔驰，我要告诉你，这一切都是真的。

插队的前一天，为了给我加强营养，母亲特意弄来了一只胎盘炖给我吃。她早晨下夜班回家，脚步疲惫，却神情亢奋，她从藤筐里拿出一只腰子形状的器皿，白色的搪瓷，扁平，边缘是深浓的蓝紫色，胎盘就在器皿里。浸泡着血水，剪成了一块一块，脐带剪成了一小节一小节，像花生米那样长短。母亲直接倒进砂锅，放进生姜和酒，像炖鸡一样，大火烧开煮五到十分钟，再小火慢炖。

我像等待一只炖鸡一样等着胎盘炖好。

我不但吃过胎盘，还吃过青蛙和老鼠，在饥馑的革命时代，这三样东西胜过今天的山珍海味。胎

作品信息

《致一九七五》，原载《西部》2007年第10期，武汉大学出版社2013年5月出版，江苏文艺出版社2007年1月出版。本文节选自下部《人人都要到农村去》。

盘味甜，不是糖的甜，是一种鲜美。像鸡汤。比鸡汤甜。胎盘肉类似猪肺，有点脬，松而疲。不好吃。但脐带却好吃，脆，滑，与猪耳朵相仿。母亲会把脐带挑出来夹到我的碗里，她说你不爱吃肉就吃脐带吧。常常是她从医院值夜班回家，从菜筐里拿出这只腰子形状的白色搪瓷器皿，一边说今天这个产妇是头胎呢，很健康，又新鲜，半夜三点生的，这个胎盘最靓！但胎盘没有青蛙肉好吃，南流土话管青蛙叫禽鼠，机关干部则叫田鸡，田鸡肉比鸡肉嫩滑，切成一小块一小块的，加上葱姜炒，或者放进滚粥里，则成田鸡粥。长大后在北方也吃过田鸡，是整只剥了皮油炸，四肢僵硬，形骸悲惨，犹如僵尸，我看了大骇，不但毫无胃口，连多看一眼都不忍。我的禽鼠，我的田鸡，我的青蛙，他们这些野蛮人，真是暴珍天物啊！老鼠也如此，你不能想象我们是吃一只老鼠，我们吃的是鼠肉，剥皮开膛，清理得干干净净的鼠肉，也是切成一小块一小块的，用姜酒炒，如果要给没长牙的小孩吃，则要把鼠肉剁成肉末，煮鼠肉粥。鼠肉比鸡肉更优质，只要看老鼠奔跑的速度是鸡的数倍就能想到，它的肉更香，更紧，想当年，谁家在过道里炒老鼠肉，满街的人都要流口水！胎盘也没老鼠肉好吃，但是胎盘十全大补，营养高级，而且不易得到，故犹显珍贵。有谁家生孩子会自己吃掉胎盘，或者把胎盘送给别人吃呢？这都是很不文明的，我们处在胎盘文明的中级阶段，吃胎盘是一件需要适当遮掩的秘密，为了守住这个秘密，在中药里我们叫它紫河车。但我母亲从来不用紫河车这个文雅的称呼，她直接叫作胎盘，她对胎盘采取一种唯物主义的科学观，对她而言，胎盘就是高蛋白和氨基酸，是一种高级营养品。

那年我十六岁，体重七十九斤，头晕，瘦弱，就要到农村去，从早到晚出工，挑重担，吃稀粥，所以母亲要让我单独享用整整一只胎盘。砂锅里发出咕嘟咕嘟的声音，胎盘鲜美的气味从姜酒中蜿蜒上升，我怀着对一只炖鸡的向往，等待胎盘炖好。这时母亲让我吃一点早餐，她从藤筐里拿出饭盒，里面的一点点肉粥已经凉了，倒在碗里，仅两三羹，铺满碗底而已，这是她从夜班的消夜里给我省出的一口粥，粥里有肉末，味道极好，我三下两下就吃净了。

我每周只有一两天能吃上早餐，全家六口的早点相当于一天的菜银，难以承担。早上六点半，《东方红》的乐曲从屋檐下的有线广播响起，南流县人民广播站现在开始播音了，女播音员的声音如同当头一棒，从远远的地方挥舞而来，墙壁和蚊帐顶纷纷伸出手，把我们从半醒不醒中拽起身，朦胧着穿上衣服、刷牙洗脸、上厕所，然后走出大门，清晨的空气一凛，骤然清醒，肚子一下更饿了，空腹走在上学的路上，四面八方的凉气灌进肚子里，隐隐发痛。晨跑，到县体育场，跑上两圈，再回到学校上早自习，这时饥饿平息下来，似乎它也累了，要睡上一觉。第三节课开始，一上课，肚子里的水便源源不断地涌上喉咙，它们穷凶极恶，我用力地咽下去，它们更使劲地翻上来，我们拉锯着，来来回回，好像它们不是我的口水，而是牛皮，好像不是牛皮，而是更坚韧的什么东西，道高一尺，魔高一丈，几个回合下来，它们变得更尖锐，变成了阻挡不住的千军万马，手里拿着刀枪剑戟，在肚子里厮杀起来。一阵阵烧灼，一只火球在身体里。

多年来就是这样。母亲的夜宵有时是粥，有时是米粉或面条，加有鸡蛋或肉末。她在值班室里待到半夜十二点，食堂的推车辘辘声出现在走廊里，铁皮桶里的滚粥热气腾腾，带着温暖的肉香，它们被盛到了大碗里，有满满的一碗！夜宵的香气弥漫着，如果没有人来急诊，母亲就找出我家的饭盒，先倒出一半到饭盒里，然后开始吃夜宵。吃完夜宵如果还没有人来生孩子，她就上床睡觉了，一觉睡到六点。只有经过这样的夜晚，我才可能在第二天早上吃到早餐。

插队的前一天，我吃到的胎盘极其鲜美，砂锅盖冒着热气，松木柴燃尽了，胎盘汤醇厚得如同鸡汤，我吹着热气，小口喝着汤，也吃肉，吃完一碗母亲又给我添上一碗，她说剩下的午饭后我再吃一碗，吃完晚饭再吃一碗。中午母亲做了炒米粉，放了猪油，有肉片、酸菜和蒜叶，非常香。晚饭她做了番茄水豆腐，还有韭菜炒鸭蛋，都是特意为我做的菜。我吃得心满意足，觉得自己凭空重了几斤。

中午的时候我舅舅捉来了一只公鸡，这只鸡羽毛华美，神情警醒，它的脖子和背部的羽毛闪着金红的亮光，尾羽是长长的墨绿色，色彩饱满沉着，它被放在厨房过道，一只脚拴着麻绳，绳子另一头系在劈柴用的青石板上。午后阳光浓盛，透过人面果树的叶子洒满了过道，地上鸡蛋大的光晕一圈一圈的，满地都是，公鸡站在光晕里，它全身闪闪发光，鲜艳动人，好像这满地的光晕不是从人面果树叶子上洒下来，而是从它身上漫出来的。

母亲已经跟我说过，临行前要给我打一针鸡血针，我以为她是随便说说的，因为这时候鸡血针的风潮已经过去很久，而且，即使在甩手操、红茶菌连同鸡血针这些稀奇古怪的健身术最盛行的时候，我们家也没任何人投身进去。在革命时代，所有光怪陆离的强身术都无一遗漏地来到南流镇，甩手操、红茶菌、鸡血针，它们带着它们传说中的神奇功效，所向披靡，从大城市到中城市再到小城镇，从 N 城到玉林再到南流，它们来自大地方，时髦，神秘，令小镇的人们着迷。

我从未做过甩手操，也没有打过鸡血，只偶然吃过一口红茶菌，微酸，有点涩，是暗红透明的，我早就把它们忘了。忘得一干二净。

但现在，一只公鸡出现在我劈柴用的青石板上，它在满地的光晕中，神采奕奕。我母亲从班上带回一副注射器，是高压锅消毒过的，用发黄的粗布包着，布上印着红色的字样：南流县人民医院供应室。舅舅一只手捉着公鸡的两只脚，另一只手掀起公鸡的翅膀，他拨开羽毛，鸡肋窝里露出一道暗青色的血管。母亲从公鸡的血管里抽出半管血，她用酒精棉球给我消了毒，然后往我身上一扎，这管鸡血很利索地就注进我的身体里了。她做事从来都是这样不容置疑，稳准狠，快捷，有效率。

我在懵懂中，又兴奋又迷茫，同时我不知道自己应该兴奋还是应该迷茫，打鸡血针，这个神秘的事情，一个过时的时髦，它早就消失得踪影全无，现在它忽然从天而降，落到我的头上。一只公鸡，金红墨绿的羽毛流光溢彩，在人面果树下，它的血进入了我的身体里。

就这样，鸡血和胎盘在我的身体里相遇，发出了"砰"的一声，我清楚地听见了这奇怪的声音，它震着了我的内脏，并在那里微微发热。

从此以后，我的身体就会好起来吗？

我会有特异功能吗？我会力大无穷吗？在一堆乱七八糟的想入非非中我兴奋异常，我翻来覆去地睡不着，身上像着了火，头脑里的筋也像灼着了，一阵热辣，一阵抽搐。脸是烫的，口干，我起来喝水尿尿，从镜子里看到自己的脸红得像一朵木棉花。

家人用自行车驮着我的行李前去集合，我远远看到县礼堂门口停了三辆大卡车，很多人正在往车肚里放行李。站着和忙着的人都不少，但不见红旗招展锣鼓喧天，车头也没戴上大红花，连标语都没有，一切都太平常了。

不过我一点都不扫兴，就像一只不用喂食就唱歌的鹦鹉，我觉得身体里公鸡的血液在涌动，一首歌自动跑到了喉咙里，赶快上山吧勇士们，我们在春天里加入游击队。我觉得自己几乎就要唱出声来了。

我早已厌倦家庭和父母，想着早些到那个叫作"广阔天地"的地方去。高中还没毕业我就盼着下乡，因为只有下乡才可能招生招工。人是要经受锻炼的，我把高尔基的《海燕》抄了两遍，时常念叨着那句"让暴风雨来得更猛烈些吧"，没事就置身于一只湿淋淋的海燕中，假设自己飞进了暴风雨。十六岁的时候我默诵着这句话，兴高采烈地走在大街上，我拿着办手续的证明，到县革委会的知青办领取下乡物资。我从两种颜色的蚊帐中挑中了本白色的那种，我对自己的挑选感到满意。我听见旁边的人说，本白的好，别看现在有点发黄，将来越洗越白，漂白的那种现在白是白，洗洗就黄了，越洗越难看。还有棉胎，五斤重，还有被套，斜纹布，桃红的彩条，都是崭新结实的一等品，看在眼里就喜气洋洋，抱在怀里更加喜气洋洋，沉甸甸的，煞是踏实。

这是第一份完全属于我个人的财产，它是一张床所需要的东西，贴心贴肺，更贴皮贴肉。一个居民模样的家长说：感谢共产党，感谢毛主席，感谢李庆霖。知青办的一个女同志说：是要感谢李庆霖哪，这些东西以前都是没有的，你们赶上好时候了。李庆霖，在一九七五年前后，是一个响彻海内的名字，连同那封著名的回信："寄上三百元，聊补无米之炊，知青问题，容当统筹解决。"知青的待遇从此大为提高。新下乡的知青按战线分配，工交战线到香塘公社，县直机关去附城公社，文教卫生战线去民乐公社。每个大队配一名带队干部，知青下乡的头一年，由国家统一配给粮油，每人每月有十元生活费，另有安置费拨到大队，用来盖房子买农具。

一九七五年，形势一片大好，我们爬上了解放牌大卡车，车厢里一半是行李，一半是人。人很杂，同车的一个都不认识。同班的仅丁服安凤美二人到香塘公社，丁服在另一辆车上，我连影子都没看见。雷红吕觉悟都分散了，雷红和郑放歌属文教卫生战线，她们到民乐公社同一个大队同一生产队。吕觉悟随父，属县直机关，下附城公社，我亦随父，工交战线。

事隔多年，在歌舞升平中，文教战线、卫生战线、工交战线这些词听起来有一种遥远的幽默，仿佛让人置身于一场浩大漫长的战役中，人属于某条战线，生长在战线中，永远不能脱离任何战线。战线是天经地义的。我们虽然从未生活在战争年代，但我们从未想到有什么词可以代替"战线"二字。系统，工交系统，真是太难听了。

快开车的时候我看见了安凤美，她抱着一只公鸡，这只公鸡我认识，就是二炮，它曾在我们班的女生宿舍待过一段，我喂过它。

二炮的羽毛跟我打鸡血的公鸡一样漂亮，但我相信它的智慧非同一般，否则它怎么能配合长脚耍魔术呢。安凤美抱着它爬上了另一辆卡车，她行李简单，父母都没来。我看到二炮站在一只木箱上，看上去和安凤美肩并肩头挨头的。它约等于她的家人。

九点半，卡车出发，我站在卡车里。车慢慢开着，驶过南流县的街道。公园路的空地上，晾晒着一簸簸的桂圆肉，簸箕里的桂圆肉香甜肥厚，招来了苍蝇和灰尘。另一些空地上则晾着一小片一小片的龙眼核，听说晒干之后磨成粉，可以做年糕。一个男人在箍木桶，用一把柴刀背敲得铁箍咚咚响。卡车开过东门口，米粉铺的蒸笼正冒着浓厚的蒸气，有人坐在桌前吃米粉，杂货铺一闪就过去了，豉油的香味来不及散发出来，铺子里没有人，是空的，隔壁酸萝卜摊前倒是有两个小学生，他们正举着带缨的酸萝卜，一边啃着一边等着找钱。这些全都一闪就过去了。

过了东门口就上玉梧公路，车速加快，学校的老师一个都没看见，学校的大门空荡荡的，孙向明早已回湛江，全班同学都不知到哪里去了。凤凰树一闪而过，学校的大门一闪而过，医院宿舍的平房、我家的窗口、长着老鼠脚迹的操场、大园、旧产科、枇杷树、门诊、太平间、留医部，全都一闪而过。

来到六感水冲

我们的卡车在十字铺离开玉梧公路，开进一条小而窄的泥土路，走不多远，就到了公社所在地。车停在院子里，卸车，人乱糟糟的，几乎都是生人。有家长拿着条子穿过人群。我的家人也拿到了一个纸条，上面写着四个人的名字。我一看，只有一人认识，初中同班同学，高红燕，家在农机厂。另外两个，赵战略和罗东，都没听说过。我们四人是一个集体户，落到六感大队水冲生产队。

大队干部来领人，把行李绑在自行车后架上，我们戴着笠帽，挎着白铁皮桶跟在后面走。香塘墟只有一条街，出了公社大院往左，走到尽头，拐下一个很陡的坡，过一条河，就进了山里。已经是下午两点多，田里一时没有人，太阳很毒，大家闭嘴走路。骑车运行李的大队干部骑一段，停一段，看我们走近了，又上车骑一段。一边是山，一边是峒里的田，正在插秧，有的已经插上了，有的没有插，空着。山很光秃，没有大树，只有一些比海碗略粗的松树，针叶稀疏，挡不住阳光。

刚走到水冲村头，呼啦啦地冒出一群看热闹的人，十几个人在村头挤成了一团，主要是小孩和女人。地头很宽，随便站哪都能看到，她们却挤着互相壮胆，一个赛一个挤在后面，人一挤，笠帽就歪了，于是人人侧身举着笠帽，猛一看，这堆人就像一团古怪的树，树上长着奇怪的又圆又厚的大叶子。

她们观看之后很失望，说这就是插青啊，这么细只！细只是六感话小个的意思，细只不好，不做得吃的。姑娘妹们硬是要想象南流县的插青高大结实，皮肤白皙，没承想，却是四个细只人，又黑又瘦，穿的是普通衣服，没戴大红花，头上戴着同样的笠帽，他们闷头走路。

生产队派出了喜莲来帮挑水烧灶。喜莲有一米七几，身材粗壮，五官厚实，头发茂盛，堪称巨人。她的光脚板走在路上咚咚响，我们的一对新的大水桶在她肩上显得很轻，晃里晃荡的。她也不说话，似笑非笑，把一担水哗地倒进水缸就蹲下去烧灶。

天还早，才下午四点不到，喜莲往灶里烧了一把火就不烧了。她切了一块肥猪肉，在新的大铁镬里来回擦，铁气浓厚的新镬被涂上了一层油光。三婆站在灶间门口，指导说，再磨一磨，新镬头臭铁气。三婆家就在对面，前后左右都是她家房子，住着她的大儿子和二儿子，灶间是她让出来的小屋子，隔壁的小屋子放着她的床，还有一架纺纱机。

三婆从自家拿出了油，拿出了盐，又用一只葫芦瓢装了一把花生米。她笑眯眯，慢悠悠，一趟趟地运，她把东西放在灶台上，她的一条腿有点僵硬，走起路来一拖一拖的，她的眼睛长着玻璃花，看上去有一点奇怪，莫测。

我和高红燕的行李搬到了一间空屋子里，正奇怪，就来了好几个壮劳力，搬来了条凳木板、铁锤竹竿等杂七杂八的东西，地不平，他们现用铁锹铲土，又是敲，又是垫木片，他们干得很慢，似乎很不当回事。

家长们都走了，临走前母亲叮嘱道，箱子里放了针线和火柴，好好劳动，不要挑轻怕重。然后她就走了。我和高红燕站在屋子里，不知说什么好，也不知干什么好，人都是生人，也都冲我们笑，但也都不知说些什么好。让我们吃茶，在隔壁堂屋里坐着。坐了一分钟我们又站起来了，东看看，西看看，几个小孩子也站在门口仰着头望我们。地下有鸡，有狗，有鸭子，它们穿梭往来，寻找地上能吃的东西。

中午饭就是在这堂屋里吃的，屋子里摆一张八仙桌，屋外也摆了一张，家长、知青、大队和生产队干部、帮忙的劳动力、这家的主人，整整坐了两桌。有点挤，但都坐下了。菜很多，还有酒，倒在印花的玻璃杯里，菜都盛在大海碗里，只有炒花生是在碟子里，还放了一只小瓦盆，里面盛着炖豆腐。有煎鱼，有炖肉，还有一只白斩鸡，另有豆角茄子白菜，真是丰盛，跟过年是一样的了。

队里的人很兴奋，喝了酒，满脸通红，见有人走过，就大声招呼，还拉过来在嘴里塞上一块鸡肉。一顿饭吃到三点才算完，时间过得特别慢。

在屋子里叠床的时间更加慢，简直是故意的。却真的就是故意的，他们说，日头不下山就铺床，人是要发懒的，以后就不愿干活。我和高红燕一看，太阳还高着呢，一时都泄了气。他们又安慰说，快了快了，也不真的要等到日头下山，那是老话，现在是新社会了。

无所事事，我们就转到灶间看喜莲烧火做饭。只见她已经把新镬头擦得油光光的，青菜也洗好了，人正在切猪肉，新刀一点都不快，她用力锯着，切下来的每块肉都很难看，一坨一坨的，厚得不成个样子。但这也像喜莲干的话，她人就长得粗壮笨拙，她切的猪肉就应该是这样粗笨粗笨的。

她一看，没有柴，就绕到屋后的禾秆堆扯禾秆，禾秆就是稻草，是集体的，用来喂牛，谁扯生产队的稻草就算是偷。但知青不同，大家认为，知青是公家的人，公家的人烧公家的稻草，让他们烧去吧。于是喜莲就去扯禾秆。七月，正是双抢时分，抢收抢种，稻草也是新鲜的，散发着成熟植物根茎的气味，它们以一根苦楝树为中心，筑成一个高大的稻草垛，看上去就像一朵巨大的蘑菇。

就开始劳动——不叫劳动，叫出工，出生产队的工。劳动是书本上的字眼，是干部和学生用的词，劳动，听上去是一件美好的事情，带有临时性和间歇性，出工则不同，是挣饭吃的意思。

就开始劳动

第二天一早我们就问队长，派给我们什么活。队长一副发愁的样子，他坐下来抽水烟，问：你们能干什么呢？我们说，我们什么都能干，在学校里什么活都干过。队长说，不能累坏你们啊，你们是毛主席指示来的。他边抽烟边皱眉头，沉吟说，干点什么好呢？他抽完了一筒烟还没想出来。他决定再抽一筒，他一边往烟嘴里塞烟丝一边说，要不你们先休息吧，刚来。我们说，也不累，不用休息的。他说往后有的你们干的呢。我们也不散，仍站着。他就说，要不我给你们介绍队里情况吧。我支着耳朵想听他说，他却又不说，仍呜噜呜噜吸他的水烟筒。等他的烟抽完了才说，要不我带你们去拔秧吧。

我们四个兴冲冲地各人抓了一顶笠帽就下田了。太阳很毒，我们蹲在秧田里拔秧。秧田是干的，上面有一层细碎的粪土，是发酵过又晒干并且拌了土的，没一点臭气。这么干的秧田我没见过，以前插秧都是很湿的，用锹铲一块一块铲下来放在秧桶里，插秧的时候连泥带秧托在手臂上。

这样的劳动真是太枯燥了，把秧苗拔起来，打掉根上的泥土，用稻草扎成一小捆，摆在旁边。太阳晒着，笠帽也是烫的，汗流到了眼睛里，真是太不好玩了，没有梅花党，没有孙向明，也没有吕觉悟雷红，或者丁服姚红果张英敏。旁边的赵战略和罗东，真不知是从哪里窜出来的男生，连名字都没听说过，一个白，一个黑，一个有点高，一个却很有点矮，说不上是好看还是不好看。高红燕手脚很麻利，她左右开弓，唰唰拔着，有声有色。赵战略专注认真，也是像模像样的，罗东是西张东望的，他总想站起来，看看大家都蹲着，他便也只好蹲着。出工第一天，时间真是有点难熬。

时间难熬的时候，安凤美便出场了。她在水尾队，和我们水冲接壤。

说出场一点也不过分，她按照农民对知青的想象，表演了一个他们脑海中的知青，她真是无师自通！

首先她用左手插秧，这使农民们大为兴奋。

插秧的时候我听见旁边的妇女都在说，那个水尾队的，听说叫个安凤美，她用反手插秧的呢！她用正手托秧，反手掰一坨秧下来，又不插，她要在手里捏好几捏，都捏出水来才插落去，插得也不齐整，歪的。她们说得兴高采烈，好像人人都捡着了一块金元宝。她们又看看我和高红燕，实在没有什么可说的，我们插得和社员们一样好，每个学期我们要去插秧，有学校的试验田，也到农村去，插秧割禾，早就是寻常事情了，高红燕手脚麻利，她插得几乎和社员们一样的快。

妇女们便很失望，本来想看我们出洋相，却不出，也以为是要教我们的，也教不着，这两个人插起秧来跟她们一样，真是太不像知青了。队里的男女老少，便都有些遗憾。

其实安凤美既不是左撇子，也不是从来没插过秧，我不知道她为什么要用左手插秧，还要捏半天才把秧苗插下去，我也不明白为什么农民们看到一个笨手笨脚用左手插秧的人又会如此兴奋。

　　高红燕忍不住，她嘴一撇，说：装的！她告诉离她最近的一名妇女，那妇女哦了一声，却仍然兴奋着，她插秧插得枯燥乏味，好不容易听到一点洋相，她不愿放过这点娱乐。她侧了身，背对着高红燕，脸朝着那些叽叽喳喳说话的人。她是笑着的，很开心，牙齿根都露出来了。高红燕只好闷头插秧，她越生气插得越快，好像跟谁赌气似的。她唰唰地插，快得就要飞起来了，她插出了一大片，快要把身边的妇女锁住了。

▎ 作品点评 ▎

　　与梦相似，回忆也是压抑的某种程度的解除。当年只能紧紧捂在怀里的激情可以在三十年之后的回忆之中坦陈。内心与言辞终于一致了。当然，回忆会不会是另一种伪饰——如同坊间的许多回忆录所做的那样？回忆与梦的相异在于，前者远比后者易于操纵。不管哪一种情况，利用精神分析的技术解读《致一九七五》都可能带来许多意外的发现。当然，这是一个繁杂的游戏。文本与理论诠释之间复杂的相互衡量必须聚精会神才可能完成。相对地说，另一点是显而易见的——林白的奇异才能。也许我得补充一句：回忆是林白最善于展示才能的领域。仿佛仅仅在纸上随意挥了挥笔，一个叙述开始轻盈地滑行。《致一九七五》很快蔓延成为一簇南方的丛林。各种句子如同南方的亚热带植物互相缠绕，茂密繁盛，多汁而蓬勃。回忆通常缺乏整体的紧张。回忆的文本显示，叙述者业已拥有个安全的位置侃侃而谈。无论是主人公的死亡、失踪乃至天崩地裂的末世景象，这一类完全失控的结局已经排除在外。《致一九七五》几乎不存在悬念。阅读如同没焦点的漫游。诸多以故人为核心的故事片段络绎不绝浮上来，甚至交叠错综。这些片段之间仅有松散的联系——甚至没有联系。我在阅读之中常常考虑，一个没有悬念的文本为什么仍然具有这么大的吸引力？这的确是一个必须纳入叙述学的有趣问题。至少可以认为，奇幻的景象、意象，某些机警或者风趣的议论、玄想，令人唏嘘的感叹、猜测、比拟和讽刺、沧桑感——这些因素在叙事之中的美学效用远比预计的更大。

——南帆：《回忆的文本——评〈致一九七五〉》，《西部》2007年第10期

　　在长篇小说《致一九七五》中，林白选择了一个不那么特殊的年份：1975年这一年已是一个时代的尾声，这一年不像1966年、1976年那样富有标志性含义，但它却是主人公李飘扬生命中的分水岭。1975年上半年，她还是一个中学生，在南流度过蒙昧神秘的青春期；到了下半年，她和同学们上山下乡，成为后革命时期的知青。在"一九七五"这一时间切片上，林白展现的是一个人的历史，它提供了观察时代的别样视角。

　　在1975年，虽然"革命时代已经到了末尾"，但如果我们稍稍回望，一系列充满阶级意味的批斗行动和政治意味的术语就将沿着那年的脉络顺次而来，它们在彼时彼境中依然神圣不可侵犯。在上部《时光》中，叙述者回忆了1975年甚至更早的南流生活以及1998年和2005年的两次返乡之旅。由于女性叙述者的温情化解和回忆带来的"陌生化"，那些重大的历史、文化、政治等事件都被消解了宏大意义，徒余游戏的形式和娱乐的成分：北大毕业的班主任孙向明给女中学生们讲述梅花党的故事，当王光美等人的名字抵达燠热潮湿的南方小镇时已经落尽政治色彩，只余下美丽的绣花旗袍，激起女孩们的艳羡与惊叹；普及样板戏带来的不是政治教化，而是女孩们欣喜若狂的文艺生活，它意味着舞台上的辉煌、热气腾腾的夜宵、乘坐大卡车的巨大荣耀；当农业局局长被批斗致死后，"我们"兴致勃勃又无比愤怒追究的是，他的妻子生活太过讲究，实在很"王光美"；"批林批孔"使"我们"的"热血沸腾"得以舒缓，为青春的荷尔蒙提供了安全的去处；至"学大寨，搞农业""深挖洞，广积粮"等轰轰烈烈响遍全国的"宏伟事业"，则变成了女孩子们的"做灶"（过家家）……在反讽性策略的指向下，历史成为被掏空的能指。记忆中的每一个片段都闪闪发光，散发着抒情的诗意特质。通过蒙太奇的叙事方式，叙述、议论、抒情的相互穿插和片段化组合，李飘扬、雷红、雷朵、吕觉悟、张大梅、队长、三婆、玉昭、韩北方、赵战略等人的生活跨越了时间和空间的距离，聚合成荒芜的历史场景中的立体图像。

在下部《在六感那边》中，叙述者以历时性笔法讲述了六感的插队生活。在充满戏谑嘲讽和狂想追忆的叙述中，"知青"的所指被异化，它不是接受"再教育"的重新塑形，而是青春和梦想的安乐窝；"上山下乡"也失去了政治意义，它是远走高飞的翅膀，将"我们"从庸常的小镇生活中拯救出来。更为实际的是，只有通过这条路才能获得招生招工的机会。于是，后革命时期的上山下乡成为舞台剧的结尾，热闹非凡又嘈杂不堪；后革命时期的精神漫游成为对"革命"的解构，充满了疲惫和怀疑。下部对上部的延续之处在于，在触及"革命"的地方，无不透露出嘲讽和解构。叙述者逆向运用盛行一时的政治化语言，将乡村教育、政治政策、历史事件等宏大话语转化为生活的边角余料：生产队的粪屋被用作政治夜校，简称"政治粪屋"；知青下乡后，村村都办起了幼儿园，这是"革命时代的卡通"；对知青进行政治教育的"集中日"成为他们的节日，这一天可以不用出工，可以吃到丰盛的饭菜。对于知青而言，他们在六感度过的并非接受再教育的沉重生活，而是无比愉快的岁月。它写"知青"，却与以"青春苦难""英雄主义""理想主义""边地流放"等叙事策略为核心的"知青文学"相去甚远。

——陈思和:《"后"革命时期的精神漫游——略谈林白的两部长篇新作》,《西部》2007年第10期

如此遍地应答的悦读，令我想起韩少功的《山南水北》，尽管《山南水北》更自然从容，但《致一九七五》的漫游狂想，一样散发着自然界与人类的精神气韵，一样融合了感性描写和理性思辨，一样抵达世道人心，一样为今天长篇小说的创作提供许多新的艺术元素。这两部亲历者的书，令我们在这个精神焦虑困顿的时代，依稀看到了一条家园的路。

——张燕玲:《在漫游中狂想——林白长篇小说〈致一九七五〉》,《文艺报》2008年5月6日

《致一九七五》无论在时间上还是在空间上，都显得较为广阔，几乎贯穿了人

物从少年到青年、从城市到乡村的成长经历，但是，由于林白摒弃了理性的文本建构，取消了叙述过程中必要的逻辑关联，而完全以回忆的方式，依助直觉和想象进行片段式的叙述，因此，其叙述语言仍然保持着灵性化、轻逸化的审美质感。

更为重要的是，《致一九七五》还明确地展现了林白对现实与历史的坦然姿态，消除了她以往小说中的某些紧张或焦灼的精神状态，使"小我"真正地步入到"大我"之中，为创作主体的自由想象清除了某些潜在的内心屏障，从而更有力地促动了叙事语言的轻盈与飞翔，使叙述显得从容、舒缓。

——洪治纲:《形式·成长·语言——论林白的〈致一九七五〉》,《主体性的弥散》，吉林出版集团有限责任公司，2009，第253页

如果说"文革"作为一种民族的集体记忆已渐行渐远，那么对于当事者、经历者来说，还存在一种挥之不去的个人记忆，这种个人记忆既应和着相对凝固的集体记忆（民族历史），又因其个体经历、经验的独特性、鲜活性而每每逸出集体记忆形成的历史意识、历史话语，并且这种个人记忆并不因岁月的流逝、世事的转变而消失、淡化，只是因当代生活、当下意识的进入而修缮、生长，植入新的内容。在笔者看来，《致一九七五》就是这样一部以个体方式记忆"文革"、重回往昔青春岁月的长篇小说。

这些剪影般出现的人与事，像一架渐次打开的中国屏风，展现出那个特殊年代的世象与风物，共同编织起主人公如歌的青春岁月。而作品就在这种由情绪、细节和联想引发的记忆中展开散文化的叙述，成为一部风格独特、引人入胜的长篇小说。

——易晖:《个人记忆下的青春与"革命"——读林白长篇小说〈致一九七五〉》，载易晖《当代文学管窥》，文化艺术出版社，2014，第237、239页

　　然而，就在我们还仍然停留在对于《妇女闲聊录》的惊诧之中的时候，林白却又再一次地进行新的小说文体的创造了，这就是作家在2007推出的这部名为《致一九七五》的长篇小说。从小说的文体特征上来判断，《致一九七五》很明显的是既不同于《一个人的战争》，也不同于《妇女闲聊录》的，而且在中国文坛似乎还没有与此相类似的小说作品存在。

　　我所特别地感兴趣于林白《致一九七五》的，一是小说的文体，二是小说的语言。让我们从小说标题说起，我觉得《致一九七五》是典型的带有林白特色的标题，这样的标题即表现出了一种突出的反叛、越轨的意味，一般的作家是不大可能采用这样的一种标题命名方式的，我甚至要说，这样的一种别致标题乃是非林白而不能为的。因为知道林白是一位善于在小说文体上用力的作家，所以在进入《致一九七五》之前，我就准备着接受一种新的小说文体的阅读挑战了。一读之下，果然如此，林白果然又一次溢出了寻常意义上的小说世界的边界。从合上书卷的那一刻起，我就一直在琢磨究竟应该怎样为林白的这部小说进行把握定位的问题。从小说叙事者的设定来看，出现于小说中的"我"即李飘扬很显然可以被看作是林白自己。这也就是说，由林白自己亲自出面叙述的这部小说所表现的乃是生活中林白自己的一段亲身经历，带有一种十分鲜明的回忆录色彩。

　　——王春林:《新世纪文学观察丛书：新世纪长篇小说地图》，北岳文艺出版社，2014，第160页

2010 年代

- 映川《魔术师》
- 光盘《英雄水雷》
- 李约热《我是恶人》
- 龚桂华《红船》
- 凡一平《上岭村的谋杀》
- 朱山坡《懦夫传》
- 东西《篡改的命》
- 陈谦《无穷镜》
- 朱东《沧海之约》
- 田耳《下落不明》
- 小昌《白的海》

魔术师
（节选）

映川

一年半的刑期不能说长，但狱中的日子空洞凝滞，死水一潭，花上一天时间就能将牢外边度过的前半生回想一遍，剩下的日子是反复思量，放大，追悔，然后麻木。冯时一开始想得最多的人是任义来，这种时候最惦记的不是亲人，就是仇人。

原来，他的好兄弟任义来在大城市里一直干的是诈骗的勾当，在几桩案子事发之前还利用他做了最后一单"生意"——将他打工的那间饺子店转给别人，拿两万块钱订金跑了。他作为胁从诈骗犯判了18个月。任义来怎么下得了狠心让他背黑锅呢？冯时扇自己耳光问自己，如果换作是他，他能不能做出这种事来？他的回答是肯定、毫不犹豫的：绝对不会。他们是一起长大的好朋友呀！出去他一定要找到任义来问一问，他为什么要害他？

再往前看，骗他的人还不少，父亲、母亲、迈克，哪个没骗过他？父亲不是答应他会很快回家，再教他新鲜的玩意儿吗？母亲不是赌咒发誓不会改嫁要养他成人吗？迈克不是说听了他的课能受益终身吗……在牢里冯时有大把时间想这些事情了，他

作者简介

映川（1972— ），原名杨映川，广西百色人，毕业于广西师范大学中文系，曾任《广西日报》副刊编辑，1999年开始小说创作，中国作家协会会员，广西第三届和第六届签约作家。著有长篇小说《婚前的荣灯》《魔术师》《圣堂之恋》，小说集《我记仇》《为你而来》《狩猎季》等。

作品信息

《魔术师》，原载《小说月报·增刊·原创长篇小说》2010年2期，天津人民出版社2013年1月出版。本文节选自第2章。

最后想出了一个最合理的理由：他们骗他是因为根本没把他当一回事。他在这世上活了二十多年，竟然没有一个人将他当一回事呢，想到这些，他一回回抹眼泪。

冯时进到牢里还在喊"我是冤枉的"。只要他说他是冤枉的，就有人的腿脚在他身上招呼，"窝囊废，进来就进来了，什么冤不冤的？""才判一年半，你到底骗了人家什么，是不是骗你妈的钱？""你们看他长得细皮嫩肉的，一脸学生哥的斯文相，掏的肯定是有钱的富姐的腰包……"

每一天冯时的身上都有新伤，那些人还特别喜欢打他的脸，他们说他的脸太乖巧斯文了，没有他们的"气质"，既然进来了就要好好修理修理。冯时的颧骨上被缝过三针，嘴唇缝了两针，眼角缝了一针，还有一些地方尽管流过不少血但不需缝针，等血痂脱掉后那些地方形成了一些小疤痕，这些小疤痕果然将他的气质改变了一些。如果一个新进牢房的人看见这张脸，会觉得这是一张躁动不安的脸，躁动的背后还有着某种说不清道不明的阴沉。

后来冯时也不说自己是被冤枉的了，他将任义来做的事情安在自己身上，绘声绘色地描述是怎么利用假的营业执照骗到了人家两万块钱的订金。他总算明白在这种地方表明清白是对别人莫大的讽刺，而只有给自己抹黑才是融入的渠道。可大家仍然不买他的账，嗤之以鼻——雕虫小技。尽管还是挨打，落在脸上的拳头少了。

一天放风的时间，大家起哄让新人冯时说说外面新鲜带色的花花事。冯时说我不晓得这些事，我给大家表演节目吧。五枚铜钱进来时被暂时没收了，他找了几枚小圆石头做代替品。他把几粒小圆石头玩得神出鬼没，左手藏右手出，口里吞腋窝里掏。玩这小魔术的时候，他的脸上浮出甜蜜的笑容，身上和心里的疼痛暂时忘记了。

有人起哄："看这手脚活络的样，应该和我们吃的是一碗饭。"又有人发出嘘声说："这有什么好看的，小哥子长得红红白白，干脆脱了衣服给我们表演自摸。"冯时一听，下意识将衣服前襟抓紧了。有个人说："我去把他衣服扒了。"那人朝冯时走去。

一个沙哑的声音在角落响起："蛮有意思的，让他继续玩儿嘛。"是叶叔说话了。

冯时对叶叔的第一印象是他的白发，叶叔的脸上没有什么皱纹，面色红润，可头发却白了，一根根质地很硬，坚挺的白。

叶叔是这牢里学历最高的人，经济学博士。没进来之前身兼数职，还是省政府经济发展政策制定委员会的成员之一，后来卷入一桩公款挪用诈骗案进来了。叶叔社会阅历丰富，为人世故，见识不同于一般人，给许多牢友解过惑答过疑，威信很高，很多刺儿头也不得不服。

叶叔一早注意到冯时，这小伙子眼睛清澈，举止斯文，叶叔一点儿不怀疑他像自己说的那样是被冤枉的。现在看冯时玩儿小把戏，叶叔又觉得这小子全身上下透着聪慧，这样的小伙子他愿意拉一把。

自从叶叔夸了冯时的表演，冯时的小魔术就成为牢里的保留娱乐节目。冯时心情愉悦，一是他的表演有观众了，二是不再有人打他了。

冯时能感觉到叶叔对他的关照，这个五十多岁的半大老头儿身上有一种亲和力，所以，当叶叔问及他的来历时，他迫不及待将一肚子的怨气吐出来，说到父亲音讯杳杳，母亲改嫁，任义来让他背黑锅，他泣不成声。这哭声对叶叔来说是久违了的，他许多年未哭过了，也许多年未听见这种发自内心深处的哭声了。对于他来说，冯时这点经历当然算不上什么，他拍拍冯时的肩膀，语气严厉："哭过这次以后就不要哭了，眼泪除了暴露软弱无能，一点儿用处也没有。"冯时惊慌地抬手抹去眼泪，后来，他真的再没有哭过。

叶叔判了八年，入狱不久妻子便提出离婚，他爽快同意了，他们夫妻貌合神离早已不是一天两天的事，他最挂心的是女儿叶认真。叶认真自小脾气倔，父亲入狱，母亲另嫁，她的脾气更坏了，做出来的尽是离经叛道之事，仿佛只有如此这般才能给父母以打击。高中毕业那年她和一个有妇之夫好上，闹得满城风雨不说，还怀了孕。男的最终没有离婚娶她，叶认真悲壮地跳楼了，人没死成，落了个半身不遂。这是叶叔从未向别人透露过的隐痛。在和冯时相处一段时间以后，他的一个想法越来越强烈，冯时能替他照顾叶认真。

叶叔问冯时出去后想干什么。冯时说学魔术。这个干脆单纯的回答让叶叔吃惊。叶叔再问学魔术是为了什么。冯时答不上了。

叶叔说："当年我拼命读书是为了找一份好工作，为了挣大钱，目标很明确。你学魔术不可能没有一个想法，难道只是想逗大家高兴就完了？我不是轻视魔术，魔术是一项很高深的技艺，你真能成为一个魔术师我会替你高兴。如果我说每个政治家都是魔术师你肯定很难理解，但这两种人确确实实有着根本的相同点，他们的成功很多时候都是建立在转移公众的注意力之上的。这些东西说起来有些玄，可你只要明白一点，你如果选择魔术，最好只将它作为一种工具，一种生活方式，以玩魔术的态度来对待生活，玩儿好了，什么都会有，不会再有人能骗到你……"

叶叔苦口婆心，他迫切希望冯时能理解他的意思，希望能将他生活阅历的浓缩精华版传给这个年轻人。这不是一件容易的事情，听叶叔说话的时候，冯时眼睛一下没眨，因为他确实有许多不明白的地方，生怕那一眨又将许多明白眨没了。

叶叔让牢里的犯人——将自己的"代表作"公开，借着这些灰色的管道，冯时听了一个个离奇的故事。人心叵测，世事诡黠无常，冯时的眉头越皱越深，他有些沮丧。他没有想到在这世上活了二十几年，所了解的，只如几粒浮尘。

别人都奇怪这一老一少怎么有这么多话，碰到一块儿说个没完。他让冯时多读书看报，了解时事。他也将自己的经历一点点告诉冯时，那才是一本真正生动的教科书。他的爱恨喜怒，他对这个社会的理解，慢慢变成了冯时的爱恨，变成了冯时的理解。冯时有一天告诉叶叔："我不恨任义来了，如果我再碰上他我会请他吃饭，有可能我们还可以一起做事。"叶叔笑了。

叶叔知道生活是每个人要亲自去"过"的，冯时像一块璞玉，由他来雕琢，他可以先给冯时理论上的武装，这样，冯时的将来会省去很多可能的麻烦，多了很多可能的机遇。这样的人生是幸运还是不幸呢？叶叔并不考虑这个问题，他只需要冯时"速成"，他要在一年多的时间里把自己的人生智慧和精粹如武林高手的推血过宫一般传给冯时，时间紧迫。

叶叔和冯时的交谈，很多时候是以问答的形式进行的。叶叔问，冯时答。一开始冯时答得不好，就像考试最多拿个三四十分。叶叔会将相关的线索慢慢理给他，一条条的，他提供的是一个有无限可能性的背景，答案还需要冯时自己找出来。一般情况下，冯时最后总能提供给叶叔一个完美的答案，偶尔还会有叶叔经验之外的经验产生，这更能让叶叔惊喜了。人情练达，洞察世事，都还不是他们的最终目标，他们是要在这个世界环环相扣的链条里找出松散脱节之处，然后，在这些地方赢得利益。

时间在叶叔的白发上走着，在冯时那张洒满小疤痕的脸上走着。

叶叔给冯时的最后作业是一个问题，一个骗子成功的关键是什么？

关键是转移人的注意力，让人只看到利，忽略了弊，这和玩儿魔术的原理是一样的，冯时几乎没花什么时间就回答了叶叔的问题。

叶叔点头笑了，这个年轻人像一块干燥的海绵，将他身上的水分吸走了。

在冯时要出狱的那阵子，叶叔感觉他的愿望在实现的路上行走，这个小伙子当初是一张白纸随他在上面涂画，现在这幅画越来越丰富，小伙子自己也会涂抹颜色了，是一只自己会飞的鸟了。冯时踌躇满志摩拳擦掌跃跃欲试，刚进来那个自哀自怜柔软单纯的他已经被现在这个他覆盖了。

叶叔拍拍他的肩膀，将心愿托出：照顾好我的女儿叶认真。

Ⅰ **文学史评论** Ⅰ

杨映川的小说创作是伴着新世纪的曙光进入中国文坛的。她的小说多以女性为主人公，这些女性人物大都比较早熟，而且受过良好的教育，在一个相对开放、价值多元的社会里生活。

——刘硕良主编《广西现代文化史》（第三卷），广西师范大学出版社，2016，第74页

Ⅰ **创作评论** Ⅰ

从总体上来说，杨映川的小说一直在讲述一种女性的童话故事，这些故事明显

带有女性幻想的特征，带有强烈的超越现实的愿望。这些女性处在现代性的生活场景中，本身是现代性的亮丽风景，但她们又一再拒绝现代性的物质生活，拒绝现代性的成功、进步、关于生活无止境发展和飞跃的想象。她们更愿意回到内心，回到单纯的个人记忆，回到幼年保持的童话记忆中去。杨映川的故事主角具有类型化的倾向，她们年轻漂亮而孤芳自赏，蔑视现实流行价值，她们对男性天然不信任。所有的男性，都被看成是欲望化的动物，追求物质性成就的现代化的怪物。这些女性更愿意生活在自我认同的镜像中。

　　——陈晓明：《逃跑的童话——杨映川小说的反现代性取向》，《南方文坛》

　　　2002年第1期

　　我曾经这样描述杨映川的写作："女性主义针对着以男性为中心的社会发起了挑战，这既是一种文化的挑战，也是一种政治的挑战，它不仅指责男人们对世界的独霸，也指责男人们对历史的独享。于是，男人们在漫长历史过程中营造起来的一统天下变得分崩离析。那么，女性意识的觉悟是否就意味着两性之间的鸿沟永远无法弥合？杨映川在她的小说中以一种温柔的语气说道，不一定吧。于是她开始了拯救男性的伟大而又崇高的工作。"

　　——贺绍俊：《在尔虞我诈的喧嚣世界熨帖安放爱情——读杨映川的〈魔术师〉》，

　　　《南方文坛》2010年第6期

　　在映川的表达中，存在一个二元对立的结构：一方面，总有一种声音在努力呼唤纯粹的爱；另一方面，她叙述的现实中遍布着对爱的背叛，对于情感或爱的不信任之感跃然纸上。两者相互冲突、消解，又相互彰显，背叛带来的伤害和虚空，加强了对纯爱的呼唤；而内心渴望在现实中的落空，又验证了真爱的虚幻，百转千回，理不清的纠结给小说带来湿润的云雾，构成别样的风景。

　　——周立民：《有的只是厌倦，哈欠连连——映川小说阅读札记》，《南方文坛》

　　　2018年第3期

┃ 作品点评 ┃

《魔术师》可以说是杨映川对爱情的叙述最具写实性的一部作品。小说同样反映了女性实现爱情的艰难，同样揭露了爱情在物欲横流的社会里问题重重，但杨映川在这部小说中不再是靠爱情的乌托邦来消解问题，她把问题归结到男性身上，那意思仿佛是说，爱情出了问题是因为男人们放弃了自己的责任。小说中的好几个女性，都是因为男人的问题带来了爱情的悲剧。叶认真高中毕业就与一位有妇之夫好上，男的却不敢离婚娶她，她一怒之下悲壮地跳楼，落了个半身不遂。伍姨只是因为东方女性的矜持未敢主动示爱，她心爱的人就成了别人的丈夫，她只能一直把这份爱珍藏在心里。朱聪盈是一个单纯的女孩，爱情似乎对她特别的眷顾，她身边总有爱恋着她的人，从青梅竹马的祖康，到黎金土、冯时，但越是像她这样顺风顺水越是在爱情上被人欺骗。围绕这几个女性，杨映川又写了几个男人的不同表现。黎金土把朱聪盈的爱当成了他玩"魔术"的道具；而朱行知却顾及着自己的面子即使到老了也不愿意去安抚一下伍姨的心；祖康老实憨厚，在尔虞我诈的一潭浑水前面难能可贵地保持着一身清白，但也因此在爱情问题上过于温文尔雅，难以征服女孩的心。杨映川重点推出了冯时这个男子汉形象，他深藏不露，成熟稳健，在相互欺诈的"魔术场"上他翻云覆雨，应对自如，总是立于不败之地，在现实中，人们永远也看不到他的真相，但是，他对爱情却是一片真诚，他决不会背弃他对恋人的承诺。说实在的，在冯时身上，我仿佛看到一些西方经典电影中的真情英雄的影子，面对世界拼搏时血气方刚，面对恋人则温柔如水。或许杨映川也喜欢这些经典电影中的真情英雄形象，或许她从来就没有看过这些电影，她看过还是没看并不重要，因为这种形象上的相似点，其实说明了在全球化时代，爱情遭遇的问题在世界各地都是共同的，人们对于男性的期待就会聚焦于共同的文化想象。

冯时可以说是杨映川塑造的一个新的男性形象，其形象之新特别体现在他所传达出的一种新的爱情观。冯时面对叶认真要嫁给他的表白时说："爱一个人不一定要把她娶回家，只要让她感觉到你是依靠就够了。"这真是一种超越了世俗欲望和世俗伦理的臻善境界，在这个境界里，爱情之爱与宗教之爱融为一体，一己私欲也得到了净化。当冯时浪迹天涯时，他会把他的恋人装在心里，小心呵护。因此，朱聪盈会在她所经营的西餐厅里为她的恋人留出一张固定的桌子，无论生意多好，这张桌子也要空着。当然在朱聪盈眼里，桌子并没有空着，桌子前坐着她的恋人，有时她还会坐下来，"她和看不见的他吃饭、说话"。我读到这里，心底泛起一阵感动的波澜。我想，在这个尔虞我诈的喧嚣世界，杨映川却能把爱情安放得如此熨帖，这真不简单！

　　——贺绍俊：《在尔虞我诈的喧嚣世界熨帖安放爱情——读杨映川的〈魔术师〉》，
　　《南方文坛》2010年第6期

　　《魔术师》的语言是流畅的，活泼泼的，自然生动，起承转合，毫无一丝阻滞生涩。看上去素面朝天，没有什么装饰，但是却婉转多姿，一步一个脚印。只要稍稍留意，会发现表达的东西非常丰富，味道很足。作品中任意挑一段，都经得起琢磨。从小说家言来说，冯时的"魔术"并不重要，重要的是这个社会即使在最惊险处，在最无情与最游戏的性格与人生中，还有爱、真诚与善良。

　　——汪政：《拿什么拯救你，我的爱人？——评杨映川〈魔术师〉》，《南方文坛》
　　2010年第6期

英雄水雷（节选）

光盘

7

十数张内容相同的"告示"贴在张镇主要路段，告示在万物吐绿百花盛开的季节显得那么的扎眼。村里有人撕掉了镇上的一张告示，贴到村头的古樟树上。

快来看啦，纵火犯就要坐牢了！

有人在村头大喊。听到喊声，许多的人来到村头。他们看后做出不同的评论。更多的人是相互打听和谈论去年的那场森林大火。

水楼云也看过告示了，回到家他说给水皮听。水楼云说，你不想去看看告示吗？村里人一边看告示一边称赞你呢。那人是雄村人，叫龙志明，才12岁。那天他在山上放牛，烤红薯的时候，把山林烧了。林子烧光了吗？水皮说。

没有。烧光了，他还能活下去吗？

那为什么火就没烧下去了呢？水皮说。

起火后，龙志明急得大喊，有人听到了。那

作者简介

光盘（1964—），本名盘文波，广西桂林人，瑶族，与朱山坡、田耳合称为"广西后三剑客"。中国作家协会会员，广西作家协会理事，桂林市文联兼职副主席，广西壮族自治区党委宣传部第四、第六、第七、第八届签约作家。著有长篇小说《英雄水雷》《王痞子的欲望》《请你枪毙我》《摸摸我下巴》《毒药》等，出版有中短篇小说集《广西当代作家丛书·光盘卷》《桃花岛那一夜》，曾获第十届《上海文学》奖，第五届广西文艺创作铜鼓奖，广西第三、第四届少数民族文艺创作花山奖，第七届广西青年文学独秀奖等。

作品信息

《英雄水雷》，原载《红豆》2010年第7期。本文节选自第2章。

人再大喊。声音传得越来越远，救火的人越来越多。想详细了解，你出去向人打听呀。自从你成了"救火英雄"后，越来越不合群了，像个发瘟的公鸡。

审判大会两天后在张镇中学操场进行。那天，张镇下着小雨，人们都不怕，他们分别打着好的坏的雨伞、顶着好的破的塑料布来到审判现场。

水皮，看审判去了！村里年轻人在水皮家门外叫他。

水皮，走呀！

水皮听到了他们的邀请，但他没有回答。他缩在自己的房间里，脚下是一小盆炭火。龙志明。这几天水皮嘴里反复念叨这个名字。水皮认识雄村不少人，就是不认识龙志明。龙志明太小，不认识也在情理之中。龙志明是谁家孩子？村里人早就知道了，水皮没向别人打听，他不知道。村里的巴桑参加了那次山林救火，他知道山林灭火过程和之后的故事。

水楼云和老婆也去看审判了，出门前，他们对水皮说，村里人都去了，你不去吗？！

随后，水皮感觉到整个村子都空了，留下来的几只黄狗也躺在屋檐下睡觉。水皮走出屋子，看着不远处悠悠的古柳河发呆。

审判大会就要开始了，快走啊！袁所长出现在面前。他是特意来请水皮的。在他的强行拉动之下，水皮也来到了审判现场。

人山人海，水皮站在最前面。被宣判的除了龙志明，还有另外两个强奸犯。法官把宣判的两个强奸犯放在前面。人们情绪高涨，对强奸犯的强奸过程充满了好奇。轮到宣判龙志明，人们心里的落差就大了。他们只是叹着气，说着马后炮的话。他们说，那么干燥的天气怎么能烤红薯呢？烤红薯怎么能在离林子那么近的地方呢？幸好抢救及时，不然，整座山林就毁了。

强奸犯是主观行为，山林纵火只是过失行为，而且龙志明只有12岁。法官判龙志明劳动教养三年。龙志明一个劲地哭，人们十分同情。后来他的哭声压过了法官的宣判声。袁所长冲到台上，给了龙志明两个耳光。这一切所有在场群众都看到了。

龙志明停止了哭声。

哭呀，怎么不哭了？袁所长的巴掌在龙志明面前晃动。

水皮挤出了会场，他跑得远远的。这里有一座小山坡，站在山上仍然能看到审判现场。审判大会结束后，他见到了龙志明的父亲龙始发。

我抬不起头，在英雄面前就更不能抬头了。同样是火，可是一个成了英雄一个却成了坏蛋。龙始发号啕大哭。

第二天上午，他去到雄村。龙始发家的大门关着，推开一看，里面一个人也没有，叫了几声，也没人回应。雄村人说，自从龙志明被抓，龙家就很少开门。今天不知道他们家人又到哪里去了。

仍旧是雨天，乡村小道上有为数不多的行人艰难地行走着。不多久就到了水皮纵火的现场。那里有一个人，水皮猜想那人可能是龙始发。为什么猜龙始发，他说不出理由。上了坡，水皮离龙始发更近了。龙始发正向什么东西磕头。

龙志明不是纵火犯，纵火的人是我！水皮说。那天我纵火后逃跑了。

烟把龙始发呛得大咳。咳完，他说，你确实是个名副其实的大英雄。你说你是纵火犯，谁信呢！我们家已经出了一个纵火犯，你不能再让我成为"教唆犯"。不知情的人会认为是我强迫你承认纵火。他是纵火犯，就应该受到审判，决不能逃脱法律的制裁。我龙始发是守纪守法的人。一个人犯了法而不受惩罚，下次就可能会杀人，还可能像"四人帮"一样篡党夺权。

龙始发的身影早已消失在春天的细雨里，水皮认为再待下去已没有意义。他从坡上溜下来，那天他逃走时也是这样溜下的。前面有几条小路，一条通往唐镇，一条通往雄村火车站，还有一些通往各乡村。他选择去火车站的路。与这条小道交叉的是公路，那上面时常有卡车和吉普车通过。公路上不知道是谁丢弃了一个硬纸盒，还有一桶石灰水。"探挖洞，广积粮""农业学大寨"。斜坡上几年前的标语已不是那么显眼。水皮从中得到了些启示。

水皮提着破硬纸盒和石灰水桶去到田洞。承载标语的土墙还是那么光滑，水皮将硬纸盒撕开做成排笔，把沉淀的石灰搅浑，在土墙上写道：

水皮是真正的纵火犯，龙志明不是！

8

水皮的字写得不好，不像标语那么工整。但是一字一画，清清楚楚。最先看到的是刘国兵。他看到后大吃一惊。他正好要去雄村，就把这个消息告诉了龙始发。龙始发和刘国兵是表亲关系。龙始发不信，亲自跑到田洞来看。

"水皮是真正的纵火犯，龙志明不是！"

消息在雄村传播，他们结伴来到了田洞。他们看过标语后，对龙始发说，你的字写得还可以。龙始发说，标语不是我写的，有人别有用心。龙始发丢开人群跑到张镇派出所报案。袁所长接待了他。袁所长开着破吉普车火速赶到现场，他说，这人活腻了。袁所长调查了几个人，他们都说不知道。最后袁所长对龙始发和刘国兵说，你们要翻案？告诉你们，案永远也翻不过来了，因为证据确凿，事实清楚！

龙始发说，标语不是我写的。龙志明就是纵火犯。

你们是贼喊捉贼！跟我斗？那就试试看！

袁所长和两个警察把龙始发刘国兵带到了派出所。警察分别审问龙始发和刘国兵。

到了派出所嘴还像古柳河的石头一样硬？！袁所长亲自审问龙始发。

我没写标语。我敢向毛主席保证。

有其父必有其子。刚开始的时候龙志明也发誓不承认。龙志明小小年纪就学会了发誓和抵赖，你这个父亲教得很不错嘛！袁所长的拳头把桌子砸得咚咚响。你不承认，是吧？我会有办法让你承认的。

袁所长踢了龙始发一脚，说，坦不坦白？

我没写标语。龙始发摸着被踢中的地方发出痛苦的叫声。

那就是你指使刘国兵写的了？你敢无理翻案，犯的就是反革命罪！

另一个屋子的警察也没从刘国兵嘴里问出什么来。警察把袁所长叫到户外，商量对策。袁所长很烦，说，给我灌辣椒水！袁所长说是说，并没有叫手下人真干。他已经接到高升的调令了，几天后他就将去县公安局报到，任副局长。他不想在这个高兴的日子里再过度打人。

标语事件和龙始发被抓的事传到了水皮他们村。村里人很激动，说谁要诬陷水皮，谁就是全村人的公敌。他们摩拳擦掌，对着想象的公敌擂来劈去。声音传到了水皮的耳朵里，水皮来到他们中间。

标语是我写的。我说的是实话。龙志明是被冤枉的。水皮说。

你是英雄，你的脑子真被大火烧坏了。我们应该送你去地区医院继续医治。他们说。

水皮来到派出所。放了他们，标语是我写的。水皮说。

袁所长走上来，手背按住水皮的前额，说，你脑子烧得很坏。回去吧，我的英雄，别在这里影响我们审案。

真是我干的。见到龙始发后，我就写标语了。我手上还留有石灰水的味道呢。你闻。水皮的手伸到袁所长鼻子底下。

走开，别给我编故事！袁所长把水皮推出派出所。

水皮说标语是他写的，你相信吗？袁所长问龙始发。

他是救火英雄。标语可能是他写的。龙始发说。

袁所长的巴掌打在龙始发的脸上，说，既然承认他是救火英雄，怎么又猜标语是他写的？你，什么逻辑？

他上午去了火灾现场，我们碰上了，他说他就是纵火犯，我没相信。他是英雄，所以想救龙志明。英雄什么好事都干得出来。其实他在害龙志明。犯了罪就应该受到惩罚，得到改造。龙始发说。

三天很快过去。三天来，袁所长及手下人没有找到任何可以证明龙刘写标语的有力证据。而袁所长上升的时间也到了。袁所长要求全体干警不要怕苦，一定要把证据搞出来。

袁所长准备到县里报到的当天，张镇初中来请水皮去做英雄事迹报告。袁所长就把报到的时间往后推迟了一天。到现在为止，谁也没有听过水皮救火救人的动人报告。大家都非常感兴趣。地区团委正在准备组织人采访水皮，准备大力宣传。

我不是英雄，我不去做报告。水皮说。

水皮毕业于张镇初中，校长没预料到成了英雄的水皮会拒绝回母校做报告。校长派出的人请不动水皮，便亲自来请。

水皮架不过年轻力壮的几个教师，被架到了母校的会议室。早已等待的师生们，站起来对水皮热烈鼓掌。水皮反抗，年轻教师就用力推。水皮抗不过，最后到了台上。

我不是英雄，我是纵火犯。水皮说。

学生们哄笑。

我从唐镇回来，肚子饿了，就拔了三个红薯烤来吃。火灾就发生了。我拼命救火，可火势越来越大。我害怕坐牢，便逃跑了……

袁所长跑上台，用他多次打过犯人的手掌捂住水皮的嘴巴。老师们，同学们，袁所长说，我们的救火英雄在救人和抢救国家财产过程中，身负重伤，同时，大火把他的脑子也烧坏了。他的病还没有完全治好，还不时地说胡话。

英雄事迹报告大会到此结束！校长宣布。

袁所长到县里报到后，第一件事就向县领导汇报水皮的情况。

他脑子坏了，老说胡话。说自己不是英雄，是纵火犯。

他不是英雄谁是英雄？看来，水皮脑子真的有毛病了。李书记说。

当天下午，县里救护车开到了张镇。

水皮说，我身体什么毛病也没有，我不去。

不去也得去，这是命令。袁副局长说。

水楼云老婆已经为水皮准备好了行李，她把它送到水皮手上。好好听领导的话，听党的话！她说。

比起地区医院，县医院设施差多了。水皮被安排在县级高干病房里，说是高干病房，也就相当于地区医院的普通病房。唯一好的就是单人间。水皮被人推着到这个仪器室，到那个检查室，量过血压，量过体温，抽过血，屁股还被打了一针。需检查的都检查了，不需检查的也都检查了一遍，只要县医院里有的设备，医生都让水皮尝了。例行检查完，病房里安静下来。县医院没有给水皮配备专职护士，护士都是轮班的。英雄，你好好休息吧。护士说，说完就离开了。

一个人待在病房，让水皮坐立不安。他想出去走走。刚跨出门，就有人说话了：英雄，你干吗去？说话人坐在走廊上，她的前面有一张桌子。水皮不说话。她又说了：就在房里待着，哪里也不许去，到了吃饭时间，会有人给你送。

数天后，所有检查结果都出来了，他们没有发现任何异常。就在这天，刚上任的袁副局长带着一帮警察来到病房。

向水皮学习，向水皮致敬！警察齐声说。

我不是英雄，你们不要向我学习。我是纵火犯，你们应该把我抓起来。水皮伸出双手。我是纵火犯，龙志明不是。那天，我怕坐牢，今天我一点不怕了，我犯了法就应该坐牢。龙始发说得对，犯了法不接受教育，以后就可能杀人，还可能篡党夺权，在世界上称王称霸。

出了医院，袁副局长直接去了县领导办公室。他去的是李德行李书记办公室。现在他和李德行的关系特别好。

救火英雄的病还是一点没见好转，还是一个劲地说胡话。袁副局长说。

这可怎么办呢？前两天我还接到李姝的信，问起水皮的情况呢，我撒谎说一切正常。李德行摸摸头，说。

要不要送地区医院？

我看，水皮不是什么伤痛问题，送地区医院也不一定管用。不求好医院，只求对路的医生。水皮的脑子有毛病，我们应该请精神病医院的医生来会诊。

干脆送到地区第三人民医院算了，那是专门的精神病医院。袁副局长说。

李德行说，不妥。如果把他送进精神病医院，会把他弄得更神经。

袁副局长开着吉普车到第三人民医院，他给他们递上了介绍信。听说是给救火英雄治病，大家都争着要来。

精神病医生和县里的医生在会议室里，共同商讨病情。经过研究，医生得出结论：水皮心善达到了顶峰，因而走向极端和反面。这也是精神病的一个范畴。水皮口口声声说自己是纵火犯，是因为他见龙志明年幼可怜，便萌发了顶罪的心理。怎么治疗？医生说，别理他就是了。或者顺着他的意思，任他说，想出办法开导他。千万不要和他对抗。

这么说，那土坡上的标语就是水皮自己写的喽？袁副局长说。

通过你提供的情况分析，标语就是水皮自己写的。

袁副局长打电话到张镇派出所，问抓到乱写标语的人了吗？新来的所长哭丧着脸说，没有。有关龙始发刘国兵的有力证据也一点没找到。袁副局长说，那就把龙始发刘国兵放了。新所长说，为什么？袁副局长说，没有为什么，这个案子到此为止。

9

每天只有一到两个护士来给水皮送糖水、量体温和送一日三餐，除此再没人进到病房来。这样的日子比坐牢还难过。直到接到阳晓莉、李姝的来信，水皮的日子才好过起来。

其实阳晓莉、李姝离开张镇后，就一封接一封地给水皮写信。那信寄到张镇后，没有及时被送下去。那个负责送信的人生病了，一直到他前几天正式上班才把信送下去。送信人先是把信送到村里，水楼云好奇就把信拆了。送信人说，信不是你的，你没有权利拆开。水楼云就封上。但他非常想知道信的内容，多次对着光线照看。来信有十几封，每一封都没有逃脱他的光线。

不要再照了，光线又不是 X 光，能照出什么名堂？快给水皮送去。水楼云老婆说。

水皮到县医院疗养，水楼云还没来看望过。他没必要来看望，水皮不伤不痛的，没什么好看望的。水楼云把十几封信装在一个包裹里，提着来到医院。

你又白了胖了！水楼云说。

我像猪一样吃了睡睡了吃，能不胖吗？水皮说。你手里提着什么？这里不少吃不少穿，你提东西来干什么？

信，有人给你来信。一大堆呢。

水皮接过包裹，"哗啦"把信件倒到病床上。

……

谁来信？

水皮观看来信地址。一个地址是地区医院，一个地址是省城大学。水皮把信件按地址分成两沓，他先看地区医院的。

谁来信？水楼云凑近去。

信，水皮没有看完，他把它塞回信封里。他想从第一封信读起。来信邮印上有时间，时间最早的就是第一封来信。

水皮眼里流出了眼泪，眼泪滴在信纸上。他看不下去了。

你怎么哭了？信上写的什么？你怎么哭了？水楼云去抢水皮手中的信。看过信件，水楼云并没有哭。他说，这些都没什么好哭的。

水皮擦拭掉眼泪，继续看下去。

水皮每看完一封信，就把它塞回信封。坐在一边的水楼云却一封一封拆开来看。边看他在心里边下结论说，阳晓莉姑娘真的看上水皮了。

看完阳晓莉的来信，水皮花去不少时间。但是阳晓莉信上说的，他不大记得了。因为突然地看这么多信件，接受这么多信息，脑袋装不下。他需要消化。他躺到床上。回想阳晓莉的音容笑貌。她是个好姑娘。他对自己说。

还有信没看完呢，你为什么不看下去了？水楼云说。你不看，我可看了。

水皮瞪水楼云一眼，把未拆开的信抓到怀里。水楼云嘿嘿地笑了。

时间不早了，我回去了。水楼云说。

你去找找袁副局长，告诉他我想回家。我在医院里比坐牢还难受。水皮说。

你是英雄，不能想回家就回家。什么时候回家，上面总有一个安排的，没必要找袁副局长。

说一声总比不说好吧！

水楼云去到县公安局。袁副局长接待了他。水楼云说，水皮认为待在医院像坐牢。袁副局长说，他认为是坐牢就对了。他不是想坐牢吗？就让他在医院里坐吧！

水皮得了什么病？水楼云说。

什么病也没有，就是一门心思想替人顶罪。这个病一时好不了。他高尚的品德出了偏差，走了极端。你以后少惹他生气。听到没有？袁副局长说。

水楼云走后，水皮又把阳晓莉的来信看了一遍。看完，天就到中午了。护士小蒋给他送来热饭热菜。

吃吧，趁热吃吧。小蒋看到了散落在床上的信。这么多信？谁来的？是崇拜你的人写来的吗？小蒋捡起几封，看了信封，说，有大学来的，有医院来的，手里那些是哪里来的？一定是机关和各中小学吧。写的什么，能让我看看吗？

水皮瞪了她一眼，小蒋伸伸舌头，出去了。

今天中午，菜有两个，一个是猪肉炒胡萝卜，一个是大白菜炒鸡块。整天吃香的喝辣的，水皮心里难受。和往常一样，他只吃了小半的菜，剩下的要求留到下一顿。护士口头答应，可到了下一顿，送来的又是新鲜菜。

我身体好了，医院里有什么活可干吗？水皮对护士说。

医院里的事谁也干不完，你能干什么？护士说。

看病，我做不来。我可以拖地，扫厕所。

不行，你是英雄，这些事你不能干。护士说。

英雄也是人，何况我不是英雄！水皮大声叫喊起来。我不能在这里白吃白喝，留我下来，就给我活干！要不，就放我回家！

水皮的吼声在医院里嗡嗡响，医生护士都不敢声张，只是小心翼翼地说，这个，要请示领导。

不要请示了，现在就给我活干！水皮看到走廊那个角落的拖把了，他跑过去拿到手上。水皮从来没拖过地，他的姿势很难看，就更别说水平了。一个清洁工走过来教他。

水皮感到浑身是劲，他一干就是一个中午。中午的时候，病人很少出来，病人家属也还没有到来。水皮干活的动作十分舒展。

这个清洁工是谁？怎么没经我同意就上班了？分管后勤的庞副院长第一个发现了水皮。

我只干活，不拿钱。水皮说。

这也不行，你以为这是哪里？这是医院，不能胡来！

一个医生走来了，他说，这人就是救火英雄水皮！

庞副院长嘴巴张得很大。他后退一步后，冲上来紧紧搂住水皮，说，啊，英雄！

水皮在医院义务干活的消息一下子传遍了县城，他们个个竖起大拇指。

我要到街上去干活。他对护士说。

护士同意了。

水皮扛着竹扫把来到医院门外。医院外就是县城的主大街。这里车辆来来往往，人们在上面乱丢果皮垃圾。大街太脏了，可是，如果这个时候扫大街，会影响人们行走。水皮就把竹扫把扛到隔壁的粮食局。说是粮食局，其实里面还有好几个局，比如矿产局、物资局、航运局等。局多，院子大，各局都攀比着不管事，只有到了周末，县里统一布置搞大扫除的时候，各局才在自己的领地上扫扫。平时就很脏。

水皮轻轻地用力扫着，不让灰尘扬起来。有人发现了水皮。那人是谁？哪个局的？他说。人们就把目光集中到水皮身上。

不认识，在这个大院，我从没见过他。

那不是救火英雄吗？终于有人认出了水皮，并大声地叫喊。大院里的人全都走出办公室，围在水皮四周。

刚听说你在医院扫地，这就到我们院子来了！同志们，我们还等什么，这么大个英雄都能放下架子扫地，我们有什么理由让院子脏着？！粮食局的聂局长一说，所有人都加入到劳动中来。

第二天开始，各部委办局有了一个不成文的规定，每天早上上班，打扫卫生半小时。当然这是题外话。

从中午一直干到下午，水皮腰背都有些酸胀。作为一个农民，干活出现酸胀，已经不是一个合格农民了。吃过晚饭，他想拆开来自省城大学的信件，可还没开拆，他就睡着了。

县里领导利用晚上时间来看望水皮，白天他们太忙了，他们在拨乱反正，要为"文化大革命"抹屁股。

睡了。护士轻声地说。

他太累了，身体还有病，所以容易累。明天可不能让他再干了。李德行书记说。李德行书记看到了搁在桌上的来信。他捡起来自省城大学的未拆开的信件看了看，然后轻声笑了。

10

国家给我吃饭，给我治病——尽管我什么病也没有，我扫扫院子有什么不可以呢？为什么被当作英雄行为？水皮问小蒋护士。

小蒋护士嘻嘻笑着，不回答。

你告诉我呀。

你是英雄，英雄的一举一动都是英雄行为。小蒋护士说。

我不是英雄，我是狗熊！

小蒋护士笑着，离开了。

一个人的时候，水皮开始拆来自省城大学的信。他早猜到信是李姝写的了。李姝的字写得比阳晓莉好些，李姝是省大学政治系学生，她就要毕业了。水皮先看李姝最后一封来信，他认为先看最后的来信，是最有意思的事。

看完信，水皮有种说不出的感慨。他把最近的这封信装入信袋里，再回过头看李姝的第一封来信。

看完所有来信，水皮把信装回到父亲提来的包裹里，并搁在枕头边。他看信的时候，有许多人在窗户外看他，他看得太入迷，没有发现。趴在窗户上的是小蒋护士和几个中青年医生护士。他们从小蒋护士嘴里得知了别人给水皮的来信。是女孩子来的信，小蒋对大伙说。大伙说，你怎么知道是女孩子来的信？上面写什么了？小蒋说，看那字就像女孩子的。

他们趴在窗户上看到了水皮读信的全过程。

水皮正在考虑给阳晓莉和李姝回信。小蒋护士为他弄来纸和笔。水皮打了两遍草稿，就写成了一式两份的信。

水皮的信里有很多错别字，为了不让您——亲爱的读者恶心，在此，我省去他信的全部内容。给阳晓莉和李姝写完信后，水皮来了灵感，他分别给龙志明、县里、地区领导写信。他要求撤销自己"救火英雄"的光荣称号，他还请求地区领导把信转到北京去，要求北京方面重新调查事情的经过，并请求把龙志明放出来。

十几天后，水皮收到了龙志明的来信。

救火英雄水皮同志：

你好！来信收到。我在这里很好，每天有人管，有吃有喝，劳动也不辛苦，还能学习文化。谢谢党的关心。我一定要好好改造，重新做人！

你说你不是英雄，打死我也不信。你不是英雄谁是英雄。我爸说你一直想替我坐牢，你的好意我心领了。

我在这里一切都很好，请不要再给我来信。

……

寄给县里、地区的信没有回音。水皮一直等着回音。阳晓莉和李姝却接二连三地来了一大堆。她俩的来信，他一封也没拆开来看。我不是英雄，她们说什么好听的话都不好听。他说。

又是两天过去了。水皮回家的心情越来越迫切。有一天，他对小蒋说，什么时候才是尽头？小蒋说，只要你的病好了，你就随时可以出去了。水皮说，我到底是什么病？小蒋说，是思想病。

我思想的确有病，不然那天就不会怕负责任，逃离大火。水皮说。

你没有逃离大火，你冲进大火救了人，抢救了国家财产。本来你是英雄，你硬说自己不是，这就是你的病根所在。小蒋说。

水皮明白了什么。他说，我是英雄。我是救火英雄。

快来人啦，救火英雄承认他是英雄了！他的病全好了！小蒋和另外几个护士奔走相告。医院领导和职工闻讯急忙拥进病房，他们伸出手来向水皮表示祝贺。

水皮终于得以回家了。走在家乡的土地上，他心里非常踏实。村里人都下地劳动去了，父母也出去了。家里非常安静。门前乌桕树上落着两只鸟，它们自由自在。

远处，是劳作的人们和遍地开放的野花。他很羡慕劳作的人们。

中午到来时，父母下地回来了。水楼云告诉水皮，他离开的这些天，县里、地区来了两拨人，在家里住了十几天。

他们到家里来干什么？水皮说。

整理你的材料。他们问了村里和镇上很多人，用他们的话说是采访。要把你的事迹写成书，让全地区人民学习。我给他说了你很多小时候的事，他们还采访了张镇初中的教师、你的同学等。水楼云说。

你的病好了？水楼云说。

我没病。我是英雄。

水楼云说，不是英雄，能到县医院休养吗？当然是英雄！你刚才说什么？

我是英雄。

嘿嘿，你的病彻底好了！

水楼云异常激动，他出到门外，逢人便说，水皮的病好了，他承认自己是英雄了。对方听了也非常高兴，说了些祝贺的话。

水皮吃过饭，往雄村走去。他写的标语已经被人铲除，只留下星星点点白印，就像太阳下还未来得及完全融化的白雪点。

龙始发坐在门上吸烟，他的脑袋被烟雾包围。见了水皮，龙始发大咳不止。

水皮挨龙始发坐下，抽龙递过来的旱烟。水皮说，龙志明来信了吗？龙始发说，来过一封，他的信写得很好，在学校的时候写不出这样的文章。他进步了。他不到十三岁，接受东西比成人快。

你头发白了很多，好像腰也弯了。水皮说。

都是龙志明闹的，没有他纵火，我头发不会白，腰也不会弯。我两个儿子，一个武斗成废人，一个却成了罪犯。我命太苦。

你有什么可以帮忙的吗？水皮说。

大家都在侍弄田地，我没有力气弄。我年纪不大，却没有力气了。龙始发说。

你一定是病了。我可以帮你犁自留地，挑牛粪。我有力气。水皮看到了屋檐下的犁，他把它背在背上。

龙始发跟他的身后阻止。

我不是英雄，我是纵火犯，龙志明替我坐牢了。我一定要帮你干活。水皮说。

你又说自己不是英雄了，你的病还没好透，还经常说胡话。但龙始发还是半推半就地把水皮引到了自留地前。

水皮把牛套进犁里，开始犁上了。

犁了几圈，来了一群人。他们不像农民，像干部。近了，果真为首的那人说，我们是地区和县里派来的，我们是宣传干事。听说英雄的病好了，回村了，我们就赶过来采访了。

你已经是大英雄了，为什么还帮人犁地？

你心里是怎么想的？

水皮说，我们张镇人自古就有帮人犁地的传统。农民不犁田不种地，难道去工厂开机器？我是怎么想的？我想，同样是人，命怎么这么不同。龙志明不该去劳教。

让英雄犁地，算不算犯罪？龙始发怯怯地问地区来的干事。

是你强迫他的吗？

不是。

那就不算犯罪。说明救火英雄的思想境界很高呢。雄村这么多人，他为什么不帮，而帮你？因为你家劳动力弱，因为你家出了罪犯。他正以自己的实际行动实现英雄的价值，帮助龙志明好好改造。

水皮的好，你们一定要向上级汇报啊。龙始发说。

何止汇报，我们还要把他的英雄事迹写成书，让世世代代的青年学习！地区干事说。

你们都错了，我帮龙始发犁地，是因为我心里很难受。水皮说。

11

又要招工了，今年是全地区继1976年冬季后，第二次大规模招工。水皮是地区领导点名招收的唯一一人。其他人员都由上面下指标到各县，再由各县下指标到各公社(镇)。地区派人直接去到张镇水皮的家，他们手上拿着几份表格，去哪个单位，干什么工种，由水皮选。

我只有初中文化，村里还有高中文化的呢，还有知青。为什么要招我的工？水皮说。

你是英雄。你有享受该待遇的权利。来人说。就像战斗英雄，该提拔的就要提拔，该有的待遇就应该有。

我不是英雄。我没有权利享受这种待遇。

你又在说胡话了。听说，你很爱说胡话。嘿嘿。退一步说，不是英雄就不能进城当工人吗？只有高中文化才能进城当工人吗？填表吧，现在就填，填好了，我们带回地区。来人的态度非常好，说话轻轻的，一字一句让人听来十分顺耳。

如果我不是英雄，你们就不会招我的工，不会把表亲自送到我手里，让我自由选择，是不是？水皮说。

来人掏了掏耳朵，说有可能。可你是英雄啊。

水皮站起身走出了屋子。水楼云说，你要干什么？水皮说，我上厕所不行吗？

水皮借口上厕所逃走了。他逃跑的方向是张镇卫生院，那个被镇里人称作坟场医院的地方，很少有闲人靠近。卫生院四周砌着高大的围墙，围墙三米之内生长着有一人多高的荆棘杂草，十数年来，没有人进去过。今天水皮躲了进去。待在里面他感觉钻进了棉絮中，外面的风进不来，里面的温暖出不去。在这个人迹罕至的杂草丛生的地带里，有一个接着一个的鸟窝。张镇人爱到古柳河两岸打鸟，却没注意到这里才是打鸟的最佳之地。水皮伸手将身边的鸟窝端掉，把不同鸟类的鸟蛋搁到一个大大的鸟窝里。鸟的主人回来了，它们对水皮的强盗行为极为不满，成群结队地在水皮的周围示威。

喊什么喊，再喊，我回家取来鸟铳，一枪把你们全毙了！有本事到我家示威去，把那个要我填表的人赶走。水皮声音不大不小地说。水皮说话，鸟们并不怕，水皮挥手它们也不怕。水皮就不再和鸟们计较，心里盘算着回家怎么吃这些鸟蛋。但不管怎么吃，都够一家人美美地吃上一顿的了。

天就黑下来了。借助夜色，水皮潜回到家里。家里很安静，他的父亲母亲面对面坐着。母亲脸上显出着急，父亲脸上挂着愤怒。

地区来的人已经离开。他把表留下了，离开前他说，我真弄不懂水皮的心思。听说招工，哪个年轻人不是激动不已？！哪个不是打破头往前冲？！可水皮倒好，拒绝招工。来人话还没说完眼泪就出来了，他原以为这一趟不仅可以获得水皮的笑脸和尊敬，回去还可以获得领导的表扬，可是他连个表都没能让水皮填上。我拿什么向领导交差？来人沮丧地说。

水皮踏进家门。屋中央的电灯泡发出淡黄的光。水楼云扑向斜放在墙壁上的竹扫把，并且很快就拿在了手里。

你要干什么？水皮说。

水楼云想起了一个多月前那次与水皮的打斗，他怕了。他说，我能干什么？我拿着竹扫把我能干什么？我要扫地。我把地扫得干干净净的，即使招工表掉在地上也不会脏。地区领导走了，他叫你把表填好。表填好后，接下来怎么办呢？老婆，你听地区领导说了吗？

水楼云老婆说，他没说。他是哭着走的，他能说什么呢？儿子，如果你早把表填好了，地区领导就会笑着离开，还可能留下来和我们一起吃晚饭。走了就走了吧，现在填也来得及。地区领导能把表留下，就会再来把你填好的表带走。

水楼云装模作样地扫了一会儿地，把表递给水皮。水皮拿着表进自己的房间去了。水楼云发现了水皮放在桌上的鸟蛋，他嘴里发出"哟嘀嘀"的声音。未与水皮商量，他就把鸟蛋做成水煮蛋了。

第二天凌晨，屋外的鸟儿还没叫，水楼云便起了床。水楼云在水皮房间外走来走去，多次伸出手来想拍水皮的房门。水皮的屋子没一点动静。水楼云开亮堂屋的灯，并且大声咳嗽。水皮的房间终于有声音了。

水皮，表填了吗？水楼云说。

天才麻麻亮，填什么表？

天已经亮了，你听到村里人的脚步声了吗？有人都下自留地了。如果你看不见，可以开亮灯。这个时候人的头脑是最清醒的，字也写得好。水楼云说。

我睡得迷迷糊糊的，没心思填表。我还要睡一觉。水皮说。

想睡就睡吧，以后到了地区，睡的机会就少了。你是选择地区钢铁厂还是电缆厂？还是糖果厂？还是自行车厂？这些厂都不错，地区领导说，它们都在市中心，旁边有两个公园。你想好去哪个单位了吗？水楼云说。他的嘴巴快贴到大门上了。

我还要睡觉。水皮说。

别再睡了，和我说了这么久的话，头脑早就清醒了。我猜想地区领导会在早上8点之前来拿表，拿不了你填的表，他没法向更大的领导交差，所以他会想方设法拿到表。

水皮的头埋进被子里，紧紧捂住耳朵。昨晚他睡前没洗脚，被子里臭烘烘的。开始觉得难闻，过了一两分钟就适应了。他后来还独吞了自己的一个响屁。

整整两天，被水楼云两公婆称作地区领导的那人都没有来，那表水皮也没填。水楼云坐不住了，他对老婆说，如果水皮再不填，进工厂的事就要泡汤。现在有多少人都盼着进厂里上班啊！

水楼云走出村子来到县公安局。袁副局长正在参加县里的一个什么会，局里的人叫水楼云耐心地等候。局里的人对水楼云很客气，因为水楼云告诉他们，他是救火英雄水皮的父亲。

接近中午，袁副局长才回到办公室。袁副局长对水楼云的到来表示出很高兴，并带他到机关食堂吃午饭。袁副局长给水楼云买了一份猪肉炒胡萝卜丝、三两米饭。

地区招工，把表交到水皮手上了，但他不填。地区领导就哭着离开了。水楼云说。

为什么不填？

他说他不是英雄，没资格填表。我很想揍他。

你揍了吗？袁副局长说，他的嘴里含满了饭菜。

没有。上次我揍他，你把我铐了起来，这回我不敢了。水楼云说。

你做得很对。

袁局长，你说怎么办呢？

水皮欠揍。我看他脑子根本没毛病，是欠揍！

你要揍他吗？

我要揍他。你不能揍，我能揍。你揍他有人要抓你，我揍他，谁也不敢抓我。袁副局长说。袁副局长连续几大口把饭吃完，袖子将嘴一抹，说，走！

袁副局长开着局里的一辆破吉普和水楼云奔往张镇。袁副局长大把打抡，腰间的手铐时隐时现，与钥匙串摩擦后发出轻轻的"哧哧"声。到了张镇，袁副局长将车停在最近的地方，小跑着冲向水皮他们村。

水皮正在刨木头，见袁副局长到来也不打招呼。

表填了吗？袁副局长对水皮说。

没填。

为什么？袁副局长抢掉水皮手中的刨子，一脚踢开木头。

表是给英雄填的，我不是英雄。水皮沉着冷静。

袁副局长的巴掌在空中划了两圈后，重重打在水皮的脸上。

你为什么打人？水皮捂住被打的那个地方。

你敬酒不吃，吃罚酒，不打你你不清醒。我还要踢你。袁副局长大头皮鞋踹中水皮的右大腿，水皮趔趄着倒地。

站起来，有种的站起来！袁副局长紧跟上去，照着水皮的身子又踢了一脚。

水皮爬起来。他没躲闪。袁副局长就把他铐起来了。把表拿来。袁副局长对水楼云说。水楼云跑回屋里，不久又跑出来，说，我把表给水皮了。

表呢！袁副局长对水皮大吼。

擦屁股用了。水皮说。那纸太硬，屁股擦痛了。

袁副局长给了水皮一个扫堂腿。水皮没有倒下，因为水楼云把他扶住了。我不信治不了你，多少犯罪分子都让我治住了，何况一个救火英雄！袁副局长说。

完了，他把表擦屁股了。水楼云非常痛心。

袁副局长冷笑一声，说，把他带走！

水皮被押到吉普车上，又被铐在车后座的铁窗上。显然，这台吉普车改造过，它的另一个功能是用来押送罪犯的。

在去地区的路上，袁副局长把车开得和赶往张镇一样快，但是到达地区所在地东河市，天还是快要黑了。袁副局长的车直接开进了行署大院。

我要一张招工表，我的车上坐着救火英雄水皮。他对经过的那人说。经过的那人是地区领导，他贴近车窗看了看水皮，说，救火英雄辛苦了。然后，他的头转向袁副局长，说，水皮的表不是有专人送去了吗？

表送去了，但水皮填写错了。他需要一张新的。袁副局长说。

这位地区领导略为歉意地说，都下班了，要新表也得明天上午了。你先带救火英雄在行署招待所住下吧，我给他们打个招呼，吃住就不用管了。

513

地区领导回到办公室，他打电话给行署秘书长，要求秘书长安排好水皮和袁副局长。这个时候，袁副局长回到车上，打开了水皮的手铐，说，你服不服？水皮低着头，拒绝和袁副局长说话。

不久，行署曹秘书来了。曹秘书提着一个黑色的"上海"皮包，走路呈八字型。曹秘书与水皮握了手，说，我们吃饭去。

行署食堂与招待所紧挨着，食堂里有许多机关干部在打饭，他们说说笑笑，打了饭有的回家，有的就站着或蹲着吃。他们都不愿坐到桌上。曹秘书安排水皮和袁副局长坐在最里面的一张桌子上后，进里面去了。不一会，两个穿白衣服的师傅端来饭菜。袁副局长欣喜地笑着点头。他悄悄地对水皮说，行署食堂比我们双林县食堂气派多了！

曹秘书手上拎来一瓶酒，他给水皮和袁副局长斟上，说，一路辛苦了，喝！

晚上袁副局长和水皮住在一间只有三个床位的房间里。袁副局长很激动，说这么好的房间我还从没住过呢！

次日早上，有人送来了招工表格。来人不是送表到村里的那位。此人脸红脖子粗，好像正准备战斗的公鸡，说话却客客气气。我们大家一致认为，救火英雄去钢铁厂最好，那是一个国营大企业，职工有四五千，是最大的企业。来人说。

填吧，就照这位领导说的填吧。袁副局长说。

水皮正犹豫，袁副局长有意识地撩开衣服，现出他那个略有些生锈的手铐。水皮就在来人的指导下把表填好了。

| 创作评论 |

作为一个在现代主义文化语境中成长起来的小说家，光盘擅长以灵动的笔触、幽默的叙述在不无荒诞的故事演进中透视人物心灵深处的隐秘创伤，在看似极度荒诞的故事背后却潜藏着作者对人类生存困境和心灵伤痛的深度思考。

——杨荣：《荒诞背后的生存之痛——瑶族作家光盘小说论》，《民族文学研究》

2009 年第 2 期

如果一定要推断光盘小说人物的选择和走向，以此来证实我们的阅读期待，那将是一件吃力不讨好的事。光盘小说的阅读经验，使我对他的创作理念有了新的认识。他的写作不在于确证，而更多的是在追问。追问什么？生命的无根性？命运的偶然性？似乎都是，又似乎都不是。阅读这样的小说，我们的思考往往会徘徊在一种难以指认的状态。但有一点是可以肯定的，光盘的叙述会触发读者丰富的联想，为读者敞开一个巨大的隐喻空间，也许这种隐喻所带来的阅读效应，正是他小说的艺术价值所在。

——王迅：《发问·审问·追问——2009广西小说创作述评》，《南方文坛》2010年第1期

▎作品点评 ▎

光盘的《英雄水雷》，关于两个人的故事，其中一个纵火，却被误以为是救火英雄，而真正的救火英雄，又被当成了纵火的罪犯，两个人把身份错置，导致了人生的颠覆，英雄变成了罪犯，罪犯变成了英雄，由此两个人的命运发生了改变。这个作品把整个荒诞跟现实糅合得天衣无缝，从作品看你觉着真是很现实，同时又极其荒诞，荒诞跟现实糅合得如此的熨帖、自然、自如，让我很吃惊。在这个过程中，我觉得整个作品的故事都是外壳，最主要的意义是写到这两个人，当他们无力改变命运，就只好自己去想办法排解，自己去读解这种命运变化，自己去排解这种苦难。这个作品写到这儿的时候，它的真正的意义才出来了。光盘把人在灾难面前的自立自强，从苦难中磨炼意志，写得非常充分，看起来很荒诞，看了以后会给人很多的启发。还有一点我觉得写得非常好，就是无论是英雄还是罪犯，这样的身份在"文革"后期生活中，变得现实了，变成一个符号。这个符号一旦确立之后，很多人就会利用这个符号，很多领导、亲戚、朋友，跟它相关变成一个利益共同体，在这个意义上作品揭示了很多社会生活中的病态现象，包括我们领导干部的官僚主义，包

括干部子女的狐假虎威，光盘把这一切写得非常触目惊心。从这个意义上讲，这个作品构成了很强的批判性。我过去看光盘的作品不多，这次我看了以后就觉着，他有非常强的编织故事的能力，他能把看起来完全不同的元素，甚至是截然相反的一些东西，全都汇为一体，让它自然而然地互动，发生关系，让它发展。这个能量是太大了，这个是很多作家做不到的。没有一个很强的腕力，是把握不了这样一个命运的巨大的落差，这样一个反转。

——白烨，载《"广西后三剑客"——田耳、朱山坡、光盘作品研讨会纪要》，《南方文坛》2016年第1期

我感觉《英雄水雷》可以说是一个很伟大的构思，显示出了一名记者的良知和勇气，应该是惊世骇俗的，应该是一颗有着非常有威胁力和破坏力的水雷。为什么这么说呢，因为他追问的是英雄的真相。英雄是我们这个时代的标杆，是我们这个主流思想的一个核心词。但是光盘在这个小说中，他对这样一个至高无上的词语投去了质疑和责问的眼光，甚至他是要撕开英雄这个词的"面纱"。从《英雄水雷》这个标题能够看出他的那种巧妙，甚至是很用心也很毒辣的构思。水雷是两个人的名字，水皮和雷加武，合起来就成了一个水雷，他把一个水雷扔进了我们这个弥漫着英雄崇拜的时代里面，随时都有可能爆炸，把我们这种英雄梦想就炸得四分五裂。我觉得他实际上应该是这样一个构思。那么这个英雄的真相是什么？我觉得他写到了一个致命的问题，就是说我们这个社会英雄完全是一种被意识形态化的英雄，那么他带来的后果，就颠覆了英雄本身，篡改了英雄的意义。这个水皮他本来是一个纵火犯，但是因为一种误会把他当成一名英雄。他是不能修改的，因为他已经被意识形态化了，那些书记也好，所长也好，一定要保持这个英雄形象，修改了他们的利益就没有了。所以水皮尽管不断地在申诉他不是英雄，但是当他被意识形态化以后，他就必须要担当起这个英雄的角色。所以，光盘是用一种非常荒诞性的情节来揭露英雄，我觉得这是一个很伟大的构思。追问真相的勇气，这是他很大的一个特点；另外，他还有一个很突出的特点，那就是他讲故事的技巧。他能够把

故事讲得一波三折，而且他是追求一种意料之外的效果。他的很多小说都体现了这个特点。另外《英雄水雷》还有一个很可贵的特点：就是他的宏大主题是以生活化的情节来体现的，比方说他要揭露这个英雄被意识形态化的荒诞性，这个主题看上去很宏大，但他不去构建一个很宏大的故事场面，他只是把故事放在一个小地方，小小的所长、副县长、副书记之类的，完全是生活化的情节，这也是很可贵的。当然他这个小说不仅仅是揭露，是破坏，他也在建设，他在揭露的同时追问英雄的本来意义应该是什么。他追问真相，也在寻找这样一个本质的问题，虽然不深但是触及了。

　　——贺绍俊，载《"广西后三剑客"——田耳、朱山坡、光盘作品研讨会纪要》，《南方文坛》2016年第1期

我是恶人（节选）

李约热

节选一

人民群众在镇政府痛打马进和马万良以后，镇长韦俊批评了黄少烈。韦俊说："如果把人打死，你的责任就大了。现在不是'文革'，不能随便打人。要讲法制。"

黄少烈说："我一时疏忽，以为不是'文革'了，群众就不爱打人了。上了一回厕所，回来一看，妈的，人民群众还是那样喜欢打人。我当场就制止他们，要不然马进马万良早就没有命了。不过话又说回来，他们挨这么一下也是活该，这样一打，野马镇至少平安一年。"

果然，圩日的时候，街上的小偷就少了很多。黄少烈以前整治小偷，是亲自上阵，现在他不，他只要轻轻提醒街上的行人，谁是小偷，要多留心，他刚刚躲到一边，行人的拳头就往小偷的身上砸，也不管他作不作案。这样一来，偷东西的是少了，但打架的又多了，因为人民群众打小偷也有打错的

作者简介

李约热（1967—），原名吴小刚，广西都安县人，壮族，《广西文学》副主编，广西作协副主席。短篇小说《青牛》获《小说选刊》（2003—2006）优秀小说奖，中篇小说《涂满油漆的村庄》获第二届《北京文学·中篇小说月报》奖，短篇小说《你要长寿，你要还钱》获《民族文学》2015年度小说奖，中篇小说《戈达尔活在我们中间》获第五届广西文艺创作铜鼓奖，小说集《涂满油漆的村庄》获第六届广西文艺创作铜鼓奖，中篇小说《一团金子》入选中国小说学会"2008中国小说排行榜"，著有小说集《涂满油漆的村庄》《火里的影子》《广西当代作家丛书·李约热卷》《我是恶人》《侬城逸事》。

作品信息

《我是恶人》，原载《作家》2012年第11期，原名《欺男》。本文节选自第23、24章。

时候，弄得医生老贾一边给打架受伤的人包扎，一边说："这个老黄，弄得街上鸡飞狗跳。"

黄少烈故意对黄精忠说，只要马进身上的伤一好，他就抓他去坐牢，他偷东西可是挨抓了现场的。不到半个小时的时间，这话就传到马万良家，从此以后，马进头上的绷带，就像生根一样，很久很久缠在马进的头上。伤好以后，他也舍不得摘。有时出门忘了带，刘一梅就说，快缠上绷带。马进头缠绷带在街上晃，非常引人注目。

黄少烈对黄显达说："这个世界上，只有坏人怕好人，哪有好人怕坏人的道理，你看看马进，他怕了没有！"

黄显达笑了起来，说："到底谁怕谁现在还不晓得。"

黄少烈奇怪儿子怎么会说这样的话。黄显达回来后在靠近猪圈的地方铺块木板当床，怎么拦都拦不住，对他又不好再来狠的，就任由他。只要是在家里，他爱睡哪里就睡哪里。现在他说"到底谁怕谁还不晓得"，说明他对自己还是不服气。黄少烈叹了一口气，心想这个儿子真犟，看来要他佩服自己，只有等他长大以后了。他心疼这个儿子。他盼他快点长大。

黄显达之所以说这样的话是因为他听到母亲成美英和哥哥黄显高的对话，他们的言语里充满了对马万良一家的恐惧。

成美英说："以后你们上街要小心点，他们肯定会报复。特别是马万良，他做梦的时候，肯定杀你爸几回。"

黄显高说："连马涛看我都带着杀气。他的手伸在口袋里，里面肯定藏着一块石头，不知道什么时候拿出来砸我的头。妈，你说我们应该怎么办？"

成美英说："躲啊，一看见他们家的人从对面走过来，就躲开。"

黄显高不干，他说："躲马万良躲马进还差不多，躲马涛，就没有必要了，一个高中生怕一个小学生，像什么话！"

成美英说："叫你躲你就躲，万一马涛口袋里藏的不是石头而是一把刀，到时候你想躲就来不及了。"

黄显高说："从明天起，我上学的时候，也带一把刀，马万良家的任何一个人，他们还没来得及拔刀，我的刀就已经架在他们的脖子上。"

成美英急了，"你要听话，你还要上大学，你跟他们不一样，成天拿一把刀，像什么学生！"

黄显高说："命都没有了还上什么大学！"

话虽然是这么说，黄显达为了验证哥哥是不是真的不怕马涛，上学的时候偷偷地跟在他身后，当马涛从前面走过来的时候，哥哥很快就绕开了。回到家里，黄显达当着成美英的面对黄显高说："你不是很厉害吗？我的同学马涛刚出现，你就躲到一边。像羊碰见老虎一样。"

成美英说："这就对了。"

黄显高红着脸说："我是听妈的话才这样做，只有你才不听爸妈的话，你根本不像爸爸妈妈养出来的仔。你有本事为什么还回来？为什么不继续住在马万良家？"

黄显达说："我住在哪里不关你的事，你胆子这么小，我没有你这个哥。"

黄显高一个巴掌将黄显达打在地上。黄显达不哭也不闹，爬起来之后走出家门。成美英抓他，他挣脱她的手。成美英说："你真的还要去他家啊？你这个反骨仔。"

黄显达没有去马进家，而是住进了砍头山的防空洞里。他觉得这里很干爽，山地上树木和玉米秆有的是，红薯野菜有的是。他觉得一切是那样的新鲜，站在洞口往下看，野马镇炊烟缭绕，所有的事都尽收眼底。

啊朋友再见

啊朋友再见

啊朋友再见吧再见吧再见吧

假如我在战斗中牺牲

请把我埋在山冈上

在洞里，他一边铺干草，一边唱歌。他想，他们会不会来找他？他从口袋里翻出一截粉笔头，跑到洞口外面，在一块石头上写道：闲人免进。之后又跑回洞里，躺在干草上面，盼望着洞口的那片亮光尽快消失。

当天晚上，黄少烈的儿子黄显达住在砍头山防空洞的消息传遍了整个野马镇。成美英来到洞里，她对黄显达说：

"……"

黄少烈来到洞里，他对儿子说：

"……"

黄显高黄如芬来到洞里，他们对弟弟说：

"……"

他们说什么黄显达一句都听不进去。没有办法，成美英只好去求马进，要他劝自己的儿子快点回家。没想到一看见她，马家的门轰的一声严严地关上。

从此以后，砍头山的防空洞，就成了黄显达的"家"。成美英叫黄显高和黄如芬抬装有黄显达衣服的箱子放在洞口，就像当初放在马万良家门口一样。黄显达打开一看，全是新衣服，他说："我才不上当，新衣服有什么了不起。"看儿子一点回家的意思也没有，无奈之下，成美英每天都把热饭热菜送到洞里。砍头山的防空洞，彻底成了他们家的另一个房间。

这一段时间，野马镇流传着马万良天天在家磨刀的消息。马万良磨刀的消息是他小儿子马涛传出来的。他哥他爸挨打，被街上的人笑话，他不服气，他说："我爸天天磨刀，有你们好看的。"马涛的话一传十十传百，把很多人镇住了。

首先是黄少烈的老婆成美英。前面说过，自从黄少烈整治小偷后，她就生活在恐惧之中，每天老是叮嘱儿子女儿，一看见马万良家的人就要绕着走，现在她听说马万良在磨刀，就更加害怕了。晚上她睡在黄少烈身边，夜深了还在想这件事，眼睛睁着，每天睡着的时间不超过一个小时，十几二十天下来，搞得她面黄肌瘦，更严重的是，月经都不来了。黄少烈看见自己的老婆一天一天瘦下去，想想她曾经跟他说的害怕马万良的话，拍着自己的腰，说："在这个世界上，还没有拿枪的怕拿刀的。我就是给他一百个胆，他也不敢把我们怎么样。"说是这么说，当黄少烈经过马万良家的时候，手不知不觉就放在枪套上。

害怕的不止成美英。

黄精忠、李显吉、梁士方、麻月菊、毛快……整个野马镇，几乎每一户都有一个人害怕马万良。他们又想起他慢刀割肉的话。他妈的，这件事情越来越像真的了。奇怪，马万良没有挨刘吉祥那一棍的时候，他们不相信他会"慢刀割肉"，挨了那一棍之后，他们就相信了。马万良拿刀他们不怕，又不是古代，一把刀能打天下，他们怕他来阴的。所谓来阴的，就是怕他晚上的时候点火烧房子，或者是在刚刚建好的水池里投毒……这段时间，防止马万良干坏事成了野马镇很多人的主要任务。

他们集中在一起，商量怎么对付马万良。他们把成美英当成主要演员，黄精忠说："先下手为强，干脆叫少烈把他抓起来。"

成美英说："现在不是'文革'，说抓就抓。我问你，有什么理由抓马万良？"

黄精忠说："找个理由还不容易？这难不倒你家黄少烈。不是有那么多案没破吗，乱拣一个案说是他干的不就得了?"

成美英说："现在最破不了的案是贩卖人口，说他贩卖人口，他卖的人站出来说才算啊。证据，当公安得讲究证据，如果现在他的刀捅在你身上，那抓他就应该。我家少烈眼睛肯定眨都不眨一下。"

黄精忠不满意成美英说马万良拿刀捅自己，他说："他的刀最先捅的，肯定不是我，肯定是你家黄少烈。"

这就把成美英噎住了。

李显吉说："得防他呀，不要等他的刀插在我们的胸口上，才想到要防他。我想了一下，也别指望少烈了，如果马万良北风天点火烧了野马镇，就少烈那点本事，肯定找不出证据证明是他干的。投毒也一样，拿一包砒霜，丢到水池里，就像丢颗石头一样容易。少烈哪里管得了!"

"还有搞爆破。马万良会做炸药，他经常炒硝酸装在瓶子里拿去炸鱼，不知道哪一天，他装有硝酸的瓶子就会落到我们家里。"毛快急急地说。大家都不出声。纵火、投毒，事情虽然大，但怎么大，也大不过有声响的爆破。每个人的心都悬起来了。大家都觉得大祸临头。

梁士方说："李显吉说得对，我们得防他，从现在起，阶级斗争这根弦我们就不能放松了，如果放松，那我们将要吃二遍苦，受二遍罪。"

梁士方的话大家都很熟悉，以前开批斗会时经常听见。大家商量怎么样才防得了马万良。

吵来吵去，也拿不出最终的主意。黄精忠说："看来只有各人顾各人了。怎么对付马万良，各人想各人的办法。"黄精忠最先走开，他要去马万良家，看马万良是不是在磨刀。

马万良没有磨刀，他彻底废了。

马万良挨了刘吉祥一棍之后，见不得光，光线稍强一点他的头就疼。白天他躲在房间里，自说自话，说着说着，突然发现刘一梅摇他摇了半天。他说，摇什么摇，我又没有死。刘一梅很害怕，心想他可能得了精神病，她跑去医院找老贾。老贾背着药箱还没有进门，马万良拿着一根木棍站在门边，喊道："哪个进来哪个死！"老贾转头就走，他说："不用看了，百分之百的精神病，赶紧送去大兴。"大兴是个镇，那里有一所全县唯一的精神病院。

怎么送马万良去大兴成了一个难题。刘一梅跟儿子马进马宏马涛，女儿马兰马青商量怎么送马万良去大兴。马进说："在饭里放安眠药，等他睡死过去后就抬他上拖拉机。"

都觉得这个办法好。刘一梅去医院找老贾开安眠药，她问老贾，她说："老贾，一个人吃多少安眠药才睡得着，四十公里都不醒？"从野马镇到大兴镇四十公里，一路上坑坑洼洼，再怎么睡着都会被颠醒。

老贾说："你们是不是要送万良去大兴？"

刘一梅说："对。"

老贾说："安眠药不能乱吃，吃少了不管用，吃多了会死。"

刘一梅说："那吃多少才合适？"

老贾说："有些人吃半瓶都还睡不着，有些人吃十几颗就死了。人跟人不一样，我不知道万良吃多少合适。"

吃安眠药的想法没有被采纳。

马进又说："那只有把他绑起来放到猪笼里抬上拖拉机了。"

刘一梅说："他是你爸，你怎么下得了手？"

马进说："总比他在家里发神经强，再拖下去，就难医了。"

这是没有办法的办法。夜晚的时候，一家人准备好绳子、猪笼、洗碗布——洗碗布是塞嘴巴用的。马进正要下手，马涛哭了："爸啊！爸啊！"他的哭声把马万良吵醒了。马万良揉揉眼睛，"出了什么事？"他边说边跳起来去抓放在床头的木棍，看见猪笼和绳子放在一边，问道："你们要开批斗会？"

把马万良绑起来送去大兴的办法就这样黄了。

马进说："最后一个办法只有哄他去了。"

"怎么哄？"

"就说黄少烈要来抓他，叫他快点逃。然后哄他上郑天华的拖拉机。"马进说。

真的就这样干了。还是在夜晚，开拖拉机的郑天华启动拖拉机在门口等，估计里面准备得差不多，小儿子马涛突然撞开门，大喊："爸，黄少烈要来抓你了，快点跑啊！"

"快点跑啊！快点跑啊！"家里所有的人都这样喊。

马万良抱头弯腰撞出门去。郑天华喊："万良，快上拖拉机！快上拖拉机！"

马万良没有听他的，而是往加广岭跑。全家人都慌了，高喊："回来——快上拖拉机——回来啊！"

马万良越跑越快，一家人跟在他身后跑，很快就把郑天华启动的拖拉机的声音扔在后面。

马万良弯腰低头，像头中枪的野猪疯了似的往前跑。他后边的人都哭了，刘一梅喊："万良，回来啊——回来啊！"

马进、马宏、马涛喊："爸呀，回来！快回来！"

马青马兰没有喊，只是哭。

马万良没有停下，他觉得自己力大无比，他觉得今天黄少烈怎么追都不可能追上自己，不仅追不上自己，他还休想找到自己。加广岭石头铺成的台阶马万良一步能跨两级，老婆和儿女的哭喊声他也听到了，但是根本不能阻挡他奔跑的步伐。四周一片黑暗，只有加广岭的台阶在他脚下闪闪发光。他沿着发光的台阶跑，一直跑到白露岩旁边。他回头看了一下，什么人都没有，他哗的一声跳进白露岩。风在他耳边响，像过年燃放的鞭炮那样响，越来越响越来越响。"轰——"，这是最后的声音。

马万良像个皮球一样又被反弹到了高处，在高处，他看见他的老婆刘一梅，儿子马进马宏马涛，女儿马青马兰围在白露岩洞口，喊他哭他。他在高处朝他们喊："我在这里，我在这里。"

他们没有听见，而是跪在洞口边，呼天抢地……

节选二

轰的一声，语录塔垮了，这已经是两年以后的事。因为要修路，所以这座塔得消失。两年来，马万良在高处，一直没有离开，每每看到野马镇的人，他会跟他们打招呼，他们没有一个人理他。

现在他看见：

他的老婆仔女都很好。

那个想当他儿子的黄显达也很好，他一直住在砍头山的防空洞里。

他的仇人黄少烈也很好，只是面对一百个抢砖的人，他看见黄少烈有一点点难过。

┃ 创作评论 ┃

广西作家的笔名与众不同，比如东西、鬼子、光盘等，他们有胆略玩点自我反讽，他们与中国的名讳传统抵牾，也与文坛盛行的自恋主义风格相悖。"李约热"（壮族）这个名字也有可能是暗仿李约瑟，那个极著名的科学史家；或许是自讽巴西那个著名的海港城市。但有一点是无疑的，李约热也是要走奇异路线，他发表的一系列作品，比如《戈达尔活在我们中间》《涂满油漆的村庄》《青牛》《李壮回家》等，都让人觉得作者笔力矫健，卓尔不群，有一股韧性和拧劲。贺绍俊曾评价《戈达尔活在我们中间》说："这是当时我读到的最精彩的小说。"此话不算夸张，读过此小说的人，都会留下深刻印象。

李约热利用诡异、怪诞、黑色幽默去揭示生活的悲剧，揭示我们文化中被遮盖的真相，去打开人性中被掩饰的痼疾。他的小说直击人性的痛处，讲述我们不愿看到的真相，如此荒诞，又如此真实。虽然李约热依赖怪异和偏斜展开小说叙事的方式还有可商榷斟酌之处，但他直面生活、历史和现实的勇气无疑难能可贵。

——陈晓明:《如此荒诞，又如此真实——评李约热的〈我是恶人〉》,《文艺报》
2016年3月9日第7版

┃ 作品点评 ┃

《我是恶人》所写的情景也许可以称之为一种"平庸的恶"。……李约热写出他记忆中的野马镇也是需要勇气的，因为他揭露了我们社会的一种现实：人们甘于平庸，推卸责任，对公共的事情缺乏热情。当一个镇子里的人都采取这种态度后，人们也就失去了道德价值的评判，甚至将"恶"当成了学习的楷模。

——贺绍俊:《野马镇上"平庸的恶"——评李约热的〈我是恶人〉》,《南方文坛》
2014年第2期

小说叙述了马黄二人的恩怨仇隙，聚焦于"文革"过后不久的1982年，实际隐含的主题则是反省"文革"和"文革"的痼疾——那种恶意相向、仇恨蔓延直至群众运动和群体暴力是如何演化而来的。并不是所有的人都知道，尤其是现在的年轻人并不知道，广西在"文革"时期是重灾区。何以会如此？文学作品对此的揭示是十分有限的。作为土生土长的广西人，李约热显然有他的一份责任。这部小说其实在提醒乡村社会或社会底层的恶意生长是如此轻易，如此容易制造一群又一群的恶人。在这一意义上，《我是恶人》没有把中国乡村浪漫化，而是重提了鲁迅的国民性批判的命题，警惕着国民的劣根性在不同历史时期的重演。

其实，人、制度、习惯思维和事件成为制造恶人的基础，李约热的小说写得淋漓尽致，并不隐晦。这个问题早就困扰着李约热，此前在小说《青牛》的结尾，李约热最后一句话写下："我不是一个好人。"那是很沉痛的反省式的自责。

——陈晓明：《如此荒诞又如此真实——评李约热的〈我是恶人〉》，《文艺报》
2016年3月9日第7版

红船

（节选）

龚桂华

那是春季里的一个下午，毕必果在正阳街闲逛，忽然一阵奇异的香味随风飘来，他禁不住吸溜了两下鼻子，不用看就知道这香味是从张记米粉铺里飘出来的。

王城脚下的张记米粉铺专卖马肉米粉。吃马肉米粉主要吃味道，张记的马肉米粉味道特别好。每年马肉米粉一上市，就招徕大批顾客，这些顾客当中有豪绅巨贾，有达官显贵，有平头百姓和苦力杂役。人们不分贵贱，不分男女围着铺子或蹲或站，吃得津津有味。粉铺虽小，却是百年老店，讲招牌，论名气，不亚于同来馆、老乡亲、天忠和、又益轩那样的名店，甚至有过之而无不及。经营粉铺的是张姓兄弟，大的叫张正，小的叫张宗。兄弟俩秉承祖业，为人和气，做事诚实，卖马肉米粉卖出了好名声。隔壁有家姓于的金铺老板，看着粉铺眼热，愿拿黄金铺满粉铺地面，将铺面买下来，可张氏兄弟就是不干。因为除了这小块金不换的铺面，他们还有金不换的手艺。这马肉米粉不是人人都能

作者简介

龚桂华（1955—），广西桂林人，1979年在公社参加文化站工作，1983年任桂林市郊区文化馆创作辅导员，1985年到中国作协广西分会文讲班学习，同年加入作协广西分会，1987年调桂林市公安局工作。1979年开始发表作品，2008年加入中国作家协会，现任广西作协副主席，广西影视文学委员会主任。著有长篇小说《世情》《寒秋》《苦窑》，中短篇小说集《警察与乡女》。短篇小说《古老的油榨》《苦楝树》分别获广西首届青年文学作品奖、广西文学南珠奖，长篇小说《苦窑》获自治区人民政府文艺创作铜鼓奖。

作品信息

《红船》，人民文学出版社2012年10月出版。本文节选自第11章。

做得出好味道的，何况经营马肉米粉还有季节性。卖马肉米粉，一年只能卖半年，每年农历十月到次年农历三月，其余时间转行做别的生意。张氏兄弟做的马肉米粉，味道纯香奇异，口感鲜美爽神，一般的猪肉米粉、牛肉米粉根本无法相比，就是同行做的马肉米粉跟他做的马肉米粉比起来，也是大相径庭，而且天气越冷味道越好，米粉越热吃来越鲜。张记马肉米粉桂林人都去吃过，都说好吃，怎么做的没人知道。

诱人的香味使毕必果忍不住咽了几回口水，于是朝粉铺奔去。

张正、张宗都认识毕必果，一口一个"四少爷"地叫个不停，还把唯一的一张小桌挪出来请毕必果上坐。毕必果却不认识他们。

刚落座，香喷喷的马肉米粉就端到了面前。毕必果拿起筷子往碗里拌了两下个，正要吃的时候，忽然眼前一亮，连忙把挑到嘴边的粉条放回碗里去了。

一辆黄包车在粉铺门口停下来，车上走下一个年轻女子，二十来岁光景，个儿高挑，黑发披肩，穿一件白色旗袍，头戴一顶小白帽，帽檐上斜插一片绿叶，上缀一朵小红花，手里拎着一只白色小皮包，时髦，傲气，惊艳逼人。

张正见了连忙迎上去：

"小姐来了？"

女子点点头微微一笑。

"您看，小姐，我这小地方，连坐的位子都没有。"张正站在女子面前，局促不安地搓着双手，"要不，跟四少爷挤一下？"

"您请。"不等女子表态，毕必果急忙站起身，主动把座位让了出来。

女子不露声色地朝毕必果看了一眼，还没决定坐与不坐的那一瞬间，粉铺老板端了一张小板凳过来，放到小桌的另一头，有些尴尬地对毕必果说："四少爷对不住啊，您跟小姐将就着挤一下吧。"

毕必果说："没关系的，没关系的。"

张正又去招呼那年轻女子："小姐，您请坐，您请坐。"

女子不露声色地朝毕必果打量了一下，轻轻向他点了点头，小心翼翼地坐了下去。

毕必果也坐了下去，不过他把屁股下面的凳子往后挪了许多，挪到墙根去了，几乎把那张小桌全部让给了年轻女子，这样一来，年轻女子就坐得宽敞些自在些了。

一丝快意悄无声息地从那张姣美动人的脸上掠过，女子从毕必果这小小的举动中得到了尊重，心里感到一阵舒服和满足，于是向他投去一个灿烂的笑容。

张宗端上米粉，恭恭敬敬地摆到小桌上，一只精致的花瓷小碗装了大半碗米线，上面放着八片马肉，有一片是腊挂过的，其余七片是新鲜的，每片大约长三厘米，宽二厘米，厚约二至三毫米，八片马肉重量不过五钱。米粉是普通一碗的五分之一，是预先托人做成的，加上芫须、大蒜丝和盐，另备有辣椒和味精，随顾客喜欢，自选自放。汤是猪肉骨头汤。八片马肉经过油炸后才放入碗内。

女子将那片腊挂的马肉夹入口中，细细地嚼着，一只手用筷条在碗里轻轻翻了几下才慢慢地吃了起来。

毕必果端着一碗粉靠在大墙边怔怔地望着女子吃，自己却忘了吃。女子微微低着头，眼睛看着碗里，只顾自己吃自己的。粉铺老板上了两碗骨头汤，看见毕必果愣愣地坐在那里就笑道："四少爷，赶紧吃啊，冷了就没味道了。

"哎哎。"毕必果的脸红了一下，学着女子的斯文样儿，细细地吃了起来。

这期间，女子微微抬了抬头，又看了毕必果一眼，这一眼看得很专注。这一眼看得毕必果感到局促不安，心扑扑直跳，一阵紧张，手里的碗和筷就落到了地上。

女子忍俊不禁，"扑哧"一声笑了。

毕必果的脸骤然变得通红，连耳朵都红透了。

张宗连忙跑过来收拾落在地上米粉和碗筷。

"对不起，对不起。"毕必果忙向老板赔不是。

张宗边收拾边说："四少爷，没关系，没关系，我再给你上一碗来，这一碗算我的。"

女子从小拎包里取出一小包香纸，抽了几张递给毕必果，轻声说："四少爷擦擦手。"

毕必果受宠若惊，连忙伸出双手把香纸接了过来，也轻声问："您认识我？"

女子莞尔一笑："刚才老板不是这样称呼您的吗？"

毕必果有点尴尬地点点头，刚想和那女子说些什么，张宗把新做的米粉端上来了，一人一小碗："四少爷，趁热吃，这马肉米粉啊越热越好吃，小姐您再吃一碗。"

女子抬起头，还未来得及回话门口兀地刮起一阵大风，霎时间满街飞沙走石，街两旁的树叶纷纷飘落，眨眼工夫铺满一地，紧接着下起了雨，雨粒很大，开始是东一颗西一颗，渐渐下得密起来了，密集的雨点打在瓦楞上，发出"哗哗"的响声。人们四处奔跑，寻找避雨的地方，小小的粉铺突然间就挤满了人，生意也停了下来。

女子在小桌边坐不住了，被人推着站起身来，一下子就被拥进来的人们挤到大墙边去了，正好站在毕必果的身旁。毕必果的胳膊碰住她的肩膀，他和她的身子几乎挨在一起，于是就有了一种奇异的感觉。他甚至闻到她身上散发出来的阵阵清香，有香水味的，有肌体味的，那味道比马肉米粉的味道还要好。毕必果不敢大口呼吸，他微微张着嘴巴，悄悄地往肚里吸溜着。女子似乎察觉了毕必果的举动，抿着嘴儿悄悄地笑了一下。

天气忽然冷起来，小小的粉铺挤着几十号人，大家靠着人气和体温相互取暖。女子身上穿的那件旗袍，这阵子显得尤其单薄，又光着手臂和膀子，身上裸露的部位冷得起了一片片的鸡皮疙瘩，那鸡皮疙瘩像小米一般大，身子也在微微地发抖。

女子的一切表现，毕必果都看在眼里。他迅速将自己身上的西装脱了下来，也不管人家愿不愿意，需不需要，就披到了女子的身上。他为什么要这样做，怎么会这样做，当时并没有去想，也可以说连想都没有想，就产生了一个连自己都意想不到的举动。

女子怔了一下，感激地看了他一眼，没有拒绝。

在众多目光的注视下，毕必果红着脸儿，对自己的行为感到有些尴尬。

雨停了，风也停了，满街流着雨水。

粉铺躲雨的人们纷纷往外走去。

"我去帮您叫辆车。"

毕必果对女子说。不等对方回答，就匆匆奔出粉铺去了。

几辆黄包车在王城的城门洞里歇着，毕必果朝车夫招了招手，其中一辆便飞也似的跑了过来。

女子披着毕必果的西装，小心翼翼地上了黄包车，坐稳之后，回过头来朝毕必果莞尔一笑，还特意摆了摆手。那一瞬间毕必果像遭了电打雷击似的呆住了，一动不动地站在浊水横流的大街上。不知是疏忽还是有意，女子没有将上衣还给毕必果。

这时，大街上有几个声音说："这不是大红苑的小桂红吗？啧啧，我仔喂，好漂亮啊！"

毕必果打了一个冷战，猛然醒过神来。

第二次见到小桂红时，那是三天之后的一个黄昏。毕必果从父亲的钱柜里偷了两根金条，打算拿这两根金条到大红苑来，一根作为嫖资交给金妈，一根作为礼物送给小桂红，与小桂红待上一夜晚，然而他没想到，当金妈认出他是毕家的四少爷时，觉得在这个富家子弟的身上大有油水可捞，便把小桂红的价码临时改了，改成两根金条，而且只允许他在东楼一个夜晚。毕必果很愤怒，心里骂道：你个老鸨，你个老婆，也太贪心了吧，你知道两根金条可以买多少东西吗？可以买下你一座楼啊！一个夜晚，亏你讲得出口！天底下哪有这种道理。于是板着面孔盯着金妈，刚要发作，忽然一阵琴声从楼上飘下来，像山间泉水，似涓涓细流，那样清静悠扬，那样幽怨凄婉，毕必果一下子呆住了，愣愣地站在院子里。

金妈斜了毕必果一眼："四少爷，这生意您做不做？做，上楼，不做请走，这琴也不是白听的！"

毕必果沉醉在动人的琴声中，对金妈的最后通牒没有任何反应。

金妈不耐烦了，朝门外一招手，立刻进来两个彪形大汉，不由分说一人抓住毕必果的一只手，拉起就往外走。

毕必果火了，吼道："干什么？干什么？"

金妈更干脆："给钱上楼，不给走人！"

毕必果将两根金条狠狠摔在地上。

琴声戛然而止，随即一张妩媚动人的脸出现在窗口。

小桂红伸出半颗脑袋："妈妈，四少爷是我的朋友，别难为他。"

金妈纳闷了，她不知道这小桂红是什么时候结识四少爷的，又是怎么跟四少爷做了朋友的。

小桂红向毕必果招招手："四少爷，请上来吧。"

毕必果连忙收起脸上的怒气，整了整衣服，快步往楼上走去。

金妈从地上捡起那两根金条，一边拿衣袖抹着，一边朝毕必果叫道："就一个夜晚，别坏了这儿的规矩！"

小桂红笑靥迎人地站在房门口。

一个长方形的大房间，几乎占去了整座东楼，白橡木地板上铺着一块猩红色的羊毛地毯，中间摆一张圆桌，桌上花瓶插着一束月季花。一张睡椅，几件沙发，靠墙立着两个柜子，一个装书，一个放酒。《红楼梦》《水浒传》《金瓶梅》，三花、茅台、洋酒。书是好书，酒是美酒，还有一张高高大大、四四方方、精雕细刻、镂了许多图案的龙凤床，这些家具都是实木做的，工艺精巧，造型别致，色彩古朴。靠窗那头摆着一把古筝，一旁放了几本线装的琴谱。除了挂在床顶的那个粉红色的绫罗蚊帐，看不到一件艳丽的东西，整个房间显得简洁、古朴、清气、典雅，很难想象这是一个妓女的房间。无论何人置身于此，也无法把它和一个做皮肉生意的风尘女子联系在一起。

小桂红将毕必果请进房间，让座、看茶，还亲手给他剥了一个香蕉。

毕必果坐在小桂红对面，他感到局促不安，不敢看，不敢吃，也不敢喝，手脚不知往哪里放，心里非常紧张。

小桂红看着毕必果这副样子，觉得好笑。

"四少爷，您是第一次到我这儿来的吧？"

"是，是第一次。"

小桂红笑道："怪不得呢。哦，对了，四少爷，您还有件衣裳在我这儿呢，那天走得急，忘了还给您了，真不好意思呀，四少爷。"

"没……没什么，我都忘了。"

"忘了？那么快就忘了？"

小桂红那双又黑又亮的大眼睛望着毕必果。

毕必果的目光和小桂红的目光碰了一下，赶紧躲开了，他不敢正视她的眼睛。低下头，眼珠子却不停地往四下里偷看，最后把目光落在了那把琴上。

小桂红问："你想听我弹琴吗？"

毕必果点着头："想。"

"来，四少爷，请到这边来坐。"小桂红微微一笑，起身往窗前走去，她坐下来面对古筝。一边回头望着毕必果，一边往指头上戴着那一个个又长又尖的假指甲。一会儿戴好了，双手在琴盘上抚了几下，开始弹奏起来。

还是那曲《汉宫秋月》。

毕必果顺从地坐在小桂红对面的一张椅子上，如此面对面地听她弹琴，心里忽然有一种无法言说的感动。他喜欢她弹琴时那种专注的神情那种令人如痴如醉的身姿，还有那种悠扬、哀怨、如歌如哭、如泣如诉的琴声。

一个弹得十分投入。

一个听得热泪盈眶。

连毕必果本人都不甚明白，曾几何时，自己身上长出了那么多的艺术细胞，不仅懂得欣赏美人，而且还懂得欣赏音乐了。

小桂红一连演奏了六支曲子，从《汉宫秋月》《将军令》《渔舟唱晚》到《梅花三弄》《雪山春晓》，最后一曲《高山流水》，十个指头在琴弦上拨出一串串简洁、流畅、明快、气势磅礴、一泻千里的音符，双手突然向上一扬结束了演奏。

毕必果如痴如醉，完全沉醉在另一个世界里。

小桂红香汗淋淋，微微喘着气儿，站起身，紧走几步，将修长而又丰满的身子歪到那张造型别致的睡椅上，然后轻轻舒了口气，轻轻闭上了眼睛。她睡觉的样子很可爱，眼微闭，嘴半翕，一绺乌发遮住半个额头。胸脯上那高高隆起的双乳，曲线优美的身段，无一不在彰显着青春、奇丽和性感的气息，下摆掀开一角的旗袍，露出那截雪白的大腿，更是勾人心魄。

毕必果站起来，脸色苍白，眼睛直勾勾地望着小桂红，此时此刻，他不知道自己对那个躺在睡椅里的美人要说什么，要做什么。一种生理反应，一种本能冲动，应该立刻冲上去，扑到她的身上，或者将她抱起来摔到双人床上去，做他该做的事情。然而，毕必果没有这样做，她的琴声、她的模样，特别是她坐在古筝后面演奏时的那种神态和样子，还有那双眼睛，那双清澈、亮丽、干净的眼睛，像一碗清水，像两盅纯酒。"她的身子也许是肮脏的，但她的眼睛是干净的，一个人的眼睛干净，那心肯定干净，只要心干净了什么都干净了。"毕必果想，这话不是他说的，他也说不出这样有哲理有水平的话来，是谁说的，记不起了。但是面前这个女人，他怎么看都觉得她不像一个妓女，怎么想不会把她想成一个妓女模样，也许这就是他对她暂时没有肉欲的原因吧。

毕必果是理智的，也是聪明的，如果他拿着金条来到东楼和小桂红一见面，就迫不及待地抱着她上了床，小桂红对他绝不会刮目相看，充其量也是把他当成一个有钱人家的纨绔子弟，一个阔少和一个普通嫖客而已。他的聪明之处在于，他要关心她，呵护她，尽心尽意地服侍她。当他离她仅有几步之遥，却没有勇气走过去的时候，忽然发现小桂红指头上那些长长的假指甲还没有取下来，心想，戴着这些东西，手指肯定不舒服的，弹了那么久的琴，那么用心弹，心累了，指头也累了，说不定这会儿正酸酸胀胀的哩。想到这，毕必果走过去，蹲下身，捧起小桂红的手，小心翼翼地从手指上将那些假指甲一个个地取了下来，把它们放到琴盘上，然后又捧起小桂红的手，一个指头一个指头地轻轻抒着捏着，慢慢揉摸着，每个指头抒了好几遍捏了好几遍，揉了好几遍才罢手。在往后的日子里，小桂红每回弹完琴他都为她这样做。

头一天，毕必果没在东楼留宿，他回家去了，又在父亲的钱柜里偷了两根金条，当他拿着金条再次回到大红苑的时候，看见小桂红站在门口，像是专门等他似的。

"回家拿金条去了？"

毕必果点点头。

"把金条给我。"

毕必果从衣袋里掏出两根金条交到小桂红手上。

"你在这儿等着,我去去就来。"

小桂红拿着金条去金妈屋里去了,好一阵子才出来。毕必果注意到,她的脸色有些苍白,像是刚生过气的样子。他并不知道小桂红和金妈之间发生了什么,后来他才晓得,小桂红为他争取到"两根金条可以在东楼留宿七天"的权利,开始金妈不同意,说这价钱太便宜四少爷了。小桂红说对四少爷就是这个价钱,并一再坚持,差点儿跟金妈翻脸,金妈想了想,觉得如今东楼门庭冷落,小桂红生意惨淡,七天能赚两根金条,已经是很不错了,所以就让步了。

"不好意思,让您久等了,四少爷。"

"哪里。"

"进去吧,四少爷。"

"哎。"

小桂红领着毕必果穿过四道门来到五道院门口,两个靠在门边的汉子见了他们连忙站起来,毕恭毕敬垂首而立。

"大小姐好,新姑爷好!"

每回看到小桂红和新嫖客出入五道院,两个守门汉子都要这么叫。嫖客听了又高兴又尴尬,少不了要给他们一些赏钱。小桂红听了,总是忍不住咯咯地笑,可这回小桂红没有笑,她对两个守门汉子说:"包五、老蔡,从今日起,四少爷要在这里住些日子,你们可要好生伺候。"

"是,大小姐。"

小桂红每人赏了一块大洋,领着毕必果进门去了。

这回毕必果也没在东楼留宿。每天上午十点半到夜晚十一点半,他和小桂红待在一起,听小桂红弹琴,看小桂红写字作画,陪小桂红吃饭喝酒,帮小桂红戴假指甲取假指甲,一遍又一遍地拿捏手指头。

头一个七天就这样过去了。

第二个七天最后那个夜晚，毕必果在东楼待到凌晨才离开的。半个月来，小桂红每天弹琴、作画、写字，她对毕必果热情、友好、平易，跟好朋友一样，她没有对他暗示什么和要求什么。毕必果为她所做的一切，除了默许，从不拒绝。她的态度和举动都向毕必果表明了，如果想跟她上床做爱，随时都可以，你花钱，我卖身，理所当然，天经地义。然而，毕必果没有这样做，自从上了东楼跟小桂红关门独处，他没有一丝一毫的轻狂举止，没有半点儿出格行为，所做的一切都是入情入理，甚至连碰都没碰她一下。小桂红感到非常奇怪，原先她想象的四少爷跟所有到东楼来的男人一样，一见面就搂啊抱啊亲啊摸啊，迫不及待地在她身上寻欢作乐，一个个都是猴急狗跳的，生怕吃了亏似的，直到把双方都折磨得死去活来才罢休。这四少爷和那些男人不一样，太不一样了。"他拿着大把的金子银子往这儿砸，为什么又不想占有我的身体？难道仅仅是为了听我弹琴，看我写字作画？如果是这样，犯不着付出那么多的代价啊？"小桂红看不清楚想不明白，觉得这个四少爷不可思议，太不一般了，是男人当中的另类，因此对他刮目相看，心里渐渐生出了一些由衷的好感，以致在毕必果即将离去的那天夜晚，她亲手打开了一瓶洋酒，这是一个法国商人留下来的。那猪猡带着洋酒跑到东楼来撒野，逼小桂红弹琴、唱歌、喝洋酒、做爱。小桂红用一瓶桂林三花将他灌得酩酊大醉，倒在地板上睡了一夜，第二天还醒不过来，金妈不得不叫人把他抬回旅馆。小桂红拿出法国佬留下的那瓶洋酒，与毕必果对饮，以酒话别。

其实，没有多少话。毕必果似乎不擅言谈，也不主动跟小桂红进行语言交流，只是默默地喝酒，不时往小桂红的身上、脸上看上几眼。半个月的朝夕相处，小桂红对毕必果有了一个大概的了解，见他不爱说话，自己也不多讲，只是陪着他喝酒。喝几杯便起身弹上一曲，把自己最喜欢的几支古曲反复弹了好几遍。毕必果边喝酒边听。依然是一个弹得十分投入，一个听得热泪滚滚。二更将至，小桂红弹累了，那瓶洋酒也喝光了。毕必果已有几分醉意，他向小桂红告辞，小桂红起身相送，话别那一刻，毕必果突然拿住小桂红的一只手放到嘴边，轻轻地吻了一下，然后摇摇晃晃地往门口走去。

这个举动很绅士、很儒雅、很派头、很西化，对于毕必果来说，完全是出于无师自通。小桂红却愣住了，她想起那个肥肥胖胖跟猪一样的法国佬，跟她见面时就是这个动作。心里觉得好笑，又有些许惆怅，眼看着毕必果就要走出门去了，就在他的一只脚跨过门槛的那一瞬间，她轻轻叫了一声：

"四少爷！"

毕必果猛地站住了，一只脚在门外，一只脚在门里。

"你……"小桂红本来想问毕必果，"就这样走了吗？"可话到嘴边却成了，"你……还来吗？"

毕必果缓缓回过头："还来。"

说罢，匆匆奔下楼去了。

仅仅隔了一天，毕必果怀里揣着两根金条又到东楼来了。这是他第四次从父亲钱柜里偷出的第八根金条。头一次偷的那两根，被金妈敲了去，他只在东楼待了一夜，不算数。这回他把这两根金条直接交给了金妈，从老鸨手上接过一块出入东楼的腰牌，就径直上楼去敲小桂红的门去了。

"来了，四少爷。"

那会儿小桂红坐在梳妆台前化妆，从镜子里看见毕必果站在身后，就说："请坐，我一下子就弄好了。"

"哎。"

毕必果在房子中间的那张圆桌旁边坐了下来。桌上换了一盆墨兰，两树花枝几条绿叶衬着一串黑色花朵，散发出一阵阵幽香。

接下来是吃茶喝酒聊天弹琴，最后一个七天跟上两回那个七天一样，过得很快，只有语言交流，没有肢体接触，有所不同的是，毕必果在小桂红面前少了点拘谨，多了些亲近和自信。当他第四次从父亲的钱柜里偷出第八根金条，再次来到东楼的时候，已经是盛夏的一个早晨了。那时，小桂红还没起床，毕必果不想惊扰她，就坐在小桂红的房门口，小桂红醒来发现后很是过意不去："来半天了吧，怎么不叫门呢？傻，你又不是头一回来，真傻！"这些话毕必果听了觉得好舒服。这第四个七天七夜，似乎比头几个七天七夜过得要快些。八根金条换来的五十六个白天和五十六个夜晚，就这样用完了，然而毕必果却碰都没碰小桂红一下。这对小桂红和毕必果来说都是个奇迹。又到了临别的夜晚，小桂红又打开了一瓶酒，这是一瓶陈年老酒，这种酒酒性烈，劲头大。没有琴声，没有语言，两人你一杯我一杯默默地喝着，脸上的神色都有点儿异样。

"这房牌是你的吧。"

毕必果从口袋里掏出金妈给他的那块房牌，拿在手里，眼睛却盯着小桂红看。

小桂红没有答话，眼睛也盯着毕必果看。

毕必果没有躲避小桂红的目光，他望着她坚定地说："从今往后，你再不要用这块房牌了，任何人都休想再用它！"说着抬起手来狠狠地将房牌从窗口砸了出去。

小桂红的身子猛然抖了一下，眼里瞬间濡出了泪水。她知道毕必果的这个举动意味着什么。

毕必果一把抓起桌上那瓶酒，就着酒瓶，仰着脖子，"叽叽咕咕"地往肚子里灌。

小桂红见了，连忙扑上去，将酒瓶夺了下来。毕必果趁机把她抱住了。两人相拥着倒在地板上。

┃ 作品点评 ┃

龚桂华近作长篇小说《红船》秉承现实主义创作原则，以家族叙事方式讲述了"一条江，一条船，一个女人的爱恨情仇，演绎着祖居桂林三大家族的浮沉兴衰和一座城市的起起落落，在爱恋与仇杀、善美与丑恶的碰撞中，展现那个时代的精神和特色，以及真实的人性、人生，还有人们的理想、追求和信仰，沧海桑田百年巨变"的故事。

——熊素玲：《〈红船〉中的女性形象》，《南方文坛》2013年第5期

上岭村的谋杀（节选）

凡一平

节选一

韦三得吊在村口的榕树上，死了。

上岭村一百几十号人集拢在村口，看着悬吊在榕树枝丫上的韦三得，像是在看戏。很多的人心跳加快，像是神手或鬼手在敲锣和打鼓。

寒风像闻到屎味的狗一样，在这个时候来得飞快、猛烈，扑咬着每一个人的身子。但瑟瑟发抖的却不是那些衣服单薄、破旧的人，而是穿着光鲜、厚实的人，

后者只是占了少数。这少数人一看就知道是在外回来过年的干部、工人和收入较高的服务行业的工作者，而那多数人则是扎根和留守在村子里的人，他们看着无疑死定了的韦三得，像是料想到戏剧结局的看客，显然比无知的观众要平静、镇定许多。

人群中冲出两位妇女，一老一少。她们扑向韦三得，去抓韦三得距离地面有六尺的腿。只见高挑的少妇踮脚举手，把一只小腿抓着了。她抓着那只腿，想往上托，但是她的高度和力度显然到了极限，韦三得的身体没有上升。她指望别人的帮助，把韦三得的身体托举上去，减轻绳套对韦三得脖

作品信息

《上岭村的谋杀》，原载《作家》2013年第3期，《长篇小说选刊》2013年第6期转载，中国青年出版社2013年出版。本文节选自第1部、第2部和第3部。

颈的勒索。可现在能指望的，只有她身边的老妪了。老妪肯定想帮她，但肯定非常难。又矮又有些驼背的老妪必须起跳，才能够触碰到韦三得——第一次起跳，老妪抓到了韦三得一只脚上的鞋。那只鞋随着老妪下降的身体和手脱落了下来。老妪继续跳，抓住了韦三得的裤管。这回，脱落的是韦三得的裤子，远观的人，只见两条长白的腿，像是两挂灶台上开腊的新肉。两腿根部间有一团疲软而毛茸茸的物件，近看的人，觉得那就像一条羊卵包。远观和近看的人，或瞠目结舌，或赧颜地低头蒙头，或捏脸止笑。

这样难堪的场面，是老妪和少妇没有想到的。她们本想救下韦三得。她们以为他还有救。可从她们的举动和后果来看，却不像是在救人，而是使韦三得出丑和受辱，因为事实是，韦三得的裤子被扒掉了。

这也不是没有可能。韦三得活着的时候，给了这两个女人太多的伤心、太多的伤害，尽管这两个女人，一个是他的妈，一个是他的老婆。他对这两个女人犯下的罪，对整个村庄犯下的罪，就是再死十次，也不能赎清。

一老一少两个女人仍然急切地想把韦三得的身体往上托举，但她们的努力都是徒劳的。韦三得上吊的时候像是算计好了，测量好了，使脚跟离地六尺左右，就是想让想救他的人够不着，确保一死。两个女人似乎也意识到了这一点，最重要的是她们发现韦三得已经死了，早就死了，没得救。于是她们只有放弃。韦三得的妈跪倒在地，前倾后翻地哭嚎起来。韦三得的老婆不跪，也不哭，她呆呆地站着，身子有些晃和发抖。这是寒风料峭的早晨，但是她的寒战仿佛不是来自寒风，而是来自围观人们的冷漠。

围观的人群中还是有人看不下去了，一个老男人上前，又招呼上几个年轻男人。他们解开了拴在榕树干上的绳扣，抓紧绳子一头，再慢慢地松开。吊着的韦三得慢慢地下降，被两个年轻人接住，平放在地上。在平放在地之前，老男人将韦三得被扯落的裤子拉上。末了，老男人看着韦三得干瞪着的眼睛，说三得呀，你一条鸡巴，搞了村里多少女人，也该歇啦。皇帝也不过像你这么快活，别死了还不闭眼，呵，把眼睛闭上。老男人说着手往韦三得的眼部轻轻一抹。或许因为老男人语重心长、德高望重，韦三得瞑目了。

还是这位老男人，在韦三得的口袋里发现了一封遗书。

遗书是这样写的：

我韦三得做恶多端，以死射罪，让大家高兴过年！

韦三得

这封带错别字的遗书被许多人传阅，但没有人愿意保留，又放回韦三得的口袋里。人们重新看待着这个良知发现的人，仇恨的目光在他身上渐渐地稀薄、淡化。

一直不哭不跪的韦三得老婆意外看到人们的同情、怜悯，像是瞎子看见光一样，她朝着发光的地方和人们下跪，叩头，边哭边为自己谢恩，替丈夫谢罪——

"我黄月秋谢谢乡亲们了！"自称是黄月秋的女人说，"谢谢你们帮我的忙，帮我收尸。我黄月秋命薄命苦命贱，嫁到上岭村来，做了韦三得的老婆，韦三得是个坏人，坏透顶的人，恶透顶的人，不，他根本不是人，他是畜生，畜生还不如，禽兽还不如。他把村里家家户户给祸害够了，把女人糟蹋够了，然后死卵去了。我晓得，他死了也不能抵他的罪，他造的孽太多了，九条命也赎不了，千刀万剐他也不能报仇，不能解恨。我命苦命薄命贱是韦三得的老婆，韦三得死了，走了，罪还在，我替他给乡亲们赔罪了！对不起！对不起！……现在，人也死了，罪也赔了，再请乡亲们帮我一个忙，把韦三得给埋了。明天就埋，不，今天就埋！要过年了，我不想影响大家过年，早埋早好，好过年。希望乡亲们开开心心、高高兴兴过个好年！"

人们看着黄月秋，听着这个苦命女人深明大义、通情达理的一番话，很受感动。多数人已经找不到继续仇恨韦三得的理由，也没有理由拒绝黄月秋帮忙的请求。还是那个语重心长、德高望重的老男人做主召唤、动员、安排，中青年人领命服从。一干人雷厉风行，各司其职，开始行动为韦三得入殓、进棺、选址、挖坑、择时……

整个村庄都动了起来，也活跃了起来。

节选二

全羊宴在天黑时分开始。坐定后，韦波指着两种酒说："三得，丹泉和我爸泡的药酒，你喝哪一种？"

韦三得毫不犹豫地说："丹泉。广西名酒咧。听说丹泉三百多块一瓶，就是没喝过。"

韦波说："贵也不一定就好。其实酒贵就贵在税上。"

韦三得说："这么贵的酒，你是不是舍不得我喝呀？"

"哪里话？舍不得我摆出来干吗？目的是任你选。你喝什么，我陪你喝什么。"韦波说。他心里暗暗叫苦。

韦涛打开丹泉，给韦三得和韦波面前的杯子倒上酒。

倒到父亲跟前，韦江山手盖住杯子说："我喝泡酒。"

"爸，一起喝丹泉吧。"韦波说，并给父亲使眼色。

父亲没有理会，说："我只信得过我自己酿自己泡的酒。"

韦涛没有听到那天父亲和哥哥关于伏龙肝的谈话，孝敬地说："那我陪爸喝土茅台。"

韦波的眼瞪过去，目光还没有射中韦涛的眼，父亲已经严肃地阻挡弟弟了。

"这是药酒，你身强力壮的，喝什么喝！跟你哥喝丹泉！"韦江山说。

韦三得帮腔说："阿涛，你爸讲得对。那药酒是壮阳的，你小公牛一个，用壮什么阳呀。陪哥喝丹泉。"

韦涛便给自己面前的杯子倒上丹泉酒。

韦江山父子三人，举杯敬向刻骨仇恨的客人韦三得……

在治保主任黄宝央家，宴请却已经结束，因为宴席中午就已经开始了。

黄宝央被韦茂平、韦茂双、韦民先、韦民全轮番灌酒，又轮番划拳猜码输多赢少，醉得一塌糊涂。

黄康贤看着烂醉如泥的父亲，示意四位叔叔可以走了。

他留下来给父亲洗脚，然后把父亲抱上床。

然后，黄康贤也出了门。

他来到与四位叔叔约定的会合地点，瓦窑附近的灌木丛中。

手电筒的光照中，四位叔叔分散坐着和站着，或瞪或回避对方的眼睛，像是互相在怄气。

"怎么啦?"黄康贤说。

韦民全瞪着韦茂平和韦茂双，没好气地说："让他们两兄弟自己跟你讲!"

韦茂平、韦茂双这对亲兄弟看着黄康贤，欲言又止，有话讲不出口。

黄康贤回看韦民全和韦民先，期待另一对亲兄弟的说明。

韦民先说："他们兄弟突然讲不想干了，不干了!"

黄康贤一愕，像是被一声霹雳劈傻了。

哥哥韦茂平拉弟弟韦茂双上前来，鞠躬在黄康贤跟前，像是请罪的人。

韦茂平对黄康贤说："侄仔康贤，对不住你，我们两兄弟……害怕，不想干了。"

黄康贤不吭声，连呼吸都没有了。

"我们怕万一，我们失手，暴露，"韦茂平继续说，"那我们全部都完了。要不，都别干了，停下来，好不好?"

韦民全说："你们两兄弟不干，我们两兄弟可是要干的。都这个时候了，停什么手? 停得了手吗? 节骨眼上，说不干就不干，什么鸡巴意思? 是男人吗? 是人吗?"

"好像你们没跟韦三得有仇一样，"韦民先补充说，"韦茂双，你差点就被毒死了，哪个唆使你老婆下的毒? 不除掉韦三得，哪一天你还得被毒死，你信不信?"

韦茂双说："我老婆跟我……和好了。"

"和好你的卵! 和好?"韦民全嗤之以鼻，"你头上的绿帽子是越戴越大，你懂不懂? 看没看出来? 掏你的鸟窝，你以为给你送虫子。算计你的命，你还帮人家数钱。还有你韦茂平，最先讲要弄死韦三得的人是你，打退堂鼓的人也是你，银样镴枪头! 好像你老婆比我们老婆跟韦三得少来一腿一样，是不是?"

韦茂平说："我不是不恨韦三得，我是……"

黄康贤突然举手，示意叔叔们不要再辩驳了。他面对着韦茂平和韦茂双，说："茂平叔，茂双叔，我理解你们。那你们，回去吧。"

韦茂平没动，"侄仔康贤，我的心，"他看了看弟弟韦茂双，"我们的心向着你们，这你放心，一百个一千个放心！"

"快滚蛋！"韦民全不耐烦地说。

赶走韦茂平韦茂双兄弟，韦民全转向黄康贤，说："康贤，我们两兄弟跟你干！没他们两兄弟我们一样能弄死他。有他们两个胆小鬼我还嫌碍手碍脚呢。"

韦民先说："三百斤煤我一个人能挑，两百斤重的人，我们两兄弟难道扳不下，摆不平，搬不走吗？"

黄康贤尽管感动，仍平静地说："请两位叔叔再考虑考虑。"

韦民全说："考虑个鸟，再考虑鸟就飞了。"

韦民先："我们等这一天，等了很久了。"

村支书韦江山与儿子、韦三得喝得正酣。

这位勇于牺牲的老人，独自喝着自酿的浸泡着伏龙肝的酒，却表现得十分亢奋。他不断地吹嘘这土制药酒的功能，声称有一次乡长喝了他送的这个酒，然后去开会做报告，酒气喷到话筒上，那话筒本来是斜的，闻到酒气后立马竖直了。还有一次他煮面条，不小心把酒当成酱油，倒了一勺进锅里，一锅面条也立马像雨后春笋从汤里往上钻。

韦三得听了哈哈大笑，说："老支书吹牛不上税。这酒有那么神吗？那今天你也喝了不少了，怎么不见你话筒竖起来呀？"

韦江山一愣，但很快回应说："那是因为我有解药呀。"他指指那碗羊肉汤，敲敲自己面前的空碗，"你见没见我老喝这汤？四碗了，全是我喝！羊肠汤清凉泻火，能解这酒。"

韦三得还是笑，"这酒壮阳功能是有的，不过没有那么神。我晓得的，如果不是丹泉我没喝过，我也是想喝你这个酒的。"他说。

韦江山手一摆，说："唉，你用不着喝这个酒，你还壮得很哪！"

"老支书哪，你不晓得，我也不太行了，老二操劳过度。"韦三得说，他看了看手表，又看了看手机，"来，我陪你喝两盅你的药酒，说不定今晚就能派上用场，先准备准备！"

韦江山又摆手，说："唉，不不不，你不信还是不要喝。"

老支书不让喝，韦三得偏是要喝。他抓起一只空碗，伸向对面的韦涛，那一往直前的气概像样板戏《红灯记》里的火车司机李玉和，"阿涛，把你爸的酒给我倒上，倒满！"

看着韦三得把满满一碗所谓的壮阳酒喝进肚里，韦波的眉头开始舒展。他这才明白父亲的良苦用心。父亲执意喝浸泡伏龙肝的酒，意在保留机会，创造时机，最终引诱韦三得上当上钩，实现儿子挫伤韦三得元气和阳气的计划。一意孤行的父亲，真不是一盏省油的灯啊！

"老支书，我已经喝了一碗了，这酒到底喝多长时间喝多少才见效呢？"韦三得说。

韦江山说："这得看每个人的身体状况，身子壮的人呢见效慢，肾虚的人呢反而见效快，就像弹簧，压得越低，弹得就越高。"

韦三得说："那我再喝一碗！"

韦三得又喝了一碗。他的话多了起来，语气也软和了许多。"叔呀，"他改口称韦江山叔了，"今晚这酒如果有效，能帮我忙，让我像猪一样搞得猛，像狗一样搞得久，像猴一样搞得多，我就谢谢叔了。"

韦江山说："像猴我不敢肯定，像猪像狗我是敢肯定的。"

韦波的博士妻子王娟听见韦三得和家公的话越来越低俗淫秽，起身撤了，情愿去厨房帮家婆刷盆拾撮。

韦三得又看看手机，以为有来电未接。没有。他有些失落，"叔呀，看来今晚我是谢不了你啦。"

韦江山说："能谢最好，不能谢慢些天再谢也行。"

韦三得说:"可是我希望今晚就能谢你。"

韦江山眼睛发亮:"是吗? 你说。"

韦三得说:"我说了呀,还说什么?"

"你没说。"

"我说了我希望今晚就能谢你。"

"是,可你没说怎么谢呀。"

"你希望我怎么谢呢?"

韦江山汪亮的眼睛直视韦三得,那是一种诚挚哀求的目光,"把我祖宗的尸骨,藏在什么地方,告诉我。"

韦三得一听,立刻翻脸,对韦波说:"韦波,我们可说好了,今晚不扯这档事我才来的!"

韦波不吭声,像是喝糊涂了。

韦江山说:"三得,我求你了,四年了,我韦江山对你的诚心和耐心,你是都看见的。别人到我这里告你,我保你。派出所找我调查你,我也帮你开脱,你家地里的活,我也去帮……"

"再讲我就走了!"韦三得打断说。他站了起来,要走的样子。

韦波发话了,"三得,我们不扯这事了,保证不扯了。"他看着父亲,"爸,别说了!"他扯韦三得坐下,"来,我们继续喝。"

又喝了三四杯,韦波突然打嗝,然后是呕,要吐的样子。他飞身跑去了厕所。

韦波在厕所用手机给黄康贤发出指令。指令很短,只是一个惊叹号"!"。

韦波回到席位上不久,韦三得的电话响了。韦波听见了,韦三得却听不见。韦三得喝迷糊了,头脸下垂,眼皮打架,像只昏鸡一样。

韦波不得不提醒韦三得:"三得,你的电话! 接电话,三得!"

韦三得拿过韦波递来的手机,定睛一看来电显示,像是有人往卡里打进一万块钱一样兴奋地跳了起来,他眉飞色舞,边接电话边往外走。

韦三得这一走,就没有回来。

等得心力不支的韦江山说："怎么这么久还不回来？"

韦波说："他不会回来了，永远不会来了。"

韦江山涕泗滂沱，"我上对不起祖宗，下对不起儿孙哪！"说罢，便像抽掉了支架的瓜棚瘫软下去，浸透着智慧和阴谋的伏龙肝酒，最先在这个贤德的男人身上起作用了。

韦涛将父亲抱进了里屋。韦波看着残羹剩菜的桌面，从桌面下抱起南瓜般的酒罐，去到厕所，将剩下的伏龙酒倒掉。然后，他删掉了手机里的信息。他沉稳而又自负，像一个胜利在望的将军，在捷报到来之前，着手开始打扫清理战场了。

韦三得轻飘飘地走往瓦窑。他太熟悉去瓦窑的路了，闭着眼睛都能走到那。夜黑风高，即使路上有鬼，也得给他让开。对鬼来说，韦三得是个大鬼，是他们的领导。对韦三得来说，他根本不相信这世上有鬼，他是无神论者或唯物主义者。他虽然走得像鬼一样轻飘，但是却像一个妄自尊大的人一样从容不迫，一点也不慌张。

他走到瓦窑，在瓦窑外还吹了两声口哨。他的口哨是朝瓦窑里吹的，像是发暗号一样，以免瓦窑里的人受惊。

瓦窑里传出一声女人的咳嗽，还闪亮着手机的光。

韦三得走进瓦窑，对背光的人影说："窑里有马灯呀，把马灯点上。"

唐艳的声音："我没看见有马灯。"

"有呀。"

"有我也不敢点。"

"为什么不敢点？又不是点炮。"

"我害怕。"

"怕什么？"

"怕鬼。"

唐艳和韦三得说话间，瓦窑里亮起了灯光，灯光渐渐扩大，照见了瓦窑的内部。

韦三得和唐艳也相互看见了对方的脸和部分身体。

唐艳今夜穿着黑色的羽绒衣，但拉链是开着的，露出一件白色的超薄的保暖内衣。因为没有过多包裹和压制，胸脯就显得特别丰满，特别肉。

　　韦三得的手率先落在唐艳的胸脯上，他揉捏着两只大乳，像是寻宝者启动宝库大门的旋钮。

　　唐艳的确像是被寻宝者发现的宝库，在寻宝者跋山涉水觅得真踪之后，只能被动由寻宝者侵入、掠夺。

　　韦三得轻而易举或顺利地打开了宝库的大门和所有的机关，丰腴、美不胜收的珠宝在他的眼前表露无遗，他贪婪地看着珠宝，也卸掉了伪装，并赤裸裸地扑上去。

　　但是他心有余而力不足。他掠夺珠宝最关键的工具失灵了，一番努力不行，多番努力还是不行，就是不行。

　　掠夺者奇怪了，"怎么回事？怎么会是这样？我这家伙平时好好的，勇得很，今天怎么会这样？不应该是这样呀，今晚我还喝了补酒呢！"他一边说一边动脑筋找原因。忽然，他一手拍脑袋上，"操！我晓得了，原因就在这酒上，韦江山这老东西骗我说他那酒大补，补个屁！明天我一定找那老东西算账！"

　　被掠夺者说："今天不行就算了吧，下次再来。"

　　掠夺者哪里舍得善罢甘休，一定要成功不可。

　　唐艳说："我倒是有一种药物，能让男人百坚不摧的药物，不懂你敢不敢用？"

　　韦三得说："什么药？你别跟韦江山老东西一样骗我。"

　　唐艳说："骗你？我还舍不得给你呢，这药三百多块钱一克！"

　　"是白粉吧？"

　　"你用过？"

　　"没吃过猪肉，也是见过猪跑的，这玩意吃了就戒不掉，上瘾。"

　　"我就是戒不掉。"

　　"拿出来给我看看。"

　　唐艳从羽绒衣口袋里拿出一个小盒子，打开。

　　小盒里有五六包锡箔纸包的袋子。

唐艳说："我现在想吸了，看见它我就受不了。"

她当韦三得的面吸了一包。

"什么感觉？"韦三得说。看上去他的好奇心已经调动了起来。

唐艳不吭声。她忽然主动地抱着韦三得，又亲又摸。

韦三得被撩拨得浑身发抖，但就是无能为力，"我豁出去了，把白粉拿来我吸！"

"不啦，白粉贵得很，又很难买到，我不舍得给你吸。"唐艳说。

"爽重要还是钱重要？难道你现在不想爽？"

"想呀，可是……"

"拿来！"韦三得说，语气不容置疑。

韦三得拿到了白粉，"吸多少？"

唐艳说："按体重来，我一百斤，是一包。"

韦三得说："那我二百斤，是两包咯。"

唐艳说："你又是男人，得再加倍。"

"那就是四包？"

唐艳扭捏地说："嗯，我真舍不得。"

韦三得不由分说，学着唐艳，把四包白粉从鼻孔吸了进去。

韦三得的确是亢奋了一阵子的。他亲眼看见他掠宝的工具排除了故障，修好了，并发动了起来。

但是不久，他就熄火了，整台机器都停止了运转。他两眼发直，并且口吐白沫。

唐艳收拾自己一番后，走出瓦窑，她咳嗽了两声。

瓦窑周边的灌木丛冒出三个人影，唐艳没想到他们就埋伏在瓦窑周围，而这三个人她都认识。

黄康贤让韦民先、韦民全进入瓦窑，他留在外边。

唐艳和黄康贤像两个哨兵，提心吊胆、高度警惕地看着周围，又百倍紧张地关切着瓦窑里的动静。

瓦窑里的动静出乎意料地小，像一窝老鼠打架而已。

周围也很宁静，狗叫、蝉鸣、惊雷，这些都没有，只有风萧萧兮。

黄康贤说："你回去吧。"

唐艳说："我们真的不能再见了吗？"

"不知道。"

"我可不可以最后抱一下你？"唐艳说。

两个互相的初恋抱在了一起，在生养他们的村庄，肃杀的夜晚。他们的恋爱关系，也将在这个村庄，这个夜晚，悄悄地结束。他们以思念恋爱，却以拥抱别离。

唐艳消失在夜幕中，韦三得像一头死猪被两名壮汉抬出瓦窑，他的肚子上勒着一根绳子，两位忠信义勇的叔叔在黄康贤跟前留步，黄康贤将遗书放进韦三得的衣袋里，顺便找出韦三得的手机，把手机里有关的信息删掉，让留下的信息与有关的人无关。他用餐纸擦掉手机上的指纹，才把手机放回韦三得的衣袋里。然后，他示意两位叔叔继续把韦三得抬走。

他留下将瓦窑的东西清理或者弄乱。他捅开瓦窑顶孔遮雨的塑料薄膜，烧掉棉袄、席子。清除脚印。

末了，他站在瓦窑外，抬头望天，像是期盼着一场大雨。

他到达村口榕树那里的时候，韦三得已经吊在树上了。两位他们信任的能工巧匠正在擦掉绑在树根绳上的指纹，像是产品完成的最后一道工序，他们舍不得用餐巾纸，用的是树叶和蒿草。

黄康贤用手电筒上下照看韦三得，他发现韦三得的上半身和下半身很匀称、健美，像健身房里让少妇们着迷的教练。他的相貌也很英俊，皮肤白嫩而又棱角分明，像影视圈既奶油又酷毙的帅哥。难怪，村庄里众多的妇女甘愿被他蹂躏、虐待和玩弄，是有道理的。他现在是死了，但神态很安祥，嘴上还挂着一丝笑容，只有生活满足的人死后才有这样的神态，他看上去一点痛苦也没有，像是在美梦中猝死一样。

黄康贤长长地舒了一口气。

节选三

派出所的枪声是九月十一日清晨响起的。

枪声其实不是很响，而且只有一响，但因为是清晨，乡间的清晨，特别寂静，所以这声枪响就显得特别响——它把熟睡的人们惊醒了，把赶早出来觅食的鸟儿惊回了丛林。

然后，就是人们的心，给震惊了。

枪声是从派出所挂职民警黄康贤的房间响起的，击发的枪也是民警黄康贤的配枪——六四式手枪。这种枪能装六发子弹，但现在只剩下五发。另外一发击中了黄康贤的头部，应该还在他的脑颅里。

有人说，黄康贤是开枪自杀。为什么自杀？有说工作压力大的，有说失恋的，有说做生意亏了大本的，不一而足，莫衷一是。

另一种说法是，黄康贤是擦枪走火，不幸中弹身亡。他下村维稳回来很夜了，就没有把枪交枪库统一保管，还连夜擦枪，因为疲劳眼花走神，不慎使枪走火，打中了自己。

这后一种说法，是派出所的人对外宣传的，后来，公安局也认定了这种说法。

黄康贤属于因公殉职，盖棺定论。

| 文学史评论 |

凡一平……早期的作品如《我是教师的儿子》《山里的故事》等，体现了作者家乡红水河流域那纯朴高尚、完美的人格。他后期的小说转向城市题材，他以农村人的纯朴的视角审视当代城市生活，自然带有一定的社会批判性，就形成有凡一平特色的"新市民小说"。如他的中篇小说有写金钱的罪恶和爱情失落的《随风咏叹》，写城市中真诚被骗、有信任危机的《浑身是戏》等，这些小说不再有他早期小说那种山野的粗俗，而换上一层厚厚的现代城市文明的护霜，并从不同侧面揭示了现代城市的多种暗角。

——李建平等:《广西文学50年》，漓江出版社，2005，第365页

比较《撒谎的村庄》、《扑克》和《上岭村的谋杀》三部小说，可以发现，三部小说都试图写出乡村主人群像，写出中国农民群像，写出那沉默的大多数，然而，《撒谎的村庄》中的村民面目晦暗不清，性格暧昧不明，《扑克》的农民性格偏执愚钝、形象难以理喻，他们承载的是作者的思想、理念，依靠作者的扶助和推动；只有到了《上岭村的谋杀》，虽然人物众多，然而，每个人物都鲜活生动，合情合理，他们有真实的感情、鲜明的性格，他们受伤害、受欺辱，有痛苦、有怨恨，但也有隐忍、有希望，他们承载着自己的血肉，有着自己的灵魂，张扬着自己的生命活力，散发着自己的生命气息，这是真正活着的中国农民，他们从作者的笔下站立起来，栩栩如生，震撼人心。

今日中国，乡村引起了越来越多的关注。乡村的混乱、乡村的衰败、乡村的堕落、乡村的消失……尽管写乡村的文学作品不少，但或者隔靴搔痒，或者云山雾罩，在这个气氛中，《上岭村的谋杀》单刀直入，从一个刁钻的角度，将乡村的隐秘和盘托出，充分显示了现实主义创作方法揭示社会隐秘的力量。

——刘硕良主编《广西现代文化史》(第三卷)，广西师范大学出版社，2016，第62页

┃ 创作评论 ┃

凡一平的小说关注当前社会的突出矛盾，并善于运用对话和心理描写等手法来编织故事、刻画人物，在传统中他注入了新鲜的时代内容和富有个性的小说语言，因此他的小说具有可读性，还有市场"卖点"。

——李建平等:《广西文学50年》，漓江出版社，2005，第368页

凡一平的情节艺术从总的方面来讲是生成于命运的设计，情节是一个方向，是

一个过程，是由已知向未知的推进，是这一进程中的一系列戏剧动作。但以什么作为其内在的推力很有讲究，好的情节应该使人觉得不可控，对读者如此，对作品中的人物来说也是如此；反之，就会使人觉得一切都是预设的、人为的，此时，作品中的人物也如同傀儡，只是程式化地完成规定的动作罢了。凡一平的作品好看，具有戏剧性，其关键就在于一种命运感，这种幕后的强劲推手抓住了人，牵引着人。为什么凡一平的作品影像化程度高，道理也在于此。凡一平小说的命运设计是多种多样的，它可以是一个抽象的人生命题，也可以是一些具体事件的神秘走向。

　　——汪政：《让小说回到起点——凡一平小说读记》，《当代作家评论》2011年
　　第3期

▎作品点评 ▎

在凡一平最新的长篇小说《上岭村的谋杀》中，我们发现了一批栩栩如生的人物。如黄康贤父子、韦江山父子、唐艳父女，黄宝央那四个姓韦的兄弟，承担了小说开头结尾使命的韦昌英夫妇，以及警察田殷，当然，韦三得这个人物更是全书一个聚焦式的人物。一部15万字的长篇小说，竟然有十多个人物给读者留下了栩栩如生的印象，这一点非常可贵。这些人物，全是日常生活中可以遇到的活生生的人物，一点没有拔高，也一点没有降低，没有变形，没有夸张，这是最难写的。我记得凡一平好几个作品，如《理发师》，都是为姜文量身打造的。《上岭村的谋杀》，凡一平不再为这些影视明星量身打造了，他写的是他的兄弟姐妹，他的父老乡亲，这些人的坚忍与懦弱，这些人的努力和无奈，这些人的快乐和隐伤，完全被凡一平写出来了。凡一平揭开了中国乡村最隐秘的一角，既需要勇气，也需要智慧。

　　——黄伟林：《卓然独秀南中国——论新世纪的广西文学》，《贺州学院学报》
　　2014年第4期

懦夫传（节选）

朱山坡

节选一

在柳州，马旦终于见到了李宗仁。

"李长官，当初我拿走了你的两袋银圆，今天我给你组建了一支军队！"马旦得意地说。

李宗仁正是短兵缺将、捉襟见肘之际，马旦率先来投，大喜，让马旦给他剃头："自从上次战败逃亡至今，我没有剃过一回头，我的头发都可以结辫子了，我一结辫子，人家就会说我是保皇党了。你给我把晦气剃掉，从此以后，我们再也不会输得连裤衩都没有了。"

马旦取出剃刀说，自从你逃亡后，我这把剃刀一直没有给别人剃过头，都生锈了。

李宗仁问马旦近况，马旦说，战败后我风光还乡，证明了两个事实，一是我的胆子确实大了，二是我的胆子还可以更大。

但几天下来李宗仁都不安排马旦干其他活儿，只命令他给士兵们剃头。从上津跟着他来的弟兄对

作者简介

朱山坡（1973— ），广西北流市人。与田耳、光盘合称为"广西后三剑客"。著有长篇小说《懦夫传》《马强壮精神自传》《风暴预警期》，小说集《把世界分成两半》《喂饱两匹马》《中国银行》《灵魂课》《十三个父亲》等，曾获得首届郁达夫小说奖、《上海文学》奖、《朔方》文学奖、《雨花》文学奖等多个奖项，有小说被译介俄、美、英、日、越等国。现供职广西文联，为广西作家协会专职副主席，江苏省作家协会合同制作家。

作品信息

《懦夫传》，原载《小说月报·原创版》2013年第8期，江苏文艺出版社2014年4月出版，2018年越南译本在越南出版。本文节选自第16章"越想家越胆大"、第17章"两袋银元"、第18章"上津兵团"。

马旦的境遇不禁生疑："马旦，你不是说你是将军吗？原来还只是一个剃头匠。"

前边在打仗，打仗才能发财。

"马旦，从上津出发时你就吹嘘说要带我们打仗，发战争财的，但李宗仁只是让我们搬运粮草、喂马，连枪都摸不着。如果再这样下去，我们可要回上津去了。"他们说。

马旦找李宗仁，要打仗。

李宗仁说，你掂量一下你的胆子，看能打多大的仗？

马旦说，我掂量过了，我现在的胆子能打世界大战。

李宗仁说，你掂量一下你的胆子，看能指挥多少兵马？

马旦说，我能指挥一个团。

李宗仁哈哈大笑，即命名马旦所率部为敢死团，马旦任团长，授权他随时随地招兵买马。

"当你的队伍达到一万人规模，我就任命你当师长！"李宗仁说，"到那时，你就是将军！"

一个前懦夫当了敢死团的团长，在军中引起了轰动。马旦心里也没有底，充满了怯意。但在家乡兵面前他得装腔作势，摆出一副随时慷慨赴死的样子。

"弟兄们，妒忌我的人说我是懦夫，我的手下是比我更胆小的懦夫，说我们的敢死团是送死团，是懦夫团，我偏不信，你们说，我连唐梳子都能打败的人是不是懦夫？上津人是不是懦夫？"

他们说不是。

"那我们这个团就叫上津兵团，我们宁可战死，也不能丢上津人的脸！"马旦说。

马旦还说："我向你们保证，当战争结束时，你们每一个人都将得到一匹马，马背上驮着满满两袋子银圆，我们回家的马队一眼望不到尽头，我们的银子在上津堆积成山！"

他们精神百倍，摩拳擦掌，迫切求战。在训练中，他们最刻苦，马旦累得都趴下了，他们仍虎虎生威。

半年后，战争终于再次降临。令人难以置信的是，马旦的上津兵团竟然百战百胜。李宗仁全面告捷，不久，蒋介石被赶出了广西。

上津兵团源源不断往家里寄钱，家乡不断有人来投靠马旦，两年后，马旦的部队达到了五百人。当开拔到达上海时，马旦已经是一千人部队的指挥官了。

马旦来上海是抗战的。他第一次跟日本人正面对抗。他问士兵们，你们怕不怕死？

"怕个！"他们响亮地回答说。

"怕个"是上津兵团的口头禅。

但马旦心里还是很害怕，战斗打响前，他自己给自己剃了一个头。

"把头剃光了，就算日本人砍掉了我的头颅，没有了毛发，滑溜溜的，他们也拿不走。"马旦说。

经此一说，士兵们也纷纷给自己剃个精光。

天一亮，战斗便开始了。这一场大仗后来的报纸上称为淞沪会战，从一开始就异常惨烈。日本人的武器装备十分精良，训练有素，攻势猛烈，把马旦他们打了个措手不及，伤亡的速度惊人。但马旦顶住了日本从左侧的十二次疯狂进攻，拼到最后全团只剩下他一个人，马旦身上负伤七处，脸颊、头颅血淋淋的，被打得不成人样，但日本人最终没能突破马旦这个关口，直到李宗仁命令他撤退时，他才发现从上津带出来的弟兄一个也不剩了。

"我怎么向上津父老乡亲交代啊？"马旦抱头痛哭。

马旦找到李宗仁说："你要给他们发十份饷银，打起仗来他们各个都以一顶十，我要用十匹马驮着他们的饷银回上津……"

节选二

镇上的人对康妹说，听说上津兵团被别人称为"懦夫兵团"，是不是呀？多丢人呀？

康姝说，不是的，连马旦都不怕死了，上津还有谁怕死呢？

又有人说，马旦已经被日本人吓死了，你不必等他了。

康姝说，不可能的，马旦不会怕日本人，他比唐梳子要胆大得多，他怎么会被吓死呢？

又有人说，马旦已经被打死了，在县城张贴的阵亡名单中就有他的名字。

康姝说，不会的，天下叫马旦的人千千万万，怎么可能是我家的马旦呢？

那人说，自从有了你家马旦后，天下人都不愿意用马旦这个名字了……

康姝觉得世界上除了马旦再也没有人配得上"马旦"这个名字，但她不说出来，因为他们说到最后又会说："从上津去投靠马旦的人都死光了，凭什么马旦不能死一回啊？"

康姝掐指算了一下，从上津走出去说投靠马旦的人至少有两三百人，光是集镇上的也有三四十人，上津周边的就更多。每次传来死讯，康姝心里都惊慌和愧疚，特别是范铁匠四个儿子的死讯传来时，整个上津都炸开了锅。范铁匠一下子就疯了，拿着铁锤四处乱砸，把康姝家的大门都砸碎了。范铁匠整天在镇上游荡，半夜里在康姝的门外打铁，邦邦的声音彻夜不断，把全上津的人都吵烦了。马虎要去驱赶范铁匠，被康姝制止了。

"马旦这个懦夫，把上津全毁了！"范铁匠在外头骂，康姝在里面听，一声不吭。

康姝希望战争早点儿结束，然而死讯还是不断传来。有时候，康姝宁愿听到马旦的死讯。

自从与日本人开战以来，上津镇的店铺就冷冷清清的，门可罗雀，听说日本人随时都有可能攻占上津，人们更是人心惶惶，每天都有店铺关门走人，连地主庞四也于上月举家逃往贵州，留下一座空宅。与此同时，县里、镇上几乎每天都有政府的人来征粮。前边战事吃紧，粮食供应也异常紧张。镇上的人都竭尽所有支持前方。

"我们捐助的粮食其实都是给自己人吃。"他们都明白这个道理。康姝也明白，但她没有一下子全把粮食捐赠出来，别人知道她家里还有好些储备。

"康姝，你最应该把粮食捐献出来。"

"康姝，你不捐我们也不捐……"

"康姝，等战争结束，马旦驮银子回来的马队就长得看不到尽头。"

康姝不怕死，但怕饿。她饿死也不要紧，但马虎不能饿死呀。马虎的块头跟饭量一样也越来越大，得要粮食。马虎说，妈，我们的米仓差不多空了，不能捐赠更多的粮食了。

康姝想了一宿对马虎说，如果我把家里所有的粮食都捐献出去，你肯定不愿意，对吧？

马虎说，对。

康姝说，如果我让你亲自押送粮食给你爸呢？

马虎说，那我愿意——妈，我的胆子早就足够大了，你早就应该放我出去了。

康姝说，我就担心你胆子太大，你得听听你爷爷和你爸的话，懦夫比勇夫更长寿。

马虎说，我不相信他们说的，我不愿意当一个懦夫。

康姝摇摇头，叹了一口气说，好吧，你一定要把粮食送到你爸手上。

马虎已经16岁，早就跃跃欲试。镇上的人称赞康姝慷慨解囊，但又担心马虎。马虎将第一次离开上津，一个人要走那么长的路，路上那么多凶险，康姝就放心吗？康姝说，马旦需要他帮忙，由他去吧。

康姝要来了三匹马，把粮食装进袋子里，放到马背上。

但这时候日本人来到了上津。只有一个日本人。上津人终于见到了传说中的茹毛饮血的恶魔——日本人，但发现他跟自己没有多大的差别。

一个日本人并不可怕，但他后面跟着一伙伪军，带头的竟然是唐梳子。唐梳子走在最前面，对镇上的人说，从今天开始，日本皇军占领上津，皇军需要粮食，皇军只要粮食，他们把粮食拉走，就委托我来管理上津——我是自己人，我管理上津总比日本皇军亲自管理好。

上津人一下子就明白了，久不见面的唐梳子不当土匪了，改投日本人了。他投日本人也不要紧，但要他们交出粮食就是要他们的命。

马虎正赶着马从家里出发，走到了青石街上，唐梳子和日本人将他拦了下来。日本人挥舞着手中的带刺刀的枪，张牙舞爪，镇上的人都不敢靠近。日本人示意唐梳子搜查马背上的东西。

"马虎，马背上驮的是银子吧？"唐梳子说。

马虎说，不是。

唐梳子说，那是什么？

马虎说，你别管！跟你没有关系！

唐梳子说，你小子胆子不小，敢跟皇军这样说话！

马虎说，你一个汉奸有脸跟我说话！

唐梳子抓住马虎的衣领说，你是不是也想学你爸马旦拿我练胆子？

马虎用力挣脱唐梳子，日本人用刺刀顶住了他的脖子。马虎一点儿也不害怕，对日本人怒目而视。

康姝意识到情况不妙，赶紧过来对唐梳子说，马虎要送米到莲花镇去，那边有户大户办丧事，要米。

唐梳子说，把米留下来，皇军要米。

康姝说，我们做生意的讲究信誉，米要送过去。

唐梳子突然想起了什么，冷笑说，康姝，你们的三间米铺早就卖掉了，上津所有的米铺都已经关门了，你们给谁送米呀？

康姝还想辩解，唐梳子从马虎口袋里搜到了一张地图，地图上标着目的地安徽。

唐梳子说，马虎你是不是要去安徽给你老爸送粮食？

康姝慌忙答道，不是，不是……

但马虎否定了母亲的话说，是！这是给上津兵团送的粮食，是给打日本人的军队送的，不是给日本人吃的！

日本人也听懂了马虎的话，晃着刺刀威胁他。不让他动弹。唐梳子要将装满粮食的袋子从马背上拿下来。马虎说，唐梳子，你不能拿！你拿我的粮食我跟你拼命！

唐梳子从腰间拔出一支手枪，咔嚓一声子弹上了膛，对着马虎的太阳穴要开枪。康姝一把推开他的枪大声吼道，唐梳子，你仔细看看，马虎是谁的孩子？

唐梳子愣住，说，他难道不是马旦的儿子？

康姝说，马旦的儿子胆子有这么大吗？

唐梳子突然仰天大笑：懦夫……

但唐梳子才笑了几声便戛然而止，张开的嘴巴僵硬地定格在空中。人们再仔细一看，原来马虎已经将一把锋利的刀插进了他的肚子。

日本人刚反应过来，马虎迅速推掉他们的刺刀往河边跑。日本人的枪响了，打中了马虎的背，但他还是跑到了河边，掉进了河里。

康姝哭喊着跑到河边寻找马虎，但只看到水面上涌起血水，不见马虎浮出水面。

唐梳子原地倒下，日本人并没有叫人救他，他对围过来的越来越多的民众有些害怕，十几个伪军顶到了民众的前头，色厉内荏地对民众说保持安静的话。上津人看得出来，那些伪军就是原来槁山上的土匪。几个伪军小心翼翼地将三匹马牵走，还装作气势汹汹地对上津人说，明天皇军还会来上津征粮，对每家每户挖地三尺……

可是日本人和伪军当天离开上津后再也没有回来。

康姝和上津几十人沿着上津河往下游寻找马虎，但一无所获。

没有了粮食，康姝还有可能活下去，但没有了马虎，她就支撑不住了。街坊来看望她，看到她没有吃的，就给她吃的，无论他们怎么劝，康姝就是不愿意吃东西。

"我已经吃得够多的了，已经把下辈子的都吃了，我不能再吃了。"康姝躺在家里的床上，日渐消瘦。

毛雪花也过来看康姝，你不吃东西会死的，你得活着等到马旦回来。

康姝说，昨晚我梦见马旦了，他说他很快就回来了，但我等不到他回来了。

毛雪花说，昨晚我也梦见马旦了，他对我说，康姝是他的胆，康姝一死，他也就没有胆了，没有了胆，他又会变回懦夫，他还说，还没有打败日本人，我怎么能又变回一个懦夫呢？

康姝说，毛雪花，你说的是真的吗？

毛雪花说，是真的，是马旦亲口对我说的。

康姝说，那马旦说过爱你吗？

毛雪花说，没有，你是他的胆，他是我的胆，他是我活下去的勇气……

康姝突然笑了，从床上爬起来，对毛雪花说，你带吃的了吗？我饿了。

节选三

淞沪之战是使马旦真正成长起来的战役。李宗仁对马旦的英勇作战赞不绝口，给马旦颁发了奖章。上津兵团虽然几乎全军覆没，但他们在桂系部队中成了"敢死"的代名词，马旦成为全军的"名将"。但也有人对马旦不屑，因为有人看见他打仗的时候所谓"勇敢""敢死"都是装腔作势，实际上是缩头乌龟，被吓得屎尿俱下，只管千方百计保住自己性命。军中历来有"儒将"，有人称马旦为"懦将"。马旦当然生气，要证明自己。李宗仁给马旦一支人马，虽然这些人不是上津人，但依然称作"上津兵团"。

"我不管你是不是'懦将'，能打胜仗就成。"李宗仁说。

虽然死讯不断传回上津，但丝毫不影响上津及周边的年轻人投奔马旦，连毛家布行的阿信也来了。

阿信说："日本人占领了上津，唐梳子当了汉奸，现在上津成了唐梳子的天下，康姝被唐梳子欺负……有人说上津兵团是懦夫兵团，我不服气，我就来证明给他们看。"

马旦想不到平时文弱怕事的阿信也变得如此豪迈。

"你不怕死？"马旦问。

"怕个卵！"阿信坚定地说。

"毛雪花同意你来送死？"马旦说。

"是她鼓励我来的，她说她是我的胆，你就去帮帮马旦。别人都说你马旦是懦夫，但她认为你是一个英雄。"阿信说，"你也带着我当一个英雄吧！"

但是马旦要回上津。他厌倦了战争。然而日本人就在眼皮底下，这样一走了之就相当于成了逃兵。李宗仁答应马旦："等打败日本人，你马上就可以回上津了。到那时候，我再给你两袋子银圆，把三间米铺赎回来。"

这时候，银子已经不是最重要的了，甚至活着也不是最重要了。

回家才最重要。

"上津兵团"成了桂系抗战的一把尖刀，在战斗中屡建奇功。到台儿庄战役打响时，上津兵团已经有两千号人。日本人知道国军中有一支"懦夫兵团"，要拿他们先开刀。但马旦他们和日本人面对面短兵相接，展开了最惨烈的肉搏战。拼刺刀拼得真凶，马旦他们豁出去了，日本人也杀红了眼，喊杀声和惨叫声交织在一起，血肉横飞。马旦拼死往日本人里冲，他的大刀砍断了两截，砍死了十几个日本人，他的大腿也被刺了一个洞，马旦以为自己必死无疑，死就死吧，没有什么可怕的，但日本人在最后时刻撤出去了。他们被马旦他们的气势击退了。日本人撤退的时候，马旦不肯罢休，追着他们砍，但被部下拉住了。部下给马旦包扎的时候才发现他的大腿血流如注，右耳朵不见了。

马旦要找回自己的右耳，但看到战场上尸横遍野，一个个死不瞑目的头颅把他镇住了。

李宗仁在看望马旦的时候给了他一个新的外号：马大胆。这是一个至高无上的赞美，比所有的奖章都让马旦骄傲。

李宗仁说，马旦呀，你的胆子已经够大了，不能更大，更大就爬到我的头上去了。

李宗仁要马旦给士兵们介绍胆量是如何练大的。

不知道马旦哪里来那么大的火气，说，他妈的，我的胆子是被操大的！

日本宣布投降时，马旦已经成为少将，成为名副其实的马将军。但上上下下仍然称呼他马大胆。

马旦的传奇故事传到了蒋委员长那里。蒋委员长不知道如何嘉奖李宗仁的人，但又想给他一种荣誉。于是，让人请马旦到南京给他剃头。马旦请示李宗仁。李宗仁说，给蒋委员长提尿壶也是一种至高无上的荣誉，有好多将军排着队给他提尿壶呢，去吧，好好给蒋委员长剃头。马旦说，打仗不怕，但怕给蒋委员长剃头啊。李宗仁说，枪林弹雨、出生入死都经历过了，剃头算得了什么，你把他的头当成一个地瓜就成了。那天马旦真去南京给蒋委员长剃头了。马旦一点儿也不害怕。他不把蒋委员长的头当头，把它当成一个地瓜，随心所欲地剃，一边剃一边哼唱上津小调。剃完后蒋委员长表扬了马旦，说，你剃头时气定神闲，不慌不忙，不卑不亢，有大将风度，你是怎么练成的？马旦说，剃头如煎蛋，煎了鸡蛋煎鸭蛋，煎多了煎的就不是蛋了。蒋委员长一知半解，又问，我的脑袋和李宗仁的脑袋相比，有什么不同呀？马旦说，李长官的脑袋如鸡蛋，委员长的脑袋像鸭蛋。蒋委员长问，那谁优谁劣呀？马旦想了想说，没有优劣之分，但两蛋相碰，必两败俱伤，我希望你们和为贵。蒋委员长对马旦说，你愿不愿意留在我身边，专职给我剃头——我每天都想剃头，刀不磨不锋利，头不剃不灵光。马旦说我不想打仗了，我想回家给父老乡亲剃头。蒋委员长说，我也不想打仗，打腻了，早想享太平……听说过你原来胆小如鼠，打仗尿裤子的笑话，但我不觉得可笑，谁不怕死呀，当年李宗仁先生被我们打得走投无路不也仓皇逃命吗？我蒋某人也怕死，第一次打仗的时候，心里也哭爹喊娘的，恨不得挖一个洞像老鼠一样把自己藏起来，告诉你，怕死的人才能活得长久。马旦觉得蒋委员长说得跟自己的父亲马剃头当年说的一样有道理，或者说是他父亲和蒋委员长英雄所见略同。

剃头比打仗安全、舒适，况且是给我蒋某人剃头。蒋委员长说。

马旦说，我还是想回家，给乡亲们剃头。

蒋委员长有点儿失望，你是不是觉得剃头是大材小用呀？

马旦说，不是。

日本人投降了，马旦以为可以回上津，但刚收拾行囊，国共又打了起来。

马旦还是坚决要走人。李宗仁问马旦是不是又怕死了。马旦说不是，我只是不知道战争何时到尽头。李宗仁说，要天下大定，靠人不如靠自己，蒋介石做不到的事情，我李宗仁能做得到！李宗仁让马旦再等三年，三年后桂系将还中国一个太平，人民安居乐业，国家开始走向民主富强，到那时候你想干什么就干什么。

马旦说，不知不觉我都打了二十年的仗，不想再打了。

你不愿意打仗也成，你给我们剃头吧。李宗仁说。

如果只剃头不打仗，别人会说我是懦夫，我好不容易去掉懦夫之名，怎么能重新背上它呢？

李宗仁说，战争还没有结束，如果临阵脱逃，你还是懦夫呀。

马旦想，为了让别人不再叫我懦夫，我还得打仗。

于是，马旦放下行囊，抓起枪，把大旗重新拉起来。

马旦又打了无数次大大小小的仗，身上伤痕累累，无数次死里逃生。1948年冬，国共谈判失败，马旦终于失去了耐性，率部向江北的共军投诚。

马旦之所以向共军投诚，是因为马旦遇到了一个共军的懦夫。他是一个文弱书生，广东人，在共军一个独立团中担任指导员，有一天他化装成一个剃头匠从长江北边过来见马旦，说是马旦的同乡。马旦接见了他。马旦看得出来他不是一个剃头匠，斯斯文文的像一个书生。

"你是剃头匠？"马旦故意问。

他说，"是的。"

马旦给他一把剃刀，让他给自己剃头。那书生拿起剃刀，手不住地颤抖。

"你从没有剃过头。"马旦说，"你连拿剃刀都不会，你究竟是干什么的？"

"我是共产党。"那书生颤巍巍又直截了当地向马旦表明身份并说明来意，"是来策反你的。"

马旦并非第一次遇到策反。二十多年里，阎锡山、冯玉祥、蒋介石的阵营都先后有人想策反马旦，但都遭到了马旦的断然拒绝。马旦不可能背叛李宗仁。但这一次，马旦被共军的一个懦夫劝降了。在马旦印象中，共军都是不怕死的人，但坐在马旦对面的这个共军书生看上去怯懦得很，战战兢兢，一脸稚气，双腿抖得厉害，说话时牙齿不断打架，才几分钟便汗流满面。

"你是共产党？"马旦质疑他的身份，"像你这种胆小的人也能加入共产党？"

他从皮鞋底掏出一张纸，证明了他确实是共军的一名指导员。

"你打过仗吗？"马旦问。

"没有。"他说，"当兵三年我从没打过枪，但我上过战场……"

"那你究竟算不算打过仗？"马旦乐了。

"我一听到枪响就晕头转向……"他说话还脸红。

"那你怎么当上了指导员？"马旦问。

"因为我是大学生，对军事有研究，指战员都喜欢听我讲战略和战术……"他坦诚和极不好意思的样子让马旦相信是真的。

"你每次上战场都尿裤子？"马旦问。

"是。"他低着头回答，"但我每次都坚持上战场，我天生就胆小，我妈说我的胆子像芝麻那般小，最多也只有绿豆大——我爸也是胆小鬼，他是被日本人吓死的。"

"看来你家世代都是胆小鬼。"马旦说。

"他们叫我苏小胆。没有人叫我的本名，连下属见到我也直呼我的外号。"他说，他的本名叫苏聪，他家是书香门第，他爷爷是咸丰年间的进士，他父亲懂法语和西班牙语，但他们都是天生胆小，在别人面前连放屁都小心翼翼。

"你怎么敢来策反我？你的信心从哪里来？"马旦问。

"我觉得我跟你有话可说。"他说。

"你跟我有什么话可说？"马旦问。

书生支支吾吾地说不出话，连正眼看马旦的勇气也没有。

马旦突然站起来，掏出手枪，啪一声拍在桌面上，厉声喝道："你是不是觉得我跟你一样是一个懦夫?"

书生被马旦吓得弹跳起来,双腿打战,脸色死灰。

"果然是一个懦夫!"马旦慨叹道。

从书生的身上,马旦看到了自己当年的影子,觉得苏小胆就是他的前身。

"你没练过胆?胆子能越练越大……"马旦说。

那书生说,我正在练胆——如果组织同意,我还想策反李宗仁。

马旦哈哈大笑,向这个共军懦夫投诚了。

但马旦提出了唯一的一个条件:让他回家。

这一天,雾蒙蒙的,分不清楚是早晨还是黄昏,也分不清楚天与地,上津人突然听到一阵阵悲痛欲绝的哭声从雾气中传来,隐隐约约、断断续续的,哭声像铁锤狠狠撞击他们的心脏一样,让人难受憋屈。他们走出门外,四处探望,看到一支马队从北边夹着雾气缓缓地走过来。长长的马队,一眼看不到尽头。首先从雾中露出的是马头,然后是马背,马背上摇摇摆摆地驮着两个袋子,沉甸甸的,仿佛是从哪里来的马帮。

马队显得特别孤独,因为看不见赶马的人。马队快到镇上,人们才发现一个似乎陌生的脸孔,仔细一辨认,原来是马旦。

马旦又回来了。全镇的人都来看他,还有他的马队。

马旦领着他的马队神情肃穆地走在大街上。他不向人们打招呼,他们也不敢贸然向他打招呼。他们只是默默地数着马匹,小心翼翼地交头接耳。康姝是最后一个出现在马旦眼前的。她已经瘦得不成人样,走向马旦的样子像奔跑的鹤。

康姝抱住马旦号啕大哭:"你回来了,我终于可以死了。"

马旦说:"你还得活着,因为你是我的胆子,明天我们把三间米铺买回来,我们重新过高枕无忧的日子。"

康姝上上下下摸了一遍马旦,发现马旦少了一只耳朵,惊叫道:"怎么少了一只耳朵呀?"

围观的人都摸了摸自己的耳朵，笑了："马旦没有少耳朵，是我们多了一只。"

康姝说，马背上的袋子里装的是什么呀？是土豆还是银子？

马旦淡淡地回答说，既不是土豆也不是银子，是骨头。

康姝用手摸了摸袋子，果然是一块块一条条的，硬邦邦的，便张开嘴嚷道："马旦驮回来的不是银子，全是骨头！"

是上津兵团的骨头。他们明白了，哭声原来是从这些口袋里发出来的。

毛雪花的臃肿显得过早地苍老了。她从人群中走出来怯怯地问马旦："阿信回来了吗？"

马旦回答说，回来了，在第三匹马的马背袋子里。

毛雪花走到第三匹马前，摸了摸马背上的袋子，又把脸贴上去，没有哭，问马旦："阿信怕死吗？"

马旦说，不怕，他很勇敢，把炸药捆绑在自己身上，潜入日本军营……上津的士兵到了战场上没有一个怕死的，各个都胆识过人！

毛雪花说，是我让阿信送死的，他肯定怨恨我。

马旦说，他没有怨恨，他一直很开心，他还给李宗仁做过一套衣服……

马旦正说得兴起，范铁匠拿着铁锤气势汹汹地向他冲过来了，众人还来不及反应，他已经冲到了马旦面前，举起铁锤要往马旦脑袋上砸下去。马旦也不躲闪。康姝疯叫一声，以为铁锤落到了马旦的头上，本能地闭起了眼睛，但当她睁开眼睛时，范铁匠的铁锤仍悬停在空中。马旦一点儿也不害怕，出奇的镇定自若。然而，众人早已经目瞪口呆。马旦从口袋里摸出一块勋章，戴到范铁匠的胸前，这是李宗仁赏给你的，然后指着马队对他说，你儿子在最后一匹马的背上，四个，很沉，我全部还给你了。

范铁匠扔掉铁锤，缓缓地向马队的末尾走去。雾气很快将他掩没了。

马旦在梅子岭上挖了一个大大的坑，把它们埋到了一起，竖起了一块碑：上津兵团死难者之墓。碑的背面，刻着密密麻麻的名字。

❙ 创作评论 ❙

　　近年引起国内文坛关注的朱山坡，是一位有清醒文学原乡意识的慧心者。本名龙琨，却以生他养他的村庄朱山坡为笔名，这个农耕文明向工业文明过渡的城乡接合部的家乡，在他笔下成了"米庄"，一个可以永远供养作者的精神原乡。于是，朱山坡在短短几年间发表了二十余部中短篇小说，以此书写着他的乡土经验，他的"米庄"系列有着浓郁鲜明的粤桂地域的文化色彩，充满了原乡况味和野性隐忍的小说气质。

　　　　——张燕玲：《从"鬼门关"出发——崛起的玉林作家群》，《南方文坛》2009
　　　　年第5期

　　沿着东西文风执着前行的当属朱山坡，近年他以一部《懦夫传》为民间野生人物立传，通过荒诞不经的故事情节挖掘文本隐喻意义。众多论者对其凶猛野性的文学劲道称赞有加，也对其略有情绪化的灵魂叙述有所期许。我个人更为喜欢朱山坡的中短篇小说，无论《我的叔叔于力》《跟范宏大告别》《陪夜的女人》《喂饱两匹马》《鸟失踪》，还是近期的《灵魂课》《一个冒雪锯木的早晨》等，既能触摸到作者俯视人间、悲悯万物与灵魂救赎的情怀，还能感受到人物的不妥协精神，以及作者对小说的准确观念，一种撒野后的节制的精粹和魔力。

　　　　——张燕玲：《近期广西长篇小说：野气横生的南方写作》，《文艺报》2016年3
　　　　月18日第2版

　　在这片知识缄默的地方，朱山坡就像是一个灵魂捕手。他敏感于取材，对准那些知识忽视或还未能抵达的地带。他的小说总给人一瞬间的感觉，使你觉得这个写作者寡言，只是偶有兴致，才把那一瞬轻描淡写。跳过那些具体时代生活的信息，他的作品总是直指人心，历史的记忆指认暂时被搁置甚至取消，人生命中的饥饿、贫乏、孤寂以及爱被写成一种常态。

　　　　——李一：《灵魂捕手——朱山坡论》，《南方文坛》2018年第3期

Ⅰ 作品点评 Ⅰ

《懦夫传》是关于现代中国民族精神困境的一则寓言，不仅懦夫马旦这个人物具有极强的民族文化心理象征意蕴，甚至康姝、马剃头、洪冲、毛雪花、马虎、老冯等人物形象也都各自具有其文化心理象征内涵，他们既是写实的产物也是写意的结晶，体现了作者在人物塑造和艺术构思中虚实交融的深层诉求。实际上，这部作品不仅是写实与象征的叙述交融，而且也是二者与诗性叙述的交融。《懦夫传》可谓是一部诗性弥漫的小说，其中氤氲着浓郁的诗情和冷峻的诗意。如果拨去笼罩在马旦身上的那层滑稽戏谑的叙述面纱，我们可以惊讶地发现，马旦其实一直都是一个不可救药的浪漫主义者，他就像堂吉诃德一样始终在与外部环境做斗争，这个表面怯弱的男人却一直坚信爱情并爱护自己的女人，他在康姝临终前夕还在表白着自己的日常生活理想，那是一种日常生活所散发出的诗意，马旦一直都在寻找着这种平凡的诗意。

——李遇春：《为民间野生人物立传的叙事探索——朱山坡小说创作论》，《南方文坛》2015年第2期

"勇与怯""生与死""善与恶"等是作者在《懦夫传》中最想主要表达的伦理内容之一，暗含着作者对那段已逝历史的某种道德判断，这也使该著作具有某种道德功能，同时也染上了中国古典小说叙事伦理功能的色彩。然而，作者在该作品渗入了现代批判意识，使得在喜剧表象下暗含着令人无法细说的悲剧意识，也使朱山坡的创作与中国古典小说拉开了某种距离，从而使他的作品本身与其保持了某种必要的张力。

——金永平：《论朱山坡〈懦夫传〉中的叙事伦理》，《新文学评论》2016年第2期

61

篡改的命（节选）　东西

汪长尺提前十分钟到达指定地点，这辈子他从来没迟到过，因此他不想在最后一次背上"迟到"的名声。他穿着干净整洁的衣服，理了头发，刮了胡须，本想买双崭新的皮鞋穿上，但想想500块钱够他爹在农村装一扇玻璃窗，便咽了一口唾液，捏了捏手指，放弃。现在他穿着一双洗得发白的解放鞋，站在西江大桥正中的边栏旁。这个位置离水面的距离最高，估计摔下去时也会最响。人活一辈子，或默默地消失，或响响地离开，二者必选其一。天空出奇地蓝，云朵空前地洁白，上苍似乎故意给他一个好天气，抑或是送他最后一点念想。水面铺满阳光，由于风的原因，波光的强弱不停地改变，一会这儿刺眼，一会那儿刺眼。汽车的轰鸣没过去那么讨厌，似乎还有一点悦耳，就连车屁股喷出的尾气，也仿佛散发出清香。看着两岸依次排过去的楼房，他想林家柏一定隐藏在某扇窗口之后，举着望远镜，正在监督我对我的执行。

72小时前，林家柏用一个黑色塑料袋，提着20万元现金来到汪长尺的租屋。他把钱丢在那张摇晃了多年的饭桌上，饭桌一抖，竟然塌了，好像是

作品信息

《篡改的命》，原载《花城》2015年第4期，上海文艺出版社2015年8月出版。本文节选自第7章"投胎"。

承受不起或紧张过度。受其影响，汪长尺感觉楼板震了一下，甚至伴随几波余震。林家柏想找一张凳子坐下，但每张凳子都不怀好意，似乎会刺痛他的屁股。他只好站着，把电脑打开，播放一段视频。视频里林家柏、大志和方知之三人挤在一起，笑眯眯地看着镜头。大志笑得最开心，两个酒窝都笑深了。他的手里举着一本打开的存折。镜头慢慢往前推，存折越来越大，大到屁股那么大时，画面定住。汪长尺数了一下，大志的存款有8位数，"1"的后面有7个"0"。林家柏说你看清楚了吗？汪长尺点点头，想爹，妈，我把自己给卖了，卖了个好价钱。我这条命也许是我们村，不，我们乡，不，我们县卖得最贵的，你们的儿子有出息了。

当天下午，汪长尺到银行把20万元转进了汪槐的账户。本来他想回一趟家，林家柏也同意给他时间，允许他回去跟父母拥抱告别。但他怕见了父母之后，临时改变主意失信于人。他怕夜长梦多，怕自己逃跑破坏大志的幸福，更怕自己一时糊涂，对林家柏先下手为强。每次想到最后一点，他就全身冒冷汗，就恨时间磨磨叽叽，来得不够痛快。

48小时前，他敲响了刘建平住处的房门。他已经十多年没打扰刘建平了，刘建平也搬了新的住处。但是这次，他不得不厚着脸皮找上门来。开门的是贺小文，他的前妻。这事他早知道了，所以情绪稳定，表情正常。但小文却惊得下巴都快脱臼了，她万万没想到，汪长尺会找上门来。十多年前，也就是小文消失后十多天，汪长尺去找过一次刘建平。他在楼下看见刘建平的窗口亮着灯，但到了楼上敲门时灯却黑了，以至于他怀疑是他的敲门声吓破了屋里的电灯。他觉得刘建平没有拒见他的理由，那么是不是自己上楼前看错了？于是，他下楼重新往上看，刘建平的窗户黑乎乎的，像刷了一层深色的油漆。当时他的心里正在下雪，情绪低落到了极点。大志送人了，小文出走了，他想找刘建平出去喝几杯，倒倒满腔的苦水，没想到刘建平竟然不在家。这么大一个城市，除了刘建平，没有第二个人愿意听他倾诉。他站了一会，就蹲在路边等，想刘建平也许很快就会回来。但他等了一个小时，刘建平也没现身。他站起来想走，忽然听到楼上传来推窗的声音，好像一声挽留。他飞快地闪到墙根下，看见刘建平从窗口伸出头来，瞄了一会楼下，没看见什么，便把头缩了回去。窗户唰地亮了。他想这个卵仔明明在屋里为什么不开门？他有点生气，冲上去"叭叭叭"地拍门。刘建平拉开一道门缝，竖起手指"嘘"了一声，说老子正在谈恋爱，差不多就得手了，你能不能回避几天？汪长尺笼着手悻悻地走了，过几天再来找刘建平，房东说他搬了。刘建平从此蒸发。一年后，汪长尺到某工地刷门框，发现刘建平带着十几号人拉横幅举纸牌，脸红脖子粗地替人讨薪。汪长尺压压帽檐，戴上口罩，在他们散伙后骑着刚买的摩托车跟踪，终于找到了他的新址。当初，刘建平不辞而搬，汪长尺的心里就七上八下，这次一跟踪，怀疑变为现实，果然贺小文跟他生活在一起，难怪汪槐"做法"时说眼见小文在窗里，却怎么也推不开窗门，原来他和小文的距离只是一层纸的距离。然而，犹豫之后，他还是选择了闷声离开。因为他的家庭已经撕裂了，他不想再去撕裂另一个家庭。

小文把汪长尺让进屋来。刘建平泡了一杯茶。三人坐在客厅里比赛呼吸，谁都不愿先开口。主卧次卧的门关着，客厅里摆着一台冰箱，卫生间里摆着洗衣机，厨房里摆着名牌酱油。汪长尺想他们的生活过得不差。他说，孩子呢？刘建平对着次卧叫青云、直上，你们都出来。门"嘭"地打开，两个白白净净的小孩飞快地跑出，男的靠着妈妈，女的靠着爸爸，怯生生地看着汪长尺。刘建平说叫汪叔叔。两个孩子异口同声地"汪叔叔好"。他们的牙齿洁白而整齐，他们的脸蛋红扑扑的，他们的表情萌哒哒。汪长尺说建平，你能让孩子们叫我一声爸爸吗？我想听孩子叫爸爸想得喉咙都干了。刘建平看着小文，小文看着孩子们。孩子们嘟起小嘴，一脸的乌云。汪长尺掏出一本存折放到桌上，说这是我十几年来刷油漆挣的，留给孩子们读书吧。刘建平说，那你不用钱了？

"我发财了。"汪长尺说。

"发什么财？"刘建平问。

"你别问，反正我汪长尺从此以后再也不会为钱发愁了。"

刘建平朝孩子们使了使眼色，说快叫爸爸。两个孩子扭了扭身子，把脸背过去。小文推了推他们。他们摇摇头。刘建平说谁要给我这么多钱，我都叫他爸。你们要是不肯叫，我就把钱退给汪叔叔了。两个孩子转过身来，大声地叫："汪爸爸……"汪长尺"哎"了一声，人整个融化，仿佛瞬间粉碎在空气里。他闭上眼睛，两行泪悄悄滑出眼角。

"大志呢，他过得好不好？"小文问。

"我来，就是想告诉你大志成功了，他不用我们操心了。你好好带青云、直上，把他们培养成才。"汪长尺说。

"我做梦都在想他，我对不起他，我恨你。"小文抹着眼眶。

"你恨我是因为你不知道他有多幸福，现在你不缺孩子。我们缺的不是孩子……"

24小时前，汪长尺在住处写了两封信，然后就到学校去看大志。学校正在上课，门卫不让他进，他便坐在校门对面的米粉店里等。店老板说，你又不消费，坐在这里干什么？汪长尺掏钱买了一碗米粉，一边吃一边扭头看着校门。米粉很快吃完了，但离放学还有两个小时。汪长尺呆呆地看着校园里的树，看着操场上正在上体育课的学生们。不知过了多久，店老板用手指头敲了敲桌面说，你都吃完这么久了，干吗还不抬脚走人？汪长尺羞得满脸通红，赶紧掏出钱来，说再给我来一碗。服务员又端来一碗米粉。有了上一碗吃得太快的经验教训，这次他故意细嚼慢咽，目的就是想拖时间，蹭个座位。但是，即便一根一根地吃，一碗米粉也磨不出多少时间。半个小时不到，他又把粉吃完了。他想我已经吃了他两碗粉，他不会再赶我走了吧？却不想，离放学还有30分钟的时候，店老板又过来说你怎么还不走呀。汪长尺扫了一眼粉店，里面大把位置空着，但店老板就是不让他白坐。于是，他再买一碗米粉。慢慢把这碗粉吃完，放学的铃声就响了。学生们三三两两地走出校门。终于，他看见大志和两个女同学有说有笑地走出来。他们相互拍拍肩膀，在校门口散开。大志警惕地瞄了瞄四周，仿佛有预感，最后把目光落在对面的米粉店。汪长尺觉得他们的目光对上了，就像大志出生时迫不及待地睁开眼睛跟他对上那样。他全身一麻，再也按捺不住，叫了一声"大志"，想站起来冲出去。可是，他连续吃了三碗米粉，他已经撑得站不起来了。大志把目光移开，转身右行200多米，钻进一辆红色轿车。轿车是方知之开来的，自从大志出院以后，她每天都亲自开车接送，生怕他再滑倒。轿车走了，像鱼一样摆尾而去。汪长尺想我从来没吃得这么饱过，这辈子饱过无数次，但吃得最饱的就两次，一次是跟小文到县城照相看三级片兼到公安局道歉，当时两人一共吃了一盘扣肉、一碟花生、一碟拍黄瓜、一瓶白酒和四碗米饭。但即便是那一次，我也没饱到站不起来。

现在是正午12点，汪长尺和林家柏约定的时间到了。"当"的一声，不知从哪里传来一声巨响，好像是从教堂那边传来的，也像是从身体内部传来的，仿佛行刑时的枪声。汪长尺回头看了一眼，爬上栏杆。

62

第二天，汪长尺的尸体才被打捞起来。警察剪开他的内裤，发现裤兜里装着一个小小的塑料袋，袋里装着一张纸片，纸片上写着刘建平的电话号码。警察找到刘建平，让他去辨认尸体。小文一捶胸口，说天哪，原来他是来跟我们告别的。

刘建平和小文跟着警察来到停尸间，发现汪长尺已经变成了大号，他的皮肤胀得都快裂开了。但是不论他变成大号或是特大号，小文和刘建平都还认得他。他们告诉警察：他的名字叫汪长尺。认完尸，两个警察又带着刘建平和小文来到汪长尺住处。房门锁着。警察要去叫房东。小文掏出一把当年她带走的钥匙。警察接过钥匙一插一扭，门竟然开了。十多年了，汪长尺都没换锁头，他的门一直给小文留着。小文打量，房间还是那个房间，只不过这次收拾得比任何一次都整齐，连地板都拖得干干净净。屋中央放着汪长尺从家乡带出来的那把椅子，椅子上放着一个骨灰盒，盒下压着两封信，一封写着"汪槐父亲收"，一封写着"刘建平收"。警察叫刘建平把信打开。刘建平的双手发抖，撕了好几次才把信封撕开。信上写着：

建平哥：

请你务必把我送回家乡，请你务必告诉我爹妈，我是在工地上摔死的。告诉他们，那20万元钱是工伤赔偿。烧我的时候，请你把这张椅子一起烧了。我怕死后一直站着，我想坐下，我累了。拜托，来生再谢。

长尺

刘建平率先哭了起来，小文紧随其后。警察把写给汪槐的那封信拆开，里面有一张20万元的转账存根。警察问他哪来这么多钱。他们都摇头，说不知道。这20万元把他们的哭声吓停了。警察怀疑汪长尺非偷即抢。刘建平和小文对天发誓，说他不是那样的人。警察压根儿不信，立案调查。他们重点调查20万元的来历，却忽略了汪长尺为什么会自杀。查了半年，他们没查出什么线索，也没接到巨款失窃遭抢的报案，便同意火化汪长尺。刘建平代表家属签字。工人们把冷冻了半年之久的汪长尺推进火炉。刘建平把那张椅子放到汪长尺身边。炉门关上，"嚯"地一响，炉子里火光熊熊。刘建平说长尺，椅子我给你烧了，你就安心地坐下，歇一歇吧，阿门。

刘建平、小文、青云和直上四人，陪着汪长尺的骨灰返回家乡。进村的时间是中午，冷风呼啸，大地一片肃杀，远处的山巅隐约见雪。他们刚出现在坳口，村里的狗就叫成一片。听到狗们狂叫，每家每户都推开一扇窗口，看看是不是自己的亲人回来了。小文拉着儿子青云，刘建平一手抱着女儿直上一手提着骨灰盒。他们越走越觉得腿沉，越走越觉得鞋底不利索，好像被泥巴黏住了。汪长尺家的两层新楼前，汪槐和刘双菊正在遥望，他们一个站着，一个坐在轮椅里。刘双菊的头发大多数白了，脸上的皱纹比十年前多了百分之七十。汪槐更黑了，更瘦了，他的腿肌严重萎缩，缩到只剩下两根骨头。他们不认识刘建平，连贺小文他们也不认识了。他们以为这四个人和他们没有关系，只是出于好奇而遥望。没想到，他们越走越近，最后竟然走到了他们面前。青云和直上率先扑到汪槐和刘双菊的怀里，大声地叫着"爷爷、奶奶"。直到这时，刘双菊才把小文认出来，她抱着小文失声痛哭。

汪槐看着骨灰盒，想哭却没有眼泪。这个一生都想改变汪家命运的人，身体已被岁月耗干，再也没有多余的液体来表达感情，就连从信封里抽汪长尺写给他的绝笔信，都没有多余的力气来发抖。他慢慢地慢慢地展开信纸，看见上面写着：

爹、妈：

　　汪家的命运已彻底改变，我的任务完成了。我们几代人都做不到的事，大志做到了。他过的是神仙日子，你们不用为他担心。用不完的钱，给青云、直上。如果建平、小文没意见，你们就把青云、直上当孙子。孩儿不孝，请你们打屁股。

长尺跪拜

　　汪槐的头一歪，晕倒在轮椅里。第二天，他才渐渐恢复气力。深夜，刘双菊在堂屋的方桌摆上大米、活雄鸡、刀头肉、酒、香纸和钹。汪槐坐在香火前为汪长尺做法事。他双腿微抖，嘴里念着咒语，一边念一边往天上地下撒米，倒酒。半个小时，汗珠挂满他的额头。忽然，他大声地问："长尺要投胎，往哪里？"跪在桌前的青云和直上大声地回答："往城里。"

　　"往哪里？"

　　"往城里。"

　　如此一问一答十几遍，汪长尺的灵魂仍然一动不动地趴在骨灰盒上。汪槐又撒了许多米，倒了许多酒，撕了一片雄鸡的鸡冠和几根鸡毛扔在地上。这些都没有打通鬼神的关卡，也没有打动汪长尺。汪槐说长尺，我知道你舍不得爹妈，我知道你不忍心抛下我们。你听了一辈子爹妈的话，你就再听一次吧。上辈子你投错了胎，投到了我们家里。我们家穷，没让你过上一天好日子。下辈子你一定要选个好人家，一定要投到城里去。我们有青云和直上，你就放心地去吧。说完，他又念了几遍咒语。他问："长尺要投胎，往哪里？"

　　"往城里。"青云和直上响亮地回答。

　　"往哪里？"汪槐问得更大声。

　　"往城里。"刘双菊、二叔、刘建平、小文和叔娘等全都跟着喊。

　　"往哪里？"汪槐又问。

　　"往城里。"众人大声而响亮地回答。

"往哪里？"汪槐的嗓音都喊哑了。

"往城里。"门外忽然传来一片喊声。那是村民们的声音。全村人一起帮着喊"往城里"。汪长尺的灵魂蠢蠢欲动。汪槐用力一敲桌上的钹，"当"的一声。汪长尺的灵魂忽地飞了起来，越过屋顶，盘旋。汪槐又"当"地一敲。汪长尺的灵魂朝着大枫树飞去，停在大枫树的枝头恋恋不舍地回望。汪槐再"当"地一敲，就像当年催汪长尺去补习，就像当年催他去城里打工。钹的声音追到大枫树的枝头，汪长尺的灵魂再次起飞。它飞过森林、河流、公路、铁路、楼房……一直飞到省城，飞到人民路，飞进人民医院产房。

产房里"哇"的一声，憋得筋疲力尽的吴欣终于产下一个男婴。听说是个"男孩"，站在门外焦急等待的林家柏顿时兴奋得手舞足蹈。

▍ 作品点评 ▍

东西的小说回应当今中国现实的尖锐社会问题，他不惜把最艰难的困境揭示出来，他要写出不只是乡村中国在现代化和城市化进程中遭遇的外部障碍，更重要的是，他们内心自我被城市殖民化的困境，他们被推到这样的历史道路上，但却没有他们行走的路径和方向。东西的书写是深刻而富有警醒意义的。他的小说叙述艺术紧凑、饱满而富有张力，起承转合结构清晰，环环相扣，层层推进，中国当代长篇小说长期不注重叙述艺术，东西的创作因而尤其显得难能可贵。

——陈晓明：《乡村的弃绝与小说的歪邪之力——评东西新作〈篡改的命〉》，《当代作家评论》2016年第1期

在汪长尺身上，我们可以读出阿Q、骆驼祥子、多多头、高加林、福贵……这些农民形象和人物的来迹，但又可以看出一个最新的化身：他是千千万万个历经了近二三十年城市化和工业化进程，为之付出了一切的农民青年的一个代表，他短暂的、诚实但并不弱智的一生可能只有三十几岁或者四十岁，但已足以称得上是"命

运的万壑千沟"，经过了无数的沟坎与磨难。他的命运其实就是无论怎样努力也赶不上时间赋予他的差距，贫穷使他无法正常地获得任何机会，而一切努力的结果都只是拉大这先天的距离，同时还要付出更多，鲜血、身体、用命挣来的钱，总永远难以应付的各种意外伤病与风险，最终还要付出所有的尊严。这个命运一方面是汪长尺个人的，同时也是历史的；是属于一个农民的，但更是整个乡村世界的。城市吸引和召唤着他们，同时也诱惑和改变着他们，最终销蚀和毁灭着他们。

他要为千千万万个汪长尺，为最终融入城市而消失了自己的乡村人，为正在一天天消失的乡村本身，它的土地上的一切，包括生活方式、伦理情感、风物民俗，一切美好的和原始的、穷困的和干净的、愚昧的和坚忍的……为这个世界唱一曲无边的挽歌，为汪长尺们曾经的血肉之躯竖一座纪念碑。汪长尺或许就是"我们时代的最后乡村"的一个化身，一个将乡村扛于自己的肩头、存于自己的血液与内心的人，他的死不止是个体肉身的毁灭，更是整个他身后的历史、传统、身份和文化的毁灭。这是城市和资本的胜利，从"大历史"的宏观逻辑看，这似乎是波澜壮阔的进步和风云际会的前进；可是从"人"和文化乃至文明的角度看，这波澜壮阔与风云际会中又充满了血色的惨淡与命运的荒谬，充满着生的艰难与死的悲怆。这一切最终会消失于历史之中，湮灭于城市的高楼大厦与万家灯火之中，但会长存于东西的悲歌与寓言之中，存在于《篡改的命》的一唱三叹之中。

——张清华:《在命运的万壑千沟之间——论东西，以长篇小说〈篡改的命〉为切入点》,《当代作家评论》2016年第1期

叙述的轴心是一个叫汪长尺的人，他的命运几乎集中了农村青年的倒霉命运，或者说集中了当今社会无权无钱无关系家庭孩子的挫折人生。

……

东西不是一个悲伤的人，他是一个快乐的人，《篡改的命》则是一部绝望之作。父亲汪槐母亲刘双菊，建筑工地的工友，汪长尺人生路上同病相怜的这个和那个，

几乎都在承受命运的无情践踏。

……

《篡改的命》里的情节转换充满戏剧性，阅读的时候可能会觉得过于戏剧化，我认为这个不重要，重要的是东西在这里努力写出他的人间戏剧。情节转换的戏剧性有时会带来细节上的瑕疵，我认为这个也不重要，重要的是东西用生机勃勃的语言写下了生机勃勃的欺压和生机勃勃的抵抗。

——余华：《生机勃勃的语言》，《重庆晚报》2015 年 12 月 1 日

当我读到东西《篡改的命》（上海文艺出版社，2015 年版）时，我就倍感亲切。东西是我喜欢的作家，机智，深刻，富有灵气。十多年来，我一直密切关注着他的小说。他始终以自己独有的从容的姿态写着他的小说，不慌不忙，不骄不躁。他的长篇小说《耳光响亮》《后悔录》以及这部《篡改的命》都是中国文坛难得的杰作。我最欣赏的是他的《后悔录》和《篡改的命》。说到小说，我一直在寻找那种既好看又有意味的作品。《后悔录》和《篡改的命》就满足了我的这种阅读期待。东西真是讲故事的高手，无论多么荒诞，无论多么离奇，无论多么不可思议，他都讲得像模像样，一本正经，合情合理。这显然是需要想象力的。而在小说创作中，想象力就是创造力的最好体现。当然也需要对人性的深刻洞察。《后悔录》中不断出现的"如果"这两个字，既突出了后悔的气息，也突出了绝望的气息。因为现实是没有如果的。后悔，仅仅是主人公曾广贤的语调，仅仅是小说的语调和气息，而并非小说的主题。小说的主题实际上是荒诞，人生的荒诞，有着浓郁的存在主义色彩。人生充满了圈套，一不留神，我们随时随地都有可能落入圈套，有时甚至是自己设下的圈套。《后悔录》和《篡改的命》中都有无数细节，像黑色幽默，会叫人发笑，但读完全书，你却怎么也笑不起来了。唯有悲哀，唯有郁闷，唯有哭的冲动。本质上，我相信，东西对人性充满了悲观和绝望。东西富有理解力和洞察力，又有生活积累，对中国现实有着深刻的了解。可以说，《篡改的命》将中国现实中个人的命运写到了极致。若无对中国现实的深刻了解，若无对人性的深入挖掘，若无对城乡

差别的刻骨记忆，若无长期的积累、观察和领悟，若无必要的写作才华，很难写出这样精彩的作品。小说涉及的话题丰富，结构精巧，逻辑严密，大量细节令人难忘，写得特别狠，特别绝，唯其如此，才能反映中国复杂的现实。而语言常常是轻盈的，带有黑色幽默色彩的，还用了不少流行词语，甚至网络词语。想象力，现实感，虚和实的巧妙结合，使得一部实质沉重的小说变得特别好看、可读。什么是中国现实？什么是中国真实？那么，就读《篡改的命》吧。

——高兴:《杂乱而又贴心的阅读》,《中华读书报》2015年12月23日第15版

无穷镜
（节选）

陈谦

这栋位于硅谷昂贵社区洛斯阿图斯山的房子，坐落在一个小坡顶端的平地上。从这里出发，车子拐出几道弯，转上长长的坡道，一路下去，穿过280高速公路，便直达硅谷的发源地、高科技行业和风险投资公司云集的帕洛阿图。珊映的母校斯坦福大学那阔大的校园就在路边。顺路前行，跨过湾区交通主动脉101高速公路，穿过谷歌的几片街区，就可抵达红珊科技。若非上下班交通高峰时段，全程不到二十分钟。山野间清新的原生态，对比着山下硅谷的万丈红尘，入世和出世频繁切换。

珊映还在斯坦福读博士时，曾和康丰一道来软件大师尼克在这山间谷地的家里参加感恩节派对。尼克那时是她的论文答辩委员会成员。傍晚时分，尼克领着他们在林间小道散步。看着坡面上一幢幢藏在林间、像老电影里见过的那种神秘庄园般的房子，珊映兴致特别高。她脱口对尼克说：等将来成功了，我要来这里和你做邻居。尼克笑出了声，说：你听上去真像是斯坦福的孩子。那我等着你们了。走出几步，尼克忽然站下来，指着远处坡顶上被高大橡树林遮蔽得只露出暗旧木屋顶的一幢老房子，自语般地说：我的老朋友 Wallace Stegner，已经走了好多年了，那是他的故居。他可是美国国家图书奖得主啊，也是斯坦福创作专业的创始人。他

作品信息

《无穷镜》，江苏文艺出版社2016年1月出版。本文节选自第2章"望远镜"。

活着的时候，我们常一起在这林间散步。你看，一个时代真的过去了。

尼克的表情染上了凄伤。珊映不知该如何安慰他，安静地陪着尼克站在天光愈发黯淡的林间小道上，听着远处传来乌鸦"呱呱"的低声。康丰握着她的手，用力捏紧了。

康丰记住了那个感恩节傍晚她随兴说的梦话。在他供职的公司于2009年成功上市后，康丰一卖出手里到期的期权股票，就买下了现在珊映住的这座房子。房子前主人的儿女在父亲去世后，将原来占地三英亩的山间土地申办成两个住户区：老屋推倒后重建出两栋房子，分别上市出售。珊映这栋虽占地较小，但有270度的山谷景色和平整宽大的后院，从楼上阳台看出去，还能望到远处海湾一角。最让珊映开心的是，这儿离尼克家很近。如今若不出差，而尼克也在家的话，珊映总喜欢在早晨散步下山时，拐到尼克那个在朋友圈里名气很大的玫瑰花园里坐上一会儿，喝杯咖啡，聊聊天。特别是康丰离开后，那里成了珊映可以放松地说说私人话题的地方。

珊映下到客厅，看着铺满电脑、器件、书本文件和杯子的长桌，想起这个用加勒比海老船木做成的餐桌被抬进来的那个早晨，空气里那叮叮当当的欢声；还有那上面曾经为一场场派对亮过的烛光、摆过的各色精瓷、玻璃酒杯的频频碰杯声，不由耸了耸肩。这台子如今被挪出来摆在大厅正中做她的办公台，而那些精心挑来、备受过赞美的极简派现代家具，给塞到客厅尽处一角。

珊映从冰箱里拿出昨晚在回家路上从超市里买来的酸奶、蓝莓，又倒了一杯豆奶，烤了两片吐司，端到"博士能"高倍望远镜旁的高脚小吧台上，坐上高椅，一边吃着，一边查看电邮。信箱里大部分的邮件来自北京团队。各种线索在汇集，很多疑问等着她回答。珊映一路看下来，回复完一些最紧急的邮件，转眼一看，已过了六点半，赶忙拨打康丰的办公室电话。一连几次，都无人接听。再拨他的手机，直接就进了语音留言箱。珊映犹豫着，开始留言：康丰，你好。我是珊映呀——她听到自己的尾音有点嗲，摇摇头，立刻换了语调：我有急事找你，非常急。请你听到留言后尽快打电话给我，越快越好，谢谢啊。

　　珊映放下手机，咬着吐司走神。从窗口望出去，后院大草坪边上玫瑰、绣球、薰衣草、茶花和杜鹃等花草，都高矮错落地盛开了，让她惊喜。更远处坡面下，各色夹竹桃开成的花墙在晨风中荡出一片彩浪。这些都是康丰设计的，过去由他亲自打理。如今珊映太忙，只得请墨西哥裔园丁每周来一趟，帮忙维持花木的状态。

　　珊映的目光越过花园，望向远处山间的林木，心下一动，跳下高椅，快步走到客厅长桌边，拿起昨天从公司里带回来的3D眼镜测试器，回到吧台边坐下，连上电源和手提电脑，凑近望远镜头，调着焦距。这台当年康丰用来观鸟、看动物的望远镜，如今成了她的好伙伴。有时在家里工作累了，她会给自己倒杯红酒，坐到高椅上用望远镜看山谷远景，感觉非常放松。镜头中出现的飞鹰，树间的鹿群和各种小动物，成了她的伙伴。在天气晴好时节，她还喜欢用镜头观看对面山坡上那些豪宅后院里的派对。身着泳装的男女泡热浴、游泳、烧烤，还有他们的葡萄园、宠物、孩子和成堆的酒瓶饮料罐，都让珊映感到自己这座碉堡外的生活热气腾腾，令她欢喜。

　　在这个从噩梦中惊醒的早晨，珊映再一次将镜头转向山间。她拉近了对面山顶人家那两棵高大的棕榈树，它们是那段坡顶上最明显的地标。她用测试眼镜对着镜头，拍下一连串那两棵棕榈在近、中、远镜头里的初始状态，又用测试眼镜拍下两棵棕榈在相同焦距下的形象。珊映觉得，用像差已矫正的望远镜所拍出的照片，比照有像差的测试眼镜拍出的照片，对寻找导致产品3D画面边缘瑕疵的根源，一定大有帮助。这灵感让珊映有些开心起来。

　　珊映将测试眼镜取下，嘘出一口长气，将那里面存下的棕榈树照片传往电脑。3D照片的数据很大，使得平日里强劲的网速也慢了下来。她坐在高椅上等着，喝了两口豆奶，好像忽然想起了什么，又凑到望远镜前，将镜头快速下移，对向前方一幢几乎是平视角度的房子。那栋在珊映眼里很有情调的托斯卡纳式老屋子，和她自己房子在山坡上的高度差不多，中间虽然隔着长满橡树的山沟，看上去却是山那边与她直线距离最近的邻人。

　　隔开她们的山沟里有小路通行，却要绕出很远才能抵达对面山上的街区。若是开车，则要先下到前面坡下，转出主道上高速，跑一段再下来，转过山间才能进去。珊映刚搬来时，看到那庭院打理得很好，应季的花总是开得热烈。外墙灰白的装饰石块也刷得干干净净，攀在上面的青藤很是壮硕，厚重的红瓦顶看上去也很新，靠侧面泳池边的那幅墙上，小喷泉流水不曾断过，却几乎不见有人走动。珊映想那大概是这山里最原始的房主，有条件请人打理房子，自己却年事已高。

到了她离婚后从德州搬回，忽然就看到院子里有了一个年轻女子的身影，显然是换了新主人。不时走在珊映镜头里的新面孔，是一个年轻好看的东方女子，三十出头模样。珊映并不能将五官看得很清，但能看出那轮廓很柔美。那年轻女子一头长发，步子很碎，让她修长的身姿看上去很是摇曳，珊映觉得都能听到她手腕上那一串串设计夸张的饰物的叮当声。那女子喜欢穿休闲风格的各色长裙，洁净素雅，让珊映想起自己在上海念大学的时光。不同的是，那女子的首饰、围巾、手袋和帽子风格夸张，跟她一身素雅搭配出特别的时尚感。从某个角度看去，她们甚至有点像。

从珊映的望远镜里，只能看到那家后院的泳池，和池边的亭子，还有草地一角和半截车道。车道上不时停着一辆雪白的奔驰越野车。房子那侧却被高大的柏树、橡树和枫树挡得很严实，只有二楼的几扇窗子在树杈间露出几块深色。珊映从不将望远镜对向那些窗子。她最喜欢看的，是那女子带着一对小儿女出入的情景。两个孩子大约有五六岁，女孩比男孩略高一些。那家里还有一只大哈士奇狗，每当孩子们被接回家来，一下车，就能看到那白乎乎的大狗儿欢快地扑上去，和那母子三人搂成一团。她和康丰刚结婚的时候，康丰说过，他的美国梦就是有一双儿女，一辆越野车，一只德国大狼犬。她却像老尼克有时开玩笑说的，选择了那条尘土飞扬的去往罗马的道路。如今每次看到那个镜头里的女子，总让她觉得是看到了自己选择绕开的小径上的风景，印证着康丰描绘过的梦境的暖色，这让她从望远镜边退下时，心下有些空。也许是不凑巧，珊映从没有在镜头里见过那家的男主人，这让她有些好奇。

大概因为时间还早，镜头里没有人影。珊映离开望远镜，看到已经有几幅照片传到电脑上，康丰却还没有回音，这真不像康丰的行为。如果下午开会前无法从康丰那里获得解决方案的线索，她将很难为团队提供实质性的指导。对目前产品瑕疵产生的原因，珊映凭直觉猜想，只有康丰最可能提供快捷的攻关方向。在这个节骨眼上，她和她的团队都拖不起。珊映拿起 iPhone，犹豫着。他会不会在家上班呢？作为前妻，珊映在康丰再婚后，已不再往他家里打电话。只要想象自己要跟康丰那个照片上看上去健美阳光的年轻妻子说话，珊映就莫名紧张。

珊映起身去厨房给自己做了杯咖啡端出来，瞄了一眼电脑，下载还未完成。她取来 iPad，准备待会儿用上面的裸眼 3D 应用程序来看刚才的照片。一边等着，她随手点开 iPad 上的微博界面，匆匆扫过几页后，几乎是下意识地进入了昵称为"安吉拉 – 叶"的微博。

在国内团队和业界朋友的撺掇下，为了工作方便，珊映在一年前开了个微博账号。她关注的对象同质性很强，基本是高科技界从业人士。在微信流行之前，微博私信是她的另一条与大家联系的渠道。北京团队曾要帮她申请个企业账户，方便公司做正面宣传，珊映没答应。一是觉得公司还没到需要大规模建立公众知名度的阶段，二来也不想将自己的业余时间跟工作连接得如此紧密。出乎意料的是，自开了微博账号，她发现自己确实能从关注对象那儿及时获得不少有价值的最新业界资讯。这让她养成了一个习惯，如果工作时间太长，中间想要休息时，就会到微博去转转。微博带给她的是与推特和微信账号不同的另一种体验，使自己能够跟上北京团队里那些孩子们的步伐了。有时开会，听她蹦出几句最新网络流行语，逗得大家开心地笑。

这个"安吉拉 – 叶"，是珊映在谷歌搜索引擎里搜索"模拟长跟踪镜"时撞到的。当时红珊正在搭建，公司除了往谷歌二代眼镜应用开发这一方向发展，手机应用也是另一可能方向。珊映那时在跟一个投资团队的专家谈开发手机移动跟踪软件的可能性，了解到硅谷已有几家小型创业公司在做这类项目。

"安吉拉 – 叶"的微博注册为"海外，美国，女性"。珊映第一反应就是安吉拉也在硅谷。那头像栏里是一张带着一道道裂边的芭蕉叶。珊映猜想"叶"应该是安吉拉的姓。她小时候在桂西南生活的经历告诉她，叶上的裂纹是被风吹打出来的。微博用的是自设置模版，浅淡的灰蓝远山，蒙蒙的树影和层峰尽头的几抹薄云，一条小径蜿蜒而去，隐入林间，给珊映一种似曾相识的感觉。让珊映初见时心下一动的，是那用花体写出的英文题头——The Road Not Taken（未行之路）。那是曾四度获得普利策奖的已逝美国大诗人罗伯特·佛洛斯特那首在美国家喻户晓的诗作标题。珊映记得大学里听外教谈过，她忍不住上网搜读：

> 两条道路在秋木林中分岔
> 可惜我不能两条都走
> 作为旅人，我久久地站在岔口上，
> 极目眺望其中一条道路的尽头，
> 直到望见它消失在林木深处。

时隔多年，再次读到最后一段，她已经穿过了当年困扰过她的那些字句，有了诗人同样的叹息：

> 我将会轻轻叹说，
> 当我年老的时候：
> 两条道路在林中分岔，而我——
> 选择了行人较少的那条，
> 这使得一切变得完全不同。

珊映将这首诗读了几遍，有些伤感起来，立刻将"安吉拉-叶"设为关注对象。为了不引起这位潜在同行的注意，她将安吉拉的微博设成"秘密关注"。

安吉拉的微博没有透露更多个人信息，当时只有十几位粉丝。她总将每条一百四十字的微博写得很满。绝大部分微博都在谈项目构想，APP 设计中潜在的问题，就像博主的工作笔记板。从微博的内容看，她们的产品，除了与同类产品一样，具有用手机跟踪定位儿童的功能外，还能与各主要社交网站连接，让父母了解孩子们的交友情况。从安吉拉谈项目的角度，珊映感觉她跟自己一样，掌管着一个新创公司。从语言习惯读来，她也跟自己年纪相当，甚至日程也跟自己差不多，有时连出差、开会都会同步。但安吉拉从来不谈自己公司的运作细节，珊映却能从字里行间感觉到她的公司没有资金压力，这令珊映很羡慕。

粉丝慢慢多起来之后，安吉拉的微博开始有了与工作无关的内容。她有一对可爱的鹦鹉，一只叫"俊"，一只叫"雅"。她最爱录写的是跟它们的互动。它们如何与她捉迷藏，玩游戏，对话种种，用拟人化笔法写来，生动有趣，读上去像是微童话，引来粉丝们围观赞美。到了这时，再翻读她谈工作的文字，珊映有读科幻小说的感觉。安吉拉有时也会在谈生活时，配上一两张照片。她应该是单身，好像也没有值得一提的感情关系，显然也是住在山间，但让人看不出具体地区。偶尔照片里会有她的身影，都是远景，多半还是侧面，长长的头发总是垂下来，又戴着大大的太阳眼镜，让人看不清她的面容，却能看出她非常时尚。珊映有时在深夜里翻看安吉拉的微博，有如遥望到黑魆魆山间远处一点橘色的光，非常放松。

眼下，安吉拉的微博还是珊映在北京机场候机厅里读到的内容：在出差，很想俊和雅。安吉拉总是有牵挂，这让珊映有点心酸。她轻轻一点，退出了微博界面。

窗框的倒影在缩短。看到电脑里的下载已近尾声，珊映再次拨打康丰的手机和办公室电话，还是直接进语音留言箱。她不再犹豫，直接拨了康丰家里。

哈罗！一个轻柔的女声，压得很低，像是怕惊醒什么人。是苗苗，康丰年轻的太太，弹得一手好钢琴的前上音附中学生。她应该看得到电话上的来电显示。当然，康丰也可能将她的号码抹掉了，珊映走神想。苗苗轻细的声音追上来：哈罗？背景里传出小孩子的哭声。珊映压下声来：我是珊映，请问康丰在吗？苗苗回道：哦，你好呀！听上去有些兴奋。没等珊映答话，她马上说：康丰不在家。口气一下就冷了。孩子的哭声越发响了，中气十足，珊映回想着康丰在儿子满月时传来的照片，那孩子有圆圆的脸蛋。好在是男孩，珊映曾经想。她不敢想象康丰的女儿会是什么样子。

孩子哭了，珊映提醒她，停了一下。没关系，他刚醒来，苗苗的上海口音出来了。珊映看过她的照片，尖尖的瓜子脸儿，单眼皮细长眼，眉毛弯得失真，像足老上海挂历上的女子，有种带着韧性的柔美，果然像苏州人家的姑娘。康丰说过，苗苗原来在奥斯汀德州大学念会计专业，婚后很快就成了母亲，如今休学在家带孩子。孩子的哭声更大了，一个女中音在背景里冒出，讲着带苏州口音的上海话哄孩子，应该是孩子的外婆。

不好意思，打扰你们了。我公司出了些问题，很急，非常需要康丰的帮忙。打他的手机和办公室电话，都没有回音，珊映小心地说着。康丰到巴基斯坦去了，苗苗打断她的话。他又爬山去了！没等珊映答话，苗苗又说，口气明显地带着不悦。巴基斯坦？他去了巴基斯坦？！他不是已经不爬山了吗？珊映一惊，想到那个小娃娃，声音高起来。是呀，原来答应得好好的，但今年突然又开始了，唉——苗苗长叹一口气。

他怎么可以这样？孩子这么小，上雪山多危险啊，真疯了——珊映无声地咬着这句话，握着拳在桌面上挥了挥，没砸下去，就听得苗苗在电话那头说：他这几天应该到营地上了，山区里接电话很不方便，你可以给他电邮，一有机会他会查信箱，但也不敢保证他能及时看到，可总比打电话好些。如果他跟我联系，我会告诉他——

背景里孩子的哭声更大了，看来外婆也没能安抚他。你快去看看孩子吧，珊映赶忙说。苗苗很重地叹了一口气，说：好吧。珊映挂上电话的时候，好一会儿都还没回过神来。清晨时将她惊醒的梦，"啪"的一下又拍到她脑门上。

珊映是在斯坦福校园里碰到康丰的。作为著名的黄冈中学里的高才生，奥数优胜者，康丰当年是保送上的清华。也保送了上海交大的，他又说。大概看到珊映的脸色忽然有些冷，他赶忙说：条条大路通罗马，你看，在国内天南地北的我们还不是在这里集合了？康丰说这话时，正领着刚到学校一星期的珊映穿过斯坦福的椭圆大草坪，去学校博物馆看那里收藏数量仅次于法国国家艺术馆的罗丹雕塑。

珊映回头望去，远处的胡佛塔和古色古香的西班牙式教学楼群在阳光下泛出水洗过一般的洁净淡姜黄，衬着湛蓝的天色，有一种她从未见过的高远。大草地上有躺着的人，叼着飞盘的狗，一拨拨拍照的游人。更远处，年轻人在打球。康丰留着学生气十足的锅盖头，一双非常南方的大眼睛在擦得亮晃晃的镜片后慢慢地眨着，带点孩子气。他穿一件胸前印着枣红花体 Stanford 字样的白色 T 恤，双手插在牛仔裤裤兜里，看上去有一种说不出的自在。珊映轻声说，我们学校很好的。康丰马上说，那是那是。但她没有告诉康丰，考进上海交大是她自幼的理想。

珊映在广西贫困的百色山区度过童年。她父亲参加了"文革"前最后一次高考，进入上海交大修读工程物理专业。在乱哄哄的校园里进进出出闹了四年后，被分回家乡广西。一层层下放锻炼后，与后来成了珊映母亲的女友一同来到百色安家。广西师大化学系毕业的珊映母亲到县第二中学教书，珊映父亲则到了地区农机站。珊映和哥哥相继在百色出生。

珊映关于百色的童年印象，除了那满目青黑的大石山，就是父亲在因电压不稳而忽明忽暗的灯下夜读的身影。农机站院子里的大人下了班，不是钓鱼打鸟就是喝酒打牌、串门聊天，只有自己的父亲总是伏在窗前小桌上读读写写。如果父亲自己不看书，就会带珊映和哥哥一起看书。父亲用自己的语言给他们讲《十万个为什么》。山水树木，日月星空，风雨雷电，花草鱼虫，瓜果石头，在他的嘴里都有清楚的道理。父亲总是叹说道，自己好不容易考上了那么好的大学却没能学到东西，真是人生最大遗憾。现在安定些了，有空就自己补补课，日子过起来就没那么空落。年幼的珊映听不懂别的，只记住了父亲上过"那么好"的大学。

世道果然会变。"文革"后恢复招收研究生，珊映父亲顺利考回母校。珊映站在长途汽车站看父亲离去，搂着母亲悄声说，自己将来也要上爸爸的大学，惹得母亲笑出声来，拍着她的脑袋说，那还远着呢。

父亲研究生毕业后留校任教。待将全家从百色接到上海安顿下来，珊映已上小学四年级。她不会说上海话，普通话又带着浓重百色口音，被同学怪声怪气地学着取笑。她每天上下学走在路上，看着街上揿着喇叭来来去去的车辆，五颜六色的时髦男女，数不清的大小商铺，感觉眼睛不够用。可她听不明白人们说的话，好像到了外国。她心下喜欢这个动感十足的大都市，却觉得自己像一个站在大湖边上的小孩，被碧绿的湖水深深吸引，却不知从哪儿下水。她只能每天孤独地东逛西看。

不久，珊映发现小区边上有一家杂货铺有图书出租。店主是一对只会说上海话的老夫妻。店里除卖些针头线脑、日用杂货，一面墙上靠着两个简易书架，插得满满书的。主要是武侠小说，也有些外国小说、童话故事、热门书籍和文摘、科普杂志。如果在店里看书则免费。珊映开始在放学的路上拐到这里看书，常常到天快黑了，店主催她该回家了才离开。时间一长，店主夫妇跟她熟络起来。书你随意看，爱看书的小囡，叫人欢喜的呀，他们说，又嘱她常来。

珊映在店里泡久了，能听懂的上海话越来越多。店里有什么书，放在哪里，她都清楚。有客人来找书，只要一问，她总能帮忙找到。因自己基本都翻过，她还能介绍几句。珊映生得眉眼细致，说话又有条理，一来二去的，熟客都爱跟她聊几句，听她说说自己的身世来路，都觉得很有趣。到了后来，店主有急事出去一下，就会让珊映代为照看店子。有人租书就由她登记、收钱，俨然像个小东家。她的上海话变得流利起来，甚至市面上新流行的方言俚语也能及时领会，跟同学的语言隔阂渐渐消融。

在学业上，珊映虽落下的内容不多，可上海学校明显教得更有深度。这让在百色学校里总是年级数一数二的珊映，到上海后一下就降到了年级中段。这样是考不上交大的啊，父亲告诉她和哥哥。哥哥并不在意，可珊映每天做完作业，一定会多做一份父亲布置的补习题。到了学年快结束的时候，她的成绩就牢牢排在年级前列。上下学同路的小伙伴，开始主动找她一起做作业，约她出去玩。到了这时，珊映知道自己已经融进了上海这个大湖里。这再一次让她相信，所有的收获都要靠努力。她喜欢父亲说的，如果每一分都是自己挣来，别人就永远拿不走。

珊映高中毕业后如愿考入上海交大，修读集成电路专业。这是交大跟清华齐名的专业。她在这个童年时代就铺在自己梦中的校园一路读到硕士。珊映后来说起她在交大的生活，总会强调一句：我没有浪费在那里的每一分钟。由着父亲的带领，她从来不觉得用功是一件苦事。在交大读研究生时，到美国继续深造成了她的人生新目标。珊映习惯一个台阶接一个台阶攀登的生活方式。她不知道自己的目的地在哪里，却肯定它在前方某个高处。

珊映到斯坦福报到的第一天，就在系办公室遇到了康丰。电机系女生本来就很少，突然来了个身材细挑、五官细致，爱穿自然色棉布长裙配素色 T 恤的女博士生珊映，教授和同学都有些兴奋。目光清亮的新生珊映这时发现，自以为是有备而来，在这全新的环境里却似乎事事都没把握。人家的英文好像都听得懂，却又抓不住具体意思。虽然跟当年初到上海的感觉有些相似，但这里的文化完全不同，手忙脚乱地连蒙带猜，心里就有些慌。忽然遇到康丰这个有问必答、答必有解的学长，珊映就像从过山车上落了地，直接坐进了平稳的小丰田。

康丰比她大一岁，却比她高两届，说起来是小时跳过级。康丰第一次开车来接她去办社会安全号码，站在研究生公寓停车场里等待的珊映，远远看到康丰那辆缓缓驶近的银色半旧丰田佳美，她开心地笑着，抬脚踢了几颗石子儿。康丰一边打招呼，一边侧身给她开车门。他头一低，额前那排孩童般齐刷刷的头发掉下来遮住眼睛，让珊映心软。康丰后来说，那天远远望到她拎着双肩包站在阳光下张望，他记起了自己刚到美国时的焦虑，觉得自己对她有责任。两人很快在校园出双入对，系里教授和同学公开或私下里谈起，都觉得他俩特别般配，连个子都差不多高，走在一起那么好看，大家都为两人顺利地找到对方而高兴。

珊映和康丰在认识两年后的夏天，到市政厅登记结婚。他们在校园里过着忙碌而简单的学生生活，在美国也没有多少亲友，就没有像校友们那样在斯坦福那著名的大教堂里举行婚礼。他们在婚后的暑假里回国，由康丰父母在宜昌张罗请了五桌亲友，算是喜宴。康丰的父母是大学同学，分别来自湖南、四川，在三峡电站任发配电工程师。酒席虽然简单，到底也是喜酒，珊映的父母专程从上海去了宜昌。

当珊映的父亲在酒桌边举杯，拉起她的手放到康丰手里时，在场的女人们眼睛都红了。在潮热的包厢里，珊映咬着嘴唇，看父亲因喝了酒而带上紫红的脸上不停掉下汗珠，心下震惊，觉得父亲忽然老得都不认识了。父亲不停擦着汗，珊映想，他是掩饰着眼里的泪水。父亲将她的手在康丰手中放牢，转向大家高声说：我这女儿是我这一生最大的骄傲。两岁不到，我教她用卡片看图识字，她就过目不忘。她哥哥比她大三岁多，同样认一个字，要反复很多遍才能记得。两岁半的孩子，我带她出门，七拐八绕之后故意躲起来，看她怎么应付。她当然大哭了，可她竟能边哭边循着原路走回家去。我就知道上天给了我一份特别的礼物。

珊映听得有些不自然起来，抬眼看到席上的嫂嫂在哥哥肩上轻轻拍了拍。珊映的哥哥从上海师范大学毕业后，一直在市里一所职业专科学校当生物老师，两年前和在学校图书馆工作的嫂嫂结婚，小日子过得平静安泰。珊映知道，对父亲这样的对比，哥哥已经麻木了。可在这样的亲友聚会场合，父亲又说了出来，令珊映很是不安。她向哥哥递了个歉疚的眼色。穿着白色短袖衫、打着红蓝相间斜纹领带的哥哥，接住了她的目光，微笑着向她竖了竖大拇指。珊映又看到母亲侧过脸去，笑着跟亲家母说了句什么。

珊映父亲提了声音：当然，我们都晓得，一个人光有天资是不够的。话声落地，全场一片安静。本来大家对康丰这样一路出挑的孩子娶回个斯坦福女博士生并不觉得意外，可到这天见到一袭大红花缎无袖旗袍，眉目清丽的新娘，一下都有些回不过神来。他们倒忘了珊映那斯坦福博士生身份，交口说，到底是上海姑娘，这眉眼气质，样样都那么妥帖洋气。可若不是珊映父亲说出来，他们还真没想到新娘还有这样优异的特质。

在全场屏息静候中，珊映父亲接下去：天资加勤奋，一个人有了这两点，她就一定能走很远，我为我女儿骄傲。可作为父亲，我只能陪她走这么远。我们中国老话说得是，女大当嫁，女孩子到底还是要找个好归宿。她将来的路还很长。今天，阿丰啊，我将珊映交给你啦。阿丰是这样优秀出色的小伙子，我非常放心。

说到这里，父亲转过身来，朝她和康丰举起酒杯，提起他那带点沙哑的声音说：在这里，爸爸祝你们互敬互爱，共同进步，一起去实现你们的人生理想，一起去点燃你们生命里的焰火。

噼里啪啦的掌声响起，有女眷在揩泪。珊映忍住没抹眼睛，只看到父亲一半清晰一半模糊的身影在晃动。她上前拥住父亲。只有她知道，父亲道出的不是空洞口号，是他们父女的暗语。在她去美国的前夜，父亲对她说：大部分的人活在这世上，都像一炷燃在风中的香，一生能安然燃尽，就是福气；可有些人不愿做一炷香，要做那夜空里绽放的烟花。见珊映不响，父亲又说：有幸能在短暂一生里燃放出烟花的人是非常幸运的。父亲的声音低下去，像在自语：一要有才智，二要有毅力。人也会说，烟花灿烂是灿烂，但多么短暂。这就跟站在平地的人体会不到险峰上的无限风光是一个意思。珊映点头。她在百色山乡还不曾见过烟花的时候，就看着那识字卡片上"烟花"两字的黑色底面上的五彩缤纷说，她喜欢烟花。模糊间，她一路只懂往前冲，到了这时，那夜空里腾空怒放的烟花，忽然成为人生目标的一个具象。

接到父亲心梗猝逝的噩耗，珊映眼前出现的是父亲在婚礼上那张姜青色的面孔和额前灰白参半的发色，再想起他那天的话，竟听出了临终遗言般的意味。珊映的父亲倒在讲台边，再没有醒来。珊映母亲说，你爸这是求仁得仁了。一辈子拼得这么狠，从来就不晓得躺下睡个安生觉是个什么感觉啊。

珊映后来在斯坦福大球场上举行的毕业典礼中，想到父亲一直盼望这一天，却再不能来，红了眼圈，转身跟专程来美国参加她博士学位授受仪式的母亲谈起父亲在婚礼上的那些话。母亲青白了脸，说：要我说的话，好好过日子最重要，奔来奔去干什么？人一走，留下的就是一个"空"字，这才是人生的真义。你好好和阿丰过日子，日子过安妥了，人生就圆满了，不要瞎扯那些不着影子的东西，只会害人。你爸也就算了，可你是个女仔，千祈莫要走火入魔。你爸如果放松点，凭他家族的长寿基因，活个八十肯定没问题。你要吸取教训。珊映只能不作声。母亲越来越看重的是活成一炷缓缓燃烧的香。她明白这里面没有对错，不值得争论。

｜ 文学史评论 ｜

陈谦小说讲述的大都是事业成功者的故事，那么，事业成功是否意味着人生的全部意义，是否意味着真正的人生幸福，这已经成为陈谦许多小说所追问的问题。陈谦笔下的人物往往目标明确、心志专一、一路奔跑、直奔主题，但他们往往是到了事业巅峰之际，人生出现了问题，才忽然醒悟，人生并不是事业的单面结构，而是生命的圆形状态。人生究竟是选择做一炷缓慢燃烧赢得最长时间的香，还是做那燃烧灿烂的烟花，小说中的人物无法做出非此即彼的回答。在《无穷镜》中，作者有意引用了美国著名诗人弗罗斯特的诗歌《未行之路》，以隐喻自己对人生道路选择的思考。

  ——刘硕良主编《广西现代文化史》(第三卷)，广西师范大学出版社，2016，

    第95—96页

▎ 作品点评 ▎

  从《爱在无爱的硅谷》到《无穷镜》，陈谦实现对于硅谷高科技领域的独到表达，填补海外华文文学的书写空白。成功光环掩盖下人生困惑中的出走，实现生命价值的回归，实现内心深处成功的渴望，两部作品对硅谷华人精英的思想内涵、发展曲线进行深入剖析与形象展示，展现出独特的精神气质。

  ——刘云、王宗法：《论陈谦硅谷小说的新变——从〈爱在无爱的硅谷〉到〈无穷镜〉》，《世界华文文学论坛》2017年第2期

沧海之约（节选）

朱东

东川岛上，一边是海军潜艇基地的招待所，一边是旅游开放区，这里生长着漫山遍野人工种植的红豆杉和大片的药用黄花蒿。

在舰艇上忙碌了一天的黄海荣专家坐在沙发上，梁友生在为他沏茶，林珊则在客厅里布置一些设备，只见她先用微型雷达扫描仪把房间的每一个角落都仔仔细细地扫描了一遍，确定房间里没有窃听器或危险物，然后拿出黑色小型摄像头对着门口调试安装的角度，对应着角度把它粘在了挂衣架上，再用黄教授的一件黑色夹克用来遮挡伪装："黄教授，这件夹克您就不要去动它了，接下来几天您出门时我都会过来接您，然后顺便检查一下这部仪器的运作情况。"

黄海荣满意地点了点头，他知道这是国安部对涉密专家进行户外工作时提供的例行保护工作，一是为了防止泄密，二是为了保障专家的人身安全。每次他出发到各地巡视，当地的国安部门都派行动小组鞍前马后地服务。

这次接待规格较高，他歉意地对梁友生说："你

作者简介

朱东，博白人，毕业于广西大学政治经济学专业，高级编辑，现任贺州市委常委、宣传部部长、副市长。中国作家协会会员，著有长篇小说《股份农民》《沧海之约》等，在《人民日报》《民族文学》《美文》《飞天》等发表文学作品，曾获第七届广西壮族自治区文艺创作铜鼓奖，长篇小说《股份农民》三度被国家新闻出版总署列入全国"农家书屋"重点推荐书目，改编为36集电视剧。

作品信息

《沧海之约》，红旗出版社2016年9月出版。本文选自第11章。

们杨厅长也太认真了，怎么能让你这样一个战斗英雄来为我一个老头子服务呢！你的腿还不太方便，真是折杀老夫也！"

"黄教授，千万别这么说！实不相瞒，这是我主动请缨的，能为您这样的专家服务，我感觉这是最光荣的使命！还记得六十年前钱学森老前辈回国的风波吗？A国的上将苦苦挽留，说'他的脑袋抵我军三个师'，现在的军备竞争更强调高科技，你们这些专家的价值何止三个师！所以我们系统每每接到此类保护涉密专家的任务时，都视为重中之重！"

"是啊，专业人才可遇不可求，一个人要在一个领域里有所建树，必须浸润其专业二十年以上。还记得今年年初，被人在街头暗杀的伊朗核物理学家艾依·穆罕默德吗？他是伊朗最优秀的研究核反应堆的专家，据伊朗官方透露，他的缺席，直接导致了伊朗的核试验一度进入瘫痪状态。再去寻找、培养一个能替代他的专家，要花多少人力物力。"黄教授回忆着。

梁友生接话道："更重要的是，专家的人身安全得不到保障，有后顾之忧啊——他们太大意了，就说这个伊朗核物理学家吧，政府在收到恐怖分子发出的恐吓信时，还后知后觉，没有提供足够的保护措施，他本人也没有意识到危险，据说暗杀发生在他和妻子开着摩托车去幼儿园接孩子的路上……

"所以我们的老祖宗留下了如珍宝一样的古训！'害人之心不可有，防人之心不可无'！我们每每进行实验和演习，都在消息封锁、选地偏僻的情况下低调进行，在此期间，不惜成本保障专家的安全和供给！成功后才昭告天下，'不鸣则已，一鸣惊人'！"

"能做到这些，你们国安部功不可没啊！有这样的意识，也有这样的办法和能力！"

"哈哈！安保工作，确实要步步为营——虚虚实实，问形问势问间！《孙子兵法》是我们最好的训练教材呀！"

"是啊，我们有历史可以传承，以古鉴今！还是做中国的专家好，做中国人幸福！哎，我也爱看这本书！"

"那黄教授，我们今天趁着高兴，整两盅，聊聊《孙子兵法》？"

"好！我是夜猫子，这会儿也睡不着，正好——'醉里挑灯看剑，梦回吹角连营'，倒也有一番情致！"

"就这么定了，林珊，你的工作已经完成了，你回去休整吧！我和黄教授喝两杯。"

林珊笑着告辞走了。

梁友生从自己的房间里拿了两瓶酒过来，又在招待所的小卖部买了一些下酒零食："我备了上好的国窖1573，您试试这酒的口感——说好了，黄教授，你可不能欺负我，今晚不兴吟诗作对、学术理论那些您擅长的，我们今天只比酒量！"

"嘿，你这伙计！仗着你是东北大老爷们，瞧不起人啊！这比酒量，你就一定能赢？我这些年和你们军队的人打交道多了，酒量也练出来了！再说，你知道我老家在哪吗——贵州茅台镇的！今晚你知道强中还有强中手！"黄教授除了治学严谨之外，也有幽默的一面。

当下两人就对酌起来。

林珊正在房间里调试电视频道，也许是地处偏僻的原因，能收到的电视台很少。她打开床头灯，拿出自己带来的书认真看了起来。

"笃笃——"林珊打开门："师兄！程主任！"

陈江峰抖一抖手里的红豆杉标本，兴奋地说："师妹！我听程超说你和梁院长也来东川岛出差，所以我们特地过来献宝呢！"

程超也兴奋地说："这岛上到处都是红豆杉！我们这两天就在和当地的渔民谈开发事宜！颇有进展！"

"红豆杉？"

"这是我们南方地区特有的一种珍贵树种，因其资源稀少，被称为植物王国的'活化石'，集药用、材用、观赏于一体，具有极高的开发利用价值。从红豆杉树皮和枝叶中提取的紫杉醇是一种特效的抗癌药，红豆杉枝叶可用于治疗白血病、肾炎、糖尿病等多种疾病。"陈江峰耐心地给林珊解释。

"小林，你的枕边书是《诗经》呀！嗯，确实很符合你的气质，'蒹葭苍苍，白露为霜。所谓伊人，在水一方。'我也很喜欢！不过，你这书也太旧了！"程超没关注红豆杉，而是一边拿起林珊刚才看的那本书，一边念起《诗经·秦风》的名句来。

这书被用心设计成仿古线装的模样，淡黄的书页，蓝色软皮封面因为被主人翻得太多，已磨出了白色的底纹。

"回到南江，我送本新的给你，我刚从网上订购了一套王向翔诠释、刘晓熹设计的新版《诗经》，它入选了世界最美的书之一！回去后就可收到。听说它的装帧非常出色，我也很期待呢——你们中国人真是非常有智慧！"

"说到智慧，程哥就应该明白，孔子曾评：'《诗》三百，一言以蔽之，曰，思无邪。'古意盎然又质朴无华，塑造了大部分中国人含蓄雅致又重情轻欲的审美基调，我想，较之你那本重于形式的新书，林珊可能还是喜欢这本旧书吧，这本书陪伴她加深了对爱情最初的理解，渲染了她对未来情感归宿的幻想吧，淇水河湾，君子如玉，如切如磋，如琢如磨——淇水河畔的少女在深秋白露时节等待心中的少年涉水而来……"

林珊眼睛亮亮地注视着陈江峰，点了点头："还是师兄了解我，旧书就像老朋友。读古辞翻旧书，才有韵致。"

她掩饰不住对程超的反感，她才不想要程超送她的书，搞不好里面还有窃听器呢！

程超脸上闪过一丝失落，不过他马上调整了过来，转移了话题："差点忘了，还有一件事——周末我们和当地渔民商量好了，租条渔船出海，到时叫上你和梁院长。"

"哦，对了！梁院长住在哪号房？我们找他去，给他一个惊喜！"陈江峰说。

"他和我们陪同来的专家在喝酒呢！"林珊接过那个红豆杉的标本，好奇地打量着。

陈江峰说："师妹，快带我们找他们去，带上这个标本，正好让这个专家也看看！"

程超犹豫地说："会打扰他们吗？要不算了，我们先回去吧！"

"怎么会？我们中国有句古话：'他乡遇故知'乃人生乐事。我们能同时来这岛上出差，梁院长一定会很惊喜，何况他们是在喝酒，又不是在开会。程哥不必介怀。"

程超沉吟了一会儿，说："那好吧，你们等等我，我上趟洗手间。"

程超在洗手间里给梁友生发了条短信，然后才慢吞吞地出来。

三人到了黄教授房间的楼层，出电梯后，程超又突然捂着肚子，极难受地说："哎呀！不知是不是岛上的东西不干净，我觉得肚子不舒服，江峰，不如你陪我回去吧，我们明晚再来拜会梁院长。"

林珊说："没事儿！我出差都备有一些应急的药，你们先进去，我回房拿来给你！"

"程哥怎么啦？今天就像个想逃学的学生！都到门口了，咱们进去聊会儿！"陈江峰心里打了个疑问，抬手摁响门铃。

过了一会儿，才有人应门，梁院长打开门，看到陈江峰、程超，一脸愕然。

陈江峰一边走进房间，一边开心地说："梁院长，这独乐乐不如众乐乐！我们可是跋山涉水来讨你一碗酒喝……"

他的话没继续往下说，他看到黄教授在沙发上已睡得迷迷糊糊。

"你们怎么来了？我正和黄教授在比酒呢！你们看，他不胜酒力，睡着了。"梁友生只是愕然了一会儿，就恢复了处变不惊的常态，慢悠悠地解释道，并抬头责怪地看了一眼程超。

陈江峰捕捉到了这个眼神，也不声张，和梁院长攀谈起来。

回到自己的房间后，程超迫不及待地用房间的固话拨通了梁友生房间的电话："怎样？拿到了吗？"

"没有！那个老家伙刚睡着，我正想去找他包里的U盘，你们就过来敲门了！

你怎么来了？这个陈江峰是什么角色？带他来也不和我打声招呼！"

"他只是掩饰我身份的一颗棋子，你不必理会。我也不知道他会突然提议去找你。我不是给你发了一个短消息通知你我们现在就要去找你吗？"

"我的手机在外套里，外套放在了室内针孔摄影机拍摄的范围内，我当时没走过去看。"

"那下一步怎么办？估计不能再用在酒里放安眠药这招了。还有什么方法可以让他的包离手呢？"

"是的，不能再用，以防他起疑。这样吧，明天下了班，我会约他去游泳。在游泳的时候，我会设法让他的包和我的包寄存在一块，他不会怀疑我的。你帮我应酬他十分钟，我设法出来在休息室拷贝他的 U 盘。"

"休息室里会有监控录像。"

"我从来不打没准备的仗——这种涉及隐私的地方一般是不许装摄像头的，即便有，我的皮包在外表上和教授的一模一样，从录像上看不出破绽。"

"姜还是老的辣！行，我会拖住他十分钟。"

在岛上的海滨游泳场，黄教授、梁友生、程超和陈江峰泡在泳池里，他们游一会儿，聊一会儿，非常惬意。

谈到醉酒，黄教授非常困惑："昨晚真是奇怪，我没喝到几两就被撂倒了，平时我可是两斤的量。而且平时醉酒，是晕乎乎想飘，这一次却是头重得抬不起来，醒来后，也不觉得头疼。"

"是不是买到了假酒？"程超关心地问，"我在网上看到，你们国家的假酒简直已成了一个行业呢！梁院长，这酒是谁为你买的？"

"我的助手林珊呀！"程超抛出了球，梁院长欣然去接。说酒是林珊买的，可谓一箭双雕。

"那就不奇怪了，女人哪懂得品鉴酒！"果然黄教授没有再深想，他释怀地笑起来，"这段时间不喝酒啦，等我们回到南江，我亲自去买货真价实的好酒，咱们再斗！"

"嘿！教授还兴找由头！明明是自己酒量不行，还赖我的酒不好——那说好了，回到南江再斗，到时陈社长，还有我们的 B 国兄弟要做证！免得您老又不服！"

"那好，我们一定做个公正的裁判！"程超和陈江峰答应道。

梁院长从泳池里出来："我到休息室上上网，回复几封邮件就回来。"

"梁院长真是一个很有责任心的领导！休闲余暇还心系工作！"程超望着他匆匆走向休息室的背影赞叹道。

陈江峰逗趣道："程哥，你这不是给我压力嘛，我怎么没想到呢，看来我也要上岸复邮件去了，黄教授，你带电脑了吗？借我一用？"

黄教授说："哎哟！没带呢！我和梁院长拿一样的包。我的手提电脑大一点，装不下！梁院长的手提小一些，正好装得下！"

"咦？这么巧！"陈江峰好奇道，"你们俩拿一样的包？"

"对，在南江第一次见面，梁院长就喜欢我的皮包款式，照着买了个一模一样的，这次他随身带着的就是这个包，嗨！我也不知道这包的款式好不好，都是我家的老太婆帮着挑的，不比你们，什么名车、名酒、衣服、皮具都懂得鉴赏。"

"所以您做专家，而我们旁骛太多，难成大器呀！"程超接过话茬，"陈老弟，你呀，别老记挂着和我抬杠，个人有个人的工作风格，梁院长是中央集权，凡事亲力亲为，而你是'运筹帷幄于千里之外'，权力下放嘛！"

"哈哈！看来程哥不愧为中国通。不仅谙知历史典故，更是将中庸圆滑之道融通于一身——左右逢源呢！"

"哈哈！我们合作之后，我邀请你多去 B 国玩玩，培养你变个'B 国通'！现在，我可要向你发出挑战了，我们游几个回合吧，看看谁的耐力好。"

"行！程哥真了解我，我是'比赛控'——最喜欢竞争，光比耐力不行，还要比技术和速度。这样，在游的过程中，我们必须换不同的姿势，蛙泳、蝶泳、仰泳、自由泳、潜泳，等等。"

"好，我来给你们俩做裁判！三局两胜？"黄教授兴致勃勃地参与了进来。

两人煞有介事地憋足了劲，听黄教授一声令下，都奋力往前游去，引来泳池里众人的围观。喝彩声，打赌声，很是热闹。

三局下来，两人成绩不分上下，黄教授宣告程超获胜。

"为什么？我感觉三局我们都是同时到达终点呀！"陈江峰很不服气。

"这是中国人的待客之道呀。"陈江峰听到回来了的梁友生的声音。

只见他脱下浴巾搭在躺椅上，慢悠悠地滑进泳池："谁叫你是主场作战呢，人家是客场，所以在成绩相同时，就要考虑其他影响成绩的外界因素了，对不对，黄教授？"

黄教授认同地点点头。

程超的心思根本就不在比赛结果上，他急切地看向梁友生，眼神满是询问。后者看似不经意地点了点头，传递信息之后，就若无其事地潜进水里，练习水下屏气。

程超估计他已得手，心中狂喜。又开始嚷着要和梁院长比试花式游泳。

一声令下，梁友生和程超分别弹了出去，向终点游去。陈江峰望着他们俩的身影，陷入了沉思。

在南江最大的购物中心万达广场，逛了三个小时的叶婷和李云波疲惫得有一搭没一搭地坐在了必胜客的餐桌前。

她们点完餐之后，开始讨论购物心得，还兴高采烈地拿出那些"战利品"相互点评。

李云波说："镶工精致的首饰宛如艺术品，加入了设计者的智慧和文思，充满美感。"

叶婷表示赞同："那也要佩戴者有品位！城中很多贵妇颈缠万贯，似要背全副家当在众人前炫耀，却不及人家事业女性戴一副银圈耳环来得潇洒。"

李云波说："是呀，首饰是起到点睛之用，不能多，我就欣赏法国歌手伊迪庇亚芙，总是穿着简洁的牛仔裤、白衬衫，但搭配的项链或耳环却彰显了她的高贵大气。其实——气质是最好的首饰。"

叶婷说："看来我和你的品位差不多，下次陈社长出差了，你再叫我出来逛街！

我们下次去逛万象城！上次我和林珊在那买了很漂亮的胸针和发夹。"

"说到林珊，我不是让你约上她一起来的吗？"

"哦，她也出差了，和她们院长一起陪同北京来的专家去考察，好像也是东川岛吧？我没听清楚！"叶婷毫无心机地说。

李云波却脸色一沉，若有所思地默默喝着餐前的柠檬苏打水。

一望无垠的南海，阳光照在海面上，波光粼粼，一只民用小渔船在波浪中颠簸，就像一片落叶贴在海面上。

船头上的程超拿着手机正在用上面的指南针指导着船夫前行的方向。

船尾甲板上的陈江峰和林珊正在准备垂钓用的钓具。阳光下的林珊低头捋顺钓线，她的红珊瑚发夹在阳光下熠熠发光。

"咦？怎么不戴那只镶着星星月亮的水晶发夹了？"

"你心真细，知道那是我最喜欢的发夹，不过，今天为了配身上这件浮光锦的裙裤，所以换了这个。"

陈江峰这才仔细打量，今天的林珊看起来心情很好，穿着仿古的对襟过臀长衫，月白底上绣着牡丹，正红的重重花瓣围着金黄的蕊心，与黑色裙裤裤脚上用金线绣的金色小牡丹遥遥呼应，陈江峰仿佛又闻到了一种香气，这一次，是雍容华贵，暗香馥郁。

"你这话倒提醒了我，今天的你特别漂亮！非常典雅，像清朝的皇妃呢！"

"这是我上次去北京出差买的浮光锦，确是清朝时皇宫里最受欢迎的贡品，表面光泽艳丽，触手光滑，在阳光下特别光彩夺目。这织金镂花的织物，在清朝是一寸之价可比十斗金，现在可是飞入寻常百姓家，丰俭由人了。"

"我也是老式人，喜欢女子穿得讲究精致，现在流行的很多休闲衣服不分男女，没有腰身，我是看不上。更有一些标新立异的图案，实在令人不敢恭维。比如，把那些骷髅图穿在身上，围在脖子上，还有那个英国的，叫什么来着？英迪？哈哈，就是那个把生猪肉挂在身上到处招摇的所谓时尚达人，还成了我表姐女儿的偶像呢——这有美感吗？恶心的感觉倒有！"陈江峰本来就是一个喜欢思考的人，又在报社工作，能有这么好的聊天对象，自然有一吐为快之意。

林珊也有感而发："是呀，我也不能理解！现在很多时装服饰、化妆品都吹嘘自己是日本、韩国的品牌。即使不是真的来自那里，也要在设计和宣传时务必与这两个国家沾上关系，这哈韩哈日风吹得劲呀，其实从历史上来看，他们对我们的中原文化最是敬仰推崇，怎么到了今时今日，倒变成了我们刻意模仿他们了？"

"我想这是教育的疏漏。民族自信心不够啊！这两个国家倒是把儒家的'敝帚自珍'的精神都灌输给国民了，自信心爆棚。"

"哈哈，我们两个人倒是想到一块了！别说这些不开心的事了，国家不是一直朝着实现'中华民族的伟大复兴'的目标奋勇前进吗？不也在大力弘扬我们的社会主义核心价值观吗？说明国家和党已经意识到传承民族文化势在必行！"

陈江峰跟着总结道："传承传承，宣传并继承。要继承，宣传要先行啊！"

林珊注视着陈江峰，心里感慨万千。

我们与无数的人有过无数的交流，有些交流像鸿雁飞过长空，只留下短暂的痕迹，有些却像涓涓清泉，流向灵魂深处。

陈江峰何尝没有这样的感受？他越来越害怕和林珊单独相处，心里有一个欲望的蓝精灵，怂恿着，蹦跳着。

一阵海风吹过，他站起来，拍拍衣袖，赶走那个蓝精灵："走，我们去看看程主任在做些什么。"

林珊听到这个名字，眼里划过一道冰凌，压低声音说："还称什么程主任，就是一个大特务。这荒无人烟的大海深处，把他往海里一推，一了百了！"

陈江峰提醒道："为了'天智星'，他现在失足掉入海里，恐怕还得跳下去救他呢！别赌气了。他这次这么着急要求我带他上岛，一定有好戏！"

林珊知道陈江峰说得对，无奈地点点头。

他们来到船头，看见程超在掌舵的渔民身旁站着，与他聊着天，还不时拿出手机给他看上面的地图。

"程哥，你一上船就和韦老大在嘀咕什么呢？你还指导人家船老大的方向？人家可在这南海上漂了几十年了！"陈江峰调侃他。

那个姓韦的船老大回过头来说："您别说，他要去的那个岛我还真没去过！"

程超说："嗨！陈老弟，这你就不知道了，我在网上看到，南海的绿岛、万曲、东川三个岛，是回归线海洋地带的三奇，如弧线上的三颗珍珠，日照最多，那附近的海鲜当然也最鲜美了！"

"原来是找最佳的地方钓美味去！程哥果真是个有品位的人！"

程超看了一眼跟在陈江峰后面的林珊，意味深长地说："那是自然！必是要千辛万苦求了来，苦心经营，大功告成，那才叫有兴味！"

"哈哈，那么看来吃比萨一定要去意大利，喝红酒就得奔法国波尔多，惦记三文鱼呢，就飞日本北海道！这才叫小资情调！"林珊戏言。

"是呀！有何不可？若有人愿意，我一定提前退休，陪她周游世界，去南非买钻石，到西班牙找最古老的橄榄树，或者去美国吃世界上的第一家麦当劳。你们国家那个最出名的诗人李白不是说吗——'人生得意须尽欢，明朝散发弄扁舟。'"

林珊避开程超灼热的眼神，顾左右而言他："你张冠李戴了，那不是同一首诗。"

陈江峰看到场面有些尴尬，忙说："程哥，我们这是去哪个岛？让我想想——东川岛已经开发了，游人如鲫，绿岛因为与你们国家有争端还没开放，那应该就是去路程最远的万曲岛了，那里现在还荒无人烟吧？"

"越没开发的岛，越让人好奇和期待！"程超也感觉这不是表白的场合，就没有再和林珊继续这个话题，盯着手机上的指南针，顺着陈江峰的话悄悄地转了话题。

两个小时之后，他们终于到达了万曲岛，他们在那里垂钓嬉戏，享受了美味的大餐。

黄昏时候，突然刮起了大风。韦老大忧心忡忡地说："这海上的天气真是老爷脾气，说变就变的，现在这风已经刮到了四级，随时会刮到五级，如果现在回去，两个多小时的航线，我真不知会发生些什么事！"

程超沉吟了一会儿，和陈江峰商量："我们不如在岛上宿一晚？"

陈江峰说："我是没问题，你问问林珊的意思吧！"

"她也应该没问题吧，野外露营训练她受得多了！"

陈江峰抬眼望向程超，这是什么意思？难道林珊的身份已经暴露？

程超是何等机警的人物，马上觉得自己这句话会让人多想，他把话圆回来，解释道："我们B国的女子在大学时都参加过军训，你们不是吗？"

陈江峰恍然大悟，不以为意："我们的军训都挺简单，时间就两个星期，练个步，打个靶，还没能领悟军队的纪律和精髓，就结束了。"

晚上又饱吃了一顿烤鱼后，大家找了一个低矮一些的山洞准备憩息，所以分头去拾些枯枝准备生火堆。

程超跟林珊在一块儿。海风阵阵，波涛拍岸，虽无月光，林珊的浮光锦长衫在夜色中依旧波光粼粼，裙裤上的金色牡丹随着她的行走摇曳生姿，程超由衷地说："有女同行，颜如舜英，将翱将翔，佩玉将将，彼美孟姜，德音不忘。"

林珊惊讶于程超的古诗词修养："这是《诗经·郑风》中描绘女子的诗章，赞她容颜如花，轻捷如飞鸟，服饰精致，身份高贵，品德更是美好！这词很多中国人都生疏，没想到你一个外国人却能脱口而出，看来你对我们的文化还真不是叶公好龙呢！"

"我是真心喜欢你们的文化和历史！我在你们南江大学留学时学的专业就是汉语言文学。还有，我以前的家教老师，就是你们中国人。我受她的影响很大。

"是这位神仙姐姐让我体会到，做中国人真幸福！有这么多美好的诗词可以诵读，有这么多忠德孝义的故事可以听，有这么多入情入理的传统可以继承，我好喜欢！"

想到苏淑娜，程超咬了咬牙，压制住心中那份担心。他停下脚步，环视海面和小岛："你也知道桃花岛的典故吧？你不觉得这个岛有桃花岛的意味儿？"

"你说的是'千岁翁'安期生吧，那个传说中秦朝年间在海边活了两百岁的药农，秦始皇想让他到海上仙山采炼长生不老药，他就避到蓬莱岛上。那蓬莱岛开满桃花，别名桃花岛。"

"对，后来苦求长生不老药的秦始皇三次东巡，还派臣子徐福率童男童女数千人乘船出海寻找安期生，徐福在海上辗转三个月，没找到蓬莱岛，怕回去受死，就率众东渡瀛洲，在那儿开天辟地，就成了今天的 C 国。"

"哈哈，我们这典故虽说有据可查，可也别传到 C 国右翼分子的耳朵里，要不，他们又会群情激愤，跑到我国大使馆请愿了。"

"历史就是历史，何必总想颠倒黑白！再说，祖上是中国人有何不可？联合国教科书不是也承认中华民族是优秀的民族之一吗？我呀，还就喜欢上了中国姑娘呢！"

林珊没有接他的话，而是低头抚弄着自己衣袖袖口上绣的牡丹。

"你穿这身衣服，真好看。"程超深情地说，"你外美内秀，无所不美。"

"我是借了牡丹的贵气。"

"牡丹是你们中国的国花，从四月到十月，尤其在北方随处可见，此花风华绝代，艳压群芳，那种雍容华贵的气度，百花不能与之相比。"

"我倒并不喜欢她的这种霸气，而是真心喜欢她的幸运。哪里的牡丹开得最好——洛阳。你看，它选择的是中原地带最肥沃的土地，在这肥沃土地上生长出来的花，一枝能开几十朵，朵朵都有十几层花瓣，每一片花瓣都色泽浓郁，蕊心也是密密层层，香气撩人。"

"我们 B 国的国花是荷花，国人喜它出淤泥而不染，然而的确因为先天不足，略显单薄呀。"

"如果将莲花移到旱地，再肥沃的土地也养不出它的清雅，同理，把牡丹放在淤泥里，别说不能有现在的馥丽，我看不出半个月，根都会烂掉了。所以，哪怕是花，还是在各自的土壤里生长比较好吧。"

程超听出她有婉拒之意，他岂是轻言放弃之人。不过也知不必操之过急，所以淡然一笑："花虽能解语，毕竟不同于人，不同环境长大的人，也可能有相同的精神和思想。而一个人的思想和精神也不会一成不变，而会随着际遇改变——这种改变也许会是迥异的，与初衷背道而驰。"

林珊转换了话题："对了，我上次托你打听我堂姐的事，已经有消息了吗？"

"我正想和你解释一下，我现在只了解到她是以间谍罪被立案调查。案子到现在还没结案，具体情况要等我这次回国才知晓——"程超把话打住，话锋一转，评价道，"好端端的女子做什么间谍呢？'遣妾一身安社稷，不知何处用将军'！"

他的中文功底确实好，这句诗也许也是他内心的感触。

"总要有人承担责任。不过，我堂姐不是间谍，她只是一个家庭老师。"林珊掩饰着自己的情绪。

"是我的女人，什么事都不用做，我会带她周游世界，学你们历史上那个徐霞客，不过我要比他幸福。他孤单行万里，我却一定要与我的所爱同行。"

"听着是美，细想却底气不足。没有事业的根基，男人始终不能令女人终生敬仰。"

"所以我计划着辞掉现在的工作，和陈社长搞报业经济，把产销一体化的链条建好了，到时有了持续收入，就无后顾之忧了。"

海风刮得越来越猛，他们加快了回山洞的脚步。

陈江峰和船老大早已回到山洞，生了火驱一驱洞里的湿气。韦老大说："开了一天的船，累了，我先睡了，这风暴恐怕要持续个四五天，我打了救援电话，海军基地的护航舰明天会来救援我们。"他铺了干草睡了。

陈江峰定定地盯着跳跃的火苗，呆呆地想着心事。他控制不住自己一个劲地猜测：程超和林珊在谈些什么呢？

程超一定是在向林珊表白吧？林珊会是什么想法呢？

陈江峰发现自己的心好像离开了身体，飘荡出了岩洞，去找一个穿着浮光锦长衫的女子。他赶紧甩了甩头，将心用力扯了回来，为了平复纷乱的情绪，他拨通了李云波的手机。

"你在哪儿？和谁在一起？"李云波问。

这是所有妻子的经典问句，陈江峰也像所有怕妻子追根究底的丈夫一样，随口撒些息事宁人的小谎："不是告诉你了吗？和三国通讯社的程主任到东川岛考察项目呀！"

"还有其他人吗？你的师妹去了吗？"

"没有！别胡思乱想了！我后天就回南江了！"

妻子在电话那头停顿了一会儿："好，我很快就会知道你有没有骗我了。"

程超和林珊刚刚前脚踏进洞里，外面就下起了倾盆大雨。两人一边叹着好险，一边走过来烤火，和陈江峰聊天。

"师兄，你们那个红豆杉的项目到底把握有多大？"

"先向你普及一下知识吧，南方红豆杉分布在中国亚热带至暖温带地区，喜生于山脚腹地较为潮湿处。对气候适应力较强，较耐水湿，具有较强的萌芽能力。"

"然后再教你一点市场经验，"陈江峰兴致勃勃地往下说，"这南海一带的岛屿都适合种植红豆杉，从红豆杉树皮和树叶中提取的紫杉醇是一种世界上公认的抗癌药，每公斤售价为500—1000万美元。种植前景十分看好。"

"哎，对了，陈老弟，你不是很相信《周易》吗？我对你们国家这个占卜之术也非常敬仰，跟着张老学中医时，曾听他介绍过，但是始终学不会，今晚不如我们算一卦，看看我们的合作前景如何？"程超转移了话题。

林珊说："这主意不错，占卜有很多种，我们就地取材，找六段小树枝，三段剥去树皮，为阴，三段留皮，为阳。程主任，既是你问卦，你来抛吧！

程超觉得很有趣，就照着林珊说的，弄了六段小树枝，连抛了六次，每抛一次，陈江峰就拿炭在石子上划一个符号，一共划了六个符号之后，陈江峰喃喃道："否卦？！"

林珊也仔细看了看那六个符号，点了点头，背诵道："否：否之匪人，不利君子贞，大往小来。"

"什么意思？"程超看到林珊凝重的神情，担心又急切地问。

"指天地之气不交合，君子走了，小人来了，进入了一种闭塞的局面。"

"这卦真准！可不就算准了今天的天气！嗨！我还真不该今天算这个卦！我怎

么就忘了，做任何事之前，都要考虑时机和环境，这叫天时地利啊！"

一直看着卦象在沉吟的陈江峰说："你们呀，不要只通其一，不通其二。"

"什么意思？"

"卦辞是对全卦总的断语，而篆辞和象辞是解释卦辞的传，可作卦辞意义的参考。你看这个：'初六：拔茅茹，以其汇，贞吉，亨。象曰：拔茅贞吉，志在君也。'拔起一把茅草，会看到它们的根连在一起，物以类聚，以其种类来识别，就能改变闭塞局面，变为亨通。

"这个卦的隐喻应当是，植物尚有懂得团结起来力量大的道理，我们更应该明白：在遭遇困境时，只有同心协力才能有所突破！"

"所以并不是否卦不好，六爻就不好，任何事物都这样，即使在最不好的情况下也会蕴含着美好的一面，只要人们能善于运用——怪不得老祖宗常说'否极泰来'！"林珊佩服地看着陈江峰。

陈江峰似有意又无意地避开了林珊的目光，继续说道："我们要团结相关的人，例如岛民，要考虑他们的利益，之前我们想的是到收获季节收购了物品就运走，现在看来可以考虑在岛上运用闲散劳动力进行初加工后再运走，还有，红豆杉的根是否也有药用价值？"

"对，是留它明年再生还是连根拔起？看来我们还要多采几株样本回去请教专家！还有，刚才你说在岛上进行初加工，我觉得可行，初加工本身不需要很先进的设备和技术，岛上的劳动力成本不高，同时也让他们有创收机会，效率会更高，这是三赢的局面！"程超仿佛也从卦上领悟了很多。

第二天，风暴的中心已经移走，岛上只是下着零星小雨。

中午时分，他们四人在岸边等待护航舰的救援。

护航舰慢慢驶近了，韦老大挥动着手，开心地招呼着，护航舰上的海军战士挥动着旗子用旗语指挥船只靠岸，陈江峰看到了随船而来的梁院长和黄教授在向他们招手。

慢着——还有一个谁？那个站在梁院长旁边的女孩是谁？

——李云波？！她怎么会来？

"你看你爱人像有心灵感应！昨晚就来到了东川岛想给你一个惊喜，知道你们遇到了风暴，今天不顾自己会晕船，一定要和我们一起来接你！"梁友生夸奖李云波，"真是夫妻恩爱呀！"

"辛苦梁院长对我的照顾！"李云波感谢地说，却一眼都没有看陈江峰。

在回航的船上，李云波不顾小雨，一直站在甲板上，雨水淋湿了她的衣服、头发，她紧闭双唇，一言不发。

陈江峰站在她身边，也不知该怎么解释和劝慰，只傻傻地站着，任凭雨淋。

程超和梁院长、黄教授、船长等人聊了会儿，从船长房间里出来，看到林珊在船舱雨檐下的背影。只见她悄悄注视着陈江峰夫妻，全然不觉雨已淋湿了她的肩膀，看来已站了蛮长的一段时间。

程超猜到了几分，他站到林珊旁边，说："好像这次的风暴不一般呢。"

"怎么？有什么不一样吗？"

"好像有点酸，是酸雨呢！"他朝着李云波的背影努努嘴，"看来高风亮节并非爱情，争风吃醋才是爱情啊。"

"你也感觉到了？李姐好像不太高兴呢！刚才她冷冷地瞪了我一眼，是不是误会了？我能为师兄做点什么吗？"林珊有点着急。

"你是真傻还是装傻？你越做越错，什么都不做，就是对你师兄最大的帮助！"

"是李姐傻，她担心什么呢？师兄对她一心一意的！"

"我以前也觉得爱情是一件轻而易举的事，在不相干的女人面前，我是何等的谈笑风生、众星拱月，只是遇到了真爱之后如何还能潇洒？我现在特能理解陈太太，爱得深，就爱得苦，用你们的成语形容叫'患得患失'吧！"

"感情无须刻意，李姐应有那样的智慧做到进退相宜，我们不必为他们操心了，我回房间换件干衣服。"林珊掩饰地说，为了避免程超有进一步的表白，她扭头走进了船舱。

程超看着她的背影，想到自己，叹了口气，自言自语道："莎士比亚没说错，他说总有一个人是另一个人的傻子。"

从东川岛回来之后，陈江峰和李云波陷入了冷战，李云波不能原谅陈江峰撒谎，这是结婚以来，她第一次抓到陈江峰撒谎，而且是为了一个女人，防微杜渐，她决定一定要让陈江峰彻底地认错！

而陈江峰不高兴李云波搞这样的突然袭击，摆明了对他不信任，女人怎么总是不明白，男人需要多一点空间，不希望总是要对妻子早请示、晚汇报。就像手中的沙子，抓得越紧，得到的就越少。他决定让李云波好好冷静冷静。

这天下了班，他不想回去又对着李云波的冷脸，就约了吕波出来喝一杯。

民歌湖广场的夜晚，灯光旖旎，音乐清雅，湖中的游船，挂着一轮红灯笼，在波光闪烁的夜色中来来往往，令人联想到了桨声灯影里的秦淮河。

陈江峰只顾低头喝酒，却无心观赏。吕波已知道他和妻子冷战的事，开解他："你呀，也太不懂女人心了，关心则乱嘛，人家千里赴单骑，不就是想给你个惊喜嘛！"

"还惊喜呢，这叫惊吓！吃醋也是一门学问，吃小醋那叫情趣，吃大醋就伤感情，因为里面有太多的占有欲——这样跑去算怎么回事？明眼人一看就知道是去查岗的！"

"哈哈！我们陈大社长这次脸可丢大了！"吕波逗他。

"你这不叫兄弟，叫混球，落井下石！"陈江峰嘟囔。

"那也是一个英俊的混球在安慰一个邋遢的混球！"

"算了吧，能用曾志伟替代梁朝伟吗？你别说，我们家云波还真是识货的人，知道我抢手，才看得紧！"陈江峰放下心事，和吕波磨嘴皮子。

"所以，知足吧，人家留美博士为了给你传宗接代，连学都上不了了！再说，人家又不知道你是在执行任务！"

"那也是，能为国家受点委屈，那是我的光荣！多谢领导劝慰啦！"

"哈哈，说你抢手这件事呢，我可不羡慕，我也有我的粉丝群呢！不过，你在东川岛上的表现还真是非常到位。有高度的警觉性，和我们这些训练有素的专业特工不分伯仲！"

"怎么？我发现的情报有用吗？那个黄教授用过的酒杯你们拿去化验了吗？"

"对，根据你的汇报，我马上安排海军基地的人员留下了黄教授房间的酒杯，经化验里面的确含有安眠药成分，从录像中也发现当时只有黄教授和梁友生两个人。"

"梁院长真有嫌疑？不会吧，你不是说他是你们敬佩的前辈吗？"

"凡事皆有可能。自古奸臣哪个不曾有过功劳？曹操当年若不荡平张角，横扫诸侯，岂能当上汉相？是不是他，看下个月 B 国预订的潜艇型号就知道了——太危险了！我们从来没有怀疑过他！因为你的发现，我们及时通知了黄教授，将计就计，你立了大功呀，怪不得我们杨厅长那么看好你，把你当秘密武器来用！"

"能为国家安全尽力，我非常荣幸。现在国际形势是越来越严峻了，绿岛之争愈演愈烈。B 国上个月联合 A 国搞了军事演习，又在新闻媒体面前宣扬要花巨资向俄罗斯购买新型潜艇，刻意散发战争硝烟。"

"是呀，他们完全不顾及两国前几代领导人搁置争端的协议，公然说什么要在岛上调派公职人员，挑衅我国的领土主权。"

"我们国家正在崛起，需要更多的地缘空间，所以引起了周边国家的群发性焦虑呀。"陈江峰调侃。

"那，元芳，对这件事情你怎么看？"吕波把时下最流行的一句经典问话抛向陈江峰。

陈江峰仿佛对这个问题早有研究，很想一吐为快的样子："守成国和崛起国之间的摩擦什么时候停止过？二十世纪七十年代的 A 国学者莫德尔斯基提出过一个观点：周边出现崛起国，邻国有两种选择：一是搭便车，二是进行制衡。我国现在正在崛起，也就处在了改善周边安全环境的关键时期，我认为我们应该探索一条全新的崛起之路。"

"那是什么？"吕波兴致勃勃地问。

"我现在还在思考，尚未能得出一个清晰的理论框架，总之，万变不离其宗——和合文化是我们中华民族五千年精神文明的核心。我们应该走独立自主和合作发展的道路。因势利导，根据不同的国家情况，发展不同的合作模式。"

"可是历史教育我们，主权的问题只能用战争来解决。"

"我以前也这么认为，还以此教育云波——不过，这段时间我正在读邓小平的传记，启发很大。小平是将中国的政治智慧发挥得淋漓尽致的伟大人物！"

吕波听到这个名字，也频频点头："他是我的偶像，最擅长于变通和制衡，在外交上的斡旋，总是四两拨千斤，件件事都是经典！"

"在传记中提到小平在绿岛纠纷中提议搁置，使我国与 B 国的和平谈判绕过了这个障碍得以顺利进行，中 B 之间才维持了多年的和平以及开展了在广大领域的合作。但他也留下了意味深长的话，'搁置并不代表忘记，我相信后来人有更多的智慧和更大的能力解决这个争端！'"

"这样的时机会不会发生在我们这代人身上？我们的领导人准备好了吗？"吕波也激动起来。

"凡事皆有可能！"陈江峰学刚才吕波的话，自信满满地说，"我认为已经准备好了，中国不是提出了'中国梦''中华民族伟大复兴'的口号吗？我们现在面临的海洋权益之争，外界经济贸易压力等危机，就像硬币的两面。"

"硬币的两面——危机危机，处理不好，是危险，处理好了，就是机遇！"

陈江峰得到吕波的认同，说得更加兴奋："我国已经建立了三沙市，正在发展旅游经济，要让荒岛成为又一个南泥湾！我们已经意识到了过去几百年对海洋重视不够，现在已经提出了必须统筹协调发展海权和陆权，提出了建海洋强国的战略方针！"

吕波也越发神采飞扬："对对，上个星期我们刚收到捷报——我国低调地和巴基斯坦进行了多年的谈判，终于取得了霍尔木兹海峡的瓜达尔港的经营权，解决了中国进出口要道的困局！"

"经济能突围，军事就能跟着突围！C 国想联合周边邻国，用所谓'繁荣与自由之弧'来围堵中国，必然会失败！"

两人谈得投机，不知不觉已近午夜。陈江峰看了看手表，提议聚会结束。

买单时，他吩咐服务员多打包了一份绿茶瓜子和开心果。

"怎么？你回家还要加班？"

"不是，是拿给云波吃，她爱吃这些小零食。"

"哟，刚才有人还牢骚满腹，扬言要冷战到底呢！"

"嗨，你不是提醒我吗？她不知道我在执行任务，可以原谅嘛！"

▏作品点评▕

小说最令我着迷的地方是当人物坚守困境要突围时的东方禅意。《沧海之约》里东方禅意与时代风云相生，显示了作者不凡的修为。陈江峰与林珊父亲之间，易经、中医、民间秘术，可谓儒释道兼济，包括身心与病痛，以及广西客家草药和民俗，等等，这些以广西风物，尤其肉身为对象的描述，相当迷人。心灵的甘苦，当然发乎于身体。关怀肉身，实则关怀人性、人心，乃至人文。可见，关注受苦肉身的朱东，在阳刚俊朗外表下有着如何悲悯、敏感和柔软的心性。治病的表象内里，是为人物的情感甚至时代的苦闷寻找突破的路径，在尘土中修行的柔情侠骨里，充满着象征意义与寓言性。可以说，小说这份东方禅意与前述的传统诗词运用，既增添了小说视野的深度和宽度，又使叙事别有机趣情致，使小说实现了故事的雅俗共赏，为当代小说回归传统提供新的写作经验。

总之，小说整体上丰沛、朗健、宏阔，文心里弥漫着浓郁的家国情怀，有深切的现实担当，刚柔兼济，柔情侠骨，有一定的宽度和深度。

——张燕玲，载肖晶、杨剑华《〈沧海之约〉：南方叙事与家国情怀——广西作家朱东作品研讨会纪要》，《南方文坛》2017年第2期

《沧海之约》是一本智性小说，以国际视野和世界眼光，书写了家国情怀，以

及对社会现实的思考。小说表现了复杂的国与国关系，提出"不失主权、治权共享"的观点，作者关注现实，并付之于文学实践——这是作家对当下文学的重要贡献。

小说叙述的角度上张弛有度。小说表现了在生活层面上的人物和人性，与国际层面上错综复杂的国与国之间的关系。尤其在写南海局势时，人物情节、背景深度的安排，非常巧妙。东方文化有人性的温度，多侧面对人性产生影响，而作者用易经文化、民间习俗文化治疗人物病情，也是解决人物情感冲突的方式。

作为长篇小说，《沧海之约》有大情怀、大故事，比较出彩；但有些处理过于情节化，有一种电视系列片情节的感觉，这些地方还可以调整压缩。

——王必胜，载肖晶、杨剑华《〈沧海之约〉：南方叙事与家国情怀——广西作家朱东作品研讨会纪要》，《南方文坛》2017年第2期

判断一部好作品的标准，就看能否提供一些新鲜的写作经验，包括体验经验和感受经验。朱东《沧海之约》这部作品最大的优势，关注到客观存在的重大的复杂的社会现实，包括地缘政治问题、外交问题、国家利益问题，等等。作者能直面社会敏感的重要的复杂的现实，这种文学表达为我们提供了独特的视角，特别难得，这恰恰是文学写作对当代对历史对现实记录必不可少的一部分，现实性主义写作为时代提供了一个写作的实践。

《沧海之约》在艺术表达上有特别之处，表达有陌生感。与通常的文学写作，如严肃文学和传统文学、通俗文学通道问题，有重大的社会历史的东西，凝聚到个体的日常的命运，进行丝丝入扣的表达，这是一种写作的视角问题，也是艺术表达方式的问题。在叙事手法和叙事策略上用故事性的角度有所不一样。所谓严肃文学，有重大历史背景的事件影响力。而通俗其实是一种表达方式，通过对话、人物关系、人物性格的层次感来推动历史发展，感受到的是人，是情。

——刘琼，载肖晶、杨剑华《〈沧海之约〉：南方叙事与家国情怀——广西作家朱东作品研讨会纪要》，《南方文坛》2017年第2期

特工、反潜、谍战，这样的题材近年并不鲜见，通常表现为神秘的、波谲云诡的，受众对此已经形成某种"阅读定势"。然而，朱东的长篇小说《沧海之约》化稀奇为平常，化特殊为普通，颠覆了此类题材的玄秘，一变而为平易。它让我们明白：那也是社会生活的一部分，也许就在我们身边发生。

《沧海之约》写暗流汹涌的谍战，却不刻意渲染环境氛围；急转直下的事情，也许就在谈笑风生中发生。南方省的南江市处于中国南端，与 B 国交界，中 B 两国既有边贸往来也有边界争议。南江外事办副主任孙力违规到 B 国游玩，陷入 B 国特工程超设下的贩毒圈套并就范，程超从孙力处获悉了中 B 边界谈判时中国的边界底线。在其后的两国谈判中，幸有中国安插在 B 国的特工"天智星"提供情报，中方才不至被动。

《沧海之约》无论人物还是故事，都做到了不拘造型不扮酷。B 国特工程超及女下属阮月娥，以 B 国通讯社记者的身份在中国活动，却并不绷紧神经活着，在形而下的生活层面上，他们也一样为情所困。阮月娥是将军之女，对程超一往情深，程超却只把她当作性伙伴。程超的心已给了养父胡将军家的中国管家兼家教苏淑娜，像母亲又像姐姐的苏淑娜，不仅给了他母性的爱，还教给他很多中国文化的知识。《亚盟时报》社长陈江峰是出身底层的"凤凰男"，妻子李云波则是"皇帝女"，他们彼此相爱。可是，陈江峰邂逅在南方研究院工作的林珊，不由自主地为对方吸引，林珊也深深爱上了他。陈江峰的下属叶婷在社交宴会上认识了程超，阮月娥怀疑程超和叶婷暗生情愫，一直吃醋。而程超实则暗恋林珊。叶婷是国安厅的编外人员，林珊的真实身份也是国安工作人员。

小说让我们看到，特工离平常人并不远，这两种身份之间的转换也不难。陈江峰就经常跟国安的编外人员打交道，他本人后来也被国安厅的杨厅长发展为编外人员。编外人员有着自己的社会身份，同时肩负国安的秘密使命，使命完成，又回归普通人，但终生守密是他们的铁律。

——张宗刚、李美皆：《平中见奇的谍战小说》，《南方文坛》2017年第2期

《沧海之约》的创作背景是作家对国际局势的深刻洞察，作者的优长是有着敏锐的国际问题眼光，并且能够运用这种眼光，致力对题材的敏感捕捉，在作家看来，没有宏阔的视野，作品必将失之浅薄。"东海、南海的暗流正在海底下涌动，试图要掀起一场翻江倒海的巨澜……而亚盟博览会并不因暗流涌动而亦步亦趋，南国的朱槿花依然火红盛放。"确实，在我们这样一个和平的大环境中，其实暗地里到处都有刀光剑影，我们的世界不太平，我们当今的和平安宁，来之不易，代价巨大，是用包括我们在隐蔽战线与敌人的较量换来的，而对这样的基本事实、基本战略，我们在文学书写上是不足的。《沧海之约》则以边境划界以及当下围绕南海岛屿的纷争这一国际热点为背景，设置了有着较量使命与责任的两组人物，那就是以陈江峰、林珊为代表的中国情报人员，以及以程超、阮月娥为代表的 B 国特工人员，他们的担当背后是国家的利益，但他们同样有着各自的性格展开史，因为他们有各自的成长史、教育背景，这是作家在笔墨上着力最多的地方。

　　——梁鸿鹰：《当代生活别样较量中的精彩——读朱东的〈沧海之约〉》，《中国
　　　　艺术报》2016 年 11 月 28 日第 3 版

　　边境划界谈判、南海岛屿之争、中国与邻国 B 国在隐蔽战线的战斗、中国与超级大国 A 国在网络上的意识形态攻防、忠诚与背叛、崇高与堕落、敌人与朋友的反转、爱情与友情的传奇……表面上看，朱东的《沧海之约》集合了好看小说所需的元素，是一部谍战题材的畅销或流行小说的样貌；但如细品慢读，读者会惊觉，这是一部视野恢宏、思想内涵与人物形象饶有新意的沉厚之作。

　　——石一宁：《文明视野下的国家与人——关于朱东长篇小说〈沧海之约〉》，《文
　　　　艺报》2016 年 10 月 19 日第 3 版

下落不明（节选）

田耳

节选一

药片的力量

在神仙井写作，莫小陌真当自己是作家。她忽然发现，成不成为作家，其实跟作品关系不大，倒与写作状态紧密相连。

她往南八百公里到达驮娘岭，去时是三月，俚城春寒料峭，驮娘岭只是稍有凉意。在地图上，驮娘岭是全年无雪区界线上的一个点，往南就不再有冬天。耿多义依照她的吩咐添置东西，依照莫小陌的规划，后洞逐渐成为个性化的工作室。他忙的时候，她在他背后，看着他把一件件物品措置到位。她总是站在他要经过的地方，等他转身，然后目光相遇。他投来一个微笑，绕过她的身体，离开。

土地村五天一集。大量矿工麇集于此，周围商贩当他们是有钱人，赶来兜售。洞与山谷过于清寂，莫小陌一时不好适应，拿赶集当放风，却有意想不到的发现。比如一溜卖音像制品摊点上，从磁

作者简介

田耳（1976—　），原名田永，湖南凤凰县人，与朱山坡、光盘合称"广西后三剑客"。1999年开始写作，2000年开始发表作品，2004、2006年两度获得台湾"联合文学新人奖"，中篇小说《一个人张灯结彩》获第四届鲁迅文学奖，长篇小说《天体悬浮》获第十二届华语文学传媒大奖"年度小说家"奖，短篇小说《金刚四拿》获第四届郁达夫小说奖短篇小说提名奖。作品多次入选《新世纪获奖小说精品大系》《2008中国中篇小说年选》《21世纪中篇小说排行榜》等多种文学选本。

作品信息

《下落不明》，原载《花城》2018年第1期，本文节选自第8章、第9章。

带、VHS 录像带到 CD、VCD、DVCD、DVD，一应俱全，简直是一部音像材质发展史。十年前，十多块一张的 CD 碟，在这里一块一张甩卖，她淘得大呼小叫，看着封套，一张张古老而又英俊靓丽的脸，心里得来一点点魔幻现实的快意。CD 机太小，音箱却大，不匹配，耿多义动手改装。这山洞本身就是个共鸣箱，不管播哪张碟，莫小陌总能听到一种雄浑的效果。

起初赶集她是独自去，不断遭遇男人搭讪。后来才知，赶集的人做各种生意，也有一些女人四乡游走，在集场上卖肉。同样卖自己的肉，有的坐店营生，有的年老色衰，没资格去马路边粉红小屋捡钱，只能不断辗转于各个乡场。莫小陌一眼看去绝非操持皮肉营生，但那些矿工眼光搭上莫小陌，就撤不开。荒僻的村庄出现这么个女人，实在惹眼，不管她是怎样的人，总要搭一搭讪。万一……呢？山中过于寂寞，矿工并不掩饰焦渴的目光。她也不怨他们。

莫小陌从耿多义那里了解情况，又有好奇，再逢集，拽他同去。莫小陌想看那些卖肉的女人，到底是什么样。耿多义只好在人群中指指戳戳，她看清了那些苍老、憔悴、神情落寞凄楚的女人。她们散落在集场不起眼的角落，三五成群，凑一起不停抽劣质的烟，一蓬蓬烟雾在她们脸孔间升腾。她们等待前来询价的矿工，那天上午基本没生意。到中午，一个女人拎着一袋煮好的玉米，每人分一棒，一齐熟练地啃起来。莫小陌本来是想看新鲜，找体验，得来却是一阵难过。她知道，在视线之外，总有一些人过着自己无法想象的生活。

往回走的路上，莫小陌神情抑郁，跟耿多义讲起那些女人，忽然希望她们能多有些生意。耿多义说，她们的生意，散场以后才会开张。莫小陌一想也是，看一眼耿多义，问他，你倒是熟悉。你来这里这么久，有没有找过那些女人？耿多义古怪地一笑，仿佛说，怎么可能。莫小陌问，没找到看起来合眼的？在这荒郊野岭，将就将就，花钱不多，定期解决一下生理问题，也没什么不妥。我要是你老婆，也能理解。

耿多义不吭声，莫小陌却来劲，还问，你来这一年多，都怎么解决？

解决什么？

少跟我装蒜。莫小陌一掌拊在耿多义肩上。

耿多义竟然认真地想了想，告诉她说，这种事情，忍一忍也就过去。这种事跟抽烟一样，就是一种瘾，有就有，会越抽越凶；要肯下决心，戒掉也就戒掉。

你是说，截然不同的两种状态，就在于你们男人怎么选择？

本来这样，有瘾的理解不了别人的清心寡欲，而一个人一旦清心寡欲，其实也不想进入上瘾的状态。

莫小陌凭以往经验知道，男人跟女人讲禁欲，要么包藏祸心，要么纯属扯淡，但耿多义不像诓她。她旋即想起开笔会的那几夜，耿多义那种矫捷和迅猛，那种沉稳与娴熟，还有他身上毫不掩饰的男人气味……只是两年前的事情，此时想起，伴随心旌一荡，竟是无边的恍惚。

莫小陌渐渐适应这种远离尘嚣的日子，每天待在后洞，全身心投入创作。她感觉生活从未像现在这般真实、具体、触手可及。她开笔写这小说，在这山洞透彻骨髓的冷寂中，莫小陌有如神助，语句自动从脑海流溢而出，一句紧接一句。她仿佛只在岸边，捡那些搁浅的鱼。她还暗自提醒要节制，十来天时间，写出五万多字，拿去给耿多义看。耿多义翻看两页，脸色古怪，嘴里支吾有声。莫小陌摸透耿多义脾性，不待他为难，一把将那沓稿纸抽回来，并说，我重写。

莫小陌趁着手热，改动起来下笔飞快，又过去十来天，重新写出三四万字，叫耿多义再作现场指导。耿多义去到后洞，先已嘱咐自己：今天再不说几句好听的，我就不是人！

看万把字，虽说字面有改动，水准依然如故，这就好比她不能薅着自己的头发，将身体拎起半寸。他看一会就感觉两眼虚焦，长吸一口气自行调焦，才好继续往下看。看了大半，耿多义正暗自叫苦，她已经绕到他身后，双手环住他脖颈，胸口顶住他的后脑勺。他又给自己大脑调了调焦，记起来，她是个女人，是个正当年华、身体还能喷火的女人。

后来，她的嘴就贴着他的嘴，她的嘴唇柔软且黏稠，他的嘴唇即将被濡湿的时候，一个甩头的动作，扯开了。

怎么回事？她抻了抻衣服上的褶皱。

这里不行。

怎么就不行？

这里是个洞，洞里有神仙井。他嗫嚅着说，两老要靠神仙井的水长命百岁，不能坏人家命数。

你真的相信？那你看换个地方行不行。

也不行。

这也不行，那也不行，是不是你不行？

他没吭声，低下头继续看稿。她安静地等，沉默依然是某种僵持。很久以后，她仿佛自言自语，说我俩其实没有什么阻碍了。

耿多义却盯着稿子说，现在这个比前面的好，有生长性。

有生长性是什么意思？

就是还能继续往下写。

他不久待，离开了洞子。天气还凉，他发现手心沁出一层毛汗。那一刹，在他心里，欲望和恶心同时涌出，欲望来自莫小陌，恶心来自自己抹不掉的那些记忆。如果他迈不动腿，欲望会重新唤起，吞噬别的一切情绪，成为唯一的行动法则。此时，一盏暗灯吊在屋顶，映出整间棚的脏乱差，在这环境再回想莫小陌的脸庞，已不清晰。他害怕多想，又掏两片药片，抹进嘴里。心情很快得到平复，但他知道药效来得没这么快，应是一种心理作用，那也正如所愿。

和欧繁分手后，耿多义躲到这里，经常莫名心悸，半夜醒来，听见心跳是耳畔唯一的声音。脉跳加快，虽说也在正常范围，但自己不堪其扰。他去找药，得知 β 受体阻滞剂类药都有控心率稳脉跳的功能，这类药物当中，见效最快的是贝洛可，但有明显副作用，便是抑制性欲。有网民说，长期服用这种药，身体和欲望将进入冷冻状态，一定要把控服用的量，否则就是自行阉割。

耿多义查明以后，认定是它了，别人忌惮的，倒正是自己需要的。

耿多义失去了欧繁，也远离莫小陌，身边没有女人，倒也落得清静。服用贝洛可，起初并不见效，半夜下体勃发会引发失眠。他感觉性欲是一种不可思议的东西，它的存在，只能让人一次次悲哀地发现，这副躯体，其实并不属于自己。有天他想了个办法，为抑制欲望，他去找乡场的女人。那天下雨，他避开工友，在集市一角找见一个单独守候生意的女人，同她打招呼。女人好一会才确定这帅小伙是顾客。在不远处一间破败的出租房，两人做之前，女人从一个竹篾热水瓶里倒出水，象征性抹了自己。她年纪挺大，而且在过路马子里面也算丑的。他闭上眼睛做，脑袋里浮现小陌或欧繁，虚无飘渺地美丽动人，一睁开眼，便像掉入地狱，心中落满无边的灰霾。这一招，极为有效地控制了身体在半夜的陡然勃发。从此他对性欲有了明确具体的厌恶，每次正要来劲，便回忆这桩买肉的经历，并在贝洛可药力和自我暗示的配合下，一次一次回复清静。他身体依然壮实，但不会在半夜辗转反侧。经过一段时间的努力，他像驯服一匹烈马一样，控制住自己的身体。

后来某天他又在集场撞见那女人。她远远招呼他，还拢过来。她异常生硬地冲他抛洒媚眼，并说，小兄弟，你要不要？不收你钱。他赶紧把头一摇，在女人一脸发蒙的神情中离开。

小陌到来后，他加大药量，从两片到三片。他知道，这个剂量，简直是对自己进行药物阉割。莫小陌初次被拒绝，还当耿多义一时不适，要调整一番。往后还有多次，两人在一起，包括离开山洞去到土地村，去到小县城，耿多义仍对她无动于衷。

莫小陌数月写出一部小说。她自己似乎还满意，虽然嘴上只是说没有把握。他一反常态地夸，要她抱有信心。那几个月，两人聊了很多内容，但耿多义总是记不住。那一段时间，在他记忆里，显得不那么真实。他记得最牢靠的，是她经常聊到了死，聊到自杀。莫小陌给自杀换一种说法，叫主动结束，而别的所有的死，都是被动结束。她甚至认为人们对自杀总是抱有成见，太多误解，她认为身不由己，死也不由己，人生往来皆虚茫，是一种莫大的无奈。不晓自己为何而生，但能清醒地决定自己去向，是一种终极的理智。当一个人认定可以在恰当的时机了结自己，活着之时，也就不会有太多牵挂和担忧。这一定会成为一种趋势。

按理说，她有这样的想法，他应该感到震惊，并加以劝阻。但是因为药片的力量，他没有震惊，只是倾听，不参与讨论。

如他预料，那小说发表并不顺畅，她自己用复印机印了几十本，有两本寄到驮娘岭矿区，叫他看看。次年四月，雨季来临，俚城被大水淹没大半，莫小陌也在那几天意外失踪。他听到消息，感到难过，却并不感到意外。他更难过的，是这种难过失却了痛彻心扉的力量，于是，将药片减少到一片，接着再减少到半片。心率升上来，身体的反应重新强烈起来，痛苦也随之汹涌而来。

节选二

恍惚远行

柯燃冰问耿多义："……你知道我一定会找到这里。"

"想过，不能确定……根本不能确定。"

"但你知道我会找你"

"不确定。"

"这么隐秘的洞，我竟然找进来，你觉得奇迹发生了是吧？是吧？"没得到回应，她冷不丁又接一句，"我都无限佩服自己，真的呵呵哈嘿。"

耿多义将整张脸埋入洞内无处不在的昏黑之中。

先前柯燃冰坐吊篮下来时，耿多义已躺在床上。天窗上有异动，他奇怪，两老不至于这时候来取水。接着他见一团光影往下坠，听见辘轳转动的吱嘎声，还有两老在顶上头隐约的喘息。吊篮里有人。稍后，这团钝白光晕，勾勒出一个女人轮廓，此时天光，这种环境，自然并不分明。他心脏遽然一紧。其实，他反复想象过这样的时刻，女人重返人间，从天而降。长久的等待，不就为的这一刻到来？

莫小陌失踪，别人都说她被洪水带走，他只肯信她终是要回来的。莫小陌最后一部作品《末日寄情》(他不愿意说是遗作)，纵然写得失败，但他从中看出某种暗示：

终有一天，她会以一种独特且意外的方式，悄然回到自己身边。他宁愿相信莫小陌终会出现于眼前，以时光穿梭，或是以阴阳穿凿的方式……顺此一想，根据她留下的作品，最可能的"着陆"地点无疑在于神仙洞中。他想象过，神仙泉口，四月丰水期，泉水汩汩翻涌。在他守候日久，忽然闪神的某一刻，她自泉眼中浮出，先蹭出一张十年未变的脸……当然，忘了那些神话，尚有可能的情形，是她这些年兀自远行，十年期满，她回到两人最后分别的山洞。守候在此的两老，作为见证人，不事声张地将她坠下来，共同完成一次重逢。

他脑中反复出现这样的情景，反复仰望天窗。

凝神之际，吊篮已垂至洞室半空，蓄电灯照下来。他坐起，迎着那柱灯光扫过在脸上。那道光便停住。那一刹，他被这道光柱洞穿，被一片钝白与虚茫浇灌，灌满全身。他无比清晰地意识到，来人只能是柯燃冰。

这一刻，他终于认定，莫小陌再也不会来。

吊篮下坠，那团恍惚白光中，他见一些影迹丝丝缕缕往上飞升。他走去扶稳吊篮，待她安然落地。他得以和她面面相觑，一对恋人，经历不短的分离，重逢时刻，没有拥抱的念头，也忘掉嘴唇的部分功能。

两人各自一支烟，洞中，烟头不真实地闪烁，明明灭灭。耿多义先开了口："你能找到这里，那么，以前那些事，显然你都知道。"

"你是想夸我，还是要掩饰自己的失望？"

"为什么失望？"

"你比谁都清楚。"

"……也是等你。"他不得不叹服，柯燃冰能通读心之术。她也知道，她的出现，对他来说是个终结。

"你说得没错，也是在等我，可惜我只是个备胎。"她不由得苦笑，"你写那么多武侠，本来是糊弄别人好赚钱，但自己入戏深了，脑袋经常有幻觉。你宁愿相信，这么多年莫小陌只是消失，终有一天还会回来……"

"人跟人不一样，你喜欢真相，但对我来说，这么多年，最重要的东西可能就是这么点幻觉。"

"这也对，从这方面讲，你跟莫小陌真是天生一对。你宁愿相信她是在考验你，所以你愿意等待她出现。同时，你又以同样的方式考验我。如果莫小陌能够回来，你自然求之不得；如果来的是我，你也不算落空，我来给你保个底。"

"不是这样。"

"你这样清心寡欲之人，选中我来当女朋友，不就是相信我的预感和推理，让我和你一起去寻找，去等待，去弄清心底那些疑惑？"

耿多义暗自思忖，尽管有这成分，一俟她嘴里说出，仿佛就成了一场预谋。

"你想借助我查找她俩下落，欧繁，还有莫小陌，要不然你一颗悬心老不落地。莫小陌的情况，再不用多说，那么欧繁，你明明可以有很多办法找她，却挑了最笨的，找个命案玩排除法。你只想知道她的消息，却又害怕见到她人。"既然来这里，她似乎已经准备好，要来个大揭底。就像她钟爱的那些推理小说，前面山重水绕，都是为后面痛快的抽丝剥茧。

"那次没去登记，后来她再不愿见我。后来我和她约定，每个月通一封电子邮件。也可以什么话都不写，发一封空邮件，当是报个平安。"

"邮件忽然断了，就在两岔山杀人案之后。在你头脑中，两件事自然联系上了，虽然事实上八竿子也打不着。"

"当时我觉得只能是她。"

"为什么？"

又是沉默以对。

"你知道她这些年一直都在干什么？"

"……你已经找到她了？"

"那是你的事。"

他知道自己一直如此，所谓寻找，却心肠纠结，恍惚上路，只是寻找，又害怕真的见面。这些年，他在没有结果的寻找途中，将心情一次次平复。

他最后一次见到欧繁，事发突然，场景意外，彼此也都尴尬。两人彻夜长谈，遂有约定，每月互通电子邮件。本来他是想手写信件，欧繁却说，不要搞得麻烦，稍有麻烦就不好坚持。这些年，欧繁倒是记住这约定，每月发来电子邮件。他回过去的邮件，总是很长。她回过来的邮件，基本都只有三个字：我很好。字很少，她回得很准时，都在每月头一天。

这次两岔山命案发生，遭难的都是操持皮肉生意的妇女。他那几天打开邮箱，见不到她回复的邮件，也见不着那三个字。日子不可能安稳，他只有上路，恍惚行走于寻找的旅途，寻找其实也是一种回避。

洞内安静很长时间，终于，又是她来打破："既然今天我找到你，那我对于你来说，已经没用了。"

他知道她说得没错，她弄得如此透彻，一切又如何能继续？他感到一种诡谲的平静。时至今日，相爱和分手，似乎都没有当年来得激烈。

"我还是，一错再错。"

"用不着内疚，我这一趟也没白来，总算搞清一个问题，以后但凡还想嫁个人，用不着太多了解，差不多就行，嫁个囫囵的男人。大叔，这差不多是我得到的最实用的教训。"隔一会她又说，"我明天就走，你到底要在这里待到几时？"

"四月二十三日。"

"你现在也只能拽着这根稻草了。但是……"她叹口气，"她的那部小说，是讲今年四月第一次洪水来的时候，没讲具体日期。"

"我不知道洪水什么时候来，我只知道那年她是哪一天消失。"

写不出的悼念

耿多义住在山洞，其实能和外界取得联系，一是对讲机联系两老，二是对讲机偶尔失效，就拿手机备用。是这样：他拉起一根天线，用两根绑一块的长竹竿高高挑起，拱出天窗。天线下端连一根胶皮线，胶皮线的另一头绑上一个环形铁圈。他把手机拧开，探进铁圈，就能捞取微弱的、时有时无的信号。柯燃冰要走，耿多义跟老人家打电话，叫他找人把柯燃冰摇上去。摇下来容易，摇上去难，所费力气几乎翻倍，不是两老能够承受。

"要预约。"他扭头跟仍躺在架子床上的柯燃冰说，"现在还早，要过一会，附近坡头会有人来干活。"

"你这套设备真够高级。你总是能把高科技的东西，搞出一些原始的效果。"她心里想，前面打了那么多通电话，怎么没撞上他偷偷往外发报的时候呢？如果那时候正好打通，他又会不会接？此时她转念又想，一个人要了解另一个人，自以为默契有加，可能才是初通皮毛。你顶多知道他掌心的痣在哪里，却不会知道他想用这颗痣抚摸你哪里。

上面吊下早餐，炸熟的玉米棒，还有红薯粥，简直是一顿养生餐。吃完她再去神仙泉洗把脸，想用泉水照照自己，根本不可能。泉底有水汨汨冒出来，泉面无法成为一块镜面。坐下来，她劝他给莫小陌写些什么。

"不管你信不信她会来，你都会守到她当初失踪的日期，对吧？还有二十来天，你天天傻坐也不是，我劝你给她也写一篇悼词。《人又少了一个》已经编好，可以加内容。里面文章不错，多看几篇，觉得人都死得差不多。莫小陌死得跟他都不一样。"

"不好写，她只是失踪。"这些年，他何尝不想给莫小陌写点什么，不是悼词，近似于悼词。他以为手底会生风，一写就有，因为莫小陌在他头脑中永远鲜活，触手可及。一俟动笔，他悲哀地发现，自己写出来总像是情书，写不出悼念。

柯燃冰说："死亡也好，消失也好，这个书名都已包括，'人又少了一个'，不是吗？你取了这样的书名，难道不是跟莫小陌有关？你不给她写一篇，书弄出来，说不定以后你又会有遗憾。你这辈子还嫌遗憾不够多吗？"

他明白，她总能轻易摸清他的心思，所以她如此清晰地看到，两个人不可能在一起。他点点头。

稍后，山上有了干活的壮汉，老人把人请过来摇辘轳轴把子。吊篮又坠了下来，她团起身子坐进去。他看见她往上升腾，脸上逐渐被天光铺满，很快便蹭出那口天窗，就像一尾鱼挣扎着跃出水面。她走了，洞内瞬间恢复悄寂。

莫小陌是那年四月二十三日失踪，他想着不管怎样，要把这日子待够。有这个时间节点存在，十年时间，仿佛又首尾相接。然后……然后再离开，有点像刑满释放。

他静下来，铺开纸笔，嘱咐自己，一定要为莫小陌写点什么。他提醒自己，抑制感情，力避抒情，做到客观，描摹出莫小陌本来的样貌。标题本要写《悼念莫小陌》，一俟写出来，却是《悼念陌上青》。他认为这样更准确。

写出来，是这样：

悼念是庄重而沉痛的事情，但今天情况显然有特殊，悼念一位女士，却不好道出本名。"陌上青"是她用过的一个笔名，她是作家。现在，很多人写得不好，却是作家，很多人写得很好，却不愿当作家。作家这个称谓，在陌上青女士失踪后的十年里，变得歧义丛生。但在陌上青女士心中，成为一位作家，写出优秀作品，却是一辈子的志业，她认为自己是为此而生，所以也应为此而死。这样的态度，今天拿来一说，已经少有人能理解。就像我们的过往，前推十年，前推二十年，当时我们的诸多努力，各种悲欣，摆在今天也不能理解。这已不能简单归结为遗忘，这几十年里，实实在在的，我们的存身的环境、生活的习性，甚至看待日常的心态，甚至原以为不会改变的本性，都在被我们这个时代升级换代——不是改变，是升级换代。我们不免与时俱进，所以这几十年尚能苟且存活，回头再一看，陌上青女士的失踪，或者说，她的离去，实是因为那种天性所予的冥顽不灵……

他默读一遍，觉得古怪，久未写悼词，怎么就写成了议论文？莫小陌明明就在记忆深处，纤毫毕现，但他笔底流淌出的文字，仿佛故意要绕开她。

又一天，他重新整理思路，铺开纸笔，在上面写：

此刻要悼念陌上青女士，心中却是说不出的茫然，悼念之前提，须是人已死去，然则陌上青女士迄今只是消失，不在我们视线之内，具体说"生不见人，死不见尸"，词有不达，却是实情。所以，这样的消失，似乎是陌上青女士遗留有希望，然则转瞬十年，这希望到底嬗变为一种极为酷烈的因子。陌上青女士二十余载尘世之旅，也只是孤鸿零落，来去皆不曾叨扰旁人清梦，却令怀念她的人始终呼不给吸，时时陷入迷惘境地。但此时此刻，要说为她悼念，到底又是踌躇不已。毕竟事有偶然，天存奇迹。如今纵然有了悼念，心底却盼这悼念终是一场误会，有如电影情境，丧歌唱响，死者却屡屡复生。纵有虚妄，却是良善之人心头都曾闪过的一笔美意。

此刻要悼念陌上青女士，地点须在哪里才好？在山言山，在水言水，此刻须体谅笔者想象力发散不开，所能给陌上青女士虚构的祭堂，当是一窟洞穴，阔大，幽僻，下有泉涌，上承天光。这样环境，实为陌上青女士一直所喜好……

这开头稍嫌拖沓，他觉得还靠谱，往下又写：

陌上青女士公历一九七四年九月生人，少有志向，要以写作为业，要成为作家。此志向，彼时诚为一代人甚而上下几代人之志向，尤其身处僻远之地，若要出人头地，除却写作为业，因文名世，实在缺乏其他途径。此志向，既是时代之予，不免含有时代之弊，彼时作家，须是灵魂工程师，有别于芸芸众生，且须有指导意义于芸芸众生。同代人中，陌上青无疑是幸运儿，天资聪颖，记忆过人，自小又立定志向，早早脱颖而出，绽露出惊人才情。待到十余岁，上到中学，已然有个人专集行世，成为俚城作家协会一员，成为最为年轻会员，正值文学最为鼎盛期，处处鲜花掌声，分明大道通衢……

"慢着慢着……"他感到不对头，一旦写到莫小陌本人，他作为写作多年的老手，重又陷入词不达意的困苦。默读一遍，这笔意所向，似乎对莫小陌的创作不够恭敬。事实如此，莫小陌从事写作，对她本人构成巨大伤害，但此时怀念，又如何能写？如果不这样写，又如何对她的写作进行赞美？如果绕开她的写作，她这一生，又如何另立一个核心事件？悼词的写作始终不顺，这山洞日益变成一座牢房。耿多义要自己继续待下去。他来这里本不是消遣散心，不管如何煎熬，一定是要善始善终。四月二十三日不徐不疾地来，只是平淡的一天，什么也没有发生，谁也没有出现。这时节正当雨季，天窗有雨水斜飘进来。他一直盯着下雨，以为多少有所感触，却也没有。他没想这一天就这样度过。

次日，老汉又叫来两个庄稼汉子，将他摇上去。他这回一口气在山洞中待了太久，计有一百多天，纵是平时能见到一团浊白天光，此时突然出洞，毕竟难以承受整个天空在头顶乍然亮开。快近天窗口，他将备好的一块毛巾捂在眼前，也盖住整张脸。

┃ 创作评论 ┃

田耳是讲故事的人，田耳戴着面具。他的故事通常不指向他自己，似乎他并非一个书写的中心，并非"作者"，世上有无穷无尽的故事流传，杂乱飘零，而这个人，他抓住并且恰当地讲出他碰到的任一故事；似乎每一故事自有生命，将在无数次转述中生长，田耳不过是其中之一个转述者。田耳的小说是田耳写的，但似乎也是若干个也叫田耳的人写的。

　　——李敬泽：《灵验的讲述：世界重获魅力——田耳论》，《小说评论》2008年
　　第5期

田耳小说有鲜明的通俗色彩，这并不是坏事，我认为通俗反倒是当代作家该走的广阔道路。他的作品能够通俗而不下流，能从平凡的题材观照人生，提炼出一些严肃的人生哲理。纵观他的作品，描写知识分子、作家、艺术家不如市井小人物来得多，少了都市文学的小资文艺腔，小说里的生活气味格外浓厚，有时甚至能让人嗅到一点江湖气和草莽味，这种风格在70后这一代小说家里头并不多见。

　　——彭明伟：《当两个"鲁蛇"同在一起：田耳的欲望之翼》，《南方文坛》2014

年第6期

Ⅰ 作品点评 Ⅰ

　　故事的外衣是一桩凶杀案，但中间穿插了家族叙事、文学青年的成长、青春的回忆、理想的坚守与破灭、形式各异的情爱故事等，既有刑侦悬疑的通俗性，也有理想信仰的灵魂探析，既有个体另类的成长史，也有一代人共通记忆的追寻。

　　田耳的创作有一种代入感，即进入他人的痛苦中去，与人物共呼吸，使得他的小说读起来有一种切肤之痛，这种痛苦扑面而来，毫无膈应感。《下落不明》表现得尤为明显，有一种自传性质，同时，小说还回归文学与作家本身，具有元小说的意味。

　　田耳的《下落不明》有一种去价值判断、去阶层划分的意味，可谓自我和解与原谅之作，原谅一切，最终原谅自我。芸芸众生的生存空间、奋斗打拼、情爱婚恋、精神面貌等，在这部作品中得到了精彩的呈现，是文学拉近与现实的距离，深度介入生活的最好例证。也正是通过这些描摹，作者书写了人性的复杂与丰盈，为众生带去些许的慰藉。

　　——刘小波:《成长的复杂与人性的丰盈——评田耳长篇小说〈下落不明〉》,《文汇读书周报》2018年5月21日 DS6 版

白的海（节选）

小昌

阿光见到了黑鬼强。他恶狠狠地说："我要报仇。"黑鬼强笑了。落日的余晖穿过榕树的叶子，落在黑鬼强的身上。他在教堂边上喝着工夫茶。阿光转身要走，被黑鬼强喊了一声。阿光兀自站着。黑鬼强让他坐下喝茶。阿光还是站着。他一斜眼，就能看见高高在上的十字架。黑鬼强喊了声："你给我坐下。"阿光这才坐下。他总是放心不下那个十字架。

黑鬼强说："你给我好好坐着。"

阿光不说话。

黑鬼强说："你在看什么？"

阿光说："没看什么。"

黑鬼强说："你文一条海豚，就想当黑社会呀。你长毛了吗？"

阿光说："不是海豚，是鲨鱼。"

黑鬼强问："你长毛了吗？"

阿光没听懂。

黑鬼强说："把裤子脱了，看看有没有长毛。"

阿光说："我想报仇。我要砍了那个东北佬。废掉他一条腿。"

作者简介

小昌（1982—），原名刘俊昌，山东冠县人，桂林电子科技大学硕士，2009年入职桂林电子科技大学（北海校区），先后在《十月》《上海文学》《小说界》《山花》等杂志发表小说，作品被《小说选刊》《中篇小说选刊》选载，小说集《小河夭夭》入选《21世纪文学之星丛书》。

作品信息

《白的海》，原载《中国作家》2018年第3期。本文节选自第2部。

黑鬼强说："你有刀吗？"

阿光摇头。

黑鬼强说："你先去买把刀吧。"

阿光起身。围着教堂门前的柱子转了两圈，教堂门前还挂着个 LED 电视，耶稣正扛着十字架一步步艰难行走。阿光看了看，耶稣表情复杂。他还不知道这个人就是耶稣。阿光看了一阵，就躲开了。他在街上晃悠，把一块石头一路踢下去。他在想把头顶上的十字架如何一脚踢下来；想白刀子进去红刀子出来，可又不知道冲着谁；想找个地方躲起来不见天日，可又能去哪里呢？世界这么小，风情街，红棉路，地角码头，造船厂，华侨医院，无休无止地围着他旋转。

一盏小灯下有一顶白帽子，是个外地人，面前有很多把刀具。他看上了一把匕首，可是他想了想，一把匕首又怎么能废掉东北佬的一条腿呢？他决定买一把更长一点的，他又看中了一把武士刀，比他的胳膊还要长。他拔刀出鞘，在外地人面前施展开来。他有些怒气冲冲了，像是眼前的外地人就是那个东北佬了。

阿光十三岁就出海了，在海上帮人做事，拉网，收网。看他两只圆滚滚的胳膊，就能知晓他是怎么将那些鱼蟹搬上船的。还有八爪鱼，想起八爪鱼就会让他想起阿妈，母的走了，公的就留下来照看小的。他是那个小八爪鱼。说起阿妈，他连模样也记不得。梦里的阿妈长得像是黄水秋，后来在他想象中，阿妈总是黄水秋的样子，短头发，脖子高挺着。嘴角微微上扬，像是对什么都不屑。可陈宏昌说，那个女人梳着麻花辫，一打开就像瀑布一样。

他决定买下这把刀。

这是他人生的第一把刀。他提刀又去找黑鬼强了。他在街上走着，腰间配宝刀，整个人也威风凛凛了。教堂下早就没了黑鬼强的鬼影。一到晚上黑鬼强就变得神出鬼没。谁也不知道他去了哪里。

阿光像个刀客在街上乱晃。一些人躲着他走。他掠过一个个铺面，他了解那些人干的可恶勾当。谁和谁有一腿，谁和谁不和，谁又说了谁的坏话。人没一个好东西。这么想，他就变得咬牙切齿了。等他走到家门口，已经变得异常灰心了。那把刀也冷了。老马被拴在一楼的窝棚里，那是陈宏昌费了九牛二虎之力才搭起来的窝棚。窝棚正中央有个石槽，算是个马厩，因疏于打扫，总是臭不可闻。闻到这个味儿，阿光就知道到家了。到了门口，他停下来了，想偷听一下陈宏昌在干什么。陈宏昌会背着他看毛片，把门反锁上。之前，阿光总是给足面子，早早弄出声响来。让他及早收敛，假装干点别的。

阿光却听到李威克和陈宏昌的谈话声。他以为他们在谈论他。事实上，他们在说别的什么，关于潜水。李威克见到人就说潜水的事，连陈宏昌也不放过。

陈宏昌说："最好离海远点。"

李威克想问问究竟。

陈宏昌说："一上船我就头晕目眩。我怕了。"

李威克说："我就是想看看海底世界。他们说海底世界像天堂。"

陈宏昌又说："你这孩子。"

李威克说："天堂就是海底世界的样子。你看过《圣经》吗？我阿妈给我讲过很多《圣经》里的故事。可是我还是不太相信。她说那都是真的。我还是不太相信。耶稣本事那么大，为什么还让人钉在十字架上了？我就是搞不明白。"

陈宏昌说："你知道我信什么？"

李威克摇头晃脑。他在大人面前就是这个样子，像是什么都不懂。他天生就有这种表演能力。阿光最讨厌他这样，有时候懂了也装不懂，就是为了逃避责任，不想和任何事扯上关系。从本质上讲，李威克是个无情的人。阿光恨李威克这一点。他眼里只有自己。

陈宏昌说："我相信报应。不是不报，时候未到。我在等着报应。让那些为非作歹的人，早点遭报应。"

阿光拿钥匙开门。他们都不说话了，等着他进去。阿光是不容小觑的，他身上有让人不容小觑的东西。陈宏昌心存忌惮，面对这个一不小心就长大的男孩，不知该如何是好。有一次，不知因为什么事，两人有些不愉快，就在阳台上对峙。陈宏昌一巴掌闪过去，阿光一挡。手腕和手腕撞在一起。他们就这样面对面，陈宏昌突然感觉像面对一片大海。他灰了心，再这么僵下去，眼前的半大儿子什么都做得出来。陈宏昌软了下来，阿光没想到会这样，没想到胜利来得这么突然。

阿光走进家门，就从腰间抽出一把刀来。刀光逼人，阿光说："看这把刀。"

等李威克走后。阿光和陈宏昌开始讨论那些东北佬。

他们来自大兴安岭小兴安岭，或者是长白山，是下山的猛虎。他们的祖先是游牧的猎人。这么一说，陈宏昌就没什么好说的了，沉默下来。阳台上的吊床来回晃悠，可以证明他还活着。

陈宏昌对着洋枪似的水烟筒好好抽上一阵子，像是缓过来了。他们继续谈论东北佬。说东北佬下手狠极了，简直是往死里打。他们在抢占地盘，过不了多久，鱼嘴镇就是他们的了。说到这里，阿光有些义愤填膺，说："有黑鬼强，东北佬就进不来。"陈宏昌笑了，说："黑鬼强算个述。我在街上混的时候，他还是个小屁孩呢。"

他们俩说海边话。海边话骂起人来也显得心虚。

陈宏昌在这条风情街上风光过。九十年代，海城来了一汪汪的外地人，不只是东北佬。他们说这个小城有可能成为深圳第二。小城街头到处都是四处转悠的人，三两成群，伺机而动。他们没地方睡，不少人选择睡在帐篷里。沙滩，码头，小镇街头，高速路口，等等，到处都是一个个小帐篷，像是无数个小坟头。一到晚上，手电筒的光柱四处摇晃，相互碰撞。没人清楚这个黑暗小城正在发生什么。二十多岁的陈宏昌，比阿光大一些，像现在的阿光似的，在小镇街头晃悠。他穿着绿军装在晃悠，腥咸的海风掠过来，像舌头似的四处乱添。陈宏昌想起那些年月，整个人也精神抖擞了，说那时候真好呀，真是没想到，真是没想到。也许此时想到了阿光的阿妈。就是那时候，他认识了阿光的阿妈，一个四川人，来自三峡。九十年代，海城到处都能见到三峡人。像是全国都能处处见到三峡人。三峡人扎根落户，就可得到几万元的补偿。他们三峡在搞大坝，人被迫迁走了。也有不少来到了海城。陈宏昌见到了不少在街上晃悠的三峡姑娘。阿光的阿妈就是其中之一。

这个女人是奔着这片海来的。也许是她望海的样子迷上了陈宏昌。那时候，陈宏昌还在做海，带她上了渔船。起初她兴奋异常，没多久就晕得一塌糊涂，胆汁都吐出来了。大海给了她一个凶猛的耳光。不过她并没因此恨上大海，反倒更加敬畏。后来她就跟人跑了，听说跟了个香港富商，那时候她是招待所里的服务员。谁也不清楚究竟发生过什么。连陈宏昌也是讳莫如深。有些人开始胡乱猜测，说那个女人又被抛弃了，不得已去了马来西亚，成了站街女。坊间流传不少版本，极富戏剧性，可是版本再多结果却是相似的，那就是那个女人没有什么好下场，遭了报应。人都盼着她没什么好下场。

那些最初来的人，是盖房子的。后来房子没盖完，就没了钱，他们不得已四处逃窜。房子卖不出去，留下一座空城。陈宏昌在这些破败的房子周围转悠，牵一条狗。他养过一条狗，那条狗陪了他十几年，死于非命，一脑袋撞在"天之涯海之角"的石头上，再也没活过来了。陈宏昌总感觉那条狗死于自杀。也许是阿光阿妈的原因，这条狗至少是个见证，或者说那个女人走后，还有条狗陪着他，可以想象当时他们一起在沙滩上遛狗的场景。陈宏昌哭得声嘶力竭，他阿爸死了，都没这么伤心过。他准备厚葬这条狗，抱着它出船去了深海，上了三炷香，将它抛进深海。狗尸很快浮上来，随着海浪一上一下起伏，像是正在海里驰骋。

后来那些人突然不见了，无影无踪，像是一夜逃了个干净，街上变得空空荡荡。还听说不少人跳了海，也有人跳了楼，从还没有竣工的高楼大厦上一跃而下。这座海边小城很快成了空城。很多楼群成了野猫的江湖，一到晚上成群的野猫叫春厮打，上蹿下跳鬼气森森。陈宏昌喜欢在那里转悠，就是那时候，阿光的阿妈跟人跑了。也许陈宏昌看见过她和别的男人鬼混时的情景。那些烂尾楼倒是很适合野合。陈宏昌对于为什么老去烂尾楼转悠，不置一词。别人说他是去捉奸的。那个三峡女人先是坐船去了海口，后来去了香港，再后来就不知道了。陈宏昌也从不提她，像是从没有过这个人。

没过几年，那些人又卷土重来了，又像是一夜之间涌上街头，像是某种鱼群顺着洋流而来，乌泱泱的。春风一吹，生机勃勃，一下子活过来了，来干啥的都有，传销的，盖房子的，卖房子的，开海鲜大排档的，卖炒冰的，应有尽有。到处都是东北佬，他们操着东北话，大声吆喝。不像这些从海上漂来的部落，总是习惯沉默，即便说点什么，也像是自言自语。这些人在船上待久了，习惯用眼神和劳动号子交流。他们拉网时，会喊起网的劳动号子，像是某种海鸟的叫声，不像北方人的号子，像是一块块大石头滚下来。

陈宏昌咳了几声。

阿光说："怎么才能找到那些东北佬？"

陈宏昌说："他们后来说是打错了人。也给了钱，交了医药费。"

阿光继续问："怎么才能找到那些东北佬？"

海边话说出这句话，就像一道咒语。

陈宏昌说："你给我闭嘴。"

阿光怒气冲冲摔门而出。风情街的夜晚，人山人海。他一出门就碰见了小穗。小穗在抽烟，倚着电线杆，样子像是正等人。也许是在等那个东北佬吧。说起东北佬来，阿光就气不打一处来，使劲踢了一脚垃圾桶。小穗看见了他，他们差不多大，也许小穗还大一点，和他说话时显得居高临下。

她喊："阿光，你去哪儿？"她学东北佬说翘舌音，说不好，像是为了说才说的。阿光想问她，你阿爸死了吗，怎么还没死，都快死了，还在这里约会。阿光没说出来。

小穗说："我知道是谁揍了你老爸。"

阿光凑了过去。问："是谁，在哪里？"

小穗说："帮我把鞋带系上。"

阿光说："这么黑，我看不见。"

小穗说："要不然我不告诉你。"

阿光跪下来，给小穗系鞋带。阿光复又站起来，冷冰冰盯住小穗。

小穗说："那我也不告诉你。"

阿光咬牙切齿，他对女的总是没什么好办法。

小穗继续说："我劝你还是别报仇了。"她像是在念歌词。

阿光很想揭她的短，说她和那个东北佬去渔船上干那种事。她光着屁股，在渔船上跳舞。很多细节都被阿光的望远镜捕捉到了。小穗在他面前，就像没穿衣服。阿光笑了笑，没说话。还有什么好说的，这个烂货，让东北佬干的烂货。

阿光一转身，头也不回地走了。没人知道他会去哪里。

阿光又去了地角码头。海早就被灰白的夜吞没了。海风包裹着他，十一月的海风温暖潮湿，类似于某种抚摸。海上渔火闪烁，是那些捕鱼船上的灯光。阿光想起什么来了，因兴奋而手舞足蹈。他有了主意，开始疯跑，模仿一条鲨鱼，向前俯冲。遇到个垃圾桶，轻轻一跃，像鲨鱼似的跃出海面。他掠过一艘艘停泊的渔船，对着那些沉寂下来的渔船扫射，手里像握着机枪似的。夜色中，渔船像一头紧挨着一头的困兽。随着海浪起伏，像兽的呼吸。阿光嘟嘟嘟地用机枪扫射，想要消灭一切。他转了个大弯，又跑向了"西贡往事"酒吧。他推开玻璃门，探头进去，想找找有没有黑鬼强。他很快又退了出去，继续在街上疯跑。他在人群里穿梭，像条不合群的鱼。

他跑回了家，翻箱倒柜，找到自己想要的东西，收拾好背上书包，又去了茫茫夜色。马儿摇晃着铃铛，想要和他说点什么。阿光心情不错，没给它来上一脚。他去找李威克了。到了李威克家楼下，灯亮着，想喊李威克。还没喊出声，阿光又不想叫他了，还是自己来。

镇子东北角有个殡仪馆，一到夜里就没人了，海风一吹，电线鸣叫，鬼哭狼嚎。阿光壮着胆子掠过殡仪馆的大门。过了殡仪馆就是垃圾场和万人坑，再过去就是烂尾楼别墅区了。这也是九十年代末遗留下来的，现在没人管了，除了野猫和"风先生"没人在这里住。阿光站在一栋别墅前面，他知道"风先生"就住在里面。他想和他聊聊。二楼的烛光飘摇，灯下就是"风先生"。

没人知道阿光会来找"风先生"。除了他，没人喊那人"风先生"。他也没喊过。"风先生"只适合在心里叫。阿光又想来看看"风先生"了。"风先生"是三婆婆的人。三婆婆是海上的神。三婆婆是这海上的守护神，法术高强，专门对付妖魔鬼怪。"风先生"是三婆婆派来的。他一直在等三婆婆的指令。

阿光拾级而上。烧黄水秋汽车的前夜也来找过，这人总是披一件大氅自言自语。任凭烛光飘摇。没人知道他在说些什么。那些拗口的海边话，像是呓语，也像是诅咒，诅咒这个城市，诅咒这片海。阿光烧了黄水秋家的汽车，是因为黄水秋家丢了东西，怀疑是阿光偷的。他讨厌黄水秋审视他的眼神，从头到脚看个遍。烧汽车的头天夜里，也像这一天一样，去找"风先生"。那天晚上同样没有月色，适合干各种坏事。后来阿光就烧了黄水秋家的汽车。熊熊火光照亮了红棉路。阿光早就躲起来了，他没有亲眼目睹一辆汽车是怎么烧起来的。他躲在码头的一块礁石后面瑟瑟发抖。大海不停地撞击着水泥码头，黑森森的渔船随海浪起伏，像他短促的呼吸。人家顺藤摸瓜，还是抓住了他，关在了看守所里。他在那里被关了几个月。从那时候起，他和黑鬼强才成了一路人。

"风先生"拿一把桃木剑指向窗外。他等不及了，他开始大声叫喊了。野猫和野狗也跟着附和。别墅区一片此起彼伏，像是另外一个世界。阿光上了楼，望了一眼他的背影，又下楼去了。他只是看了一眼，就下楼去了。阿光觉得没什么可说的，看一眼就够了。阿光的背后，是"风先生"一串串呼喊。

阿光十岁那年离家出走，就是找到了"风先生"。"风先生"头很小，脖子短，身形粗壮，像是个天上派下来的异人。他双眼外鼓，真像一条胖头鱼。两人沿着海边一路走下去。阿光不知道会去哪里，他只是跟着"风先生"，就那样一路跟着。"风先生"告诉他，阿光也是三婆婆的人，是三婆婆派来的，说他们那些人都在作孽，不会有好下场。他想起黄水秋他们，还有镇子上摇摇摆摆的外地人。阿光开始想象三婆婆，有时凝望海上的天空，似乎瞥见了三婆婆的横空出现。一晃神，又不见了。

"风先生"深谙捕鱼之道，总能钓到鱼，或者抓一些海里其他活物。他们就在海边烧烤。他伸一只鱼竿进海里，鱼儿自动就上钩啦。阿光相信"风先生"，要不然为什么总能钓到鱼呢。

两人一路迁徙，沿着北部湾转了一圈。北部湾在地图上像个锯齿，像是对这片海不怀好意。那些天，时间过得飞快。阿光想起那些日子，令人难以置信竟过了那么多天。等他到家，被陈宏昌吊起来打，说再出去，就要了他的狗命。自打出走回来，阿光耳朵里就钻进了一种声音，偶尔就会说两句，给他些启示。阿光接受了这种指手画脚。这个声音和"风先生"有关，像是三婆婆的指令越过"风先生"直接传达给了他。

"风先生"是阿光的秘密，连李威克也不知道。这人白天就在镇子四周游荡，怀揣着一把桃木剑，早晚都要围着这个镇子转几圈。只有阿光知道，这人是在保护这个镇子。这么多年过去，"风先生"还是老样子，还是那样老，像一条废弃的旧船，永远一副斑驳破旧的样子。

别了"风先生"，阿光上路了。很快到了镇政府，这个镇子也有三四十年的历史了。镇政府不是先前那个镇政府了，夜色中灰白一片。大门紧闭，正是阿光想要的。他从包里掏出工具来，四周静悄悄的，他在大门上喷了五个红色大字："滚回海上去。"他又去其他地方继续作案。一夜过去了，很多地方都有了"滚回海上去"这五个大字。还分别在下面写了个小小的"洪"字。说明这是姓洪的人干的，像是《水浒传》里杀了人的武松，留下"杀人者武松也"这几个血淋淋的大字。

姓洪的，人称洪哥，光头，大腹便便，是个东北佬。没人不知道他，说他是洪帮帮主，他不承认，他总说只是混口饭吃，开了个房地产中介公司，找了些人卖房子而已。他在镇子的西南角建了一座张飞庙，弄了个丈二金身，虎视眈眈，像是在监视这个镇子。

"滚回海上去——洪"。海边小镇的墙上到处都是这几个大字，血淋淋的。阿光睡了个好觉，第二天被敲门声弄醒，是李威克。

| 创作评论 |

小昌这样的写作，并不是基于神秘的天赋，而是对自身所在的历史处境保持诚实，这位出身乡村、求学与教书于普通高校与小城市、曾经在富士康工作过的青年作家，自觉或不自觉地借助文学表现出自身所在的边缘青年的命运。小昌要感谢他背后那"沉默的大多数"，正是他所在的边缘青年群体成就了他边缘的文学。

——黄平：《边缘的青年与边缘的文学——从小昌小说论及80后文学的变化》，

《南方文坛》2018年第3期